BASTEI
LÜBBE

Von Shirley Conran erschien bei BASTEI-LÜBBE:
11 790 Die Insel der fünf Frauen

Shirley Conran

Die Dynastie der Frauen

Aus dem Englischen von
Christine Mössel

BASTEI
LÜBBE

BASTEI-LÜBBE-TASCHENBUCH
Band 12 222

1.-2. Auflage 1994
3.-4. Auflage 1995
6. Auflage August 1996

Titel der amerikanischen Originalausgabe:
Crimson
Erschienen bei Simon & Schuster

Lizenzausgabe: Gustav Lübbe Verlag GmbH, Bergisch Gladbach
Printed in Great Britain
Einbandgestaltung: Manfred Peters
Titelillustration: Städelisches Kunstinstitut, Frankfurt/Main,
Gemälde; Hans Thoma
Druck und Bindung: Cox & Wyman Ltd.
ISBN 3-404-12222-4

Der Preis dieses Bandes versteht sich einschließlich
der gesetzlichen Mehrwertsteuer.

Für meine liebe Freundin
Jennifer d'Abo

Frauen wollen im Leben Liebe, Männer wollen Macht ...
und Männer wollen Macht ebenso sehr wie die Frauen Liebe:
Frauen glauben, das Wesen der Macht nicht zu verstehen, aber schon im Kinderzimmer ist Macht, wenn man den eigenen Kopf durchsetzt.
Aus *A Burning Heart* von Elinor Dove

ERSTES BUCH

1. KAPITEL

Montag, den 5. Juli 1965

Die heruntergelassenen Rouleaus vor den Fenstern des Château de Saracen tauchten das Schlafzimmer der Herrin des Hauses in ein gedämpftes Licht, schützten es jedoch nur unvollkommen gegen die mediterrane Julihitze, die draußen die Luft zum Flimmern brachte.

Beim Mittagsläuten des nahen Kirchturmes trat eine hagere Frau in weißer Schwesterntracht aus dem Badezimmer. Sie sah blaß aus und hatte tiefe Schatten unter den Augen. Mit geübter Hand balancierte sie ein kleines Tablett, als sie auf das riesige Himmelbett, das ursprünglich aus dem Besitz einer spanischen Prinzessin stammte, zuging. Schwere golddurchwirkte Brokatvorhänge mit eingewebtem Lilienmuster und ein wunderschönes Ornament aus gehämmertem Silber schmückten diese wertvolle Antiquität. Da der Raum ansonsten sparsam und schlicht möbliert war, wirkte er nicht überladen.

Morgen wird es hier nicht mehr so friedlich sein, dachte die Krankenschwester, dann würden an diesem Bett sicher heftige Wortgefechte ausgetragen, denn schließlich ging es um ein beträchtliches Erbe, das die Alte hinterlassen würde ...

Aber im Moment sah es so aus, als würde sie noch ein paar Tage länger durchhalten. Noch waren ihre drei Enkelinnen sich einig in ihrer ängstlichen Besorgtheit um die Gesundheit ihrer Großmutter, das würde sich angesichts des Todes jedoch schlagartig ändern. Wenn es um Geld ging, das wußte die Schwester aus Erfahrung, war Blut noch dünner als Wasser. Dann würden die sorgfältig verborgenen Emotionen zu brodeln beginnen, zu

Intrigen, Reibereien und Schlimmerem führen. Ungewöhnlich hohe Geldsummen übten eine ganz besondere Verlockung aus und waren in ihrer Eigenschaft, Charakterschwächen, Neid und Mißgunst in einer Familie ans Licht zu bringen, besonders destruktiv. Geld verändert Menschen ...

Die Krankenschwester stellte das Tablett vorsichtig auf dem Nachttisch ab und griff nach der Spritze. Sie drückte die restliche Luft heraus, bevor sie das starke Medikament in den dünnen Arm der geschwächten Gestalt im Bett injizierte.

Obwohl sie etwas Englisch sprach, vermochte sie der Unterhaltung der Gäste untereinander nicht zu folgen. Aber das war auch gar nicht notwendig. Für die Schwester gab es keinen Zweifel daran, was die Frauen in diesem Schloß zusammengeführt hatte: Sie hatten Geld gerochen und waren der Witterung in den Süden Frankreichs gefolgt. Nun, vielleicht war das nicht der einzige Grund. Denn wer einmal den Verlockungen dieser zeitlosen, sinnlichen Landschaft Frankreichs nachgegeben hatte, kehrte erfahrungsgemäß immer wieder zurück, sehnte sich nach der Sonne und der belebenden Intensität des Lichts, nach dem Meer, der mit Pinienduft gewürzten Luft, dem köstlichen Essen und dem herrlichen, verführerischen Wein.

Zum Glück hielten sich die ausländischen Touristen im Juli und August zumeist in den bekannten Ferienorten auf und fanden nur selten den Weg in die winzigen, abgeschiedenen Dörfer hinter dem sonnigen Küstenstreifen der Côte d'Azur. Saracen war ein solcher Ort: Auf einer Hügelkuppe gelegen, dessen Hänge an der Südseite fast hundert Meter zum Meer hin abfielen, wurde das mittelalterliche Dorf mit seinen rostbraunen Dächern von jenem Château aus dem elften Jahrhundert überragt, das auf dem Gipfelplateau lag.

Die Krankenschwester nahm ihr Tablett und trug es in das Badezimmer zurück. Sie verweilte kurz vor dem Fenster und genoß den einzigartigen Ausblick.

Drunten, unterhalb des Schlosses, schimmerten die schmalen Straßen in dem hellen Licht. Hunde dösten im Schatten der

Platanen, alle Fensterläden waren gegen die glühende Mittagssonne geschlossen, die Menschen und Tieren jegliche Energie raubte. Vor vier Uhr nachmittags waren die Straßen wie leergefegt. Die wollüstige Sommerhitze an der Riviera war nur dann zu genießen, wenn man nicht schwer arbeiten mußte. Also tat das traditionsgemäß niemand.

Die Krankenschwester gähnte und wünschte, auch sie könne Siesta halten. Die Vorstellung war mehr als verlockend. Erst wenn die Kirchturmuhr vier schlug, würden die Dorfbewohner wieder ihr geschäftiges Treiben aufnehmen, sich recken, als seien sie gerade aus einem hundertjährigen Dornröschenschlaf erwacht.

Die Schwester gähnte erneut. An Schlaf war nicht zu denken. Ihre Aufgabe war es, bei der alten Dame zu wachen. Dafür wurde sie bezahlt. Sie ging auf die bewegungslose Gestalt in den Kissen zu.

Plötzlich hielt sie den Atem an: Ihre Patientin hatte sich leicht bewegt und begann zu stöhnen.

Elinor O'Dare lag in ihrem spanischen Himmelbett, schwebte zwischen Wachen und Bewußtlosigkeit, gefangen in einem Meer bruchstückhafter Wahrnehmungen.

Für eine ihr ewig erscheinende Zeitspanne war ein schwarzes Nichts aus Angst und Schmerz ihre einzige Wirklichkeit gewesen. Jetzt hatten Übelkeit und Schwindelgefühl sie übermannt. Sie fühlte sich wie seekrank, als würde sie von einer riesigen Woge hin und her geworfen. Elinor spürte, daß jede Bewegung die Stahlklammer um ihren Kopf enger ziehen und den alles überdeckenden Schmerz noch verstärken würde.

Vor langer Zeit, als Elinor während des Ersten Weltkriegs sterbende Männer gepflegt hatte, war sie zuerst entsetzt gewesen, welche akustischen Formen Schmerzen annehmen konnten, war sie erschreckt vom klagenden Stöhnen, den gellenden Schreien von den gepeinigten Soldaten auf den blutgetränkten Bahren und schweißnassen Matratzen. Selbst in diesem Moment kehrte die Erinnerung an den süßlichen Geruch des Todes wieder zurück. Unvergeßlich war auch die Angst, die diese Krankenstationen beherrscht hatte. Jetzt wurde sie selbst zum Opfer, als der Schmerz ihren Körper in eine formlose schwarze Decke hüllte.

Mußte sie sterben? Der Gedanke taumelte wie ein Herbstblatt durch ihr Bewußtsein. Elinor nahm wahr, daß der Tod das Ende der Schmerzen bedeuten, ihnen die beißende Schärfe nehmen würde. Sie spürte eine nahe Ruhe. Konnte sie auf ein Nachlassen der Schmerzen hoffen? Oder riskierte sie damit, die Götter der Finsternis erneut zu reizen, die sie dann nur noch heftiger quälen würden? Nein, es gab keinen Zweifel mehr: Die Schmerzen ließen allmählich nach.

Endlich erlebte Elinor den fast vergessenen herrlichen Zustand der Schmerzfreiheit. Nach und nach entspannte sich ihr Körper. Trotzdem wagte sie noch immer keine Bewegung, aus Furcht, die Torturen erneut heraufzubeschwören. Elinor, der es vorkam, als habe sie stundenlang die Luft angehalten, versuchte vorsichtig tief einzuatmen.

Elinor unterließ den Versuch, sich zu bewegen, konnte jedoch wieder hören und riechen. Sie nahm das ferne, gleichmäßige Rauschen der Brandung an den Klippen und den provenzalischen Duft des Sommers wahr.

Und plötzlich hatte sie Gewißheit:

Sie lag an einem heißen Sommertag in ihrem Bett in Saracen.

Es war Elinor, als sei sie aus einem Alptraum erwacht, einem jener schrecklichen Visionen, die auch noch nach dem Erwachen das Bewußtsein irritierten. Es war besser, jetzt die Augen zu öffnen und nach dem Frühstück zu klingeln, dachte sie. Ihre Tasse Milchkaffee, ein paar Croissants, Obst und die Morgenzeitungen würden ihre Welt wieder zurechtrücken.

Zuerst schienen ihre Augenlider tonnenschwer. Langsam jedoch und mit großer Anstrengung öffnete Elinor sie ein wenig und erkannte allmählich den sanften Glanz des gedämpften Sonnenlichts.

Ja. Alles war wie immer. Vor ihr, über dem Kamin, hing noch

immer das große Bild in dem verschnörkelten Rahmen, das acht Jahre zuvor gemalt worden war. Es zeigte drei Mädchen in Ballkleidern auf einem graublauen Brokatsofa in einem schattigen Salon. Daß es sich um drei Schwestern handelte, war nicht zu übersehen. Alle hatten dieselbe kleine, hübsche Nase und die großen, schrägstehenden aquamarinblauen Augen. Eine glückliche Harmonie schien die drei zu verbinden.

Auf der linken Seite beugte sich die damals achtzehnjährige, zierliche Clare leicht vor, um mit ernster Miene der aschblonden Annabel eine Rose zu reichen. Miranda, sechzehn, ziemlich mager und noch Schülerin, saß auf der Rückenlehne des Sofas. Sie war besonders hellhäutig, und ihre Haarfarbe erinnerte an Orangenmarmelade.

Als regelrechte Schönheit allerdings konnte man nur Annabel bezeichnen. Clares Ausdruck war zu ängstlich und Mirandas Züge zu prägnant. Alle drei jedoch verkörperten die Vorstellung von guter Herkunft und Erziehung. Für Elinor allerdings waren sie die lebendige Erinnerung an ihren geliebten Billy.

Das Gemälde hatte von jeher eine tröstliche Wirkung auf Elinor gehabt. Es erinnerte sie an glückliche Augenblicke mit den drei Mädchen.

Momente vollkommenen Glücks waren in Elinors Leben selten gewesen, hatten sich nie erwartungsgemäß eingestellt, sondern waren stets überraschend gekommen. Sie hatte längst erkannt, daß Glück sich nicht planen ließ. Planbar war nur der Erfolg. Und Elinor hatte gut geplant, denn entgegen jeder vernünftigen Einschätzung hatte sie große Erfolge gehabt: trotz anfänglicher Rückschläge, Intrigen und Enttäuschungen. Die zweiundzwanzig Romane, die sie geschrieben hatte, waren in vierzig Ländern erschienen. Sie erhielt wöchentlich einen Sack Fanpost. Und sie war eine geachtete Persönlichkeit des öffentlichen Lebens. Die mittlerweile legendäre Elinor O'Dare war berühmt und sehr reich.

Elinor stöhnte auf. Der brennende Schmerz hatte sich zurückgemeldet. Plötzlich merkte sie, daß sie ihre Glieder nicht mehr bewegen konnte. Sie hatte weder Kraft in den Armen noch in den Beinen. Mit äußerster Willensanstrengung versuchte sie, die Arme zu heben, doch vergeblich. Sie konnte sich tatsächlich nicht bewegen, und das war kein Traum! Sie war gelähmt!

Elinor versuchte zu sprechen, zu schreien – es gelang ihr nicht. Sie konnte nicht einmal den Mund öffnen. Ihre Gedanken drehten sich im Kreis. Dann gewann die Einsicht allmählich Kontur: Sie mußte einen Schlaganfall erlitten haben. Nein! Unmöglich! Alles in ihr wehrte sich dagegen. Sie hatte ihr Leben noch nicht gelebt!

Mit diesem bedrohlichen Gedanken hatte all ihre verbliebene Energie sich erschöpft. Ihre Lider schlossen sich, und für eine kurze Zeit sank sie in das schwarze Loch des Vergessens.

Sie zwang sich, Denken und Wahrnehmung auszuschalten. Trotzdem hörte sie irgendwo ein Geräusch. Es war das wohlbekannte Rascheln einer gestärkten Schwesterntracht. Elinor atmete Krankenhausgeruch ein, roch Äther und Medikamente. »Muß ich sterben?« flüsterte sie auf französisch. Ihre starren Lippen bewegten sich tatsächlich, wenn auch mühsam.

»Nein. Machen Sie sich keine Sorgen.« Die Antwort der Krankenschwester kam automatisch und emotionslos. Elinor wußte sofort, daß die Frau log. Sie war es gewohnt, ihr Leben in die eigenen Hände zu nehmen, war es gewohnt, selbst das Drehbuch zu schreiben – genau wie ihre Bestsellerromane. Jetzt allerdings machte ihre Schwäche sie hilflos, war sie dieser Schwester mit der unangenehmen Stimme restlos ausgeliefert. Sollte das der Schlußstrich unter Elinors Geschichte sein? Sollte es diesmal kein Happy-End geben?

Seit Jahren hatte Elinor jeden Gedanken an den Tod erfolgreich verdrängt. Wie viele andere Menschen hatte sie sich der Tatsache, daß wir sterblich sind, nicht stellen wollen. Sie hatte sich nicht einmal dazu durchgerungen, ein Testament aufzusetzen. Ein Testament hätte nämlich unangenehme Entscheidungen von ihr gefordert; Entscheidungen, die etwas mit ihrer eigenen Sterblichkeit zu tun hatten. Sie hatte es immer wieder hinausgeschoben, hatte dem sanften, aber beständigen Drängen ihres Anwalts widerstanden, hatte das Thema lieber zur Seite geschoben.

Jetzt allerdings war es ihr bewußt, daß sie dem Unausweichlichen begegnet war. Sie konnte nur hoffen, daß ihr noch Zeit blieb, einige Dinge zu regeln.

Elinor war zu müde, um sich zu bewegen, zu denken oder sich zu beschweren. Der Tod war erniedrigend, und sie ahnte, daß ihre Hilflosigkeit nur der Anfang sein würde.

Während Elinor auf die Geräusche der Pflegerin horchte, schweiften ihre Gedanken ab; sie dachte an eine Zeit, die lange zurücklag... Sie hatte 1917 die kleine Farm der Familie in Minnesota verlassen, um sich als Hilfskrankenschwester ausbilden zu lassen. Damals war sie erst siebzehn und noch idealistisch und romantisch genug, um sich in der Rolle des Engels der Barmherzigkeit zu sehen. Der Erste Weltkrieg hatte in vielen jungen Frauen den Wunsch geweckt zu helfen.

Elinor erinnerte sich noch genau an ihre erste Reaktion auf das Lazarett in Nordfrankreich am Tag ihres Eintreffens. Erwartet hatte sie die geordnete Ruhe der Stationen des Krankenhauses, in dem sie ausgebildet worden war. Die schrecklichen Auswirkungen des Krieges auf Station C trafen sie völlig unvorbereitet. Noch immer klang das Wimmern und Schluchzen der Verwundeten, ihre schrillen Schmerzensschreie in ihren Ohren.

Jetzt, fast ein halbes Jahrhundert später, war Elinors Geduld angesichts des Todes ebenso schnell zu Ende wie damals. Langsam wurde ihr jedoch klar, daß weniger die Tatsache des Sterbens als vielmehr die Sorge um die Mädchen sie belastete. Die Mädchen brauchten sie; brauchten ihre Stärke, ihren Rat, ihre emotionale und moralische Unterstützung. Obwohl zwei von ihnen bereits verheiratet waren und die dritte ein gutgehendes Unternehmen leitete, war Elinor überzeugt, daß sie ohne ihre Großmutter nicht existieren konnten. Ihr Vermögen würde ihnen zwar ein Leben in Sorglosigkeit ermöglichen, doch wer sollte sie beraten und beschützen, wenn sie nicht mehr für sie da sein konnte?

Elinor war in der Lage gewesen, ihren Enkelinnen zu geben, was sie ihrem einzigen Kind, ihrem Sohn Edward, nicht hatte bieten können: ein Leben ohne jene finanziellen Nöte und Sorgen, die Elinor in den ersten fünfundvierzig Jahren ihres Lebens so gequält hatten. Diese Sorgen hatten sich erst verflüchtigt, als sich endlich – dank ihres geliebten Billy – der Erfolg einstellte und sie die Früchte dieses Erfolgs hatte genießen können.

Bei dem Gedanken an Billy versuchte Elinor, ihre Augen zu öffnen. Im Halbdunkel des Schlafzimmers konnte sie die kleine Gruppe von Fotos im Silberrahmen auf ihrem Nachttisch erkennen. Elinor blickte in die lächelnden, selbstsicheren Augen des blonden jungen Mannes, den sie so sehr geliebt hatte. Da stand er – die Pilotenbrille über die Stirn geschoben, die Hände tief in den Taschen des abgewetzten Fliegeroveralls vergraben – vor seinem Flugzeug, einem Doppeldecker aus dem Ersten Weltkrieg.

Billy O'Dare war einer der wenigen Überlebenden auf Station C des Lazaretts gewesen. Sein Navigator hatte den Bewußtlosen gerade noch aus der abgeschossenen Maschine gezogen, bevor diese in Flammen aufgegangen war.

Mit sehnsuchtsvoller Wehmut erinnerte sie sich an jenen Abend, an dem sie sich in Billy O'Dare verliebt hatte. Auf der Station war es damals relativ ruhig gewesen, bis Elinor kurz nach Mitternacht durch die erstickten Schreie aus Bett siebzehn aufgeschreckt wurde. Mit einer Petroleumlampe war sie zu dem Patienten gelaufen und hatte ihn sanft wachgerüttelt ... Der junge Mann hatte wohl einen schlimmen Alptraum gehabt und wurde noch immer von heftigem Schluchzen geschüttelt. Er griff nach Elinors Hand und wollte sie nicht mehr loslassen. Flugkommandant O'Dare trug einen Kopfverband, der nur einen Teil des Gesichts freiließ. Im Schein der Lampe verengten sich seine Pupillen zu schwarzen Punkten auf einer überraschend aquamarinblauen Iris. Nie zuvor hatte Elinor schönere Augen gesehen.

»Entschuldigen Sie, Schwester. Ich habe mich wohl ziemlich dumm benommen«, murmelte er schließlich.

»Nein, nein. Alpträume haben viele Patienten«, tröstete Elinor und versuchte, ihm ihre Hand wieder zu entziehen. Es roch nach rauher Wolle und Desinfektionsmitteln. Sein Schluchzen hatte aufgehört, und Elinor wußte, daß sie ihn jetzt hätte allein lassen müssen. Aber diese Augen ließen sie nicht los.

Plötzlich hob Patient Nummer siebzehn Elinors Hand an die Lippen, und sie fühlte das Kitzeln seiner blonden Schnurrbarthaare an ihren Fingern. Für einen Moment erwartete sie einen Handkuß, doch dann drehte er ihre Hand um und preßte die Innenfläche an seine Lippen. Als Elinor seinen warmen Atem wie eine zärtliche Berührung spürte, begann Billy O'Dare sanft ihre Hand mit kleinen Küssen zu bedecken. Sie fühlte, wie seine feuchten Lippen langsam über ihre Haut glitten, und wußte, daß sie spätestens jetzt an ihren Platz zurückkehren mußte. Doch ihr Körper gehorchte ihr nicht mehr. Atemlos ließ sie es geschehen, daß O'Dare ihre Hand weiterhin einer Katze gleich liebkoste. Erst als ein anderer Patient gellend aufschrie, erwachte Elinor aus ihrer Verzauberung.

Am darauffolgenden Morgen kannte Schwester Elinor Dove die Krankengeschichte von Patient Nummer siebzehn auswendig. Sie wußte auch, daß Flugkommandant William Montmorency O'Dare von der britischen Luftwaffe fünfundzwanzig Jahre alt war.

Seltsamerweise schien die ganze Station sofort zu wissen, daß sich Schwester Dove in O'Dare verliebt hatte. Elinors smaragdgrüne Augen glänzten unter dem tiefen Rand ihrer Schwesternhaube, und ihre Wangen glühten noch rosiger als sonst. Ihr Schritt hatte eine neue Elastizität, und die Oberschwester mußte sie ermahnen, weil Elinor im Dienst leise gesungen hatte. Bei einem Besuch im Lazarett fiel es auch Joe Grant, Billys ehemaligem Navigator, sofort auf, daß sich eine Romanze anbahnte. Joe beglückwünschte Billy und fügte hinzu, daß Schwester Dove etwas ganz Besonderes sei. Als Billy diese Bemerkung Elinor gegenüber wiederholte, wehrte diese ab: »Das sagt ihr Männer doch immer. Was ist an *mir* schon Besonderes?«

Billy betrachtete sie nachdenklich. »Die Mädchen bei uns sind im Vergleich zu Ihnen einfach farblos. Sie sind das blühende Leben, mit Ihrer unvergleichlichen Vitalität und Energie. Und das ist sehr ansteckend – und zwar positiv.« Er zögerte. »Sehr amerikanisch, scheint mir. Dasselbe ist mir schon bei euren Soldaten aufgefallen. Den Franzosen oder uns Tommies geht das ab. Also, Sie sind wirklich was ganz Besonderes!«

Als Billy O'Dare von seiner Pritsche zu Elinor aufsah, zog er die rechte Schulter hoch und neigte den bandagierten Kopf leicht in ihre Richtung. Von diesem Augenblick an war Schwester Dove ihm verfallen. Selbst lange nach ihrer Heirat, als Elinor den Preis der Liebe in vollem Umfang kannte, konnte dieses laszive Lächeln, das Billys ganzen draufgängerischen irischen Charme zum Vorschein brachte – jene verwirrende Kombination aus Unschuld und Schläue –, alle Wut mit einemmal wegwischen.

Und auch jetzt, viele Jahre nach jener ersten Begegnung, hatte Elinor dieses gewisse Lächeln nicht vergessen; denn genauso wollte sie Billy in Erinnerung behalten: als den lächelnden, strahlenden jungen Helden, der ihr Ehemann geworden war. Alle folgenden unangenehmen Erinnerungen hatte sie in die hinterste Ecke ihres Bewußtseins verbannt.

Es war schade, daß ihr liebstes Foto von ihm nur eine Schwarzweißaufnahme war: Alle drei Enkelinnen hatten Billys aquamarinblaue Augen geerbt; doch nur Miranda hatte auch sein einnehmendes Lächeln. Von ihr hatten sie ...

Elinor dachte plötzlich an das fehlende Testament, das Erbe der Mädchen. Damit mußte sie sich jetzt auseinandersetzen.

Die Krankenschwester beugte sich über die Patientin. »Können Sie bitte den Mund aufmachen, Madame? Noch ein Stückchen, bitte ...« Vorsichtig trank sie ein paar Schlucke. Anschließend wurden ihre trockenen Lippen mit einer Salbe behandelt.

Unter Schmerzen flüsterte Elinor: »Wo ... sind ... meine Enkeltöchter?« Ihre linke Gesichtshälfte war völlig gefühllos, so daß sie die Worte nur unvollständig und undeutlich hervorbrachte. Die Finger ihrer rechten Hand und die Zehen des rechten Fußes konnte sie bewegen, wohingegen die Gliedmaßen der linken Seite seltsam taub blieben.

Panische Angst kroch in Elinor hoch. Und noch drängender brach sie heiser hervor: »Wo sind meine Enkeltöchter?«

»Ich glaube, unten auf der Terrasse. Ich sage Bescheid.«

Die Schwester trat ans Fenster und zog die Rouleaus hoch. Sie rief hinunter.

Elinor hörte von ihrem Bett aus aufgeregte Stimmen, dann das Geräusch von hastig zurückgeschobenen Metallstühlen. Sie lächelte zaghaft und versuchte, sich an das hereinströmende grelle Licht zu gewöhnen.

Wenige Minuten später ging die Schlafzimmertür schwungvoll auf. Als erstes sah Elinor Clares erregtes, von langem, glattem dunklem Haar umrahmtes Gesicht.

»Großmutter, wir haben uns solche Sorgen gemacht!« Clares Stimme klang hell und sanft. Sie kam zum Bett gelaufen, kniete nieder und küßte das Gesicht der Großmutter und deren schmale, blaugeäderte Hände.

»Vorsicht. Überanstrengen Sie sie nicht«, warnte die Schwester.

»Jetzt bin ich dran«, sagte in diesem Moment Annabel. In den vergangenen sieben Jahren hatte Annabels schönes Gesicht mit den großen Augen auf fast jedem AVANTI-Kosmetik-Werbeplakat in der ganzen Welt geprangt. Als Elinor sie ansah, kamen ihr unwillkürlich kleine Perserkatzen, Daunenkissen und zartrosa Pfingstrosen in den Sinn. Annabel war weich, sinnlich und feminin. Zärtlich strich sie über das lange, graublonde Haar der Großmutter, das bereits an den Haarwurzeln weiß wurde und einem Fächer gleich über dem Kopfkissen ausgebreitet lag. Sie küßte die eingefallenen Wangen und flüsterte: »Gran, wir hatten schon Angst, wir würden dich verlieren.«

Beide Schwestern waren den Tränen nahe. Nur Clare konnte sich vage an ihre Eltern erinnern, die 1941 bei einem Bombenangriff in London ums Leben gekommen waren. Ihre Großmutter war stets der Mittelpunkt ihres Daseins gewesen. Ein Leben ohne sie war für sie unvorstellbar.

»Wo ist Miranda?« fragte Elinor kaum hörbar.

»Sie mußte für einen Tag nach London zurück ... Geschäfte«, antwortete Clare leise. »Wir sind alle seit zwei Wochen hier. Annabel ist aus New York rübergekommen, als wir erfuhren, daß du krank bist. Ich brauchte ein bißchen länger, bis ich in Los Angeles alles geregelt hatte. Miranda ist heute mit dem Hubschrauber zurückgeflogen.«

»Und Buzz? Wo ist Buzz?« Buzz war Elinors langjährige Freundin und ihre Sekretärin. »In Nizza. Sie besorgt deine Medikamente. Danach will sie am Flughafen nachfragen, ob Annabels Gepäck aufgetaucht ist. Du weißt ja, Buzz gibt die Hoffnung nie auf!«

»Wir sollten Madame nicht überanstrengen.« Die Pflegerin hielt energisch die Schlafzimmertür auf. »Bitte gehen Sie. Ich rufe jetzt den Arzt an.«

Annabel schien entschlossen, sich ihrer Aufforderung zu widersetzen. Clare jedoch wurde augenblicklich wieder zur verantwortungsbewußten älteren Schwester. »Schon gut, Frog«, beschwichtigte sie Annabel mit dem Spitznamen aus der Kinderzeit, der auf deren großen, sinnlichen Mund anspielte. »Sobald man uns läßt, kommen wir wieder.«

Damit schob Clare ihre Schwester langsam aus dem Raum.

Es wurde Elinor bewußt, daß sie noch vieles zu regeln hatte.

Clare sonnte sich in einem weißen Bikini am Pool. Eigentlich war sie klein und mager, doch mit ihrem feenhaften Charme gelang es ihr, zerbrechlich zu wirken.

Auf einer Strandmatte daneben lag Annabel. Sie war in einen

dunkelroten seidenen Morgenmantel gehüllt, der ihrem Mann gehörte. Nur dieses Stück und eine Garnitur Unterwäsche hatte sie im Handgepäck, die restlichen Koffer schienen ihr wieder abhanden gekommen zu sein, wie so oft schon. Der Flug nach Südfrankreich war auch diesmal keine Ausnahme gewesen.

Als das Telefon klingelte, griff Annabel aufgeschreckt nach dem Hörer. »Vielleicht ist's wegen meines Gepäcks. Wenn es auf Nimmerwiedersehen fort ist, muß mir die Fluglinie alles ersetzen.« Sie starrte stirnrunzelnd auf den Apparat und drückte auf eine Taste. Die Leitung war tot. »Du meine Güte, Technik ist wirklich nicht meine Stärke!« Annabel bemerkte Clares besorgte Miene. »Sorry, Clare. Erwartest du einen Anruf?«

»Eigentlich nicht. Aber vielleicht ... Ich dachte, daß ...« Clare schob ein paar Haarsträhnen aus der Stirn. Dann brach sie plötzlich in Tränen aus und schlug die Hände vors Gesicht.

Annabel lief zur Schwester und legte ihren Arm um sie. »Was ist los, Liebes? Ich hab' doch gewußt, daß etwas nicht stimmt. Sonst hättest du doch Josh und sein Kindermädchen nicht von Kalifornien mit hierhergeschleppt. Erzähl! Warum hat er nicht angerufen?«

Clares Schluchzen verstummte allmählich. Ihre sonst so sanfte Stimme klang heiser vor Wut, als sie Annabel von dem Streit neulich erzählte. Sie hatte mit Josh und dem Kindermädchen einen Tag am Strand verbracht. Aus einem banalen Grund war sie früher heimgekehrt und hatte eine schlanke, braungebrannte Frau neben ihrem Ehemann im Bett vorgefunden. Es folgte eine böse Szene. Clare hatte sofort ihre Sachen gepackt, und er war mit dem Wagen davongefahren. Weinend hatte Clare gewartet, bis ein anderes Auto mit Josh und dem Kindermädchen vorgefahren war. Genau in diesem Moment war Annabels Anruf aus New York gekommen.

»... und dann hast du mir von Grans Schlaganfall erzählt«, schluchzte Clare.

»Arme Clare«, murmelte Annabel und strich ihr über das lange, dunkle Haar.

»Er ist ein Meister in Ausflüchten. *Er* betrügt mich, aber *ich* stehe immer wie eine hysterische Kuh da.« Clare wischte sich die Tränen ab. Trotz gelegentlicher Seitensprünge ihres Mannes war sie überzeugt, daß er sie auf seine Art liebte, sie nie verlassen oder das Glück seines Sohnes aufs Spiel setzen würde. Er brauchte wohl die Bestätigung seiner Männlichkeit, eine ernste Liaison schien er aber nie einzugehen. An jenem Tag in Kalifornien hatte Clare jedoch die ständigen Erniedrigungen endgültig satt gehabt. Deshalb hatte sie ihn verlassen.

Schließlich erzählte Clare weiter: »Ich hatte einfach keine Lust mehr auf die übliche Versöhnungsszene mit Blumen und Versprechungen ... und dann dasselbe von vorn. Plötzlich war's mir egal, was aus ihm wird.« Sie umarmte ihre Schwester. »Annabel, das bleibt doch unter uns, ja?«

»Du weißt, daß du mir vertrauen kannst. Aber wenn du ihn wirklich endgültig verlassen hast, dann weiß es sowieso bald jeder. Willst du wirklich ...?«

»Die Scheidung? Ja. Selbstverständlich. Josh darf nicht wie sein Vater werden.«

»Sag es Gran lieber nicht. Jetzt noch nicht. Du weißt, sie würde sich aufregen. Behalt es zumindest so lange für dich, bis du deiner Sache ganz sicher bist.«

Eines der Hausmädchen kam außer Atem auf die Terrasse gelaufen. »Das Telefon am Pool funktioniert nicht«, rief sie auf französisch. »Ein Anruf für Miss Annabel aus New York!«

»Ich nehme in meinem Schlafzimmer ab.« Annabel sprang mit beinahe kindlichem Eifer auf. Sie rannte in ihr Apartment, das ganz in Rosatönen gehalten war und von dem aus man auf den gepflasterten Vorplatz und die Kirche hinuntersehen konnte.

»Liebling, endlich! Was gibt's Neues?« Annabel konnte im Hintergrund die Geräusche der New Yorker Fernsehstation hören, in der ihr Mann als Nachrichtenkommentator arbeitete. Er war einer von elf Reportern, von denen nur drei auch vor der Kamera erschienen.

»Meinst du lokal oder national, Angel? Schon jetzt am Vormittag ist es brütend heiß in New York. Martin Luther King hat die Beendigung des Vietnamkrieges gefordert. Sieht allerdings ganz so aus, als würde Johnson neue Truppen rüberschicken. Meine Hauptreportage für heute abend? Was Kennedy als schnellen Handstreich geplant hatte, könnte zum Dritten Weltkrieg ausarten.« Annabel sah förmlich sein spöttisches Lächeln vor sich. »Ich hoffe, deine Neuigkeiten sind weniger aufregend.«

Annabel berichtete, daß Elinor wieder bei Bewußtsein war.

»Das ist doch großartig, Angel. Wann kommst du zurück?«

»Weiß ich nicht. Sobald es Gran bessergeht. Ist es wichtig?«

Ihr Mann zögerte. »Sidney möchte mit uns sprechen.«

»Warum?« Sidney war ihr Steuerberater. Bei der Erwähnung seines Namens klingelten sofort die Alarmglocken bei Annabel.

»Ich habe beschlossen, mir einen besseren Job zu suchen.«

Das hatte so ganz ohne Selbstvertrauen geklungen. »Aber du liebst deinen ...«, begann Annabel.

»Ich wollte mit diesem Schritt noch warten, aber unsere Schulden werden täglich höher. Wir müssen endlich unsere Finanzen in Ordnung bringen.«

»Liebster, das tut mir so leid!« Annabel war niedergeschlagen. »Ich war diejenige, die die neue Wohnung unbedingt wollte. Nicht im Traum hätte ich gedacht, daß AVANTI meinen Vertrag nicht erneuert.« Sie lachte brüchig. »Ich weiß ... Ich bin fünfundzwanzig. Aber das ist doch nicht alt! Für ein Fotomodell allerdings offenbar schon.«

»Vielleicht erneuert AVANTI deinen Vertrag ja doch noch. Noch wissen wir es nicht.«

»Hoffentlich entscheiden sie sich bald«, seufzte Annabel. »Hätte ich doch bloß diese Wohnung nicht gekauft! Warum mußte ich nur soviel Geld ausgeben!«

»Du wolltest mir helfen, Angel. Ein gutes Bild braucht einen guten Rahmen, hast du gesagt«, erinnerte er sie. »Wenn ich an die Spitze wolle, müsse es aussehen, als sei ich schon ganz oben ... Das waren deine Argumente.«

»Richtig. Und du wirst es auch schaffen!« Annabels Laune besserte sich. Ihr Mann hatte das Zeug zu einem Starfernsehkommentator. Er war ein ausgezeichneter Analytiker, ein scharfsinniger und charmanter Interviewer.

»Liebster«, fuhr sie fort. »Du bist einer der besten Nachrichtenmoderatoren. Und außerdem liebe ich dich!«

»Ich dich auch. Wegen des Apartments, Angel ... Du mußt dich nicht schuldig fühlen. Klappern gehört zum Handwerk. Besonders in New York. Wer weiß? Vielleicht verhilft mir die Wohnung doch zu einem neuen Job!«

Annabel lachte. »Wenn du deinen Job nicht bekommst und ich meinen Vertrag nicht, dann müssen wir die Wohnung eben verkaufen und uns etwas mieten, so wie alle anderen in New York auch. Ist doch egal, wo wir leben. Hauptsache, wir haben uns!«

Miranda saß angeschnallt im lärmenden Helikopter, steckte eine vorwitzige orangerote Haarsträhne hinter die Kopfhörer zurück und starrte auf den grauen, tristen Ärmelkanal hinunter. »Um halb drei sind wir in London abgeflogen. Gegen sieben dürften wir also in Saracen sein. Gerade rechtzeitig zum Abendessen.« Miranda sprach leise und bestimmt. Sie hatte die Erfahrung gemacht, daß man ihr so die größte Aufmerksamkeit zollte. Sie preßte das Gesicht gegen die Plexiglas-Kabinenverkleidung. »Wenn Gran mir doch endlich erlauben würde, meinen Pilotenschein zu machen! Kannst du sie nicht dazu überreden?«

Miranda wurde es in diesem Moment bewußt, daß das möglicherweise gar nicht nötig war. Der Gedanke, daß die Großmutter todkrank war, war schmerzlich. Sie biß sich auf die Unterlippe, um die Tränen zurückzuhalten.

Adam Grant, auf dem Sitz neben ihr, schüttelte den Kopf. Er war ein großgewachsener Mann mit dunklem Haar, braunen Augen und markanten Zügen. Er wirkte in einer fast arroganten Weise selbstbewußt. Er erinnerte Miranda an die perfekten

Models für Cashmerepullover in Herrenmodemagazinen oder an eine der männlichen Hauptpersonen in den Liebesromanen ihrer Großmutter.

Adams Vater, Joe Grant, war Elinors treuer juristischer Berater und Freund gewesen. Nach dessen Tod, fünf Jahre zuvor, waren Elinors Geschäfte allmählich in Adams Hände übergegangen, der für dieselbe Sozietät *Swithin, Timmins & Grant* arbeitete.

Adam hatte Miranda gebeten, ihn im Hubschrauber mitzunehmen, da sich die seltene Gelegenheit ergab, daß alle drei Schwestern zugleich in Saracen sein würden. Damit hatte er die Möglichkeit, mit ihnen den Fall durchzusprechen, was geschehen würde, wenn Elinor ohne Testament sterben sollte. Elinor besaß wohl die amerikanische als auch die britische Staatsbürgerschaft, hatte jedoch ihren ständigen Wohnsitz in Frankreich. Das bedeutete, daß für ihren Nachlaß das französische Steuerrecht zur Anwendung kommen würde. Erneut bedauerte Adam es, daß er Elinor nicht hatte überreden können, ein Testament aufzusetzen. Das Fehlen eines Testaments komplizierte im Todesfall alles.

Elinor war diejenige gewesen, die Adam gebeten hatte, Mirandas Weg als Unternehmerin mit Rat und Tat zu begleiten; und in den drei Jahren, seit Miranda ihre erste kleine Kosmetikboutique eröffnet hatte, hatte sich ihre Firma – wenn auch dünn – über ganz Großbritannien ausgebreitet. Im vergangenen Jahr war Adam, ihr inoffizieller Berater, auch beratender Direktor ihres Unternehmens geworden. Er hatte gerade die Bilanzen für ihren nächsten Schritt nach vorn vorbereitet.

»Du weißt, daß ich Elinor nie überreden würde, etwas gegen ihre Überzeugung zu tun«, antwortete Adam gelassen. Er fand es bemerkenswert, daß dieses rothaarige vierundzwanzigjährige Küken, die erfolgreiche Geschäftsfrau, sich noch immer den Wünschen ihrer Großmutter unterwarf. Normalerweise setzte Miranda eigene Maßstäbe und kümmerte sich nicht um die Meinung anderer.

Adam betrachtete Miranda von der Seite. Seiner Meinung nach verkörperte sie den idealen Frauentyp. Sie war schlank und sportlich, mit perfekten Proportionen: langen Beinen, kleinen runden Brüsten und einer schmalen Taille. Sie hatte einen graziösen Gang und war zu jeder Gelegenheit passend gekleidet. Das graue Seidenkostüm, schlicht und feminin, war für die monatliche Konferenz am Vormittag genau richtig gewesen.

Miranda zog es vor, das Thema zu wechseln. Sie schaltete die Sprechverbindung zum Piloten aus. »Adam, ich bin mit Ned Sinclair nicht so ganz glücklich.«

»Ich finde, er hat sich schnell eingearbeitet.« Adam hatte den neuen Finanzdirektor bei einem Konkurrenten aus der Kosmetikbranche abgeworben.

»Er hat ein paar unnötige Fragen über unsere Zukunftspläne gestellt. Das beunruhigt mich. Aber vielleicht bin ich auch überempfindlich, seit Mary Quant ihre eigene Kosmetikfirma eröffnet hat.«

»Die Quant hat keine Kette von Kosmetikboutiquen.« Adam strich sich gereizt das Haar aus der Stirn. Er trug es noch immer nach Schülerart mit seitlichem Scheitel, was ihm einen jungenhaften Charme verlieh.

»Sie ist meine unmittelbare Konkurrentin. Wir haben ähnliche Vorstellungen. Ich wette, sie geht noch vor mir auf den internationalen Markt. Würde mich nicht wundern, wenn Ned Kontakt mit mir aufgenommen hätte!«

Adam war erneut überrascht, wie viele Charaktereigenschaften Miranda von Elinor geerbt hatte: ihre Intuition und die Fähigkeit, danach zu handeln, ihre Entschlossenheit und ihr Mut.

Er lächelte. »Gut. Ich nehme Ned unter die Lupe. *Du* könntest längst auf dem internationalen Markt sein ... wenn du dich nur mit dem Franchisegeschäft anfreunden würdest!«

»Franchising kommt nicht in Frage. Ich gebe die Zügel nicht aus der Hand. So hart die Verträge auch sind, du hast im Endeffekt keinen Einfluß mehr darauf, was man mit deiner

Ware macht. Andere haben vielleicht nicht so hohe Qualitätsansprüche an Vertrieb und Präsentation wie wir. Also vergiß es.«

»Wenn du Franchising ablehnst, wird dein Kapital knapp«, erklärte Adam energisch und sah sie an. »Was *würdest* du für viel Geld tun, Miranda?«

»Was würde ich für viel Geld *nicht* tun? Das ist die Frage!« Miranda lachte.

»Das ist die Frage«, wiederholte Adam nachdenklich.

»Du bist so kompromißlos.« Miranda lächelte. »Warum sind wir nur immer so knapp bei Kasse?«

»Weil du schneller expandieren willst, als wir es uns leisten können«, antwortete Adam lakonisch. Er zuckte mit den Schultern. »Aber, wer weiß, was kommt ...«

Wie konnte er es wagen! »Ich weiß, was du denkst. Du meinst, wenn Gran stirbt ...«

Adam war verblüfft. Sie hatte seine Gedanken richtig erraten. Außerdem hatte er Miranda noch nie weinen gesehen. Sie zeigte normalerweise kaum Gefühlsregungen.

Er zog ein gemustertes Seidentaschentuch aus seiner Blazertasche und reichte es ihr schweigend.

»Mist! Jetzt habe ich eine Kontaktlinse verloren.« Miranda schluckte. »Liegt sie vielleicht auf meinem Schoß? Oder ist sie auf den Boden gefallen?«

»Halt still. Ich sehe sie auf deinem Rock.«

Adam beugte sich über sie. Miranda atmete seinen Duft nach Rasierwasser und Tabak ein. Adam war ein Mann mit einer sehr sinnlichen männlichen Ausstrahlung. Eine Tatsache, der sich Adam nicht bewußt zu sein schien. Das stand in krassem Gegensatz zu Adams korrektem Juristenhabitus, dem Understatement in seiner äußeren Erscheinung, seinen Savile-Row-Anzügen und der Hornbrille.

Miranda kannte die Wirkung von Adam auf Frauen. Das erste Mal war ihr das während eines Familienwochenendes in Saint Tropez aufgefallen, das Jahre zurücklag. Die damals zwölfjährige Miranda hatte festgestellt, daß sogar die übellaunige alte französische Haushälterin dem dreiundzwanzigjährigen Adam keinen Wunsch abschlagen konnte.

Und Miranda kannte den Grund für Adams Zurückhaltung ihr und ihren Schwestern gegenüber. Ein Flirt wäre gegen seine Berufsauffassung gewesen und hätte seine Arbeit nachteilig beeinflußt. Und obwohl sich alle drei Mädchen seiner Attraktivität durchaus bewußt waren, waren sie es von Kindheit an gewohnt, in ihm eine Art Onkel zu sehen. Er wiederum behandelte die Schwestern wie Kinder, was diese früher sehr empört hatte.

Als Adam in diesem Moment die Kontaktlinse in Mirandas Hand legte, war ihr sehr wohl bewußt, daß er *nicht* ihr Onkel war. Hastig verdrängte sie den Gedanken. Hände weg von den Angestellten, mahnte sie sich amüsiert. Außerdem war in ihrem Leben augenblicklich kein Platz für einen Liebhaber. In dieser Beziehung war Miranda kein Kind ihrer Zeit. Obwohl es jetzt die Pille überall gab, war es nicht ihre Art, mit jedem ins Bett zu gehen. Dazu mußte sie einen Mann gut kennen und ihm vertrauen können. Und bis jetzt hatte es in ihrem Leben nur einen Mann gegeben, bei dem sie sich sicher gefühlt hatte.

»Auch wenn es dir unangenehm ist, Miranda«, begann Adam, »bevor wir Saracen erreichen, sollten wir über das Testament deiner Großmutter reden ... das Testament, das sie bis jetzt noch nicht gemacht hat. Du weißt, es ist immer nur bei der guten Absicht geblieben.«

Adam schien ehrlich besorgt. Nach einer Weile fuhr er leise fort: »Ich stecke da in einem Dilemma. Soll ich mich strikt an meine Schweigepflicht halten, wie es mein Berufsethos vorschreibt, oder breche ich das Vertrauen meiner Klientin, um das zu tun, was für sie und die, die sie liebt, am besten ist? Rechtfertigt das Ziel in diesem Fall die Mittel? Würde Elinor mir recht geben? Ich kann mich nicht entscheiden. Schließlich weiß ich, daß Elinor nur das Beste für ihre Enkeltöchter will.«

»Ich kann dir nur raten, das Vertrauen deiner Klientin nicht zu enttäuschen«, erwiderte Miranda. »Aber vielleicht erklärst du mir erst einmal, worum es eigentlich geht?«

»Ohne meine Schweigepflicht als Anwalt zu brechen, kann ich dir soviel sagen, daß Elinor ihr Vermögen zwar euch drei Schwestern hinterlassen möchte, jedoch mehrere Verwaltungsmodelle dafür in Erwägung zieht.«

»Was soll das heißen, *Verwaltungsmodelle*?« Wenn es um Finanzen ging, war Miranda erst einmal skeptisch.

»Elinor möchte einfach verhindern, daß ihr Vermögen ... vergeudet wird. Nach französischem Erbrecht werden sämtliche Familienmitglieder bedacht. Diese Regelung lehnt sie ab. Sie will nicht, daß die Kinder ihres Bruders, sofern er Familie hat, nach ihrem Tod einen Teil beanspruchen und Ärger machen. Aber da Elinor ihren festen Wohnsitz in Frankreich hat, wird dieses Erbrecht im Todesfall zur Anwendung kommen ... es sei denn, sie setzt eine andere Regelung fest.«

»Und welche?« fragte Miranda.

»Wie du dir denken kannst, hatte sie ein paar ... abenteuerliche Ideen. Vom britischen Erbschaftsrecht hält sie ebenfalls nichts. Danach erbt der Älteste alles ... mit der Auflage, für die restliche Familie zu sorgen.«

»Das kann ich mir vorstellen!« Miranda war die jüngste der drei Schwestern ... »Gran hat schließlich erlebt, was ihrem Mann passiert ist.«

Billys Großmutter, eine vermögende Adelige, hatte ihren Besitz dem ältesten Sohn, einem Schwächling, hinterlassen, der fast alles an der Börse verloren hatte. Als er starb, hatte Billys älterer Bruder den Rest geerbt. Billy war leer ausgegangen.

»Elinor scheint mit dem griechischen System zu liebäugeln«, fuhr Adam fort.

»Und wie funktioniert das?«

»Hierbei wird das Vermögen dem Kind hinterlassen, das am besten damit umgehen kann, um es zum Nutzen der Familie zu verwalten.«

»Nun, das kann wohl ich am besten«, erklärte Miranda prompt.

»In bezug auf Geld ist das sicher richtig. Aber Clare ist auch eine sehr gewissenhafte und pflichtbewußte Person. Sie war für dich und Annabel immer auch ein bißchen wie eine Mutter.«

Miranda richtete sich abrupt auf. »Mein ganzes Leben lang ist Clare mir als Vorbild vorgehalten worden!« Clare war die typische ältere Schwester. Praktisch, zuverlässig und aufrichtig. Und diese Position hatte Clare stets wehrhaft verteidigt.

Miranda wußte, daß sich Clare für die ganze Welt verantwortlich fühlte ... besonders für die von der Gesellschaft Benachteiligten. Wenn Clare über das Geld bestimmen konnte, würde sie nichts bekommen. Denn in Clares Augen war sie alles andere als bedürftig. Miranda würde wieder das kleine Mädchen sein.

»Leider hält Elinor dich für ...«

»Meinst du, Gran hält mich für zu unüberlegt?«

»Nicht unbedingt«, antwortete Adam zögernd. »Aber möglicherweise ist Elinor der Ansicht, daß du zuviel riskierst. Sie sieht wohl in dir die junge, draufgängerische Unternehmerin. Für mich ist deine Risikofreude allerdings etwas Positives.«

Miranda dachte nach. »Was passiert, wenn Gran ohne Testament stirbt?«

»Dann ist das Chaos perfekt«, erwiderte Adam. »Es würde vermutlich Jahre dauern, bis wir die Situation entwirrt hätten. Das sollten wir unbedingt vermeiden. Sobald es Elinor bessergeht, dränge ich darauf, daß sie Entscheidungen trifft.« Nach einer Pause fügte er hinzu: »Es gibt nämlich eine Alternative zur griechischen Regelung, die das Vermögen schützt und doch für alle fair ist.«

»Und die wäre?« Miranda warf Adam einen flüchtigen Seitenblick zu.

»Du würdest jedenfalls einen gerechten Anteil bekommen.«

»Die Alternative, Adam!« drängte Miranda.

»Ich frage mich, ob Elinor mit der Errichtung eines Trusts, also einer Treuhandgesellschaft, einverstanden ist«, sagte Adam nachdenklich. »Was meinst du? Wenn du anderer Ansicht bist, dann belästige ich sie erst gar nicht mit dem Vorschlag.« Adam wußte, daß Miranda, die willensstärkste und intelligenteste Schwester, eine unangenehme Gegnerin sein würde.

»Und weshalb sollte Gran so eine Treuhandgesellschaft errichten? Welche Vorteile hat das?« erkundigte sich Miranda vorsichtig.

»Die Errichtung einer Treuhandgesellschaft kommt einer testamentarischen Verfügung gleich ... nur tritt sie noch zu Lebzeiten in Kraft«, klärte Adam sie auf. »Wenn Elinor ihren Nachlaß auf diese Weise regelt und ihre Enkeltöchter und deren Nachkommen als Nutznießer einsetzt, dann wäre das Vermögen in ihrem Sinn geschützt. Das heißt, kein Nutznießer könnte das gesamte Vermögen verschleudern. Dafür würden die Treuhänder Sorge tragen. Aufgabe dieser Vermögensverwalter ist es, das Vermögen zu bewahren und sich unmäßigen Wünschen der Begünstigten nicht zu unterwerfen.«

Miranda fuhr sich mit der Hand durchs Haar. »Heißt das, Clare könnte nicht auf dem Geld sitzen, es nicht teilen oder für wohltätige Zwecke ausgeben? Und Annabel könnte sich nicht ein Dutzend Yachten kaufen?«

»Genau so ist es«, bestätigte Adam. »Vorteil einer solchen Regelung: Das Kapital bleibt unter ständiger fachmännischer Kontrolle. Ich schätze, daß du dabei nichts zu verlieren hättest ... im Gegenteil. Treuhänder halten nichts vom unüberlegten, großzügigen Geldausgeben. Sie würden deine Schwestern sozusagen vor sich selbst schützen.«

»Ich bin für den Trust«, erklärte Miranda bestimmt.

»Können wir auch mit Annabel rechnen? Was meinst du? Vielleicht ist es besser, du sprichst mit ihr.« Und beinahe entschuldigend fügte Adam hinzu: »Du kennst sie besser. Mich hält sie vermutlich nur für pietätlos.«

»Warum sollte sie? Ich finde es besser, du erklärst es ihr. Du bist der Fachmann. Von juristischen Dingen verstehe ich nichts. Keine Sorge, Adam. Annabel ist zwar hoffnungslos sentimental, aber schließlich hast du keinen Vorteil davon. Du versuchst nur, uns Schwierigkeiten zu ersparen. Ich bin überzeugt, daß sie auch nicht möchte, daß Clare die Fäden in der Hand hält und wie früher über uns bestimmt. Wenn du Annabel diesen Punkt klarmachst, wird sie sicher einsichtig sein.«

Am Abend plauderte Adam auf der Terrasse mit Annabel, während Clare den zweijährigen Josh ins Bett brachte. Schließlich erwähnte er auch ihr gegenüber die Möglichkeit, eine Treuhandgesellschaft zu errichten, um Clare nicht die Verfügungsgewalt über das Vermögen zu überlassen.

Annabel reagierte zuerst überrascht, dann verärgert. »Clare hat mich als Kind schon genug herumkommandiert. Erzähl mir mehr über diesen Plan.«

Nach dem Abendessen schlug Adam Clare einen Spaziergang vor. Elinor war so schwach und krank, daß er keine unnötige Zeit mit Widerständen und Geschwisterkonflikten vergeuden wollte.

»Müssen wir wirklich jetzt darüber reden, Adam?« Clare war für Finanzgespräche nicht in der Stimmung, als sie im schwachen Schein der Straßenlaternen bergab schlenderten.

»Ich hatte gehofft, daß du vernünftig und nicht sentimental sein würdest«, entgegnete Adam bestimmt. »Ich will nur das Beste für euch und Elinor. Dazu bin ich als Elinors Anwalt verpflichtet.«

In Clares Ohren klang das alles ziemlich überheblich. »Warum kann Grans Vermögen nicht zu gleichen Teilen aufgeteilt werden? Wir sind keine Kinder mehr!«

»Miranda und Annabel sind von der Idee mit der Treuhandgesellschaft angetan«, warf Adam zögernd ein.

»Natürlich ... Kann ich mir vorstellen«, entgegnete Clare gereizt. »Annabel sagt zu allem ja und amen, was Miranda vorschlägt. Das ist nie anders gewesen. Ich weiß nicht, warum eine Treuhandgesellschaft nötig sein soll. Es kompliziert die Sache doch nur unnötig!«

Clare war eigensinnig wie ihre Großmutter. Adam versuchte eine andere Taktik.

Clare hörte zu. Dann schüttelte sie den Kopf. »Das zieht bei mir nicht mehr, Adam.«

»Was zieht bei dir nicht mehr?«

»Na, die Erwachsenenversion von *Daddy weiß es am besten*.«

2. KAPITEL

Dienstag, den 6. Juli 1965

Aus der grellen Morgensonne trat Dr. Montand in die schattige Kühle des Châteaus. Rosenduft erfüllte die Eingangshalle. Der Strauß stand in einem Krug auf einer antiken Kommode. Eine vierschrötige Frau mit unprofessionell schwarz gefärbtem Haar begrüßte Dr. Montand. Auf dem Weg zum Lift unterhielt sich der Arzt mit ihr in fließendem Englisch. Da viele Anwohner der Riviera nur Englisch sprachen, mußte ein ambitionierter Arzt zweisprachig sein.

Die Frau war Buzz, Elinors treueste Freundin. Nach Billys Tod im Jahre 1947 hatte Buzz der Freundin beigestanden und sie seither nicht mehr verlassen. Sie hatte ihr den Haushalt geführt, auf die Erziehung der drei kleinen Mädchen geachtet, Rechnungen bezahlt, sich um alles gekümmert, so daß Elinor sich ausschließlich auf das Schreiben ihrer Romane konzentrieren konnte.

Buzz kam aus einer Arbeiterfamilie und sprach einen fast unverfälschten Londoner Dialekt. Ihr Cockney-Englisch war für die Franzosen der Riviera noch unverständlicher als ihr Französisch. Da Buzz etwas ungehobelt wirkte, begingen viele den Fehler, sie zu unterschätzen, ja, sie nicht einmal zur Kenntnis zu nehmen. Buzz tat es ihnen gleich und beschränkte sich zumeist aufs Beobachten und Zuhören und bildete sich zu allem eine eigene Meinung. Was auch geschah, Buzz beschützte Elinor ... gelegentlich sogar vor sich selbst.

Der Lift hielt in der Etage mit den Schlafzimmern. Dort faltete ein Hausmädchen Bettücher und legte sie in einen

Schrank aus Kirschholz, in dem das Leinen mit gelbem seidenen Wäscheband zusammengebunden wurde.

Von diesem Korridor aus gingen sämtliche Schlafzimmer ab. In der Etage darüber befanden sich sechs Gästesuiten, jede mit eigenem Schlaf- und Badezimmer und einer kleinen Küche. Das ganze Château war so angelegt, daß es ohne viel Aufwand in ein Luxushotel umgewandelt werden konnte, wenn Elinor eines Tages einmal Geld benötigen sollte.

Bevor Buzz Elinors Schlafzimmertür öffnete, wandte sie sich abrupt an den Arzt: »Sie sagen mir doch die Wahrheit? Ich kann sie ertragen. Die Mädchen nicht.«

»Ich habe Ihnen alles gesagt, was ich weiß«, entgegnete Dr. Montand. »Madame O'Dare hatte einen Schlaganfall.« Der Arzt wiederholte geduldig seine Ausführungen vom Vorabend. »Sie ist linksseitig gelähmt. Später müssen wir sie genauer untersuchen. Röntgenfotos, ein EEG, ein EKG und so weiter sind notwendig. Im Augenblick hat es wenig Sinn, sie dazu ins Krankenhaus nach Nizza zu bringen. Im Moment kann sie auch hier in ihrer gewohnten Umgebung gepflegt werden.«

Buzz nickte. »Nur, daß hier kaum die Gefahr besteht, daß sie eine Infektionskrankheit aufschnappt. Das passiert nämlich heutzutage einem von vier Patienten in westlichen Krankenhäusern.«

»Sie sind gut informiert!« Der Arzt nahm an, daß die große, unelegante Frau in dem unvorteilhaften marineblauen Kleid eine ehemalige Krankenschwester war.

»Wird sie wieder vollkommen gesund werden?«

Dr. Montand zuckte mit den Schultern. »Sie hat kein Übergewicht. Sie sagen, daß sie weder übermäßig trinkt noch raucht. Sie hat weder Diabetes noch Bluthochdruck.« Die Patientin war fünfundsechzig. Kein Arzt würde ihr eine Diät verschreiben, ihr Alkohol verbieten oder ein Fitneßtraining verordnen. Jeder würde ihr raten, die ihr verbleibende Zeit zu genießen ... falls sie überlebte.

Buzz strich sich eine Haarsträhne hinters Ohr. »Sie haben meine Frage nicht beantwortet.«

»Dazu ist es auch noch zu früh«, klärte der Arzt sie auf. »Es wird eine Weile dauern, bis sie sich erholt hat. Oft bleiben Schäden zurück. Es muß nicht sein, aber es kann sein. Sie sollten sich jetzt ein wenig ausruhen, Madame. Schließlich haben Sie die ganze Nacht bei ihr gewacht.« Sie hatte zwar kein Wort darüber verloren, doch sie war sicherlich eine der Frauen, die keiner Nachtschwester trauten.

Nachdem der Arzt seine tägliche Untersuchung beendet hatte, setzte Buzz sich an das Krankenbett der Freundin.

»Du bist bald wieder auf den Beinen, sagt er«, behauptete Buzz. »Ich besorge eine Krankengymnastin, damit du entsprechend üben kannst.«

»Aber ich bin zu schwach. Und ich kann mich weder bewegen noch ordentlich artikulieren«, protestierte Elinor schleppend.

»Eine Krankengymnastin wirkt Wunder, Nell ...«

»Kann ich denn je wieder richtig sprechen? Meine linke Backe ist taub wie nach einer Spritze beim Zahnarzt.«

»Keine Angst. Es dauert nur ein Weilchen ...«

Elinors Angst verflog. Sie entspannte sich. Buzz' Nähe war beruhigend und tröstlich. Die beiden Frauen hatten in ihrer Jugend gemeinsam harte Zeiten durchgemacht. Buzz kannte Elinors Fehler und akzeptierte sie. Bei Buzz waren Elinors Geheimnisse bestens aufgehoben.

»Was macht Buzz eigentlich?« lautete eine häufige Frage an Elinor. Sie wurde als Sekretärin ausgegeben, schrieb jedoch nur widerwillig Schreibmaschine, und Stenografie beherrschte sie überhaupt nicht.

»Sie beschützt mich«, antwortete Elinor zumeist mit einem unergründlichen Lächeln.

Was die beiden Frauen verband, war etwas, das Außenstehende nie begreifen würden. Zwischen Elinor und Buzz jedoch herrschten klare Verhältnisse. Elinor war Buzz' Freundin und ihre Chefin. Buzz war Elinors Sekretärin, aber nicht ihre Sklavin. Für Elinor war ein Leben ohne Buzz nicht mehr vorstellbar. Diese ungewöhnliche Frau war ein unverzichtbarer Bestandteil ihres Lebens.

Sie hatten sich vor langer Zeit an einem regnerischen Herbstabend des Jahres 1918 kennengelernt. Der Tag, der für Elinor ein Tag wie jeder andere im Lazarett gewesen war, sollte Buzz' Leben schmerzlich verändern.

An jenem Abend war ein Verwundetentransport eingetroffen. In all der Hektik war es Elinor verwundert aufgefallen, daß ein Krankenwagen des Konvois von einer großen schlanken Frau mit kurzgeschnittenem Haar gefahren wurde. Der schwerverwundete Soldat, den sie auf einer Bahre aus dem Wagen holten, war kurz darauf nach einer Notoperation in Elinors Armen gestorben.

Nachdem der Chirurg hinausgegangen war, war Elinor mit der schlaksigen jungen Frau allein. Sie war bleich wie der Tod. Ihre dunklen Augen starrten unverwandt auf den zugedeckten Körper des jungen Mannes.

»Haben Sie ihn gekannt?« frage Elinor leise.

Die Zähne der Fahrerin des Sanitätswagens klapperten, als sie mühsam hervorbrachte: »Wir wollten heiraten, Ginger und ich.«

Später teilten sich die beiden Frauen in Elinors Wellblechhütte einen Becher wäßrigen Kakao. Elinor wußte, daß die blasse junge Frau, die noch keine Träne vergossen hatte, unter einem Schock litt: Sie bewegte sich wie eine Traumwandlerin, sprach jedoch, als sei nichts Besonderes geschehen.

»Wie heißt du eigentlich?« fragte Elinor schließlich.

»Buzz Mann.«

»Das klingt eher amerikanisch als britisch.«

»Stimmt. Eigentlich heiße ich Doris. Buzz ist bei uns der Spitzname für jemand, der immer über alles informiert ist. Als Fahrerin eines Sanitätswagens kriegt man eben vieles brandheiß mit. Ich bin immer auf dem laufenden. Ihr Krankenschwestern leistet ja die eigentliche Dreckarbeit. Ihr seid um euren Job wirklich nicht zu beneiden.«

»Nun, deinen möchte ich aber auch nicht machen!«

»Ich hatte großes Glück, daß man mich als Sanitätswagenfahrerin genommen hat«, entgegnete Buzz. »Normalerweise nehmen die vom Kriegsministerium keine Mädchen aus dem Arbeitermilieu. Eher nette höhere Töchter mit eigenem Vermögen. Wir sind nämlich alle Freiwillige und kriegen praktisch nichts bezahlt.«

Nach jenem ersten Abend trafen sich die beiden Frauen häufig in Elinors Unterkunft. Elinor mochte Buzz' direkte Art, ihre Unbekümmertheit, ihre Verachtung für alle Vorgesetzten ... und ihre sorgfältig kaschierte Wärme und Herzlichkeit.

Und wie Elinor Buzz nach Gingers Tod getröstet hatte, wurde auch Elinor Trost zuteil, als Buzz sie ein paar Wochen später weinend auf dem harten Bett in ihrer Wellblechhütte vorfand.

»Was ist los?« fragte Buzz.

Elinor reichte ihr wortlos einen Brief.

Er enthielt die Nachricht, daß Elinors Mutter an Tuberkulose gestorben und bereits beerdigt worden war. Gezeichnet war der Brief mit *Dein untröstlicher Vater Marius F. Dove*.

Schließlich schluckte Elinor und sagte: »Das einzig Gute an der Sache ist, daß ich *ihm* jetzt nicht mehr begegnen muß!«

Mittlerweile waren Buzz und Elinor seit fast einem halben Jahrhundert befreundet; und was Elinor betraf, so hatte Buzz nur einen Fehler: Sie hatte Billy nie gemocht.

Wieder wandte Elinor den Kopf, um Billys Foto auf ihrem Nachttisch zu betrachten. Ihre Gedanken wanderten zurück. Billys Angehörige hatten sie tief gedemütigt. Dabei war letztendlich sie diejenige gewesen, die der Familie wieder zu Geld verholfen hatte. Inzwischen war Elinor eine berühmte Persönlichkeit, in der Gesellschaft akzeptiert und respektiert, wie sie es nie gewesen waren. Und bei der Verwaltung ihres Vermögens würde sie eisern verhindern, daß sich die Familiengeschichte wiederholte.

Mit schwacher, aber bestimmter Stimme sagte sie zu Buzz: »Ich will, daß die Mädchen eine sichere Existenz haben ... Sie sollen glücklich sein ... ohne Lasten und Sorgen. Sie sollen haben, was du und ich vermissen mußten: Zeit ..., Zeit, das Leben zu genießen, Zeit nachzudenken. Mehr Zeit für ihre Kinder, als ich für Edward hatte.«

»Du hast doch immer dein Bestes getan, Nell«, beruhigte Buzz sie. »Vielleicht war es eine Fügung des Schicksals, daß du nur ein Kind hattest.«

Elinor schaute Buzz an. »Ich möchte jetzt sofort mit Adam sprechen.«

»Nein, noch nicht. Du kannst ja kaum sprechen!«

»Buzz, es ist dringend. Ich habe kein Testament gemacht!«

Buzz beugte sich zu Elinor. »Ist gar nicht dringend, du Dummkopf. Wichtig, aber nicht dringend. Du mußt dich einfach noch gedulden. Ich lasse diesen Adam nicht zu dir, bevor der Arzt grünes Licht dafür gegeben hat. Basta! Ich mache dir jetzt Bananenmus mit Sahne. Das kannst du mit dem Teelöffel essen. Ich weiß doch, was dir schmeckt, Nell!«

Elinor lächelte. Sie hatte ein Leben lang für andere gesorgt. Jetzt war es ein ungewohntes, aber angenehmes Gefühl, von anderen verwöhnt zu werden und ihnen die Entscheidungen zu überlassen.

Montag, den 19. Juli 1965

Zwei Wochen später saß Adam auf einem der silbergrauen Sofas vor dem offenen Kamin in Elinors Schlafzimmer. Auf dem Tisch davor hatte er hastig seine Akten ausgebreitet. Buzz mahnte ihn erneut, daß er nur ein paar Minuten bleiben könne.

Elinors Stimme klang noch immer schwach, und das Taubheitsgefühl des linken Mundwinkels hatte nicht nachgelassen. »Es tut mir leid, daß ich mich nicht schon längst dazu durchgerungen habe, Adam.«

»Wir haben keine Eile.« Der Anwalt war von Buzz genau instruiert worden. »Wir können das genausogut jetzt regeln ... wenn es dir nicht zuviel ist.«

Elinor hob mühsam den Kopf. »Leg die Papiere weg, Adam. Setz dich zu mir.«

Adam trat an das Himmelbett. Sein Blick schweifte über die Fotografien auf Elinors Nachttisch. Eine davon zeigte eine Gruppe von Piloten aus dem Ersten Weltkrieg. Ihre Gesichter strahlten im Triumph des Sieges. Adam bedauerte fast, daß aus einem dieser unbekümmerten, sorglosen jungen Männer sein penibler, korrekter Vater geworden war: Eine Säule der Gesellschaft, ein geachteter Jurist. Seine Frau hatte ihn nie vergessen lassen, daß sie die Tochter des Chefs war, so daß er stets bemüht war, sich dieses Glücks als würdig zu erweisen. Joe Grant hatte sich also gefügt, seine Gefühle unterdrückt, sie hinter einem sorgfältig durchorganisierten Leben in einem luxuriösen Landhaus unweit von London verborgen.

Der Anblick der leidenden Elinor, die dem Tod vor kurzem noch so nah gewesen war, griff Adam ans Herz. Ihre Zerbrechlichkeit, ihre durchscheinend blasse Gesichtsfarbe, der Geruch des Krankenzimmers, das alles erweckte in ihm das Gefühl, etwas verloren zu haben. Sein Vater war nach langem Siechtum an Lungenkrebs gestorben. Am meisten bedauerte Adam, daß er nie eine freundschaftliche Vater-Sohn-Beziehung gehabt hatte, wie sie für andere Jungen selbstverständlich gewesen war. Natürlich hatte es in Adams Kindheit wenig Gelegenheit gegeben, Zeit mit dem Vater zu verbringen. Die Mutter hatte ihn der Obhut eines Kindermädchens anvertraut, ihr Bridgeclub war ihr wichtiger. Adam wünschte, er hätte auch als Erwachsener seinen Vater besser verstehen lernen können. Der Vater war längst nicht so hart und fordernd gewesen, wie es den Anschein erweckt hatte. Er wollte, daß sein ältester Sohn das Beste aus seinem Leben machte. Und als Adam als Referendar in die Anwaltssozietät der Familie eingetreten war, hatte der Vater in der Kanzlei sorgfältig jeden Kontakt mit ihm vermieden, weil er ihn in keiner Weise bevorzugen wollte. Adam hatte den Grund immer gekannt, und es hatte trotzdem weh getan.

Elinor war Adams Blick auf die Fotografien nicht entgangen.

»Dein Vater fehlt mir noch immer. Joe hat meine Finanzen so gut im Griff gehabt ... besonders nach Billys Tod«, flüsterte sie.

Adam lächelte aufmunternd. »Ich will dir helfen, wie mein Vater es getan hätte. Sag mir einfach, was du willst, und ich werde alles regeln. Ich habe hier eine Liste deiner Vermögenswerte. Vielleicht sagst du mir einfach, welchen Personen ... du etwas zukommen lassen möchtest ... irgendwann in der Zukunft. Dann setze ich ein ... ein Dokument für dich auf und du kannst alles noch einmal überdenken.«

Als Elinor schwieg, fragte Adam sich, ob ihr Denkvermögen durch die Krankheit gelitten hatte. »Möchtest du deiner Familie in Amerika Geld hinterlassen?«

Elinor dachte flüchtig an ihren Bruder. Ob er noch lebte und selbst Kinder hatte? Sie erinnerte sich der Eifersucht, die sie stets angesichts der Bevorzugung empfunden hatte, die Paul beim Vater so offensichtlich genoß. Sie hatte lange unter der Nichtachtung durch Paul gelitten und immer Schuldgefühle gehabt, weil sie ein Mädchen gewesen war, zu zart, um tatkräftig bei der Arbeit auf der Farm in Minnesota mitzuhelfen. Ihre Kindheit war geprägt von der Angst vor dem Vater und seinen Wutausbrüchen. Er hatte fertiggebracht, aus ihr ein völlig verängstigtes, unterwürfiges Wesen zu machen. Wie sehr hatte sie auf ein einziges Zeichen seiner Liebe gehofft! Liebe hatte sie nur von der Mutter, einer depressiven, gebrochenen Frau erfahren. Elinor erinnerte sich noch gut an ihre Erleichterung, als sie sich schließlich aus der Umklammerung der Familie befreit hatte.

Sie schüttelte langsam den Kopf. »Nein. Sie haben nie etwas für mich getan. Außerdem habe ich seit 1932 nichts mehr von ihnen gehört. Damals mußte mein Bruder die Farm verkaufen. Ich habe nichts geerbt, und ich bin ihm nichts schuldig. Das einfachste ist, wir teilen alles unter den drei Mädchen und Buzz auf ...«

Adam machte eine sorgenvolle Miene. »Das Einfachste ist

nicht immer das Klügste«, gab er zu bedenken. »Die Mädchen müssen davor geschützt werden, daß man ihr Erbe verschleudert, unterschlägt oder ... Du hast sie immer vor der harten Realität des Lebens beschützt.« Er zögerte. »Vielleicht sollten sie jetzt auch ... vor sich selbst beschützt werden ... Es sei denn, du bist der Meinung, daß sie das Vermögen in Zukunft klug verwalten, kein Risiko eingehen und der Versuchung widerstehen, es sinnlos zu verschwenden.«

Elinor überdachte Adams Mahnung. Sie wehrte sich gegen den Gedanken, daß die Mädchen verschwenderisch mit ihrem Geld umgehen könnten, aber es gab doch gewisse Hinweise.

»Natürlich war Clare als Älteste stets sehr pflichtbewußt«, warf Adam ein. »Aber ich befürchte, daß sie mit ihrer sozialen Ader etwas zu freigebig sein könnte.«

Es war für Elinor nicht schwer zu verstehen, daß Adam sich sorgte, ihr Geld könnte in kurzer Zeit ausgegeben sein.

»Die Mädchen müssen darauf vorbereitet werden, wie man mit einem solchen Vermögen umgeht«, fuhr Adam fort. »Sie müssen lernen, mit Börsenmaklern, Steuerberatern, Anwälten und anderen Vermögensberatern zu verhandeln.«

Elinor überlegte. »Du kümmerst dich doch um Mirandas Geschäfte, Adam ... Oder? Und die anderen beiden haben Ehemänner, die das übernehmen.«

Adam wirkte verlegen. »Ich will hier niemanden anschwärzen, aber Clares Mann ist Filmproduzent. Einige seiner Filme waren zwar erfolgreich ... Wenn er Clare dazu überreden sollte, in seine Filmprojekte zu investieren, geschieht das sicher in bester Absicht. Aber so etwas kann sehr riskant sein und viel Geld kosten!«

Das hatte Elinor nicht bedacht.

»Und noch etwas«, fuhr Adam fort. »Die Scheidungsrate steigt ständig. Natürlich hoffen wir alle, daß Clares Ehe Bestand hat. Aber ihr Mann ist bereits zweimal geschieden. Und als Anwalt muß ich dir sagen, daß es kaum einen Mann gibt, der die finanziellen Interessen seiner Frau über die eigenen stellt, sollte es einmal zu einer Trennung kommen.« Er hielt inne, um Elinor Zeit zu geben, seine Worte zu überdenken.

»Clare und Annabel sind charmante, bezaubernde junge Frauen. Aber bist du sicher, daß sie kompetent genug sind, ein solches Kapital zu verwalten? Immerhin haben sie weder eine entsprechende Ausbildung noch die nötige Erfahrung.«

Nach kurzem Schweigen fügte Adam hinzu: »Und ich muß mich schon fragen, ob Annabel – auf sich gestellt – nicht eine leichte Beute für Betrüger oder die Sorte Männer wäre, die sich an Frauen mit Geld heranmachen?«

»Ich habe verstanden«, flüsterte Elinor stockend. »Welchen Rat kannst du mir geben? Du weißt es am besten.«

Adam begann, Elinor die Vorteile einer Familientreuhand auseinanderzusetzen, und schloß: »Der größte Vorteil wäre, daß die Treuhänder, Männer von unantastbarem Ruf, den Mädchen alle Verantwortung abnehmen, sämtliche Entscheidungen treffen und das Treuhandvermögen unauffällig und zu deiner Zufriedenheit vor ... zu deinen Lebzeiten verwalten würden.«

Nach nachdenklichem Schweigen sagte Elinor leise: »Ein sehr vernünftiger Vorschlag. Der Dove-Trust. Warum hast du das nicht schon längst vorgeschlagen, Adam?«

»Du wolltest über dein ... diese Dinge nie sprechen«, erinnerte Adam sie.

»Und wen schlägst du als Treuhänder vor?«

»Von einer Bank rate ich ab«, erwiderte Adam energisch. »Banken sind im Geschäft, um auf eigene Rechnung Gewinne zu machen.« Er warnte besonders vor Schweizer Banken.

»Wen oder was schlägst du dann vor?«

»Du brauchst verläßliche, verantwortungsvolle Fachleute, denen du uneingeschränkt vertrauen kannst. Alle deine größeren Vermögenswerte werden von der Treuhandgesellschaft verwaltet. Über kleinere Vermögenswerte wie persönliche Dinge solltest du in einem Testament verfügen.«

»Das eigentliche Vermögen verwaltet also die Treuhand«, fuhr Adam fort. »Die Treuhänder entscheiden auch, ob und in welcher Höhe ein Teil des Treuhandeinkommens den von dir benannten Nutznießern zukommen soll.«

»Wie hoch werden die Verwaltungskosten sein?« Elinors Stimme klang schwach. Adams gutgemeinte Ermahnungen hatten sie erschöpft.

»Die Errichtung einer Treuhandgesellschaft kostet vielleicht tausend Pfund, wenn Immobilien wie das Château eingeschlossen sind. Die jährlichen Kosten belaufen sich ungefähr auf ein halbes Prozent des Treuhandvermögens. Die Treuhänder würden weiter mit deiner bisherigen Bank, der Börsenmaklerfirma und anderen Beratern zusammenarbeiten.«

»Würden *Swithin, Timmins & Grant* auch weiterhin als meine Anwälte fungieren?«

»Natürlich. Und wenn du es möchtest, könnte unsere Sozietät als Treuhänder eingesetzt werden.«

In diesem Moment tauchte Buzz' Kopf in der Tür auf. »Noch zwei Minuten, Adam!« Als sie jedoch Elinors abgespanntes Gesicht sah, korrigierte sie sich. »Nein, du gehst am besten jetzt gleich!«

»Noch zwei Minuten.« Adam lächelte bedeutungsvoll. Buzz zögerte kurz und schloß die Tür wieder.

Adam blickte Elinor über den Rand seiner Hornbrille nachdenklich an. »Dabei fällt mir ein ... Ich halte es für besser, Buzz nicht in den Trust aufzunehmen. Die Treuhänder könnten trotzdem für sie sorgen wie für die Mädchen ... Aber nach unserer Erfahrung – ich meine, unsere Kanzlei – sollte eine Familientreuhand nur für Familienmitglieder errichtet werden. Es gibt noch andere juristische Gründe, mit denen ich dich jetzt nicht belästigen möchte.«

»Bist du sicher, daß Buzz dennoch gut versorgt wäre?« Elinor war bedrückt.

»Da bin ich ganz sicher.« Adam packte seine Unterlagen zusammen und stand auf.

»Wie lange dauert es, bis alles geregelt ist?«

Adam verstand Elinors Frage sofort richtig. »Zwei Wochen«,

antwortete er beruhigend. »Aber im Notfall geht es auch über Nacht.«

»Bitte erledige das so schnell wie möglich«, murmelte Elinor und fügte hinzu: »Und bitte erkläre Buzz und den Mädchen alles.«

»Was immer du möchtest. Dafür bin ich da«, versicherte Adam ihr. »Ich werde Buzz und den Mädchen gern alles erklären. Vielleicht später hier bei dir, wenn der Arzt es erlaubt. Wir wollen dich nicht überanstrengen, Elinor!«

An jenem Nachmittag, als sich alle um Elinors pompöses Bett herum versammelt hatten, fiel es Adam auf, wie unbehaglich sich die Mädchen fühlten. Der Ernst der Lage machte ihnen sehr zu schaffen.

Miranda ergriff das Wort. »Fangen wir endlich an, Adam.«

»Eure Großmutter hat sich entschlossen, eine Familientreuhand zu errichten. Die Nutznießerinnen dieses Trusts seid ihr, die Enkeltöchter.« Dann erklärte er in sachlich neutralem Ton Elinors Vorhaben und nannte die Höhe des Treuhandvermögens.

»Knapp unter neun Millionen Pfund!« wiederholte Miranda atemlos.

Annabel hatte es kurzfristig die Sprache verschlagen. »Das sind ... das sind ja fast siebenundzwanzig Millionen Dollar!«

Clare zögerte. »Das ist zuviel Geld für eine einzige Person ... oder für eine Familie.« Als sie einen frostigen Blick der Großmutter auffing, fügte sie hinzu. »Ich meine, soviel Geld zu haben ist schon fast unanständig, wo doch die halbe Welt hungert.«

Adam nahm zur Kenntnis, daß Clare sich erwartungsgemäß verhielt. Sie war ganz die romantische, idealistische Liberale. Ihre Ehrlichkeit und Aufrichtigkeit stempelten sie von Anfang an zur Verliererin.

»Wie funktioniert so ein Trust?« fragte Buzz vorsichtig.

»Eigentlich ist es so, als gründe man eine Firma, die allerdings von Treuhändern anstatt von Direktoren geführt wird«, erklärte Adam. »Ein sogenannter Kurator wacht wiederum über die Tätigkeit der Treuhänder. Elinor ist in unserem Fall die Gründerin der Stiftung ... geführt wird sie zugunsten der Nutznießer, die Elinor bestimmt ... in diesem Fall ihre Nachkommen. Sollte es irgendwann einmal keine Nachkommen mehr geben«, fügte Adam hinzu, »sollte ein anderer Nutznießer genannt werden. Allerdings könnte dieser Fall erst in einigen hundert Jahren eintreten.«

Elinor gefiel die Vorstellung, daß ihr Trust Hunderte von Jahren überdauern und regelmäßig Zinsen abwerfen könnte.

»Was ist mit Elinor? Sie ist keine Begünstigte. Kann sie trotzdem noch über das Treuhandvermögen verfügen?« wollte Clare wissen.

»Was ist mit Buzz?« schloß Annabel sich an. »Sie ist kein Nachkomme von Elinor O'Dare.«

»Die Treuhandgesellschaft wird Elinors Wünsche in jeder Hinsicht berücksichtigen«, beantwortete Adam die erste Frage. »Sie kann all ihre Anfragen den Treuhändern schriftlich übermitteln.«

»Und müssen sich die Treuhänder ihren Wünschen beugen?« erkundigte sich Miranda.

»Sie handeln nach ihrem Gutdünken ... wie ein Verwaltungsrat. Und zwar immer zum Vorteil der Begünstigten.«

»Klingt kompliziert ... und ungewöhnlich, was?« Buzz war skeptisch.

»Die Errichtung eines Trusts ist bei reichen Leuten nichts Ungewöhnliches«, entgegnete Adam. »Um Erbschaftssteuern so gering wie möglich zu halten und Mißmanagement zu vermeiden, vermacht Lord X sein Vermögen seinen Kindern mit der Auflage, daß sie bis zu seinem Tod für sein Auskommen sorgen.«

»Was ist, wenn die Kinder die Bestimmungen anders auslegen?« fragte Buzz. »Wenn sie ihre Meinung ändern, nachdem Lord X ihnen all seine weltlichen Güter überschrieben hat?«

»Wenn die Kinder nicht unbedingt vertrauenswürdig sind, dann sollte man eine solche Regelung gar nicht erst in Erwägung ziehen.« Es strengte Adam an, höflich zu bleiben.

»Wenn Elinor ihr gesamtes Vermögen in diese Treuhand einbringt, wovon soll *sie* dann leben?« bohrte Buzz weiter.

»Die Gesellschaft kann Elinor für die von ihr geleistete Arbeit ein Gehalt bewilligen. Damit hätte sie nach Abzug der Steuern reichlich Geld, um davon zu leben«, erwiderte Adam.

Miranda unterdrückte ihre Ungeduld. Wollte Buzz nicht begreifen, daß der Grund für diesen Trust die Tatsache war, daß Elinor höchstwahrscheinlich sterben mußte?

»Und wer sollen diese allmächtigen Treuhänder eigentlich sein?« warf Clare ein.

»Elinors Anwälte sind aufgefordert, Treuhänder zu stellen«, sagte Adam. »Elinor weiß, daß die Kanzlei Swithin, Timmins & Grant, kurz STG, eine fähige und verläßliche Sozietät ist. Außerdem arbeitet sie ungern mit ihr unbekannten Personen. Ich schlage also vor, unsere Filiale auf den Bermudas mit der Errichtung zu beauftragen. Ein im Ausland ansässiger Trust würde auch von etwaigen Gesetzesänderungen unberührt bleiben.«

»Du hast einen Kurator erwähnt. Wer soll das sein?« fragte Miranda.

»Vermutlich Paul Littlejohn. Er arbeitet in unserem Büro auf den Bermudas. Er kennt sich mit Elinors Angelegenheiten aus.«

Buzz runzelte die Stirn, sah Elinors durchsichtige Blässe, biß sich auf die Lippen, wollte etwas sagen, überlegte es sich anders und schwieg.

Erleichtert darüber, daß die Besprechung zu Ende schien, fragte Elinor mit brüchiger Stimme: »Dann ist also alles klar?«

»Ich möchte lieber noch mehr erfahren«, meldete sich Clare unsicher zu Wort. »Die Sache gefällt mir nämlich nicht. Wenn Gran uns Geld hinterlassen möchte, warum kann sie das dann nicht auf herkömmliche Art tun? Warum sollten wir alles so komplizieren?«

»Adam weiß, was am besten ist«, entgegnete Elinor energisch. »Sei nicht so kritisch, Clare.«

»Ich bin alt genug, um über meine Finanzen selbst zu bestimmen«, begehrte Clare auf.

»Das hast du noch nicht bewiesen«, warf Miranda scharf ein. »Du hast keinerlei Erfahrung im Geschäftsleben!«

»Ich bin überzeugt, daß ich meine Finanzen selbst regeln kann!« beharrte Clare wütend. »Ich bin eine verheiratete Frau und Mutter. Das dürfte doch Beweis genug für mein Verantwortungsbewußtsein sein. Weshalb muß ich mich von Anwälten bevormunden lassen?«

»Adam hat sich viel Mühe gemacht, die Sache auf die Beine zu stellen. Und Adam weiß, was für uns am besten ist, Liebes«, beruhigte Elinor sie mit schwacher Stimme.

»*Wieso* weiß Adam, was für mich am besten ist?« Clares Frage klang unwirsch.

»Weil Adam ein Fachmann ist«, flüsterte Elinor. »Er ist ein erfahrener Jurist. Deshalb.«

»Gran, schon mein ganzes Leben lang höre ich von dir, daß ein bestimmter Mann im Nadelstreifenanzug weiß, was für mich am besten ist«, konterte Clare. »Als wir noch kleine Mädchen waren, hat es angefangen ... mit Daddy Billy. *Daddy weiß, was am besten ist*, hieß es immer. Aber schon damals haben wir alle gewußt, daß das nicht stimmte. Ich will mich nicht wieder bevormunden lassen, schon gar nicht von ... irgendeinem fremden Anwalt, der irgendwo mitten im Atlantik sitzt!«

»Laß Daddy Billy aus dem Spiel, Clare«, mahnte Buzz. Sie haßte diese Bezeichnung, die Billy O'Dare sich selbst gegeben hatte; wohl vor allem, um nicht Großvater genannt zu werden, wie Buzz insgeheim vermutete.

»Verzeihung. Ich wollte Daddy Billy nicht kritisieren«, entschuldigte sich Clare hastig. Das Gespräch mit Elinor war lebenswichtig. Sie beugte sich zu ihrer Großmutter und meinte: »Ich versuche nur, ehrlich zu sein, Gran. Und mir gefällt diese Sache nicht!« fügte sie mit Nachdruck hinzu.

»Adam hat sich sehr viel Mühe gemacht ...«, wiederholte Elinor schwach.

»Aber warum hast du nicht zuerst mit uns darüber gesprochen? Schließlich sind wir die Betroffenen!« protestierte Clare.

»Das habe ich doch schon erklärt. Weil Adam weiß, was gut und richtig ist. Er ist der Fachmann. Ich bezahle ihn dafür, daß er über diese Dinge sorgfältig nachdenkt und Entscheidungen trifft. Es wäre dumm, seinem Rat nicht zu folgen.«

»Ja, aber ...« Clare begriff einfach nicht, weshalb ihre Großmutter nie Vertrauen in ihr eigenes Urteilsvermögen hatte und Adam so viel Ehrerbietung, ja fast Unterwürfigkeit entgegenbrachte.

»Clare«, begann Elinor erneut. »Ich muß doch bitten! Wo bleibt dein Respekt für Adam? Adam, entschuldige!«

»Hör bitte auf, uns wie Kinder zu behandeln!« brach es aus Clare heraus. »Du redest wie früher. Immer wenn wir eine Entscheidung in Frage gestellt haben, bekamen wir zur Antwort, *weil Daddy weiß, was am besten ist*. Schon damals hatte die Antwort mit Logik nichts zu tun. Und daran hat sich nichts geändert. Begreifst du das denn nicht, Gran? Warum wiederholst du nur stereotyp, *weil Adam weiß, was am besten ist?*«

»Weil es eben so ist!« antwortete Elinor kategorisch.

»Du hast immer den Rat von irgendwelchen Männern befolgt. Und es ist dir stets gelungen, irgendeinen Grund dafür aus dem Hut zu zaubern.« Clare fragte sich plötzlich, ob ihre Großmutter sich auf diese Weise stets der endgültigen Verantwortung für ihre Handlungen entzogen hatte.

»Immer mit der Ruhe, Clare«, bemerkte Buzz vorwurfsvoll. »Wir proben hier kein Familiendrama à la *Sturmhöhe*!« Das war ein Ausspruch, der immer dann zitiert wurde, wenn Elinor überdramatisierte und sich auf einen Roman von Emily Bronte bezog.

Ebenfalls bemüht, die Situation zu entschärfen, meldete sich Annabel, die Friedensstifterin in der Familie, zu Wort: »Ich habe auch eine Frage. Kann der Trust auch Preise oder Stipendien vergeben?« Annabel, die sich erinnerte, wie stolz Elinor gewesen war, als die Universität von Minneapolis sie gebeten hatte, ihre Manuskripte der Bibliothek zu vermachen, fuhr fort: »Könnte aus dem Kapital vielleicht ein Elinor-Dove-Preis finanziert werden, der jährlich vergeben wird? Ein Preis der Unterhaltungsliteratur ... eine wirklich hochdotierte Anerkennung, die selbst Leuten, die über Trivialliteratur die Nase rümpfen, Respekt abtrotzt? Und wie wäre es mit einem Elinor-Dove-Reisestipendium für den vielversprechendsten Erstlingsroman des Jahres? Solche Initiativen könnten doch in der Welt der Literatur wirklich Eindruck machen!«

»Das ist doch wohl nicht dein Ernst, Annabel!« platzte Clare heraus. »So was würde die Literaturszene doch nur veranlassen, in Gran eine noch tri...«

Buzz war aufgesprungen. »Jetzt reicht es aber, Clare! Wenn du dich nicht benehmen kannst, gehst du besser!«

»Werde ich jetzt wie ein ungezogenes Kind aus dem Zimmer gewiesen?« konterte Clare aufgebracht.

»Du triffst den Nagel auf den Kopf«, entgegnete Buzz gelassen. Clare war von allen Enkeltöchtern Elinor am ähnlichsten. Das wußte Buzz. Sie hatte denselben leidenschaftlichen, eigenwilligen, starken Charakter.

Niemand sagte ein Wort. Alle Augen waren auf Elinor gerichtet.

Schließlich unterbrach Elinor das eisige Schweigen mit bebender Stimme: »Wenn du meine Arbeit, mein Geld, meine Ratgeber und ihre Zukunftspläne so geringschätzt, dann ziehst du es vielleicht vor, daran nicht beteiligt zu werden, Clare. Dein Name muß ja nicht unbedingt auf der Liste der Nutznießer erscheinen!«

»Das kann mir nur recht sein!« Clares Mund zitterte. Sie war wild entschlossen, sich nicht auf diese Weise manipulieren zu lassen. Und vor Adam würde sie nie klein beigeben.

»Ich finde, du solltest dich bei deiner Großmutter entschuldigen, Clare«, bemerkte Adam vorwurfsvoll.

Clare stand auf und verließ schweigend den Raum.

Adam räusperte sich. »Elinor, möchtest du, daß Clare in den Trust aufgenommen wird?«

»Selbstverständlich!« riefen die beiden anderen Schwestern wie aus einem Mund.

»Clare wird so lange nicht begünstigt, bis sie sich bei mir entschuldigt hat!« erklärte Elinor sichtlich verärgert.

»Du kannst Clare doch nicht übergehen!« protestierte Annabel.

»Ja, du mußt sie berücksichtigen!« stimmte Miranda ihr zu.

Adam wirkte verlegen. »Ich schätze, ich muß doch bitten … hm … meine Mandantin so unter Druck zu setzen …«, kam es lahm.

»Ach, sei doch still, Adam«, schnaubte Buzz.

Alle Anwesenden wußten, daß Elinor es nicht ausstehen konnte, wenn man ihre Großzügigkeit und Nachsicht für selbstverständlich hielt und sie als Person nicht ernst nahm. Dann konnte sie eisenhart sein. Auf Kritik reagierte sie außerordentlich empfindlich und wurde dann starrsinnig wie ein alter Esel.

»Elinor«, begann Buzz. »Natürlich ärgert es dich, daß Clare es lieber sähe, wenn du sozialkritische Seifenopern schreiben würdest. Ich weiß, daß sie an deinen Romanen einiges auszusetzen hat. Aber auf diese Art willst du Clare doch nicht weh tun!« Buzz' letzter Satz klang beinahe wie ein Befehl.

»Clare hat *mir* weh getan«, berichtigte Elinor sie stur und in dramatischem Ton. Das klang wieder mal nach *Sturmhöhe*, dachten alle.

»Jetzt möchtest du wohl, daß der Butler Clare ein Zweiter-Klasse-Ticket nach Los Angeles in die Hand drückt, oder?« entgegnete Buzz.

»Das reicht, Buzz.« Elinor sank erschöpft in die Kissen zurück.

»Elinor, du bist ein Dickkopf.« Buzz war zornig. »Clare hat von dir geerbt, was dir an ihr nicht paßt!« Der Kurzzeitwecker in Buzz' Tasche schrillte laut, und sie erhob sich. »Die Zeit ist um!« verkündete sie. »Raus mit euch. Alle! Und zwar schnell!«

»Ich möchte Adam noch kurz sprechen ... allein.« Elinor sprach kaum wahrnehmbar.

Als Adam und Elinor allein waren, sagte sie : »Sorge dafür, daß diese Treuhandgesellschaft so schnell wie möglich unterschriftsreif wird, mein Junge. Später können wir dann Clares Namen zu den Nutznießern hinzufügen.«

»Nein«, wehrte Adam ab. »In diesem Punkt ist der Trust nicht revidierbar.«

»Dann geh hinunter zum Pool und bitte Clare, daß sie sich bei mir entschuldigt.« Elinors Stimme zitterte jetzt vor Anstrengung. »Bitte sie ganz freundlich. Und dann komm sofort zurück und erzähl mir, was sie gesagt hat. Ich habe hoffentlich deutlich genug gemacht, daß ich mich von niemandem einschüchtern lasse.« Sie seufzte erleichtert. »Beeil dich!«

Adam eilte zum Swimmingpool und hockte sich am Rand nieder.

»Deine Großmutter will eine uneingeschränkte Entschuldigung dafür, was du über ihre Bücher, ihr Geld und ihre Ratgeber gesagt hast. Und zwar sofort. Und ich bin der Meinung, du solltest wissen, daß sie dich hart zu strafen gedenkt, falls du dich weigern solltest.«

Clare sah erstaunt zu ihm auf. Sie stand im Wasser und strich sich das nasse Haar aus der Stirn. »Ich bin eine verheiratete Frau, Adam. Kein Kind, das man in die Ecke stellt, bis es klein beigibt. Drohungen schüchtern mich nicht ein. Ich stehe zu dem, was ich gesagt habe, weil es die Wahrheit ist. Und ich sehe keinen Grund, es zu widerrufen.«

»Du entschuldigst dich also nicht?«

»Selbstverständlich nicht.«

Elinor blickte erwartungsvoll auf, als Adam ihr Schlafzimmer wieder betrat. Ihre Miene änderte sich schlagartig, als sie seinen Gesichtsausdruck sah.

»Tut mir leid«, begann Adam. »Aber Clare will sich nicht

entschuldigen. Ich habe ihr energisch klargemacht, was sie erwartet und welche Konsequenzen ihr Verhalten hat.«

»Was genau hat Clare gesagt?«

»Daß sie sich *selbstverständlich nicht* entschuldigen wolle.«

Elinor schwieg.

Adam wartete eine Weile. »Möchtest du, daß Clare trotzdem als Nutznießerin aufgenommen wird?«

Elinors Stimme klang kraftlos. »*Natürlich* möchte ich, daß Clare Nutznießerin der Treuhandgesellschaft wird. Aber sag ihr das bitte nicht ... nicht, bevor sie zur Besinnung gekommen ist. Man sollte denken, daß sie in Zeiten wie diesen ihre Dickköpfigkeit überwinden würde.«

Adam warf Elinor einen prüfenden Blick zu und behielt seine Gedanken für sich.

Durch das Fenster ihres Büros im Parterre hörte Buzz deutlich die aufgebrachten Stimmen am Pool, wo Miranda und Annabel mit ihrer Schwester diskutierten.

Buzz wurde das Herz schwer. Selbst als Kinder hatten die drei kaum je gestritten, und jetzt das! Dabei lag ihre Großmutter im Sterben. Und weil sich die Schwestern so nah waren, wußten sie genau, wie sie einander am wirkungsvollsten verletzen konnten. In den achtzehn Jahren, die auch Buzz für sie sorgte, hatten sie sich kaum verändert. Aber jetzt ging es nicht um Haarbänder oder Bleistifte, sondern um ein Vermögen, um ihre Zukunft.

»Ihr seid solche Heuchlerinnen!« empörte sich Clare. »Ihr ... Seit wann interessierst du dich eigentlich so brennend für Literatur, Annabel? Stipendien, Preise und so weiter, um ihr Lebenswerk zu ehren! Gütiger Himmel!«

»Aber warum denn nicht?« rief Annabel. »Es ist immerhin ihr Geld! Ich wollte sie ein bißchen aufheitern, nachdem du deine Bombe hast platzen lassen!«

»Du fragst das noch?« Clare war außer sich. »Ganz einfach! Weil Grans Lebenswerk vermutlich mehr Schaden angerichtet hat, als ihr je klarwerden wird!«

Ihre Schwestern stöhnten auf. Wie aus einem Mund imitierten sie theatralisch Clares hohe, sanfte Stimme: »Diese sentimentalen Romane vermitteln Frauen ein romantisches, unrealistisches und gefährliches Bild vom Leben.«

»Das tun sie auch«, verteidigte Clare sich trotzig. »Millionen von Leserinnen wird eingeredet, daß es immer ein Happy-End gibt. Schwierigkeiten werden als vorübergehend abgetan. Sie wissen ja, daß am Ende von Kapitel fünf der Held wartet und im Kapitel sieben alles in Ordnung bringt. Sie sind so indoktriniert, daß sie gar nicht auf die Idee kommen, ihr Leben selbst aktiv zu gestalten. Statt dessen nehmen sie alles passiv hin, versuchen erst gar nicht, etwas zu ändern.«

»Was, bitte, ist denn an einer Literatur so verkehrt, die ihre Leser in eine ideale Welt entführt?« wollte Annabel wissen. »Die meisten Frauen lesen solche Bücher. Warum auch nicht? Ich gehöre auch dazu!«

»Grans Bücher haben Millionenauflagen«, warf Miranda ein. »Also werden sie von vielen Menschen mit Vergnügen gelesen.«

»Clare, warum ordnest du nicht zuerst einmal dein Leben?« schlug Annabel vor. »Warum wirst du dir zur Abwechslung nicht einmal über deine *eigene* Welt klar, anstatt uns zu Sündenböcken *deiner* Probleme zu machen?«

»Das ist nämlich der Grund für ihre miese Laune«, fuhr Miranda fort. »Vermutlich hat es zu Hause Krach gegeben, und jetzt ist der schöne Traum zerplatzt. Ihr Glaube an Romantik und wahre Liebe ist zerstört!«

»Die wahre Liebe ist schon mit den Flugsauriern ausgestorben«, entgegnete Clare schroff.

»Ist sie nicht. Ich möchte nur gern wissen, wo man sie findet«, sinnierte Miranda.

»Es ist diese herrlich vibrierende Spannung zwischen zwei Menschen«, verkündete Annabel mit träumerischem Augenaufschlag. »Das unvergleichliche Kribbeln im Bauch, wenn es keiner Worte mehr bedarf ...«

»Mir ist noch kein Mann begegnet, der Gedanken lesen

könnte ... geschweige denn meine«, erklärte Miranda. »Und wenn es keiner Worte bedarf, weshalb telefonierst du dann dauernd mit New York? Auf Grans Kosten, übrigens.«

»Ich verstehe euch wirklich nicht«, seufzte Clare entnervt. »Wie könnt ihr nach dieser heuchlerischen Szene, die ihr gerade vom Stapel gelassen habt, nur so gedankenlos über Liebe und Verständnis plappern? Eure berechnenden Schmeicheleien vorhin haben mich einfach angewidert!«

»Und mich widert deine prüde Selbstgefälligkeit an!« zischte Miranda.

»Wenigstens habe ich mich nicht plötzlich als glühende Literaturfreundin ausgegeben wie Annabel!«

»Ich wollte ihr einfach was Nettes sagen!« ereiferte sich Annabel. »Nachdem du sie und ihre Arbeit diffamiert hattest!«

»Ihr wißt«, Clare wehrte sich, »daß ich ihre *Daddy-weiß,-was-am-besten-ist*-Tour nicht ausstehen kann!«

»Wen kümmert's schon, was du magst oder nicht magst, wenn sie auf dem Totenbett liegt, du selbstgerechtes Biest!« Miranda war aufgebracht.

Clare brach in Tränen aus und rannte ins Haus. Als sie in ihr Schlafzimmer stolperte, fragte sie sich zum tausendsten Mal, wie es kam, daß Miranda es stets mit wenigen Worten schaffte, sie zum Äußersten zu treiben. Sie fühlte sich nackt und verwundbar, allen Schlägen hilflos ausgeliefert.

Am Pool war es still geworden.

Buzz holte ein paarmal tief Luft. Dann verließ sie ihr Büro und kehrte in Elinors Schlafzimmer zurück. Buzz tauchte dort gern unerwartet auf, um sich zu vergewissern, daß die Pflegerin nicht pflichtvergessen wurde, sobald man ihr den Rücken zukehrte.

Elinor lag völlig entkräftet in den Kissen. In ihrer mageren Hand hielt sie den Silberrahmen mit Billys Foto. Sie blickte zu Buzz auf. Angst lag in ihren Augen, als sie seufzte: »Bald seh' ich ihn wieder ...«

»Unsinn. Bald bist du wieder auf den Beinen! Dafür sorge ich«, erklärte Buzz energisch.

»Das mit Billy verstehst du nicht, Buzz. Du hast es nie verstanden.«

»Soviel ich verstehe, hatte Billy dir alles zu verdanken.«

»O nein, Buzz. *Ich* habe Billy alles zu verdanken«, flüsterte Elinor träumerisch. »Er war der einzige Mann für mich ... von Anfang an ...«

3. KAPITEL

Dienstag, den 15. Oktober 1918

Im Lazarett von La Chapelle in Nordfrankreich tat die achtzehnjährige Schwester Elinor Dove Nachtdienst und war verliebt. Das war im Augenblick alles, was zählte. Es war das erste Mal, daß sie dieses berauschende Gefühl erlebte.

Nach jener ersten Nacht, als Billy ihre Hand geküßt hatte, wurde Elinor jedesmal rot, sobald sie auch nur in die Nähe von Bett siebzehn kam. Wenn er sie rief, versuchte sie jede Berührung zu vermeiden. Ihre verlegene Reizbarkeit schien ihn und alle übrigen zu belustigen.

Eines Morgens, kurz vor Dienstschluß, säuberte Schwester Dove müde und erschöpft den provisorischen Operationssaal, in dem in der Nacht pausenlos operiert worden war. Sie war allein im Waschraum, als sie plötzlich hinter sich ein Tappen hörte. Sie drehte sich um. Flugkommandant O'Dare schwang sich gerade auf Krücken durch die Tür. Elinor fühlte, wie sie unter dem Blick seiner irritierenden Augen wieder einmal errötete. Warum legte sich der Kerl nicht ins Bett, wenn es ihm schlechtging? Warum sah er sie so unentwegt mit diesem verhaltenen Lächeln an? Warum fühlte sie sich in seiner Gegenwart so verlegen und verletzlich? Warum durchströmte sie eine so seltsame Wärme? Und weshalb hatte sie Schuldgefühle?

Er wußte, daß er an ihrem Erröten schuld war.

»Warum sind Sie nicht im Bett?« erkundigte sie sich gespielt ärgerlich.

Er grinste. »Sie wissen, daß man mich vielleicht bald verlegt«, sagte er und kam auf sie zu. Plötzlich rutschte er mit einer

Krücke auf dem nassen Fliesenboden aus, verlor das Gleichgewicht und schlug der Länge nach hin.

Schwester Dove stürzte zu ihrem Patienten. »Nicht bewegen! Ich helfe Ihnen.«

Vorsichtig drehte sie ihn auf den Rücken und tastete über seine Halswirbel. »Können Sie den Kopf nach links drehen? Und jetzt nach rechts? Gut.«

Billy O'Dare schlug die Augen auf. In ihnen erkannte Schwester Dove nicht Schmerz, sondern wilde Entschlossenheit. Wortlos packte er sie an den Oberarmen und zog sie auf seine Brust. Dabei schaute er sie unentwegt an. Elinor war wie verzaubert. Dann zog er sie schweigend noch näher an sich heran und verschloß ihren Mund mit seinen warmen Lippen. Wieder überwältigte sie der sinnliche, verbotene Geruch, der von ihm ausging.

Elinor begann zu zittern. Ein seltsam zwingendes Verlangen schien ihr den Verstand zu rauben. Sie hatte die Augen geschlossen und gab sich ganz dem wohligen Gefühl, das sie durchströmte, hin. Dann spürte sie, wie die Spitze seiner Zunge ihre Lippen öffnete und sich sanft ihren wehrlosen Mund erschloß, während seine Hand unter die gestärkte Schwesternhaube in ihr dichtes Haar griff, das sie zum Knoten aufgesteckt trug. Billy streichelte ihren Nacken, und bei jeder Berührung lief ein Schauer durch ihren Körper.

Elinor hörte und sah nichts mehr. Wie unter Zwang preßte sie sich an Billy O'Dare. Er hielt sie eng umfangen und küßte sie hart und leidenschaftlich. Seine Hand glitt tiefer, um ihre Hüften an sich zu pressen, und sie spürte seinen fordernden Körper unter sich.

Erschreckt erstarrte sie.

Zwischen den Küssen murmelte Billy beruhigend: »... zauberhaftes Wesen ... Ich wollte von Anfang an nur dich ... schöne Augen ... Liebe ... Liebe ... *Liebe* ...« Als sich seine Hand nun unter ihren Rock schob, brachte das Schwester Dove abrupt auf den Boden der Tatsachen zurück. Mit aller Kraft wehrte sie sich gegen den drängenden Mann. Alle Sinnlichkeit war wie fortgeblasen, die Gefühle einfach abgeschaltet. Sie wußte, was mit Mädchen passierte, die sich verführen ließen, und das sollte ihr nicht passieren.

Billy lag auf dem Fußboden und sah treuherzig zu ihr auf. »Tut mir leid! Aber du bist so bezaubernd ... so besonders!«

Elinor funkelte ihn zornig an.

»Du hast keine Ahnung, was ein Mann empfindet!« stöhnte Billy. »Und übrigens, ich liebe dich wirklich, Schwester Dove!«

Zwei Wochen später bat Fliegerkommandant William O'Dare zu seiner eigenen Überraschung Schwester Elinor Dove, ihn zu heiraten.

Elinor bedauerte es sehr, daß Buzz ihre Begeisterung über Billys Antrag nicht teilte. Sie versuchte, der Freundin ihren realistischen Standpunkt nahezubringen. Bei einem Gespräch in ihrer Unterkunft sagte Buzz schließlich: »Du kennst die Gefahren dieser Kriegsehen, Nell. Hier draußen gibt es nur wenig Frauen, und deshalb sind wir doppelt begehrenswert ... Und dann der Krieg ... Es ist einfach nichts mehr im Lot ... weder bei den Frauen noch bei den Männern.« Buzz zog an ihrer Zigarette. »Billy sieht gut aus. Das muß ich zugeben. Die blauen Augen und das dichte blonde Haar! Und erst sein irischer Charme! Aber, was weißt du von ihm, Nell? Nichts, außer daß er einen Meter achtzig groß ist, charmant lächelt und mit seinen schönen Augen jede ins Bett kriegt. Warum willst du so überstürzt heiraten? Der Krieg ist angeblich bald zu Ende. Billy überlebt ihn. Also, kein Grund zur Eile!«

»Spielverderberin«, schimpfte Elinor wütend.

»Liebeskranke Idiotin!« konterte Buzz. »Du weiß nichts über seine Familie. Und was will Billy eigentlich in Friedenszeiten machen? Wovon wollt ihr leben? Was ist, wenn er sich als Faulenzer und Gauner entpuppt ... wenn er dich ausnimmt wie eine Weihnachtsgans?«

Elinor war empört. »Mich ausnimmt? Wie denn, bitte? Ich habe keinen Cent!«

»Ach, ich weiß auch nicht«, seufzte Buzz entmutigt. »Ich finde die Geschichte nur zu schön, um wahr zu sein. Wenn er eine so gute Partie ist, warum wartest du dann nicht, bis du seine Familie kennst?«

»Ich hab' einfach genug von diesem Krieg. Und er auch. Ich will endlich *leben*! Und das kann ich nur mit Billy!«

Elinor und ihr Bräutigam wurden von einem französischen katholischen Priester in einer nur teilweise zerstörten Kirche unweit des Lazaretts in La Chapelle getraut. Elinor trug ihre beste Seidenbluse und einen geborgten burgunderroten Wollrock. Als Trauzeugen fungierten Billys Navigator, Joe Grant, und Buzz, die zu der Zeremonie sehr skeptisch dreinblickte.

Die Frischvermählten hatten die offizielle Erlaubnis, drei Nächte im Gasthaus von La Chapelle zu verbringen. Nach dem Hochzeitsessen mit Rotwein, Kaninchenkasserolle und einer Obsttorte, das Billy ein Vermögen an Zigaretten gekostet hatte, führte er Elinor nach oben.

Das Schlafzimmer war äußerst spärlich möbliert. Im flackernden Kerzenschein nahm Elinor zunächst nur das große Bett wahr. Verlegen und verängstigt wandte sie den Blick ab und blieb mitten im Zimmer stehen.

Billy betrachtete lächelnd seine Braut, entkorkte die zweite Flasche Wein und knöpfte seine Uniformjacke auf.

Elinor fühlte sich von dem herben Duft, den Billy ausströmte, und dem glitzernden Blau seiner Augen wie hypnotisiert, als er sie auf seine Arme hob. Schweigend trug er sie zum Bett und legte sie auf die Steppdecke. Er schob ihre Röcke hoch und zog behutsam ihre Schuhe aus. Dann machte er sich an ihren blauen Satinstrapsen zu schaffen und rollte die Seidenstrümpfe über die milchweiße Haut ihrer Beine hinunter.

Er küßte ihre nackten Füße, und seine Zunge glitt zwischen ihre Zehen. Dann wanderte sie langsam nach oben, bis zu ihren vollen Schenkeln.

Elinor war starr vor Scham.

Billy nestelte an ihren Dessous. Seine Hand glitt darunter. Zärtlich strich er über ihren Nabel und schob dann behutsam die cremefarbene Spitze über ihre Hüften, bis Elinors weißer Bauch und blondes Schamhaar zum Vorschein kamen.

Die über der Taille gerafften Kleidungsstücke behinderten Elinor in ihrer Bewegungsfreiheit. Sie fühlte sich wie eine Gefangene und hielt die Augen geschlossen. Sie ließ alles mit sich geschehen. Stück für Stück entkleidete Billy seine junge Frau. Dann war Elinor nackt. Billys Hand berührte ihre Brüste, streichelte und rieb die Brustspitzen, bis nie erfahrene Erregung sie erfaßte.

Elinor hielt die Augen noch immer fest geschlossen. So entging es ihr, daß Billy wahllos seine Kleidungsstücke von sich warf.

Billy war wie hypnotisiert von Elinors makelloser Haut, die milchweiß im warmen Schein der Kerzen schimmerte, war fasziniert von ihren schweren Brüsten, der schmalen Taille, dem sanft gewölbten Bauch über den festen Schenkeln.

Es war im Zimmer vollkommen still. Kein Atemzug war zu hören. Elinor hatte Angst vor jeder Bewegung und hielt die Luft an.

Billy flüsterte lächelnd: »Du bist eine wunderschöne, sinnliche Frau. Ich werde es dir zeigen, so daß auch du es in vollen Zügen genießen kannst ... noch bevor die Nacht vorbei ist.«

Und er begann erneut, sie langsam zu liebkosen, während er aufmerksam ihre Reaktion beobachtete. Die sinnlichen Geheimnisse weiblicher Sexualität waren für Billy kein unerforschtes Land.

Immer wieder entzog Elinor sich seiner Berührung, wand sich und versuchte zu verdrängen, was mit ihrem Körper geschah.

Billys Schnurrbarthaare strichen kitzelnd über ihren Bauch, seine Zunge glitt in die Vertiefung ihres Nabels und weiter aufwärts, bis sie seinen Atem, der den Duft ihres Körpers übertrug, wieder auf ihren Lippen spürte. Elinor war schockiert.

Nun blies Billy ihr seinen Atem in die Ohren und ihren

Mund. Seine Lippen saugten an ihren Lidern, ihren Wangen, ihrem Kinn und ihren Lippen. Seine Zunge folgte prickelnd der geschwungenen Linie ihrer Kehle. Zärtlich gruben sich seine Zähne in ihre Brüste und ihre weichen Rundungen. Zentimeter für Zentimeter eroberten Billys Hände und Lippen ihren Körper, ließen auch die verborgenste Stelle nicht unberührt. Da er alles dafür tat, ihre Erregung zu steigern, führte Billy sie in eine völlig neue, zugleich berauschende und beängstigende Welt.

Elinor gab sich seinen Fingerspitzen hin, die über ihren Körper glitten, alles erfühlend, ertastend, in jede Mulde und Öffnung streichend, bis sie schließlich zwischen ihren Schenkeln verschwanden. In ihrem buschigen Schamhaar erreichte er schließlich sein Ziel, kleiner noch als eine Perle, das er sanft und rhythmisch zu massieren begann.

Elinor löste sich allmählich aus ihrer Verkrampfung. Ihr Körper gab sich endlich der Lust hin, die Billys Berührung in ihr hervorrief. Sie hatte das Gefühl dahinzuschmelzen, jede Kontrolle über sich zu verlieren, bis ihr Körper gespannt wie ein Bogen Billys lockendem Finger entgegenschnellte und sie sich in vollkommener Ekstase verlor.

Elinors Atem ging schwer, als sie schließlich verwundert die Augen aufschlug und direkt in Billys triumphierendes Gesicht blickte.

»Das war erst der Anfang. Warte nur ab!« Billys Kopf neigte sich zu ihrem Leib, und seine Finger glitten wieder zwischen ihre Schenkel.

»Öffne deine Beine«, flüsterte er.

Elinor erstarrte bei dieser Aufforderung, die allem zuwiderlief, was ihre strenge Erziehung sie gelehrt hatte.

»Bitte«, beharrte Billy.

Billys Kraft und Männlichkeit obsiegten. Hatte sie nicht gerade geschworen, ihn zu lieben, zu achten und ihm zu *gehorchen*?

Unsicher begann sie, die Beine zu spreizen. Sie hatte Angst

und fühlte sich schuldig. Ihr Herz pochte heftig. Sie fühlte sich dem, was da kommen mochte, hilflos ausgeliefert.

Billys Interesse schien sich auf einen Punkt zu konzentrieren, seine Augen wurden schmal wie bei einem Blumenliebhaber, der eine seltene Orchidee im Glashaus bewunderte, eine exotische Blüte, umgeben von blaßrosafarbenen, fleischigen Blättern, die ein blondes Vogelnest beherbergte.

Vorsichtig teilten seine Finger ihre Schamlippen. Er senkte den Kopf, und seine Zunge bewirkte, daß sich Elinors Körper erneut eine eigene Welt erschloß und ekstatische Lust über ihre Scham triumphierte.

Billy sah zu ihr auf. »Jetzt mußt du doch zugeben, daß es so schlimm nicht ist«, murmelte er, und wieder suchte seine Hand ...

Kaum hatten seine Finger ihr Ziel erreicht, erschauderte Elinor erneut. Billy tastete über ihre feuchte Wärme, bis sein Mittelfinger kaum noch Widerstand spürte. Dann fand er die schmale Öffnung und weitete sie sanft. Elinor schluchzte kurz auf, als er seinen zärtlichen Kampf gewann.

Sie versteifte sich vor Panik, als er in sie drang, doch Billy beruhigte sie mit zärtlichen Küssen, bis er spürte, wie sich ihr Körper unter ihm entspannte.

»Genieß es«, flüsterte er, und seine Hände führten ihre Hüften in kreisenden Bewegungen.

Allmählich folgte ihr Körper seinem Rhythmus. Ohne ein Wort zu sagen, bestimmte Billy den Takt. Eng umschlungen suchten sie die lustvolle Harmonie ihrer Leiber. Im Halbdunkel des Zimmers kosteten sie im Liebesspiel die gesamte Breite des Bettes aus, bewegten sich bald langsam, bald ruckartig und schnell, während ihr Verlangen stieg, Erfüllung fand, um schließlich erneut zu wachsen.

Elinor registrierte den Raum um sich herum nur wie im Nebel. Ihre einzige Realität waren die zerwühlten Kissen und Laken des Bettes und der Männerkörper über ihr, der sie mit seinen Bewegungen und seinem sinnlichen Geruch beherrschte.

Alles, was außerhalb dieses Bettes mit den zuckenden Schatten lag, war für Elinor nicht mehr existent.

Manchmal lag Billy neben ihr, hielt ihre Brüste zärtlich in den Händen, fühlte ihren weichen Körper unter seinen Lippen beben. Dann wieder saß sie rittlings über ihm, während seine kräftigen Hände ihre Hüften kreisend führten. Billy dirigierte sie, ließ ihr keinen Freiraum, zwang ihr *seinen* Rhythmus auf.

Anfangs hatte sie verschämt die Arme vor der nackten Brust verschränkt, doch mittlerweile ritt sie ihn wie einen Delphin in den Wellen, bis sie erschöpft vornüberfiel und ihre Brüste das feuchte Haar auf seiner Brust berührten.

Sie erlebte alles wie im Rausch, war glücklich, rasend verliebt, Billy völlig verfallen, der sie einer Naturerscheinung gleich erregte, faszinierte und ängstigte.

In den Morgenstunden hatte sie am ganzen Körper Druckstellen wie eine überreife Birne. Sie waren wie Brandzeichen, die sie als Billys Eigentum auswiesen.

Als Elinor am nächsten Tag schläfrig den Kopf von den Kissen hob, wußte sie im ersten Moment nicht, wo sie war. Dann kam die Erinnerung an die Nacht, und sie verbarg ihr Gesicht in den Laken. Ihre Wangen glühten beim Gedanken daran, wie Billy ihre Sinne manipuliert, wie willenlos sie unter seinen Berührungen gewesen war.

Dann bemerkte sie plötzlich, daß der Platz neben ihr leer war.

Sie setzte sich abrupt auf.

Billy, ihr Ehemann, stand am offenen Fenster. Er war splitternackt. Eine ganze Weile betrachtete Elinor durch halbgeschlossene Lider sein dichtes blondes Haar, seinen kräftigen Hals, seinen starken Rücken, bewunderte seine langen, schlanken Beine – der verletzte Fuß war noch immer bandagiert – und sein muskulöses Hinterteil; all seine Männlichkeit stand in krassem Gegensatz zu ihrem weichen, biegsamen Körper.

Ihr ganzes Leben lang blieb Elinor dieser heimliche Anblick des nackten Billy im Gedächtnis haften, und bei der Erinnerung daran wurde Elinor auch später stets Wachs in seinen Händen und verzieh ihm alles.

Während der ersten Monate ihrer Ehe entdeckte Elinor allmählich und lustvoll ihre Sinnlichkeit.

Abgesehen von ihrer Schönheit und ihrer sprühenden Lebensfreude war Billy von Anfang an davon angezogen, daß Elinor im wahrsten Sinn des Wortes *unschuldig* war. Und auf diese von Elinor so eisern bewahrte Unschuld hatte Billy mit der klassischen männlichen Entschlossenheit reagiert.

Nachdem Billy ihr nun die Unschuld geraubt hatte, versuchte er, sie künstlich wiederherzustellen, um erneut in den Genuß zu kommen, sie ihr zu nehmen. Zunächst allerdings wehrte Elinor sich gegen dieses Versteckspiel.

»Warum können wir uns nicht ganz normal vor dem Zubettgehen ausziehen?« protestierte sie. Dann fand allmählich auch Elinor Gefallen an dieser Scharade.

Geschickt und zielstrebig machte Billy aus seiner Frau eine Sklavin ihrer ureigenen Sexualität. Elinor konnte an nichts anderes mehr denken. Im Grunde ihres Herzens war sie ein Mädchen vom Land geblieben. Im Bett ermutigte Billy sie, ihre unverfälschte Art zu flirten, ihre jugendliche Scheu und Unverdorbenheit zu bewahren, bestärkte die mit Erröten und Scham verbundene Korrumpierbarkeit. Für Billys junge, unerfahrene Frau war diese leidenschaftliche Körperlichkeit – ihr glühender Beweis der Liebe und Hingabe an ihren Mann – eine Überraschung. Im Bett mit Billy zitterte und bebte Elinor, schluchzte sie bis zur restlosen, ekstatischen Erschöpfung.

Sobald Billy Elinor berührte, versank sie in schwindelndes Glücksgefühl. Wenn er sie nur aus seinen tiefblauen Augen ansah, stockte Elinor der Atem. Das erste Anzeichen ihres bevorstehenden Liebesspiels war stets Billys Stimme, die dann ein besonders tiefes, seidiges Timbre annahm, verheißungsvoll und bedrohlich zugleich. Allein diese Stimme bewirkte, daß Elinor die Knie zitterten. Und wenn er mit dieser Stimme, die an zähen Honig erinnerte, ihren Namen rief, glaubte sie auch ohne seine Berührung eine erste Liebkosung zu spüren. Diese Empfindung war für sie so lebendig, daß es sie erstaunte, daß andere Personen im Raum nichts merkten, besonders wenn die Jungverheirateten Billys Familie besuchten.

Ohne daß jemand ihr das je gesagt hätte, wußte Elinor, daß Sex allein nie Erfüllung für sie sein konnte. Körperliche Hingabe mußte mit der Leidenschaft des Herzens und der Seele gepaart sein. Für sie war ein solches Gefühl vollkommener, bedingungsloser Liebe mit keinem anderen Mann möglich. Nur Billy vermochte zum richtigen Zeitpunkt zu schmeicheln, zu locken, zu beharren. Er war der einzige Mann, dem sie ihren Körper anvertraute. Elinor wußte instinktiv, daß es nie einen anderen Mann für sie geben würde.

Nachdem ein Hausmädchen sie in ein eindrucksvoll großes Schlafzimmer geführt hatte, wandte Elinor sich lächelnd an ihren Mann: »Warum hast du nie ein Wort gesagt?«

Billy nahm sie in die Arme, hob ihr Kinn hoch und küßte sie zärtlich. »Du wärst nur nervös gewesen. Es ist besser, du machst dir selbst ein Bild.«

»Aber weshalb hast du verschwiegen, daß deine Familie reich ist?« fragte Elinor.

»Weil das nicht stimmt!« Billy lachte. »Der Teppich hier ist schrecklich abgetreten. Siehst du das nicht? Und die schäbigen Vorhänge! Das Bettzeug ist geflickt, wie du gleich merken wirst. Und warte, bis du den Sherry probierst!«

»Warum leben sie dann wie die Reichen? Und was ist mit all dem Silber und den Hausangestellten?«

»Mein Vater hat den Großteil seines Erbes durch Spekulationen verloren. Das Silber ist nur versilbert. Und wir haben längst nicht mehr so viele Hausangestellte wie früher. Die, die geblieben sind, arbeiten für einen Hungerlohn. Und was wir essen, wächst auf unserem Grund und Boden.«

Elinor schüttelte den Kopf. Das alles war für sie sehr fremd.

Es war gegen jede Logik. Eine mittellose Familie lebte in einem riesigen Haus voller Angestellter, ließ opulente Mahlzeiten auftragen und trug wertvollen Schmuck. Bargeld jedoch schien es laut Billy nicht zu geben.

»Und warum sagt der schwarzgekleidete Mann *Mylady* zu deiner Mutter?« wollte Elinor wissen.

»Weil mein Vater ein Adeliger ist.«

»Du meinst, ein Lord?«

»Nein, so vornehm sind wir auch wieder nicht. Das englische Klassensystem erkläre ich dir später mal. Für uns ist das wirklich nicht wichtig. Vergiß es. Komm, wir müssen pünktlich beim Essen sein. Darauf legt meine Mutter großen Wert.«

An jenem Abend, nach dem Dinner, half eine Zofe der verlegenen Elinor beim Auskleiden. Als Elinor dann im großen Himmelbett mit den schweren blauen Vorhängen lag, starrte sie in die flackernde Kerzenflamme auf ihrem Nachttisch, wartete auf Billy und ließ die Ereignisse des Tages noch einmal Revue passieren.

Wie jede andere junge Ehefrau hatte Elinor der ersten Begegnung mit ihrer Schwiegermutter voll ängstlicher Spannung entgegengesehen, als der Ponywagen sie vom Bahnhof durch das sanfte braungrüne Hügelgelände gefahren hatte. Plötzlich war ein Gebäude aufgetaucht, das im ersten Augenblick wie ein grauer griechischer Tempel zwischen hohen Bäumen aussah. »Das ist Larkwood«, hatte Billy gelassen erklärt. Stumm vor Staunen, war Elinor dem Butler in den Salon gefolgt. Hier hatte sich eine Gruppe in Tweed gekleideter Leute im dunklen Hintergrund des Raumes um den Kamin versammelt und starrte sie unverwandt an. Selbst auf diese Entfernung war Elinor sofort klar gewesen, daß sie hier eine Art Feuerprobe zu bestehen hatte. Sie war so nervös, daß es ihr anfangs nicht gelang, sich die vielen Namen und Verwandtschaftsgrade zu merken. Das kam erst viel später. Lediglich Billys Mutter, ein etwas verblichenes weibliches Abbild von

Billy, die Elinor flüchtig auf die Wange küßte, prägte sich ihr sofort dauerhaft ein.

Später, beim förmlichen Abendessen, wurde viel über Politik gesprochen. Elinor verstand nichts davon. Man hatte sie neben Billys Vater plaziert. Nervös beobachtete sie, mit welchem Besteckteil er die einzelnen Gänge traktierte. Nie zuvor hatte Elinor eine Birne mit Messer und Gabel zerteilt!

Später im Bett sehnte Elinor sich nach Billy und einem Beweis seiner Liebe. Es war ihr klargeworden, daß sie von seiner Familie keine Zuneigung erwarten konnte.

Doch wo blieb Billy?

Elinor glitt aus dem Bett und öffnete leise die Tür. Sie erstarrte, als sie plötzlich ihren Namen hörte.

Unfreiwillig wurde sie Zeugin, wie Billys Mutter ärgerlich und in verletzender Sprache über die neue Schwiegertochter herzog.

»Es ist kaum zu übersehen, warum du sie geheiratet hast, mein Lieber. Sie ist ein sehr attraktives Ding. Und ihr amerikanischer Akzent ist zweifellos charmant. Aber vielleicht machst du ihr bei Gelegenheit einmal klar – taktvoll, versteht sich –, daß sie nicht stumm wie ein Fisch an meiner Abendtafel sitzen kann. Sie muß lernen, Konversation zu machen, zuzuhören und zu brillieren!«

»Ich finde, sie brilliert genug. Sie muß sich eben erst an alles gewöhnen«, entgegnete Billy. »Ich erwarte etwas mehr Geduld und Nachsicht von euch. Jedenfalls gehört sie jetzt zur Familie. Ob es dir paßt oder nicht.«

»Ach ja? Das ist der springende Punkt, stimmt's? Das soll wohl eine Art Strafe für mich sein. Was? Der Himmel weiß, womit ich das verdient habe … abgesehen davon, daß ich dich nicht als erstes Kind geboren habe. Findest du es nicht ziemlich unpassend, deshalb unter deinem Stand zu heiraten, Billy?«

»Ich bin mittellos, habe keine Zukunftsperspektive, bin leicht kriegsversehrt und arbeitslos. Kann man *mich* vielleicht als standesgemäße Partie bezeichnen, Mutter?«

»Du weißt, daß hier immer Platz für dich ist.«

»Damit Marjorie mir jeden Bissen in den Mund zählt und mir vorrechnet, wieviel ich vom Erbe ihres Mannes konsumiere? Nein, danke!«

Damit machte Billy auf dem Absatz kehrt und eilte ins Schlafzimmer. Dort fand er Elinor mit Tränen in den Augen vor dem Drehspiegel.

»Billy, ich bin so deprimiert ... Ich hab' mir so gewünscht, daß deine Familie mich mag!«

»Sei nicht albern. Die mögen dich alle!« Er trat hinter sie, zog sie an sich und streichelte ihre nur durch dünnen Batist bedeckten Brüste.

Elinor wußte jedoch, daß sie das Gehörte nicht falsch interpretierte. Sie war verletzt und verunsichert, fühlte sich diesen arroganten Menschen schmerzlich unterlegen. Und zum ersten Mal seit langer Zeit hatte Elinor Heimweh nach Amerika.

Billy streifte ihr Nachthemd von den Schultern, doch diesmal reagierte Elinor nicht auf seine Zärtlichkeiten. Sie war wütend. Sie war Amerikanerin und hatte gerade einen Krieg überlebt und Anerkennung verdient. Sie wehrte sich dagegen, von diesen oberflächlichen Briten mit ihren veralteten Vorstellungen und unverdienten Privilegien der sogenannten *upper class* herumgestoßen zu werden. Für diese Leute war sie minderwertig, weil sie aus einer einfachen Familie kam, die ihren Lebensunterhalt mit ihrer Hände Arbeit verdiente. Elinor war entschlossen, sie eines Besseren zu belehren.

Damals jedoch war sich Elinor noch nicht bewußt, wieviel Selbstvertrauen der diktatorische, autoritäre Vater ihr geraubt hatte und wie nachteilig diese Kindheit ihre Zukunft und ihre Durchsetzungsfähigkeit im Leben beeinflussen sollte.

Billy besuchte sein Elternhaus so oft als möglich, auch nachdem sie eine eigene gemütliche Wohnung gefunden hatten. Für ihn war es ein Ort der Geborgenheit, ein Zufluchtsort vor einer Welt, die Forderungen an ihn stellte, denen er noch nicht gerecht werden wollte. Trotzdem wurde er anscheinend nie von Minderwertigkeitsgefühlen geplagt. Elinor wünschte sich oft, in der Gegenwart der O'Dares dieselbe gelassene Selbstsicherheit an den Tag legen zu können.

»Ich fühle mich ihnen unterlegen«, gestand sie Billy eines Abends, als sie bei einem Besuch in Larkwood im Bett lagen. »Manchmal denke ich, sie legen es darauf an, mir dieses Gefühl zu geben!«

»Sie wollen dich nicht in Verlegenheit bringen, mein Liebling«, tröstete Billy sie und liebkoste sie zärtlich. »Du bist unsere britische Direktheit nur nicht gewohnt.«

»Aber warum geht es mir nur bei ihnen so?« wunderte sich Elinor. »In der Schule fühle ich mich allen ebenbürtig.« Elinor besuchte eine Abendschule, weil sie hoffte, daß ihr eine bessere Schulbildung mehr Standfestigkeit gegenüber Billys Familie verschaffen würde.

»Das bist du doch auch«, murmelte Billy und streichelte ihre helle Haut.

»Du verstehst mich nicht«, seufzte Elinor. »Du hast diese Probleme eben nicht.«

In diesem Punkt irrte Elinor. Billy war zwar gebildet, hatte die Manieren eines Gentleman, sah gut aus, war ein sensibler und sinnlicher Mann, dem das Leben bisher nichts schuldig geblieben war. Und Billy erwartete, daß sich daran nichts ändern würde, denn er war intelligent, weltgewandt und vielseitig. Was er allerdings nicht einkalkulierte – weil er es sich vermutlich nicht eingestand – war seine Faulheit.

In der Männerwelt der Londoner Clubs jedoch hatte man ein anderes Bild von Billy, denn hier galten andere Regeln. Hier wurde die Rolle der Geschlechter klar definiert: Sport und Abenteuer, Kameradschaft und Glücksspiele – das waren die Domänen der Männer. Die Frauen sorgten für ein komfortables Heim, gewährten sexuelle Befriedigung und gebaren Kinder. In diesen Clubs galten Billys Vater und sein älterer Bruder etwas. Billy hingegen hielt man nicht für ebenbürtig. Es wurde vielmehr gemunkelt, er sei unzuverlässig und skrupellos – ein Gauner, der außerdem keinem hübschen Rock widerstehen könne. Eifersüchtige Männer stuften ihn sofort als Schürzenjäger ein.

Billy selbst wußte nichts von seinem Ruf. Er schien geradezu zwanghaft jedem weiblichen Wesen gefallen zu wollen, gleichgültig, ob Debütantin oder verheiratete Frau. Sein Selbstbewußtsein schien unerschütterlich zu sein.

In den Londoner Edelbordellen der Vorkriegsjahre war Billy ein gerngesehener Gast der Luxushuren gewesen. Das verdankte er seiner grenzenlosen Großzügigkeit, seinem absolut männeruntypischen Wunsch, der Partnerin sexuelle Befriedigung zu verschaffen, seinen wollüstigen Experimenten und seinen manchmal sanften, manchmal brutalen Bettspielen. Für Billy führte nicht nur Lust, sondern auch Frivolität, Zügellosigkeit und eine geradezu pervers distanzierte Neugier zur höchsten körperlichen Lust. Er war ebenso erfindungsreich und phantasievoll wie leichtlebig, draufgängerisch und unmoralisch. All das machte ihn im Bett geradezu unwiderstehlich.

Im Nachkriegs-London jedoch herrschten andere Gesetze, besonders für einen mittellosen verheirateten Mann.

Zunächst machte Billy sich um seine Zukunft keine Sorgen. Seine wunderbaren Pläne, wie man zu schnellem Reichtum gelangen konnte, wurden Elinor mit soviel Selbstsicherheit vorgetragen, daß diese fest daran glaubte. Erst allmählich wurde ihr klar, daß der sprunghafte Billy – unvorsichtig und unpraktisch, schwach und unreif – nicht aus dem Holz war, woraus erfolgreiche, freie Unternehmer geschnitzt waren. Schließlich versuchte er, einen Arbeitsplatz zu finden, jedoch ohne Erfolg.

Trotzdem brauchten sie eine Bleibe, und Billy fand endlich am Earl's Court Square eine billige, schäbige Zweizimmerwohnung mit einem Badezimmer auf der Etage. »Ein paar Wochen halten wir das schon aus«, erklärte er. Und Elinor bemühte sich mit der Euphorie der Jungvermählten, aus dieser Absteige ein gemütliches Heim zu machen. Gegen die wachsend depressiven

Stimmungen ihres Mannes und sein zunehmend schwindendes Selbstvertrauen allerdings schien sie kein Mittel zu haben.

Eines Morgens, sechs Monate nach Kriegsende, lag Elinor, nicht einmal zwanzig und bereits schwanger, im Bett und beobachtete Billy beim Rasieren. Die Veränderung, die mit Billy vor sich gegangen war, verwirrte und deprimierte sie. Aus dem selbstsicheren, draufgängerischen Fliegeras, das sie geheiratet hatte, wurde langsam ein verbitterter, sich morbiden Gedanken hingebender Mann. Elinor hätte ihn gern gestreichelt, ihn getröstet und ihn aus seiner Apathie gerissen, wagte es jedoch nicht.

»Sieh mich bitte nicht so vorwurfsvoll an!« sagte Billy, der Elinors Blick im Spiegel aufgefangen hatte.

»Ich mache mir nur Sorgen um dich, Liebling. Du siehst so müde aus.« Sie hatte bereits gelernt, ihre Meinung für sich zu behalten.

Insgeheim hätte Elinor ihm gern zu bedenken gegeben, daß sie immerhin den Krieg lebend überstanden hatten und keine Angst mehr zu haben brauchten, jederzeit von einer Bombe zerfetzt zu werden. Und solange die Hausangestellten in Larkwood noch zu essen hatten, würden auch sie nicht verhungern. Da war sie sicher. Außerdem hatten sie einander. Sie und Billy konnten doch ihre Zweisamkeit genießen. Konnten sich trösten, sich aufheitern, wenn das Leben hart mit ihnen umsprang. War es nicht der Sinn einer Ehe, sich zu lieben, zu beschützen und gemeinsam die schweren Zeiten zu meistern? Das erschien ihr wichtiger, als nur gedankenlos durch sonnige Zeiten zu segeln.

Elinor begriff noch immer nicht, daß Billy, der Goldjunge, der kühne und furchtlose Kampfflieger, auf das wirkliche Leben und seine ständigen Stürme völlig unvorbereitet war. Im Alltag erwies er sich nicht nur als ängstlich und feige, sondern sogar als Verliererernatur.

Billy betrachtete sein Spiegelbild. In diesem Spiegel hatte er gesehen, wie aus einem hübschen Jungen ein selbstbewußter

Mann geworden war. Allmählich jedoch, seit dem Krieg, seit der Ehe mit Elinor, war die strahlende männliche Arroganz zuerst einer unbestimmten Angst und dann Verzweiflung gewichen, während er erfolglos versucht hatte, seinen Platz im Nachkriegs-England zu finden. Das Bewußtsein, versagt zu haben, beschämte ihn, beraubte ihn seiner Männlichkeit und seiner Selbstachtung. Was war nur schiefgegangen? Er war wirklich ein Glückskind gewesen, und er konnte nicht glauben, daß die Götter ihn ganz fallengelassen hatten. Seine gesamte Kindheit und Jugend hatten sie ihn mit Wohlwollen überschüttet, ihm seine privilegierte Herkunft, sein gutes Aussehen und seinen attraktiven Körper gegeben. Auch als Flieger hatten sie ihn sicher geleitet. Er hatte nicht nur überlebt, sondern war zu einem Helden geworden.

Jetzt schienen die Götter ihn mit Gleichgültigkeit zu strafen, ihn in diesem Nachkriegswirrwarr im Stich zu lassen, wo es Helden im Überangebot, aber keine Jobs gab.

Er hätte gern etwas mit Flugzeugen zu tun gehabt, aber es war eine Ironie des Schicksals, daß nur wenige Pilotenstellen zu vergeben waren, obwohl Billy der festen Überzeugung war, daß gerade die Fliegerei durchaus Zukunft hatte.

Daß er leer ausging, war erniedrigend. Wie kam es, daß er nicht zustande brachte, was die ureigenste Aufgabe des Mannes war – nämlich Frau und Kind zu ernähren?

Angesichts der Frustration, die sich in Billys Gesicht abzeichnete, schätzte Elinor sich glücklich, wenigstens eine sichere Methode zu kennen, sein Selbstwertgefühl wieder ein wenig zu stärken.

Im Bett hielt Billy die Zügel fest in der Hand. Wenn auch immer nur vorübergehend, gewann er hier das Gefühl zurück, das sich in der rauhen Alltagswelt nicht einstellen wollte: stark und einflußreich zu sein. Im Liebesspiel kostete er die Macht aus, von der er meinte, daß sie ihm in allen Lebensbereichen zugestanden hätte.

Als Billy kurz mit dem Rasieren innehielt, legte Elinor sich in die Kissen zurück und räkelte sich träge. Auffordernd sah sie ihren Mann an. »Augen wie deine gibt es nicht noch einmal. Sie haben die Farbe von Meerwasser über weißem Sand. Sie schillern so geheimnisvoll. Kein Wunder, daß alle Krankenschwestern in dich verliebt waren! Aber ich war die Glückliche!«

Ihre Blicke trafen sich im Spiegel. Billy lächelte. Er verstand die Einladung. Billy wischte sich den Rasierschaum aus dem Gesicht und wandte sich dem Bett zu.

Mit jedem Schwangerschaftsmonat verschlechterte sich Billys Verfassung. Elinor schloß daraus, daß diese Veränderung in Billys Verhalten an ihrer wachsenden Unfähigkeit lag, ihm die sexuelle Befriedigung zu geben, die er brauchte. In Wahrheit konnte Elinor Billy jedoch nie geben, was er brauchte, nämlich Selbstachtung.

Zuerst schien Billy nur mürrisch zu sein. Allmählich wurde er auch launisch, aufbrausend, zynisch und absichtlich verletzend. Elinor wurde immer fahriger und apathischer in ihrer hilflosen Verwirrung. Die Angst, Billys Zuneigung verloren zu haben, lähmte jede Aktivität. Ein Jahr zuvor noch hätte sie sich dieses Benehmen nicht bieten lassen. Mittlerweile jedoch war Widerstand ein Fremdwort für sie geworden. Billy und die Schwangerschaft hatten ihren Willen gebrochen. Nach und nach waren Elinors Lebensfreude, ihr Optimismus und Elan in Verzweiflung erstickt.

Billy, der in seiner absoluten Egozentrik schon fast kindisch war, beherrschte Elinor vollkommen. Widmete sie ihm nicht sofort ihre volle Aufmerksamkeit, sobald er etwas von ihr verlangte, wurde er böse. Sein mangelndes Selbstwertgefühl versuchte er zu überwinden, indem er sie demütigte, wo er nur konnte. Billy genoß ihre Hilflosigkeit und Unfähigkeit, sich seiner verbalen Gemeinheiten zu erwehren.

Immer häufiger suchte Billy Vergessen im Alkohol. Wenn er getrunken hatte, wurde er aggressiv und weinerlich. Nach seinen Sauftouren war Billy dann geradezu kindisch in seiner

Reue, maßlos zerknirscht und zutiefst beleidigt – und erstaunt, wenn Elinor ihm nicht umgehend verzieh.

Funktionierte das Spiel mit der zerknirschten Nachdenklichkeit einmal nicht, mit dem er sich Elinor sonst zu Willen machte, zog Billy sich wütend und schmollend zurück. Damit jagte er Elinor jedesmal einen solchen Schreck ein, daß sie sofort einlenkte. Manchmal fand Billy ihre Angst abstoßend, manchmal entdeckte er eine geradezu erotische Anziehung darin. Alle diese Auftritte endeten jedoch ausnahmslos im Bett, wo Billy immer wieder vergeben wurde.

Von Dauer waren diese Versöhnungsszenen aber nie, denn nichts vermochte in Billy das Bewußtsein, versagt zu haben, auszulöschen und ihm die Verzweiflung zu nehmen.

Elinor hatte von der Mutter, die die Tyrannei des Vaters schweigend ertragen hatte, gelernt, daß Männer sich wie Diktatoren gebärdeten.

Eines Sonntags schließlich tauchte Billy zu der traditionell einzigen Fleischmahlzeit der Woche nicht auf. Als er am Nachmittag, nachdem die Pubs geschlossen hatten, endlich nach Hause kam, nahm Elinor die trocken und strohig gewordene Lammkeule aus dem Ofen und stellte sie wortlos auf den Tisch. »Das kann doch kein Mensch mehr essen!« erklärte Billy lakonisch, packte die Keule und schleuderte sie gegen die Wand.

Elinor begann zu zittern und starrte auf die triefenden Soßenflecken an der Tapete. Auf schreckliche Art und Weise fühlte sie sich in ihre Kindheit zurückversetzt. Die Wutanfälle des Vaters und die Prügel, die stets sie und nie der Bruder bezogen hatte, gewannen eine neue bedrohliche Realität.

Wie gelähmt hörte Elinor die Tür hinter Billy ins Schloß fallen. Sie weigerte sich einzugestehen, daß sie sich erneut in die Abhängigkeit eines Familientyrannen begeben hatte. Und wie beim Vater früher fand sie auch gegen Billys Verhalten keine Möglichkeit, sich zu wehren, so versteinert war sie in ihrer Hilflosigkeit. Ihre Angst, Billys Mißbilligung zu erregen, seiner Kälte und Verachtung ausgesetzt zu sein, nahm zu. Sein beißender Zynismus war kaum noch zu ertragen. Und je größer Elinors Angst wurde, desto überlegener schien Billy sich zu fühlen.

Und plötzlich suchte Elinor wieder in der stoischen Insichgekehrtheit ihrer Kindheit Zuflucht. Sie versuchte, so unauffällig wie möglich zu bleiben, sich im Hintergrund zu halten, keine Überreaktionen zu provozieren. Ihre ängstliche Passivität wiederum machte sie zu einem leichten Opfer.

Auf diese Weise kam das verschüchterte Wesen wieder zum Vorschein, das Elinor während des Krieges durch Mut und Entschlossenheit besiegt hatte.

So wie sie sich der elterlichen Autorität des Vaters in der Kindheit unterworfen hatte, gehorchte sie jetzt beinahe widerspruchslos auch ihrem Ehemann.

Billy nutzte vor allem die Möglichkeit, Elinor sexuell zu beherrschen, aus. Er benutzte Sex, um ihr zu schmeicheln, sie zu manipulieren, sie zu trösten ... jedoch nie, um ihr Sicherheit zu geben; denn Billy wußte, daß eine unsichere Frau stets eine gehorsame Frau war. Besonders nach der Geburt ihres Sohnes baute Billy das System der sexuellen Abhängigkeit weiter aus. Das Wissen um diese Macht schien ihn in seiner Männlichkeit zu bestätigen.

Im Jahr 1921 schließlich erhielt Billy durch Vermittlung eines Freundes die Stelle des Klatschkolumnisten bei der Londoner Tageszeitung *Daily Globe*. Für diese Rolle war Billy die Idealbesetzung. Mit seiner lockeren, umgänglichen Art kam er mit jedem schnell ins Gespräch, und sein mit Bescheidenheit gepaarter Charme – die Waffe des erfolgreichen Journalisten – überwand schnell alle gesellschaftlichen Schranken. Doch obwohl Billy zu sämtlichen wichtigen gesellschaftlichen Ereignissen gebeten wurde, war ihm, wie auch den anderen bewußt, daß zwischen den Objekten seiner Reportagen und ihm unüberwindbar die Tatsache lag, daß er ein bezahlter Angestellter war.

Natürlich begleitete Elinor ihren Mann nie zu diesen Anlässen, hielt sich absichtlich aus seinem Berufsleben heraus. Die Londoner Gesellschaft war nicht ihre Welt. Aus Elinors Sicht war der einzige Nachteil von Billys neuem Job, daß er bis auf sonntags keinen Abend zu Hause war. Außerdem hatte Billy ständig einen Kater. Davon abgesehen, sah Elinor seine Tätigkeit nur positiv. Sie ahnte nicht, wie sehr es Billy zu schaffen machte, daß er sich plötzlich in einer Welt als Außenseiter fühlte, in der er aufgrund seiner Herkunft einen angestammten Platz zu haben glaubte. Elinor war nur grenzenlos erleichtert, weil Billy endlich arbeiten konnte und nicht länger Geld von seinem alten Freund Joe Grant borgen mußte, der mittlerweile Anwalt in einer Londoner Kanzlei geworden war.

Elinor glaubte sogar, daß Billy, der keine Zeile mehr schrieb als unbedingt nötig, das Zeug zu einem ernsthaften Journalisten hatte. Billy, der einmal hohe Erwartungen an das Leben gehabt hatte, wußte jedoch wie jeder andere, daß es für ihn keine Zukunftsperspektive gab. Obwohl er zahllose Menschen kannte, hatte er keinen echten Freund. Sein Lächeln und sein Charme waren nur noch eine berufsmäßige Maske. Zu Hause trug er seine Niedergeschlagenheit wie ein Schutzschild vor sich her.

Elinor arrangierte sich auch mit dieser Situation. Sie lebte gern in der großen Stadt mit all ihren Annehmlichkeiten. Sie hielt die Wohnung in Ordnung, kochte, kümmerte sich um den kleinen Sohn Edward und entlieh weiterhin romantische Liebesromane aus der Bibliothek, bei deren Lektüre sie schon in jener Zeit Zuflucht gefunden hatte, als sie schwanger und Billy arbeitslos gewesen war. Jetzt vertrieb sie sich damit die Zeit, während sie auf Billy wartete, denn sie fand nie Schlaf, bevor er nicht neben ihr lag.

Eines Tages, als er gegen vier Uhr morgens die Tür ihres Schlafzimmers achtlos zuknallte, wurde Elinor ärgerlich. »Mach nicht so einen Krach! Du weckst das Baby! Wo bist du wieder gewesen?«

»Hör mit dieser ständigen Nörgelei auf!« Billy gähnte und

versuchte, die Manschettenknöpfe aus dem Smokinghemd zu entfernen.

»Nörgelei? Was meinst du damit?«

»Ich meine deine ständige Kritik, deine stummen vorwurfsvollen Blicke, deine unrealistischen Forderungen«, zählte Billy auf und zog seine Socken aus. »Hier ist ein Loch! Stopf es gefälligst.« Er stierte sie betrunken an.

Diesmal beschloß Elinor, ihrem Ärger Luft zu machen. Sie sprang aus dem Bett, stellte sich breitbeinig vor Billy und stemmte die Hände in die Hüften. Ein Kimono und das fast durchsichtige pfirsichfarbene Nachthemd bedeckten nur notdürftig ihre Nacktheit.

»Wieso bist du so unfair!« zischte sie. »Wenn jemand keine Nacht mehr zu Hause ist, darf man ja wohl mal eine Frage stellen, oder?«

Billy starrte seine Frau durchdringend an. Sein Blick schweifte vom dunklen Schatten ihrer Brüste auf seine Uhr. Dann machte er grinsend einen Schritt auf sie zu.

Als seine rechte Hand unter das dünne Negligé griff, fühlte Elinor, wie ihre Brustspitzen hart wurden. All ihre Wut war im Nu verflogen. Seine Lippen liebkosten ihr Ohr, ihren Hals, und ihre Sinne fuhren mit ihr Karussell. Der Streit war vergessen.

»Hast du's eingelegt?« fragte Billy heiser. Kurz nach Edwards Geburt hatte er von Elinor verlangt, sich ein Verhütungsmittel für Frauen zu besorgen.

»Ja.« Da wußte er, daß sie sich Hoffnungen gemacht hatte.

Mit einer Hand warf Billy seine Kleidungsstücke vom Bett, mit der anderen zog er Elinor an sich. Der Kimono rutschte von ihren Schultern, und sie fühlte seine Wärme und Männlichkeit.

Als er sie aufs Bett legte, wollte sie schnell aus ihrem Nachthemd schlüpfen, doch er hielt sie fest. »Nein, laß es an«, befahl er und berührte ihre Brüste mit der Zunge.

Seine rechte Hand streichelte über ihre Schenkel und griff

tastend unter den pfirsichfarbenen hauchdünnen Stoff ... Sekunden später hatte er ihre Klitoris gefunden und fühlte sie unter seinem Daumen hart werden.

»Leg dich auf mich!« kommandierte er. »Spreiz die Beine ... weit!« Auf diese Weise kam sie am schnellsten zum Höhepunkt.

Obwohl ihr Liebesleben noch immer von heftiger Leidenschaft geprägt war, überraschte Billy die verwirrte Elinor stets mit neuen Einfällen und Praktiken. Im Bett hatte Billy stets eine halbbekleidete einer nackten Frau vorgezogen, doch mittlerweile verlangte er, daß Elinor dicke schwarze Wollstrümpfe anzog, wie Kinder sie trugen.

An einem Abend im Sommer schließlich kam Billy mit einem Geschenkkarton für Elinor nach Hause. Sie schaute enttäuscht auf das schlichte weiße Schürzenkleid.

»O Billy!« entfuhr es ihr. »Du erwartest doch hoffentlich nicht, daß ich das anziehe! So was besaß ich als Schulmädchen! Als ich noch Zöpfe hatte!«

»Dann flechte dir Zöpfe«, entgegnete Billy ruhig.

»Aber ...«

»Wenn du mir gefallen willst, flechte dir Zöpfe!«

»Nein, das will ich nicht!«

»Dann gehe ich eben zu einer, die das für mich tut.« Damit verließ Billy pfeifend das Zimmer.

Um sechs Uhr am nächsten Morgen kam er wieder. Er torkelte, und seine Kleider rochen säuerlich nach abgestandenem Whisky und Tabak. An seiner Haut haftete ein ordinäres Parfüm. Elinors Blick sprach Bände.

Billy lachte. »*Du* wolltest mich ja nicht!«

Den ganzen Tag über suchte Elinor Trost in der körperlichen Nähe ihres Babys und weinte vor Scham und Trauer.

Billy rührte sie einen Monat nicht an.

Elinor litt Höllenqualen. Ihre Sehnsucht nach Billy steigerte sich ins Unermeßliche. Allein in dem großen Ehebett fand sie keinen Schlaf, wälzte sich hin und her, biß verzweifelt in die

Kissen, während sie von Bildern verfolgt wurde, wie Billy all die intimen Dinge mit einer anderen tat.

Am Abend des vierten Sonntags ihrer erzwungenen Enthaltsamkeit betrat Elinor das Wohnzimmer und stellte sich scheu vor Billy. Sie trug das weiße Schürzenkleid und die schwarzen Strümpfe. Das Haar hatte sie zu Zöpfen geflochten.

»Gefalle ich dir?« fragte sie verschämt.

Sie dachte später noch häufig an ihre Überraschung darüber, welche Leidenschaft das Schürzenkleid in Billy entfachte, als seine Hand tastend unter den Kinderrock griff.

Die Verführung der Unschuld, auch wenn sie nur gespielt war, schien für Billy die vollkommene sexuelle Erfüllung zu bedeuten, die in seinen Lenden ein nie geahntes ausdauerndes Feuer auslöste.

Nach und nach jedoch veränderten diese Verkleidungsspiele die Beziehung zwischen Mann und Frau in die eines berechnenden Verführers zu einem vertrauensvollen Kind. Von jetzt an erwartete Billy, daß sich Elinor auch außerhalb des Schlafzimmers wie eine demütige Kindfrau verhielt. Billy verlangte passive Ergebenheit und schüchterne Verträumtheit von ihr, wenn sie mit anderen Menschen zusammentrafen. Nur Billy und Elinor wußten, welche heimliche Leidenschaft hinter den züchtig gesenkten Lidern schwelte.

Nur einmal noch protestierte Elinor gegen die kindische Kostümierung. Als sie eines Abends wieder einmal mit schwarzen Strümpfen und einer Rüschenschürze bekleidet vor dem Bett stand, sagte sie zögernd: »Billy, es macht mir nichts aus, mich dann und wann zu verkleiden, aber muß es unbedingt immer sein? Wir machen ja gar nichts anderes mehr!«

»Warum nicht?« Billy lag auf dem Rücken und hatte beide Arme hinter dem Kopf verschränkt. Elinor betrachtete das glänzende Haar in seinen Achselhöhlen und auf der Brust.

Von der Taille an abwärts war sein Körper von einem zerknitterten Laken bedeckt.

»Weil ... weil ich das Gefühl habe, daß du mich behandelst

wie ein strenger Vater sein Kind ... und das ist doch nicht in Ordnung, oder?«

»Stimmt. Es hat was von Inzest.« Billy räkelte sich gähnend. »Aber was macht schon ein bißchen Verderbtheit mehr oder weniger? Bei dem, was wir treiben, kommt es darauf auch nicht mehr an!«

»Verderbtheit? Was wir treiben?« wiederholte Elinor entsetzt.

»Was glaubst du denn?« entgegnete Billy. »Die lustvolle Erotik, der du so gern frönst, gilt allgemein als Verderbtheit. Da kannst du jede anständige Frau fragen.«

»Was soll das heißen? Was wir machen, ist in einer Ehe doch normal?«

»Normal? Du weißt genau, Elinor, daß echte Damen den Liebesakt ausgesprochen abstoßend finden. Was wir beide tun, betrachtet man in der Gesellschaft als unaussprechlich und entwürdigend. Jede anständige Frau wäre schockiert.« Er lachte rauh auf. »Keine respektable Frau ... nur Huren haben Spaß am Liebesakt!«

»Aber ... aber *du* hast mir das alles doch gezeigt!«

»Weil du so eindeutig Gefallen daran gefunden hast, meine Liebe. Du hast immer gewollt, was ich dir geboten habe. Ich habe nichts gegen deinen Willen getan. Du hast das Herz einer Hure. Dir hat jede erotische Perversion gefallen. Du hast jedesmal gebebt, wenn ich dich nur berührt habe. Du genießt es doch, mein Schatz!«

»Aber ... was soll denn daran pervers sein?«

Daraufhin zählte Billy genüßlich auf, zu welchen sexuellen Praktiken er Elinor verleitet hatte, die als ausgesprochen anstößig galten, und weidete sich an Elinors Verwirrung.

Er grinste. »Keine Sorge, Elinor. Mir gefällt deine Lasterhaftigkeit sehr gut. Nur sollten wir diese Dinge lieber für uns behalten, ja?«

»Lasterhaftigkeit?« stammelte Elinor.

Billy lachte. »Du bist in dieser Beziehung schlimmer als ich,

Liebes. Wenn du das nicht glaubst, sollten wir vielleicht andere um ihre Meinung bitten.«

Ihr entsetzter Gesichtsausdruck erregte ihn so sehr, daß er seine Anschuldigung wiederholte. Beim Anblick von Elinors schuldbewußtem Gesicht mit den schamroten Wangen wurde es Billy zur Gewißheit, daß er mit dieser Drohung ein neues Zaubermittel gefunden hatte, seine Frau in der gewünschten Weise zu manipulieren und sich zu Willen zu machen.

Elinor brachte es nicht fertig, den Verlockungen zu widerstehen, die Billy verhieß. Sie schämte sich ihrer Lust und ihrer Schwäche. Um sich von ihren Schuldgefühlen zu entlasten, redete sie sich ein, von Billy gezwungen zu werden, ihrer Gehorsamspflicht als Ehefrau zu genügen.

Trotzdem wuchsen Elinors Schuldgefühle ständig weiter. Und Billy manipulierte sie, beherrschte sie und beutete sie immer weiter aus.

Hinter der Maske des Intellektuellen lauerte der kleine Junge, der Motten Flügel ausriß. Im Grund seines Herzens war Billy ein Tyrann, der seine Erfüllung in der Beherrschung anderer fand.

Auf der Straße sprach Billy häufig bewundernd von den schönen Augen oder den langen Beinen einer jungen Passantin und fragte Elinor nach ihrer Meinung. Laut malte er sich dann aus, wie die Fremde sich im Bett verhalten würde. Er genoß dann Elinors offensichtliche Eifersucht angesichts seiner erotischen Phantasien.

Was er sich auf diese Weise ausmalte, setzte er später mit Elinor in die Tat um.

Und Elinor tat es ihm gleich. Gegen ihren Willen ließ sie sich von seinen Phantasien anstecken, bis sie schließlich bereitwillig ihren Beitrag zu diesem Spiel der Sinne leistete. Das ging sogar so weit, daß sie es ebenso sehnsüchtig und gespannt erwartete wie ein Alkoholiker das berauschende Gefühl nach den ersten Gläsern.

Billy flirtete weiterhin offen mit anderen Frauen und gab sich kaum Mühe, seine gelegentlichen Seitensprünge vor Elinor geheimzuhalten. Je schlimmer er es trieb, desto gefügiger wurde sie. Sie war mittlerweile so verunsichert, daß die quälende Angst, Billy könne sie verlassen, alles andere in den Hintergrund drängte. Stets suchte sie nur bei sich den Fehler, versuchte sklavisch all seine Wünsche zu erfüllen. Sie war Billy hörig geworden.

Obwohl Elinor in ihrer Eifersucht am liebsten nichts von Billys amourösen Eskapaden wissen wollte, quälte sie eine perverse Neugier nach jedem Detail. Sie ahnte, daß Billy ihr diese Details bereitwillig liefern würde, um sie gleichzeitig zu quälen und ihr Verlangen zu stillen – aber er wollte stets gebeten werden. Und letztendlich ließ sie sich dann jedesmal wieder dazu hinreißen.

Allmählich wurde auch das zu einem Spiel; ein Spiel, das Billy ganz offensichtlich genoß, weil es seine Macht über Elinor nur noch vergrößerte.

Billy sprach Elinor gegenüber immer seltener von Liebe. Er legte es darauf an, sie in einem Zustand der Spannung und Angst zu halten, um sie gefügig zu machen. Und Elinor sehnte sich nach jenen drei Worten, die sie kaum noch zu hören bekam. Sie wollte von Billy geliebt werden, ihre Liebe erwidert wissen, um sich von den dauernden Schuldgefühlen zu befreien, die sie wegen ihrer Abhängigkeit plagten.

Die Angst, Billy zu verlieren, wurde bei Elinor noch dadurch verstärkt, daß sie sich, wie viele andere Frauen, generell unzulänglich vorkam und sich nicht zutraute, ihr Leben ohne Mann zu meistern. Außerdem verfügte Elinor über keine eigenen finanziellen Mittel. Und mit einem Kleinkind hätte sie nicht einmal als Hausangestellte eine Stelle bekommen. Den Luxus, sich seinem Willen entgegenzustellen, konnte sie sich nicht leisten.

Eines Morgens jedoch, als Elinor nach dem Frühstück das Geschirr abwusch, ertappte sie sich dabei, wie sie in einer seltenen Anwandlung von Rebellion am liebsten Billys Kaffeebecher an der Wand zerschmettert hätte. Wie so oft, war er spät nachts betrunken nach Hause gekommen. Beim Ausziehen war er gegen eine gerahmte Fotografie gestoßen, so daß sie zu Boden fiel, war versehentlich daraufgetreten und hatte damit das einzige Bild zerstört, das Elinor von ihrer Mutter besessen hatte.

Plötzlich sah sie mit entsetzter Klarheit, daß Billy es fertigbrachte, dieselbe elende, unwürdige Kreatur aus ihr zu machen wie schon ihr Vater mit seinem Lederriemen.

Billy jedoch war nicht der unvermeidbare Tyrann ihrer Kindheit. Billy war Elinors selbstgewählter Ehemann. Der Mann, den sie liebte!

Die Heftigkeit ihrer Gefühle erschreckte und verwirrte Elinor. Sie brühte sich eine Tasse Tee auf und setzte sich an den Küchentisch. Über eine Stunde saß sie dort, ohne den Tee anzurühren. Und zum ersten Mal versuchte sie, Billys Verhalten objektiv zu sehen, ohne es zu beschönigen. Dabei stellte sie sich die Frage, warum sowohl Billy als auch der Vater es geschafft hatten, sie zu einem würde- und willenlosen Geschöpf zu reduzieren.

Elinor war tatsächlich von einem weiteren Tyrannen abhängig – von einem, mit dem sie den Rest ihres Lebens verbringen mußte. Ihr Retter war ihr Folterknecht geworden. Heiße Tränen traten in ihre Augen. Sie legte den Kopf auf den Küchentisch und weinte bis zur völligen Erschöpfung.

Schließlich faßte sie sich wieder. Billy war ihr Mann. Er und der kleine Edward waren ihr Leben. Sie hatte keine andere Wahl. Sie mußte ihren Weg gehen.

Und wieder drängte Elinor die bittere Wirklichkeit in den Hintergrund und wandte sich dem romantischen Bild zu, das sie sich von dem Mann gemacht hatte, mit dem sie jetzt verheiratet war. Der Betrunkene der vergangenen Nacht war nicht ihr Billy. Den echten Billy zeigte die Fotografie des jungen, charmanten Helden auf ihrem Nachttisch. Billy machte schwere Zeiten durch. Hatte er doch einen Job annehmen müssen, der eigentlich unter seinem Niveau lag. Er hatte allen Grund, unglücklich zu sein. Elinor beschloß, sich allein auf das Positive in Billy zu konzentrieren. Die Zeit würde alle Wunden heilen. Das Leben würde eine glückliche Wendung nehmen. Davon war Elinor fest überzeugt.

4. KAPITEL

Die folgenden zehn Jahre waren für Elinor kein Zuckerschlecken. Von dem romantischen Bild, das sie sich von Billy gemacht hatte und an das sie sich klammerte, war kaum noch etwas übrig. Billy verfiel immer mehr dem Alkohol.

Immer häufiger geriet sie in Rechtfertigungszwang, mußte mehr und mehr Kompromisse eingehen. Verwirrt stellte sie fest, daß ihr das Leben entglitt, ohne daß sie je begriff, was sie hätte ändern können.

Billy schob stets Elinor die Verantwortung für seinen steigenden Alkoholkonsum zu. Elinor stand diesen Vorwürfen völlig hilflos gegenüber, hatte es noch immer nicht gelernt, die selbst gesetzten Ultimaten auch einzuhalten. Sie glaubte weiterhin daran, daß Billy sich ändern würde, nur weil er es ihr versprach. Und natürlich änderte sich nie etwas.

Elinor wußte nie, ob er zu den Mahlzeiten oder ob er überhaupt nach Hause kommen würde. Sie lernte zumindest, nicht mehr auf ihn zu zählen, weder mit seiner An- noch mit seiner Abwesenheit zu rechnen. Immer dann, wenn sie eine Freundin von der Abendschule eingeladen hatte, weil sie Billy nicht erwartete, konnte sie sicher sein, daß er plötzlich betrunken auftauchte und ihren Besuch aufs unangenehmste beleidigte. Schließlich war Buzz Elinors einziger Gast, denn Buzz erwies sich gegen Billys schlechtes Benehmen als völlig unempfindlich. Bei den seltenen Gelegenheiten, wenn Billy nicht nur nüchtern war, sondern auch keinen Kater hatte, war er so abweisend, daß Elinor erst gar nicht wagte, sein Alkoholproblem anzuschneiden.

Edward, ein blasses, ruhiges Kind, ging seinem Vater möglichst aus dem Weg. Er war ein zufriedener Junge mit einer starken Bindung an die Mutter, was den Vater sichtlich irritierte. Er hatte das sanfte, empfindsame Wesen von Elinor geerbt, während er rein äußerlich ein zweiter Billy zu werden versprach. Billy jedoch war der Junge nicht draufgängerisch genug, und es störte ihn, daß sein Sohn Naturbeobachtungen dem Sport vorzog.

Zwei menschliche Bindungen in Elinors und Billys Leben hatten Bestand. Billy war noch immer mit Joe Grant befreundet, der 1929 die Tochter seines Chefs geheiratet hatte. Und Elinor traf sich regelmäßig mit Buzz. Buzz hatte sich von jeher jeglicher Besserwisserei enthalten.

An einem lauen Sommersonntagabend, nachdem Billy Elinor in Buzz' Gegenwart besonders übel beschimpft hatte, gingen die beiden Frauen ins Kino. Im Foyer des *Kensington Odeon* allerdings konnte Buzz sich die Frage nicht länger verkneifen: »Wie lange willst du Billys Gemeinheiten eigentlich noch hinnehmen? Bis ans Ende deiner Tage? Verlaß ihn doch endlich. Denke *einmal* an dich!«

Elinor wollte davon nichts hören. Wie immer fand sie zahllose Entschuldigungen für Billy.

»Er liebt mich, Buzz. Wirklich!«

Buzz schaute sie nachdenklich an. »Vielleicht tut er es, Nell. Das kann ich nicht ausschließen«, fuhr sie bedächtig fort. »Weit her kann es allerdings mit seiner Liebe nicht mehr sein. Soviel ist offensichtlich. Sonst würde er dich nicht so schäbig behandeln. Das ist die Wahrheit. Gut, vielleicht liebt er dich auf seine eigene, merkwürdige Art. Aber das ist eben nicht genug, Nell. Und wie lange willst du noch zusehen, wie er sich mit Alkohol zugrunde richtet?«

»Ich kann ihn nicht davon abbringen. Aber er wird sein Versprechen eines Tages halten und mit der Trinkerei aufhören«, antwortete Elinor unglücklich. Daß er es schon ein paarmal probiert hatte, verschwieg sie. »Du weißt, ich könnte ihn nicht verlassen. Wo sollte ich auch hin? Und wovon sollten Edward und ich leben?«

»Du kannst es«, beharrte Buzz ruhig. »Irgendeinen Job kriegst du, ob als Bedienung oder Verkäuferin, ist egal. Edward ist kein Baby mehr ... er ist neun und den ganzen Tag in der Schule. Ihr könntet bei uns im Wohnzimmer schlafen, bis du dir eine eigene Existenz aufgebaut hast. Meine Mutter wäre einverstanden.«

Elinor schüttelte den Kopf. »Nein, ich könnte Billy niemals verlassen. Er braucht mich.« Ein Leben ohne Billy war für Elinor unvorstellbar. »Buzz, das ist heute mein freier Abend. Laß uns bitte nicht mehr darüber reden!«

Es war noch hell, als Elinor an diesem Abend nach Hause kam. Als sie den Schlüssel ins Schloß steckte, hielt sie inne. Den Geräuschen nach zu urteilen hatte Billy Besuch.

Im Wohnzimmer empfing sie eine groteske Szene. Der neunjährige Edward saß nackt auf dem Tisch. Ein Zylinderhut war über seinen Kopf gestülpt, und in der Hand hielt er ein Weinglas mit einer grünlichen Flüssigkeit. Edward lachte und lachte ...

Sein Vater lag halb ausgestreckt im Sessel, den unvermeidlichen Whisky vor sich, und feixte betrunken.

Elinor war mit wenigen Schritten bei Edward. Sie riß ihm den Hut vom Kopf und das Weinglas aus der Hand und schnupperte daran. Es enthielt Pfefferminzlikör.

Edward sah seine Mutter kichernd an. Er schwankte und fiel fast vom Tisch.

Elinor fing ihn auf. Edward fühlte sich eiskalt an. Sie versuchte, ihrer Stimme einen ruhigen, festen Klang zu geben. »Zeit zum Schlafengehen, Edward.«

Billy grinste dämlich. »Ein Vater muß doch seinem Sohn das Trinken beibringen!«

Elinor war bleich. »Was Besseres ist dir wohl nicht eingefallen, was?« zischte sie.

Sie zog den schwankenden Edward hastig an und ging in die

Küche. Dort entnahm sie ihrer besten Teekanne die beiden Banknoten, die sie für den Notfall versteckt hatte. Dann packte sie Edward wortlos bei der Hand und verließ die Wohnung.

Am folgenden Tag besuchte Buzz Freunde, die nur zwei Häuser weiter wohnten und einen Untermieter suchten. Für zehn Shillings extra pro Woche waren sie bereit, Mutter und Sohn aufzunehmen.

Am Montagmittag, als Elinor wußte, daß Billy im Büro sein würde, kehrte sie zum Earl's Court Square zurück, um zu packen.

Kaum stand sie im düsteren Flur, steckte eine Frau den Kopf aus einer der Parterrewohnungen. »Gut, daß Sie da sind, Mrs. O'Dare«, begrüßte sie Elinor ernst. »Ich wußte, daß jemand Sie benachrichtigen würde. Ein dummer Unfall. Die Polizei hat schon nach Ihnen gefragt.«

Eine Dreiviertelstunde später saß Elinor an Billys Krankenhausbett. Ein Bein war im Streckverband, ein Arm im Gips. Sein Kopf war dick bandagiert, und er hatte schlimme Schürfwunden in der linken Gesichtshälfte.

»Ich wollte dir nachlaufen«, sagte Billy zerknirscht. »Aber irgendwie ist plötzlich das Trottoir unter mir weggerutscht. Und dann kam der Lieferwagen von hinten. Blöde Geschichte.«

»Armer, armer Billy!« Elinor küßte ihn zärtlich. »Mach dir keine Sorgen, Liebster. Es wird alles wieder gut.« Nur einen flüchtigen Augenblick lang befiel Elinor Angst – Angst vor Buzz' Reaktion.

Aber es war ausgerechnet Edward, der Elinors Entscheidung nicht verstand. Er litt noch unter den Folgen des ungewohnten Alkoholgenusses. »Ich hätte nicht gedacht, daß du mich zwingen würdest zurückzugehen«, sagte er schaudernd zu seiner Mutter. »Warum verläßt du ihn nicht einfach, Mummy?«

»Es wird alles anders«, versprach Elinor. Als sie in die ungläubigen Augen ihres Sohnes schaute, war sie selbst erstaunt, daß sie sich so lange und eigensinnig an diese fromme Lüge geklammert hatte. Immer wieder hatte sie an bessere Zeiten geglaubt: nach der Geburt des Babys, sobald es aus dem Gröbsten heraus war, wenn es die Zähne bekommen hatte ... Und wie lange war das inzwischen her!

Und immer wieder hatte sie Ausreden und logische Erklärungen für Billys häßliches Verhalten gefunden.

»Mein Liebling, was sollte Daddy denn ohne mich anfangen?« entgegnete sie traurig. »Und was werden die Leute sagen?«

»Das kann uns doch egal sein – wir hören es doch nicht! Und was aus Daddy wird, ist auch nicht unser Problem!«

Edward nahm ihre Hände. »Daddy ist immer betrunken ... böse ... Bitte, bitte laß uns nicht zu ihm zurückgehen!«

»Edward, du verstehst das nicht«, murmelte Elinor unglücklich. »Ich liebe ihn, weißt du.«

Für ihre Liebe zu Billy hatte Elinor mittlerweile selbst keine plausible Erklärung mehr. Aber Billy war eben ihr Mann, und sie würde ihn bis ans Ende ihrer Tage lieben. Elinor klammerte sich an die Gefühle von Liebe und Hoffnung. In diesem Punkt bewies sie die Ausdauer eines Menschen, der den Mut zu zweifeln nicht besaß.

»Mummy, du bist ganz anders, wenn Daddy nicht da ist«, beharrte Edward. »Von Daddy läßt du dich immer nur herumschubsen. Ich möchte das nicht mehr.«

Elinor fiel Buzz' Standpauke im Kino ein. »Ich kann es nicht ändern, Edward«, seufzte sie. »So bin ich nun mal erzogen worden. Wir gehen jetzt nach Hause.«

Freitag, den 7. August 1936

Fast jeden Monat fuhr Billy einmal mit seiner Familie nach Larkwood, das immer mehr verfiel. Billys Eltern waren mit den Jahren sehr gebrechlich geworden und schienen entschlossen, ihren Lebensabend am Kamin zu verbringen. Elinor begriff selbst nicht mehr, weshalb sie die beiden einst gefürchtet hatte.

Elinor verlebte die Tage in Larkwood entweder mit langen Spaziergängen im Park oder in der Bibliothek. Die Bibliothek von Larkwood war ein düsterer Raum, in dem der Geruch von alten Büchern und abgestandenem Zigarrenrauch hing. Wertvolle Bände waren hier nicht vorhanden. Dafür gab es einige Gesamtausgaben beliebter Romanautoren des neunzehnten Jahrhunderts, antiquierte Atlanten, stockfleckige Lexika und kistenweise Familiendokumente.

An einem schwülen Augustnachmittag, als ein düsterer Himmel und bleierne Stille ein schweres Gewitter ankündigten, öffnete Elinor eine staubige Kiste voller uralter Haushaltsbücher. Eines davon enthielt Aufzeichnungen aus dem Jahr 1712. Hierin waren die wöchentlichen Ausgaben in dreizehn Rubriken aufgeteilt, die jeweils ein Jahr umfaßten. Die »Küchenbücher«, in gestochener Handschrift geschrieben, dokumentierten exakt und minutiös die täglichen Einkäufe des Kochs. Unter den Abschnitten *Haus*, *Wäsche*, *Stallungen*, *Zwinger*, *Wildhüter* und *Garten* waren im »Lohnbuch« sämtliche Auszahlungen aufgelistet. Im sogenannten »Kellerbuch« war zu lesen, welche Weine gekauft und wann sie getrunken worden waren. Fasziniert vertiefte sich Elinor in die Lektüre.

Stunden später betrat ihre Schwiegermutter den Raum. Elinor sah auf. »Schau mal, was ich gefunden habe!« Sie hielt einen in grünes Leder gebundenen schmalen Band hoch. Die Lederfarbe war stark nachgedunkelt und die Ecken abgestoßen.

»Oh, das ist Rachel O'Dares Tagebuch! Einer unserer Familienschätze. Sie hat während der Regentschaft von Elisabeth I. gelebt. Das Buch enthält einige interessante Rezepte – man konnte damals die Rezepte nur einzeln und für viel Geld erwerben. Natürlich hatte Rachel auch noch ihr eigenes Rezeptbuch aus der Familie. Wenn eine Tochter heiratete, wurde ein Schreiber mit der Abschrift dieses Buches beauftragt, und die Tochter bekam es dann zur Hochzeit.«

Elinor blätterte in den durchscheinenden, brüchig gewordenen Seiten. »Hier ist ein Rezept für kandierte Blumen!«

»Ja, das benutzen wir noch immer, um Veilchen, Pfingstrosen und Rosenblätter zu kandieren. Rachel hatte auch ein paar gute Tips, wie man Blütenpflanzen im Salat verwendet.«

»Ich würde gern ein paar Rezepte ausprobieren. Darf ich das Buch mit auf mein Zimmer nehmen und Teile davon abschreiben?«

»Aber natürlich.«

Auf diese Weise erhielt Elinor Jahrhunderte später einen Einblick in das Leben der Lady Rachel O'Dare. In ihrem Schlafzimmer überflog Elinor, was Rachel detailgetreu über den Ablauf ihrer Tage, das Landleben, häusliche Auseinandersetzungen und anschließende Versöhnungen notiert hatte. In dem Tagebuch war jede verlorene Wette des Ehemannes, jedes Kleidungsstück, das er gekauft hatte, jedes Spiel, das er mit den Kindern gespielt hatte, jedes Problem mit den Hausangestellten dokumentiert. Auch ihre Enttäuschungen und melancholischen Stimmungen hatte Rachel sich von der Seele geschrieben. Ferner berichtete sie von den Jahrmärkten, die in der Gegend stattfanden, den Festen an hohen Feiertagen, von Weihnachten und Ostern. Sie war sogar der Königin vorgestellt worden, als diese einmal bei einem Nachbarn Quartier genommen hatte, was diesen beinahe an den Rand des finanziellen Ruins gebracht hatte.

Bevor Elinor sich zum Abendessen umzog, begann sie Rachel O'Dares Rezept für kandierte Blüten abzuschreiben. Es war nicht so einfach, die veraltete Schreibweise in allgemeinverständliches modernes Englisch umzusetzen, aber sie hatte sich schon eingelesen.

»Willst du einen Süßigkeitenladen aufmachen, Elinor?« Billy war hinter Elinor getreten und blickte ihr über die Schulter.

»Nein. Ich schreibe nur ein Rezept aus einem alten Tagebuch ab.«

Billy griff kurz nach dem Buch und blätterte es bedächtig durch.

Dann schrieb Elinor eifrig weiter. »Sie hat einen herrlich

trockenen Humor. Ich habe schon fast das Gefühl, sie lange zu kennen. Das Tagebuch liest sich wie die Aufzeichnungen einer alten Freundin. Ihre Familie ist mir mittlerweile schon vertraut. Ich weiß sogar, daß sie ihren Schwiegervater nicht mochte!«

»Der allerdings war auch kein angenehmer Zeitgenosse!« Billy gähnte. »Er hatte sich den Engländern als Informant angedient und mußte Westirland schließlich Hals über Kopf verlassen. Das typische Schicksal der Kollaborateure.« Erneut fiel sein Blick auf das Büchlein. »Verdammt schwierig zu lesen, was? Diese gedrechselten Buchstaben ... und die merkwürdige Rechtschreibung!«

»Man muß nur Geduld haben.« Stockend begann Elinor vorzulesen: »›Sind heute mit dem Pfaffen im Obstgarten spazierengegangen. Haben über Joannas Hochzeit gesprochen. Lange ist es nicht mehr hin. Der Pfaffe konnte sich an den prallen Kirschen nicht satt sehen. Wir haben ihm einen Korb versprochen. Er ist so gierig und ausgehungert, daß ihm bei der Speisenfolge der Speichel aus dem Mund geronnen ist. Wir hatten uns auf gebratenen Schwan, gekochte Fasanen und kleine Wachteln geeinigt. Auch Lachs und Hecht mit schweren Fleischpasteten ...‹«

Billy hatte aufmerksam zugehört. »Wirklich interessant. Aber jetzt zieh dich lieber zum Abendessen um. Du weißt, wie gereizt Mutter reagiert, wenn wir nicht pünktlich mit dem Gongschlag unten sind.«

Dienstag, den 11. August 1936

Als sie von Larkwood nach Earl's Court zurückkehrten, war Billy miserabler Laune. Die Besuche bei der Familie erinnerten ihn stets daran, daß der gesamte Familienbesitz seinem älteren Bruder zufallen würde. Edward, mittlerweile sechzehn Jahre alt, zog sich sofort in das Zimmer zurück, das die Eltern in der Etage über ihrer Wohnung für ihn gemietet hatten.

Elinor öffnete das Wohnzimmerfenster, lehnte sich hinaus und sah auf den Platz hinunter. Es wehte ein leichter Sommerwind, der den Geruch von Staub, Rosen, warmem Gras und Pferdeäpfeln mit sich brachte.

Billy goß sich ein großes Glas Whisky ein, setzte sich auf den abgewetzten Chintzsessel und sagte mißmutig: »Irgendwann mußt du es ja doch erfahren. Sie haben mir fristlos gekündigt.« Der verletzte Ausdruck in seinen Augen strafte das lässige Grinsen Lügen.

Elinor wandte sich vom Fenster ab. »Billy! Warum?«

»Wenn man als Journalist rausfliegt, hat das überhaupt nichts mit der Qualität seiner Arbeit zu tun. Das lernt man in dem Metier als erstes. Der *Globe* hat einen neuen Chefredakteur. Und der will natürlich sein eigenes Team unterbringen.« Wie beiläufig fügte Billy hinzu: »Für eine Zeitung will ich sowieso nicht mehr arbeiten.«

Elinor hatte verstanden. Das bedeutete, daß keine andere Zeitung Billy einstellen würde.

Am darauffolgenden Morgen um sieben Uhr brachte Elinor Billy eine Tasse Tee ins Schlafzimmer. Sie setzte sich zu ihm auf die Bettkante. »Warum versuchst du nicht, einen anderen Job zu bekommen? Hier, lies das mal.« Sie reichte ihm die Zeitung. Sie hatte eine Annonce, in der ein Arzneimittelvertreter gesucht wurde, angestrichen.

»Du glaubst doch wohl nicht, daß ich mich für einen Vertreterjob hergebe!« zischte Billy wütend.

»Wozu willst du dich dann hergeben?« Elinors grüne Augen musterten ihn aufmerksam. Auch ohne sportliche Betätigung war Billy noch schlank und drahtig geblieben. Trotzdem hatte ihn der Alkoholkonsum deutlich gezeichnet. Dicke Tränensäcke und ein grauer, ungesunder Teint verrieten ihn.

Ein hintergründiges Lächeln überzog sein Gesicht. »Ich habe zufällig eine bessere Idee, wie wir zu Geld kommen können!«

Er schlug die Bettdecke zurück und ging nackt zur Kommode. Dort zog er eine Schublade auf und drehte sich zu

Elinor um. In der Hand hielt er einen kleinen Gegenstand aus Leder.

»Das ist ja Rachel O'Dares Tagebuch! Weiß deine Mutter, daß du es hast?«

»Nein. Sie wird es nicht einmal vermissen. Keine Sorge! Ich werde es nicht verkaufen. Ich habe es nur vorübergehend geborgt.«

»Und wann gedenkst du es zurückzubringen?« Elinor war entsetzt, daß Billy mit dem wertvollen Familienbesitz so nachlässig umging.

»Sobald du ein Buch mit dem Titel *Tagebuch einer elisabethanischen Hausfrau* geschrieben hast«, erklärte Billy triumphierend. »Ich kenne genau den richtigen Verleger dafür!«

Im ersten Augenblick mutmaßte Elinor, Billy sei noch vom Vorabend betrunken. Sie schaute ihn prüfend an, konnte jedoch die sonst untrüglichen Zeichen in seinen Zügen nicht entdecken.

»Billy, ich bin keine Schriftstellerin«, entgegnete sie ruhig. »Ich schreibe gern Briefe, und in der Schule habe ich mal den ersten Preis in einem Aufsatzwettbewerb gewonnen. Aber ich habe einfach gar keine Ahnung, wie man ein Buch überhaupt anfängt!«

»Den Anfang hast du doch schon. Hier!« Billy fuchtelte mit dem kleinen Lederband in der Luft herum. »Du mußt das hier nur in ein modernes Englisch übertragen ... schreibst zwischendrin ein paar erklärende Abschnitte dazu, damit der Leser zum Beispiel weiß, wie die Welt im sechzehnten Jahrhundert ausgesehen hat. Dann können wir auf Fußnoten verzichten. Auf diese Weise wirkt das Ganze eher wie ein Roman und nicht wie ein trockenes Geschichtsbuch.«

»Woher soll *ich* wissen, wie die Welt im sechzehnten Jahrhundert ausgesehen hat?«

»Wozu, glaubst du, ist das *British Museum* da? Die Bibliothek dort hat alles, was du brauchst.«

»Aber ich habe doch keine Ahnung ...«

»Laß dir von Edward zeigen, wie man recherchiert.« Edward bereitete sich schon jetzt eifrig auf ein Stipendium für die Universität von Oxford vor. »Übrigens, recherchieren bedeutet einfach nur nachforschen, herausfinden.«

Elinor und Billy planten das Buch gemeinsam. Elinor befolgte Billys Rat und blieb so nahe am Originaltext wie möglich, um unnötige Schwierigkeiten von vornherein zu vermeiden. Billy stellte einen präzisen Zeitplan für jedes einzelne Kapitel auf, so daß er sofort feststellen konnte, wann Elinor ihr Pensum nicht erfüllt hatte. Von Edward lernte Elinor, wie man recherchierte und die gewonnenen Informationen mit Hilfe von Karteikarten ordnete. Zu Weihnachten schenkte Billy Elinor einen Aktenschrank, den er gebraucht erworben hatte.

Ende März 1937 hatte Elinor das *Tagebuch einer elisabethanischen Hausfrau* vollendet. Das Buch sollte im darauffolgenden November beim Verlagshaus *Stansfield and Hart* herauskommen.

Kurz vor dem Erscheinungstermin entwickelte Billy eine hektische Betriebsamkeit. Er schrieb Pressemitteilungen und überredete jeden Zeitungskolumnisten, der ihm einen Gefallen schuldete, das Buch zu erwähnen. Außerdem traf Billy alle nötigen Vorbereitungen für die vom Verlag anberaumte Pressekonferenz mit anschließender Cocktailparty im *Russell Hotel* in Bloomsbury. Billy kümmerte sich sogar um die Kleidung, die Elinor bei dieser Gelegenheit tragen sollte, womit sie aber gar nicht einverstanden war. In der Umkleidekabine von *Fortnum and Mason* machte sie ihrem Ärger Luft: »Was ist bloß in dich gefahren, Billy? Ich kann doch nicht um drei Uhr nachmittags ein pinkfarbenes Moirékleid tragen! Das ist ungewöhnlich. Frag deine Mutter! Außerdem können wir uns so etwas gar nicht leisten!«

»Das bezahlt sowieso Joe Grant«, entgegnete Billy und wandte sich an die Verkäuferin: »Auf Fotos kommt es immer auf den Hut an. Probieren wir mal den weißen Seidenturban mit den rosafarbenen Straußenfedern!«

»Was für Fotos?« wollte Elinor verdutzt wissen.

Billy musterte seine Frau von Kopf bis Fuß. Sie hatte inzwischen die dreißig überschritten und war vor allem im Gesicht schmaler geworden, doch mit ihrem hellen Teint, den roten Lippen und dem vollen blonden Haar war sie noch immer sehr attraktiv. »Ich habe Angus McBean bestellt ... Er ist der beste Theaterfotograf. Wir bringen dich ganz groß raus!«

Billy sorgte auch dafür, daß alles ganz nach Plan verlief. Er dirigierte die Pressekonferenz, die Radiointerviews und die Autogrammstunden in den Buchhandlungen, zu denen Elinor, auf Billys Wunsch, in einem weißen Rolls-Royce gefahren wurde. Die Kosten trug Elinors erstaunter Verleger, dessen Werbung sich bislang darauf beschränkt hatte, Rezensionen an Feuilletonredakteure zu verschicken.

Zur großen Überraschung aller – Billy ausgenommen – wurde das *Tagebuch einer elisabethanischen Hausfrau* von Elinor Dove sofort ein durchschlagender Erfolg. Es war aufwendig und liebevoll illustriert, historisch einwandfrei recherchiert und las sich wie ein spannender Gesellschaftsroman. Wie Billy vor der Presse immer wieder betonte, war das Buch das ideale Weihnachtsgeschenk, und so landete es tatsächlich auf zahllosen Gabentischen ...

Edward, der mittlerweile sein Stipendium bekommen hatte und Geschichte studierte, war über den Erfolg der Mutter und seine neu gewonnene Freiheit sehr glücklich. Er fühlte sich in Oxford wohl und hatte sich zum ersten Mal verliebt: in Jane, eine Geschichtsstudentin, die ebenfalls im ersten Semester war.

Samstag, den 1. Januar 1938

Elinor legte sich in die Kissen zurück und räkelte sich wohlig in der kraftlosen Wintersonne, die zum Fenster hereinschien. Sie konnte es kaum fassen, welch hoffnungsvolle Wendung ihr Leben in letzter Zeit genommen hatte. Und zum ersten Mal, seit sie Billy kannte, hatte er am Neujahrstag keinen Kater! Nach einer schweren Erkrankung mußte er auf Drängen des Arztes seinen Alkoholkonsum drastisch reduzieren. Der Arzt war ziemlich deutlich geworden und hatte ihm die Schrecken einer Leberzirrhose mitleidslos ausgemalt.

Billy, der nackt neben ihr lag, streckte sich gähnend und strich sich über den Schnurrbart. »Ich habe ein Geschenk für dich, Liebling. Den Vertrag für ein neues Buch!«

»Prima. Meinst du das *Elisabethanische Kochbuch*?«

»Nicht ganz«, erwiderte Billy. »Der Verlag möchte einen Roman von dir.«

Billy hatte in dem rotgoldenen Prunk des *Café Royal* mit dem Verleger und seinem Cheflektor zu Mittag gegessen. Beide hielten Elinor für ein literarisches Naturtalent, denn ihre Arbeit verriet nicht nur eine seltene Beobachtungsgabe, sondern sie handhabte auch die Sprache erfrischend direkt und hatte einen ausgeprägten Sinn für das Unerwartete. Ihre Charaktere waren Menschen aus Fleisch und Blut, faßbar und begreifbar für den Leser.

Bei Billy hatte die Anregung des Verlegers sofort eindeutige Assoziationen ausgelöst: internationaler Bestseller ... Erstlingsroman ... Margaret Mitchell ... *Vom Winde verweht* ... Hollywood ... Filmrechte. »Ich sollte Ihnen vielleicht sagen, daß Billy Collins bereits Kontakt mit uns aufgenommen hat ...«, erklärte Billy den beiden Herren.

Beim Nachtisch bereits war man sich über die Höhe des Vorschusses einig.

Billy sah sein zukünftiges Leben so, wie es in den Vorkriegsjahren gewesen war. Darum galt sein ganzes Interesse nun der Förderung von Elinors Talent: Wenn Elinor viel Geld verdienen konnte, dann hatte auch Billy, als ihr Manager, ausgesorgt.

Als Billy Elinor ihre neue Karriere ausmalte, setzte sie sich abrupt im Bett auf und blinzelte verwirrt. »Aber Billy, ich habe noch nie einen Roman geschrieben!« Sie war völlig durcheinander. »Ich kann das nicht ... Ich wüßte gar nicht, wie ich das anfangen sollte ...«

»Das bringe ich dir schon bei. Es ist ganz einfach.«

Elinor wußte sofort, daß es Billy todernst meinte und jede weitere Diskussion sinnlos war. Wenn Billy sich etwas in den Kopf gesetzt hatte, konnte niemand mehr ihn davon abbringen. »Ich mache uns Frühstück«, seufzte sie und wollte aufstehen.

»Nein.« Billy hielt sie zurück. »Um das Frühstück kümmere ich mich.«

Zehn Minuten später saß Elinor verzagt vor einem alten Tablett mit verwaschenem Blumenmuster, auf dem ein Kännchen Milch, ein Apfel, mehrere Butterbrote und ein rotes Heft lagen.

»Mehr bekommst du nicht, bevor du nicht zehn Seiten – zu meiner Zufriedenheit, versteht sich – geschrieben hast.«

»Aber worüber soll ich schreiben? Worüber weiß *ich* denn was? Über das Leben auf einer Farm? Über die Schrecken eines französischen Lazaretts im Krieg? Wie man überlebt? So etwas Deprimierendes wollen die Leute nicht lesen ... das haben sie doch alles selbst hautnah mitgemacht!«

»Dann schreib über das, was andere *nicht* erlebt haben«, schlug Billy vor. »Auf diese Weise können sie dir nichts am Zeug flicken. Schreib einen historischen Roman. Und am besten fängst du gleich mit einer Vergewaltigung an!«

»Aber ich habe nie ... Ich weiß nicht ...«

»Dann zeige ich es dir eben.« Als Billy sich auf sie warf, flog das Milchkännchen krachend zu Boden.

»Du hast Talent«, murmelte Billy später. »Aber das ist nur eine Grundvoraussetzung. Zuerst muß ein Schriftsteller Disziplin lernen.«

Und damit Elinor es lernte, sperrte Billy sie ins Schlafzimmer ein.

Anfangs reagierte Elinor auf das Eingesperrtsein mit Trotz und Widerstand. Sie rührte das rote Heft nicht an.

»Du undankbares Biest!« schimpfte Billy, als er ihr mittags

Brot und Milch brachte. »Ohne mich hättest du diesen Erfolg nie gehabt, der dir so in den Kopf gestiegen ist!«

Elinor wußte, daß er recht hatte. Er hatte es ihr schließlich häufig genug eingehämmert.

Nach einem nicht enden wollenden langweiligen Tag ohne jede Ansprache oder Lektüre streckte Elinor die Waffen. Zur Teezeit tauchte sie die Feder in das Tintenfaß und begann zu schreiben.

Billy machte keinen Hehl daraus, daß ihr Versuch seinen Anforderungen nicht genügte. »Du mußt dir mehr Mühe geben!« kritisierte er sie, nachdem er die ersten Seiten gelesen hatte.

»Was willst du denn noch? Nicht mal der liebe Gott könnte deinen Ansprüchen gerecht werden!« wehrte sich Elinor heftig. Ihr alter Kampfgeist war erwacht.

Billy gab ihr eine schmale Broschüre über Interpunktion. »Lern das auswendig! Ich frage dich jeden Abend vor dem Essen ein Kapitel daraus ab. Wenn du es nicht beherrschst, bekommst du nichts zu essen.«

Als Elinor beim dritten Kapitel versagte, sperrte Billy sie erneut ins Schlafzimmer wie ein kleines Schulmädchen, das seine Hausaufgaben nicht gemacht hat. Dann ging er aus und blieb die ganze Nacht weg.

Als er am darauffolgenden Morgen gegen acht Uhr zerzaust und müde wieder auftauchte, sah er Elinor lächelnd an. »Kannst du mir vielleicht jetzt den Unterschied zwischen einem Komma und einem Semikolon erklären?«

Eifersucht, Angst und Sorge schärften Elinors Sinne. Hastig spulte sie sämtliche Regeln auswendig ab, wobei sie langsam auf Billy zuging.

Ihr Herz klopfte, als er sich über sie beugte, um sie zu küssen. Sie sehnte sich nach ihm, wie eine Gefangene nach dem Licht. Sie fühlte, wie seine Hand mit brutaler Leidenschaft nach ihrer Brust griff. Dann riß er sie wortlos in seine Arme und trug sie zum Bett.

Sie fühlte das erregende Kitzeln seines Schnurrbarts an ihrem Schamhaar und das Kratzen seines Eintagebarts auf ihren Schenkeln. Ihre Angst war verflogen. Sie kannte nur noch grenzenlose Leidenschaft.

Schließlich hatte Elinor eine Romanvorlage skizziert, die Billys Erwartungen entsprach. Gemeinsam holten sie aus einer Bibliothek einen Stapel Fachbücher für die Materialsammlung.

Elinor war inzwischen optimistischer. Billy erwies sich als erbarmungsloser, strenger Kritiker, aber auch als ausgezeichneter Lehrmeister, der Elinor immer wieder zu Höchstleistungen anspornte. Doch oft stieß er mit seinem harten Urteil bei Elinor auf Unverständnis und löste tiefste Depressionen in ihr aus, so daß sie oft nahe daran war, einfach aufzugeben. Aber sie lernte nicht nur aus den Grammatikbüchern, die Billy ihr aufzwang, sondern auch aus ihren heftigen Auseinandersetzungen über ihre Texte.

»Schreib das noch mal, und vergiß nie, daß ich weiß, was am besten für dich ist!«

Merkwürdigerweise vergaß sie jedoch ihren Kummer immer nur dann, wenn sie sich entschließen konnte, ihre Eintragungen im roten Heft weiterzuführen.

Elinor schlüpfte nun allmorgendlich in ihren Bademantel und aß hastig das magere Frühstück, das Billy für sie zubereitet hatte. Dann schloß er sie im Schlafzimmer ein. Es wurde erst auf ihr Klopfzeichen zur Mittagszeit wieder geöffnet, nachdem sie zehn Seiten ihres Manuskripts unter der Tür durchgeschoben hatte. Wenn er den Text als gut bewertete, stellte Billy ein Tablett mit Obst und Kaffee auf den kleinen Sekretär am Fenster, an dem Elinor arbeitete. Hatte Billy jedoch etwas an den Seiten auszusetzen, zerriß er sie in kleine Schnipsel.

Nach dem kargen Lunch – Billy fürchtete, eine üppigere Mahlzeit könnte sie müde machen – duschte Elinor und zog sich an, während sie im Geist bereits die nächsten Manuskriptseiten entwarf. Nach weiteren zehn beschriebenen Blättern durfte sie schließlich das Schlafzimmer verlassen, um das Abendessen zuzubereiten.

Während Elinor kochte, versah Billy ihre Tagesarbeit mit seinen üblichen Kommentaren, Verbesserungsvorschlägen und Korrekturen. Nach dem Abendessen schrieb Elinor ihre Texte unter Billys Anleitung um.

Erst wenn er mit der endgültigen Fassung zufrieden war, hob Billy Elinor auf seine Arme und trug sie zum Bett.

Dort streichelte er dann ihren erschöpften Körper, bis dieser zuerst zögernd, dann mit wachsender Bereitschaft auf die Berührungen reagierte und sich Elinor schließlich in einer Leidenschaft verlor, die sie nach den Anstrengungen des Tages nicht für möglich gehalten hatte.

Nach einigen Wochen erzeugte das Klicken des Schlafzimmertürschlüssels nach dem Frühstück bei Elinor längst keinen Trotz oder inneren Widerstand mehr. Im Gegenteil: Nun hatte sie bereits ein erregendes Arbeitsfieber erfaßt, das sie geschickt zu verbergen suchte. Mit zitternder Freude wartete sie nur darauf, ganz in das geheime Meer ihrer Phantasie einzutauchen.

Trotz der Erschöpfung am Ende jedes Tages quälte Elinor eine ängstliche Gespanntheit. Alles hing davon ab, ob ihre Arbeit vor Billys kritischem Auge Bestand haben würde. Nur Billy konnte ihr Sicherheit und Ausgeglichenheit wiedergeben. Und er setzte strenge Maßstäbe. Nur Billy besaß die Macht, sie anschließend liebevoll in eine Welt der Leidenschaften zu entführen, die ihr Entspannung und Vergessen brachte.

In Billys Armen fühlte Elinor sich als erfolgreiche, sinnliche, begehrenswerte Frau; in Billys Armen war sie geborgen, glücklich und sicher. Sie sah sich nie als Vogel im goldenen Käfig, denn Gitterstäbe wären nicht nötig gewesen. Elinor hatte sich mit dem unsichtbaren Band sinnlicher Lust an Billy gefesselt; einer Lust, deren sie sich zwar schämte, die sie jedoch einer Süchtigen gleich abhängig machte. Billy hielt sie gefangen, Billy war Sinn und Inhalt ihres Lebens. Sie existierte völlig in seinem Bannkreis, in der geistigen und physischen Abhängigkeit von ihm.

Elinor wurde von Billy tyrannisiert und betrogen, sie erfuhr seine Zurückweisung und verächtliche Geringschätzung. Sie war sein Opfer, seine Sklavin, doch ihre Ketten blieben unsichtbar. Sie war ihm hoffnungslos verfallen. Allein der Blick seiner blauen Augen vermochte Elinor das Gefühl zu geben, würdig oder unwürdig zu sein, unsicher oder selbstbewußt. Und gelegentlich gestattete er ihr, einfach glücklich zu sein.

Eine dieser Gelegenheiten war die Hochzeit ihres Sohnes Edward mit seiner ersten großen Liebe Jane, der Studentin. Die beiden heirateten im Juni 1938 in einer kleinen normannischen Kirche im Norden von Oxford. Elinor hatte nur wenig Gelegenheit gehabt, ihre künftige Schwiegertochter kennenzulernen, erlebte sie jedoch als intelligente und liebenswerte junge Frau. Elinor schätzte Janes stille Beharrlichkeit, ihre ernste und ausdrucksvolle Art. Wenn Edward schon so jung heiraten mußte – und er hatte angedeutet, daß es Gründe gab – hätte er keine bessere Wahl treffen können.

Nach monatelanger harter Arbeit präsentierte Elinor schließlich im Januar 1939 ihren ersten Roman. Zwei Tage später wurde ihr erstes Enkelkind geboren.

Es war ein Mädchen und sollte Clare heißen. Als Elinor das Baby zum ersten Mal in den Armen hielt, fühlte sie sich im Grunde ihres Herzens wie siebzehn und nicht wie eine Großmutter.

Clare hatte Edwards Augen und sah wie eine Miniaturausgabe von Elinor aus. Die junge Familie lebte mit Janes Vater, einem verwitweten, weltfremden Geschichtsprofessor, in einem großen Haus in Oxford und war glücklich.

Zu Billys Enttäuschung hatte Elinors elisabethanischer Liebesroman *Die aufsässige Prinzessin* nicht denselben Erfolg wie das Tagebuch. Es flatterten keine Anfragen nach den Filmrechten ins Haus, und obwohl Billy ein Exemplar des Buches persönlich in Vivien Leighs Londoner Wohnung abgab, kam von dieser Seite auch keine Reaktion.

Der Verleger sah die Lage wesentlich pragmatischer. »Sie können nicht erwarten, daß Ihre Frau mit ihrem ersten Roman gleich einen Bestseller landet«, bemerkte Mr. Stansfield bei einem Austernessen in einem kleinen Restaurant. »Für ein Erstlingswerk verkauft sich das Buch überaus gut, und wir sind zufrieden.« *Stansfield and Hart* hatte die Rechte für Elinors nächste fünf Titel erworben. »Mir tut es nur leid, daß Ihre Frau keine Zeit hatte, uns heute beim Essen Gesellschaft zu leisten. Dann hätte ich sie persönlich beruhigen können!«

»Elinor unterbricht ihre Arbeit nur ungern ... Sie verliert dann leicht den Faden«, murmelte Billy, der einfach vergessen hatte, Elinor von der Einladung zu erzählen. »Sie arbeitet schon am nächsten Manuskript ... Die Geschichte spielt wieder im elisabethanischen Zeitalter. Das erspart ihr aufwendige Recherchen. Mittlerweile fühlt sie sich in dieser Epoche schon richtig zu Hause. Es würde mich nicht wundern, wenn sie demnächst historische Kleider anzieht!«

Billy verbrachte seine Vormittage jetzt bei der Lektüre der Tageszeitungen, denn die Zeiten waren unruhig geworden. Im September, als Clare neun Monate alt war, erklärten Großbritannien und Frankreich Deutschland den Krieg.

Jane war zu diesem Zeitpunkt erneut schwanger. »Ein Glück, daß die Mutter ihr etwas Geld hinterlassen hat«, bemerkte Billy mißmutig. Elinor schwieg dazu, obwohl sie insgeheim seiner Meinung war. Edward hatte richtig gehandelt und Jane geheiratet, als sie ein Kind erwartete, doch nach Clares Geburt hätten die beiden vorsichtiger sein müssen. Zwei Kinder waren eine zu große Belastung für ein Ehepaar, das nicht einmal zwanzig war ... besonders jetzt, wo sich Großbritannien im Krieg befand.

»*Appeasement*«, sagte Billy eines Morgens vor Weihnachten verächtlich. »Wir sind zu nachgiebig und hätten den Nazis schon vorher die Zähne zeigen müssen.«

An jenem Abend kam Billy spät, angeheitert und glücklich nach Hause: Man hatte ihm einen Verwaltungsposten beim Kriegsministerium angeboten. Er sollte dort als Verbindungsmann zur Royal Air Force arbeiten.

Während er Elinor stolz die Einzelheiten berichtete, klingelte das Telefon in der Diele. Billy nahm ab, hörte kurz zu und sagte dann in militärisch knappem Ton: »Gut gemacht, mein Junge! Du willst jetzt sicher mit deiner Mutter sprechen ... Elinor, hör mal, Edward und sein Freund Jeremy haben sich freiwillig gemeldet. Man hat sie zum militärischen Abschirmdienst eingezogen.«

Am 11. März 1940 teilte Edward seiner Mutter telefonisch die Geburt seiner zweiten Tochter Annabel mit. Annabel war zwei Wochen zu früh auf die Welt gekommen.

Elinor konnte Billy nicht in seinem Büro erreichen, so daß sie ihre Freude und Erregung bis zum Abend für sich behalten mußte. Sie hatten sich in der Stadt verabredet, was selten vorkam, um Greta Garbo und Melvyn Douglas in *Ninotschka* zu sehen.

In den Straßen Londons tasteten sich die Menschen langsam durch die Verdunkelung. Als Elinor endlich Billys Lieblingskneipe in Whitehall erreichte, empfing sie grelles Licht und ein ohrenbetäubender Lärm. Der Pianist war von einer grölenden, biertrinkenden Meute in Khakiuniformen umringt. Im Schankraum roch es nach kaltem Zigarettenrauch, Bier und Schweiß. Die Stimmung war euphorisch. Elinor bahnte sich einen Weg durch die Menge bis zu einem kleinen Ecktisch, an dem noch einige Stühle frei waren.

Als Billy im Türrahmen erschien, stand sie auf, winkte ihm zu und tat so, als wiege sie ein imaginäres Baby in den Armen.

»Ein Junge?« formte er mit den Lippen.

Elinor schüttelte den Kopf.

Billy zuckte mit den Schultern, lächelte und wandte sich in Richtung Bar, um Getränke zu holen.

Als Billy mit zwei vollen Gläsern auf ihren Tisch zusteuerte, sah Elinor, wie ein junges, gertenschlankes Mädchen in einem dunkelbraunen Mantel auf ihn zustürzte und ihn am Ärmel festhielt. Mit ängstlicher Miene redete sie auf ihn ein.

Billy wirkte verärgert, doch das Mädchen ließ seinen Ärmel nicht los. Plötzlich lehnte sie den Kopf gegen seine Schulter.

Billy deutete unwirsch mit dem Kinn in Elinors Richtung.

Das Mädchen blickte zu Elinor hinüber. Elinor sah ein ovales, sommersprossiges Gesicht mit kurzem braunen Haar. In den dunklen Augen standen Tränen.

Billy riß sich von dem Mädchen los und zwängte sich durch die Menge.

»Wer war das?« fragte Elinor, als er sich an ihren Tisch gesetzt hatte.

»Jemand von der Zeitung. Eine von den Sekretärinnen.«

»Wie heißt sie?«

»Das habe ich glatt vergessen.«

»Wenn du es mir nicht sagst, frage ich sie persönlich!«

»Mein Gott, Elinor! Können wir nicht *einmal* ausgehen, ohne daß deine Eifersucht gleich wieder alles verdirbt? Ich glaube, sie heißt Pat Kettle.«

»Warum weint sie? Hat sie dich um Hilfe gebeten?« Die Geste war eindeutig gewesen.

»Es gibt Probleme in der Redaktion. Einige Dokumente sind verschwunden. Sie steht unter Verdacht. Ich kann da nichts machen. Und das habe ich ihr gesagt.«

»Sie ist doch verliebt in dich ... Das kann man wohl nicht übersehen!«

Von der Bar aus starrte das Mädchen noch immer verzweifelt zu Billy herüber. Der Ausdruck ihrer Augen war Elinor nur zu vertraut. Es war der Blick eines geschlagenen jungen Hundes.

»Sei doch vernünftig! Kann ich etwas dafür, wenn mir die Frauen nachlaufen?«

»Natürlich kannst du was dafür«, entgegnete Elinor bitter. Sie stellte ihr Glas unberührt auf den Tisch zurück. »Wir sind zweiundzwanzig Jahre verheiratet, und du bist fast fünfzig. Wie alt ist sie? Neunzehn? Mädchen in ihrem Alter verlieben sich nicht in alte Männer wie dich ... es sei denn, man umwirbt und umschmeichelt sie. Ich kenne deine romantischen Tricks, Billy. Sie haben bei mir auch immer gewirkt.«

Billy wies das lachend von sich. »Nein, Liebling ... du bist die Romantikerin von uns beiden. Jetzt erzähl mir von unserem neuen Enkelkind. Und trink aus! Wir kommen sonst zu spät ins Kino.«

5. KAPITEL

Samstag, den 8. März 1941

Nach fast dreijähriger Ehe feierten Edward und seine junge Frau Janes Geburtstag im *Café de Paris* in London, als während eines deutschen Angriffs zwei Fünf-Kilo-Bomben durch den Lüftungsschacht des Nachtclubs fielen und auf der Tanzfläche detonierten. Edward und Jane waren sofort tot, ihre Leichen bis zur Unkenntlichkeit verkohlt.

Billy, stumm in seiner Trauer, behandelte Elinor so liebevoll wie seit Jahren nicht mehr. Elinor lebte in einer Art Schockzustand, von dem sie sich nie wieder zu erholen glaubte. Sie nahm sich umgehend der elternlosen Enkelkinder an und mußte sich von jetzt an den Anforderungen einer jungen Familie stellen.

Wenige Monate nach diesem tragischen Todesfall stürzte Billy vor seiner Stammkneipe und zog sich einen Bruch am linken Wadenbein zu. Da er nur langsam heilte, mußte er seinen Job beim Kriegsministerium aufgeben. Nach dem Krankenhausaufenthalt zog er zu Elinor und den drei kleinen Mädchen aufs Land nach Larkwood. Nur einen Monat vor Janes und Edwards Tod war deren dritte Tochter Miranda geboren, was ganz besonders tragisch war. Ein halbverfallenes Häuschen auf Larkwood war das neue Zuhause der Familie. Im Herrenhaus selbst war ein Offizierslazarett untergebracht.

Elinors veränderte Lebensumstände erforderten auch eine andere Arbeitsweise als Schriftstellerin. Billy weckte sie von nun an um fünf Uhr morgens, wenn es noch dunkel war. Dann arbeitete sie bis neun Uhr; das machte sie sieben Tage in der

Woche. Diese wenigen Stunden gehörten Elinor allein. Dann vergaß sie die Kälte, die Unannehmlichkeiten und Entbehrungen, die der Krieg mit sich brachte. Selbst ihre Trauer um Edward war dann etwas weniger schmerzlich. Wann immer sie mit ihrer Feder die prunkvollen Kleider, die glitzernden Juwelen, die aufwendigen Bankette mit den Tafeln voller Wein und Köstlichkeiten entwarf, entfloh Elinor in eine Traumwelt der Vergangenheit.

Ihr übriger Tag gehörte den Kindern und dem Haushalt. Es war nicht einfach, einen Alltag ohne Elektrizität und fließend Wasser zu meistern. Die Toilette befand sich in einem Schuppen im Garten, und das Wasser wurde aus einem Brunnen im Hof gepumpt. Elinor verschwendete keine unnötigen Gedanken an diesen Mangel an Komfort. Sie bemühte sich, nur den Charme und die romantische Seite des Lebens in dem kleinen Häuschen zu sehen, das am Hang eines bewaldeten Hügels lag. Vom Garten aus, in dem Billy Gemüse anbaute, hatte man einen herrlichen freien Blick über die Felder. Elinor genoß den Frieden des Landlebens, besonders an klaren kalten Schneetagen im Winter oder im Sommer, wenn der Wind durch das reife Getreide strich. Ein bißchen erinnerte es sie an das Minnesota ihrer Kindheit.

So wurde aus Elinor schnell eine liebende Großmutter. Die heranwachsenden Mädchen waren bezaubernd anzusehen. Alle drei hatten Billys geheimnisvolle aquamarinblaue Augen geerbt. Clare, die älteste, war schlank und dunkel, ein ruhiges Kind wie schon ihr Vater. Annabel war Elinors kindliches Ebenbild, mit rosigen Wangen, dichtem blondem Haar und ungewöhnlich hübschen Zügen. Miranda, die jüngste, war sommersprossig, mager und verhältnismäßig klein für ihr Alter.

»Ja, wir können uns wirklich glücklich schätzen«, sagte Elinor oft. Dennoch konnten auch die liebsten aller Enkelkinder den Verlust von Edward nicht ersetzen. Wie die meisten Mütter hatte Elinor nie aufgehört, ihr Kind als ihr Fleisch und Blut, als einen Teil von sich zu empfinden. Mit Edward war daher auch ein Stück von ihr gestorben.

Jedesmal, wenn Elinor in ein Paar aquamarinblaue Augen blickte, sah sie den kleinen Edward vor sich. Der bittere Schmerz, den sie dabei empfand, tat ihr beinahe körperlich weh. Sie bereute tief, die unwiederbringlichen Stunden in Edwards Kindheit nicht bewußter genossen zu haben. Trotzdem gestattete sie es sich nie, ihren Kummer offen zu zeigen. Elinor suchte Trost bei den Enkelkindern und in ihrer Arbeit, die sie immer wieder für Stunden ablenkte.

Sonntag, den 5. August 1945

Zwei Jahre nachdem sie begonnen hatte, schrieb Elinor den letzten Satz ihres vierten Romans. Sie hatte jede Minute des Schreibens genossen, stand sogar inzwischen gern um fünf Uhr morgens auf.

Das war um so erstaunlicher, als der letzte Winter so kalt gewesen war, daß sie sich im Wintermantel, mit mehreren Decken über den Knien und einer Wärmflasche unter den Füßen an den Schreibtisch hatte setzen müssen.

Elinor hatte bereits den ganzen Tag an dem letzten Absatz des Romans gearbeitet. Billy, der wußte, daß Elinor besonders in dieser Phase nicht gestört werden durfte, brachte ihr in Abständen frischen heißen Tee oder Suppe. Elinor schrieb dabei weiter, ohne sich seiner Gegenwart überhaupt bewußt zu werden.

Kurz nach elf Uhr an diesem Abend legte Elinor die Feder aus der Hand, nahm die Brille ab, rieb sich die Augen, reckte die Glieder und wurde, wie jeder Romanschriftsteller, bereits von den ersten Zweifeln gequält.

Sie war plötzlich unsicher, ob sie den von ihr gewählten Titel *Tödliches Erbe* nicht in *Schicksalhaftes Erbe* ändern sollte, damit das Buch nicht gleich als Kriminalroman abgestempelt wurde, obwohl die Geschichte viele Elemente dieses Genres hatte ... Immerhin handelte sie von einer Mordserie in einer Familie aus der elisabethanischen Zeit, die aus lauter Geldgier begangen wurde.

Elinor reckte erneut die steifen Glieder. Plötzlich hatte sie Lust auf einen Spaziergang und ein Glas Wein. Außerdem verspürte sie Hunger. Sie war hellwach und fühlte sich wunderbar frei.

Im Küchenschrank fand sie eine Flasche Apfelwein und ein Lammkotelett. Elinor briet sich das Fleisch und trank dazu den Apfelwein. Sie genoß das Alleinsein in der Geborgenheit ihres Heimes. Dann griff sie nach der Ausgabe des *Daily Telegraph* auf dem Küchentisch, schlug das Kreuzworträtsel auf und entschied sich, es doch nicht zu lösen. Statt dessen überflog sie die Schlagzeilen. Es gab nicht viel Neues.

Zur selben Zeit, wo es bereits früher Morgen war, detonierte auf der anderen Seite der Welt die erste Atombombe über Hiroshima wie ein Feuerball, heißer als tausend Sonnen, und läutete damit das Ende des Krieges ein.

Dienstag, den 9. Juli 1946

Joe Grants Kanzlei, die sich unmittelbar hinter dem Londoner Schwurgericht befand, war seinem Arbeitszimmer im Landhaus der Familie bis hin zu den dunkelgrünen Ledermöbeln exakt nachempfunden. Er sah älter aus als einundfünfzig, wie Elinor feststellte, die in einem tiefen Sessel neben dem Kamin gegenüber dem Schreibtisch saß. Vermutlich war sein konservatives Äußeres daran schuld, und Elinor wurde den Verdacht nicht los, daß er dieses absichtlich pflegte.

Joe lächelte. »Du hast dich überhaupt nicht verändert, Elinor. Du bist ein bißchen älter geworden – wie wir alle –, aber ansonsten jung und schön wie immer!« Er schenkte ihr ein bewunderndes Lächeln.

»Du bist ein Schmeichler«, murmelte Elinor. Sie war inzwischen sechsundvierzig. »Wie geht es deiner Familie, Joe?«

»Ethel leidet ein wenig unter ihrer Arthritis, aber den Jungen geht es bestens. Michael ist jetzt auch in Eton – wenn der ältere Bruder schon dort ist, ist ja alles halb so schlimm.«

Joes Kinder profitierten natürlich vom Vermögen der Mutter. Trotzdem war Elinor froh, daß Edward die Kindheit von Adam und Michael Grant erspart geblieben war. Die Mutter, fünf Jahre älter als Joe, war bei der Geburt von Adam bereits vierzig gewesen. Sie hatte danach lange an Depressionen gelitten, was sie Adam nie verziehen zu haben schien. Gegenüber dem zwei Jahre später geborenen Michael war Ethel wesentlich nachsichtiger, obwohl auch diese zweite Schwangerschaft unerwünscht gewesen war. Elinor hatte nie erlebt, daß Ethel Grant einmal zärtlich zu ihren Kindern war. Selbst vor dem Schlafengehen hatte sie den Jungen stets nur kühl die Wange zum Kuß hingehalten. Adam und Michael waren unter der Obhut einer strengen Kinderschwester praktisch fern der Eltern aufgewachsen. Es wurde von den beiden Brüdern erwartet, daß sie sich wie Erwachsene benahmen. Edward, so kurz sein Leben auch gewesen sein mochte, hatte wenigstens echte Mutterliebe erfahren.

Joe blickte Elinor über seinen penibel aufgeräumten Schreibtisch hinweg an. »Warum wolltest du mich sprechen, Elinor?« Normalerweise regelte Billy Elinors geschäftliche Angelegenheiten. Er unterschrieb auch sämtliche von Joe aufgesetzte Verträge mit den vielen Verlagen in aller Welt, die die Übersetzerrechte an *Tödliches Erbe* erworben hatten.

Als sogar die Filmrechte an ihrem Bestseller *Tödliches Erbe* verkauft worden waren, hatte Elinor erneut heimlich ein leeres Haus etwa dreißig Kilometer von Larkwood entfernt besichtigt. Es handelte sich dabei um einen heruntergekommenen Besitz namens Starlings. Das Haus war zu groß, als daß es in Kriegszeiten noch hätte bewirtschaftet werden können, und nicht groß genug, um dem Militär als Unterkunft zu dienen. Während des Krieges hatte man auf dem dazugehörigen Land Kartoffeln und

Karotten angebaut. Jetzt lagen auch die Felder brach. Die italienischen Kriegsgefangenen, die sie bewirtschaften mußten, waren fort, und die Frauen der Umgebung hatten kein Interesse mehr daran.

Elinor berichtete Joe von ihrem Plan. Sie konnte ihre Erregung kaum verhehlen. Als Überraschung für Billy wollte sie ihm einen Landsitz schenken!

»Das Anwesen ist nicht so groß wie Larkwood, aber ebenso schön«, erklärte Elinor. »Es liegt am Rand des Dorfes Maiden Bradley, in der Nähe von Warminster. Bitte regel du den Kauf, Joe.« Sie reichte ihm eine Akte. Diese enthielt Fotografien von einem zwar ungepflegten, jedoch erkennbar schönen alten Herrenhaus mit einem Kirschgarten. »Meinst du nicht, daß Billy, der in ähnlicher Umgebung aufgewachsen ist ... dort glücklich sein würde?«

Die arme Elinor hofft noch immer, sie könnte den alten Haudegen zähmen, dachte Joe. »Es ist ein wunderschöner Besitz, Elinor«, sagte er dann laut. »Aber ... wovon willst du dieses Haus bezahlen?«

»Es ist eine einmalige Gelegenheit – 5000 Pfund!« rief Elinor. »Die Filmrechte für *Tödliches Erbe* haben vierzigtausend Dollar eingebracht. Es muß doch genug Geld dafür da sein, auch nach Abzug der Steuern.«

»Das ganze Geld ist an Billy als dein Manager geflossen«, antwortete Joe peinlich berührt. Seine Stimme klang unglücklich.

Elinor sah ihn prüfend an. »Soll das heißen«, begann sie langsam, »... daß er alles ausgegeben hat?«

Joe zögerte. »Ich glaube, Billy hat sich an der Börse verspekuliert.« Es war ihm klar, daß Elinor, die die Trunksucht, die Tyrannei und die Seitensprünge ihres Mannes stets zu verstehen und zu entschuldigen versucht hatte, sich jetzt mit dem Beweis dafür konfrontiert sah, daß Billy ein Lügner, Betrüger und – möglicherweise – auch ein Dieb war. »Fairerweise muß ich sagen, daß Billy darauf bestanden hat, jeden Penny zurückzuzahlen, den er sich von mir geliehen hat«, fügte er hinzu.

Elinors Augen füllten sich mit Tränen. Sollte ihr nach all der Schufterei wirklich nichts geblieben sein?

Bis zu diesem Zeitpunkt hatte Elinor Billys plausiblen Erklärungen für seine Lügen und kleinen Unehrlichkeiten immer wieder akzeptiert. Dieser Betrug jedoch war unverzeihlich.

»Ich könnte dir einen Kredit verschaffen«, schlug Joe vor. »Oder eine Option für dein nächstes Buch ... Aber ich kann natürlich nicht hinter Billys Rücken direkt mit deinem Verleger verhandeln ...«

Was du trotzdem tun würdest, dachte Elinor.

»Ich bin überzeugt, daß *Stansfield and Hart* zu einer Übereinkunft zu bewegen sind, damit du dieses Haus kaufen kannst«, führte Joe weiter aus. »Du wärst in einer angenehmen Umgebung vermutlich viel glücklicher und damit noch produktiver.«

Elinor kämpfte mit den Tränen. »Bitte sprich so schnell wie möglich mit Mr. Stansfield.« Sie sah Joe offen an. Es war ein Blick, der Joe stumm mitteilte: Ich vertrau' darauf, daß du das auf eine Weise regelst, ohne Billy zu demütigen. Sonst wäre mein Leben unerträglich, und ich muß mit dem echten Billy leben, anstatt mit dem romantischen Bild von ihm, denn das ist das einzige, was die Realität für mich annehmbar macht.

Laut sagte Elinor mit fester Stimme: »Ohne Billy hätte ich nichts erreicht. Er hat mich zum Schreiben gebracht, meine Manuskripte verkauft. Darum ist es sogar eigentlich sein Geld ... Ihm verdanke ich meine Karriere.« Früher hatte sie argumentiert, daß sie ja schließlich das Talent besitze, doch Billy hatte sie stets daran erinnert, daß er ihr Talent gefördert und diszipliniert habe, so daß ihr Erfolg allein ihm zuzuschreiben sei. Und Billy wurde nicht müde, zu sagen: »Du verdankst mir alles. Ohne mich wärst du ein Niemand. Ohne mich könntest du gar nicht schreiben. Und ohne mich hätte niemand deine Manuskripte veröffentlicht. Ich war derjenige, der die Verleger überredet hat, es mit dir zu versuchen.«

Elinor mußte sich eingestehen, daß Billy als ihr Lehrmeister recht hatte.

Joe sah Elinor an. Es gab einiges, das er ihr gern gesagt hätte, doch das wäre nicht korrekt gewesen. Außerdem war Billy zweifelsfrei Elinors Mann, und Joe hatte nicht die Absicht, sich in ihre Ehe einzumischen.

Sonntag, den 13. Juli 1947

Ein Jahr später schlenderte Elinor nach ihrem mittäglichen Spaziergang die geschwungene Auffahrt zu ihrem neuen Heim hinauf. Rhododendronbüsche, das glänzende Blattwerk von malvenfarbenen und weißen Blüten überzogen, säumten einem Schutzwall gleich den Weg. Das Haus selbst war von über sieben Hektar Garten und Parklandschaft umgeben.

Hinter der letzten Windung der Auffahrt konnte Elinor bereits Starlings vor sich liegen sehen. Bewundernd blieb sie stehen. Noch immer ließ das langgestreckte, elisabethanische Herrenhaus mit seinen schönen Proportionen, dem warmen Ton seiner Backsteinfassade, den unterteilten Fenstern und hohen Schornsteinen ihr Herz schneller schlagen. Inzwischen sah es wieder ebenso gepflegt aus wie vermutlich in den ersten Jahren seines Bestehens.

Flüchtig dachte Elinor an ihre Wohnung am Earl's Court. Sie allein hätte in die eichengetäfelte Eingangshalle von Starlings gepaßt. Edward war in der Enge dieser Wohnung im rußigen London aufgewachsen, aber seine Töchter kamen nun in den Genuß des angenehmen Lebens auf dem Land, das ihnen die Großmutter dank ihrer rastlosen Phantasie und ihres Fleißes bieten konnte.

Elinor atmete die wohltuende, süße Luft ein und wünschte, ihre Mutter hätte ihren Erfolg erlebt, könnte ihr schönes Haus sehen, das einem romantischen Bilderbuch entlehnt zu sein schien. Wie seltsam, daß ihrer Mutter ein besseres Leben nur fern der mühseligen Plackerei auf dem eigenen Grund und Boden vorstellbar erschienen war, während Elinor jetzt, da ihr so viele Möglichkeiten offenstanden, mittags am liebsten im Garten arbeitete. Gartenarbeit verschaffte ihr eine tiefe Befriedigung. Dabei hatte sie Zeit, über neue Themen nachzudenken, Geschichten zu erträumen und die Figuren darin zu gestalten.

Gelegentlich jedoch kreisten ihre Gedanken um ganz reale Dinge ihres Lebens, von denen sich einige eher beunruhigend ausnahmen. Eine unauslöschliche, quälende Erinnerung war mit dem Tag verbunden, an dem sie in Starlings eingezogen waren. Durch einen dummen Zufall hatte sie in Billys neuem Arbeitszimmer ein Päckchen alter Schwarzweißfotos entdeckt. Es handelte sich um Aufnahmen von einem höchstens zehnjährigen, nur mit weißen Söckchen und Lackschuhen bekleideten Mädchens in eindeutigen Posen, dessen Gesicht unkenntlich gemacht worden war. Elinor erkannte die blaue Decke mit dem Drachenmuster, auf der das Kind posierte, als jenen Bettüberwurf, den sie beim Auszug aus der Wohnung am Earl's Court weggeworfen hatte.

Als Elinor Billy die Fotos mit zitternden Händen präsentiert hatte, hatte er nur mit den Schultern gezuckt, ihre offensichtliche Obszönität nicht geleugnet und gesagt, er sei der Meinung gewesen, sie längst vernichtet zu haben. Außerdem seien sie Jahre zuvor von einem Fotografen gemacht worden, der ausgebombt worden war. Billy habe ihn daraufhin für einige Tage aufgenommen, als Elinor in Larkwood mit dem Umzug beschäftigt war.

Elinor wollte ihm nur zu gern glauben.

Eigensinnig konzentrierte sie sich ausschließlich auf die vielen angenehmen Aspekte ihres Lebens, verschloß vor Billys Ausschweifungen die Augen und entschuldigte wieder alles mit seinem erneut gestiegenen Alkoholkonsum.

Billys sechs, sieben und acht Jahre alten Enkeltöchter reagierten verlegen und verwirrt, wenn »Daddy Billy komisch roch« und sich in der Folge auch »komisch benahm«, gelegentlich rauhe Späße mit ihnen trieb oder sie erschreckte.

Annabel und Miranda versteckten sich, sobald sie Billys

schweren, schwankenden Schritt auf der Treppe hörten. Clare reagierte anders. Billy ärgerte sich über Clares altkluges Verhalten, die typische Eigenschaft einer älteren Schwester, die sich für ihre kleineren Geschwister verantwortlich fühlte. Und so kam es, daß Billy Clare häufiger und intensiver zusetzte als den anderen beiden.

Allerdings kam es zu diesen Schikanen nur, wenn Billy keine Zeugen dafür hatte, wenn also Elinor bei ihrem Verlag in London war oder die Kinderfrau ihren freien Tag hatte. Clare war zu feinfühlig und rücksichtsvoll, um am Familienfrieden zu rühren, und erwähnte die schroffe Behandlung durch den Großvater mit keiner Silbe. Es wäre ihr wohl auch nicht gelungen, ihre Nöte in Worte zu fassen, weil sie viel zu jung war, um sich gegen einen Erwachsenen zu wehren. Außerdem gab es in Clares Schulklasse genügend Kinder, die erzählten, daß sie gelegentlich einen Klaps oder, wenn das Vergehen schwer genug war, auch Schläge bekamen.

So kam es, daß Clare Billy aus dem Weg ging. Wenn sie aus der Schule kam, galt ihre erste Frage stets Daddy Billy. War er zu Hause, wollte sie auch beim schlechtesten Wetter im Garten spielen oder im Wald spazierengehen.

Als älteste war Clare die einzige, die sich noch ganz vage an die Eltern erinnern konnte, und sie wirkte oft verloren und vergessen inmitten der anderen. Sie wappnete sich gegen Billys Quälereien mit den Mitteln eines verwundbaren Kindes: Sie verdrängte jede unerfreuliche Szene und flüchtete sich in Tagträume. Im sicheren Versteck hinter den Rhododendronbüschen mischte sie Zaubertränke aus Beeren und Gras und wünschte Billy den Tod.

Clare wurde immer verschüchterter, was sogar in der Schule auffiel. Und Elinor erkannte, daß sie wie Edward, ihr Vater, zu einem stillen, ängstlichen Kind wurde. Elinor versuchte diesen Vergleich zu verdrängen, um den Schuldgefühlen und den unerfreulichen Erinnerungen an Edwards Kindheit zu entgehen: Wie oft hatte der betrunkene und brutale Vater Edward drangsaliert! Erst als Edward größer und stärker als der Vater gewesen war, hatte Billy damit aufgehört.

Zu Annabel hatte Billy ein ganz anderes Verhältnis. Annabel mit den goldenen Locken und dem hübschen Gesicht war Billys Lieblingsenkelin. Billy schmolz dahin, wenn sie sich auf seinen Schoß setzte, die Arme um ihn schlang und ihren Kopf mit der seidigen Haarpracht gegen seine Brust lehnte. Billy war Wachs in Annabels Händen, aber ihre Zärtlichkeit hatte durchaus berechnenden Charakter. Kaum hatte Annabel es wieder einmal geschafft, Billy aufzuheitern, meldete sie einen Wunsch an.

Annabel war schlau.

Miranda dagegen wurde von Billy geflissentlich übersehen. »Langweiliges Ding«, pflegte er zu sagen. »Für keinen Spaß zu haben.«

Miranda war klug.

Leider richtete Billy mit seiner ungehobelten Art in wachsendem Maße auch außerhalb der Familie Schaden an. Er hatte mehreren Londoner Zeitungen gehässige Interviews gegeben. Elinors Verleger waren entsetzt. Billy schadete Elinors Image. Elinors Leserschaft hatte ein festes Bild von der Autorin. In ihren Augen war sie der Prototyp der Romantikerin, die in gepflegter Umgebung bei sanfter Musik Romane schrieb. Wenn ihr Mann sie jetzt als »dumme Gans« diffamierte, die ihre Bücher nur mit seiner Hilfe schreiben konnte, oder gar behauptete, *er* sei der eigentliche Verfasser, war das nicht nur übelste Verleumdung, sondern auch geschäftsschädigend.

Elinor kehrte von der Unterredung mit ihrem Verleger mit dem Auftrag nach Starlings zurück, derartige Alleingänge von Billy in Zukunft zu unterbinden.

Selbst als Elinor in der Auffahrt stand und auf das prachtvolle Herrenhaus blickte, wollte sich das deprimierende Gefühl, das die Aussprache mit dem Verleger bei ihr hinterlassen hatte, nicht verflüchtigen. Warum mußten diese häßlichen Gedanken sich nur immer wieder in ihr Bewußtsein drängen? Besonders an diesem Tag, da der antike Mahagonitisch festlich gedeckt, der Wein entkorkt und in der Küche eine aufwendige Speisenfolge vorbereitet wurde? Elinor hatte zum ersten Mal ihre Schwägerin in ihrem neuen Heim zu Gast. Das Festmahl sollte zu einem späten Triumph für sie werden.

Hinter Elinor ertönte eine Autohupe. Sie drehte sich um. Marjorie winkte ihr aus einem alten, verbeulten Vorkriegsauto zu. Obwohl sie zu früh waren, setzte Elinor die verbindliche Miene der perfekten Gastgeberin auf und wappnete sich, Schwager und Schwägerin ihr schönes Zuhause vorzuführen.

Marjories übertriebene Bewunderung für Starlings löste bei Elinor allerdings Niedergeschlagenheit aus: »So ein bezauberndes altes Haus – hast du feststellen lassen, ob der Holzwurm in den Balken ist? Die Crawleys haben in einem ganz ähnlichen Haus gewohnt. Es mußte abgerissen werden ... Sonst wäre es womöglich eines Tages über ihnen zusammengestürzt. Köstlich, deine Karotten. Ein bißchen mehr Butter hätte die Soße allerdings vertragen ... Was für eine originelle Idee, eine Spitzendecke auf einen Eßtisch zu legen ...«

Nachdem sich die Gäste verabschiedet hatten, kehrte Billy ins Eßzimmer zurück, um sich noch ein Glas Portwein einzuschenken. »Du wirst es *nie* schaffen, altes Mädchen«, sagte er grinsend zu Elinor. »Marjorie läßt dich nie vergessen, daß du eine arme Landpomeranze aus Minnesota bist. Du kannst dir sämtliche Beine ausreißen, Marjorie wirst du nicht beeindrucken. Ich weiß nicht, warum du dich mit der alten Hexe überhaupt abmühst! Du kannst viel über mich sagen, aber ein Snob bin ich nicht!«

»Nein, kein Snob!« Elinor bebte vor Wut. »Aber du benutzt mich allzugern, um deiner Familie eins auszuwischen. Das hast du schon gemacht, als du mich zum ersten Mal mit nach Larkwood genommen hast. Du mußtest deinem Bruder, der den ganzen Besitz erben sollte, unbedingt zeigen, daß du die Macht hast, die Familie mit einer unstandesgemäßen Frau zu erniedrigen.« Sie hielt einen Augenblick inne. »Es macht dir Vergnügen, andere zu quälen, Billy. Du bist ein Sadist!«

»Immer mit der Ruhe, altes Mädchen. Spar dir deinen Sinn

für dramatische Auftritte für deine Bücher auf.« Billy schenkte Portwein nach.

Elinor stürmte aus dem Zimmer. In der Eingangshalle stand die Kinderfrau Betty am Fuß des Treppenaufgangs. »Kann ich Sie kurz sprechen, Madam?« bat sie. Bettys freundliches Gesicht war rot vor Erregung.

»Natürlich, Betty. Was ist denn los? Hat sich eines der Kinder schlecht benommen?«

»Nein, Madam«, wehrte Betty zögernd ab. »Kommen Sie doch bitte mit und sehen Sie selbst. Die Mädchen sind oben. Ich hätte es gar nicht gemerkt, wenn Miranda Clare nicht in den Teich geschubst hätte. Nur deshalb mußte ich ihr andere Sachen anziehen.«

Im sonnendurchfluteten Kinderzimmer führte Betty die nur mit Hemd und Höschen bekleidete Clare zu Elinor. Elinor sah die blauen Flecken an ihren Oberarmen sofort.

»Vielleicht reden Sie mit ihm. Er weiß nicht, daß er soviel Kraft hat, Madam«, sagte Betty kühl. Dann hob sie Clares Hand hoch. Die Nägel waren abgebissen, die Haut blutig.

Selten hatte Billy Elinor so wütend erlebt, als sie ihn wegen Clare im Arbeitszimmer zur Rede stellte.

»Wenn das noch einmal vorkommt«, schloß Elinor, »verläßt du dieses Haus! Du tust nie wieder einem der Mädchen weh! Dafür sorge ich!«

Zum ersten Mal war Billy über sich selbst ehrlich entsetzt. »Ich hatte keine Ahnung, daß ich Clare so fest angefaßt habe. Ich hatte ein paar getrunken und habe nicht gemerkt ...«

»Was glaubst du eigentlich, würde Edward mit dir machen, wenn er Clares Arme sehen könnte?« schrie Elinor. »Du konntest ihn nicht mehr herumkommandieren und herumschubsen, als er groß genug war. Er war stärker als du!«

»Elinor, es tut mir aufrichtig leid. Wie kann ich dich davon überzeugen? Was glaubst du, wie ich mich fühle?«

»Es ist mir *egal*, wie du dich fühlst! Sorge dafür, daß ich nie wieder Blutergüsse an dem Kind entdecke!«

Diesmal konnte Billy Elinor nicht dazu bewegen, ihm zu verzeihen.

Am darauffolgenden Morgen, nach einer schlaflosen Nacht, war Elinor nahe daran, ihre Geschäftsreise nach London abzusagen. Da sie jedoch wußte, daß ihre Verleger sich große Mühe gegeben hatten, um eine Pressekonferenz mit anschließendem Empfang im Savoy mit dem Literaturagenten W. H. Smith zu organisieren, fuhr sie doch.

Als der Wagen kam, um Elinor zum Bahnhof zu fahren, winkte sie den drei kleinen Mädchen zu, doch die Kinder beachteten sie gar nicht. Sie saßen einträchtig unter einer Magnolie, hatten Söckchen und Sandalen ausgezogen und waren damit beschäftigt auszuprobieren, wer am schnellsten den großen Zeh an den Mund führen konnte. Elinor lächelte. Die friedliche Szene war beruhigend.

Elinor erwischte in London noch den letzten Zug und war gegen zehn Uhr abends zu Hause. Im Haus war alles dunkel. Lediglich das Licht in der Eingangshalle brannte. Ihre Beklommenheit kehrte zurück, als sie langsam die glänzend gewachsten Treppen in ihr Schlafzimmer emporstieg, wo sie sich schnell auszog, wusch, ein pfirsichfarbenes Chiffonnachthemd überstreifte und erschöpft ins Bett fiel.

Um sieben Uhr am nächsten Morgen platzte Mabel in Elinors Schlafzimmer. »Oh, Madam ... Es ist etwas Schreckliches ...«

Elinor setzte sich abrupt auf. »Was ist passiert?«

»Er ist in der Halle, Madam ... Er ist ... Er liegt da ...«

Elinor sprang aus dem Bett und rannte hinunter. Auf dem Orientteppich am Fuß der Treppe lag Billy, vollkommen angezogen, eine leere Kognakflasche neben sich, in einer Pfütze von Erbrochenem. Billys Augen starrten zur Decke. Das Aquamarinblau war verblaßt, das Weiß gelblich und blutunterlaufen, der Blick glasig.

Elinor kniete neben ihm nieder und berührte seine Wange.

Sie war eiskalt. An der linken Schläfe klebte verkrustetes Blut. Er roch nach schalem Alkohol.

»Rufen Sie den Arzt an!« befahl Elinor dem Mädchen. »Und sorgen Sie dafür, daß die Kinder oben bleiben.«

Elinor griff nach seiner Hand und streichelte sie. Sie sah ihn wieder so vor sich, wie sie ihn kennengelernt hatte. Wie sehr hatte sie diesen lächelnden jungen Mann vor so langer Zeit geliebt! Was war nur aus ihm geworden?

Langsam füllten sich ihre Augen mit Tränen, dann wurde ihr ganzer Körper von Schmerz und Trauer um Billy geschüttelt. Sie weinte um ihren Mann, um sich und um das, was hätte sein können.

ZWEITES BUCH

6. KAPITEL

Sonntag, den 17. Juli 1949

»Wem, bitteschön, gehört diese Schere?« fragte Buzz am Frühstückstisch und zog das Corpus delicti aus der Tasche. »Kommt schon! Raus mit der Sprache!«

Annabel und Miranda sahen sich nur schweigend an.

Die zehnjährige Clare löffelte Joghurt. »Sie gehört in Bettys Nähkästchen im Kinderzimmer«, sagte sie schließlich.

»Oberst Bromley hat sie in seinem Wintergarten gefunden«, fuhr Buzz gereizt fort. »Er behauptet, daß jemand ...jemand, der nicht groß gewesen sein kann ... seine Trauben gestohlen habe.«

»Verräterin!« fauchte Annabel Clare zu.

»Halt den Mund, Annabel!« zischte Miranda. Doch es war zu spät.

Buzz wußte, daß jede weitere Frage sinnlos war. Die sommersprossige Miranda würde ihrer Schwester nie in den Rücken fallen. Die beiden waren unzertrennlich. Und obwohl Miranda die jüngere war, war sie diejenige, die all die teuflischen kleinen Streiche ausheckte und die Schwester zum Mitmachen animierte. »Ihr zwei Kleinen geht jetzt zu Oberst Bromley und entschuldigt euch bei ihm. Fragt, ob ihr ihm heute morgen im Garten helfen könnt!« befahl Buzz.

»Verräterin!« mußte sich Clare erneut anhören.

Buzz musterte Clare ärgerlich. »Du hättest sie davon abhalten müssen.«

Clare fuhr sich mit der Hand durch das kurze dunkle Haar. »Aber ich hab' doch gar nicht gewußt ...« Als Älteste wurde

Clare oft ungerechterweise für die Streiche der Kleineren verantwortlich gemacht.

»Das sagst du immer«, schalt Buzz. »Du hättest wissen müssen, was sie wieder anstellen. Deshalb hilfst du ihnen beim Gartendienst!«

»Das ist gemein!« maulte Clare. »*Andauernd* gibt es Ärger mit den beiden. Und Annabel kriegt *immer* am wenigsten ab!«

Buzz mußte insgeheim zugeben, daß Clare recht hatte. Buzz, die selbst ein eher unauffälliges, unattraktives Kind gewesen war, hatte am eigenen Leib erfahren, wie geschickt sich selbstbewußte kleine Mädchen wie Annabel mit ihrem Charme stets aus der Affäre zu ziehen wußten.

»Das Leben kann manchmal sehr unfair sein, Clare«, seufzte Buzz. »Je früher du das erkennst, desto besser.«

Clare schnaubte wütend. Sie wußte mittlerweile, daß Buzz eine getroffene Entscheidung nie revidierte. Da war Gran ganz anders. Die ließ sich überreden.

Als sie vor zwei Jahren von Billys Tod hörte, war Buzz sofort nach Starlings gefahren. Sie hatte vorgehabt, höchstens eine Woche bei Elinor zu bleiben. Doch dann war sie nie mehr an ihren verhaßten Arbeitsplatz als Stenotypistin in der Londoner City zurückgekehrt. Buzz erledigte jetzt für Elinor alle Schreibarbeiten, führte ihr den Haushalt und organisierte alles für ein wesentlich höheres Gehalt, als sie es je in London bezogen hatte. Außerdem war sie nie mehr allein, nie mehr ohne Liebe und Zuneigung.

Buzz war tüchtig und penibel, geradezu auf lästige Weise kritisch. Besonders letztere Eigenschaft führte zu häufigen, gutgemeinten Auseinandersetzungen mit Elinor. Buzz war sowieso die einzige, die es wagen konnte, Elinor zu widersprechen. Und sie nahm nie ein Blatt vor den Mund. Allerdings sahen beide ihre Reibereien lediglich als Beweis ihrer Zuneigung an. Ihrer Freundschaft tat das keinen Abbruch.

Gegen Außenstehende allerdings verteidigte Buzz Elinor mit Kraft und Leidenschaft und beschützte sie wie eine Glucke. So kurz nach Billys Tod hatte Elinor Buzz' uneigennützige Unterstützung bitter nötig, schon um all der Beerdigungsformalitäten, dem Papierkram und der Horde von Reportern Herr zu werden, die das Haus ständig belagerten.

Nach einer gründlichen gerichtlichen Untersuchung wurde bestätigt, daß Mr. William O'Dare sich bei einem Sturz von der Treppe im betrunkenen Zustand den Hals gebrochen hatte und anschließend an seinem eigenen Erbrochenen erstickt war. Das Urteil lautete auf Tod durch Unfall.

Elinor war nach Billys Tod wie benommen. In der Öffentlichkeit vergoß sie keine Träne, starrte nur ausdruckslos ins Leere und wollte in Ruhe gelassen werden. Buzz kannte den Grund. Elinor litt unter einem Schock.

Der Hausarzt bestätigte Buzz' Diagnose. »Gerade bei Frauen, deren Mann gestorben ist, erleben wir das oft. Sie fühlen nichts, bis sie den Tod akzeptieren können. Und nach dem Verlust des Ehemannes kann das lange dauern.«

»Sie kann froh sein, daß sie ihn los ist«, murmelte Buzz.

Der Arzt ignorierte die Bemerkung. Er hatte gehört, daß Billy O'Dare ein schwieriger Mann gewesen war. »Seien Sie nicht überrascht, wenn Mrs. O'Dare alle schlechten Erinnerungen an ihren Mann völlig verdrängt«, fuhr er dann fort. »Sie wird sein Bild in der Erinnerung vermutlich idealisieren. Es ist das beste, wenn Sie ihr dann nicht widersprechen.«

»Sie tut doch schon seit Jahren nichts anderes«, entgegnete Buzz mit säuerlicher Miene.

In den Tagen unmittelbar nach der Beerdigung war Elinor unfähig, etwas zu fühlen. Ihr war immer nur kalt, und sie war ständig müde. Sie bewegte sich mit der Trägheit einer Schlafwandlerin, wobei ihr jede Bewegung übermäßig viel Energie abzuverlangen schien. Sie fühlte sich völlig ausgelaugt, und zum ersten Mal in ihrem Leben kam sie sich richtig alt vor.

Nachdem sie sich das einige Tage mit angesehen hatte, scheuchte Buzz Elinor an den Schreibtisch. Das Schreiben half Elinor schließlich, dem Trauma zu entfliehen. Wenn sie an der

Rohfassung eines neuen Romans arbeitete, fiel es ihr schwer, an irgend etwas anderes zu denken.

Elinor verfaßte stets Romane, in denen die aufkeimende Liebe eines Paares detailliert erzählt wurde – bis die Heldin dem Helden zum ersten Mal in den Armen lag. Danach folgten nur noch vage Andeutungen. Zwar gab es wogende Brüste und schweren Atem, doch die Heldin ging – wenn auch gelegentlich um Haaresbreite – immer als Jungfrau in die Hochzeitsnacht, die nie beschrieben wurde. Der Bräutigam war in der Regel ein dunkelhaariger, aristokratischer Gentleman, der auf dem Cover abgebildet war, Peregrine oder Torquil hieß und auf einem weitläufigen Besitz auf dem Land lebte. Nie heirateten Elinors Heldinnen Mechaniker.

Für ihren nächsten Roman wählte Elinor als Schauplatz Paris, das Paris des Jahres 1870. Glücklich entwarf sie die Liebesgeschichte, skizzierte die Probleme, denen die Liebenden gegenüberstanden, und ihre Lösungen. In Elinors Romanen schien die Heldin stets vor zwei ähnlich schreckliche Alternativen gestellt; und immer gab es dann eine überraschende Wendung, die der Heldin wie durch ein Wunder eine dritte Möglichkeit und damit ewiges Lebensglück eröffnete. In Paris wollte Elinor über dem Schicksal ihrer fiktiven Gestalten wieder einmal die Schrecken der Realität vergessen.

Nach dem Tod des Großvaters weinten die drei kleinen Schwestern tagelang. Clare weinte aus Schuldbewußtsein und Trauer. Sie konnte sich Billys Tod nur so erklären, daß ihr letztes Zaubermittel gewirkt haben mußte: die Mischung aus Primeln, Veilchenwurzeln und Schafskot. Sie hatte sich Daddy Billys Tod wohl zu sehr gewünscht.

Miranda weinte aus Solidarität mit Clare und bat sie dann um das Rezept.

Annabel trauerte noch, nachdem die Tränen der Schwestern längst getrocknet waren. Sie fürchtete sich, im Dunkeln ins Bett zu gehen, und wachte jede Nacht schreiend auf.

»Sie ist die sensibelste von den dreien«, sagte das Kindermädchen zu Buzz.

Buzz wußte, daß Annabel nicht die einzige Bewohnerin Starlings mit einem empfindsamen Herzen war. Aber ihr fiel es nicht schwer, sich zu behaupten. Sie verhandelte forsch mit unwilligen Handwerkern, faulen Hausangestellten und unverschämten Verkäuferinnen, die sie nie ignorierten. Buzz ging mit den kleinen Ärgernissen des Lebens um wie mit Stechmücken: Sie wehrte sich nachhaltig ihrer Haut.

Nach Billys Tod hatte Elinor es sichtlich schwerer, sich im Leben durchzusetzen. Ihr ängstliches, unaggressives Wesen und ihr offensichtliches Bemühen, Auseinandersetzungen aus dem Weg zu gehen, machten sie besonders verwundbar.

»Nell, du solltest dich nicht von allen Leuten an die Wand drücken lassen!« schimpfte Buzz eines Morgens, als sie in der Eingangshalle standen. »Du bist viel zu großzügig und hilfsbereit.« Sie starrte durchs Fenster. »Ich habe gerade die Abrechnung gemacht. Wir schicken jedem, der uns einen Bettelbrief schreibt, einen Scheck. Du hast weder das Geld noch die Zeit, alle Probleme auf dieser Welt zu lösen. Das ist nicht deine Aufgabe!«

»Ich versuche nur zu helfen.«

»Dann fang zu Hause damit an. Du bist viel zu nachsichtig mit den Kindern, Nell. Sie wickeln dich um den kleinen Finger. Ich bestrafe sie, weil sie Weintrauben gestohlen haben, dann laufen sie weinend zu dir, und du tröstest sie mit Schokolade. Nell, du verwöhnst und verhätschelst sie! Was soll auf diese Weise aus ihnen werden? Sie tanzen dir jetzt schon auf der Nase herum. Irgend etwas muß geschehen!«

Nach einer langen Pause sagte Elinor: »Ich werde darüber nachdenken.«

Dienstag, den 27. März 1951

Auf der Wiese hinter dem Haus beugte ein Blütenflor von Osterglocken die Köpfe in einem Wind, der flaumige Wolken, pausbäckigen Putten gleich, über den Himmel jagte. Elinor schlug den Mantelkragen hoch und wandte sich Joe Grant zu. Nach einem ausgezeichneten Mittagessen mit Moorhuhn und französischem Rotwein bewunderte er nun pflichtschuldig die goldgelbe Blütenpracht, die sich bis zum Ufer des Baches erstreckte, der, gesäumt von silbriggrünen Trauerweiden, durch den rückwärtigen Gartenteil floß.

Das Rauschen der Blätter in dem frischen Märzwind versetzte Elinor in eine seltsam glückliche Erregung. Sie lachte. Ihr blondes Haar wehte. »Meine Haut fühlt sich an, als hätte ich ein Bad im Schnee genommen, Joe! Ist es nicht herrlich?«

»Ich finde es verdammt kalt.« Joe überließ seinen Garten lieber einem Gärtner und genoß den Anblick der grünen Pracht vorzugsweise von einem Platz hinter gut verschlossenen Isolierfenstern. »Ich weiß nicht, wozu du meinen Rat brauchst«, fügte er hinzu. »Du bist sehr wohl in der Lage, allein Entscheidungen zu treffen.«

»Eine Frau braucht einen Mann, der sie leitet.« Elinor sah ihn lächelnd an. »Ich weiß, wie froh ich sein kann, dich zu haben. Übrigens, vielen Dank für die Einkommensvorausberechnung.«

»Die kannst du in Zukunft viel billiger haben, wenn du dir einmal im Monat einen Buchhalter ins Haus kommen läßt.«

Elinor sah dankbar zu Joe auf. »Na bitte! Von Buchhaltung verstehe ich überhaupt nichts! Mir wäre nicht mal der Gedanke gekommen, so eine Berechnung zu machen. Die Frauen meiner Generation wurden von geschäftlichen Dingen ferngehalten. Vergiß das bitte nicht!«

»Eine gewisse Versiertheit in geschäftlichen Dingen ist wichtig, aber man sollte sie auch nicht überbewerten«, bemerkte Joe. »Auf gesunden Menschenverstand und Fleiß kommt es auch noch an.«

»Sicher ... aber ich habe dich heute nicht hergebeten, um über geschäftliche Dinge mit dir zu reden«, seufzte Elinor.

Als sie Joes hochgezogene Augenbrauen sah, fügte sie hinzu: »Ich brauche deinen Rat ... in bezug auf die Mädchen.«

Joe lachte. »Du hast doch immer behauptet, daß Ethel und ich unsere Jungs zu streng erziehen. Aber Jungen brauchen eine starke Hand, und Mädchen genauso. Ich habe dir schon immer gesagt, daß du die Mädchen in ein Internat schicken sollst, sobald sie alt genug sind. Es ist nicht richtig, sie auf die Dorfschule zu schicken, nur damit du sie in deiner Nähe hast. Später machen sie dir Vorwürfe. Es ist deine Pflicht, ihnen die bestmögliche Erziehung zu geben. Außerdem sollten sie zusammen mit Mädchen aufwachsen, mit denen sie später auch gesellschaftlich verkehren.«

»Ich möchte ...« Elinor hielt kurz inne. »Ich möchte vermeiden, daß sie der belustigten und arroganten Geringschätzung begegnen, die ich in Billys Familie erfahren habe. Ich möchte ihnen diese Demütigung ersparen. Sie sollen sich nie minderwertig fühlen müssen.«

»Du bist nicht minderwertig«, entgegnete Joe wütend. »Bist es nie gewesen! Billy hatte verdammtes Glück mit dir.« Er erinnerte sich nur zu gut an Elinors strahlende Fröhlichkeit damals in Frankreich. Und Joe dachte an Elinors Hochzeitstag. Sie hatte einen Strauß weißer Chrysanthemen getragen, den Joe ihr persönlich in einem alten Garten gepflückt hatte.

»Wir sind alle ein bißchen in dich verliebt gewesen, Elinor. Du warst so lebendig und warmherzig ..., aber Billy hat dafür gesorgt, daß dir ja niemand zu nahe kam.« Und etwas heftiger fügte er hinzu: »Billy hat dich geheiratet, weil du das hübscheste Mädchen warst, das er je gesehen hatte. Er war jedenfalls nicht der einzige Mann ...« Joe Grant lächelte. »Jetzt bist du eine schöne Frau. Und ich bin vermutlich nicht der einzige, von dem du das zu hören bekommst.«

Elinor lächelte. Das Kompliment tat ihr sichtlich wohl. »Das hat mir schon lange niemand mehr gesagt, Joe.«

Joe musterte sie warmherzig. »Weil du niemanden an dich heranläßt. Du brauchst einen Mann, Elinor. Du bist noch jung genug, um die ... die Gesellschaft eines Mannes zu genießen.«

»Männer wollen mehr als Gesellschaft. Ich möchte keinem Mann Hoffnungen machen, die ich nicht erfüllen kann«, sagte Elinor. »Ich werde nie wieder heiraten. Niemand könnte mir Billy in ... gewissen Dingen ersetzen.« Sie sah Joe gerade in die Augen und fügte leise hinzu: »Dir muß klar sein, daß eine Affäre für mich nie in Frage käme, Joe.«

Gut, dachte Joe. Er hatte einen Versucht gemacht und eine eindeutige Antwort bekommen. Joe Grant lächelte und legte Elinor liebevoll den Arm um die Schultern.

»Was die Mädchen betrifft«, nahm Elinor den Faden wieder auf. »Du weißt, sie sollen das Beste haben, das ich ihnen geben kann, Joe. Sie sollen angemessen in die Gesellschaft eingeführt werden. Und ich frage dich, wie ich das anstellen kann.«

Joe hatte sofort begriffen, was sie meinte. Er hatte selbst einen harten Weg hinter sich und wußte, daß Elinor mit ihrer Familie noch ehrgeizigere Pläne verfolgte. Sein Blick schweifte zu den Schwestern, die auf dem Rasen vor dem Haus spielten. »Wenn du möchtest, helfe ich dir gern«, sagte er. »Aber vergiß eines nicht ... zuviel des Guten kann alles verderben.« Er dachte flüchtig daran, wie arrogant einige Freunde von Adam aus Eton waren.

Elinor nickte. »Da sind wir einer Meinung.«

»Du fängst am besten damit an, daß du dir einen besseren Wagen zulegst.«

»Aber es ist praktisch unmöglich, an ein Auto heranzukommen! Die Händler haben jahrelange Wartezeiten!«

»Ich glaube, ich könnte dir einen weißen Vorkriegs-Rolls-Royce besorgen. Einer meiner Bekannten möchte seinen loswerden.«

»Aber ich kann keinen Rolls-Royce fahren! Der ist mir viel zu schwer.«

»Richtig«, stimmte Joe ihr zu. »Du brauchst einen Chauffeur. Und die erste Fahrt sollte er mit dir zu Norman Hartnell machen.«

»Den Schneider des Königshauses kann ich mir nicht leisten!«

»Hartnell ist der beste Modedesigner für offizielle Anlässe. Deshalb läßt die Königin bei ihm arbeiten. Schreib mehr Bücher, dann kannst du ihn dir leisten. Kleider machen Leute, Elinor!« Und er fügte hinzu: »Du weißt ja, nur eine Lady, die bereits bei Hof verkehrt, kann dich einführen. Ich sorge dafür, daß du nächstes Jahr der Königin vorgestellt wirst, und verschaffe dir Einladungen zur Ballsaison. Sonia Rushleigh hat bei ihrer Scheidung den kürzeren gezogen und braucht dringend Geld.«

»Woher soll ich die Zeit für Konzerte und Bälle nehmen? Um das Geld dafür zu haben, muß ich Romane schreiben.«

»Dann mußt du eben früher aufstehen!«

»Das hat Billy auch immer gesagt.«

»Und was die Mädchen betrifft«, fuhr Joe hastig fort, »du solltest sie in ein Schweizer oder ein Pariser Internat geben, wo sie den letzten Schliff erhalten. Sie müssen auf dem gesellschaftlichen Parkett ...«

»Glänzen?« warf Elinor hintergründig ein. Als Joe nickte, seufzte sie. »Ich finde, das tun sie sowieso schon, Joe. Was sollten sie also noch lernen?«

»Nur sieben Dinge.« Joe zählte sie an den Fingern ab. »*Erstens*, kritisiere niemals die königliche Familie, Anhänger der Hetzjagden oder Zeitungsherausgeber, denn die stecken alle unter einer Decke. *Zweitens*, vermeide jede Publicity in Skandalblättern während der Ballsaison. *Drittens*, such dir eine pressewirksame Wohltätigkeitsorganisation und unterstütze sie – vorzugsweise eine, die sich um Hunde oder Kinder kümmert. *Viertens*, sei in deiner Heimatgemeinde aktiv und sorge dafür, daß das bekannt wird. Eröffne den Kirchenbasar und präsentiere dabei öffentlich einen Scheck ... zum Beispiel für ein neues

Kirchendach ...« Joe fröstelte, als sie sich dem Haus näherten. »Liebe Elinor, ich glaube, für heute habe ich genug von der Natur. Können wir uns bitte, bitte vor den Kamin in deinem Arbeitszimmer setzen und uns aufwärmen?«

Elinor lachte. »Erst, wenn du mit deinen Ausführungen fertig bist.«

Joe verschränkte die Arme vor der Brust, um sich warm zu halten. »*Fünftens*, zeig Interesse für eine Kunstrichtung, aber bitte nicht für die Avantgarde. Ballett oder Oper sind unverfänglich.« Er beschleunigte den Schritt, als sie die Haustür erreicht hatten. »*Sechstens*, kauf dir ein Haus, in das die Leute brennend gern eingeladen werden wollen – so etwas wie Somerset Maughams Villa am Cap Ferrat zum Beispiel. Da liegt übrigens auch St. Tropez. Das Nest verspricht, ›in‹ zu werden.«

»Und das siebte Gebot?« wollte Elinor wissen.

»Schreibe immer sofort Dankesbriefe, und schick sie innerhalb von drei Tagen ab.« Joe grinste.

Elinor sah schuldbewußt drein. Sie haßte es, Briefe zu schreiben, besonders Dankesbriefe. Sie schob sie immer bis zum allerletzten Moment auf. Dann schrieb sie seitenlange Briefe voller Erklärungen und Entschuldigungen und schickte Blumen.

Elinor stieß die schöne alte Eichentür auf. »Aber das alles kostet ein Vermögen, Joe!«

»Dann mach ein Vermögen, Elinor.«

Buzz schaute skeptisch drein, als sie von Elinors Plänen bezüglich der Zukunft der Mädchen hörte. »Findest du nicht, daß du dich ziemlich altmodisch verhältst, Nell?« entgegnete sie. »Ich weiß, du willst den Mädchen geben, was du nie hattest. Aber wenn eine Frau zu behütet aufwächst, dann ist sie allem schutzlos ausgeliefert, wenn sie allein zurechtkommen soll.«

Als Miranda hörte, daß ihre beiden Schwestern im Herbst in ein Internat geschickt werden sollten, sie jedoch noch nicht alt genug dafür sei, schrie und wütete sie, sie habe es satt, immer die kleinste zu sein und übergangen zu werden. Elinor gab nach. Miranda durfte ihre Schwestern begleiten.

Samstag, den 29. September 1951

Das Hazelhurst-Park-Manor-Internat lag nur knapp fünfzig Kilometer von Warminster entfernt, was durchaus nicht der Hauptgrund dafür gewesen war, daß Elinors Wahl auf dieses Institut gefallen war. Die Schule war im neunzehnten Jahrhundert im Stil eines gotischen Klosters erbaut worden. Es gab nur Lehrerinnen dort, die wohl alle bessere Zeiten gesehen hatten. Sie schienen freundlich zu sein, waren jedoch keine Intellektuellen.

An ihrem ersten Samstagnachmittag fern von Starlings fühlten sich die drei Schwestern, die getrennte Schlafsäle hatten, einsam und hatten Heimweh. Zusammen gingen sie die Auffahrt des Schulgebäudes hinunter. Der nächste Süßwarenladen war ihr Ziel.

»Ich weiß nicht, warum Gran uns in dieses *Gefängnis* gesteckt hat«, beklagte sich Annabel.

»Weil sie vornehme *Damen* aus uns machen will«, erklärte Clare düster.

»Weil irgendwelche Ladys ihr die Hölle heiß gemacht haben, als sie jung verheiratet war«, fügte Miranda hinzu.

»Die mögen uns hier nicht.« Annabel trat nach dem Farngestrüpp am Straßenrand.

»Die kennen uns noch nicht«, erinnerte Clare die Schwester.

»Woher sollen wir wissen, wann sie uns mögen?« fragte Miranda und hob eine glänzende Kastanie im grünen Stachelkleid auf.

»Wenn sie ihre Geheimnisse mit uns teilen«, wußte Clare.

Natürlich dauerte es nicht lange, bis man Geheimnisse austauschte. Denn jeden Abend wurde nach dem Löschen der Lichter, unter ständigem Gekicher, nur über ein Thema geflüstert: Jungen und Sex.

Diese ungenauen Berichte über die seltsamen Dinge, die Erwachsene miteinander im Bett machten, kombiniert mit dem Bild der romantischen, strikt jungfräulichen Heldinnen aus den Romanen der Großmutter, fügten sich bei den Schwestern zu reichlich merkwürdigen Vorstellungen von der Liebe zwischen Erwachsenen zusammen: Da war zum Beispiel der wildromantische Walzer in die Zukunft, den man im tief dekolletierten Abendkleid tanzte, als sei man sich seiner Blöße gar nicht bewußt. Dann mußte man dem Mann nach der Hochzeit gestatten, einen nackt zu sehen, ohne verlegen zu werden, seine leidenschaftlichen Küsse erdulden, die wiederum dazu dienten, die verwandten Seelen auf ewig zusammenzuschweißen, so daß fürderhin ein wortloses Verständnis gewährleistet schien. Die wahre Liebe, jetzt der Ehemann, der die Gedanken der Frau lesen konnte, die gleichen Vorlieben hatte, gab ihr alles, was sie sich wünschte, einschließlich makelloser Babys.

Einige Monate nach Beginn des ersten Schuljahres der Mädchen fand Joe, es sei nun die beste Zeit, in Europa Grundbesitz zu kaufen – und die schlechteste zu verkaufen. Also flogen Elinor und Buzz für eine Woche nach Frankreich, und Elinor kaufte eine kleine, aber hübsche Villa außerhalb von St. Tropez, direkt am Meer. Joe Grant hatte die finanzielle Seite geregelt, indem er Elinors französischen Verleger mit den geschäftlichen Transaktionen betraut hatte.

Montag, den 6. Juli 1953

Anfang Juli des darauffolgenden Jahres waren die Renovierungsarbeiten in Elinors Villa abgeschlossen. Die Inneneinrichtung bestand aus Möbeln im schlichten provenzalischen Landhausstil und traditionellen, bunten südfranzösischen Stoffen. Als erste Gäste lud Elinor Joe Grant mit seiner Familie ein. Es wurde vereinbart, daß Joes Sohn Adam vor dem Rest der Familie nach Nizza fliegen sollte, die mit dem Wagen nachkommen wollte.

Vor dem Eintreffen des Besuchs diskutierten die Schwestern ausgiebig über die beiden Grant-Söhne, denn man hatte sich seit etlichen Jahren nicht gesehen. Am Tag von Adams Ankunft brauchten die Mädchen drei Stunden, um sich in Kleider zu zwängen, die für die Hitze viel zu eng und für den Anlaß zu vornehm waren. Dann saßen sie stundenlang im Innenhof. Keine der drei gestand sich dabei ein, daß sie nur auf Adam wartete.

Endlich kam er, im blauen Blazer und weißen Hemd mit offenem Kragen. Als Adam mit federnden Schritten durch das Wohnzimmer ging, fragte er sich wieder einmal, ob sein Vater wohl jetzt – oder früher einmal – eine Affäre mit Elinor O'Dare hatte. Für zwei Menschen verschiedenen Geschlechts schien sie eine ungewöhnlich intensive Freundschaft zu verbinden. Adam war aufgefallen, daß seine Mutter stets besonders reserviert wurde, sobald Elinor im selben Raum war, fast kam es ihm vor, als seien sie Rivalinnen.

Adam hatte mittlerweile seinen zweijährigen Wehrdienst in der Marine abgeleistet und das Offizierspatent erworben. Danach hatte er sich entschlossen, Anwalt zu werden, und war als Referendar in die Sozietät *Swithin, Timmins & Grant* eingetreten, um dort seine juristische Ausbildung abzuschließen.

Jetzt freute er sich auf angenehme, faule Ferien in südlicher Sonne.

Auf der breiten Freitreppe, die von Elinors Wohnzimmer in

den Innenhof hinunterführte, blieb Adam stehen, grinste und sagte: »Donnerwetter, wen haben wir denn hier? Die drei Grazien?«

Es war das erste Mal, daß jemand diese Bezeichnung für die drei Schwestern benutzte. Und sie fühlten sich durch das Kompliment aus dem Mund des großgewachsenen, braungebrannten jungen Mannes mit dem dunklen Haar kolossal geschmeichelt. Alle drei verliebten sich sofort in ihn.

Bevor die vierzehnjährige Clare am Abend zum Essen hinunterging, stopfte sie sich Söckchen in ihren Büstenhalter. In Hazelhurst war dieser Trick ausgiebig diskutiert worden. Allerdings blieb die Wirkung dann weit hinter ihren Erwartungen zurück.

Annabel stiebitzte Grans neue Kamera mit dem Blitzlicht und fotografierte wie besessen, und zwar vorzugsweise Adam.

In jener Nacht preßte Miranda ihr Kissen an sich und träumte davon, allein mit Adam in dessen Privatflugzeug unterwegs zu sein: »Oh, Miranda! Ich glaube, ich erleide einen Malaria-Anfall! Glaubst du, du kannst die Maschine landen?« Miranda, die einen schicken weißen Fliegeranzug und eine weiße Ledermütze trug, antwortete: »Selbstverständlich, Adam. Sag mir einfach, was ich tun soll.« Adam gab mit letzter Kraft die entsprechenden Instruktionen, dann wurde er ohnmächtig ...

Als die Mädchen am nächsten Morgen zum Frühstück erschienen, stellten sie fest, daß Adam bereits fortgegangen war, um ein Sportboot zu mieten. Auch zum Mittagessen kam er nicht zurück.

Am Nachmittag desselben Tages räkelte sich Clare schläfrig wie eine Katze am Strand, als ein Schatten auf sie fiel. Sie schlug die Augen auf und wußte sofort, daß der junge Mann in der roten Badehose, der vor ihr stand, Adams Bruder sein mußte.

Sie hatten beide dieselben ausgeprägten, in der Mitte fast zusammengewachsenen Augenbrauen. Allerdings waren Adams

Züge schärfer, sein Mund entschlossener, männlicher. Adam erinnerte Clare ein wenig an Gregory Peck.

Der junge Mann starrte auf ihren marineblauen Badeanzug. »Bist du Clare? Ich bin Mike.« Mike hatte klare graue, weit auseinanderstehende Augen. Das verlieh ihm eine offene Treuherzigkeit, die ihn in der Schule schon mehrfach gerettet hatte. »Ich sollte dich holen«, fuhr er fort. »Adam hat ein Motorboot gemietet. Wir wollen zu den Inseln hinüber. Möchtest du mitkommen?«

Mike wirkte weit weniger zynisch und wesentlich zugänglicher als Adam. Trotzdem hatte seine zurückhaltende Art etwas Beunruhigendes, ja Unberechenbares. Mike hatte noch längere Beine und breitere Schultern als Adam. Beinahe wäre Clare Adam untreu geworden.

Später, als das Motorboot das Wasser durchteilte und eine weißschäumende Bugwelle hinterließ, hatten alle drei Schwestern Herzflattern. Als sie in die Villa zurückkehrten, waren sie wie benommen von einer Liebe, die ihnen weit mehr zusetzte als jene Gefühle, die Clare für die Sportlehrerin mit dem flachsblonden Haar, Annabel für ihr Pony Robin und Miranda für den Milchmann empfunden hatte.

Am darauffolgenden Tag fuhren die fünf zu einem langen, halbmondförmigen Sandstrand. Hier erfuhren die drei Schwestern zum ersten Mal die Demütigung verschmähter Liebe.

Als Adam und Michael sahen, wie die schlanken, braungebrannten jungen Franzosen mit den Strandschönheiten in aufreizenden Bikinis flirteten, machten sie keinen Hehl daraus, daß sie ihre Vorstellung vom Paradies gefunden zu haben glaubten. Von da an hatten die beiden Engländer augenblicklich jedes Interesse an den drei Mädchen verloren.

Am Abend erschien keine der O'Dare-Schwestern zum Abendessen. Buzz fand die drei schließlich in Clares Zimmer. Clare hatte das Gesicht in die Kissen gedrückt und weinte. Annabel lag in ähnlicher Haltung schluchzend auf dem Fußboden. Miranda kauerte mit angezogenen Beinen und düsterer Miene an der Wand.

»Was ist denn mit euch los?«

»Verschwinde, Buzz ... das geht dich nichts an!« wimmerte Clare.

»Ich verliebe mich nie, nie, nie wieder«, heulte Annabel.

»Mistkerle!« schimpfte Miranda. »Im übrigen sollten wir uns so schnell wie möglich Bikinis zulegen!«

»Ihr benehmt euch wie dumme Gänse«, schimpfte Buzz. »Adam ist dreiundzwanzig und Mike einundzwanzig. Ist doch klar, daß die Kurven sehen wollen. Und die Französinnen sind ja auch sehr attraktiv.«

»Aber Mike ist furchtbar charmant zu Clare gewesen, bevor er diese Mädchen am Strand gesehen hat«, jammerte Annabel.

»Adam hat Miranda das Wasserskifahren beigebracht, bevor diese Flittchen aufgetaucht sind. Danach hat er sie einfach ignoriert!« schrie Clare.

»Frog ist genauso hübsch wie diese Flittchen am Strand«, behauptete Miranda.

»Deine Sprache gefällt mir nicht!« wies Buzz sie sofort scharf zurecht. »Natürlich waren die zwei Jungen freundlich zu euch. Sie sind schließlich gut erzogen.« Nach kurzem Zögern fügte sie hinzu: »Für die beiden seid ihr noch Kinder. Und jetzt wascht euch das Gesicht und kommt runter. Es gibt eine Schokoladenspeise zum Nachtisch. Und schlagt euch das mit den Bikinis aus dem Kopf. Womit wollen Annabel und Miranda denn das Oberteil ausfüllen? Mit Tennisbällen?«

7. KAPITEL

Dienstag, den 21. Juli 1953

Adam riß das Steuer des Familien-Humbers an der Kreuzung herum und bog links ab. Der im Mondschein glänzende Asphalt verlor sich vor ihnen zwischen dunklen Koniferen.

»Heh, Adam! Wir sind falsch«, rief Michael, der jäh aus seinen Träumereien erwachte. »Das ist die Straße nach Nizza!«

Adam bog erneut nach links, diesmal auf die Küstenstraße. Unter ihnen glitzerte die dunkle Weite des Meeres. »Wir fahren nicht nach Nizza. Wir fahren nach Cannes – ins Kasino.«

Mike lachte. »Das war also der Grund, weshalb du angeboten hast, den alten Maclean nach Hause zu fahren!« Mike kannte seinen Bruder und seine opportunistischen Neigungen.

»Was glaubst du, weshalb ich dich gebeten habe, mitzukommen? Der alte Maclean hat Elinors Dinnerparty reichlich früh verlassen. Hatte angeblich Kopfschmerzen. Ich schätze, er liegt in diesem Augenblick mit einer knackigen Biene im Bett.«

»Wenn Dad rauskriegt, daß wir im Spielkasino waren, bringt er uns um«, gab Mike zu bedenken.

Adam trat lachend das Gaspedal durch. »Dad will unbedingt verhindern, daß wir *seinem* Vater nachgeraten.« Joe Grants Vater war Buchmacher auf der Pferderennbahn gewesen, eine Tatsache, die die Familie gern vertuschte.

»Großvater Grant hat selbst nie gespielt«, entgegnete Mike. »Er hat nur Spielern das Geld aus der Tasche gezogen. Er hat immer gesagt, daß sich Spielen nicht auszahlt.«

»Mike, willst du was erleben? Gut, dann halte hier keine Moralpredigten.« Mike hatte von jeher im Schatten des älteren

Bruders gestanden, der ihn mit seiner Überzeugungskraft und seinem Selbstbewußtsein stets auf seine Linie eingeschworen hatte. Mike machte auch diesmal sofort einen Rückzieher.

»Schon gut. Tut mir leid. Ich finde die Idee ja auch gut«, versicherte Mike hastig. »Zu Hause können wir schließlich nicht spielen.« Glücksspiele jeder Art waren in Großbritannien verboten. »Aber woher nehmen wir das Geld?«

»Ich habe vier Wochengehälter dabei«, antwortete Adam. Durch die offenen Wagenfenster wehte ein lauer Fahrtwind. Adam fühlte Salz auf seiner Haut und sog den betäubenden Duft der Pinien ein.

»Mit vierzig Piepen dürften wir im Spielkasino von Cannes kaum weit kommen, oder?«

»Immerhin können wir den Eintritt bezahlen. Dann trinken wir etwas an der Bar, sehen uns die Leute an und genießen den Kitzel. Mehr brauchen wir nicht.«

Mike wußte, daß Adams Lässigkeit nur gespielt war. Damit versuchte er, Mike gegenüber die eigene Unsicherheit zu kaschieren. Mike gab Adam stets das Gefühl, allem und jedem gewachsen zu sein. Mike setzte immer voraus, daß sein älterer Bruder mit allem, was er anfaßte, Erfolg hatte, und Adam konnte sicher sein, daß Mike stets den Laufburschen für ihn spielen, sich seinem Willen unterwerfen und ihn nie verraten würde.

Aus diesem Grund konnte Adam sich Mike bedenkenlos anvertrauen – was er auch meistens tat –, ohne Widerspruch oder Kritik zu ernten. Mike hatte Adam schon als kleiner Junge vergöttert. Da sie nie ein herzliches Verhältnis zu den kühlen, lieblosen Eltern entwickelt hatten, waren sich die Brüder besonders nahe. Ihre Kindheit hatten sie fast ausschließlich mit ständig wechselnden Kindermädchen verbracht, von denen keines Mrs. Grants hohen Anforderungen entsprach. Auf diese Weise hatten Adam und Mike ein teures und einsames Leben im Kinderzimmer geführt und gelernt, sich blind aufeinander zu verlassen und niemals einem Außenstehenden völlig zu vertrauen.

Adam fuhr den Humber etwas zu schnell in Richtung Kasino. Mike seufzte. Es war eine herrliche Nacht, ideal für eine Spritztour mit dem Motorrad. Sehnsüchtig dachte er an seine ersten Nachtfahrten auf seiner allerersten Maschine. Mike war ein Motorradfan.

Im Palm-Beach-Kasino zeigten die Brüder ihre Reisepässe vor und kauften Chips.

Elegante Ober schlängelten sich durch die belebten Kasinoräume. Zigarettenverkäuferinnen bahnten sich mit ihrem Bauchladen den Weg. Zwei Männer vom Sicherheitsdienst in dunklen Uniformen standen unbeweglich in der Ecke. Ihrem wachen Blick schien nichts zu entgehen.

»Das sind Lockvögel«, murmelte Adam und wies auf die auffällig herausgeputzten Frauen, die auf Drehstühlen an der langen Bar saßen. Ihre blasierten Gesichter wurden von der Spiegelwand reflektiert. »Ihre Aufgabe ist es, die Spieler an die Tische zu locken.«

An der Bar bestellten Adam und Mike je einen Whisky-Soda. Der Duft guter Küche und teurer Parfüms stieg ihnen in die Nase. Sie setzten sich so hin, daß sie alles gut beobachten konnten.

Atemberaubende Spannung lag in der Luft. Männer in Dinnerjackets und Frauen in Abendkleidern mit trägerlosen Oberteilen und üppigen Dekolletés umstanden dicht gedrängt die sechzehn Spieltische. Das Publikum schien hauptsächlich aus Franzosen, Deutschen und Griechen zu bestehen. Englisch hörte man kaum.

»Also, wo fangen wir an?« erkundigte sich Mike. »Du mußt mir sagen, wie es geht. In Eton hatte ich nie die Gelegenheit zum Glücksspiel.« Die Grants waren nicht annähernd so reich oder aristokratisch gewesen wie ihre Schulkameraden.

»Ich habe nicht die geringste Ahnung«, mußte Adam zugeben.

»Wenn Sie möchten, helfe ich Ihnen«, mischte sich ein blasser Engländer neben Adam ein. »Darf ich mich vorstellen? Giles Milroy-Browne. Sie sollten mit Roulette anfangen – das machen die meisten Anfänger. Da braucht man keine Vorkenntnisse.« Der Engländer erklärte das einfache System.

Adam setzte zuerst einen Chip im Wert von einem Pfund auf Rot. Er fühlte, wie ihn eine seltsame Erregung erfaßte, als die Kugel klackernd über die Drehscheibe rollte, bis sie immer langsamer wurde und schließlich auf der roten Drei liegenblieb. Adam hatte gewonnen!

Im nächsten Spiel verlor er seinen Einsatz, hatte jedoch insgesamt kein Geld eingebüßt. Trotzdem zitterten seine Finger, als er zehn Pfund, das Gehalt für eine Woche, auf Rot setzte. Dann war es mit Adams zögerlicher Verlegenheit schlagartig vorbei. Eine nie gekannte Unruhe überfiel ihn. Obwohl er entschlossen war, bescheiden zu bleiben und mit kleinen Einsätzen zu spielen, beherrschte ihn ein völlig neues Gefühl: das Verlangen, das Schicksal herauszufordern.

Und wieder hatte Rot gewonnen! Adam spürte, wie ihn eine heiße Glückswelle durchströmte. Dann schien sich seine rechte Hand selbständig zu machen. Er beobachtete verwundert, wie sie Chips im Wert von zwanzig Pfund auf Rot setzte. Der Verlust würde weh tun – und selbst dieser Schmerz wäre noch exquisit … Wieder blieb die Kugel auf Rot liegen. Adam fühlte sich unbesiegbar! Es war, als leite ihn eine unsichtbare, ihm wohlgesonnene Macht mit sicherem Instinkt. Er meinte zu schweben, war leicht und hellwach.

Adam gewann nicht immer. Aber er verlor nur sehr wenig.

Roulette schien eine verführerische Art zu sein, innerhalb weniger Stunden mühelos reich zu werden. Es war, als wüchse das Geld auf den Bäumen und Adam müsse nur die Hand ausstrecken, um es zu pflücken. Jedesmal, wenn er gewann, fühlte er eine Befreiung und Erleichterung wie nach einem sexuellen Höhepunkt. Das Erlebnis des Gewinnens gab ihm das Gefühl, männlicher, potenter zu sein. Das war das Kriterium, das ihn von den anderen am Spieltisch deutlich unterschied! Adam war der Mann mit dem goldenen Arm. Er war der Günstling der Götter!

Zwei Stunden später hatte Adam hundert Pfund gewonnen, und Mike flüsterte ihm über die Schulter zu: »Hör auf, solange du eine Glückssträhne hast, Adam. Sei kein Idiot. Du weißt, bei diesem Spiel gewinnt auf Dauer immer nur das Kasino.«

»Halt den Mund! Ich muß mich konzentrieren.« Adam schüttelte Mikes Hand ab. Insgeheim war ihm klar, daß Mike recht hatte. Adam starrte auf seinen Gewinn. Er wußte, daß es Zeit war, das Spiel zu beenden.

Aber er konnte es nicht.

Nur noch *einmal* ... sagte er sich. Dann würde er gehen.

Doch Adam konnte ebensowenig aufhören, wie ein Alkoholiker es fertigbrachte, eine geöffnete Flasche Whisky ungetrunken stehenzulassen.

Seine anfängliche Unsicherheit war gewichen. Er sah sich selbstbewußt um. Er war kein kleiner Referendar mehr. Er hatte es immer geahnt, jetzt hatte es sich bestätigt: Er war ein Glückskind! Spielen und gewinnen erzeugte in ihm ein nie gekanntes Machtgefühl, das sichere Bewußtsein, daß sich die kleine weiße Kugel gehorsam seinen Wünschen unterwarf, wenn er sich nur darauf konzentrierte.

Das Empfinden, unfehlbar zu sein, machte Adam ein wenig benommen. Er glaubte, über sich selbst hinauszuwachsen. Sein Herz schlug heftig, pumpte stoßweise Adrenalin durch seine Adern.

Michael, der sich nur umgesehen hatte, kehrte gegen zwei Uhr morgens an Adams Seite zurück und mahnte zum Aufbruch.

»Nein, noch nicht.« Adam warf einen Blick auf seinen Gewinn. Er belief sich mittlerweile auf insgesamt einhundertachtzig Pfund. »Also gut«, lenkte er ein. »Nur noch ein Spiel.« In der Erwartung, vielleicht doch zu verlieren, setzte er seinen ursprünglichen Einsatz auf die Sechsunddreißig.

Die Kugel blieb auf der Sechsunddreißig liegen!

Adam hatte seinen Einsatz vervielfältigt: Der Croupier zahlte ihm dreihundertfünfzig Pfund aus. Fast ein Jahresgehalt!

Innerlich hätte Adam vor Freude schreien mögen, denn er war sich sicher, daß sein Gewinn nicht pures Glück gewesen war. Es war etwas, das all seine Sinne schärfte. Es war, als verliere er sich in den Armen der schönsten Frau, als atme er den Duft ihrer Haut ein: Die Glücksgöttin war ihm hold!

Nach diesem ersten Kasinobesuch weigerte sich Mike, seinen Bruder wieder zu begleiten. Ihr Vater, der glaubte, Adam habe eine heimliche Freundin, übergab ihm allabendlich, verschwörerisch mit den Augen zwinkernd, die Wagenschlüssel.

Adams Glück im Spiel war durchaus wechselhaft. Er gewann und verlor. Nach ein paar Tagen belief sich sein Gewinn auf mehr als zwei Jahresgehälter. Und das Geld war auf wesentlich angenehmere und aufregendere Art verdient als mit juristischer Knochenarbeit.

Am zehnten Abend begann Adams Pechsträhne. Zuerst machte er sich keine Sorgen, denn er war überzeugt, alles auf einen Schlag zurückgewinnen zu können.

Gegen zwei Uhr morgens jedoch, wenn Adam gewöhnlich das Casino verließ, hatte er über sechshundert Pfund verloren. Er konnte es kaum fassen. Er kam sich vor wie ein Mann, der seine Geliebte mit einem anderen im Bett ertappt hatte. Scham und Schuldgefühle quälten ihn. Wie war es möglich, daß er so schnell so viel Geld verloren hatte? Knapp zwei Wochen hatte es gedauert, bis er sechshundert Pfund gewonnen hatte ... und in nicht einmal einer Stunde war alles verloren. Warum nur hatte er sich nicht an sein System gehalten?

Adam war von seinem ursprünglichen Spielsystem abgewichen, weil es davon abhing, daß er gelegentlich einige Spiele aussetzte. Und genau das brachte er mittlerweile nicht mehr fertig. Das Gefühl, daß sein Glück im nächsten Spiel ... in wenigen Minuten ... in einer Stunde ... wiederkehren würde, war einfach übermächtig.

Adam verließ mit schleppenden Schritten das Kasino und

fuhr wie in Trance nach Hause. Er fühlte sich ausgelaugt, müde und deprimiert wie bei einer beginnenden Grippe.

»Adam scheint sich in einer depressiven Phase zu befinden«, sagte Mrs. Grant am frühen Abend des nächsten Tages zu ihrem Mann und steckte das Sonnenöl in ihre Strandtasche. »Er hat die Einladung auf die Boccasso-Yacht abgelehnt und den ganzen Tag kein Wort gesagt. Sogar das hübsche Mädchen, mit dem er gestern Wasserski gelaufen ist, hat ihn nicht mehr interessiert.«

Adams Vater konnte sich ein Grinsen nicht verkneifen. »Ich tippe auf eine heimliche Freundin«, sagte er im Ton eines Mannes, der wußte, wovon er sprach. »Sicher hat er sich mit ihr gestritten.«

»Aber warum hat er sie nicht mit hierhergebracht?« Mrs. Grant schien ein Gedanke zu kommen. »Joe ..., meinst du, er ist der Typ, der sich mit kleinen Verkäuferinnen abgibt?«

»Ich denke da eher an eine der jungen Strohwitwen am Stand. Wenn die Kleinen abends im Bett liegen, kommt die große Langeweile – und der Mann verdient irgendwo in Paris das Geld ... Laß Adam lieber in Ruhe, Ethel. Er ist dreiundzwanzig und war zwei Jahre bei der Marine.«

Am darauffolgenden Tag kam Adam kaum aus dem Bett. Er zwang sich schließlich aufzustehen, weil er fürchtete, seine Mutter würde andernfalls einen Arzt rufen. Und dann war es fraglich, ob er abends ins Kasino fahren konnte.

Adam röstete den ganzen Tag am Strand in der Sonne. Er war apathisch und lustlos, konnte weder essen noch trinken, wurde allein von dem Gedanken beherrscht, wie er sein Glück abends im Kasino erzwingen konnte.

Spielsüchtige begehen alle den Fehler, ihren Verlusten hinterherzulaufen. Adam kehrte jeden Abend ins Kasino zurück, nur um wieder zu verlieren. Er hatte sich auf die Hoffnung versteift, daß bereits das nächste Spiel seine Verluste wettmachen würde. Aber dazu kam es nie.

Er lieh sich dreißig Pfund von Giles Milroy-Browne – der mittlerweile eine ganze Menge über Adams Herkunft und Lebensumstände wußte –, aber er verlor auch diesen Betrag.

Zwei Tage vor seiner Rückkehr nach London verkaufte Adam seine goldene Uhr, ein Geschenk zu seinem einundzwanzigsten Geburtstag. Als er Giles Milroy-Browne das geliehene Geld zurückzahlen wollte, wehrte dieser ab. Er behauptete, die Sache habe Zeit.

Gegen Mitternacht hatte Adam auch die Summe verloren, die ihm die Uhr eingebracht hatte.

Giles lieh ihm weitere fünfzig Pfund, die Adam ebenfalls verlor.

Adam verließ Südfrankreich mit dreihundert Pfund Schulden, zahlbar an den freundlichen Mr. Milroy-Browne, der es mit der Rückzahlung nicht eilig hatte. Mit dem Zinssatz von einem Prozent pro Monat war Adam einverstanden.

Adam fühlte sich durch diese Situation nicht sonderlich beunruhigt. In London, wo Glücksspiele verboten waren, würde er einen privaten Spielsaal aufsuchen und alles zurückgewinnen.

Es war nur eine vorübergehende Pechsträhne.

8. KAPITEL

Samstag, den 15. Dezember 1956

»Hoffentlich hört es mittags auf zu schneien! Hier drinnen ist es so langweilig.« Die sechzehnjährige Annabel saß auf dem Fenstersims, wand den blonden Pferdeschwanz um den Finger und preßte die Nase gegen das bunte Bleiglasfenster im Wohnzimmer. Durch den dichten Vorhang wirbelnder Schneeflocken war der Garten von Starlings nur als einheitliche weiße Fläche zu erkennen. Ganz weit hinten bogen sich im Obstgarten die Äste unter der Schneelast.

Annabel wandte sich ihren Schwestern zu: Miranda tanzte Walzer um das Klavier herum, daß ihr Schottenrock flog. Clare, im schwarzen Pullover mit Raglanärmeln und schwarzer Hose, lag auf dem Teppich vor dem Kamin und war in ein Buch vertieft.

Zwei Jahre zuvor hatte Clare ihr vornehmes englisches Internat mit einem ebenso vornehmen Mädchenpensionat in Lausanne vertauscht. Den Schwestern drohte keine eintönige Sekretärinnenausbildung. Weder Elinor noch Buzz hielten das für nötig. Die Mädchen waren selbstverständlich zum Heiraten bestimmt.

In ihrem Lausanner Pensionat hatte Clare weder Französisch noch Kochen, Nähen oder Geschäftskorrespondenz gelernt; dafür tanzte sie jetzt Jitterbug, verstand sich zu schminken und konnte ansonsten nicht viel mehr, als graziös eine Freitreppe hinunterzuschweben.

Als Clare aus der Schweiz zurückgekommen war, hatte Elinor umgehend damit begonnen, die Einführung in die beste Gesellschaft ihrer ältesten Enkelin mit ebensoviel Sorgfalt und Mühe vorzubereiten wie die Herausgabe ihrer Bücher. Fotos von Clare waren daher regelmäßig in den Klatschspalten oder im *Tatler*, der Illustrierten über die Schönen und die Reichen, erschienen. Lady Rushleigh arrangierte die Einführung bei Hof. Clare trug zu diesem Anlaß im *Buckingham Palace* ein schmales Kleid aus weißem Satin, in dem sie wie eine schlanke Lilie aussah. Clare haßte dieses Kleid, weil es ganz anders war als die weißen Ballkleider mit den rauschenden weiten Röcken der anderen Debütantinnen. Das allerdings war natürlich genau der Grund gewesen, weshalb Elinor sich für diese Robe entschieden hatte.

Von da an verschrieb Clare sich ganz den anstrengenden Vergnügungen, die die Londoner Ballsaison mit sich bringt, in deren Verlauf eine höhere Tochter in die gute Gesellschaft eingeführt wird, was nur mit hohem finanziellem Aufwand möglich war. Clare war sich wie alle anderen Mädchen sehr wohl der unausgesprochenen Hoffnung bewußt, jemand Nettem zu begegnen, worunter sämtliche Mütter einen reichen Heiratskandidaten aus vornehmer Familie verstanden.

Sie nahm an Mittagessen der Debütantinnen teil, die zum gegenseitigen Kennenlernen dienten, und mußte anschließend nachmittags ruhen, um für die Cocktailpartys, Dinners und Bälle am Abend wieder frisch zu sein. Ansonsten besuchte sie das traditionelle Ruderrennen Oxford gegen Cambridge, das Pferderennen in Ascot und aß Erdbeeren mit Sahne während der Turniere in Wimbledon. Auch Kunstausstellungen oder das Polospiel gehörten zu ihrem Programm.

Dann war es endlich soweit: Clare eröffnete ihren eigenen Ball in der Orangerie in Holland Park, die der junge Designer David Hicks in ein von Kerzen erleuchtetes Märchenland verzaubert hatte.

Während Clares Debüt zog auch Elinor viel Publicity auf sich. Elinor Dove war mittlerweile eine Berühmtheit, geliebt von Frauen und Mädchen aus allen Schichten, deren Träume zwar enttäuscht, aber noch nicht ausgeträumt waren. Sofort wärmte die Presse die alten Geschichten vom einfachen Bauernmädchen aus Minnesota wieder auf, das sich hochgearbeitet und ein Vermögen verdient hatte. Wofür sie dieses Geld dann ausgab, war sichtbarer Beweis für Elinors Leserschaft, daß Märchen doch noch wahr werden konnten. Elinor wurde viel und gern fotografiert: beim Ausstieg aus ihrem weißen Rolls-Royce, in glitzernden Abendroben, im weißen Fuchspelz oder lächelnd unter pompösen apricotfarbenen Hüten.

Clare, die sich stets zwei Schritte hinter Elinor hielt, kam sich gelegentlich wie eines von Elinors Accessoires vor – sicher wichtiger als Elinors Handtasche, aber kaum interessanter als ihre fünffache Perlenkette. Sie war eben nur ein Teil der glamourösen Inszenierung für das Publikum.

Gegen Ende der Ballsaison hatte Clare das Gefühl, nie wieder eine Hand schütteln oder mit weißen Glacéhandschuhen Beifall klatschen zu können. Sie hatte eine Unmenge von Tanzpartnern und fünf ständige Begleiter gehabt; darüber hinaus waren ihr zahlreiche Freundinnen geblieben, mit denen man sich über diese Männer amüsieren konnte. Clare wußte, daß sie ein Glückskind war, hoffte aber, nie wieder diese Debütantinnentour machen zu müssen: Ein Leben, das nur dem Amüsement gewidmet schien, hinterließ bei ihr nur grenzenlose Müdigkeit und eine merkwürdige innere Leere.

Obwohl sie es nicht laut auszusprechen wagte, war Clare insgeheim der Ansicht, das Jahr vergeudet zu haben. Sie versuchte, das Annabel klarzumachen, die sich bald unter dem grellen Blitzlichtfeuerwerk der Fotografen in das gleiche Vergnügungsgetümmel stürzen würde. Annabel jedoch verstand die Warnung der Schwester nicht. Nach dem ersten Schulhalbjahr in der Schweiz war Annabel ganz versessen auf Jungen, Bälle und Ballkleider. Sie wollte unbedingt für die Gesellschaftsmagazine fotografiert werden, konnte es nicht erwarten, in den Armen eines Mannes – vorzugsweise eines älteren – die Nächte zu durchtanzen.

Aber das kam später. Im Augenblick saß Annabel bei ihren Schwestern in Starlings fest, was nicht ihrer Vorstellung von Spaß entsprach. Sie hüpfte vom Fensterbrett. »Clare, spiel noch eine Stunde Bridge mit mir. Ich möchte es wirklich gut lernen.«

Clare sah gähnend von ihrem Buch auf. »Es gibt gleich Mittagessen.«

Als das Telefon klingelte, stürzte sich Clare darauf und riß den Hörer an ihr Ohr. »Hallo?« meldete sie sich hoffnungsfroh. »Tut mir leid, Buzz, aber ich erwarte einen wichtigen Anruf«, sagte sie dann sichtlich enttäuscht und warf den Hörer auf die Gabel.

»Wetten, daß es Henry ist?« neckte Miranda.

»Henry kann es nicht sein.« Annabel setzte sich wieder auf den Fenstersims. »Henrys Regiment ist gerade nach Suez versetzt worden.«

»Haltet den Mund!« schimpfte Clare.

Das Telefon klingelte erneut. Clare sprang vom Sofa, doch Miranda kam ihr zuvor. »Wer ist da? ... C.N.D.? Was ist das? Die Antiatombewegung? Da müssen Sie sich verwählt haben.«

»Das ist für mich!« Clare wurde dunkelrot, griff nach dem Telefonhörer, verabredete sich mit jemandem in London und legte auf.

»Wer war denn *das*?« wollte Annabel wissen.

»Worum ging's denn?« fragte auch Miranda.

»Das geht euch gar nichts an«, schnaubte Clare.

»Gran würde so etwas nie unterstützen«, erklärte Miranda. »Sie ist der Meinung, daß die Atombombe für uns den Krieg in wenigen Minuten gewonnen hat, daß der Premierminister selbst weiß, wie man das Land regiert, daß er dazu nicht die Ratschläge von undankbaren Unruhestiftern braucht ... Du kennst Grans Ansichten, Clare.«

»Die C.N.D. ist eine solide Organisation«, entgegnete Clare trotzig. »Bertrand Russell und sechs andere Nobelpreisträger unterstützen die Antiatombewegung. Auch Albert Einstein. In einem zukünftigen Krieg würden nukleare Waffen unseren ganzen Planeten vernichten.«

»Gran würde es trotzdem nicht gefallen«, warnte Miranda.

»Ich hasse es, hintergangen zu werden!« erregte sich Elinor mit krächzender Stimme und schwenkte wütend einen Brief in der Hand. Sie lag in der heiteren Pracht ihres Schlafzimmers, wo sie eine Bronchitis auskurierte.

Um dem Blick der Großmutter auszuweichen, schaute Clare sich im Raum um. Die Wände waren hell, die Vorhänge buttergelb, farblich auf die Brokatverkleidung des Himmelbetts abgestimmt. Auf dem in blaßgelben Tönen gehaltenen Orientteppich stand ein Regencysofa. Die Kissen waren mit einem Stoff in Tigermuster bezogen. Bücherstapel und Vasen voller Narzissen machten überall den Raum gemütlich.

»Würdest du mich bitte ansehen, Clare!« Elinor nieste. »Was hast du dazu zu sagen!« Sie sah Clare wütend an, die im pinkfarbenen Pullover und Tweedrock vor ihr stand und sich unbehaglich fühlte.

Wieder stellte Elinor sich die besorgte Frage, ob Clare möglicherweise einen Liebhaber hatte. Ob der Mann wohl verheiratet war, an Dienstagen und Donnerstagen bei seiner Frau geschäftliche Verabredungen vorschützte, wenn Clare eindeutig nicht tat, was sie vorgab zu tun?

Clare suchte nach einer neuen Ausrede. Als Kind war sie stets verwirrt gewesen, weil die Erwachsenen ihre kleinen Unwahrheiten bestraften, andererseits aber selbst logen, wenn es beispielsweise um die Frage ging, wo die Kinder herkamen. Von ihnen hatte Clare gelernt, sich mit Ausflüchten zu behelfen, um die Gefühle anderer nicht zu verletzen, jemanden zu beschützen oder Ärger zu vermeiden.

»Ich warte!« näselte Elinor ärgerlich. Sie nieste erneut. Einer ihrer Briefe fiel zu Boden. Clare erkannte die Adresse von *Swithin, Timmins & Grant* auf dem Briefkopf.

Clare wandte den Kopf ab und sagte ohne nachzudenken: »Ich war mit Adam Grant zusammen.«

»Zweimal in der Woche? Und dann bist du immer um zehn wieder zu Hause gewesen? Was, bitte, hast du bei Adam gemacht?«

»Er bringt mir Bridge bei. Ich möchte wirklich gut werden.«

»Na, das läßt sich leicht nachprüfen.« Elinor griff nach dem Telefon.

Clare, die keine routinierte Lügnerin war, wußte nicht mehr, was sie tun sollte.

»Guten Morgen, Adam. Hast du dich in letzter Zeit mit Clare getroffen?«

Clares Herz sank. Sie hatte gehofft, daß Adam nicht im Büro sein würde.

»Ich begreife nicht, warum du mir keine klare Antwort gibst«, sagte Elinor. »Aber wenn du willst, kannst du selbst mit ihr sprechen.« Sie bedeutete Clare, den Zweitapparat zu benutzen.

Am anderen Ende ertönte Adams Stimme: »Hör zu, Clare! Ich kann eine Klientin nicht belügen. Wenn du in Schwierigkeiten bist, helfe ich gern. Aber dazu muß ich die Wahrheit wissen. Triffst du dich heimlich mit einem Mann? Nein? Gut! Ist das, was du tust, illegal? Nein? Dann sag Elinor, wo du gewesen bist. Und zwar sofort. Was du vor ihr verheimlichst, ist wohl kaum schlimmer als ihre Befürchtungen. Sie verzeiht dir sofort. Und nächste Woche lade ich dich zum Essen ein ... Ich freue mich schon.«

Clare legte den Hörer auf und sagte leise: »Ich besuche eine Abendschule.«

»Abendschule? Aber die ist für Leute, die keine ...« Elinor erinnerte sich an die armen Studenten auf ihrer Abendschule und war verblüfft. »Du hast so eine *gute* Erziehung genossen, Clare!«

»Finde ich nicht. In Hazlehurst Park habe ich nicht viel gelernt. Ich hatte erst in zwei Fächern die mittlere Reife, als du mich auf dieses Schweizer Mädchenpensionat abkommandiert hast!«

»Du bist undankbar! Kein Mann will einen Blaustrumpf als Frau ... Männer wollen eine Frau, die repräsentiert, und zwar wie eine Lady.«

»Ich habe nicht die Absicht, bis ans Ende meiner Tage eine gute Figur im Salon zu machen. Wir leben im zwanzigsten Jahrhundert und nicht im Larkwood der alten Zeiten.« Alle drei Schwestern wußten, daß Elinor noch immer unter den Minderwertigkeitsgefühlen litt, die ihr Billys Familie eingeimpft hatte. »Ich möchte in meinem Leben etwas Nützliches tun«, fügte Clare hinzu.

»Sind Ehefrauen und Mütter nicht nützlich?«

»Ehefrau und Mutter, das kann doch nicht der einzige Lebenszweck sein, oder?«

»Also, was studierst du denn, das dich soviel nützlicher machen soll?«

»Soziologie«, entgegnete Clare trotzig.

Elinor wirkte erstaunt und erschrocken zugleich. »Mein liebes Kind, du willst doch wohl nicht *Sozialarbeiterin* werden?«

»Warum eigentlich nicht?« konterte Clare. »Das ist ein sehr nützlicher Beruf.«

»Selbstverständlich ist er das – für andere Leute. Aber nicht für dich, Clare. Ich will nicht, daß du in den Armenvierteln arbeitest.«

»Aber warum denn nicht? Was hast du denn gegen Soziologie, Gran?«

Elinor seufzte. »Was bedeutet Soziologie eigentlich?«

»Es ist die Lehre von der Entwicklung der Gesellschaft und ... wie sie funktioniert – oder nicht funktioniert«, antwortete Clare.

»Aber Liebes, deine Schulbildung reicht doch gar nicht aus, um diese Fächer zu ...«

»Richtig! Deshalb möchte ich ja auch Anthropologie, Psychologie und Philosophie belegen!«

»Aber doch nicht an zwei Abenden pro Woche!«

»Da du jetzt sowieso schon alles weißt, bitte ich dich, daß ich richtig studieren darf. Ich habe genug Grundkenntnisse. Und wenn nicht, dann eigne ich sie mir an.«

»*Wozu* denn eigentlich, Liebes? Nette Männer heiraten keine Soziologin oder Philosophin. Warum kannst du nicht etwas weniger Hochgestochenes, dafür aber Nützlicheres studieren? Wie wäre es mit einem Kochkurs? Es hat nie geschadet, wenn man weiß, wie man ein Menü zusammenstellt.«

»Gran, kannst du nicht verstehen, daß ich mich für die Welt außerhalb der Küche interessiere?« Clare wurde zornig.

»Selbstverständlich. Du bist eine intelligente junge Frau und sollst auch wissen, worüber die Männer reden.«

»Ich will, daß die Männer begreifen, wovon *ich* rede ... von diesem Cocktail-Party-Small-talk habe ich die Nase voll!« schrie Clare.

»Wie redest du überhaupt mit mir?«

»Gran, warum können wir uns nicht vernünftig unterhalten? Warum soll ich dir was vormachen? Warum willst du nicht verstehen, was ich tun möchte und aus welchem Grund?«

»Aber Soziologie – wozu?«

»Gran, ich will anderen Menschen helfen. Wohin ich schaue, ich sehe nur Ungerechtigkeit.«

»Aber Philosophie ... Ist das nicht ein bißchen hoch gegriffen? Und was hat Philosophie mit den Kindern in den Slums zu tun?«

»Philosophie befaßt sich mit Ideen, und auf diesen Ideen basiert die Demokratie«, erklärte Clare frustriert. »Ich weiß nicht, wie die Welt so herunterkommen konnte ... Aber ich werde es herausfinden ... und dann etwas dagegen unternehmen!«

»Eine einzelne junge Frau kann die Ungerechtigkeiten dieser Welt nicht beseitigen«, erklärte Elinor ebenso gereizt.

»Wenn ich es nicht wenigstens versuche, war mein Leben sinnlos«, behauptete Clare eigensinnig.

»Warum überläßt du diese Dinge nicht den Politikern? Die sind schließlich dafür da«, rief Elinor entnervt.

»Deine Generation dürfte doch die letzte sein, die noch Vertrauen in Politiker hat!«

»Meine Generation ist auch ohne intellektuelle Rosinen im Kopf ausgekommen!« entgegnete Elinor eisig.

»Deine Generation hat uns den Zweiten Weltkrieg beschert!«

Dienstag, den 18. Dezember 1956

Als Clare dem Butler ihr grünes Satincape reichte, signalisierte Clare das vertraute Kribbeln in der Magengegend, daß sie am liebsten wieder umgekehrt wäre. Alle außer ihr schienen so selbstbewußt zu sein! Wenn Clare kein bekanntes Gesicht sah, verschwand sie meistens zuerst einmal umgehend in der Garderobe, blieb dort so lange wie möglich, bevor sie sich der Menge von Leuten stellte, die sich alle zu kennen schienen.

An diesem Abend war Clare doppelt nervös. Ihr Begleiter war Adam. Er führte sie zum ersten Mal zu einer der illegalen privaten Glücksspielpartys, die in London immer mehr in Mode kamen. Sie begannen nach dem Abendessen und dauerten stets bis zum Morgengrauen. Die gereichten Delikatessen und Getränke sowie das traditionelle englische Frühstück mit Eiern und Speck, Würstchen, Nieren und *kedgeree*, einem Reisgericht mit Fisch und hartgekochten Eiern, das von zwei Uhr morgens an serviert wurde, gingen auf Kosten des Hauses.

Clare wußte, daß die Party dieses Abends von Michael Grant organisiert worden war. Der blendend aussehende Etonschüler und ehemalige Gardeoffizier der Königin war die ideale Tarnadresse für die verbotene Spielleidenschaft der Schickeria.

Die Einladungen waren nur telefonisch ausgesprochen worden – schriftliche Aufzeichnungen wurden tunlichst vermieden – und ergingen ausschließlich an Leute, die viel Geld und eine Vorliebe für den unerlaubten Nervenkitzel in prominenter Gesellschaft hatten.

Allein den Treffpunkt zu kennen, bedeutete *in* zu sein. Die damit verbundene Gefahr kümmerte niemanden. Michael Grants Gäste waren in dem Bewußtsein aufgewachsen, daß die Polizei einen nicht in Schwierigkeiten brachte, sondern ihresgleichen aus der Klemme half. Außerdem erhöhte die Möglichkeit einer Razzia den Reiz und die Spannung. Wer ihm standhielt, erwies sich als besonders elitär und abgebrüht.

Für dieses Publikum, das in Scharen zu den heimlichen Glücksspielrunden strömte, kam noch der einzigartige Reiz hinzu, Seite an Seite mit echten Kriminellen am Spieltisch stehen zu können. Zum Schutz des Organisators wurden professionelle Rausschmeißer engagiert. Sie sorgten dafür, daß Betrunkene nicht randalierten und daß Verlierer sofort bezahlten. Dieser Sicherheitsdienst wurde aus dem Gewinn der Veranstaltung bezahlt, und es war stets ein Mitglied des organisierten Verbrechens anwesend, um dafür zu sorgen, daß es in diesem Punkt gerecht zuging. Auf diese Weise waren mittlerweile die Spielerpersönlichkeiten der Londoner feinen Gesellschaft auf »Du« mit einigen der gefährlichsten Verbrecher der Londoner Unterwelt. Auch das galt als ausgesprochen schick.

Als Clare und Adam an jenem Abend den elegant eingerichteten Salon eines Hauses im vornehmen Belgravia betraten, kam Michael Grant sofort auf sie zu. »Ah, da seid ihr ja endlich! Wir haben eine interessante Gesellschaft beisammen, fast die ganze Spielermafia aus Eton ist hier!« Michael sah Clare an, deren Blick über die dicht gedrängt stehenden Leute in Abendgarderobe schweifte. »Ist *das* Clare O'Dare?«

Die gemeinsamen Ferien in St. Tropez lagen schon ein paar Jahre zurück. Aus der kleinen mageren Clare war eine schlanke, attraktive junge Frau geworden. Ihre strahlendblauen, unergründlichen Augen erinnerten ihn an eine Meerjungfrau. An diesem Abend trug sie ein blaugrünes Chiffonkleid, das diesen Eindruck noch unterstrich.

»Du hast dich kaum verändert, Mike«, sagte Clare schüchtern. »Trotzdem wirkst du irgendwie anders.« Der breitschultrige Mann im erstklassig geschnittenen Smoking hatte eine seltsame Ausstrahlung. Clare spürte unterschwellige Gewalt und Zügellosigkeit. Mikes verhaltenes Lächeln machte Clare unsicher. Seine Nähe hatte für sie etwas Bedrohliches. In Adams Gegenwart dagegen fühlte sie sich sicher.

Adam sagte leise etwas zu seinem Bruder, das Clare nicht verstand. Clare bemerkte, wie vertraut die beiden miteinander wirkten, als sie zusammen lachten. Adam sah sich im Raum um und lachte erneut laut auf. »Es sieht aus, als sei das seit Jahren deine Wohnung, Mike!«

Der Treffpunkt wechselte allabendlich als vorbeugende Maßnahme gegen Polizeirazzien. Mike überredete Mitglieder der guten Gesellschaft, ihm gegen gute Bezahlung ihr Londoner Haus für vierundzwanzig Stunden zu vermieten. Gelegentlich gingen eine Tochter oder ein Sohn auf dieses Angebot ein, wenn die Eltern sich im Ausland aufhielten. Am Morgen danach fuhr das Umzugsunternehmen vor, das Mike ständig beschäftigte, und verfrachtete Möbel, Porzellan, Tischwäsche und Besteck zur nächsten Adresse. Mike arbeitete stets mit demselben erstklassigen Partyservice zusammen, da das Personal der jeweiligen Familie nicht als vertrauenswürdig galt.

»Komm, trinken wir ein Glas Champagner. Und dann gehen wir in die Hinterzimmer. Dort werden Roulette und Siebzehnundvier gespielt«, erklärte Adam. Er war schließlich nicht nur zum Vergnügen hier.

Adam arbeitete nun als voller Partner in der Familiensozietät. Er hatte im Vorjahr sein juristisches Examen bestanden und war mittlerweile versiert im Umgang mit Treuhandangelegenheiten und Buchhaltung, Gesetzen, Vertragsrecht und mit notariellen Dingen. Die Abende verbrachte er, wann immer möglich, am Spieltisch.

Gegen ein Uhr morgens war Clare müde und wollte nach Hause. Adam jedoch spielte noch immer Roulette. Erneut bot er Clare fünfzig Pfund, um mitzusetzen, doch Clare schüttelte den Kopf. »Ich soll Geld von einem Mann nehmen? Gran würde mich ohne mit der Wimper zu zucken vor die Tür setzen und mich enterben.«

»Unsinn. Sie liebt euch alle abgöttisch. Ihr werdet nie enterbt. Möglich, daß sie mal böse auf euch ist, aber Hunde, die bellen, beißen nicht. Du weißt, wie euer letzter Krach geendet hat: Du darfst ein Paukstudio besuchen und studieren.«

»Wenn du mich nicht bald nach Hause bringst, kann ich den morgigen Tag studienmäßig abschreiben!«

»Nur noch eine Runde«, versprach Adam.

Clare gähnte und beobachtete, wie Adam seinen Einsatz machte. Alle übrigen Gäste in diesem Raum waren ebenfalls nur auf das Spiel konzentriert.

Plötzlich wurde das Klackern der Roulettekugel von merkwürdigen Geräuschen in der Halle übertönt.

Adam wandte alarmiert den Kopf. Ohne auf seinen Gewinn zu achten, packte er Clare fest am Arm. »Klingt wie eine Polizeirazzia. Los, komm mit! Schnell!«

»Aber Adam ... mein Cape!«

Adam bugsierte Clare zur Hintertür hinaus, während sich die übrigen Gäste noch verwirrt umsahen.

»Adam, du tust mir weh!« jammerte Clare, doch Adam achtete nicht auf sie. Er riß eine Tür auf und schob Clare die Steinstufen in das Souterrain hinunter. Dort wäre sie beinahe mit einem Ober zusammengestoßen, der gerade Champagner aus der Küche heraufträg.

Kaum hatten sie den Fuß der Treppe erreicht, hörte Clare lautes Pochen an der vorderen Tür, wo sich das verängstigte Küchenpersonal versammelt hatte.

»Laß sie lieber rein, Ernie«, hörte Clare jemanden sagen, als Adam sie aus der Hintertür in den dunklen Garten zog.

»Rechts müßte eine Leiter stehen«, flüsterte Adam. »Steig hinauf und warte oben auf der Gartenmauer.«

»Aber ich kann nicht ... Mein Kleid!«

Adam packte im Dunkeln Clares Chiffonröcke und wickelte sie ihr um die Taille. »Los, rauf mit dir!«

Clare zog ihre silbernen Abendsandaletten aus ... und kletterte langsam die wackelige Leiter hinauf, die Arbeiter dort stehengelassen hatten.

»Los, beeil dich!« flüsterte Adam erregt. »Die Polizei ist schon in der Küche!«

Vorsichtig tastete Clare nach der Mauer, griff jedoch nur ins Leere.

»Schneller!«

Clare stieg zwei weitere Sprossen empor, streckte erneut die Hand aus, fühlte jedoch noch immer nichts. Die Gartenmauer schien endlos hoch zu sein.

Endlich ertastete Clares Hand die rauhe Oberfläche der Mauersteine. Unter ihr begann die Leiter gefährlich zu schwanken, als Adam mit dem Aufstieg begann. Clare wäre lieber von der Polizei erwischt worden, als sich auf dieser Leiter im Dunkeln das Genick zu brechen.

Endlich hatte Clare die oberste Sprosse erreicht. Als sie auf die Mauer kletterte, hörte sie, wie im Haus krachend Fenster aufflogen. »Zwei Männer in den Garten!« schrie eine Stimme.

Adam war jetzt neben ihr.

Da ihnen offensichtlich keine Zeit blieb, die Leiter hochzuziehen, stieß Adam sie um. Noch bevor sie auf dem Boden aufschlug, war Adam in die dunkle Sicherheit des Nachbargartens gesprungen.

»Ich bin in einem Blumenbeet gelandet!« rief er Clare leise zu. »Du mußt es riskieren. Ich kann dich nicht auffangen. Ich sehe überhaupt nichts. Um Himmels willen, spring endlich!«

Clare klammerte sich an den Mauersims. Sie zitterte vor Angst. Die Kellertür wurde geöffnet ... Beherzt sprang sie in die Dunkelheit und landete in Adams Armen.

Sie hatte kaum Zeit, Atem zu holen. Adam packte sie am Handgelenk. »Los, zur Hintertür. Die müßte offen sein.«

Adam tastete sich so schnell er konnte an der Gartenmauer entlang auf das Haus zu, das still und friedlich vor ihnen lag.

Schließlich glitten seine Fingerspitzen nach links und ... ein

Fenster … eine Backsteinmauer … eine Tür. Er fand den Knauf, drehte ihn leise nach links und drückte.

Die Tür öffnete sich.

Adam zog Clare ins Haus. Dann schloß er die Tür lautlos und schob hastig den Riegel vor.

»Adam, wir sind in ein fremdes Haus eingebrochen!« flüsterte Clare.

»Mike sorgt immer für einen Fluchtweg.«

»Aber du hast die Leiter umgestoßen. Mike konnte sie nicht mehr benutzen!«

»Wenn dir was passiert, würde deine Großmutter es mir nie verzeihen!«

»Und was machen wir jetzt?«

»Wir warten hier bis zum Morgen. Dann borgen wir uns jeder einen Mantel und spazieren durch die Vordertür hinaus und einfach an der Polizei vorbei!«

Adam legte sein Jackett um Clares Schultern. Sie ließen sich auf dem Steinfußboden der ehemaligen Spülküche nieder.

Clare zitterte im Dunkeln vor Kälte und Aufregung. Die Glücksspielparty war exakt jene Form der Dekadenz, die sie immer verabscheut hatte. Trotzdem war es aufregend und seltsam reizvoll, dekadent zu sein … wenn auch nur für wenige Stunden.

Nach jenem Abend fühlte sich Clare in Adams Gegenwart stets sicher und behütet. Es kam ihr nie der Gedanke, daß Adam ihr diese angstvollen Minuten von vornherein hätte ersparen können.

9. KAPITEL

Donnerstag, den 17. April 1958

»Frühstück im Bett hast du vermutlich gar nicht verdient«, verkündete Buzz, die ein volles Tablett in Annabels Schlafzimmer brachte, in dem die Farbe Rosa und Rüschen vorherrschten. »Wie viele Herzen hast du gestern abend wieder gebrochen?«

»O Buzz! Liebe Buzz! Bitte laß die Vorhänge zugezogen! Die Sonne ist so grell!«

»Mein liebes Kind, es ist schon fast Mittag.« Buzz zog die Vorhänge mitleidslos weiter auf und schaute in den Garten hinunter, wo Elinor unter den blühenden Bäumen im Obstgarten Buschwindröschen pflückte.

Annabel setzte sich auf und streckte die Glieder. Buzz mußte zum wiederholten Mal feststellen, daß Annabel mit ihren achtzehn Jahren ausgesprochen frühreif aussah. Von den drei Schwestern war sie der jungen Elinor am ähnlichsten. Sie hatte Elinors offenen Blick, den vollen, geschwungenen Mund, der selbst im Schlaf ständig zu lächeln schien, und das gleiche aschblonde, dichte Haar.

Ihr Debütantinnendasein lag nun hinter ihr, für Annabel war es ein großer Erfolg gewesen. Lady Rushleigh hatte sich auch in dieser Ballsaison als sehr hilfreich erwiesen. Dafür hatte Elinor nicht nur ihre Unkosten übernommen, sondern Lady Rushleigh auch jene Brillantbrosche geschenkt, die sie an Elinor so glühend bewundert hatte.

Annabel war immerzu von Männern umringt und stets bereit für einen Flirt, ob es sich um den Briefträger, den Metzgerjungen auf dem Fahrrad oder die jungen Herren aus bester Familie handelte, mit denen sie die Nächte durchtanzte. Fröhlich und frivol gestattete sich das schöne Mädchen verstohlene Zärtlichkeiten auf Balkons, in Taxis oder nach den Tanzveranstaltungen.

Annabel faszinierte die Erotik des Verbotenen. Zum ersten Mal wurde sie sich ihres Körpers richtig bewußt. So müde sie auch nach einer Party sein mochte, allein der Arm eines Mannes um ihre Taille oder die warme, männlich kräftige Hand auf der nackten Haut ihrer Schulter, die die dünnen Träger ihres Kleides beiseite schob, um ihre festen Brüste zu berühren, belebten und elektrisierten sie. Sie genoß das berauschende Schwindelgefühl und das Kribbeln in der Magengegend und mußte sich zwingen, diese Annäherungsversuche rechtzeitig zu beenden.

Im Rausch des Flirts gewährte Annabel gelegentlich Freizügigkeiten, die sie zu Beginn des Abends noch strikt abgelehnt hätte. So kam es gelegentlich, daß sich die Hand eines jungen Mannes unter ihre Röcke verirrte, sich über ihr wohlgeformtes Knie und die Satinstrapse weitertastete, bis sie zwischen Annabels bebende Schenkel glitt. Hier allerdings wurde der junge Mann unsanft in seine Schranken gewiesen und mußte, in höchstem Maße erregt und schmerzlich frustriert, das Weite suchen.

»Zeit zu packen!« erinnerte Buzz Annabel streng und wandte sich wieder dem Fenster zu.

Vom Obstgarten sah Elinor zu Annabels Fenster auf und winkte Buzz zu. In ihrer Gartenkleidung hatte sie rein äußerlich nichts mit der eleganten, schillernden Legende als Schriftstellerin gemein, die sie seit Billys Tod in der Öffentlichkeit verkörperte. Buzz hatte Elinors Verwandlung mit Erstaunen verfolgt: Nell war aufgeblüht, plötzlich eine selbständige, sehr erfolgreiche Frau geworden.

Ihr amerikanischer Verleger hatte sie zu einer Publicitytour eingeladen. Dort sollte sie ihre amerikanische Leserschaft kennenlernen und Autogrammstunden geben. Elinor wollte zusammen mit Annabel nach New York fliegen, der ersten Station ihrer Reise.

Annabel gähnte. »Buzz, hat eigentlich jemand Harry sein Frühstück gebracht?«

Buzz schnaubte verächtlich und stellte das Tablett auf Annabels Schoß. Dann köpfte sie Annabels Ei mit einem unnötig heftigen Messerhieb, der nur allzu deutlich ausdrückte, was sie von diesem Harry hielt.

»Schlag dir diesen Jungen aus dem Kopf«, riet Buzz ihr barsch.

»Ich weiß wirklich nicht, was du gegen Harry hast, Buzz. Du kennst ihn doch kaum«, protestierte Annabel. Sie war Buzz' ständige Belehrungen über die Gefahren der Liebe leid.

Buzz schenkte sich eine Tasse Kaffee ein und setzte sich auf die Bettkante. »Den Typ kenne ich, Herzchen. Er ist ein Don Juan! Harry liebt dich nicht, mein Kleines. Harry liebt niemanden. Natürlich ist er Mädchen gegenüber sehr nett. Mit Speck fängt man schließlich Mäuse! Wie ich Harry einschätze, hetzt er von Abenteuer zu Abenteuer, um sich zu beweisen, was für ein toller Hecht er ist.« Sie runzelte die Stirn. »Ich habe nie begriffen, warum ein Mann als Held gilt, der möglichst viele Frauen gehabt hat, während im umgekehrten Fall eine Frau sofort als männermordende Nymphomanin abgestempelt wird.«

»Woher weißt *du* soviel über Männer, Buzz?«

Es erstaunte sie noch immer, daß Ginger Higby sie vor vielen Jahren so eindeutig anderen Frauen vorgezogen hatte. Sie hatte all seine Briefe aufbewahrt, und seine Mutter hatte ihr zwei Kinderfotos von ihm geschenkt. Der dicke Briefumschlag, der die Erinnerungen an ihre einzige Liebesbeziehung enthielt, spendete ihr Trost.

Die Sehnsucht nach Ginger hatte Buzz nach seinem Tod dazu verleitet, sich selbst zu berühren. So hoffte sie, die längst vergangenen Augenblicke der Leidenschaft mit Ginger am Leben zu erhalten. Zu ihrem Erstaunen hatte sie auf diese Weise einen erotischen Höhepunkt erlebt, der eigentlich die Krönung des stets abrupt abgebrochenen Liebesspiels mit Ginger hätte sein sollen. Aber ohne ihn quälten sie Schuldgefühle. Buzz war der Meinung, daß es ein verbotenes Spiel war. Doch weshalb, fragte sie sich, sollte sie auf körperliche Gefühle verzichten, nur weil irgendein schießwütiger Soldat ihr den Mann geraubt und damit eine Leere in Buzz' Leben hatte entstehen lassen, die sie selbst in der Zeit vor Ginger nie empfunden hatte?

Als sie die hübsche Annabel ansah, die jeden Jungen haben konnte, den sie haben wollte, seufzte Buzz und sagte: »Ich kenne Draufgänger wie Harry, weil ich Augen im Kopf habe, Miss ... Die Harrys dieser Welt kümmern sich nicht um alte Schachteln wie mich. Und sie merken nicht, daß ich sie beobachte.« Harry erinnerte Buzz fatal an Billy.

In diesem Moment flog die Tür auf, und Miranda stürmte ins Zimmer. Sie trug eine Hose mit Schottenmuster und einen schwarzen Pullover. Ihr dichtes, schulterlanges Haar glänzte feuerrot.

»Na, was sagt ihr jetzt? Gefällt es euch?« Miranda schüttelte das Haar mit raschen Kopfbewegungen. »John French. Hat ein Vermögen gekostet ...«

Annabel war beeindruckt. »Gran bringt dich um!«

»Ordinär!« schnaubte Buzz verächtlich. »Wasch das besser wieder raus, bevor deine Großmutter dich sieht.«

»Geht nicht. Es ist gefärbt«, entgegnete Miranda triumphierend.

»Dann bringt sie dich wirklich um«, stellte Annabel bewundernd fest. »Gefärbtes Haar ist nicht ladylike.«

Miranda wurde trotzig. »Gran ist achtundfünfzig, hat kein einziges graues Haar, sondern ist blond wie Marilyn Monroe. Gran geht auch zu John French!«

Clare stieß die Tür auf. »Hier seid ihr alle! Was gibt es denn?«

»Wir reden über die Liebe.« Annabel räkelte sich wohlig. »Liebe, das ist ein Gefühl, als würde man fliegen, hätte massenweise Energie und nie das Bedürfnis zu schlafen!«

Buzz, die das nicht vergessen hatte, nickte. »Kein Wunder,

daß sich jede Frau danach sehnt. Auf diese Weise haben sie wenigstens was Aufregendes, an das zu denken es sich lohnt, während sie all die langweiligen Dinge tun, die Frauen eben tun ... und das ist es, was eurer Großmutter am Herzen liegt.«

»Gran?« entfuhr es Annabel mit vollem Mund. »Wie denn das?«

»Wenn eine Frau in einem Roman von einem aufregenden Mann liest, vergißt sie, daß sie keinen oder nicht den richtigen Mann hat. Sie verliebt sich ein bißchen in den Romanhelden ... Den gibt es zwar nicht, aber die Gefühle der Frauen für ihn sind durchaus echt und machen sie glücklich.«

»Das ist auch der einzige Zweck dieser Liebesromane«, bemerkte Clare gereizt. »Man kann sich einbilden, es sei wie im richtigen Leben.«

Buzz nickte. »Manche Frauen sind geradezu süchtig nach Liebe und Romantik. Und bevor sie ohne sie auskommen müssen, nehmen sie lieber ein Buch als Ersatz ... Das ist die Sorte Frauen, die hoffnungsvoll auf eine Party geht, um dem Traumprinzen zu begegnen, und dann völlig frustriert ist, wenn er nicht erscheint.«

»Ich will keinen Prinzen«, erklärte Clare energisch. »Nur einen ehrlichen, vertrauenswürdigen, hilfsbereiten, sensiblen ... Mann.«

»Klingt stinklangweilig.« Annabel leckte sich die Butter von den Fingern. »Ich will einen, der stark, faszinierend, dynamisch und ein bißchen geheimnisvoll ist!«

»Ich will einen Mann der Tat«, verkündete Miranda. »Einen romantischen Helden wie ...«

»Adelig? Reich? Mächtig?« fragte Buzz. »Gutaussehend, groß, blauäugig?«

»Blaue Augen müssen es nicht unbedingt sein«, schränkte Annabel ein.

»Und was habt ihr diesem perfekten Mann – vorausgesetzt, es gibt ihn – überhaupt zu bieten?« erkundigte Buzz sich sarkastisch. »Seid ihr die Traumfrauen?«

»O Buzz. Wir haben uns so nett über die Liebe unterhalten, und jetzt redest du wieder mit dem erhobenen Zeigefinger.« Annabel gähnte.

»Ich versuche nur, dich ein bißchen zur Vernunft zu bringen, bevor der aufregende Herzensbrecher Harry aufwacht.« Buzz griff nach dem Tablett. »Den perfekten Mann gibt es nicht. Und aufregende Männer stürzen Frauen nur ins Unglück.« Sie dachte erneut an Billy.

Montag, den 21. April 1958

Im fensterlosen Konferenzzimmer der Nachrichtenredaktion von *New York TV* roch es nach Nikotin und abgestandenem Kaffee. Daran änderte auch der Ventilator nichts.

Ein Mädchen im übergroßen Herrenhemd über ihrem engen Rock öffnete die Tür und gab Elinor ein Zeichen. Elinor stand auf. Sie hatte Herzflimmern, wirkte jedoch äußerlich gelassen und selbstbewußt. In ihrem apricotfarbenen Seidenkleid von Christian Dior mit dem passenden leichten Mantel war sie zeitlos gut gekleidet. Das blonde Haar trug sie aufgesteckt. Mit Hilfe eines ausgewogenen Diätplans hatte sie ihr Jungmädchengewicht gehalten. Kosmetische Chirurgie der besten Adresse hatte das übrige getan. Nur einige Fältchen in den Mundwinkeln ließen ihr wahres Alter erkennen.

»Viel Glück!« wünschte die Presseagentin von Elinors amerikanischem Verlag.

»Zeig es ihnen!« ermunterte Annabel die Großmutter. Annabel war stark geschminkt und trug ein silbriges, schmales Hemdkleid.

Im Studio stellte der junge blonde Fernsehjournalist mit der charismatischen Ausstrahlung Elinor als die diesjährige Preisträgerin des *International Romance Writers Award* vor, bevor er sie, wie erwartet, als erstes nach dem Geheimnis ihres Erfolgs fragte.

Elinor schenkte ihm ein strahlendes Lächeln. »Wenn man einen guten romantischen Liebesroman schreiben will, muß man selbst romantisch empfinden, romantisch aussehen und romantisch sein!«

»Es gibt Leute, die bezeichnen Ihre Bücher als literarischen Schund. Wie stehen Sie dazu?«

Die Presseagentin des Verlags hatte Elinor vorgewarnt. Sie wußte, daß Scott Svenson aufmerksam zuhören und ihr möglicherweise jedes Wort im Mund herumdrehen würde. Er galt als jemand, der es niemandem leichtmachte, war jedoch unbestritten der beste Interviewer des Senders. Elinor lächelte unbeirrt. »Millionen Leser sind da anderer Ansicht. Und Bücher, die heute als Klassiker gelten, sind zu ihrer Zeit häufig als ›Schund‹ bezeichnet worden ... Charles Dickens' Werke erschienen als Fortsetzungsromane in populären Magazinen, und Thomas Hardys Bücher wurden auch als ›Mist‹ diffamiert. Selbst Shakespeare wurde – als er noch ein junger Auftragsschriftsteller war – von seinen Zeitgenossen vorgeworfen, nur nach kommerziellem Erfolg zu schielen.«

»Und was ist für Sie Erfolgsliteratur?«

»Die Zutaten für einen guten Roman sind so schlicht und einfach wie die Zutaten zu einem Soufflé«, antwortete Elinor freundlich. »Es gehören gut gezeichnete Charaktere, eine glaubhafte, geschickt konstruierte, gründlich recherchierte Geschichte und leicht lesbare Dialoge dazu. Ich versuche, mich auf das Wesentliche zu konzentrieren, mache kurze Absätze, gehe rationell mit meinen Adjektiven um und verzichte auf jedes überflüssige Wort.«

»Ihre Sexszenen gelten als reichlich ›fade‹!«

»Meine Bücher enthalten *Liebesszenen*, aber nie Sexszenen. Ich sehe keine Notwendigkeit darin, zum Voyeur in den Ehebetten meiner Heldinnen zu werden. Wir wissen schließlich alle, was dort geschieht.«

»Man hat Ihnen besonders in diesem Punkt einen fehlenden Wirklichkeitssinn vorgeworfen!«

»Wirklichkeit, das ist das letzte, das meine Leser wollen. Davon haben sie im täglichen Leben genug. Meine Geschichten entführen die Leser sozusagen in Ferien vom Alltagstrott.«

Zäh und routiniert, so urteilte Scott nach den ersten Minuten mit Elinor. Was konnte er tun, um diese lächelnde Fassade zu knacken? Er startete einen neuen Versuch. »Obwohl Sie in der Welt der Liebesromanzen daheim sind, haben Sie nie mehr geheiratet. Warum gibt es keinen Mann in Ihrem Leben?«

Elinor blieb geduldig. »Es wird einen Mann in meinem Leben geben, wenn ich der Meinung bin, daß es ihn geben sollte«, antwortete sie. »Genau wie die Heldin in meinem neuen Roman *Liebeskummer auf Jamaica* ...«

Schließlich war Elinors Fernsehauftritt Teil der Werbekampagne für ihren neuesten Titel auf dem Buchmarkt.

Annabel und ihre Großmutter verließen das Konferenzzimmer des Senders in dem Augenblick, als der Moderator aus der Studiotür trat.

Scott blieb stehen. »Hallo!« Er schenkte den beiden jenes lässige Jungengrinsen, das Tausende von Frauen veranlaßte, den Ehemann daran zu hindern, auf ein anderes Programm umzuschalten.

»Sie waren großartig, Miss Dove«, sagte Scott artig. »Ist das Ihre Tochter?« Scott war nicht sicher, ob er zu dick auftrug. »Vielleicht ... Das Plaza ist gleich um die Ecke. Darf ich Sie zu einem Drink einladen?«

»Danke. Aber wir sind nach der langen Reise ziemlich müde.« Elinor eilte aus dem Zimmer. Sie war während des gesamten Interviews innerlich nervös und angespannt gewesen.

Annabel zögerte. Sie hatte an ihrem ersten Abend in New York keine Lust, gleich ins Bett verfrachtet zu werden. »Warum kommen Sie nicht auf einen Drink in unsere Suite? Wir wohnen im Plaza!«

Auf dem Weg dorthin erfuhr Elinor, daß sie eine natürliche Begabung für Fernsehauftritte habe, Scott ihr jedoch einige professionelle Tricks verraten wolle. »Ich habe gleich gemerkt, daß Sie aus dem mittleren Westen stammen«, fügte er hinzu. »Und zwar nicht nur wegen des Akzents; Ihre direkte, ungekünstelte Art verrät Sie.«

Elinor strahlte ihn offen an. »Und ich habe sofort gemerkt, daß Sie auch daher kommen. Mir war klar, daß ich Ihnen kein X für ein U vormachen kann.«

Als die Champagnerflasche leer war, hatte Elinor Scott gründlich ausgefragt, was letzterer hatte amüsiert geschehen lassen.

Scott stammte aus Cleveland, Ohio. Bereits während des Abschlußjahrs an der High-School hatte er angefangen, für die Schülerzeitung zu schreiben, und auf dem College dann Kommunikationswissenschaften belegt. Anschließend war er als Volontär zu einer Tageszeitung in Cleveland gegangen und dort später als freier Mitarbeiter in die Redaktion für Außenpolitik übernommen worden. Als einer der lokalen Fernsehsender einen billigen, schnellen und kompetenten Rechercheur suchte und besser zahlte als die Zeitung, hatte Scott angenommen. Nach und nach war er dort zum eigenverantwortlichen Reporter aufgestiegen.

Scott ließ allerdings unerwähnt, daß sein jungenhaft gutes Aussehen und gewinnender Charme ihm den gar nicht nett gemeinten Spitznamen »Schönling« eingetragen hatten.

Er hatte das Glück gehabt, die ersten Fernsehauftritte in einer Zeit zu absolvieren, als sämtliche Fernsehsender vorrangig die jugendlichen Zuschauer umwarben und alle Nachrichtensprecher und Redakteure über fünfunddreißig heimlich ihre Tränensäcke operieren ließen. Mit seiner Ausbildung und Erfahrung auf dem richtigen Gebiet war Scott gerade zum richtigen Zeitpunkt, nur nicht ganz am richtigen Ort auf dem Bildschirm erschienen. Ein Jahr später bewarb er sich daher als Nachrichtenjournalist bei einem der Lokalsender in New York City. Dort überraschte er den Direktor mit bissigen und sorgfältig recherchierten Beiträgen und beinharten Interviews. Vor wenigen Monaten hatte man ihm die Chance gegeben, vertretungsweise als Nachrichtensprecher und Moderator persönlich auf dem Bildschirm zu erscheinen.

Gegen Mitternacht war Elinor schlafen gegangen. Scott und Annabel, die versprochen hatten, es nicht zu spät werden zu lassen, tranken noch ein Gläschen zusammen.

Eine Stunde später unternahmen sie in einer der schwarzen Pferdedroschken, die ständig vor dem Plaza auf Kunden warteten, eine Fahrt durch den Central Park. Scott küßte zärtlich Annabels Nasenspitze und überlegte, wie er sie überreden konnte, in New York zu bleiben.

Schließlich kam ihm die rettende Idee. »Warum versuchst du nicht dein Glück bei einer Modelagentur?« murmelte er dicht an ihrem Ohr. »Ich kann dir einen Termin beim besten Agenten der Stadt verschaffen!«

»Alle Mädchen, die ich kenne, wollen Stewardessen oder Models werden«, seufzte Annabel. »Ich weiß nicht, ob Gran das überhaupt erlaubt.«

»Dann frag sie lieber erst gar nicht.«

Am nächsten Morgen saß Annabel einer eleganten Mittvierzigerin im beigen Gabardinekostüm gegenüber. Die Wand hinter ihrem Schreibtisch war mit Danksagungen an die Agentur übersät. Von Scott hatte Annabel die wesentlichen Informationen über die *Bates Model Agency* bekommen. Das alteingesessene Unternehmen wurde vom Ehepaar Moses und Jenny Bates erfolgreich geführt. Während sich Mrs. Bates um die Auswahl und Betreuung der Fotomodelle kümmerte, war ihr Mann für die Vermittlung und die Verträge zuständig. Erfahrung hatte das Ehepaar Bates gelehrt, daß es einfacher war, die schönsten Frauen der Welt zu vermitteln, als sie zu finden.

Die Bates' begutachteten jährlich etwa fünftausend Bewerberinnen und veranstalteten in Amerika und Europa Talentwettbewerbe. Blondinen waren sehr beliebt, und die attraktivsten gab es in Deutschland und Skandinavien. Vor allem die Kosmetikindustrie war bereit, hohe Summen für ein exquisites neues Gesicht zu bezahlen. Auch wenn sie sich über die hohen Gebühren der Bates-Agentur beklagten, nahmen sie deren Hilfe doch immer wieder gern in Anspruch, weil es die günstigste Möglichkeit war, an Mädchen heranzukommen, die in jeder Beziehung dem gewünschten hohen Standard genügten.

»Lassen Sie vorerst die Augenbrauen, wie sie sind ... Wir bürsten sie nur ein wenig. Ich will erst sehen, wie sie auf dem Foto wirken«, erklärte Mrs. Bates. Sie klopfte mit dem Bleistift gegen die obere Reihe von Annabels Zähnen und betrachtete sie aufmerksam. »Waschen Sie sich im Badezimmer das Gesicht. Ich möchte Sie ohne Make-up sehen.«

Als Annabel zurückkehrte, unterzog Mrs. Bates sie einer erneuten Prüfung und nickte dann kurz. »Wir machen ein paar Probeaufnahmen. Jenny arrangiert einen Termin für heute nachmittag.«

Als Mrs. Bates schließlich Annabels Fotos in den Händen hielt, lächelte sie und bat Annabel telefonisch zu einem zweiten Gespräch.

Jenny Bates lehnte sich über ihren weißen Schreibtisch. »Machen Sie sich bitte nichts vor. Der Job eines Models ist kein Kinderspiel und besteht auch nicht nur aus Glanz und Glitzer. Kaum ein Prozent der Anfängerinnen hat sofort Erfolg, und wenn ein Girl erfolgreich ist, dann kaum wegen ihrer Schönheit, sondern weil sie aus unerfindlichen Gründen plötzlich von einer Werbeagentur als ›das andere Gesicht‹ oder ›die für diesen Moment Richtige‹ angesehen wird. Und wenn sich ein Model von allen übrigen unterscheiden soll«, fügte Mrs. Bates hinzu, »braucht es das ganz bestimmte Etwas, eine einmalige Eigenschaft, die andere Models eben nicht haben.«

Jenny Bates fragte sich, ob Annabel ausgerechnet diejenige war, die über diese besonderen Qualitäten verfügte. Sie war schön, hatte weiblichen Charme und jene unverwechselbare Ausstrahlung der Mädchen aus guter, wohlhabender Familie.

Ihre aquamarinblauen Augen waren überaus ungewöhnlich, genau wie der große, sinnliche Mund, der in ihrem schmalen Gesicht eigentlich deplaziert hätte wirken müssen. Während sanfte Katzenfrauen wie Leslie Caron, Audrey Hepburn und Brigitte Bardot en vogue waren, wirkte Annabel eher wie eine Wildkatze.

»Bitte stehen Sie auf und gehen Sie zur Tür«, ordnete Mrs. Bates an. Sie beobachtete Annabel aufmerksam. Das Mädchen war alles andere als ein Glamourgirl. Sie mußte umgehend zurechtgetrimmt werden. Allerdings durfte dadurch die Ausstrahlung jugendlicher Unbeschwertheit nicht verlorengehen.

Wenn das gelang, war sie vermutlich genau die Richtige für AVANTI. AVANTI suchte ein Gesicht, das exklusiv nur für ihre Produkte werben sollte. Die Firma war bereit, diesen Verzicht des Models entsprechend zu honorieren, um zu verhindern, daß ein solches Gesicht auch von der Konkurrenz eingesetzt wurde. AVANTI hatte dabei eine klassisch skandinavische Blondine im Sinn gehabt. Alle Kosmetikfirmen waren der Meinung, Blondinen könnten alles gut verkaufen. Annabel war keine klassische Blondine. Dazu war ihre Haarfarbe zu dunkel. Ein paar blondierte Strähnen allerdings würden nach Mrs. Bates Einschätzung denselben Effekt haben.

AVANTI hatte sich mittlerweile einen Marktanteil erworben, der die Firma in direkte Konkurrenz mit dem Markenführer Revlon brachte. AVANTI hoffte daher, Revlon mit der nächsten Werbekampagne zu übertreffen.

Ein von AVANTI gesetztes Kriterium erfüllte Annabel schon jetzt: Sie kam aus guter Familie. Der Vertrag, den AVANTI anbot, enthielt eine sogenannte Moralklausel, die das Model verpflichtete, sich in keinen Skandal verwickeln zu lassen, der die AVANTI-Promotion negativ beeinflussen könnte. Andernfalls galt der Vertrag als fristlos gekündigt.

Für den folgenden Tag setzte Mrs. Bates einen Friseurtermin für Annabel an. Dabei sollten die Strähnen eingefärbt und verschiedene Frisuren ausprobiert werden. Außerdem benötigte Annabel für die Vorstellungsgespräche bei AVANTI unbedingt ein attraktiveres Outfit als das dottergelbe Hemdblusenkleid, das sie trug. Mrs. Bates beschloß daher, vom Friseur aus mit Annabel direkt zu einem Modesalon zu gehen.

Jenny Bates war sich noch nicht ganz sicher, ob sie wirklich die nächste Nummer eins unter den Models entdeckt hatte, und fragte: »Müssen Sie morgen wirklich nach Chicago?«

Mittwoch, den 23. April 1958

»Irgend etwas muß mir gestern nicht bekommen sein ... vielleicht die Austern«, stöhnte Annabel, die am Vorabend absichtlich das Muschelgericht gewählt hatte. Sie wußte, daß nur eine harmlose Erkrankung Elinor dazu bringen würde, ihre Enkelin allein in New York zurückzulassen. Ihre Autogrammtour konnte Elinor unmöglich absagen.

Der Hotelarzt runzelte die Stirn. »Ich kann nichts Gravierendes feststellen. Aber Erbrechen und Durchfall sind natürlich Symptome, die man ernst nehmen muß. Ihre Enkelin sollte jedenfalls noch nicht reisen. Lassen Sie sie lieber hier, hier im Plaza ist sie bestens versorgt. Ich sehe täglich nach ihr und halte Sie auf dem laufenden.«

Die Presseagentin des Verlags warf dem Arzt einen dankbaren, erleichterten Blick zu. Sie wollte um jeden Preis verhindern, daß Elinor den Flug nach Chicago versäumte.

»Aber ich kann das Kind doch nicht allein in New York lassen!« jammerte Elinor. »Besonders nicht in diesem Zustand!« Trotzdem zögerte sie. Sie wußte, wie sorgfältig und von langer Hand die aufwendige Werbetour geplant worden war.

»Ihre Enkelin ist keinesfalls ernsthaft erkrankt«, beruhigte der Arzt sie. »In ein paar Tagen ist sie wieder auf den Beinen.«

»Nein, ich kann Annabel unmöglich allein lassen«, entschied Elinor.

»Aber die Empfänge und Autogrammstunden ... Sie können doch Ihre Fans nicht enttäuschen!« drängte die Presseagentin.

Elinor schüttelte den Kopf.

»Tut mir leid.«

»Kannst du nicht Buzz bitten, mit dem nächsten Flugzeug zu kommen?« fragte Annabel. »Obwohl ... bis sie hier ist, bin ich vermutlich schon bei dir in Chicago.«

Elinor dachte nach. »Das ist eine Möglichkeit ...« Sie ging zum Telefon.

Am anderen Ende erklärte sich eine verblüffte Buzz bereit, so schnell wie möglich nach New York zu fliegen, und beharrte dann darauf, selbst mit Annabel über deren Krankheitssymptome zu sprechen. »Sei ein braves Mädchen und leg dich mit einer Wärmflasche ins Bett, bis ich da bin.«

»Mach' ich«, versprach Annabel, bei der sich plötzlich Gewissensbisse meldeten.

Annabel wartete im Bett ab, bis die Maschine mit Elinor nach Chicago gestartet war. Dann warf sie die Decke zurück, zog hastig das Nachthemd aus und begann, wild und ausgelassen im Zimmer herumzutanzen. Sie war frei! Sie war allein in New York! Allein im Plaza!

Annabel lief zum Fenster und sah auf die grünen Baumkronen des Central Park hinunter. Bei den Pferdedroschken glitzerte ein Brunnen in der Sonne. Dahinter brandete das aufregende Leben der Fifth Avenue, und einige Häuserblocks weiter lag die Modelagentur Bates, wo sich ihre Zukunft, vielleicht ihr Leben entscheiden würde!

Jenny Bates hatte keine Ahnung, daß Annabel eine Krankheit vorgeschoben hatte, um in New York bleiben zu können. Sie wußte, daß Annabel kein Bargeld hatte, im Plaza allerdings alles für sie bezahlt wurde.

Später am Vormittag betraten Mrs. Bates und Annabel einen exklusiven Modesalon. Die Modelagentur Bates kam, in der Hoffnung auf zukünftige Honorare, für Annabels neue Garderobe auf.

Mittags rief Annabel Buzz an. Sie hoffte, daß es nicht schon zu spät war, ihr die Reise nach New York auszureden. Sie erklärte Buzz, daß sie wieder einigermaßen gesund sei und wahrscheinlich am darauffolgenden Tag zu Elinor nach Chicago reisen könne.

»Dem Himmel sei Dank«, seufzte Buzz. »Du hast uns wirklich einen Schrecken eingejagt. Ich hätte sowieso erst für morgen einen Flug nach New York bekommen ... Halte dich warm und tu, was der Doktor sagt.«

»Keine Sorge«, versprach Annabel und machte sich auf den Weg zu Saks.

Am Morgen darauf schlenderte Annabel nach einem weiteren herrlichen Einkaufsbummel im frühlingshaften Sonnenschein die Fifth Avenue hinunter zur scharlachroten Tür des Elizabeth-Arden-Schönheitstempels, wo sie zur Behandlung angemeldet war. Fünf Stunden später trat Annabel wieder auf die Straße. Sie war perfekt zurechtgemacht, trug falsche Wimpern und Nägel und hatte eine Karte in der Tasche, auf der ihr persönliches Make-up-Schema detailliert beschrieben war. Ihr Haar hatte einen neuen Schnitt und blonde Strähnen bekommen. Roberto hatte außerdem eine Perücke und zwei Haarteile – unter anderem einen Nackenknoten – für sie entworfen, deren Anfertigung jedoch drei Wochen dauern sollte.

Annabel hastete zum Plaza zurück, rief Buzz vor dem Schlafengehen an und erklärte, sie fühle sich fit, Elinor nach Chicago zu folgen.

»Das sind gute Nachrichten«, sagte Buzz. »Schade, daß ich nicht selbst mit Nell sprechen kann ... Es dauert Stunden, bis man durchkommt.«

»Ich richte Gran deine Grüße aus«, erwiderte Annabel.

Am Abend, als Elinor anrief, setzte Annabel ihre Verzögerungstaktik fort und verschob ihre Abreise auf den darauffolgenden Tag. Angesichts der Tatsache, daß jede Mutter auch Tochter gewesen ist, ist es immer wieder verwunderlich, wie leicht Frauen zu hintergehen sind. Jedenfalls handelte Annabel einen weiteren Tag in New York heraus, während sie auf das Ende von Scotts Sendung wartete.

Am nächsten Tag kehrte Annabel schon früh zum Schönheitstempel von Elizabeth Arden zurück, um sich ihrem Körper zu widmen. Hierbei brachte die Gymnastikexpertin Annabel Übungen für Muskeln bei, deren Existenz sie nicht einmal geahnt hatte, um sie in Form zu bringen. Außerdem wurde Annabels Haltung korrigiert; sie lernte einige Entspannungsübungen und wie man sich am vorteilhaftesten bewegte.

»Mir war nie klar, daß es ein Fulltime-Job ist, schön zu sein«, gestand Annabel Scott am Abend, als sie in der Bar des Plazas ein paar Martinis tranken.

Scott musterte sie amüsiert und überrascht zugleich. Innerhalb von vier Tagen schien sich Annabel in eine größere, paradoxerweise zugleich ungestümere und doch elegantere Annabel verwandelt zu haben. Sie wirkte weiblich sanft und doch wach und lebendig.

Diese Ausstrahlung verhaltener Wildheit und Selbstsicherheit war das, was Annabel von anderen Models unterschied. Jenny Bates hoffte, daß sich das auch in Film und Foto vermitteln ließ. Und damit verkörperte Annabel, wie Mrs. Bates ahnte, genau die Frau, die dem Zeitgefühl am nächsten kam: das weibliche Ideal der sechziger Jahre.

Mrs. Bates entschied, daß ihre Neuentdeckung vor der Präsentation bei AVANTI ihre Befangenheit abgelegt und Erfahrung vor der Kamera sammeln mußte. Damit wollte sie verhindern, daß durch Unerfahrenheit ein Teil von Annabels sehr persönlicher Ausstrahlung verlorenging. Als sie gerade Annabels neue Fotos begutachtete, rief ein aufgeregter Fotograf in der Agentur an. Ein Model war während eines Fototermins in seinem Studio erkrankt, und er brauchte umgehend Ersatz. Der Kunde bestand auf einer Blondine.

»Würden Sie es mit einer sehr vielversprechenden Anfängerin probieren?« fragte Mrs. Bates.

»Schicken Sie sie mir. Aber schnell.«

Bei ihrem ersten Engagement war Annabel steif und nervös. Ihre Gliedmaßen waren plötzlich schwer und ungelenk. Jede Bewegung kostete sie Überwindung.

»Ganz locker bleiben!« sagte der Fotograf, der das seit dreißig Jahren predigte. »Vergessen Sie alles, bis auf die Kamera. Ignorieren Sie alle anderen im Studio. Sehen Sie die Kamera an, reden Sie mit ihr, lächeln Sie sie an, als seien Sie in sie verliebt.« Es war ihm klar, daß er mit Glück den Termin gerettet hatte, und er war sich trotzdem bewußt, daß die Arbeit mit einer Anfängerin auf Kosten der Qualität der Aufnahmen gehen würde.

Neulinge galten im Geschäft als leichte Beute, hatte Scott Annabel am Abend im *Café des Artistes* erklärt. »Junge, unerfahrene Models sind ein gefundenes Fressen für geile Fotografen«, warnte er. »Besonders für die älteren Semester.«

»Dann solltest du gut auf mich aufpassen!«

»Auf Schritt und Tritt«, versicherte Scott ihr.

»Ein Glück für mich«, hauchte Annabel, klapperte mit den Wimpern und ignorierte Scotts Warnung. Sie hatte mit älteren Männern nie Probleme gehabt. Sie wickelte sie genau wie die jüngeren um den kleinen Finger. An Scott reizte sie besonders, daß er sich standhaft weigerte, sich auf diese Weise betören zu lassen. Außerdem besaß er die erfrischende Eigenschaft, sie nicht bevormunden zu wollen, war der erste Mann, mit dem sie ebenso offen reden konnte wie mit ihren Schwestern. Außerdem konnte man mit ihm herrlich lachen. Und er sah in Wirklichkeit sogar noch besser aus als auf dem Bildschirm.

Was Annabel von New York zu sehen bekam, sah sie auf dem Weg zu ihren Fototerminen durch die Fenster der typischen gelben Taxis. Besonders liebte sie den Anblick des silbrig glänzenden spitzen Turms des Chrysler-Gebäudes, der aussah, als habe ihn der Zauberer von Oz geschaffen. Obwohl einige Teile der City geradezu atemberaubend ungewöhnlich waren – es gab dort Apartmenthäuser, auf denen ägyptische Tempel, gotische Türme oder arabische Moscheen standen –, fand sie das übrige Manhattan unattraktiv, laut, überbevölkert und schmutzig. Trotzdem nahm Annabel die hektische Betriebsamkeit in den Straßen begeistert in sich auf. Ständig heulten Feuerwehrsirenen, und aus manchen Kanaldeckeln quoll Dampf wie aus einer unterirdischen Hölle. Das bunte Gemisch von Nationalitäten, Hautfarben und Religionen schuf eine Atmosphäre ungewöhnlicher Toleranz: In New York City konnte man tatsächlich tun und lassen, was man wollte.

Nach dem fünften Hausbesuch sah der schmale, dürre Hotelarzt Annabel über seine Brille hinweg an und sagte ziemlich reserviert, er könne trotz ihrer Symptome keine Krankheit bei ihr feststellen und wolle ihre Großmutter entsprechend unterrichten.

»Sie werden sie kaum erreichen«, warnte Annabel. »Gran ist in Chicago. Danach reist sie weiter nach Los Angeles. Den ganzen Tag hält sie Vorträge oder gibt Autogrammstunden. Und am Abend finden Empfänge statt. Sie kommt offenbar kaum zum Luftholen.« Bei Elinors Telefonaten mit Annabel hatte sie müde geklungen. Ihr amerikanischer Akzent war deutlich hörbar gewesen, was bei ihr ein Zeichen von Erschöpfung war.

Bei Elinors nächstem Anruf erklärte Annabel sich für gesund und sagte, daß sie in New York bleiben wolle. Es gäbe so viel zu tun: Das *Metropolitan* böte eine Vortragsreihe über Impressionisten an, und beim Tee im *Palm Court* habe sie ein nettes Mädchen kennengelernt, das Geschichte studiere. Sie wolle noch mehr Menschen in dieser Stadt kennenlernen. Könnte Elinors Verleger ihr nicht behilflich sein?

Nach kurzer heftiger Diskussion gab Elinor nach. »Mein Leben hier ist wirklich kein Zuckerlecken. Von Vergnügen keine Spur ... es ist alles nur ermüdend.«

»Siehst du, Gran. Warum willst du mir das auch noch zumuten?«

»Vielleicht ist es tatsächlich besser, du bleibst in New York ... Ich bin froh, daß du nicht allein bist, Kleines. Hast du eigentlich mal wieder etwas von diesem charmanten Fernsehreporter gehört?«

»Ich habe gestern mit ihm zu Mittag gegessen«, antwortete Annabel so neutral wie möglich. »Er hat mir das Studio gezeigt.«

»Du klingst so merkwürdig! Hast du noch Fieber?« fragte Elinor besorgt. »Bist du sicher, daß du alles überstanden hast?«

»Ja, natürlich«, versicherte Annabel ihr. »Ich mache schon lange Spaziergänge. Bewegung an der frischen Luft tut gut. Und es gibt so viel zu sehen!« Und jetzt sei still, ermahnte sie sich. Miranda behauptete, stets zu wissen, wenn Annabel schwindelte. Sie redete dann zuviel und zu schnell.

In Wirklichkeit sah Annabel Scott längst nicht so häufig, wie sie gehofft hatte. Er schien von zehn Uhr morgens bis zum Sendeschluß um elf Uhr abends ununterbrochen zu arbeiten. In den Pausen waren die Treffen mit ihm immer nur kurz. Nach Sendeschluß jedoch zeigte Scott Annabel das Nachtleben von New York: Sie besuchten dunkle Bars, wo Pianisten Gershwin spielten, spärlich beleuchtete, verrauchte Jazzkeller oder Partys.

Zu Beginn ihrer zweiten Woche in Manhattan hatte Annabel gelernt, sich vor der Kamera entspannt zu bewegen. Sie bevorzugte Studioaufnahmen, weil es bei Außenaufnahmen ständig Probleme zu geben schien. Wenn die Lichtverhältnisse akzeptabel waren, war bestimmt etwas Wichtiges im Studio vergessen worden.

Annabel mußte jedoch überrascht feststellen, daß es ausgesprochen anstrengend war, sich den ganzen Tag ständig umzuziehen. Dabei durfte ihr Gesicht am Ende eines arbeitsreichen Tages keine Anzeichen von Müdigkeit zeigen. Annabel lernte, auf Kommando sprühende Lebensfreude vorzutäuschen, auch wenn sie manchmal die Zähne zusammenbeißen mußte.

Unerwartet war für Annabel auch die Art und Weise, mit der die Models behandelt wurden. Man ging mit ihnen um wie mit einer Ware ohne Herz und Verstand. Niemand nahm auch nur die geringste Rücksicht oder schenkte ihnen Beachtung, solange sie nicht vor der Kamera standen. Erst dann schmeichelte man ihnen, ermutigte und umwarb sie.

In der dritten Woche schmerzten Annabels Füße immerzu, doch im Bewußtsein ihres neuen Images wuchs ihr Selbstbewußtsein mit jedem Engagement und festigte es sich mit jeder Ablehnung. Gleichgültig, wie berühmt oder erfahren ein Model war, es mußte sich ständig neuen Ausleseverfahren für Engagements stellen. Bei zehn Bewerberinnen gingen natürlich neun leer aus. Dann waren die Mädchen eben nur nicht der richtige Typ, denn in dieser Beziehung hatten die Artdirectors meistens sehr präzise Vorstellungen. Junge Models nahmen das mit stoischer Gelassenheit hin. Anspannung und Sorge zeichneten sich jedoch auf den Gesichtern der Mädchen ab, deren fünfundzwanzigster Geburtstag nicht mehr fern war. Ab diesem Alter nämlich verliert die Haut deutlich an Glanz und Spannkraft.

Samstag, den 10. Mai 1958

Am Tag vor Elinors Rückkehr nach New York wurde Annabel zum ersten Mal zusammen mit anderen Kandidatinnen dem AVANTI-Team präsentiert.

In einem riesigen Fotoatelier an der Fifth Avenue hingen als Hintergrund riesige Papierbahnen in vielen Farben von den Wänden, ganze Pulks von Batterien Scheinwerfer waren aufgebaut, und überall schlängelten sich schwarze Kabel über den Linoleumfußboden, gefährliche Fallstricke selbst für den, der darauf gefaßt war. Das AVANTI-Team, lauter Herren mit Hornbrillen, und die Kundenbetreuer der BBSQ-Werbeagentur saßen im dunklen Teil des Studios auf Regiestühlen.

Die Scheinwerfer im Studio waren grell auf eine schwarze Fläche gerichtet, vor der sich jedes Model präsentieren mußte.

Die Tür zur Garderobe öffnete sich. »Annabel O'Dare«, verkündete eine Stimme.

Annabel, die die Wartezeit stehend verbracht hatte, um ihr weißes Pikeekleid nicht zu verknittern, trat in das gleißende Licht.

Später am Abend, als sie in der Schummrigkeit eines Nachtclubs darüber sprachen, murmelte Scott: »Natürlich bekommst du den Job!« Er schob Annabels Kragen im Nacken etwas zurück und blies seinen heißen Atem über ihren Rücken. Annabel erschauderte wohlig und verspürte sofort eine lustvolle Trance. Doch Scott machte keine Anstalten, den nächsten Schritt zu tun. Er hatte von Anfang an instinktiv gewußt, daß Annabel es gewohnt war, von liebeskranken jungen Männern umschwärmt zu werden, und daraufhin beschlossen, sich so lange zurückzuhalten, bis sich eine enttäuschte Annabel nach dem Grund zu fragen begann. Es war natürlich bekannt, daß sie sich tagsüber mit anderen Männern traf. Aber da sie allabendlich um elf Uhr mit Scott verabredet war, nahm er an, daß die anderen keine ernsthafte Konkurrenz für ihn und sein Ziel darstellten. Er beabsichtigte, Annabel so verliebt zu machen, daß *sie* irgendwann die Initiative übernahm.

Erneut blies Scott zärtlich seinen heißen Atem in ihre Kragenöffnung.

»Wo hast du denn das gelernt?« flüsterte Annabel.

»In den Bordellen von Hongkong«, antwortete Scott heiser.

»Das glaube ich nicht.«

»Aber es stimmt! Ich habe dort ein paar Monate verbracht, während ich für die außenpolitische Redaktion der Zeitung in Cleveland gearbeitet habe.«

»Du ... hm ... warst mit chinesischen Prostituierten zusammen?« fragte Annabel fasziniert und schockiert zugleich.

»Ja, wirklich. Und ich habe viel von ihnen gelernt.«

Annabel hätte brennend gern mehr Details erfahren, wagte jedoch nicht, danach zu fragen.

Als Elinor nach ihrer Rückkehr Annabel wiedersah, war sie entgeistert. Nicht nur, daß Annabel anders – unter anderem zehn Jahre älter – aussah, sie trug auch ein völlig neues Selbstbewußtsein zur Schau. Elinor begriff die Welt nicht mehr. Wie hatte sich ihr Liebling in ein paar Wochen so verändern können?

»Was soll das bedeuten, du gehst nicht mit mir nach England zurück, Annabel? Selbstverständlich fliegen wir morgen zusammen nach Hause. Und damit basta!«

»Ich weiß, du bist müde, Gran. Aber wenn ich es dir jetzt nicht sage, dann behauptest du, ich hätte dich hintergangen. Ich bleibe in Manhattan.«

»Nein, das tust du nicht! Außerdem hast du nur ein Besuchervisum. Und das gilt höchstens vier Wochen. Man wird dich zwingen, die Staaten zu verlassen!« Elinor versuchte verzweifelt, mit Annabels trotziger Haltung zurechtzukommen. Hätte sich Miranda so verhalten, wäre sie kaum überrascht. Aber Annabel war immer so sanftmütig und unkompliziert gewesen.

Plötzlich ging Elinor ein Licht auf. »Dieser junge Mann ist daran schuld, stimmt's? Der Fernsehreporter?« Und dann überschlugen sich Elinors Gedanken. »Hast du … Hast du zugelassen …« Elinor wurde rot. »Ich meine … Bist du mit diesem jungen Mann ins Bett gegangen?«

»Nein, Gran«, antwortete Annabel wahrheitsgemäß. Es war nicht im Bett, sondern auf dem Teppich in Scotts Apartment passiert.

»Warum willst du dann hierbleiben?«

»Gran, ich habe ein Wahnsinnsangebot als Model!«

»Wenn du Model werden willst, dann kannst du das auch in London. Und in London bist du weder einsam, noch brauchst du eine Arbeitsgenehmigung. Außerdem kann ich dort auf dich aufpassen. Manhattan ist kein Ort für ein junges Mädchen.«

»Gran, Mrs. Bates' Anwalt sagt, daß die Arbeitserlaubnis überhaupt kein Problem ist ...«

»Wer, bitte, ist Mrs. Bates?«

»Es ist das beste, du lernst sie kennen.«

Bei einem gemeinsamen Mittagessen wurden Elinors Bedenken allmählich zerstreut. Mrs. Bates entpuppte sich als elegante, kultivierte und intelligente Frau. Mr. Bates, ein Harvardabsolvent, strahlte Autorität und Verläßlichkeit aus. Er machte keinen Hehl daraus, daß er Elinors Sorgen um Annabel verstand.

»Die Models sind wie Töchter für uns, und wir kümmern uns entsprechend«, sagte Mr. Bates. »Das wird Ihnen jeder bestätigen. Und unsere Mädchen wissen, daß ihre Reputation auch unsere Reputation ist.«

Elinor fing Annabels flehenden Blick auf. Dann wandte sie sich an den vertrauenserweckenden Mr. Bates. »Also gut«, lenkte sie zögernd ein. »Annabel kann noch einen Monat bleiben. Vorausgesetzt, sie wohnt in dieser Pension für junge Mädchen, die Sie empfohlen haben.«

Dienstag, den 13. Mai 1958

Als Buzz das traurige Gesicht der Freundin sah, meinte sie: »Kein Grund, so deprimiert zu sein ... Annabel ist schließlich nicht *tot*! Du kannst doch jederzeit mit New York telefonieren, auch wenn es manchmal etwas dauert, bis man durchkommt.«

Elinor schälte sich langsam aus dem Mantel. Sie war froh, wieder zu Hause zu sein. »Wo sind Clare und Miranda?«

»Einkaufen in Warminster. Wir haben dich erst in ein paar Stunden erwartet. Du nimmst jetzt erst mal ein schönes heißes Bad, Nell.«

Elinor lag lange in der Badewanne und fragte sich, ob ihre schmerzenden Knochen ein Symptom des Alters oder die Folge des langen, anstrengenden Fluges nach England waren. Später zog sie ihre Gartenjacke und Gummistiefel an und stapfte hinaus. Sie fand tröstliche Ablenkung im Gespräch mit dem Gärtner, Mr. Jeffreys, der gerade Zuckermais und Brechbohnen pflanzte. Danach machte sie einen Spaziergang durch den Garten, um zu sehen, wie er sich während ihrer Abwesenheit verändert hatte. Als sie die Rankpflanze an der Außenwand der Küche bewunderte, gesellte sich Buzz zu ihr. Seite an Seite schlenderten sie schweigend weiter und genossen die Wärme der Frühlingssonne.

»Du kannst die drei nicht für immer bei dir behalten«, sagte Buzz schließlich.

»Bis heute war mir nie bewußt geworden, daß sie eines Tages alle mein Haus verlassen würden, ohne noch einmal einen Blick oder einen Gedanken an uns zu verschwenden«, murmelte Elinor melancholisch.

»Das ist der natürliche Gang der Dinge. Du würdest es doch gar nicht anders wollen!«

Das war kein Trost für Elinor. Natürlich wollte sie, daß die Mädchen heirateten und Kinder bekamen, und dazu mußten sie einen eigenen Hausstand gründen. Aber Annabel hatte nicht geheiratet ... sie war gegangen, um einen Job anzunehmen. Und der Himmel wußte, warum ihr das wichtig war!

Als sie den Kiesweg zum Haus entlangliefen, bemerkte Buzz: »Clare hat übrigens auch Neuigkeiten für dich. Nicht unbedingt schlechte, nur gefallen werden sie dir nicht. Aber das soll sie dir selbst erzählen. Ich will dich nur vorwarnen – damit du nicht vorschnell reagierst und Dinge sagst, die du später bereust. Vergiß nicht, daß Clare denselben Dickkopf hat wie du!« Buzz griff in die Tasche. »Das hätte ich beinahe vergessen. Hier ist ein Brief, der dich vielleicht aufheitert. Die übrige Post kann bis morgen warten.«

Elinor streckte die Hand nach dem Umschlag mit dem Wappen der O'Dares aus. Hastig überflog sie die kurze Mitteilung ihrer Schwägerin Marjorie. »... Seit Johns Tod ... Natürlich ist meine Schwiegertochter sehr tüchtig ... Offengestanden, ich habe das Gefühl, nicht erwünscht zu sein ... Ich hoffe, du läßt Vergangenes vergangen sein ... Würde gern zu dir kommen ... Es ist so lange her ... fühle mich ehrlich einsam ...«

Elinor starrte auf die Zeilen. Jahrelang hatte sie unter Marjories Ablehnung und beißendem Spott gelitten. Jetzt schien die Zeit der Rache gekommen. Vielleicht sollte sie Marjorie nach Starlings bitten, um ihr vor Augen zu führen, welchen Erfolg sie hatte ... oder ihr eine gepfefferte Antwort schreiben und sie an all die Gemeinheiten erinnern, unter denen sie so sehr gelitten hatte.

Sie las den Brief noch einmal. Früher hätte er eine große Genugtuung für sie bedeutet. Jetzt, da die Rache in greifbarer Reichweite lag, empfand Elinor sie nur als wertlos, sinnlos und erniedrigend.

Bedächtig riß sie den Brief in kleine Stücke. »Den lassen wir unbeantwortet«, entschied sie und warf die Schnipsel in die Luft, wo der Wind sie zerstreute.

Von ihrem Schlafzimmer aus hörte Elinor Clares Sportwagen knirschend auf dem Kiesweg anhalten. Gelächter ertönte, die Hunde bellten, die Haustür schlug zu.

Dann stürmten Clare und Miranda in das Zimmer und warfen sich Elinor in die Arme.

»Liebe Gran! Wir haben dich so vermißt!«

Nachdem Elinor ihre Mitbringsel an die Mädchen verteilt hatte – Kostüme und Umhängetaschen von *Bloomingdale's* – und ihnen die Neuigkeit von Annabels ersten Schritten als Model und ihrem amerikanischen Freund erzählt hatte, fragte sie beinahe spaßhaft: »Na, Clare! Was ist das für eine unangenehme Überraschung, die du für mich parat hast?«

Clare stand gerade vor dem Spiegel und hielt sich ihr erdbeerfarbenes Kostüm an. Sie holte tief Luft: »Ich habe als freiwillige Helferin in London angefangen.«

»Das ist doch eine fabelhafte Idee. Wo? Beim Roten Kreuz?«

»Nein«, entgegnete Clare. »Bei der Antiatombewegung.

Letzten Monat, als du dachtest, daß ich bei den Bedfords bin, habe ich den Protestmarsch in Aldermaston mitgemacht. Wir waren gut zwölftausend Leute.« Clare sah Elinor bittend an. »Gran, wenn du all die Menschen gesehen hättest, die Mütter mit den kleinen Kindern, die nicht wollen, daß sie verstrahlt ... Na, jedenfalls habe ich zugesagt, in ihrem Londoner Büro zu helfen.«

»Und was ist mit deinem Soziologiestudium?«

»Das kann warten. Das hier nicht. Was nützt mir ein Doktor in Soziologie, wenn die Welt in Stücke gebombt wird?«

Elinor war Buzz für die Warnung dankbar. Sie hatte gerade eine Enkelin aus dem Haus gehen lassen und wollte nicht auch noch die zweite verlieren. Sie schluckte ihre Bestürzung hinunter und sagte: »Ich bin stolz auf dich, Clare. Erzähl mir mehr davon. Ich möchte auch helfen. Wo habe ich nur mein Scheckheft gelassen?«

Samstag, den 24. Mai 1958

Scotts Atelierwohnung in der *East Eleventh Street* wirkte seltsam kahl, obwohl sich auf allen Tischen, Stühlen und dem Fußboden Zeitungen, Briefe und Akten stapelten.

Der warme Nachmittag war ein Vorbote kommender Sommerhitze. Scott war nur mit Jeans bekleidet. Er lehnte sich in einem großen schwarzen Lederdrehstuhl zurück, trank einen Schluck Weißwein, stellte den Plattenspieler an und sagte: »Okay, ich bin soweit.«

Ein Musikstück mit sinnlichem, eingängigem Rhythmus setzte ein.

Annabel kam aus der Küche. Sie trug ihr strenges, elegantes schwarzes Leinenkostüm von Bergdorf, sah sehr selbstbewußt aus und war verlegen.

»Nicht zu viele Kleidungsstücke und wenig Knöpfe, sonst schlafe ich ein«, warnte Scott.

Annabel öffnete ihren blonden Nackenknoten. Ihr Haar fiel ihr über die Schultern. Sie bewegte sich steif und langsam im Rhythmus der Musik, während sie den Reißverschluß ihres Rocks öffnete und ihn zu Boden gleiten ließ. Nun trug sie nur noch eine Weste und einen schwarzen französischen Slip, Strümpfe mit Strumpfhaltern und Pumps mit hohen Absätzen.

»Noch langsamer«, sagte Scott. »Und du mußt stolz aussehen. Das ist eine therapeutische Übung, damit du deine Scheu überwindest und ich gelegentlich mal Licht anknipsen kann.«

»Die Weste hat nur zwei Knöpfe, und ich habe sie noch nicht ausgezogen. Viel langsamer geht es nicht!«

»Laß die Schuhe an«, erinnerte Scott sie.

»Wie soll ich dann bitte die Strümpfe ausziehen?«

In diesem Augenblick klingelte das Telefon. Annabel hielt abrupt inne und starrte den Apparat wie hypnotisiert an.

»Ich hätte den Hörer aushängen sollen«, seufzte Scott. »Vergiß es.«

»Darling, das kann ich nicht. Ich habe der Agentur deine Nummer gegeben. Sie haben gesagt, daß die Entscheidung heute am frühen Abend fallen könnte.« Annabel stürzte zum Telefon. »Hallo? Ja? Habe ich das? Das ist ja phantastisch!« Sie drehte sich zu Scott um. »Ich *habe* den Job!«

»Gratuliere!« Scotts Stimme klang nicht sonderlich begeistert. Er wußte, daß Annabel von jetzt an eine umschwärmte High-Society-Schönheit sein würde, die ständig im Blitzlichtgewitter der Fotografen stand. In ein paar Stunden würde sie das Gesprächsthema Nummer eins in New York sein. Scharen von jungen Aufsteigern würden sie anrufen, ihr Blumen schikken und sie zum Essen einladen.

Annabel drehte sich mit ausgestreckten Armen glücklich im Kreis. »Wie sollen wir das feiern, Scott?«

»Laß uns heiraten«, erklärte Scott bestimmt.

Annabel hörte verblüfft auf zu tanzen. »Ist das dein Ernst?«

»Ich beweis' es dir.«

Einige Zeit später tauchte Scotts zerzauster Kopf aus den

zerwühlten Laken auf. »Ich kann nicht mit einer Lüge auf den Lippen vor den Altar treten.«

»Wie meinst du das?«

»Ich bin nie in Hongkong gewesen.«

»Du hast diese Sexgeschichten erfunden?«

»Nicht ganz ... Mein Bruder arbeitet für einen Spielzeugimporteur, und die haben ihn für ein halbes Jahr nach Hongkong geschickt. Er hat diese komischen Geschichten mitgebracht.«

10. KAPITEL

Dienstag, den 27. Mai 1958

Clare, die schon immer hatte wissen wollen, wie ein Film gemacht wird, überredete einen stillen, kräftigen jungen Mann mit dichten schwarzen Locken, ihr eine Einladung zu den Dreharbeiten von *Grain Race* zu verschaffen. Sie hatte ihn auf dem Protestmarsch von Aldermaston kennengelernt. Steve, ein Grafikdesigner, arbeitete am Vorspann des Films, dessen Drehbuch auf einer Seefahrergeschichte aus dem neunzehnten Jahrhundert basierte.

Clare fröstelte. Sie stand in einer verlassenen Ecke der Londoner Docks direkt unterhalb der Tower Bridge am Themseufer. Es war ein kalter, klarer Tag, obwohl es bereits Mai war. Clare wünschte, sie hätte ein Kopftuch eingesteckt. Sie trug einen Burberry-Mantel über ihrem grünen Tweedkostüm, war als freie Journalistin eingeführt worden und versuchte, so unauffällig wie möglich zu bleiben. Deshalb hielt sie sich vor ein paar aufgetürmten Fässern in einiger Entfernung von der Kamera im hinteren Teil des gepflasterten Areals auf, wo die Komparsen in ihren historischen Kostümen auf ihren Einsatz warteten.

Die Innenaufnahmen waren in der Vorwoche in den Pinewood-Studios abgeschlossen worden. Jetzt sollten noch die letzten Außenaufnahmen gedreht werden.

Die Schauspieler, alle in Seemannskleidung, hatten sich um den Regisseur versammelt, einen schlanken, nachdenklich wirkenden Mann in teuren Jeans. Clare erkannte unter ihnen William Holden und Simone Signoret.

Schließlich stand der Regisseur auf. Er wollte offenbar das Zeichen zur Aufnahme geben, hielt jedoch im letzten Moment inne. »Mehr Fässer ... wir brauchen mehr Fässer!« schrie er. »Da hinten muß ein modernes Fenster in der Wand verschwinden. Stellt die Fässer davor!«

Eine Gruppe von Helfern eilte auf Clare zu, die sich noch immer an ihrem Platz befand. Clare trat hastig zur Seite und kehrte erst zu dem Fässerstapel zurück, nachdem die Arbeiter sich wieder zurückgezogen hatten.

Die Synchronklappe mit der Szenennummer und der Einstellung wurde vor die Kamera gehalten, und der Regisseur rief: »Aufnahme!«

Clare schrie laut auf.

Jemand hatte ihr einen so kräftigen Stoß in den Rücken versetzt, daß sie vornüberstürzte und mit dem Gesicht nach unten zu Boden fiel. Im gleichen Moment landete ein fremder, schwerer Körper auf ihr und preßte sie auf das nasse Kopfsteinpflaster. Um sie herum fielen krachend Fässer zu Boden und rollten kreuz und quer über den Kai.

»Was, zum Teufel, macht ihr hier eigentlich?« dröhnte eine Stimme über Clare. »Welcher Idiot hat die Fässer so schlampig gestapelt? Das ganze Zeug wäre fast auf das Mädchen gefallen. Ihr hättet sie umbringen können!«

Der Mann über Clare stand auf und half ihr auf die Beine. Er wirkte groß und stark wie ein Bär, hatte einen von Wind und Wetter gegerbten Teint, verschmitzte dunkle Augen und dichtes schwarzes Haar. Er betrachtete die Schürfwunden an Clares Händen, ihr schmutzverschmiertes Gesicht und die nasse Kleidung. »Kommen Sie in den Garderobenwagen. Wir rufen einen Arzt.« Er sprach mit amerikanischem Akzent.

»Ich brauche keinen Arzt. Nur ein Waschbecken.«

»Ruft einen Arzt!« befahl er mit dröhnender Stimme. Offenbar hatte er Angst vor überhöhten Schadensersatzforderungen und wollte auf Nummer Sicher gehen.

Eine Stunde später war Clare wieder am Drehort. Diesmal

jedoch saß sie auf einem der Regiestühle in der vordersten Reihe neben ihrem Retter, dem Produzenten Sam Shapiro. Während überall knisternde, nervöse Spannung herrschte, verbreitete er eine lässige Freundlichkeit, die auf Clare sehr anziehend wirkte. Clare schätzte Shapiro auf ungefähr vierzig und beobachtete verwundert, mit welcher Autorität und einnehmenden Persönlichkeit der Mann mit der beinahe animalischen Vitalität agierte.

»Ein Glück, daß ich heute doch noch hergekommen bin«, bemerkte Shapiro. »Normalerweise bin ich nicht bei jedem Dreh dabei.«

»Wie behalten Sie dann den Überblick über die Produktion?« wollte Clare wissen.

»Ich sehe sie mir jeden Abend am Schneidetisch an.«

»Und warum sind Sie ausgerechnet heute hier?«

Der Mann zuckte mit den Schultern. »Bei den Dreharbeiten bauen sich immer Spannungen auf ... besonders in der letzten Woche. Da sind die Regisseure für jede Unterstützung dankbar. Wenn nach anstrengenden Drehwochen alle müde und erschöpft sind, gibt es schnell Wutausbrüche und Tränen. Ich bin nicht nur Produzent, sondern versuche auch, die Leute bei Laune zu halten, damit sie sich nicht gegenseitig an die Kehle gehen. Hier wird jeder hart rangenommen. Und dann müssen meistens noch ein paar zusätzliche Aufnahmen in den Drehplan gequetscht werden ... wie zum Beispiel heute abend. Wir brauchen noch ein paar Nachtszenen. Ich bin zum Abendessen verabredet und komme dann zurück. Was ist? Wollen Sie mich begleiten?«

»Dafür bin ich gar nicht angezogen.«

»Mich stört das nicht. Und ich verspreche Ihnen, daß Sie nirgends rausgeworfen werden. Nicht in meiner Gegenwart.«

Während der Mittagspause, als sie mit dem ganzen Team im Hinterzimmer eines nahegelegenen Gasthauses saßen, glättete Sam Shapiro freundlich und gutmütig alle Wogen. Man sah ihm an, daß er seine Rolle mehr als genoß und sich unter den vielen Menschen wohl fühlte. Clare fiel auf, wie liebenswert und großzügig er Lob spendete. Sein Lachen klang laut und sonor. Niemand vermochte seinem sprühenden Charme zu widerstehen. Trotz seiner vordergründigen Jovialität war Shapiro ganz offenbar ein kluger Taktiker: Er verlor die Ziele der Produktion nie aus den Augen. Clare war bis zu diesem Zeitpunkt keinem Mann mit soviel Autorität und Vitalität begegnet.

Hinter all der Gutmütigkeit jedoch spürte Clare einen Mann von cholerischem Temperament.

Clare schaffte es schließlich doch, zwischendurch zu Elinors Wohnung an der Chester Terrace zu fahren, ihr kleines Schwarzes von Belinda Belville anzuziehen und ihren Termin abzusagen.

Statt freiwillige Arbeit für die Antiatombewegung zu leisten, dinierte sie an diesem Abend mit Sam Shapiro im rotgoldenen Plüschambiente des *Les Ambassadeurs Club*. Clare, die bisher nie von einem älteren Mann ausgeführt worden war und sich nur schemenhaft an ihren Vater erinnerte, war von Sam Shapiro fasziniert. Sie fühlte sich auf nie gekannte Weise sicher und behütet. Und sie genoß es, daß die Leute flüsternd die Köpfe zusammensteckten, als sie an Shapiros Seite des Restaurant betrat.

Sams Gast war ein kleiner, drahtiger Banker, dessen Versuche, Geschäftliches mit Sam Shapiro zu besprechen, ständig durch Leute zunichte gemacht wurden, die an ihren Tisch kamen, um Sam zu begrüßen.

»Ich kenne den Burschen seit Jahren«, flüsterte Sam Clare zu. »Er arbeitet für die *Paramount*. Ich arbeite schon lange eng mit dieser Gesellschaft zusammen, sozusagen als freier fester Produzent. Wir verhandeln für jedes Projekt neu.«

»Wie viele Filme produzieren Sie eigentlich pro Jahr?« fragte Clare.

»Ich mache in zwei Jahren einen Film. Ich weiß, das ist nicht viel, aber ich gehöre zu den Produzenten, die bei jedem Projekt von Anfang bis Ende dabei sind. Mich interessiert jedes Detail. Das ist nicht gerade üblich, aber anders kann ich nicht arbeiten.«

»Sind Sie nur wegen dieses Films in England?«

Sam schüttelte den Kopf. »Ich habe vor einem Jahr mein Domizil nach London verlegt. Im Augenblick ist Europa – besonders Italien und England – der Kontinent, wo sich Filme am billigsten machen lassen.«

»Na, wen haben wir denn da? Sam Shapiro! Hallo, alter Junge!« Ein Herr im Smoking schlug Sam auf die Schulter. Mit einem Blick auf den leeren Stuhl am Tisch fragte er: »Darf ich mich setzen?«

Der Finanzexperte der *Paramount* seufzte und schob Sam seine Unterlagen über den Tisch. »Ich schlage vor, wir reden ein andermal darüber.« Er lächelte Clare zu, mit der er bisher kaum ein Wort gewechselt hatte. Trotzdem hatte er sofort erfaßt, was Sam Shapiro an der jungen Engländerin anzog: die pastellfarbene, ladylike Erscheinung, der botticellihafte Charme. Sie war eine Frau mit Klasse. In Los Angeles gab es solche Frauen nicht.

Gegen ein Uhr morgens waren die Nachtszenen im Kasten, und Sam erinnerte sich an Clare. Sie saß in ein Samtcape gehüllt am Rand des Geschehens. Sam ging auf sie zu.

»Tut mir leid. War nicht ganz der Abend, den ich mir vorgestellt hatte, Clare. Aber jetzt sind wir fertig. Worauf haben Sie Lust? Tanzen? Eine Bar?«

Clare, sie sich gern den Anschein von Erfahrung und Weltläufigkeit geben wollte, sagte: »Wie wäre es mit einem Spielchen? Roulette? Baccarat? Was Sie möchten!«

»Ich richte mich ganz nach Ihnen. Und wo?«

Clare rief hastig den einzigen anderen älteren Mann an, den sie kannte; Adam erklärte sich sofort bereit, Clare und ihren Begleiter zu Mikes privatem Spielsalon zu führen. Mikes kleines illegales Unternehmen gehörte zu den populärsten in London.

Inzwischen drückte auch die Polizei bei privaten Glücksspielveranstaltungen beide Augen zu, da man davon ausging, daß diese Art des Vergnügens sowieso bald legalisiert werden würde.

Sam, der dem Glücksspiel nicht abgeneigt war, verlor langsam, aber stetig insgesamt hundert Pfund beim Baccarat, was ihn veranlaßte, rechtzeitig damit aufzuhören. Er schlenderte mit Clare zum Roulettetisch.

Adam blickte auf. »Ich weiß nicht, was heute los ist. Ich habe eine Pechsträhne und viel verloren. Muß mal mit Mike sprechen.«

Mike erklärte sich nur zögernd bereit, Adam noch weiteren Kredit einzuräumen. »Aber paß auf, Adam«, warnte er. »Du hast dein Limit erreicht, sie werden dir kein Geld mehr geben.«

»Unsinn! Die wissen doch, daß ich betuchte Spieler zu ihren Partys bringe. Außerdem verdienen sie an mir ein Vermögen.« Seit Adam größere Summen verlor, war der Zinssatz auf ein Prozent pro Woche gestiegen.

Mike machte keinen Hehl aus seinen Bedenken. »Ich habe dich jedenfalls gewarnt.«

»Du bist bei Dad gewesen?« fragte Adam, um das Thema zu wechseln.

Mike hing seinen Gedanken nach. »Ja, gestern«, antwortete er schließlich. »Er hat nicht die Absicht, den Löffel schon aus der Hand zu legen.« Joe Grant hatte im Vormonat einen Autounfall gehabt und schwere Verletzungen an Herz und Lunge davongetragen.

»Ich fahre dieses Wochenende wieder nach Hause. Kommst du mit?« schlug Mike vor. »Ich will ein neues Motorrad ausprobieren.« Mike besaß mittlerweile eine stattliche Motorradsammlung.

»Du und deine Maschinen«, sagte Adam halb nachsichtig, halb verächtlich. Mikes Erfolg beeindruckte ihn mehr, als er zugeben wollte. Adam war erstaunt, verärgert und neidisch angesichts des offensichtlichen finanziellen Erfolgs seines Bruders, der inzwischen ein elegantes Haus an der Eaton Terrace besaß. Mit achtundzwanzig verdiente Adam noch immer einen Hungerlohn in der Sozietät des Vaters, wo er erst seit kurzem gelegentlich auch wichtigere Klienten betreuen durfte. Mike dagegen hatte geradezu mühelos bereits ein Vermögen verdient, schien ständig aufwendige Feste mit den Schönen und Reichen zu feiern.

»Wie geht es Mutter?«

»Sie hat seit Dads Unfall keine einzige Bridgepartie ausgelassen«, antwortete Mike.

Sam und Clare traten zu den beiden, um sich zu verabschieden. Als sie außer Hörweite waren, bemerkte Mike: »Bißchen zu alt für Clare, was?«

»Filmproduzenten im Teenageralter wirst du nicht finden«, entgegnete Adam lakonisch. »Shapiro hat immerhin *Windjammer* und *Whaler* produziert.«

»Die Humphrey-Bogart-Filme?« Mike war beeindruckt.

Sam war nicht so begeistert von den beiden Brüdern.

Clare war enttäuscht. »Sie mögen sie nicht. Was ist der Grund?« fragte sie und ließ sich in die schweinsledernen Polster von Sams Rolls-Royce sinken.

»Adam ist mir zu britisch, um echt zu sein«, antwortete Sam.

Clare lachte. »Sie meinen, er sieht zu gut aus?« Die meisten Männer waren auf Adam eifersüchtig.

Sam schüttelte den Kopf. »Nein, das ist nicht der Grund«, widersprach er. »Etwas anderes ... Auch sein Bruder ... Mike hat ... Er scheint das Risiko zu lieben.« Im Halbdunkel der Limousine legte Sam den Arm um Clares Schultern.

»Sie irren sich. Adam ist der risikofreudigere von beiden. Mike spielt nie«, klärte Clare ihn auf.

»Diese Art Risiko habe ich nicht gemeint.« Sanft hob er Clares Kinn zu sich auf und führte ihren Mund an seine Lippen.

Freitag, den 30. Mai 1958

»Weiß du, was ich mir wünsche? Mal zum Tee nach Hause zu kommen, ohne gleich über fremde Leute zu stolpern!« murrte Miranda, nachdem sich Elinors letzter Gast verabschiedet hatte.

»Ich habe nur an Wochenenden Teebesuch.«

»Gran, es vergeht kein Tag, ohne daß du Gäste hast!«

Elinor schloß die schwere Haustür und drehte sich zu ihrer Enkelin um. Miranda stand wütend unter dem Bild, das Elinor ein Jahr zuvor von Pietro Annigoni von den drei Schwestern hatte malen lassen. Elinor wünschte, Miranda würde mehr dem züchtigen Mädchen ähneln, das der Künstler in ihr gesehen hatte.

Elinor wandte sich um und sah Miranda lächelnd an. »In meinem Haus kann ich so viele Freunde einladen, wie ich will. Also, sei vernünftig. Sie sind meistens nur ein oder zwei Stunden da.«

»Freunde? Verleger, Journalisten, Fans, wildfremde Menschen!« verbesserte Miranda sie gereizt. »Manchmal frage ich mich, ob ich in einem Publicitycenter zu Hause bin.«

»Diese Menschen verkaufen und kaufen meine Bücher. Und damit bezahlen sie auch für *dein* Zuhause!« entgegnete Elinor vorwurfsvoll. »Und viel Zeit nehmen sie nicht in Anspruch.«

Elinor widmete sich täglich von vier bis halb sechs ihren Besuchern, so daß sie ihren Stundenplan als Schriftstellerin einhalten konnte.

Die geladenen Gäste wurden am Bahnhof von einem Chauffeur in roter Uniform am Steuer eines weißen Rolls-Royce empfangen. Beim Tee – der auf traditionelle Weise am großen Mahagonitisch im Eßzimmer serviert wurde – pflegte Elinor mühelos Kontakt mit ihren Verlegern, von denen sich die meisten mittlerweile an die Pilgerfahrten nach Wiltshire gewöhnt hatten, wann immer ihre Geschäfte sie nach Großbritannien führten. Nur durch gute Kontakte kamen Bestseller zustande.

Außerdem vermittelten Elinor diese Teestunden wichtige Informationen über die Leser. Dabei erfuhr sie zum Beispiel, ob das Cover ihres nächsten Buches gut ankommen würde, was ebenfalls ein wichtiges Kriterium für den Erfolg war.

Auch wenn Miranda sich gestört fühlte, die Teepartys konnte Elinor nicht aufgeben. Sie schaute ihre Enkelin an und sagte einlenkend: »Du liebst doch Partys, Miranda! Alle Mädchen tun das!«

»Nein, ich nicht!« Miranda schüttelte den Kopf. »Du möchtest das. Aber ich hasse deine literarischen Einladungen genauso wie diese eleganten Londoner Partys. Ich finde es auch schrecklich, Debütantin sein zu müssen!«

»Wie kannst du das nur sagen! Du bist undankbar! Außerdem hat die Saison gerade erst angefangen.«

»Trotzdem ... Ich habe genug davon. Immer dieselben Leute, immer dasselbe Geschwätz.«

»Die meisten Mädchen ...«, begann Elinor.

»... würden wer weiß was darum geben, Debütantin sein zu dürfen!« ergänzte Miranda sarkastisch. »Ich weiß. Ich weiß. Aber ich eben nicht.« Miranda ging lieber heimlich in den Jazzclub in der Oxford Street oder in das für Miranda strikt verbotene *Hammersmith Palais*, wo sie Rock 'n' Roll tanzen konnte.

»Nach all der Mühe ...«, brauste Elinor auf.

»... und dem Geld, das du ausgegeben hast!« Miranda nickte. »Von mir aus brauchst du weder Zeit noch Geld an mich zu verschwenden, Gran.«

»Du hast erst ein paar Gesellschaften miterlebt, Miranda. Warte ab. Wenn du die Leute erst besser kennst ...«

»... langweile ich mich nur noch mehr«, fiel Miranda ihr energisch ins Wort. »Wenn ich einen dieser Pimpfe, nach denen sich die Debütantinnen verzehren, nur sehe!«

»Du mußt lernen, wie man sich auf gesellschaftlichem Parkett bewegt!« erwiderte Elinor nicht minder unnachgiebig. »Und jetzt will ich nichts mehr hören, Miranda. Du kannst nicht immer tun und lassen, was du möchtest!«

»Seit siebzehn Jahren mache ich doch nur, was *du* willst!« konterte sie. »Warum darf ich nicht in London bleiben? Weshalb muß ich jedes Wochenende herkommen? Clare verbringt die Wochenenden schließlich auch allein in London.«

»Clare arbeitet. Und du bist noch zu jung, um dich allein und ohne Aufsicht in London aufzuhalten. Und jetzt kein Wort mehr davon!«

Wütend stürmte Miranda die Treppe hinauf in ihr Schlafzimmer. Sie wußte, warum Clare die Wochenenden in London verbrachte. Nicht wegen Überstunden bei der Antiatombewegung, wie Elinor es glaubte. Clare war – endlich! – verliebt, und zwar in einen älteren und geschiedenen Mann! So viel Verruchtheit! Miranda beneidete sie glühend. Selbstverständlich würde von ihr niemand etwas erfahren. Clare hatte beschlossen, die Sache vorerst geheimzuhalten. Im England des Jahres 1958 war eine Scheidung nicht gesellschaftsfähig ... schon gar nicht in der eigenen Familie. Clare wollte die Großmutter nicht unnötig beunruhigen.

Buzz trat aus der Küche in die Halle. »Sind die Gäste schon weg?«

»Hast du Miranda gehört?« entfuhr es Elinor. Sie wußte, daß Buzz gehorcht hatte.

»Teilweise«, gestand Buzz.

»Dabei habe ich diesem Mädchen *jeden* Wunsch erfüllt!«

»Sie ist im aufmüpfigen Alter«, erinnerte Buzz Elinor. »Ein Teenager!«

Buzz wußte, daß Miranda nicht das Naturell hatte, um sich in der heilen, exakt vorgezeichneten Welt der Debütantinnen wohl zu fühlen. Mit ihrem Pferdeschwanz, dem blaßrosa Lippenstift und ihrem rebellischen Charakter gehörte Miranda eindeutig zu der neuen Jugendbewegung der fünfziger Jahre.

Elinor betrachtete nachdenklich das Gemälde. »Keines dieser Mädchen zeigt Respekt oder Dankbarkeit! Es bricht mir das Herz!«

»Spar dir diese überdramatischen Sentimentalitäten für deine Bücher!« Buzz wurde energisch. »Die Mädchen werden *erwachsen*. Du kannst sie nicht ewig wie Kinder behandeln. Hast du vergessen, daß wir in ihrem Alter in einem Krieg gekämpft haben? Du mußt sie loslassen, Nell! Dann kommen sie jederzeit gern zu dir zurück. Aber wenn du sie an der kurzen Leine hältst, fangen sie an, dich zu hassen. Und dann wird jeder Besuch zur bloßen Pflichtübung.«

Elinor starrte Buzz an. »Natürlich ... du hast recht. Wie immer«, seufzte sie schließlich. »Ich erinnere mich nur zu gut an die harten Zeiten, die wir erlebt haben. Das will ich ihnen nur ersparen. Ich möchte ihnen geben, was der arme Billy so verzweifelt versucht hat, Edward zu bieten ...«

»Stopp, Elinor! Vergiß bitte nicht, wen du vor dir hast. Das haben wir schon oft genug durchgekaut. Ich kauf' dir diese Version nicht ab! Normalerweise halte ich ja den Mund. Aber bitte vergiß nicht, daß der echte Billy nichts mit dem Traumprinzen gemein hatte, von dem du bei deinen Teepartys erzählst. Es wird Zeit, daß du den Tatsachen ins Gesicht siehst, Nell.«

11. KAPITEL

Dienstag, den 3. Juni 1958

Am Dienstag nach Clares erster Begegnung mit Sam waren die Dreharbeiten zu *Grain Race* beendet. Clare war bei der Abschlußfeier dabei. Nach der nervösen Anspannung der vergangenen Tage war die Erleichterung groß, und alle waren bald betrunken. Das Filmteam verhielt sich Clare gegenüber zurückhaltend freundlich und überaus höflich. Alle hatten sofort gemerkt, daß Sam Shapiro ein Auge auf sie geworfen hatte.

Nach der Feier fischte Sam eine schwarze Fliege aus der Tasche und fuhr mit Clare zum Tanzen. Sam fühlte sich plötzlich todmüde.

»Komm, ich muß hier raus, Clare«, sagte er. »Ich will mit dir reden.«

Während der kurzen Fahrt zu seiner Wohnung lehnte er schweigend, mit geschlossenen Augen in den Polstern.

Nur einmal wandte er den Kopf, sah Clare an und tätschelte ihre Hand. Clare sagte nichts.

Als sie etwas später in seinem komfortablen, aber unpersönlichen Wohnzimmer waren, legte er Clare in eher väterlicher Geste den Arm um die Schultern. »Es gibt leider keine nettere Art, es dir zu sagen, Clare. Aber ich finde, wir sollten uns nicht mehr sehen.«

Clares Magen krampfte sich zusammen. »Aber warum denn? Was habe ich falsch gemacht?« Sie war verletzt, völlig überrumpelt.

»Es gibt nur einen Grund ... und der ist nicht aus der Welt zu schaffen: Ich bin zwanzig Jahre älter als du.«

»Das ist kein triftiger Grund, weshalb wir uns nicht mehr sehen sollten!« widersprach Clare heftig. Und dann glaubte sie zu begreifen. Sams Einwand konnte nur bedeuten, daß seine Gefühle für sie ernster Natur waren, daß er sie liebte, daß er sie diesen selbstsicheren, schönen Schauspielerinnen vorzog.

Sam sah auf Clare hinab. »Ich möchte dir nicht weh tun. Dazu mag ich dich zu gern.« Widerstrebend war er zu dem Schluß gelangt, daß sie zu jung war, daß eine Liebesnacht zwangsläufig zu Komplikationen führen mußte.

Clare rückte von ihm ab. Sie konnte keinen klaren Gedanken fassen, solange Sam sie zärtlich, aber onkelhaft im Arm hielt. Clare warf sich in einen der überdimensional großen Ledersessel. Sam hatte indirekt gesagt, daß er sie liebte. Was sollte ihn hindern, mit einem wesentlich jüngeren Mädchen eine Affäre anzufangen, es sei denn, er hatte sie *sehr* gern, wollte sie vielleicht sogar heiraten.

Hoffnung hellte Clares schmales, blasses Gesicht auf. Sie strahlte plötzlich und richtete sich auf. Sie wollte sich in Sams muskulöse Arme schmiegen, sein lockiges Haar riechen, sein kratziges, kantiges Kinn an ihrer Haut spüren. Auf die nervösen und frustrierenden Umarmungen der vergangenen Tage allerdings konnte sie verzichten.

»Ich finde, dein Alter ist bedeutungslos«, sagte sie schließlich so ernst sie konnte. »Ich liebe dich. Ich will dich heiraten.«

Sam hatte schon so manchen verschlüsselten Heiratsantrag bekommen – gewöhnlich inmitten von zerwühlten Laken –, aber diese direkte Art war völlig neu für ihn. Verblüfft blickte er in Clares zauberhafte aquamarinblaue Augen. »Was würde deine Familie dazu sagen?«

»Das ist mir egal!« Clare lief zu ihm. Er umfing sie mit seinem bärengleichen Körper, bis Clare das Gefühl hatte, sich nicht länger auf den Beinen halten zu können. »Tu's! Jetzt!« flüsterte sie heiser.

Sam hob Clare auf, ohne ihren Mund freizugeben, und trug seine in zitronengelben Taft gehüllte Last durch die Schlafzimmertür. Mondlicht fiel durch die häßlichen Fenster. Wortlos legte er sie aufs Bett und zog sanft die Satinschuhe von ihren Füßen, als seien ihm selbst diese kostbar. Dann öffnete er bedächtig die lange Leiste zierlicher Taftknöpfe an der Vorderseite des Kleides. Darunter trug sie ein Korselett aus weißer Spitze.

Clare zitterte vor Leidenschaft und Angst, wartete mit geschlossenen Augen. Sie wußte, das war *der* Augenblick. Sie war froh, daß es mit einem erfahrenen Mann und nicht mit einem unreifen Jüngling passieren würde.

Sam streifte ihr die hellen Seidenstrümpfe von den Beinen und tastete dann nach der feuchten Mitte. Sanft und geschickt hakte er ihr Spitzenkorselett auf.

Clare, die weder sprach noch sich bewegte, hatte das Gefühl, in einer Wolke der Lust zu schweben. Sie glaubte, vor Glück ohnmächtig werden zu müssen. Als Sam ihre Brüste zu streicheln begann, wuchs ihre Erregung ins Unermeßliche. Dann drang er mit seinem Mittelfinger sanft in sie und tastete nach ihrem Jungfernhäutchen. Es tat nur ein bißchen weh.

Wortlos stand Sam auf und zog sich mit beinahe grotesker Hast aus.

Clare war dankbar, daß er das Licht nicht angeknipst hatte. Im nächsten Moment spürte sie ihn hart an ihren Schenkeln, bevor Sam mit sanftem Druck ihre Beine auseinanderschob und in sie drang. Sie fühlte seinen Körper über sich, atmete seinen Geruch ein, der sie an ein schwitzendes, nach anstrengendem Galopp müdes Pferd erinnerte. Sie war wie betäubt. Dann packte er ihr Hinterteil fest mit beiden Händen und bewegte ihr Becken im immer schneller werdenden Rhythmus seiner Stöße.

Plötzlich schoß sein Körper vornüber auf und entspannte sich dann auf ihr.

Etwas später murmelte Sam schläfrig: »Liebling, du warst wunderbar!«

Clare wagte nicht, sich zu bewegen. Sie fühlte etwas Klebriges über die Innenseite ihrer Schenkel rinnen.

Sam rollte sich zur Seite. Er legte die Hand auf ihre Brust. »Glücklich, Baby?« flüsterte er. Im nächsten Augenblick war er eingeschlafen.

Clare lag steif und unbeweglich im Mondschein. Sie rang nach Atem. Ihr Rücken schmerzte. Sie wünschte, Sam würde aufwachen und sie küssen. Sie sehnte sich nach seinen Lippen an ihren Brüsten.

Eine Stunde später war Clare noch immer hellwach. Sie war unglücklich, enttäuscht und wütend, ohne so richtig zu wissen, worauf und warum.

Vielleicht mußte man die Liebe üben, um sich daran zu gewöhnen. Clare hätte am liebsten mit Annabel gesprochen und sie um Rat gefragt.

Zwei Stunden später löste Clare sich vorsichtig von Sam, um ihn nicht zu wecken, und tastete sich ins Badezimmer. Sie schloß die Tür und suchte den Schalter. Als das Licht aufflammte, gestattete sie sich nur einen flüchtigen Blick auf die zerzauste Person, die ihr aus dem Spiegel entgegensah. Sie drehte den Wasserhahn auf, um die Geräusche, die sie auf der Toilette machte, zu übertönen, und wusch sich dann, aber sie hoffte, daß ihr Geplätscher Sam wecken würde; doch vergebens.

Gegen Morgengrauen weinte sich Clare lautlos in den Schlaf.

Kurz nach Sonnenaufgang wachte Sam auf und nahm Clare erneut. Danach schien er sich frisch und aufgekratzt zu fühlen. Unter der Dusche pfiff er laut.

Gegen elf Uhr kam das Frühstück aus dem Restaurant im Parterre. Clare, in gedämpfter Stimmung, hatte nur heiße Milch und Toast bestellt. Sam hatte großen Appetit.

Während sie im Bett mit der glänzenden Satinwäsche aßen, hatte Clare das dringende Bedürfnis, mehr über Sams Scheidung zu erfahren. Daß sie nackt bis zur Hüfte war, fand sie selbst unschicklich. Sie fühlte sich unsicher und wußte nicht, wie sie das Thema anschneiden sollte, ohne taktlos zu sein.

Sam hatte ihr bereits von seinen Eltern, russischen Einwanderern, erzählt, die in New York gelebt und gearbeitet hatten: der Vater als Schneider, die Mutter als Büglerin. Sam war ihr einziges Kind.

»Vermutlich fragt dich das jeder«, begann Clare. »Aber wie bist du zum Film gekommen?«

»Falsch geraten. Abgesehen von dir hat noch niemand brennendes Interesse für mich gezeigt. Die Antwort lautet: durch meine erste Frau.« Sam schenkte sich die zweite Tasse Kaffee ein.

»Deine *erste* Frau?«

»Wir haben uns während meines Fronturlaubs kennengelernt.« Clare wußte bereits, daß er während des Krieges Versorgungsoffizier bei der Marine gewesen war. »Sheila war die Assistentin eines Drehbuchautors von MGM.«

»Wann habt ihr euch getrennt?«

»Schon nach ein paar Monaten. Sie ist mit einem anderen nach Toronto durchgebrannt.«

»Und wie bist du Produzent geworden?«

»Ich habe an der Abendschule gelernt, wie man Drehbücher verfaßt, und irgendwann meine Mappe dem Chef von *Paramount* vorgelegt. Ein paar Monate später wurde eine Stelle frei, und ich bin Assistent der für die Auswahl der Drehbücher zuständigen Direktorin geworden.« Er hielt es nicht für nötig, Clare von seiner leidenschaftlichen Affäre mit dieser Dame zu erzählen.

»So ging es weiter bergauf«, fuhr er nach einer Weile fort. »Bis ich auf das Script zu *Windjammer* gestoßen bin. Wir haben es umgeschrieben. Das Drehbuch gefiel zwar dem Direktor nicht, aber Bogey hatte es gelesen und war begeistert. Schließlich ist die *Paramount* auf meine Bedingungen eingegangen. *Windjammer* wurde ein Erfolg. Danach habe ich mit Bogey auch *Whaler* gemacht. Ich hatte es geschafft. Von da an wurden die Projekte mir angetragen und nicht umgekehrt. Noch was?«

»Gab es noch mehr Ehefrauen?« Clares Stimme klang dünn.

Sam lachte und küßte sie auf die Stirn. »Das also ist es, was dich interessiert. Ich bin zweimal verheiratet gewesen ... ziemlich wenig für Los Angeles. Louise und ich haben uns vor drei Jahren getrennt. Fünf Jahre waren wir verheiratet. Keine Kinder.«

»Ist das alles?«

»Alles. Ehrenwort.«

»Ich weiß nicht, wie ich es Gran beibringen soll ...«

»Besteht denn jetzt die Notwendigkeit, irgend jemand etwas beizubringen?«

Grain Race kam in die letzte Herstellungsphase, was alle Beteiligten in hektische Betriebsamkeit stürzte, da sie gegen die Uhr arbeiten mußten, um den Film für das Weihnachtsgeschäft fertigzustellen.

Sam flog nach L.A., um die Verträge und Termine mit dem Verleih auszuhandeln.

Wenn Sam in London war, wurde auch Clare in den Sog der Aufregungen um *Grain Race* gezogen, durchlebte auch sie die Mischung aus Hektik und dramatischen Entwicklungen, in der Sam sich ständig zu bewegen schien. Sobald er jedoch wieder in Los Angeles war, fühlte sie sich leer und ausgepumpt. Jeden Morgen kämpfte sie mit dem Aufstehen. Und während dieser Tage wurde ihr bewußt, daß ihre Leidenschaft für Sam seiner Leidenschaft für das Filmemachen ebenbürtig war. Fordernder und zwingender als alles andere schienen Filmprojekte sein Leben und seine Gedanken zu beherrschen. Gelegentlich machte Clare das fast ein wenig eifersüchtig.

Im Monat, bevor der Film in die Kinos kommen sollte, flog Sam nach Los Angeles, um die Public-Relations-Kampagne zu planen. Wie üblich begleitete Clare ihn zum Flughafen. Als er ihr schmales, trauriges Gesicht sah, während sie ihm nachwinkte, drehte Sam sich noch einmal um und beugte sich über die Absperrung.

»Ich gebe alles dafür, dich lächeln zu sehen«, sagte er. »Nach der Premiere in Großbritannien rede ich mit deiner Großmutter.«

Montag, den 3. November 1958

Wie die meisten Männer, sah auch Sam im Smoking am besten aus. So wirkte er beinahe unwiderstehlich, als er in Elinors Wohnung an der Chester Terrace kam, um die O'Dares zur Premiere ins *Odeon* am Leicester Square abzuholen. Sams dunkle Augen glitzerten in Erwartung des Erfolgs seines Films: Die bisherigen Reaktionen waren gut gewesen.

Elinor trug ein schwarzes Spitzenkleid. Als sie in ihrem Schlafzimmer vor dem Ausgehen nach ihrer scharlachroten Abendstola griff, sagte sie leise zu Buzz: »Er ist natürlich zu alt für Clare, aber er sieht wirklich blendend aus!«

»Ich verstehe, warum Clare einen reifen Mann vorzieht«, bemerkte Buzz. »Sie hat nie einen kennengelernt!« Kurz zuvor hatte Clare sich Buzz anvertraut. Und Buzz war sich sofort im klaren darüber gewesen, daß der zweimal geschiedene Sam kaum der strahlende junge Graf war, auf den Elinor gehofft hatte. Buzz hatte versprochen, ausgleichend auf die alte Freundin einzuwirken. Dennoch würde ein großer Krach nicht ausbleiben. Dazu waren sich Großmutter und Enkelin zu ähnlich.

Nach der Premiere genoß Sam den rauschenden Applaus des ausgesuchten Publikums. Bei der anschließenden Feier konnte er sich entspannen. Er würde die ganze Nacht aufbleiben, um die ersten Kritiken in den Morgenzeitungen zu lesen. Die gespannte Stille während der Vorführung von *Grain Race* und der anhaltende Beifall zum Schluß deuteten bereits darauf hin, daß der Streifen ein Kassenerfolg werden würde.

Zwei Stunden später bestand Sam darauf, seine Party zu unterbrechen, um Elinor und Buzz zur Chester Terrace zurückzubringen. Dort sprach er unter vier Augen mit Elinor und teilte ihr mit, daß Clare und er heiraten wollten.

Elinor war sprachlos, obwohl Buzz sie vorgewarnt hatte. Mit einem Mann wie Sam Shapiro auszugehen war eine, ihn zu heiraten eine andere Sache. »Aber Sie sind viel zu ... Aber Clare ist viel zu jung!« entfuhr es ihr.

»Clare ist da ganz anderer Ansicht«, entgegnete Sam vorsichtig. »Sie ist bald zwanzig. Wie alt waren Sie, als Sie geheiratet haben?«

»Das hat damit überhaupt nichts zu tun«, sagte Elinor abweisend. »Sicher können Sie für Clare sorgen ... finanziell, meine ich?«

»Sehr gut sogar«, versprach Sam lächelnd. Er war gut situiert und so erfolgreich, wie das ein Jüngerer kaum sein konnte.

»Heute ist es zu spät, um klar zu denken«, seufzte Elinor, die sich plötzlich sehr müde fühlte. »Ich rede morgen mit Clare.«

Als er gegangen war, rüttelte sie Buzz wach. »Du kannst dir nicht vorstellen, was dieser Mann mir gerade gesagt hat!«

»Er will Clare heiraten«, murmelte Buzz schlaftrunken.

»Dann hat sie es dir schon erzählt?«

»Ja. Sie hatte Angst, es dir zu sagen. Mach dir keine Sorgen, Elinor. Wir sprechen morgen darüber.«

Elinor rüttelte Buzz erneut an der Schulter. »Ich bekomme kein Auge zu! Ich muß jetzt darüber sprechen. Es kommt völlig unerwartet! Was weiß das Kind eigentlich über diesen Mann? Aus welcher Familie kommt er? Worauf läßt sie sich da ein?«

Buzz setzte sich auf. »Komisch, das kommt mir irgendwie bekannt vor. Habe ich dich das nicht vor deiner Heirat mit Billy gefragt? Und hast du dich eigentlich darum gekümmert? Nein, meine Liebe. Clare ist aus demselben Holz geschnitzt wie du. Vergiß diese Fragen lieber, wenn du nicht willst, daß die beiden heiraten. Der Mann hat nämlich verdammt viel Charme!«

»Stimmt«, pflichtete Elinor ihr bei. »Aber weshalb ausgerechnet Clare? Sie paßt nicht in diese schillernde Filmwelt. Und ich habe nicht den Eindruck, daß Sam zu den Weltverbesserern zählt. Er ist längst nicht so intellektuell wie Clare. Wie lange soll das gutgehen? Diese Hollywood-Typen scheinen von einer Ehe in die andere zu stolpern. Das will ich Clare ersparen.«

»Warum siehst du das Ganze nicht einfach positiv«, entgegnete Buzz energisch. »Sei doch froh, daß Clare glücklich ist. Wenn du deine Zustimmung verweigerst, verlierst du sie um so schneller.«

Am nächsten Morgen klopfte Elinor an Clares Schlafzimmertür. Als niemand antwortete, trat sie ein. Clares Bett war leer und unbenutzt.

Kurz vor Mittag stieß eine blasse, übernächtigte Clare die Haustür auf und schlich auf Zehenspitzen durch die Halle.

»Bist du es, Clare?« rief Elinor aus ihrem Arbeitszimmer. »Komm doch bitte mal zu mir.«

Clare wurde rot. Sie trug noch immer das mittlerweile stark zerknitterte Chiffonkleid vom Vorabend.

»Setz dich, Liebes.« Elinor deutete lächelnd auf den Platz an ihrer Seite auf dem Sofa. »Ich möchte dir sagen, wie gut Sam mir gefällt. Der Mann hat Energie, Ausstrahlung, Selbstbewußtsein und Autorität. Ich bin froh, daß du dir einen älteren Mann ausgesucht hast, der weiß, was er will, und dich in dieser schwierigen Welt beschützen kann.«

Clare sah Elinor freudig überrascht an. »Ich bin froh, daß du verstehst, warum ich ihn so wunderbar finde. Ich fühle mich so ... sicher und glücklich bei ihm!«

»Ich hoffe und bete, daß das immer so bleiben wird, Liebes. Und jetzt zieh dich bitte um.«

Samstag, den 28. Februar 1959

»Es ist zauberhaft«, seufzte Miranda. Sie war sehr bleich geschminkt und hatte dazu einen perlfarbenen Lippenstift aufgetragen. Ihr orangerotes Haar war zu einem Zopfkranz aufgesteckt.

»Ich wünschte, ich hätte ein richtiges Hochzeitskleid gehabt«, bedauerte Annabel, die in ihrer Eile, Scott zu heiraten, auf eine pompöse Hochzeit verzichtet hatte.

In Elinors Schlafzimmer an der Chester Terrace betrachteten die beiden Schwestern die Braut. Sie trug ein hochgeschlossenes, taillenbetontes Hochzeitskleid mit einem weiten wadenlangen Rock aus cremefarbenem Satin. Dazu war ihr Haar im griechischen Stil aufgesteckt und mit farblich passenden Satinbändern durchwirkt.

»Ich habe weiche Knie«, gestand Clare. »Ich glaube, ich muß weinen ...«

»Doch nicht an deinem Hochzeitstag!« warnte Annabel. Obwohl Clare bezaubernd aussah, stach Annabel sie beinahe aus. Ihr scharlachrotes Seidenkostüm trug sie mit der triumphierenden Selbstsicherheit der arrivierten Frau. AVANTIS Werbekampagne hatte zwar die Revlon-Kampagne nicht übertroffen, war jedoch erfolgreich genug, um Annabel an die Spitze zu katapultieren. Die Amerikanerinnen hatten mit Überraschung registriert, wieviel sinnliche Ausstrahlung eine Engländerin, sonst als graue Maus abgestempelt, haben konnte. Annabels steiler Karriere kam eine gewisse Symbolkraft zu, da sie fast gleichzeitig mit der Entwicklung von London zur Modemetropole und zum Zentrum der Popkultur stattfand.

Miranda sah ihre Schwestern an und schmollte. »Und wie, bitte, glaubt ihr, fühle ich mich? Ihr laßt mich einfach allein ... Entschwindet mit euren tollen Ehemännern ... Wenn jemand zum Weinen zumute sein sollte, dann bin ich das!« Dabei wirkte Miranda in ihrem blaßrosa Mantelkleid ganz und gar nicht wie ein einsames Mauerblümchen.

»Hier weint niemand!« entschied Annabel energisch. »Wir sind Schwestern, und wenn wir beisammen sind, dann fühlen und tun wir dasselbe.«

»Und was tun wir jetzt?« erkundigte sich Clare mit brüchiger Stimme.

»Wie wär es mit einem unserer alten Spielchen? Wer kann den großen Zeh noch in den Mund stecken?« fragte Annabel fröhlich. »Wetten, daß ich es noch schaffe?« Annabel setzte sich auf den Teppich und zog die scharlachroten Pumps aus.

Miranda kickte sofort ihre Schuhe in die Ecke, hockte sich ebenfalls auf den Fußboden, packte ihren großen Zeh und führte ihn zum Mund. Zehn Zentimeter vor ihren Lippen war ihr Limit erreicht. Sie kicherte. »Bin wohl ein bißchen steif geworden.«

Clare begann zu lachen. »Ihr beide seht idiotisch aus.« Sie schlüpfte aus einem Schuh, ließ sich auf dem Teppich nieder und glättete vorsichtig ihr Kleid. Dann griff sie nach ihrem großen Zeh.

»Ich habe es fast geschafft!« Miranda keuchte vor Anstrengung.

»Ich habe es geschafft!« freute sich Annabel.

In diesem Moment ging die Tür auf, und Sam stand auf der Schwelle. »Honey, ich weiß, ich darf dich noch nicht sehen, aber gibt es hier irgendwo einen Drink für mich? Was, zum Teufel, macht ihr denn da?«

Die drei Schwestern ließen sich auf den Teppich fallen und brachen in schallendes Gelächter aus.

Vor dem Empfang ihrer Gäste im *Claridge's* stellte sich die kleine Hochzeitsgesellschaft auf den Stufen des Standesamts noch schnell den Kameras. Abgesehen davon, daß Sam zweimal geschieden war, gehörte er dem jüdischen Glauben an und konnte daher nicht nach anglikanischem Ritus getraut werden. Die Fotografen allerdings konnten Clare kaum zu einem Lächeln bewegen. Dazu war sie viel zu enttäuscht von der geschäftsmäßigen Zeremonie im Standesamt, die die Romantik einer Szene am Fahrkartenschalter gehabt hatte. Sie war den Tränen näher denn je.

Samstag, den 23. Mai 1959

»Sie gönnt mir einfach keinen Spaß!« beklagte sich Miranda bei Buzz.

»Wenn du damit die Flugstunden meinst, die schlag dir gleich aus dem Kopf«, entgegnete Buzz. »Du kannst sie nicht überzeugen, daß Fliegen ungefährlich ist. Sie wird es dir nie erlauben!«

»Ich habe es so satt, wie ein Baby behandelt zu werden! Skifahren ist gefährlicher als Fliegen!«

»Aber im Ernstfall nicht tödlich.«

»Andere Großmütter haben nicht diesen Gluckenkomplex.« Elinor, der es noch sehr zu schaffen machte, daß Annabel und Clare so früh aus dem Haus gegangen waren, überhäufte nun Miranda mit liebevoller Fürsorge, die daran beinahe ersticken zu müssen glaubte.

»Ich fühle mich schuldig, sobald ich nicht bei ihr bin«, fügte Miranda hinzu. »Und schuldig, wenn ich da bin ... weil ich woanders sein möchte. Sie mag nicht, was ich mag ... sie tut nur so!«

Sie saßen in Mirandas Zimmer in Starlings und hörten auf den harten Beat, der aus Mirandas neuen Lautsprechern schallte. An den Wänden hingen die Poster von Rockstars und gutaussehenden Revolutionsführern.

»Glaubst du, Gran könnte je wieder heiraten?« fragte Miranda hoffnungsvoll. »Dann wäre sie abgelenkt.«

Buzz schüttelte den Kopf. »Sie verliebt sich in ihre Helden, und die machen sie gegen normale Männer immun.«

»Ich meine doch nicht *diese* Art von Liebe!« entgegnete Miranda, die überzeugt war, daß Menschen über dreißig zu Leidenschaft und Sex gar nicht mehr fähig waren. »Ich meine ... Freundschaft.«

»Um einen Ehemann muß man sich kümmern«, sagte Buzz. »Und dazu hat Nell gar keine Zeit. Sie schreibt vormittags und hat den Kopf noch voll von ihren Geschichten, wenn sie im Garten arbeitet. Dann kommen die Einladungen zum Tee, und wenn sie abends nicht ausgeht, recherchiert sie in der Bibliothek oder geht mit einem Stapel Korrekturfahnen ins Bett. Das ist das Leben, wie es ihr gefällt. Und welcher Ehemann würde das mitmachen?«

»Und wenn er auch Schriftsteller wäre?«

»Dann will er umsorgt werden wie ein kleines Kind. Nein, nein, Miranda.«

»Liebe, liebe Buzz«, begann Miranda in der wohlbekannten schmeichelnden Manier. »Würdest du mir dann helfen? Nur dies eine Mal?«

Buzz wußte, was das bedeutete.

»Was gibt es denn diesmal, Miranda?«

»Ich möchte Kosmetikerin und Visagistin werden«, antwortete Miranda aufgeregt. »In London findet ein Kurs statt. Er dauert ein Jahr. Nächsten Monat fängt er an. Ich habe mich schon angemeldet ... aber jetzt wollen sie eine Anzahlung. Ich hatte vor, meine Perlen zu versetzen, aber wozu? Irgendwann muß ich es ihr sowieso sagen.«

»Du meinst Maniküre ... Masseuse? Das gefällt ihr bestimmt nicht ... sie hat da ganz andere Vorstellungen ...«

»Sie kommt mir bestimmt wieder mit diesem Gesellschaftskram.« Miranda biß sich auf die Lippe. »Ich hab' ihr schon gesagt, daß ich diese Partys hasse!«

»Den netten Angus hast du aber bei einem Debütantinnenball kennengelernt«, erinnerte Buzz sie. »Und er steht auf der LISTE.« Die LISTE wurde von einer alternden Klatschkolumnistin aufgestellt und kursierte unter ehrgeizigen Müttern mit heiratsfähigen Töchtern. Sie enthielt die Namen junger Männer, die nach Stand, Vermögen und beruflicher Position passende Begleiter oder Ehemänner abgaben.

Miranda wurde rot. Ein schiefes Lächeln breitete sich auf ihrem Gesicht aus. »Angus würde nie seine Zeit bei so einem blödsinnigen Ball vergeuden. Aber diesmal konnte er nicht fehlen. Das war der Ball seiner Schwester.«

Sie hatte Angus kurz nach Clares Hochzeit kennengelernt.

Miranda, die sich danach gesehnt hatte, dem überheizten Ballsaal zu entkommen, hatte einen weiteren Tanz verweigert, gegähnt, auf die Uhr gesehen und glücklich festgestellt, daß sie nur noch eine halbe Stunde auszuharren brauchte. Vorausgesetzt, sie konnte sich noch so lange wachhalten. Sie hatte die hohen Terrassentüren geöffnet und war ins Freie geschlüpft.

Nach der verräucherten Hitze des Ballsaals taten ihr die Stille des Abends und die erfrischend kühle Luft wohl. Vor sich konnte Miranda schwach die unregelmäßigen Umrisse der hohen Kastanienbäume in der Rotten Row ausmachen. Dann stieg ihr ein Geruch in die Nase, der sie an Kernseife und Pyjamas erinnerte.

Miranda drehte sich abrupt um. »Wer sind Sie?«

»Ich bin Fionas Bruder, Angus.«

Als sich Mirandas Augen an die Dunkelheit gewöhnt hatten, erkannte sie einen großen Mann im Smoking, der rauchend an der Hauswand lehnte. »Ich wollte gehen. Ich habe morgen zu arbeiten. Hier, nehmen Sie mein Jackett, sonst sterben Sie mir noch an Lungenentzündung, bevor ich Gelegenheit hatte, Sie näher kennenzulernen«, sagte er lakonisch.

Als sie in den Ballsaal zurückkehrten, drehte Miranda sich um, um Angus Maclayne genauer zu betrachten. Er erwiderte ihren Blick mit seinen eisblauen Augen. Sein Gesicht war scharf geschnitten; das Haar strohblond und der Schnurrbart ingwerfarben.

Sobald sich Fiona von ihrem Kater erholt hatte, schleppte Miranda sie zum Mittagessen. Sie erfuhr, daß Angus die klassische Schulkarriere in Eton durchlaufen hatte. Außerdem war er der Herausgeber des *Eton College Chronicle* gewesen. Anschließend hatte er in Oxford Politologie, Philosophie und Betriebswirtschaft studiert und in New York eine zweijährige Banklehre absolviert. Angus war danach als Devisenhändler für ein Schweizer Bankhaus nach Paris gegangen. Es folgten ein Jahr in

Hongkong und ein weiteres Jahr in New York, bevor ihm in London ein guter Posten angeboten worden war. Er war begeisterter Sportfischer, spielte gern Poker, und er war gewöhnlich durch nichts aus der Ruhe zu bringen.

»Ehrlich, mehr gibt es über ihn nicht zu sagen«, antwortete Fiona, als Miranda auf weitere Einzelheiten drängte. »Brüder sind immer uninteressant. Angus ist ... ganz in Ordnung. Wenn du ihn näher kennenlernen willst, dann komm doch am Osterwochenende mit nach Schottland!«

»Danke, aber im Augenblick kann ich nicht weg«, sagte Miranda, die nicht wollte, daß Fiona dachte, sie sei hinter ihrem Bruder her. Miranda zog es vor zu warten, bis die Einladung von Angus selbst kam.

Und so war es auch. Angus lud Miranda häufig zu einem Kino- oder Theaterbesuch ein. Anschließend aßen sie meistens in Restaurants, die – für viel Geld – die Gerichte aus Angus' Jugend servierten: Würstchen und Kartoffelbrei, Würstchen in Pfannkuchenteig oder die unterschiedlichsten Puddingsorten.

Für den Fall, daß sich eine dramatische Entwicklung auf dem Dollarmarkt ergab, durfte Angus bis zum späten Abend nie außer Reichweite eines Telefons sein, denn dann war es in Amerika später Nachmittag und Börsenschluß. Er ging nie mit Miranda in einen Nachtclub, denn er saß stets um sieben Uhr morgens an seinem Schreibtisch, wenn die Schlußnotierungen der Hongkonger Börse einliefen. Anders als die meisten aufstrebenden Banker war Angus nicht steif und spießig. Obwohl seine Anzüge von bester Qualität waren, konnte nicht einmal der beste Savile-Row-Schneider einen Anzug für Angus anfertigen, der nicht aussah, als sei er für einen anderen gemacht. Der vierschrötige Schotte schien nur in schwere Wollpullover, Kilts oder ausgebeulte Kordhosen mit Gummistiefeln zu passen.

Da Angus völlig unerwartet für neun Monate wieder nach New York versetzt wurde, mußte Miranda über ein Jahr auf ihre Einladung nach Schottland warten. Das Verbot, ihm nach New

York zu folgen – die Sache mit Annabel steckte Elinor noch in den Knochen – führte zwar zu horrenden Telefonrechnungen, aber Miranda beendete ihren Kosmetikkurs und begann als Lehrling in Elizabeth Ardens Schönheitstempel in der Bond Street.

Samstag, den 6. August 1960

Kurz vor Beginn der Jagdsaison nahm Miranda den Nachtzug nach Inverness und zu Angus, der die Ferien mit seiner Familie auf Maclayne verbrachte. Der Schlafwagenschaffner schloß sie in ein Einzelabteil mit einem Klappbett ein. Zuerst hatte sie Mühe, die sanitären Einrichtungen zu finden, doch schließlich entdeckte sie einen Nachttopf mit Sprung in einem Schrank unter dem Waschbecken.

Schloß Maclayne war ein großes, häßliches Gebäude aus dem späten neunzehnten Jahrhundert mit vielen Türmchen wie aus dem Bilderbuch. Durch seine langen, dunklen Korridore tobten Kinder in gestopften blauen Wollpullovern und karierten Kilts. Diese Kleidung wurde auch von den Erwachsenen der Familie und deren Freunden getragen. Selbst im August spürte man den ewigen Luftzug in den Korridoren. Der längste Gang führte von der Küche zum Eßzimmer, eine bauliche Maßnahme, die verhindern sollte, daß der Küchengeruch bis ins Speisezimmer drang. Das hatte jedoch zur Folge, daß die Mahlzeiten bestenfalls lauwarm aufgetragen werden konnten.

An den Wänden des Schlosses hingen zahllose Gemälde und Erinnerungsstücke aus der Geschichte des britischen Empires: Lanzen aus den Burenkriegen, Palmwedel aus dem Sudan und von Motten zerfressene ausgestopfte Tierköpfe. Das Ruder mit dem Messingschild, das zeigte, in welchem Ruderwettkampf der Universitäten es zum Einsatz gekommen war, fehlte auch nicht.

Miranda stellte fest, daß die sanitäre Ausstattung des Schlosses kaum besser als die der Eisenbahn waren: Badewannen auf hohen Beinen, das Emaille bräunlich und gesprungen, tropfende Hähne, Toiletten in Mahagonikisten mit altmodischer Wasserspülung.

Wenn Angus nicht beim Fischen oder auf der Jagd war, zeigte er Miranda die Umgebung. Sie benutzten dafür entweder einen Kombi mit einer Abtrennung für die Hunde oder einen asthmatischen Daimler, auf dessen Rücksitz Reste von Stroh lagen und in dem es nach Hühnern roch. Wenn sie ein besonders schönes Fleckchen erreicht hatten, wanderten sie und genossen die friedliche Natur.

Als sie wieder einmal eine der heidebedeckten Hügelkuppen erklommen hatten und den lachsroten Sonnenuntergang bewunderten, nahm Angus die Hand der vom Aufstieg noch atemlosen Miranda und fragte sie, ob sie ihn heiraten wolle. Miranda, die seit Monaten auf einen Antrag gehofft hatte, war im ersten Moment perplex.

Nach Mirandas »Ja« bückte sich Angus und zauberte einen Weidenkorb aus dem Heidekraut hervor. Dieser enthielt eine Decke im Schottenmuster, einen Thermosbehälter mit Eiswürfeln, eine Flasche Veuve Cliquot und zwei Gläser.

Als Angus Mirandas verdutztes Gesicht sah, grinste er. »Bitte sag nie, ich sei unromantisch. Ich habe die Sachen schon vor dem Frühstück hier raufgeschleppt!«

In dieser Nacht schlich Angus durch einen langen Korridor zu Mirandas Zimmer und wurde eingelassen.

Elinor war einerseits traurig, weil sie nun auch Miranda verlor, aber gleichzeitig auch entzückt, weil ihre Enkelin in eine adlige Familie einheiratete. Sie hatte sich entschlossen, wenigstens einer O'Dare-Schwester eine traditionelle weiße Hochzeit auszurichten. Das große Ereignis sollte am Montag, dem 3. April 1961 in der Kirche St. Margaret in Westminster stattfinden. Anschließend war ein Empfang im Savoy-Hotel geplant.

Nach Ende ihres Kosmetikunterrichts fuhr Miranda häufig

mit ihrem Mini mit der purpurroten Speziallackierung zu Clares kleinem Häuschen am Poulton Square in Chelsea. Diese Besuche setzte sie selbst dann noch fort, nachdem sie zu arbeiten angefangen hatte. Die Schwestern brüteten dann stundenlang über zahllosen Listen, um die Hochzeit zu planen.

Montag, den 14. November 1960

»Wieso brauche ich Fischbesteck? Wozu soll das gut sein?« fragte Miranda. Clares vorlautes neunzehnjähriges Au-pair-Mädchen aus Frankreich, nur zwei Tage jünger als ihre Hausherrin, servierte ihnen auf einem eleganten Silbertablett Tee vor dem Kamin im Salon.

Clare, längst keine Braut mehr, sondern eine Hausfrau, prüfte, ob alles Nötige auf dem Tablett stand: Tee, Kuchen, ein Glas Pflaumenmarmelade aus Starlings und Brötchen zum Toasten. Beide Schwestern hatten ihre Pumps mit den hohen Pfennigabsätzen ausgezogen. Clare trug ein gelbes Leinenkostüm mit kurzem, engem Rock, Miranda ein spinatgrünes Tweedsackkleid.

»Ah, Sachertorte!« rief Miranda begeistert. »Wenn ich verheiratet bin, esse ich sie jeden Tag!«

Clare lachte. »Bitte legen Sie Handtücher ins Gästezimmer, Marie-France. Meine Schwester bleibt über Nacht.« Sam war geschäftlich unterwegs.

Um zwei Uhr morgens wurde Clare wachgerüttelt. Erschrocken setzte sie sich auf und schaute in Mirandas Gesicht, das vom Mondschein, der durchs Fenster fiel, erhellt wurde.

»Hör zu, Clare«, flüsterte Miranda. »Ich muß mit dir reden. Beim Tee war ich ... war es mir zu peinlich.« Sie kletterte auf Clares Bett und setzte sich im Schneidersitz ans Fußende, das Gesicht jetzt wieder im Lichtschatten.

Clare rieb sich die Augen und tastete nach dem Schalter der Nachttischlampe. »Hat das nicht bis morgen Zeit?«

»Bitte, kein Licht!« drängte Miranda. »Im Dunkeln redet es sich leichter. Ich kann nicht … Ich konnte immer nur mit dir und Frog über Sex sprechen … und am Telefon mit New York und neugierigen Telefonistinnen geht es schon gar nicht …«

»Was gibt es denn, Miranda?«

»Kennst du *Lady Chatterley's Lover*?«

»Natürlich. Kennt doch jeder«, antwortete Clare verwirrt. Einige Wochen zuvor war ein Verlag wegen Verbreitung pornographischer Schriften verklagt worden, weil er dieses Buch herausgebracht hatte. Die Frage des Staatsanwalts während der Verhandlung war inzwischen zu einem Bonmot geworden: »Ist das Ihrer Ansicht nach ein Buch, das Ihre Frau oder Ihre Hausangestellte lesen sollten?«

»Wenn Angus und ich im Bett sind«, fuhr Miranda fort, »fühle ich nicht wie Lady Chatterley. Von Ekstase keine Spur.«

Clare schlang die Arme um die Knie. »Bei mir ist das, offengestanden, auch nicht so.«

Beide Schwestern schwiegen, bis Miranda sagte: »Ich begreife nicht, warum es mir so schwerfällt, jetzt mit dir über Sex zu reden, in der Schule haben wir doch nichts anderes getan!«

Clare strich sich das Haar hinter die Ohren und murmelte traurig: »Weißt du noch, wie wir uns alle gefragt haben, was ein guter Liebhaber wohl macht? Und wie einer besser als der andere sein kann?«

Miranda nickte.

»Also, ich weiß es immer noch nicht«, seufzte Clare. »Sam scheint zu glauben, daß man ein guter Liebhaber ist, wenn man hundert akrobatische Stellungen beherrscht. Manchmal habe ich das Gefühl, wieder im Turnsaal gelandet zu sein.«

»Angus scheint der Meinung zu sein, daß Ausdauer der beste Weg zum Erfolg ist. Hinterher fühle ich mich zerschunden, bin völlig erschöpft und schäme mich für ihn, weil ich weiß, daß es so nichts bringt. Er scheint gar nicht zu merken, daß ich da ein Problem habe … er ist zweifellos zufrieden. Und er nimmt an, daß es mir genauso geht.«

»Sam meint, ich sei wohl frigide ... dabei habe ich manchmal das Gefühl, es könnte was passieren, aber dann im letzten Moment kommt doch nichts.«

»Das kenne ich.«

Zögernd fügte Clare hinzu: »Vor der Hochzeit hat Sam gesagt, es käme wahrscheinlich von meiner Angst, schwanger zu werden ... und daß das in der Ehe anders werden würde. Aber darauf warte ich immer noch.«

»Es hat sich nichts verändert?«

»Nein. Wenn er mit mir zusammen war, bekomme ich ganz schreckliche Rückenschmerzen ... stundenlang. Dann kann ich nicht schlafen, sondern nur noch heulen.«

»Ich würde Angus immer am liebsten aufwecken und ihm eine kleben, so wütend bin ich.«

Nach längerem Schweigen meinte Clare: »Wer hätte gedacht, daß Sex so enttäuschend sein kann. Ich habe nicht im Traum daran gedacht, eine frustrierte Frau zu werden ... Ich habe mir eingebildet, die erste Nacht mit Sam würde im lustvollen Einssein und sinnlicher Erfüllung enden ... mit ekstatischen Höhepunkten, versteht sich.«

»Wie bei Grans Heldinnen ...«, bemerkte Miranda deprimiert. »Endloses Glück und Leidenschaft in starken Männerarmen. Wie konnte es Gran nur gelingen, den Eindruck zu erwecken, ein männlicher, erfahrener Liebhaber sei der ideale Liebhaber ... ohne je zu beschreiben, wie er das im einzelnen anstellt?«

»Indem sie ständig wiederholt, wie männlich und geschickt er ist ... als ob es darauf ankäme«, entgegnete Clare geringschätzig.

»Aber wie ist sie nur darauf gekommen? Die Beschreibung paßt so gar nicht auf Daddy Billy«, sagte Miranda nachdenklich. »Ich kann mir, ehrlich gesagt, nicht einmal vorstellen, daß die beiden es je miteinander gemacht haben!«

»Zwischen den beiden lief einiges im Bett. Das ist sicher!« widersprach Clare. »Zwischen ihnen hat es geknistert. Das war zu spüren ... auch noch, als Daddy Billy schon ziemlich alt war.«

»Perfekte Lustgefühle und gemeinsamer Liebesrausch wie bei Lady Chatterley und ihrem Wildhüter?«

»Glaubst du, daß es das wirklich gibt?«

»Keine Ahnung«, gestand Miranda. »Wie soll guter Sex denn bitteschön aussehen?«

»D. H. Lawrence hat auf seine Art wahrscheinlich genauso übertrieben wie Gran in ihren romantischen, zugeknöpften Romanen.«

»Wie erfahren wir also, was uns entgeht?«

»Weiß ich auch nicht«, antwortete Clare hilflos. »Ich wollte schon mit Annabel darüber reden. Sie *sagt*, daß sie keine Probleme hat.«

»Die Glückliche!«

Ein paar Minuten später meinte Clare düster: »Ich scheine irgendwas falsch zu machen.«

»Ah, du gibst wie immer dir die Schuld!« fuhr Miranda ärgerlich auf. »Das ist der Unterschied zwischen uns beiden. Ich glaube, daß der Fehler bei Angus liegt. Oder ... vielleicht ist Angus der falsche Mann für mich. Vielleicht bin ich zu schmal und klein für ihn.« Sie seufzte. »Wenn ich Angus nur nicht so lieben würde ... Aber ich weiß nicht, ob ich so leben kann ... Andererseits ... vielleicht brauchen wir mehr Übung ... Möglicherweise wird doch alles besser!«

»Bei mir nicht«, widersprach Clare deprimiert.

Miranda wirkte ebenfalls besorgt und unglücklich. Im Zimmer wurde es noch dunkler, als der Mond hinter einer Wolke verschwand.

Donnerstag, den 17. November 1960

Im spärlich beleuchteten Wohnzimmer seines Apartments in Albany zerknüllte Angus einen weiteren Bogen Papier und schleuderte ihn in das gemütlich flackernde Kaminfeuer. Zumindest hatte Miranda es ihm nicht brieflich mitgeteilt. Genau in diesem Zimmer hatte sie es ihm am Vortag unter vier Augen gesagt ... was nicht bedeutete, daß Angus deshalb besser verstanden hätte, warum sie ihn nicht mehr heiraten wollte.

Miranda hatte sich auf den Grund nicht festlegen lassen. Sie hatte behauptet, sich mit neunzehn noch zu jung für die Ehe zu fühlen, mehr vom Leben sehen und eines Tages ihr eigenes Unternehmen aufbauen zu wollen. Das sei ihr als Ehefrau nicht möglich, meinte sie. Sie hatte geschworen, es stecke kein anderer Mann dahinter. Das war Angus' erster Gedanke gewesen.

Zu jung? Angus hatte entgegnet, daß ihre Mutter mit neunzehn bereits zwei Kinder gehabt habe.

Daraufhin war Miranda in Tränen ausgebrochen.

Angus hatte eingesehen, daß die Bemerkung nicht besonders taktvoll gewesen war. Er hatte ihr nur klarmachen wollen, daß das Leben kurz und es daher unsinnig war, das Glück unnötig auf Eis zu legen.

Nachdem Mirandas Tränen getrocknet waren, hatte er ihr ausgemalt, daß sie als Frau eines internationalen Bankers viel reisen könne und auch später noch viel vom Leben haben werde. Und er fügte hinzu, er würde ihr gern helfen, ein Geschäft zu gründen, wenn sie Ablenkung vom Hausfrauendasein brauche.

Und danach war die schüchtern und schuldbewußt wirkende Miranda wie verwandelt gewesen. Sie war explodiert wie ein Vulkan, hatte ihn beschimpft und ihm vorgeworfen, ein typischer Macho zu sein. Dann war sie aus der Wohnung gestürmt und hatte die Mahagonitür hinter sich zugeschlagen. Angus wiederum hatte umgehend Elinor angerufen, die, wie er feststellen mußte, bereits im Bilde gewesen war.

»Vielleicht solltest du sie ein paar Tage lang einfach ignorieren«, schlug Elinor vor. »Gib ihr Zeit, sich zu beruhigen. Alle Bräute sind vor der Hochzeit schrecklich nervös. Bei Miranda fängt es wohl schon reichlich früh an.«

»Etwas ist merkwürdig. Miranda hat weder gesagt, daß sie mich nicht liebt, noch daß sie mich liebt«, fuhr Angus fort. »Ich habe sie immer wieder danach gefragt, aber sie wollte sich nicht festlegen lassen.« Und traurig fügte er hinzu: »Mir ist das alles schleierhaft.«

»Liebst du sie, Angus?«

»Aber natürlich! Ich habe noch nie eine Frau gefragt, ob sie mich heiraten will. Selbstverständlich liebe ich Miranda!«

Er kam mit Elinor überein, sich passiv zu verhalten und Miranda die Gelegenheit zu geben, alles wieder zu bereinigen. Sie würde ihren übereilten Entschluß sicher überdenken.

Am darauffolgenden Morgen jedoch schlug Angus die *Times* auf und las, daß die Hochzeit von Angus Maclayne und Miss Miranda Patricia O'Dare abgesagt worden war. Nur Miranda konnte diese Nachricht plaziert haben.

Nach dem sechsten Beileidsanruf hängte Angus ärgerlich den Hörer aus.

Jetzt begann er mit einem weiteren Brief an Miranda, warf jedoch auch diesen Versuch in die kleiner werdenden Flammen. Er konnte seine Gefühle nicht in Worte fassen. Sein Gefühl sagte ihm, daß Miranda ihm den echten Grund für ihre Entscheidung vorenthielt. Er sah seine einzige Chance darin, sich zurückzuhalten, nicht mehr über die Angelegenheit zu sprechen und jeden glauben zu lassen, daß es zwischen ihm und Miranda aus war. Denn Angus war wild entschlossen, Miranda zu heiraten.

12. KAPITEL

Dienstag, den 20. Dezember 1960

In der Woche vor Weihnachten fuhr Adam in seinem nagelneuen kastanienbraunen Rolls-Royce nach Starlings. Der Wagen war ein Weihnachtsgeschenk, das er sich selbst gegönnt und das ihn fast neuntausend Pfund gekostet hatte. Adam pfiff fröhlich vor sich hin, als er von der Hauptstraße auf die holprige Landstraße abbog, die zu Elinors Haus führte.

Nach einer einträglichen Glückssträhne hatte Adam vor kurzem all seine Schulden beglichen. Seltsamerweise hatte er darauf nicht mit Erleichterung reagiert, im Gegenteil: Der Zustand beunruhigte ihn. Adam quälte ständig die Angst, nicht seine finanziellen Möglichkeiten auszureizen. Und ohne riskante, aber erfolgreiche Finanzmanöver sah Adam keine Chance, sich je so ein Haus, wie Mike es besaß, leisten zu können. Dabei war Adam entschlossen, einmal ein noch größeres Haus als das des Bruders zu erwerben. Für seine Geschäfte war eine vertraueneinflößende Fassade ebenso wichtig wie für eine Bank.

Wenn er das Geld nicht am Spieltisch beschaffen konnte, dann im Versicherungsgeschäft. Adam war gerade Mitglied von zwei Syndikaten bei Lloyd's in London geworden. Auf diese Weise wurden größere Risiken anteilig getragen, um im Versicherungsfall die individuellen Verluste in erträglichem Rahmen zu halten. Adam bedauerte, sich nur die Mitgliedschaft in zwei dieser Syndikate leisten zu können. Bei einer höheren Zahl von Beteiligungen hätte sich auch das Risiko gemindert.

Auf dem Beifahrersitz seines Rolls-Royce lag Adams Aktenkoffer. Er enthielt eine Informationsschrift über Lloyd's sowie eine Liste von Elinors Investmentvermögen. Außerdem hatte er mehrere Verträge eingesteckt, die von Elinor unterschrieben werden mußten. Nachdem sein Vater im Januar gestorben war, hatte Adam die Korrespondenz vieler Jahre durchgearbeitet, um sich mit Elinors Angelegenheiten vertraut zu machen, mit dem Erfolg, daß Elinor sich inzwischen dankbar und vertrauensvoll in allen Dingen an ihn wandte und Adam inzwischen fast den Status eines Managers und Anwalts erreicht hatte.

Als der Butler Adam in der Halle den Mantel abnahm, drangen aufgebrachte Stimmen aus Elinors Arbeitszimmer.

»Vielleicht ist es besser, Sie warten einen Augenblick im Salon, Sir«, schlug der Butler freundlich vor. »Was darf ich Ihnen bringen? Sherry oder Tee?«

»Danke, ich warte lieber hier. Bringen Sie mir bitte einen Whisky-Soda.« Adam setzte sich auf das Sofa. Er war verärgert. Miranda hatte Elinor offenbar nicht, wie versprochen, am Tag vor seinem Besuch in Starlings informiert.

Adam trank seinen Whisky und hörte jedes Wort, das nebenan gesprochen wurde.

Im eichengetäfelten Arbeitszimmer trugen die ganz in Gletscherblau gekleidete Elinor und eine zornige Miranda wieder einmal eines ihrer Wortgefechte aus.

»Was ist dieses Jahr eigentlich in dich gefahren? Zuerst löst du deine Verlobung ...«

»Mit Angus und mir wäre es sowieso nie gutgegangen«, unterbrach Miranda sie energisch. Sie haßte es, daran erinnert zu werden, wie schmerzlich sie die vertraute Zweisamkeit mit Angus vermißte. »Irgendeine dieser höheren Töchter aus Kensington paßt viel besser zu ihm. Er ist sowieso der einzige Mann, den ich kenne, der mit neunundzwanzig unbedingt heiraten und eine Familie gründen möchte.«

»Was, bitteschön, ist daran eigentlich so schrecklich?« entgegnete Elinor heftig. »Zuerst bedrängst du mich, daß du Flugstunden nehmen willst – was ungeheuer gefährlich ist – und jetzt willst du ein Geschäft aufmachen! Meine Enkelin – eine Verkäuferin!« Elinor biß sich auf die Unterlippe, um ihre Tränen der Wut und Enttäuschung zurückzuhalten. Sie wandte sich ab und blickte in den winterlich-grauen Garten hinaus. Die leuchtend roten Beeren an den beiden flammenförmigen Stechpalmen beim Obstgarten waren die einzigen Farbtupfer.

»Außerdem verstehst du nichts von geschäftlichen Dingen!« fügte Elinor hinzu.

»Das hast du auch nicht getan, als du angefangen hast«, konterte Miranda. Sie trug einen purpurroten Overall und stand in trotziger Haltung vor dem flackernden Kaminfeuer.

»Du müßtest dich gegen übermächtige Konkurrenz behaupten. Arden, Rubenstein, Revlon ...«

»Gran, ich arbeite bei Elizabeth Arden. Ich weiß, daß Frauen ein Vermögen für ihr Gesicht ausgeben, sobald sie durch die berühmte rote Tür getreten sind.«

»Na, bitte. Da hättest du keine Chance!« Elinor wandte sich triumphierend wieder Miranda zu.

»Aber natürlich! Arden interessiert sich nicht für Kunden, die nur ein paar Schillinge in der Tasche haben. Und das ist genau die Kundschaft, die *mich* interessiert. Für Millionen Teenager gibt es nur dieses zähflüssige, altmodische Make-up in langweiligen Farbtönen für mittelalte Frauen.«

»Du weißt, welche Unsummen große Kosmetikfirmen für Werbung ausgeben. Wenn es eine Marktlücke gäbe, Miranda, hätten die sie längst entdeckt.«

»Es *gibt* eine Marktlücke«, beharrte Miranda. »Aber die großen Konzerne sind gar nicht interessiert, sie zu entdecken. Sie begreifen gar nicht, was junge Mädchen wollen; sie haben keine Ahnung, wieviel Geld diese Gruppe ausgeben kann und was für ein Markt ihnen damit entgeht.« Miranda wurde laut. »Bisher sind wir doch gezwungen, uns mit einem Kinderschminkkasten zu behelfen. Frag Annabel! Sie weiß, wovon ich rede!«

Miranda hatte von Annabel die Schminktechniken der amerikanischen Models gelernt. Außerdem versorgte sie ihre Schwester mit Kosmetikproben von Produkten, die weltweit zu haben waren, weil es in New York mehr Möglichkeiten gab, sie zu beschaffen.

»Warum bist du nur immer so schwierig, Miranda?«

»Und warum bist du so unkooperativ? Hat dir niemand zu einem Start verholfen, als du jung warst?«

»Nein!«

»Um so mehr ein Grund, mir zu helfen«, konterte Miranda.

»Ich habe nicht vor, Tausende für ein riskantes Unternehmen mit geringen Erfolgsaussichten in den Sand zu setzen.«

»Interessant! Aber für meine pompöse Hochzeit hättest du Tausende ausgegeben, nicht war? Und dieses Unternehmen hätte meiner Ansicht nach nur äußerst geringe Erfolgsaussichten gehabt!«

»Lassen wir das. Der junge Mann tut mir einfach leid.«

Miranda änderte die Taktik. Sie stocherte mit dem Schürhaken im Feuer herum, bis erneut die Flammen aufloderten, und sagte in schmeichelndem Ton: »Gran, ich kann beweisen, daß du keinen Pfennig zum Fenster hinauswirfst ... wenn du nur eine Marktanalyse bezahlen würdest. Die Gewinnspannen im Kosmetikgeschäft sind enorm! Die Rohstoffe kosten nicht einmal zehn Prozent!«

»Unsinn! Es kostet Millionen, um eine Kosmetikunternehmen auf den Weg ...«

»Nein!«

»Du bist zu jung, Miranda. Das ist mein letztes Wort.«

»Annabel hat von einem Mädchen aus New Jersey erzählt – Adrien Arpel –, die 1959 angefangen hat, als sie erst achtzehn war. Ihr Vater hat ihr für den Start vierhundert Dollar gegeben. Jetzt boomt das Geschäft. Was würde mein Vater mir geben, wenn ich ihn fragen könnte?«

Elinor erstarrte.

Kurz darauf hatte sie sich wieder im Griff. »Ich bin gar nicht so unkooperativ, wie du denkst, Miranda. Ich habe mit meinem Börsenmakler gesprochen. Seiner Meinung nach ist es völlig unmöglich, gegen die großen Kosmetikkonzerne zu konkurrieren.«

»Was versteht dein fetter alter Billy Bunter denn schon vom Kosmetikgeschäft? Natürlich ist das möglich! Man muß nur mit einem eigenen Laden anfangen!« empörte sich Miranda. »Der hat doch keine Ahnung von Lippenstiften! Schau mich mal an!«

Elinor tat es. Sie hatte Mühe, ihr Zittern zu unterdrücken.

»Die Farben bekommst du nirgends in London. Und Annabel sagt, auch nicht in New York. Um meine Lippen rosafarben mit Perlglanz zu schminken, muß ich Theaterweiß mit hellrosa Caran-D'Ache-Crayons mischen und Vaseline drübergeben. Das möchte ich schlicht mit *einem* Lippenstift erreichen! Und ich bin sicher, daß ich mit diesem Wunsch nicht allein dastehe. Außerdem könnte ich meine Produkte in meinem Geschäft verkaufen, anstatt den teuren Umweg über die großen Parfümerien zu machen.« Miranda gönnte sich kaum Zeit zum Luftholen. »O Gran! Finanzier mir wenigstens eine Marktanalyse ... damit ich beweisen kann, daß ich recht habe! Annie Trehearne sagt ...«

»Deine neue Freundin, Miss Trehearne, ist Moderedakteurin, keine Wahrsagerin!« Die temperamentvolle, blonde Annie Trehearne war für ihre ausgefallenen Ideen und geradezu unheimlich exakten Prognosen auf dem Modemarkt bekannt.

»Richtig. Sie ist Moderedakteurin bei der *Queen*. Es ist ihr Job, Trends zu erkennen. Und deshalb versteht sie, was ich will. Sie sieht die Marktlücke. Die Jugend will etwas anderes. Und das hat Annie begriffen.«

»Schade, daß du ihr nicht einfach schweigend die Nägel lackiert hast. Erzählst du allen deinen Kundinnen von deinen verrückten Plänen?«

»Gran, Annie ist auf verrückte Projekte spezialisiert! Eigentlich magst du sie doch auch ... Annie hat eine Werbefirma dazu überredet, eine billige Marktanalyse für mich zu machen, unter dem Vorwand, sie bräuchte sie für eine Story. Und sie hat angeboten, die richtigen Artikel zu lancieren, wenn ich ins Geschäft einsteige. Adam hat übrigens schon einen Finanzierungsplan.«

»Hinter meinem Rücken? Das ist ja unerhört!«

»Gran, ich kenne Adam von Kind auf«, sagte Miranda. »Er ist mein Freund ... und dein Anwalt. Und er mußte für den Finanzierungsplan nichts bezahlen. Die Kreditbank hat ihn aufgestellt.«

»Was für eine Kreditbank?«

Miranda lehnte sich an den Kamin. »Wenn ich ein Unternehmen gründe, brauche ich eine Kreditbank, oder? Sieh dir Adams Zahlen wenigstens einmal an.«

Elinors Ablehnung begann zu bröckeln. »Warum hast du mir nicht gesagt, daß du Adam konsultiert hast? Wenn er meint, daß es eine Chance gibt ... Also gut, die Zahlen sehe ich mir an. Das kann nicht schaden.«

Draußen in der Eingangshalle stand Adam auf, griff nach seinem Aktenkoffer und klopfte an die Tür zum Arbeitszimmer.

Drei Stunden später erklärte Elinor sich bereit, Miranda zum einundzwanzigsten Geburtstag einen kleinen Kosmetiksalon zu kaufen und ihr soviel Geld zur Verfügung zu stellen, daß sie drei Jahre lang eine Sekretärin und zwei Verkäuferinnen beschäftigen konnte und darüber hinaus genügend Kapital hatte, um Ware zu kaufen und die restlichen Betriebsausgaben zu bestreiten.

Adam sollte als Mirandas Unternehmensberater fungieren, und Miranda war bereit, in den ersten drei Jahren nichts gegen seine Zustimmung zu unternehmen.

Im Gegenzug versprach Miranda, keinen Flugunterricht zu nehmen. Adam fiel nur auf, daß Miranda es vermied, sich auf das Wörtchen »nie« festlegen zu lassen. Miranda wählte für ihr kleines Unternehmen den Markennamen KITS. Die Frühlingsmonate 1961 verbrachte sie in hektischer Betriebsamkeit.

Anstatt die überteuerten Markenprodukte anderer Firmen zu verkaufen, wollte Miranda ihre eigene Kosmetikserie produzieren und vertreiben. Nur so, das war ihr klar, hatte sie einen direkten Einfluß auf Qualität, Design und Verkaufspreise. Das alles wiederum gab KITS ein ganz individuelles Image.

Und Miranda hatte ganz exakte Vorstellungen, wofür KITS stehen sollte: KITS bedeutete eine junge, progressive, aufregende und preiswerte Kosmetikserie.

Nachdem sie sich für eine Basisserie von Schminkprodukten entschieden hatte, machte Miranda sich daran, sie in Elinors Küche im Haus an der Chester Terrace zu entwickeln, zum großen Ärger der Haushälterin, die die penetrante Geruchsbelästigung haßte. Unsicherer fühlte Miranda sich, was die Hautpflegeprodukte ihrer zukünftigen Firma betraf. Obwohl Chemie mit zu ihrer Ausbildung gehört hatte, beschloß sie, auf diesem Gebiet mit einem qualifizierten Chemiker zusammenzuarbeiten.

Freitag, den 31. März 1961

Während ihrer Vorbereitungen stieß Miranda zufällig auf die Adresse der Firma Arthur Bell Cosmetic Products Ltd. in Birmingham. Ein paar Tage später hielt Mirandas Taxi in einer schmutzigen Gasse vor einem düsteren Backsteingebäude.

Kenneth Bell, ein hohlwangiger Mann mit melancholischem Gesichtsausdruck, behandelte Miranda wie einen Paradiesvogel, der völlig unerwartet in die langweilige Routine seines Lebens geflattert war. Er lud Miranda zu ihrem ersten Geschäftsessen ein. Sie saßen auf Korbstühlen in Birminghams erster und einziger Imbißstube, inmitten eines Dschungels aus Gummibäumen, in denen irgendwo ein Ara krächzte.

»Sie können sämtliche Kosmetikprodukte von uns beziehen – bis auf die Lippenstifte«, erklärte Ken. »Die müßten Sie bei Shama Cosmetics – in Manchester – ordern.«

»Können Sie mir bei der Hautpflegeserie helfen, Ken? Ich möchte vor allem, daß die Produkte optimal getestet werden.«

»Jederzeit, Miranda.« Ken blies den Schaum von seinem Cappuccino. »Ich habe einen Freund, der Apotheker in der Wimpole Street ist. Er kann die Grundrezepte mit Ihnen ausarbeiten. Normalerweise arbeitet er eng mit den berühmten Dermatologen in der Harley Street zusammen. Bei ihm sind Sie an der richtigen Adresse!«

Von diesem Tag an war Ken Bell Mirandas Lieferant, Werkspion und Berater. Er verfolgte ihre ehrgeizigen Aktivitäten mit väterlicher Fürsorge und Stolz.

Mittwoch, den 7. Februar 1962

Die Auswahl des Standorts war ebenfalls sehr wichtig für Mirandas Unternehmen. Weil sie am Anfang fast ausschließlich auf Laufkundschaft angewiesen sein würde, müßte ihr Geschäft in einer der belebtesten Einkaufsstraßen und so nahe wie möglich an einer U-Bahn-Station, einer zentralen Bushaltestelle oder einer Straßenkreuzung liegen. Schließlich entschied Miranda sich für einen kleinen Laden, zu dem noch ein Apartment gehörte, an der Ecke Oxford Street und Tottenham Court Road.

Nachdem Miranda den teuren Mietvertrag unterzeichnet hatte, mußte alles Weitere besonders schnell gehen, denn von nun an kostete alles Geld; und bis zur Eröffnung von KITS hatte Miranda keinerlei Einkünfte.

An ihrem einundzwanzigsten Geburtstag stand Miranda frühmorgens im Schaufenster ihres eigenen Ladens und beobachtete, wie die noch schläfrigen Menschen an ihr vorbeihasteten.

Für die Eröffnungsfeier am Abend hatte sie sich eine spektakuläre Schaufensterdekoration ausgedacht. Dazu hatte sie eine Schaufensterpuppe mit Silberlack besprüht und ihr eine silbergraue Perücke aufgesetzt. Die Puppe stand mit ausgestreckten

Armen im Schaufenster, eine Pose, die vermitteln sollte, wie begierig sie versuchte, die KITS-Produkte in der scharlachroten Verpackung aufzufangen, die, an unsichtbaren Nylonschnüren befestigt, auf sie herabregneten.

Da Miranda sich keine Agentur leisten konnte, hatte Annie Trehearne ihr geraten, die Werbung selbst in die Hand zu nehmen. Immerhin hatte Miranda sich viel von ihrer Großmutter abgeschaut.

Kurz vor der Eröffnung des Kosmetiksalons waren Prospekte mit Preislisten und einem Gutschein gedruckt worden, der jedem Kunden beim Kauf eines Produkts eine Gratisprobe garantierte. Miranda und ihre neue Assistentin, Linda Grey, verbrachten den Vormittag damit, diese Prospekte und Werbeblätter vor den nahegelegenen Universitätsinstituten zu verteilen. Das sparte Geld.

Am Nachmittag des Eröffnungstages erschien Elinor im Laden und fand ein Chaos vor. Fußbodenleger hämmerten, Elektriker fluchten, und Maler verkleckerten silberne Farbe.

Miranda stand in Jeans und Pullover inmitten des Durcheinanders. »Stellen Sie die Schachteln in das oberste Regal, bitte ... Vorsicht, Jim! Ich will keine Farbtropfen auf den Fliesen ... Haben Sie die Spotlights? ... Gran! Das ist aber eine Überraschung!«

»Du hast ja noch eine Menge zu tun, mein Kind«, begrüßte Elinor sie. »Ich wollte dir nur Glück wünschen und sagen ... sagen, daß es mir leid tut, so wenig Vertrauen in dich gesetzt zu haben. Jetzt stehe ich voll hinter dir. Was auch passiert, du kannst auf mich zählen.«

»Was auch passiert?« Miranda lächelte.

»Bis der Richtige kommt, natürlich.«

Um sechs Uhr öffnete Miranda die Tür, um zum ersten Mal das Publikum einzulassen.

Das Interieur von KITS ähnelte einem Fotostudio: schwarze

Fußbodenfliesen, mattschwarze Wände; Theaterscheinwerfer aus Chrom beleuchteten die Auslagen. Das Verkaufspersonal trug scharlachrote Overalls. Studenten, Passanten, Journalisten und viele von Elinors Freunden drängten sich in dem Raum. Elinor hatte eine scharlachrote Einladungskarte an jeden Namen verschickt, der in ihrem Adreßbuch stand. Außerdem hatte sie Miranda eindringlich gebeten, auch Angus einzuladen, was Miranda längst von sich aus getan hatte. Sie betonte Elinor gegenüber jedoch sofort, das sei kein Grund, sich falschen Hoffnungen hinzugeben.

Mirandas Verärgerung war um so größer, als sie sich noch immer ungern eingestand, daß sie Angus mehr vermißte, als sie es je für möglich gehalten hatte. Trotzdem hatte sie nicht die Absicht, alte Fehler zu wiederholen, indem sie einen Neuanfang vorschlug. Die Suche nach dem Traumprinzen hatte sie zunächst einmal auf später verschoben. Der Erfolg im Beruf war ihr jetzt wichtiger.

Im Trubel des überfüllten Ladens winkte Elinor Angus zu, der versuchte, sich einen Weg zu ihr und Buzz zu bahnen.

»Angus ist der einzige Mann hier, der nicht aussieht, als sei er einem Zoo entsprungen«, meinte Elinor zu Buzz. »Schön, daß er gekommen ist. Ich weiß, Angus gibt nicht auf. Schau dir nur sein energisches Kinn an. Der Junge spielt auf Zeit. Im Augenblick schwimmt Miranda auf einer Erfolgswelle. Aber es werden auch stürmischere Zeiten kommen, und dann braucht sie einen starken Mann. Angus wartet nur darauf. Glaub mir.«

»Ach, hör doch auf!« wehrte Buzz ärgerlich ab. »Komische Zigaretten raucht man hier. Kein Wunder, daß du hustest, Nell.« Sie wedelte der Freundin mit der Einladung Luft zu. »Dieser Krach! Und die vielen Menschen! Und wie merkwürdig alle gekleidet sind!«

Was allen an diesem Abend zu Kopf stieg, war allerdings kein Haschisch, sondern der Optimismus und die Begeisterung des *swinging* London, die auch Mirandas Gäste erfaßt hatte. Mode schien plötzlich nicht mehr nur eine Domäne der Reichen zu sein. Auch das Publikum war gemischt und stammte aus allen Schichten: Models, Fotografen, linke Journalisten, fröhliche junge Londoner, die Cockney sprachen. Der Abend war deutlich ein großer Erfolg.

»Annabel kommt mal wieder zu spät!« Elinor runzelte besorgt die Stirn.

Aber das stimmte nicht, Annabel betrachtete das Treiben durch einen doppelten Spiegel, den Miranda in einer Tür hinter der Ladentheke hatte anbringen lassen, um ungestört die Kunden von KITS mit ihren Vorlieben und Reaktionen beobachten zu können.

Die beiden Schwestern waren übereingekommen, daß Annabel, die extra aus New York herübergeflogen war, erst zwei Stunden nach der offiziellen Eröffnung erscheinen sollte, um Miranda nicht die Publicity zu stehlen. Annabel sollte ihr Versteck daher erst verlassen, wenn sämtliche Fotografen gegangen waren. Vorerst jedoch war sie mit ihrem heimlichen Beobachterposten zufrieden und wünschte nur, Miranda würde sich in einen der attraktiven Männer verlieben, anstatt sich mit Angus zu unterhalten.

Schließlich riß Miranda die Tür auf. »In Ordnung, Annabel. Du kannst kommen! Meine Damen und Herren«, sagte sie, an das Publikum gewandt, »darf ich Ihnen meine schöne Schwester vorstellen?«

Zehn Minuten später zupfte jemand Annabel am Ärmel. Es war Clare. Die Schwester sah bleich und elend aus. »Bitte bring mich schnell hier weg, sonst kippe ich um. Ich will Gran die Freude nicht verderben. Fahr mich nach Hause.«

Annabel fuhr Clares kleines rotes Auto zum Poulton Square. Dort half sie ihrer Schwester die Treppe hinauf, brachte sie ins Bett und wollte ihr ein Glas Brandy einflößen.

»Nein, keinen Alkohol.« Clare lehnte sich in die Kissen zurück. Sie wirkte schmal und eingefallen. »Keine Sorge, Annabel. Es ist nichts Ernstes. Ich bin nicht schwanger ... obwohl ich auf Anraten meines Gynäkologen die Pille abgesetzt habe. Ich wollte sicher sein, daß sie nicht die Ursache meiner Probleme ist. Ich bin wieder beim Pessar gelandet, vorausgesetzt, Sam läßt mir die Zeit, es einzuführen.«

»Was ist mit dir los, Clare?«

»Ich habe entsetzliche Rückenschmerzen! Ich fühle mich, als hätte ich ständig meine Regel, und zwar schlimm ...«

»Wo ist Sam?«

»Er ist heute morgen nach Paris geflogen. Morgen ist er zurück«, antwortete Clare knapp.

»Alles in Ordnung mit dir und Sam?«

»Natürlich«, sagte Clare und brach in Tränen aus.

Annabel nahm die Schwester in die Arme und reichte ihr eine Packung Papiertaschentücher. Dann wartete sie, bis Clare sich beruhigt hatte.

»Und jetzt erzähl mal!« drängte sie sanft.

Clare versuchte etwas zu sagen, hielt inne und begann zu stottern. Schließlich brach es aus ihr heraus: »Mein Frauenarzt meint, meine Rückenschmerzen kämen davon, daß ich im Bett zwar erregt werde, aber keinen Orgasmus bekomme ... mich nie entspannen kann. Einem Mann, der zwar eine Erektion, aber keinen Höhepunkt hat, geht es angeblich genauso.« Clare begann erneut zu schluchzen. »Aber Sam glaubt, ich sei frigide«, jammerte sie schließlich.

»Weißt du, wie man masturbiert?«

Clare starrte die Schwester erschrocken an und wurde rot. Sie nickte langsam.

»Wenn du es selbst machst und einen Orgasmus kriegst, bist du nicht frigide. Das weiß doch jedes Kind.«

»Wie kommt Sam dann darauf, daß ich frigide bin?«

»Reine Bequemlichkeit. Wenn bei einem Mann alles funktioniert, was bei einer Frau nicht klappt, ist sie eben gleich frigide.«

Clares Lachen klang bitter.

»Warum ... befriedigst du dich nicht selbst, wenn deine Rückenschmerzen unerträglich werden?« schlug Annabel vor.

»Weshalb bin ich verheiratet, wenn wir es nicht miteinander

schaffen?« entgegnete Clare wütend. »Ich denke, Sam liebt mich. Warum weiß er nicht, was ich brauche?«

»Woher denn? Durch göttliche Eingebung?« fragte Annabel. »Sam kann doch nicht Gedanken lesen. Du mußt ihm schon sagen, was du gern hast ... oder ihn führen ... es ihm zeigen. Sam liebt dich doch. Sonst hätte er dich nicht geheiratet. In der Liebe darf man nicht schüchtern sein. Zwei Dinge müßt ihr klären: Was dir gefällt und was ihm gefällt.«

»Klingt bestechend einfach.«

»Sollte es auch sein. Nur ein Mann kann einer Frau beibringen, gut im Bett zu sein. Und nur eine Frau kann aus einem Mann einen guten Liebhaber machen.«

»Und was hast du Scott gesagt?«

»Daß ich lieber oben bin ... dann kann ich den Rhythmus bestimmen. Wir haben unsere eigene Technik gefunden.«

»Sam redet nicht gern, wenn wir im Bett sind«, murmelte Clare. »Was ist, wenn er mir gar nicht zuhört?«

Annabel zuckte mit den Schultern. »Dann solltest du vielleicht mit Sam zu einer Eheberatung gehen.«

»Ich hoffe immer noch, daß sich alles bessert ...«

»Du bist seit drei Jahren verheiratet, Clare! Wie lange willst du noch warten?«

»Dräng mich bitte nicht!« entgegnete Clare gereizt. »Woher weißt du das eigentlich alles, Annabel?«

»Scott hat es mir beigebracht. Außerdem scheint Sex das einzige Gesprächsthema unter Models zu sein. Und in New York spricht man ganz offen über Dinge, die die steifen Engländer nicht mal zu denken wagen. Die Amerikaner sind es gewohnt, mit Psychiatern darüber zu reden.«

Clare lachte unsicher. »Wenn du einem Marsmännchen erzählst, daß Sex das größte Vergnügen der Menschen ist, und beschreibst, wie sie es treiben, lacht es sich vermutlich kaputt!«

Clare beschloß, Sam einfach von ihrer Unterhaltung mit Annabel zu berichten.

»Verdammt! Wie kommst du dazu, unsere Intimsphäre vor deiner Schwester breitzutreten? Stell dich nicht so an. Es gibt eine Menge Frauen, die keinen Orgasmus haben.«

»Aber ich habe einen, wenn ... wenn ich mich selbst befriedige.«

»Clare, bei mir hat sich bisher noch keine Frau beschwert. Bei mir klappt alles tadellos. Danke, alles bestens.« Sam lehnte sich mit nacktem Oberkörper in die Kissen zurück und verschränkte die Hände hinter dem Kopf. »Komm her. Ich beweis' es dir.«

Sam mühte sich redlich ab, drang länger und härter in sie. Er erinnerte Clare dabei fatal an einen Klempner, der verzweifelt die Stelle sucht, die das Waschbecken verstopft.

Clare wand und drehte sich, rieb sich an ihm, bis Sams Hände sie energisch packten und er ihr seinen Rhythmus aufzwang.

Clare, die unbefriedigt geblieben war, fühlte danach Sams stumme Erschöpfung. Irgendwann tastete er sanft nach ihrer Klitoris. Ein paar Minuten später erreichte sie ihren Höhepunkt.

Einen Monat danach berichtete Clare Annabel, die mittlerweile wieder in New York war, von einem gewissen Fortschritt.

»Dann ist jetzt alles in Ordnung?«

Clare zögerte. »Nicht ganz. Irgend etwas fehlt noch ... Aber Sam bemüht sich sehr ... in jeder möglichen Stellung«, seufzte sie. »Trotzdem ... es ist alles so mechanisch, immer noch beinahe akrobatisch.«

Annabel zuckte mit den Schultern. »Also, wenn ich offen sein soll. Gute Liebestechnik hat nicht immer was mit Liebe und Romantik zu tun, Schwesterherz.«

»Das Deprimierendste ist ... Sam akzeptiert einfach nicht, daß mein Körper eigentlich ganz normal reagiert. Er denkt offensichtlich, ich müßte ihm auch noch dankbar sein.«

Nach langem Schweigen sagte Annabel: »Vielleicht solltest

du für ein bißchen Auflockerung sorgen. Versuch es doch mal mit erotischer Phantasie.«

»Wie meinst du das?«

»Laß dir etwas einfallen. Besorg dir tolle Reizwäsche ... Bitte ihn, dich auszuziehen ...«

Clare war skeptisch.

Freitag, den 2. März 1962

Am Vormittag sagte Clare dem Au-pair-Mädchen, daß sie den ganzen Tag in der Stadt sein werde. Dann nahm sie ein Taxi zum Matelot-Restaurant, wo sie Lizzie Bromley zum Lunch treffen wollte. Als sie dort ankam, überreichte ihr der Oberkellner eine Nachricht. Lizzie entschuldigte sich wegen Zahnschmerzen. Da Clare keinen Hunger hatte, fuhr sie mit dem Taxi umgehend zu *Fenwick's*.

Eine weitere Stunde später kehrte Clare mit zwei Kartons voller Reizwäsche nach Hause zurück. Sie brannte darauf, die Sachen anzuprobieren, und lief sofort die Treppe zu ihrem Schlafzimmer hinauf. Sie öffnete die Tür und ... erstarrte.

Vor ihr auf dem Bett bewegte sich Sams nacktes Hinterteil über einer völlig verdutzten Marie-France heftig auf und nieder.

Betroffen, zutiefst verletzt und wütend kreisten ihre Gedanken im ersten Augenblick nur um die eine Frage: Was besaß diese Französin, das sie nicht hatte?

Es dauerte eine Weile, bis Clare ihre Stimme wiedergefunden hatte. »Raus!« schrie sie gellend. »Raus aus meinem Bett! Raus aus meinem Haus!«

Clare schleuderte die grünen Pakete zu Boden, riß eines auf und begann den sprachlosen Sam mit schwarzen Satinstrapsen, Netzstrümpfen, Spitzen-BHs und schwarzen Satinhöschen, ellenbogenlangen Handschuhen mit Straußenfedern und roten Pumps mit abenteuerlich hohen Pfennigabsätzen zu bombardieren.

Dann rannte sie aus dem Haus und zum nächsten Taxistand und ließ sich zu Elinors Stadtwohnung bringen.

Elinor, die sich entschlossen hatte, die kaum noch genutzte Wohnung zu verkaufen, war gerade zusammen mit Buzz dabei, eine Liste der Möbel aufzustellen, die nach Starlings gebracht werden sollten. Clare klingelte Sturm.

»Clare! Um Gottes willen, was ist passiert?«

»Ich habe Sam verlassen!« schluchzte Clare an Elinors Schulter. »Ich will ihn nie wiedersehen. Ich hab' ihn mit einer anderen Frau im Bett überrascht ... mit dem Au-pair-Mädchen!«

Elinor versuchte sie zu beruhigen und zu trösten. »Liebes, nimm dir das doch nicht so zu Herzen. Gut, ihr seid noch nicht lange verheiratet ... Trotzdem ... alle Männer sind gleich. Die Herren der Schöpfung haben einen reichlich lüsternen Appetit. Du mußt lernen, gelegentlich ein Auge zuzudrücken.«

»Deine Generation hat sich vielleicht damit abgefunden, ich nicht. Ich gehe nie wieder zu ihm zurück.«

Elinor beschloß in diesem Augenblick, die Stadtwohnung vorerst doch zu behalten.

Für Sam war es kein Verbrechen, die eigene Frau zu betrügen, vorausgesetzt, sie wußte nichts davon. Er hatte Pech gehabt. Es tat ihm leid. Clares Sturheit jedoch begann ihn allmählich zu ärgern. All seine Überredungskünste blieben erfolglos. Nichts konnte sie besänftigen.

Schließlich ebbte die Flut seiner Telefonanrufe ab. Kurz darauf stellte er sie gänzlich ein. Die Zeit mußte zeigen, ob Clare die Absicht hatte, zu ihm zurückzukommen. Er war entschlossen, erst einmal Gras über die Geschichte wachsen zu lassen.

Mitte Juni dämmerte es Clare, daß sie hoffnungslos in der Falle saß. Sie hatte gerade das Resultat ihres Schwangerschaftstests erfahren. Er war positiv. Abtreibung war illegal und kam daher nicht in Frage. Es gab keinen Ausweg für Clare. Sie mußte zu Sam zurück.

Dienstag, den 18. Dezember 1962

Kurz vor Weihnachten begleiteten die Brüder Grant Elinor und Buzz ins Theater. Mit zwei gutaussehenden jungen Herren an ihrer Seite fühlten sich die beiden alten Damen überaus geschmeichelt. Adams Rechnung war aufgegangen. Viele Köpfe wandten sich in ihre Richtung, als sie ihre Plätze in der königlichen Loge einnahmen, um Peter Brooks' Inszenierung von »König Lear« für die *Royal Shakespeare Company* zu sehen.

Beim späten Abendessen im Savoy meinte Adam: »Diese Inszenierung ist nichts für mich. Viel zu karg und modern für meinen Geschmack.«

»Ich fand Scofield als Lear ausgezeichnet«, bemerkte Elinor höflich. Schließlich hatte Adam sie zu diesem Theaterabend eingeladen. »Aber jetzt mal ehrlich! Eigentlich hätte dem eingebildeten alten Dummkopf jeder schon im voraus sagen können, wie die Sache endet.«

»Wenn es um einen selbst geht, ist man häufig mit Blindheit geschlagen«, entgegnete Buzz.

»Wie wahr«, stimmte Elinor ihr zu.

Buzz warf Adam einen seltsamen Blick zu. Adams Eigenmächtigkeiten bei der Verwaltung von Elinors Angelegenheiten verärgerten sie zunehmend. Seit Adam seinen Vater abgelöst hatte, schien ihr vieles komplizierter und undurchsichtiger geworden zu sein. Aber bei Elinor stieß sie mit ihrer Skepsis auf taube Ohren.

Adam studierte die Weinkarte. In diesem Augenblick kam ein Ober und brachte eine Nachricht für Mike.

Mike las die Karte und drehte sich um. Er nickte höflich einer Gruppe von Männern im Smoking zu, die am besten Tisch des Restaurants dinierten.

Nach dem Essen, als Elinor und Buzz sich kurz entschuldigt hatten, um sich etwas frisch zu machen, fragte Adam: »Was ist los, Mike? Was stand auf dem Zettel?«

Mike sah seinen Bruder mit einer Mischung aus Sympathie, Zuneigung, Sorge und Mitleid an. »Eigentlich wollte ich es dir erst morgen sagen. Ich hatte keine Ahnung, daß die Brüder heute abend hier sind. Tut mir leid, aber dein Kreditrahmen ist erschöpft. Du mußt deine Schulden innerhalb von zehn Tagen begleichen.«

»Habe ich jemals meine Schulden nicht bezahlt?« Adam war ärgerlich.

»Adam, sie können es sich nicht leisten, dir Sonderkonditionen einzuräumen. Stell dir vor, alle Schuldner würden sich verhalten wie du.«

»Von den anderen bekommen sie auch keine kostenlose Rechtsberatung. Ich habe die Herren schon aus verdammt unangenehmen Situationen herausgepaukt.«

»Dann sieh zu, daß dir das auch bei dir selbst gelingt.« Mike verlangte die Rechnung.

Bei ihrer Rückkehr in die Wohnung an der Chester Terrace fanden Elinor und Buzz eine Mitteilung von Sam an der Tür vor: »Bei Clare haben die Wehen vorzeitig eingesetzt. Ich habe sie in die Klinik gefahren.«

Zweiunddreißig Stunden später, nach endlosen Wehen, brachte Clare einen sieben Pfund schweren Sohn zur Welt.

Als Elinor den kaum eine Stunde alten Joshua in den Armen hielt, öffnete sie vorsichtig die winzige Kinderfaust und legte ihren Finger hinein. Das schlafende Baby umschloß ihn fest.

»Hoffentlich wacht er bald auf«, flüsterte Elinor Buzz zu. »In den ersten Tagen nach der Geburt, bevor das Gesicht dicker wird, kann man erkennen, wie ein Kind später aussehen wird.«

Plötzlich schlug das Baby die Augen auf. Es schien Elinor geradewegs anzusehen.

Elinor verschlug es den Atem. Sie blickte direkt in die aquamarinblauen Augen von Billy.

Elinor sollte ihren ersten Urenkel nur für kurze Zeit genießen können. Am Neujahrstag eröffnete Sam Clare, daß er nach Los Angeles zurückkehren wolle.

Grain Race war Sams letzter Kinoerfolg gewesen. Zwar hatte er sein Gespür für gute Stoffe nicht verloren, doch es war ihm zunehmend klar geworden, daß ihm der hautnahe Kontakt zu der Stadt, in der sich alles um Kino und Film drehte, fehlte. Erst am Puls der Filmfabrik Los Angeles konnte er vermutlich wieder an seine alten Erfolge anknüpfen.

Sam sollte jedoch am eigenen Leib erfahren, daß es leichter ist zu gehen als wiederzukommen.

13. KAPITEL

Mittwoch, den 30. Januar 1963

Nach vier Tagen Los Angeles war für Clare der erregende Glanz des Neuen noch keinem Alltag gewichen. Zwar hatte sich L.A. als eine ausgesprochene Autostadt entpuppt – in manchen Gegenden gab es nicht einmal Bürgersteige –, doch Clare war begeistert, im Januar Shorts tragen und mitten im Winter im Meer baden zu können. Mentalität und Sprache der Kalifornier gefielen ihr. Sie genoß die Schlagfertigkeit von Sams Freunden, die ausgedehnten Gespräche in den Restaurants am Strand, den nie endenden Filmklatsch.

Es gelang Clare ziemlich schnell, in Brentwood ein großes, eineinhalbstöckiges Ranchhaus zu finden, eine bestechende Konstruktion aus Holz und Glas, mit Pool und Innenhof. Clare, von Kindheit auf an eine kultivierte Umgebung gewohnt, war entschlossen, ihr Zuhause zu einem geschmackvollen und gemütlichen Zufluchtsort vor der glitzernden, verwirrenden, absurden, unberechenbaren, herrlich erschöpfenden und aufregenden Welt von Südkalifornien zu machen.

Wesentlich anstrengender noch als das Leben in L.A. jedoch war Josh. Clare hatte sich nie vorgestellt, daß ein Baby so anspruchsvoll sein würde. Der Kleine schrie viel, schlief schlecht und wollte ständig Gesellschaft haben. An dem Tag, an dem Sam sie mit einem beginnenden Sonnenbrand am Pool fand, weil sie in der prallen Sonne vor Erschöpfung eingeschlafen war, hatte er Erbarmen. Er legte den Arm um Clares schmerzende Schultern und sagte: »Besorg dir ein Kindermädchen. Sofort. Und keine Widerrede.«

Sam entwickelte sich zu einem hingebungsvollen Vater; eine Tatsache, die seine Freunde – und vielleicht ihn selbst am meisten – überraschte.

Sams Probleme schienen sich in Luft aufzulösen, sobald er den kleinen Josh badete oder mit ihm scherzte, vor ihm auf der Terrasse krabbelnd Tiere imitierte oder dem wenige Monate alten Baby das Wort *Dad* beizubringen versuchte.

Elinor engagierte ein junges englisches Kindermädchen. Kathy war zierlich und erinnerte Clare mit ihren hellen Augen an eine Nachtigall. Clare und Kathy, beide fern ihrer Heimat, wurden bald gute Freundinnen. Und von dem Augenblick an, als Kathy sich um ihn kümmerte, verwandelte sich Josh wie durch ein Wunder in ein völlig problemloses Baby. Clare und Sam waren restlos glücklich.

Nun konnte Clare auch damit beginnen, Freunde und Bekannte einzuladen. In L.A. war das eine ernstzunehmende Aufgabe, kein zwangloses Vergnügen, wie Clare das aus London gewohnt war. Sam brauchte Unterstützung, und Clare war entschlossen, Sam so gut es ging zu helfen. Mit Elinors Teepartys vor Augen und mit Hilfe ihres natürlichen Organisationstalents schaffte sie es, bald für ihre Abendeinladungen bekannt zu werden, ob diese nun zu Hause oder im zauberhaften Innenhof des Bel-Air-Hotels oder in anderen bekannten Restaurants stattfanden. Am meisten waren Sams ältere Freunde von seiner kultivierten englischen Frau beeindruckt, die noch dazu die Enkelin einer internationalen Bestsellerautorin war. Außerdem war sie nicht nur hübsch und jung, sondern auch eine versierte, charmante Gastgeberin, was man von keiner der früheren Frauen von Sam hatte behaupten können.

Währenddessen arbeitete Sam hart an seinem Comeback. Dazu brauchte er vor allem ein gutes Drehbuch. Er verbrachte viel Zeit mit der Suche nach geeignetem Material und versuchte, die Gleichgültigkeit zu ignorieren, mit der man ihm begegnete. Noch war Sam nicht *out*, aber auch nur weil er sich selbst noch nicht aufgegeben hatte. Dessen war Sam sich sehr wohl bewußt, und es wußten auch die, auf die es ankam, mit Ausnahme von Clare. Aber man ließ ihn doch spüren, daß *Grain Race* sein letzter Erfolg gewesen war.

Clare war schon vor ihrem Umzug nach Los Angeles darüber im Bilde, daß die Rolle der Ehefrau eines Filmproduzenten längst nicht so schillernd war, wie sie – und ihre neidischen Freundinnen – einst geglaubt hatten. Was Clare jedoch nicht wußte, war, daß Sams Finanzreserven allmählich zur Neige gingen. Die Überschüsse aus den großen Erfolgen wurden schnell von Steuern, Unterhaltszahlungen und den überraschend hohen Lebenshaltungskosten aufgefressen.

Clare, die keine Ahnung hatte, daß Sam es sich eigentlich nicht leisten konnte, gab zahllose aufwendige Partys. Eines Abends, Ende April, rief Clare Annabel in New York an und erzählte ihr: »Heute werden fünfundsiebzig Leute zum Abendessen kommen. Ich habe eine bezaubernde gelbgestreifte Markise im Garten am Pool aufstellen lassen.«

»Für offizielle Einladungen zu Hause fehlt mir die Zeit«, erwiderte Annabel. »Wenn es etwas Geschäftliches ist, gehen wir in ein Restaurant, und Freunde laden wir sonntags zum Brunch ein.«

Clare lachte. »Damit kannst du in L.A. keinen Blumentopf gewinnen. Einladungen sind hier ganz förmliche Ereignisse, ganz auf die altmodische Art. Ich gebe riesige Feste und Dinners zu Hause, Annabel. Aber was sich hier als Partyservice anbietet, ist auch einfach phantastisch.«

»Und zu diesen Partys lädst du dann schöne Schauspielerinnen und vollbusige Starlets ein?«

»Nein«, widersprach Clare kichernd. »Die wichtigsten Leute hier sind Familienväter. Man fordert also den Zorn der Ehefrauen lieber nicht heraus. Und es werden auch nur erstklassige Schauspieler eingeladen. Die belästigen niemanden, weil sie unbedingt eine Rolle haben wollen. Sinn und Zweck sind Geschäfte. Die richtigen Leute sollen zueinanderfinden, damit der nächste Kinohit produziert werden kann.«

Clares Bemühungen jedoch brachten nicht den von Sam erhofften Erfolg.

Sams Karriereprobleme und Anstrengungen, wieder ganz nach oben zu kommen, kosteten Kraft und Energie. Für die Liebe blieb da wenig übrig. Sie schliefen zwar regelmäßig miteinander, und Sam verschaffte Clare auch pflichtbewußt die gewünschten Orgasmen, doch dem Liebesspiel fehlte Spontaneität, Leidenschaft und Zärtlichkeit. Clare hatte ständig das Gefühl, daß ihr das letzte Stück zum Glück vorenthalten wurde, und sie war soweit, die Liebesromane der Großmutter mit ihrer konstruierten Traumwelt für ihre hochgesteckten Erwartungen verantwortlich zu machen.

Eines Nachmittags, als Annabel anrief, fragte Clare plötzlich: »Was macht eigentlich dein Liebesleben, Schwesterherz?«

Nach kurzem Zögern kam die Antwort: »Nicht gerade aufregend, wenn du so fragst. Reine Routinesache.«

»Was? Bei dir auch?«

»Wenn Scott beruflich an einer großen Sache arbeitet, hat er den Kopf woanders. Das kenne ich schon.«

»Das kann ich nicht glauben! Nachdem du mir eingeredet hast, Scott sei für eine Frau ein Geschenk des Himmels?«

»Er scheint mal Urlaub vom ›Ich‹ zu nehmen«, entgegnete Annabel kurz und wechselte das Thema.

Clare hatte beobachtet, daß Sam als Mann durchaus neuen Ansporn erhielt, sobald sich attraktive junge Schauspielerinnen an den Pools der Bars und Hotels um ihn scharten. Sam tat die schmeichelhafte Aufmerksamkeit, die man seiner Person zollte, sichtlich gut. Clare dagegen machten diese Erfahrungen traurig und ein wenig eifersüchtig. Sie wünschte, sie hätte tatsächlich, was diese Frauen ganz offensichtlich vermuteten: nämlich einen mächtigen Ehemann, der sie auf Händen trug, und einen aufregenden Liebhaber.

Als Sam Clare eines Tages fragte, ob sie ihn zu den Filmfestspielen nach Cannes begleiten wolle, war er überrascht, daß sie sofort bereit war, Josh zehn Tage mit Kathy allein zu lassen.

Clare war begeistert. Sie hoffte insgeheim auf zweite sorglose Flitterwochen.

Leider lud Sam – der von Clares romantischen Träumereien keine Ahnung hatte – in letzter Minute auch Elinor ein, die sich gerade von einer schweren Bronchitis erholte. Sam, der befürchtete, Clare könne sich in Cannes allein langweilen, während er neue Verträge aushandelte, hatte ihr eine angenehme Begleiterin verschaffen wollen. Außerdem hatte er sich entschlossen, lieber im zentral gelegenen *Carlton* als in Elinors kleiner Villa in St. Tropez zu wohnen.

Montag, den 6. Mai 1963

Eine Woche später saßen Clare, Sam, Elinor und Buzz unter der flimmernden Frühlingssonne auf der Terrasse des Carlton in Cannes. Weiße Yachten glitten über die Bucht. Es herrschte ein buntes, fröhliches Treiben. Starlets und Mädchen in knappen Bikinis erregten die Aufmerksamkeit des Publikums und der Fotografen.

Clare und Sam sahen sich über den Tisch hinweg lächelnd an. Sie war glücklich, die cineastischen Frühlingsriten miterleben zu können.

Elinor bemerkte den Blick und war erleichtert. Ein Kind hatte sich schon oft als bestes Heilmittel gegen Ehekrisen erwiesen. Sie hoffte, daß Clare und Sam ihre Schwierigkeiten überwunden hatten.

Als die Verhandlungen in die entscheidenden Phasen traten und sich allmählich herauskristallisierte, mit wem Verträge abgeschlossen werden würden, zeichnete sich ab, daß Sam wieder nicht dabeisein würde. Clare hatte inzwischen gelernt, keine Fragen zu stellen, wenn er noch immer voller Hoffnung von einem Essen mit einem der Großen im Filmgeschäft ins Hotel zurückkehrte. Sams Aura des Unbesiegbaren, die Clares Herz erobert hatte, war sichtlich angeschlagen.

Eines Abends dann saßen Sam und Clare im *Majestic* mit einem der wichtigsten Filmverleiher beim Abendessen. Der Mann hatte bereits zahllose Verträge in der Tasche und hoffte offenbar, sich eine Art Monopolstellung im Geschäft erworben zu haben. Während Clare Sams Miene beobachtete, fragte sie sich, ob seine Enttäuschung und Verzweiflung für die anderen ebenso sichtbar war wie für sie.

Nach dem Essen schlug Clare Sam einen Spaziergang auf der von Palmen gesäumten Uferpromenade vor. Clare hoffte, mit ihm allein unter dem südlichen Sternenhimmel für kurze Zeit die hektische Atmosphäre des Festivals zu vergessen.

Clare hatte plötzlich Mitleid mit Sam. Er reagierte auf den ausbleibenden Erfolg bereits mit viel zu lauter Stimme, überzogenen Trinkgeldern und offensichtlichen Flirts mit Starlets, die noch nicht wußten, daß sie mit Sam ihre Zeit verschwendeten.

Als sie das einsame Ende des Strandes erreichten, zupfte Clare Sam am Arm. »Komm! Gehen wir zum Wasser!«

Unten, wo der Sand im nachtblauen Meer verschwand, zog Clare die Schuhe aus, drehte sich zu Sam um und legte die Arme um seinen Hals. »Vergessen wir alles für ein paar Minuten«, flüsterte sie. »Vergessen wir Filme und Geld, Verträge und Zweifel. Genießen wir einfach das Rauschen der Wellen. Genießen wir es, zusammen zu sein.«

Sam zog sie an sich und sagte hilflos: »Ich weiß einfach nicht, was ich falsch mache ... Es tut mir so leid, Clare.«

»Das ist doch nicht wichtig. Vergiß es für ein paar Minuten.« Sam nahm ihr Gesicht in seine Hände.

Sie küßten sich leidenschaftlich, eng aneinandergeschmiegt. Zum ersten Mal ließ Sam Clare an seiner menschlichen Verwundbarkeit teilhaben. Zum ersten Mal spürte er ihre Stärke und ihren Trost. Zum ersten Mal teilte er ihr flüsternd seine Zweifel, Ängste und Reue mit.

Clare zog Sams Kopf zu sich herab und küßte seine Worte fort. »Es ist alles nicht wichtig, Sam. Glaube mir, es ist nicht wichtig. Vergiß es. Es zählt nur, daß wir zusammen sind … und daß ich dich liebe.«

Sam riß sie an sich, und Clare fühlte seine Sehnsucht, spürte, daß er sie brauchte. Und auf dem kühlen, feuchten Sand erlebte Clare, wonach sie sich immer gesehnt hatte; erlebte die Erfüllung, nach der sie gesucht hatte. Zu ihrer Überraschung erkannte sie sich plötzlich in Elinors überschwenglichen Beschreibungen von zwei Seelen, die sich finden. Endlich war Clares lang erhoffter Augenblick gekommen, als Sam und sie Lust und Liebe, Leidenschaft und Zärtlichkeit teilten.

Dienstag, den 14. Mai 1963

Das Festival war noch in vollem Gange, als Elinor sich eines Vormittags in der Halle des *Carlton* umsah. Filmposter schmückten die Wände.

Buzz fühlte sich gestört. »Diese permanente Volksfeststimmung geht mir auf die Nerven. Überall Leute … Leute … Die Ober drehen sich im Kreis. Nicht mal eine anständige Tasse Tee bekommt man!«

Elinor lauschte auf die Gespräche, die hinter ihr geführt wurden:

»Wann geht Ihr Flugzeug?«

»Wieso? Wann ich möchte, natürlich.«

»… kriegt man keine anständigen Gemüsegärtner.«

»Ich habe zwei Filipinos. Die kosten mich vierzig Dollar pro Karotte, aber ich weiß wenigstens, daß ich frisches Gemüse auf dem Teller habe.«

»Richard Burton will das Château in Saracen jetzt übrigens doch nicht kaufen. Sieht so aus, als ob die Unterhaltszahlungen …«

»Hast du das gehört, Buzz?« fragte Elinor aufgeregt. »Glaubst du, das Château steht wirklich zum Kauf? Komm, wir fahren hin und sehen es uns an.« Elinor hatte gehört, daß

Saracen eines der wenigen französischen Dörfer sein sollte, dessen mittelalterlicher Charakter unverfälscht geblieben war. Es war daher in seiner Gesamtheit unter Denkmalschutz gestellt und ein Bauverbot verfügt worden.

»Ich bin zu allem bereit, nur um diesem Zirkus zu entkommen«, brummte Buzz.

Die beiden Frauen bahnten sich den Weg durch die Menschenmengen, bis sie schließlich Sams klimatisierte Limousine erreicht hatten und dem Trubel entfliehen konnten.

Im Gegensatz zum lauten, staubigen und heißen Cannes wirkte die Umgebung, als habe sie gerade ein Bad genommen: Die Luft war klar, die Farben frisch und strahlend. Auf der einen Seite der Straße glitzerte das azurblaue Meer im Sonnenschein, auf der anderen erstreckten sich Lavendelfelder und dunkelgrüne Pinienwälder. Dahinter wurden die Berge sichtbar, deren sanfte, malvenfarbene Konturen sich am fernen Horizont verloren.

Die Gassen in Saracen waren für den Autoverkehr zu schmal. Oft mündeten sie ganz unerwartet in Plätze mit alten Steinbrunnen, die im Schatten von Zitronenbäumen lagen. An den schmalen Häusern gab es geheimnisvolle Veranden und Holzgalerien, die sie miteinander verbanden. An manch einer verwitterten Tür hing die Hand Fatimas, ein Symbol zur Abwehr des Bösen.

Als sie das Château erreicht hatten, schwang das hohe Eisentor bei Elinors zögernder Berührung quietschend auf. Buzz und sie betraten einen gepflasterten Hof, der völlig von Unkraut überwuchert war. An den Schloßmauern wuchsen weißer Oleander, Rosmarinbüsche und Bäume, deren Zweige sich unter ihrer blaßgelben Blütenpracht bogen. Die Äste hingen so tief, daß sich die beiden Frauen wie unter einem gelbgrünen Tunnel ducken mußten, um zum Schloßportal zu gelangen. Die Eingangstür entpuppte sich als ein uraltes Eichentor mit rostigen Eisenbeschlägen.

Sie klingelten. Während sie warteten, entdeckte Elinor über

der Tür in der Mauer eine Reihe schmaler Schießscharten. Dahinter hatten sich vermutlich einst die Verteidiger des Schlosses verschanzt, um sich mit Pfeil und Bogen der Eindringlinge zu erwehren.

Elinor hatte sich gerade damit abgefunden, die Fahrt nach Saracen umsonst gemacht zu haben, als die schwere Eingangstür zögernd geöffnet wurde. Im Türrahmen stand eine grauhaarige Frau in einer Kittelschürze und ausgetretenen Hausschlappen. Die Hausmeisterin bestätigte mürrisch, daß das Château zum Kauf stand, verweigerte jedoch jede weitere Auskunft mit einem Hinweis auf den Makler.

Schließlich gelang es Elinor, die Alte zu überreden, den Makler anzurufen und ihn zum Kommen zu bewegen. Der Makler entpuppte sich als hagerer, abweisender junger Mann, der die beiden Engländerinnen nicht ernst zu nehmen schien. Schließlich wußte jeder, daß Briten schon lange kein Geld mehr hatten. Die Führung durch das Schloß geriet daher eher zu einem halsbrecherischen Hindernislauf.

Das Gebäude befand sich in einem miserablen Zustand: Die Räume waren feucht, Putz bröckelte von den Wänden; die Fensterläden hingen windschief in den Angeln oder fehlten ganz und waren allesamt seit Jahren nicht mehr gestrichen worden. Die beiden oberen Stockwerke entpuppten sich als eine Reihe trostloser, abgedunkelter Schlafzimmer. Das einzige Badezimmer stammte aus der Zeit vor dem Ersten Weltkrieg, es roch muffig, und Schimmelflecken breiteten sich an den Wänden aus. Eine Zentralheizung oder Klimaanlage gab es nicht. Der Makler versicherte den Frauen nicht gerade überzeugend, daß die dicken Mauern des Schlosses im Winter warm und im Sommer kühl hielten. Schließlich endete der Rundgang, wo er begonnen hatte: auf der dem Meer zugewandten Südterrasse.

Elinor trat an die von Efeu überwucherte Balustrade. Zu ihrer Rechten lag in der Ferne, einem Gemälde von Dufy gleich, die von hohen Palmen und eleganten Villen gesäumte Bucht von Nizza. Unter ihr fiel blanker Fels schwindelerregend steil zu einem halbmondförmigen Sandstrand ab. Das Meer dort unten glitzerte silbern. Jenseits der Bucht erstreckte sich die tiefblaue Wasserfläche bis zum Horizont. Und dort, wo sie an den azurblauen Himmel grenzte, nahm das Meer einen satten Indigoton an. Am Himmel segelten dicke, weiße Kumuluswolken im strahlendhellen Licht der französischen Riviera.

»Und was soll das kosten?« wandte Elinor sich an den noch immer abweisenden Makler.

Buzz erkannte plötzlich, daß dies kein gewöhnlicher Nachmittagsausflug gewesen war. »Was sollen wir mit einem so riesigen Kasten anfangen? Außerdem ist es unbewohnbar.« Buzz schaute sich mißbilligend um. »Du bist eine unverbesserliche Romantikerin, Nell!«

Beiden Frauen war in diesem Moment klar, daß Elinor das Schloß kaufen würde.

Später, als sie schweigend bergab gingen, fiel Elinor auf, daß in den schmalen Gassen und auf den kleinen Plätzen erstaunlich viele Bäume wuchsen: Trauerweiden, Oliven- und Aprikosenbäume. Im einzigen Café des Ortes nahmen sie eine Erfrischung zu sich. Die Gasse war von Töpfen mit rosafarbenen Geranien gesäumt. Tauben pickten die Kuchenkrümel auf, die Buzz ihnen zuwarf. Dann wanderten sie an den kleinen Häusern vorbei, erreichten das blaßblau getünchte Bürgermeisteramt, das sich direkt neben der Apotheke befand. Der schönen alten Kirche gegenüber lag der einzige Kolonialwarenladen des Dorfes. Im Schaufenster standen Champagnergläser aus Plastik neben einem Bündel roter Fliegenklatschen, Einmachgläsern, staubigen Kasserollen, Insektenvertilgungsmitteln, Parfüm, Honig und getrockneten Kräutern. Von dem Sammelsurium ging ein altmodischer Charme aus.

»Fast zu schön, um wahr zu sein«, seufzte Elinor. Die stillen, sonnendurchfluteten Gassen hatten sich in siebenhundert Jahren kaum verändert. Elinor und Buzz waren nur eine kurze

Strecke gefahren, und doch schien Cannes mit seinen hektischen Menschenmassen Tausende von Kilometern entfernt zu sein.

»Nell, das ist Wahnsinn! Du hast dir das überhaupt nicht richtig überlegt!« Buzz konnte sich auf der Rückfahrt kaum beruhigen.

Elinor lachte. Nachdem sie völlig unerwartet in die Versuchung gekommen war, England den Rücken zu kehren, vermochte sie darin nur noch Vorteile zu sehen: Sie tauschte Nebel und Bronchitis gegen Sonnenschein, warmes Meer, herrliches Essen und Wein!

»Wirst du Starlings nicht vermissen?« Buzz konnte nicht fassen, daß Elinor bereit war, ihren geliebten Garten aufzugeben.

Plötzlich wurde Elinor ernst. »Seit die Mädchen fort sind, ist Starlings nicht mehr das, was es war.« Die bedrückende Leere im Haus war für Elinor zu einer ständigen seelischen Belastung geworden. Alles erinnerte sie dort an eine glückliche Vergangenheit. Elinor hatte Heimweh im eigenen Haus. Vielleicht konnte sie in Saracen ein neues Leben beginnen. Vielleicht gelang es ihr dort wieder, den Blick in die Zukunft zu richten, anstatt sich ständig in Erinnerungen zu verlieren.

Bald darauf flog Paul Littlejohn, einer der Juniorpartner von *Swithin, Timmins & Grant*, von London nach Nizza. Elinor, die durch ihre internationalen Veröffentlichungen ausländische Bankkonten besaß, wurde schließlich Herrin des alten französischen Schlosses. Obwohl die Transaktion verhältnismäßig einfach war, gelang es Paul Littlejohn, sie fast ebenso kompliziert darzustellen wie einst die Aufteilung Berlins unter die Alliierten. Seine Honorarforderungen waren entsprechend.

Buzz drängte Elinor, die ihrer Ansicht nach überhöhte Rechnung zu monieren. Doch Elinor entgegnete nur, Adam habe ihr versichert, daß das Honorar durchaus normal sei.

»Es ist nicht normal, ein Schloß aus dem elften Jahrhundert

zu kaufen«, konterte Buzz. »Und weshalb schreibt dieser Mr. Littlejohn eigentlich dauernd ›ausgefertigt auf Ersuchen‹ in seinen Briefen an dich?«

»Ich ›ersuche‹ und er bestätigt das. Was ist daran auszusetzen?« entgegnete Elinor gereizt. »Vermutlich ist das eine juristische Formel, die er in diesem Fall benutzen muß. Das braucht uns nicht zu kümmern. Adam und Mr. Littlejohn wissen, was am besten für mich ist. Ich vertraue ihnen. Sag mal, wo bleibt eigentlich der Innenarchitekt?«

14. KAPITEL

Donnerstag, den 12. September 1963

Adam eilte die Marmortreppe zum *Clanrickard Club* hinauf. Glücksspiele waren nun auch in England vom Gesetzgeber legalisiert worden, und London hatte sich inzwischen zu einem internationalen Zentrum entwickelt. Mike Grant leitete den *Clanrickard Club*, einen der vornehmsten Spielsalons der Metropole.

Als Adam den Eingang erreichte, stieß er beinahe mit dem Eigentümer, Toby Sutch, zusammen. Adam hatte ihn dort nicht so früh am Abend erwartet.

Toby Sutch blieb stehen. »Ich hoffe, Sie sind gekommen, um Ihre Schulden zu begleichen, Grant. Und zwar ohne Mätzchen.«

»Deshalb will ich Mike gerade sprechen«, konterte Adam, dem sofort klar war, was Toby mit ›Mätzchen‹ meinte. Der tadellos gekleidete ehemalige Harrow-Schüler Toby Sutch war ein hartgesottener Geschäftsmann, der Gehorsam gewohnt war. Sein souveränes, selbstbewußtes Auftreten zog Leute an, die ihre Spielleidenschaft nicht unter Kontrolle hatten und die dann nicht selten in völlige Abhängigkeit von ihm gerieten. Diese Personen brachte er dann mit privaten Geldverleihern in Kontakt, die Halbjahreskredite zu einem Zinssatz von vier Prozent pro Monat vergaben. Sollten sie bei der Rückzahlung Schwierigkeiten machen, bekamen die Schuldner Besuch von Schlägern, die sie dann zur Zahlung »überredeten«.

Adam lief schnurstracks in das Büro seines Bruders. »Du kommst wieder einmal spät, Adam«, empfing ihn Mike hinter seinem Schreibtisch aus Rosenholz. »Fasse dich also kurz. Ich bin mit Miranda verabredet. Ich will ihr den Laden zeigen, den ich in Pimlico für sie gefunden habe.«

»Miranda kann warten.« Adam setzte sich in einen Ledersessel und legte die Füße auf den Schreibtisch. »Gib mir einen Whisky-Soda. Ich möchte dir ein paar Sätze zu Mirandas Geschäften sagen.«

»Sie expandiert mit Lichtgeschwindigkeit«, bemerkte Mike und schaute seinen Bruder aufmerksam an. Miranda hatte innerhalb von achtzehn Monaten sieben Ladengeschäfte erworben. Zwei davon hatte Mike ihr vermittelt, da er über gute Kontakte zu Maklern verfügte.

Als Sicherheit für ihren zweiten Laden hatte sie der Bank ihren ersten zur Verfügung gestellt. In derselben Weise war Miranda auch beim Kauf der übrigen Geschäfte verfahren. Da sie ihr Unternehmen vor einem Wirtschaftsaufschwung gegründet hatte, schien ihre Kreditwürdigkeit geradezu wöchentlich zu steigen: Die stetig wachsenden Gewinne bei KITS überzeugten offenbar die Bank, daß sie durchaus in der Lage war, mit geborgten Mitteln Eigentum zu erwerben.

»Miranda vergeudet zuviel Zeit mit Immobiliengeschäften«, sagte Adam jetzt. »Sie sollte sich mehr um ihr Unternehmen kümmern. Sie hat ein Auge für gute Immobilien, aber sie kann nicht mit Maklern umgehen. Makler haben keinen Respekt vor Frauen ... besonders, wenn sie jung und hübsch sind. *Du* hast ebenfalls einen Riecher für gute Immobilien, kleiner Bruder, und *du* weißt, wie man mit Maklern umspringt. Du kannst hier mit ihnen essen und trinken, sie netten Mädchen vorstellen und ihnen den üblichen Umschlag mit Bargeld zustecken. Auf diese Weise überlassen sie dir die erste Auswahl bei den zum Verkauf anstehenden Objekten. Und viel Zeit kostet dich das auch nicht. Ich biete dir dafür zwei Prozent Provision.«

Mike schenkte Adam einen Drink ein. Er blickte skeptisch drein. Mike kannte natürlich den Haken, den der so vernünftig klingende Handel hatte: Wenn er annahm, erwartete Adam von ihm, daß er Toby Sutch überredete, seinen Kredit zu verlängern.

Aber Mike wollte niemanden um einen Gefallen bitten ... am wenigsten Toby.

»Zwei Prozent«, wiederholte Adam energisch.

Mike nickte widerwillig.

Adam stand auf. »Miranda sollte das ganze Unternehmen unter einem Dach unterbringen können. Also, sieh dich nach einem Industriegebäude um ... irgendwo außerhalb von London. Dann könnten wir Produktion, Lagerung, Garagen und Büros auf einem Grundstück vereinen.«

»Warum baut ihr nicht?« schlug Mike vor.

»Keine Zeit«, antwortete Adam, leerte sein Glas und ging.

Freitag, den 24. April 1964

»Es ist herrlich, Buzz!« Elinor wartete auf der Südterrasse auf ihre Gäste: Das traditionelle Richtfest für die Handwerker sollte beginnen. Saracen würde gerade rechtzeitig zum Filmfestival fertig werden. Dieses Jahr hatte Sam eine der eindrucksvollsten Kulissen der Riviera zur Verfügung, um seine Geschäfte zu tätigen.

Die Frauen der Steinmetze hatten Pizzas gebacken, große Schüsseln mit Tomaten, Oliven und Zwiebeln vorbereitet, Gurken, Walnüsse und Lammfleisch eingelegt. Champagner, provenzalischer Rosé und selbstgemachte Limonade aus frischen Zitronen standen bereit.

Elinor hatte jede Minute der Renovierung genossen. Ihr französischer Architekt hatte die Statik des Gebäudes verbessert, neue Dachbalken einziehen lassen und die Ziegel auf dem Dach und der Terrasse erneuert. Das schimmelnde Badezimmer und die primitive Küche waren herausgerissen und durch neue ersetzt worden. Die sanierten Wände schimmerten in abgetöntem Weiß. Alle Fenster waren erneuert, sämtliche Holzteile frisch gestrichen sowie die Holzfußböden abgezogen und eingelassen worden. Die neuen elektrischen Anlagen sorgten für indirekte Beleuchtung, so daß Wände und Decken in ihrem neuen Glanz erstrahlten.

Während des Umbaues besuchten Elinor und Buzz die Auktionshäuser von Nizza, Toulon und Draguignan und fanden alteingesessene Antiquitätenhändler, wo sie schöne alte Betten, Tische aus Obsthölzern, Schränke und herrliche Stühle erstanden. Die modernen Möbel kamen aus Nizza. Eine Dorfschneiderin, Madame Annette, nähte alle Vorhänge aus cremefarbenem Leinen, das Elinor in Toulon ballenweise ersteigert hatte.

Beglückt mit dem Ergebnis all dieser Anstrengungen, lehnte Elinor sich nun gegen die Balustrade der Terrasse und schaute zum Schloß auf. Auf die frischgestrichenen Läden hatte der noch immer goldene Abendhimmel einen rosafarbenen Schimmer gezaubert.

Buzz, die Elinors zufriedene Miene sah, fragte: »Was gefällt dir eigentlich am besten, Nell?«

Zu Buzz' Verwunderung nannte Elinor nicht den atemberaubenden Blick oder das imposante Himmelbett, das einst einer spanischen Prinzessin gehört hatte, auch nicht den Aufzug, der die Steilküste zum Strand überwand.

Elinor lächelte. »Es ist das schöne Gefühl, daß Billy stolz auf mich wäre.«

Buzz starrte Elinor schweigend an. Sie kannte den Ausdruck auf dem Gesicht der Freundin. Elinor spielte eine ihrer Heldinnen. Das Château hätte aus einem ihrer Romane stammen können. Hier in Saracen konnte Elinor in der Phantasiewelt leben, die sie sonst für ihre Leser schuf. Und Teil dieser Welt war der Mythos von Billy O'Dare, dem perfekten Liebhaber, den sie als starken, verläßlichen Helden wiedererstehen ließ, während sie seine Schwächen, Exzesse und Gemeinheiten ihr gegenüber wie immer völlig verdrängte.

Buzz schüttelte den Kopf. Die beiden Frauen kannten sich nun eine halbe Ewigkeit. Und doch schaffte Elinor es noch immer, Buzz zu verblüffen. Buzz wußte inzwischen, daß es sinnlos war, Nell an den echten Billy O'Dare zu erinnern, der hinter der nonchalanten Fassade mit dem betörenden Charme gesteckt hatte. Elinor hatte nur ihn geliebt, und es würde niemals einen anderen Mann für sie geben.

»Was würde er wohl sagen, wenn er wüßte, daß ich mir ein Schloß gekauft habe«, seufzte Elinor.

Buzz glaubte Billy förmlich zu hören, wie er gelacht und gesagt hätte: Du könntest dir den Buckingham-Palast kaufen, altes Mädchen, und würdest Marjories Meinung über dich doch nicht ändern.

»Billy wäre sicher stolz auf dich, Nell«, antwortete Buzz schließlich, an ihre Freundin gewandt.

Montag, den 12. Oktober 1964

Miranda, das lange flammendrote Haar von einem marineblauen Band zurückgehalten, trug anläßlich der ersten Verwaltungsratssitzung ihres Unternehmens ein blaues Kleid mit weißem Pierrotkragen. Die Sitzung fand in ihrem neuen Vertriebsbüro, einem umgebauten Lagerhaus nahe der Oxford Street, statt, das Mike entdeckt hatte. Miranda saß an ihrem neuen ovalen Sitzungstisch, umgeben von ihren Direktoren. Rechts von ihr hatte Adam Platz genommen, den sie erst vor kurzem hatte überreden können, in den Verwaltungsrat einzutreten, obwohl er diese Tätigkeit nur nebenberuflich ausüben konnte.

Adam schien sich zuerst zu zieren und schob Verpflichtungen vor. Schließlich hatte er jedoch eingewilligt, nachdem Miranda bereit gewesen war, Adam fünfzehn Prozent des Aktienvermögens von KITS mit einem Nennwert von fünfzehntausend Pfund Sterling zu verkaufen, sollte das Unternehmen je in eine Aktiengesellschaft umgewandelt und an der Börse notiert werden. Für Miranda war dieser Aktienanteil eine verhältnismäßig unbedeutende Konzession an Adam, mit dem sie dafür einen erfahrenen Mann für den Verwaltungsrat gewonnen hatte, der sonst aus jungen, begeisterungsfähigen und talentierten Leuten bestand, die noch nie eine Führungsposition innegehabt hatten. Adam gab Miranda ein Gefühl von Sicherheit.

Einen flüchtigen Augenblick lang wünschte Miranda, ihre beiden Schwestern könnten sie sehen ... am oberen Ende eines Konferenztisches, an dem jedes ihrer Worte die volle Aufmerksamkeit ihrer Zuhörer genoß. Sie war nicht länger die kleine Schwester, die niemand beachtete. Miranda war eine erfolgreiche Unternehmerin, deren Stern noch im Aufsteigen begriffen war.

»Erster Punkt der Tagesordnung ist der Erwerb von Framwells«, eröffnete Miranda die Sitzung. Framwells war eine kränkelnde Kette kleiner Londoner Tabakwarenläden, die noch nicht offiziell zum Verkauf angeboten wurde. Die Finanzressourcen von KITS, schon fast gänzlich ausgeschöpft, würden mit dem Kauf von Framwells unter noch größeren Druck geraten. Andererseits konnte man es nicht zulassen, daß diese einzigartige Ladenkette einem Konkurrenten in die Hände fiel. Daher stimmte der Verwaltungsrat für den Kauf von Framwells. Das war zwar teuer, aber es würde sich lohnen.

Alle weiteren Tagesordnungspunkte wurden schnell und einvernehmlich abgehandelt. Dann kam der letzte Punkt. Ein Strumpfwarenfabrikant hatte KITS einen Lizenzvertrag angeboten. Es kam zu heftigen Diskussionen.

Adam setzte sich beredt für den Abschluß eines solchen Vertrages ein. »Wir hätten ein gesichertes Einkommen, indem wir Namen und Markenzeichen von KITS herleihen und damit das Produkt öffentlich aufwerten. Miranda, du brauchst diese Strümpfe nur bei ein paar öffentlichen Auftritten zu tragen. Damit erhält die Firma ein tadelloses Image beim Kunden, und wir kassieren Gewinne, für die wir keinen Finger rühren müssen.«

Linda Grey nickte. Sie war inzwischen von Mirandas Assistentin zu deren Werbemanagerin avanciert. »Wir haben ein klares Konzept: Wir produzieren fortschrittliche, gute Ware zu vernünftigen Preisen für die junge, moderne und gebildete Frau mit Geschmack. Miranda ist die Personifizierung dieses Konzeptes. Unsere Waren werden gekauft, weil die Leute Miranda im Fernsehen sehen oder in der Presse über sie lesen.«

»Richtig, aber wir könnten noch viel mehr daraus machen«, warf Adam ein.

Miranda runzelte die Stirn. »Dasselbe hast du in bezug auf Franchising gesagt. Ich weiß, es sieht aus, als bekämen wir da Geld umsonst, aber genau das macht mich skeptisch.«

»Wenn das Produkt nicht hundertprozentig in Ordnung ist, macht der Kunde nicht den Hersteller, sondern ... KITS dafür verantwortlich«, bemerkte Linda.

»Und der unzufriedene Kunde boykottiert in Zukunft nicht nur die Strumpfhosen, sondern auch unsere Kosmetikartikel«, führte Miranda aus. Und energisch fügte sie hinzu: »Wenn wir Fremdfabrikate vertreiben, haben wir keine Kontrolle über die Qualität. Also wissen wir nicht mit letzter Sicherheit, was da unter unserem Level vertrieben wird.«

Adam lächelte. »Würdest du mir theoretisch zustimmen, daß es eine gute Idee ist, andere Produkte unter unserem Namen zu vertreiben, wenn wir die Qualität dieser Ware kontrollieren?«

Miranda nickte verwirrt.

»Wir haben eine Marketingabteilung, weil das preiswerter ist, als mit freien Beraterfirmen zu arbeiten«, fuhr Adam fort. »Das heißt, wir beschäftigen erstklassige Marketingfachleute, die überhaupt nicht ausgelastet sind.«

»Das ist unvermeidlich, solange wir es uns nicht leisten können, zu expandieren«, unterbrach Miranda trotzig. »Warum kaufen wir dann nicht einfach alteingesessene Firmen mit solidem Namen auf und produzieren deren Sortimente unter unserem Namen?«

Ned Sinclair, der Finanzdirektor, hob protestierend die Hände. »Wollen Sie jetzt aus KITS eine Holding machen?«

»Warum eigentlich nicht?«

»Das würde bedeuten, daß wir laufen, bevor wir auf eigenen Füßen stehen können!«

»Aber wir befinden uns in einem Wirtschaftsaufschwung«, sagte Linda nachdenklich. »Und nur wenige Hersteller begreifen, wieviel sich gerade auf dem Modemarkt bewegt!«

Adam nickte. »Ganz genau. Wir leben im Zeitalter der Teenager.«

Und dann begannen alle, durcheinander zu reden.

Zwei Wochen später beschloß die Geschäftsführung von KITS, daß das Projekt einer Holding weiterverfolgt werden sollte, wenn die finanziellen Mittel aufgetrieben werden konnten. Die neue Firma sollte den Namen SUPPLYKITS erhalten, um einer Verwechslung mit KITS vorzubeugen.

Adam wurde der verantwortliche Direktor für SUPPLYKITS. Er sollte kleine Firmen mit einem schwachen Marktimage ausfindig machen, die trotz ihrer soliden Geschäftsführung ein neues, modernes Design, Publicity und Marketing gebrauchen konnten.

»Adam, glaubst du, du schaffst das alles, wenn du nur nebenher für uns arbeitest?« fragte Miranda besorgt, als sie nach Ende der Sitzung noch allein zusammensaßen.

»Warum nicht«, sagte Adam und schenkte Champagner in zwei Gläser. »Mike treibt die Firmen auf, und Ned erstellt aufgrund ihrer Bilanzen einen Finanzierungsplan. Das ist alles, was ich brauche.«

»Mikes letzte Rechnung ist ziemlich hoch gewesen.«

»In unserem Vertrag mit Mike steht, daß er zwei Prozent Provision erhält. Aber es wird nicht spezifiziert, *wann* er das Geld erhalten soll.«

»Du meinst ...«

»Rein rechtlich können wir tausend Jahre warten, bevor wir ihn bezahlen.«

»Wenn jemand für mich arbeitet, wird er bezahlt«, entgegnete Miranda scharf.

»Geschäft ist Geschäft«, bemerkte Adam. »Mein kleiner Bruder hätte sich den Vertrag mit einem Anwalt durchsehen sollen, bevor er ihn unterschreibt.« Adam füllte Mirandas Glas nach. »Nur keine Aufregung, Miranda. Bei Geschäften ist es wie beim Roulette: alles nur ein erregendes Spiel. Das scheinst du in letzter Zeit vergessen zu haben.«

»Es macht mir Sorgen, daß die Einsätze so schnell so hoch werden.«

»Genau das ist doch das Aufregende!« entgegnete Adam mit glänzenden Augen.

»Vielleicht zu aufregend für mich.« Miranda war aufgefallen, daß Adam die höfliche Reserviertheit aufgegeben hatte, mit der er sie normalerweise behandelte.

»Für mich kann es nicht aufregend genug sein!« Adam grinste. »Besonders wenn ich mit dir zusammen bin, Miranda. Wo du bist, liegt elektrische Spannung in der Luft.«

Miranda sah Adam überrascht an. Sollte das tatsächlich ein Annäherungsversuch sein? Und wollte sie überhaupt darauf eingehen?

Miranda erinnerte sich unwillkürlich an St. Tropez und wie peinlich und kindisch verliebt sie damals in Adam gewesen war. Miranda, das leicht verwundbare, flachbrüstige Schulmädchen! Sie hatte Adams kalte Höflichkeit und ihren Kummer nie vergessen.

»Du hast nicht immer so empfunden.«

»Aber ich tu's jetzt.« Adam beugte sich zu ihr.

Plötzlich erkannte Miranda glasklar, daß sie es sich gar nicht leisten konnte, sich mit Adam einzulassen: dazu war er für ihr Unternehmen viel zu wichtig. Angenommen, sie hätten eine Affäre und trennten sich ... Möglicherweise würde Adam sich dann auch aus dem Geschäft zurückziehen. Ohne Adams Gelassenheit, seine umsichtigen Entscheidungen, seine Zielstrebigkeit und seinen Mut käme sie nicht aus. Mit ihm an ihrer Seite glaubte sie es gerade noch zu schaffen.

Miranda stand auf. Sie hatte nicht vor, ihre neue Karriere aufs Spiel zu setzen.

Freitag, den 25. Dezember 1964

Zur Weihnachtszeit hatten Elinor und Buzz sich bereits in Saracen eingelebt. An Elinors schriftstellerischer Routine hatte sich nur insofern etwas geändert, als sie für ihre Recherchen jetzt nach London flog, anstatt von Wiltshire aus mit dem Zug zu fahren. Buzz beaufsichtigte drei zweisprachige Sekretärinnen, die täglich aus Nizza kamen, um die Korrespondenz zu erledigen, Elinors Manuskripte ins reine zu tippen, sie an die entsprechenden Fachleute zur Überprüfung zu schicken und sie dann dem dynamischen amerikanischen Agenten zu übergeben, der seit Joe Grants Tod Elinors Autorenrechte verwaltete.

Am Weihnachtsmorgen flog Elinors Schlafzimmertür schwungvoll auf. Wie immer machte ihr Herz einen Freudensprung, als der zweijährige Josh in seinem Donald-Duck-Pyjama im Türrahmen erschien. Die großen blauen Augen des Jungen erinnerten sie so sehr an Billy.

Aufgeregt zeigte Josh Elinor den Inhalt des ausgebeulten roten Strumpfes, den er hinter sich herzog.

Als Elinor dann mit Josh spielte, war sie restlos glücklich. Mehr konnte sie sich vom Leben nicht wünschen. All ihre Lieben hatten sich unter diesem uralten Dach versammelt: Sam, Clare und Josh waren aus Kalifornien gekommen, Annabel und Scott aus New York, Miranda und die Brüder Grant aus London.

Später saßen alle in Morgenmänteln im Pavillon am Pool und genossen ihr Champagnerfrühstück. Josh vertilgte Unmengen von Mandarinen und machte mit seinem neuen Dreirad sämtliche Terrassen unsicher.

Die Erwachsenen waren alle in guter Stimmung und hatten sich gegenseitig überraschende Geschenke gemacht. Miranda beobachtete, wie die beiden Schwestern ihre Männer umarmten, und wünschte plötzlich wieder einmal, sich nicht von Angus getrennt zu haben.

»Es ist wunderbar, die Mädchen bei mir zu haben«, flüsterte Elinor Buzz zu. »Ich glaube, sie sind wirklich glücklich.«

Buzz lächelte. »Sie machen denselben Krach wie immer. Man könnte meinen, sie seien immer noch nicht aus dem Teenageralter heraus.«

»Die Männer scheinen sich auch zu mögen.« Elinor nickte lächelnd.

Als Adam neben Miranda am Frühstücksbüfett stand, flüsterte er ihr zu: »Annabel hat zugenommen, was?«

»Ich fand schon immer, daß sie zu mager war«, meinte Miranda vage.

»Nun, das ist jetzt vorbei!«

Annabel, die mit Clare am Pool saß, war sich ihres Gewichtsproblems nur zu gut bewußt. Als ihre Aufträge zurückgegangen waren, hatte Mrs. Bates ihr energisch geraten, zwanzig Pfund abzunehmen, und ihr die Adresse des bekanntesten New Yorker Schlankheitsarztes gegeben. Mit großer Mühe hatte Annabel schließlich drei Pfund verloren.

»Deine Schmuckschatulle ist bezaubernd«, sagte Clare fröhlich.

»Ich habe sie mir selbst ausgesucht. Hätte ich das nicht getan, hätte Scott eine Sekretärin geschickt, um für mich ein Geschenk zu kaufen.«

»Scott muß ja ... sehr beschäftigt sein«, murmelte Clare überrascht.

»So beschäftigt kann man gar nicht sein, daß man keine Zeit hat, der eigenen Frau ein Weihnachtsgeschenk auszusuchen. Scott interessiert sich nicht mehr für mich!«

»Unsinn, Annabel! Er ist schließlich mit dir hierhergekommen, oder?« Clare lachte. »Nach sechs Jahren läßt die Aufmerksamkeit, die man als Braut genossen hat, eben etwas nach ... auch wenn man zu den schönsten Frauen der Welt gehört.«

»Von nachlassender Aufmerksamkeit kann nicht die Rede sein. Scott bemerkt mich überhaupt nicht mehr.«

»Blödsinn. Alle Männer liegen dir zu Füßen, und du flirtest mit allen ... sogar mit Adam!«

»Scott ignoriert mich ... hier natürlich nicht ... nicht vor euch. Wenn ich mit anderen flirte, dann nur, um mir zu beweisen, daß Männer mich noch attraktiv finden.«

»Hör auf, Annabel«, wies Clare sie zurecht. »Es ist Weihnachten.« Clare wollte nicht an Flirts denken. Sam war wieder in die Rolle des unverwundbaren Machos geschlüpft. Es war Clare weder gelungen, seinen ehernen Panzer zu durchdringen, noch das tiefe Gefühl der Zweisamkeit wiederzubeleben, das sie damals in dem nassen Sand von Cannes so glücklich gemacht hatte.

Clare hatte allmählich erkannt, daß Sam ein notorischer Frauenheld war. Sie sagte sich zwar, daß Sams Affären vermutlich immer nur eine Nacht dauerten und daß Ehebruch in seinem Gewerbe fast nicht zu vermeiden war. Doch trotz aller Vernunft machte es sie traurig und unglücklich.

Hinter dem Pool schlenderte Mike zu Adam, der auf das azurblaue Meer blickte. Ein Rennboot raste vorbei. »Sollen wir nach dem Essen mit einem Boot hinausfahren? Nur wie beide? Gönnen wir uns eine Pause von Elinors Familienveranstaltung!«

»Wenn du mir etwas zu sagen hast, Mike, dann bitte jetzt!« forderte Adam ihn auf. »Wir brauchen nicht meilenweit aufs Meer rauszufahren, um ungestört zu sein.«

Mike zögerte. »Wenn du deine Schulden bis zum Jahresende nicht zurückzahlen kannst, steckst du ernsthaft in Schwierigkeiten.« Er hielt inne. »Und du weißt, was das bedeutet. Diesmal kann ich wirklich nichts für dich tun.«

»Du kannst dafür sorgen, daß Miranda nichts erfährt«, entgegnete Adam gereizt. »Aber keine Sorge. Ich bringe das in Ordnung. Wie immer.«

»Das sagen alle. Bis zu dem Tag, an dem nichts mehr in Ordnung zu bringen ist.«

»Reg dich ab, Mike. Wir sind zum Spaß hier. Okay, laß uns

heute nachmittag mit einem Rennboot abhauen ... Erholen wir uns von Elinors Brut.«

»Ich finde die O'Dares in Ordnung«, sagte Mike. »Bis auf die Tatsache, daß sie einen ausgesprochen schlechten Geschmack zeigen, wenn es um Männer geht!«

Adam nickte. »Sam ist ja noch zu ertragen. Aber dieser Scott ist ein aufgeblasener Affe ... der interessiert sich nur für seinen Job.« Scott konnte nicht einmal Monopoli spielen, ohne ständig von Anrufen aus New York unterbrochen zu werden.

»Mir ist Scott lieber als dieser Hollywood-Löwe. Ich kann nicht begreifen, was Clare in ihm sieht!«

»Vielleicht den Vater, den sie nie hatte. Ihr imponiert wohl sein selbstsicheres Gehabe«, fand Adam.

Am anderen Ende des Pools standen Sam und Scott nebeneinander und beobachteten die Brüder Grant.

»Ich verstehe nicht, was diese Frauen an den beiden unerträglichen Snobs finden. Diese näselnden Stimmen!«

»Sind eben Briten«, bemerkte Sam. »Gebärden sich wie dressierte Affen, wenn eine Frau das Zimmer betritt ... Mike geht ja noch, aber dieser Adam ... Außerdem tut er so, als gehöre ihm hier alles.«

Später, als sie sich in ihrem Zimmer zum Mittagessen umzogen, wies Sam auf den kastanienbraunen Reisewecker von Cartier, den Adam Clare zu Weihnachten geschenkt hatte.

»Warum ist der dir gegenüber so großzügig?«

Clare lachte. »Du bist doch wohl nicht auf Adam eifersüchtig? Kannst du mir die Häkchen im Rücken schließen?«

»Natürlich bin ich auf diesen aufgeblasenen Rechtsverdreher nicht eifersüchtig. Aber ich begreife nicht, weshalb Elinor ihn an Weihnachten eingeladen hat.«

»Weil Adam schon fast zur Familie gehört. Seine Eltern sind tot. Und Gran wäre ohne Adam verloren ... sie hat es sich angewöhnt, sich total auf ihn zu verlassen.«

Sam zuckte mit den Schultern. »Einige Anwälte können zu einer verdammt teuren Angewohnheit werden.«

Als sie nach dem traditionellen englischen Weihnachtsessen alle noch im Speisezimmer versammelt waren, lauschte Elinor glücklich dem ausgelassenen Lachen der Tischrunde. Am anderen Ende des langen, antiken Eichentisches saß Buzz, mit der sie schon so viele Weihnachtsfeste verlebt hatte. Es war schade, daß Joe seine Söhne in diesem Moment nicht sehen konnte. Elinor genoß es, die beiden Grants und die Mädchen zu beobachten, die nach all den Jahren noch immer so gut befreundet waren.

Elinor hatte mit Freude registriert, daß sich alle zum Essen umgezogen hatten. Sie fühlte sich beschwingt und zuversichtlich, wie sie es seit dem Weggang ihrer letzten Enkelin nicht mehr erlebt hatte. Sie beschloß, eine kleine Rede zu halten, und klopfte an ihr Glas. Allmählich verstummte die fröhliche Unterhaltung.

Elinor hob ihr Glas Champagner und brachte dann kein Wort heraus, so übervoll war ihr Herz. Sie lächelte schließlich und sagte ergriffen: »Auf unsere glückliche Familie.«

Ihre Worte fanden einen vielfachen Widerhall, als alle am Tisch ihre Gläser erhoben.

DRITTES BUCH

15. KAPITEL

Montag, den 19. Juli 1965

Von ihrem Bürofenster an der Westecke des Châteaus konnte Buzz die beiden Hauptterrassen überblicken. In diesem Moment herrschte dort im nachmittäglichen Schatten nur gähnende Leere. Zum Glück würde sich bald alles normalisieren. Dann saß auch Elinor wieder draußen, und sie würden ihr übliches Glas Champagner vor dem Mittagessen trinken. Die Tage der Angst und der Sorge waren fast vorüber. Elinor würde sich nur langsam erholen, aber das spielte keine Rolle. Buzz hatte Clare gewarnt, in Zukunft Auseinandersetzungen mit der Großmutter zu vermeiden. Elinor mußte nur noch gesund werden.

Buzz' Büro war ein praktischer, zweckmäßiger Raum. Buzz verbrachte daher keine Minute länger als unbedingt nötig an ihrem Schreibtisch. Das Zimmer enthielt Aktenschränke, Bücherregale, eine Schreibmaschine, einen Bürostuhl und zwei unbequeme Besuchersessel. Buzz mochte nicht, wenn Leute zu lange blieben und sie von der Arbeit abhielten.

Buzz sah auf die Uhr. Wenn Adam nicht bald kam, mußte sie seine Telefongespräche wieder abmelden. Sie öffnete die Tür und sah Adam am Ende des Korridors. Schließlich hatte er die Abgeschiedenheit von Buzz' Büro erreicht, in dem der einzige Telefonapparat des Châteaus stand, der keinerlei Nebenanschlüsse im übrigen Schloß hatte. Buzz ließ ihn allein.

Eine aggressive französische Telefonistin erklärte Adam, daß seine Verbindung erst später zustande kommen würde. Während er ungeduldig wartete, schweifte sein Blick über die Regale, auf dem alle Erstausgaben von Elinors Büchern standen.

Allein die Titel waren charakteristisch: *Dream of the Heart, Passionate Fire, Fire of the Heart* …

Adam gehörte nicht zu den Männern, die sich über Elinors Romane lustig machten. Er betrachtete sie eher als Lehrbücher über die Herzen der Frauen. Wenn ein Mann, so hatte er festgestellt, die romantischen Vorlieben und Phantasien der Frauen – und besonders der verheirateten Frauen – kannte und darauf einging, konnte er sie immer um den kleinen Finger wickeln und alles von ihnen bekommen.

Für seine Zwecke hatten sich die Geschichten als sehr nützlich erwiesen. Adam überlegte stets kühl, was eine Frau brauchte, und verschaffte ihr dann die entsprechende Befriedigung. Die Methode funktionierte ausgezeichnet. Auf diese Weise wurde jeder zum erfolgreichen Verführer.

Adam riß den Hörer schon beim ersten Klingeln von der Gabel. »Mike? Schön, dich zu hören. Was macht das neue Motorrad? … Woher ich das weiß? Aber du hast doch ständig ein neues Motorrad!«

Mike lachte am anderen Ende. »Es ist eine ziemlich zickige Ducati.« Seine Stimme wurde ernst. »Wie geht es Elinor?«

»Viel besser. Niemand spricht mehr davon, ihre Asche bei Mondschein über dem Mittelmeer auszustreuen. Sie ist bald wieder soweit, daß sie ihr Testament machen kann.«

»Ist das jetzt noch wichtig?«

»Nicht unmittelbar … aber eines Tages wird es wichtig. Das Theater will ich nicht noch einmal erleben.«

»Ich bin wirklich froh, daß Elinor auf dem Weg der Besserung ist«, sagte Mike. »Weißt du noch, wie nett sie war, als wir noch Kinder waren? Sie hat mir Geld geliehen, damit ich mir mein zweites Motorrad kaufen konnte. Als ich Elinor das Geld zurückbezahlen wollte, hat sie es nicht angenommen.«

»Hast du mich angerufen, um mit mir über Elinors Gesundheitszustand zu reden?«

»Leider nein«, gestand Mike. »Ich habe dich angerufen, um dir zu sagen, daß du Toby Sutch bezahlen mußt, und zwar schnell.«

Nach einer Pause sagte Adam schließlich: »Ich rede mit Giles.«

»Er kann dir kein Geld leihen. Seit letzten Mittwoch sitzt Giles Milroy-Browne für sieben Jahre wegen Unterschlagung im offenen Strafvollzug.«

»Toby hat früher auch schon länger gewartet.«

»Richtig. Und jetzt ist ihm der Geduldsfaden gerissen. Ich kann da nichts mehr machen, Adam. Vergiß nicht: Toby hat schon deine Spielschulden in Frankreich bezahlt.« Mike wünschte sehnlichst, daß Adam seine Zeit in Südfrankreich am Strand und nicht im Kasino verbringen würde.

»Ich weiß nicht, was ich ohne dich machen würde, Mike«, sagte Adam schließlich schmeichelnd. »Halte mir Toby nur noch ein paar Tage vom Leib. Laß ihn in dem Glauben, Elinor könnte jeden Augenblick sterben. Deute an, daß ich bald über viel Geld verfüge.«

»Das kann ich nicht ... Ich weiß nicht, wie du es anstellen willst ... aber du weißt, wie tief du im Dreck steckst, wenn du nicht mindestens hunderttausend Pfund auf den Tisch legen kannst!«

Adam legte auf. Er starrte durch die Sprossenfenster auf die Terrasse und trommelte mit den Fingern auf die Schreibtischplatte. Dann rauchte er nervös eine Zigarette. Schließlich rief er Johnny Briar an, ein Mitglied seines Versicherungssyndikats bei Lloyd's.

»Was gibt's? Bitte keine Hiobsbotschaften mehr, alter Junge«, begann Johnny entmutigt. »Viel schlimmer konnte es eigentlich nicht kommen. Wir haben unglaubliches Pech. Offenbar sind wir das einzige Syndikat, das an drei Naturkatastrophen beteiligt ist. Der amerikanische Versicherungsdienst hat gerade den Gesamtschaden des Erdbebens in Chile beziffert. Wir verlieren über sechzehn Millionen Dollar. Die Zahlen über Toronto in Amerika liegen noch nicht vor. Dazu kommt noch die Flugkatastrophe.«

»Wann wissen wir, wieviel wir insgesamt verloren haben?« fragte Adam schließlich.

»Scheint ein schlechtes Jahr zu werden. Wir müssen drei Jahre auf unsere Ausschüttungen verzichten«, seufzte Johnny. »Damit bin ich aus dem Rennen. Ich muß das Haus verkaufen.«

Adam fluchte. Die berühmte Versicherungspolitik von Lloyd's bedeutete vermutlich, daß auch er bankrott war. »Wie lange warten sie auf Zahlungen?«

»Lloyd's wartet nicht, das weißt du doch, alter Junge. Bares auf den Tisch, sobald das Schiedsgericht zu einer Vereinbarung gekommen ist ... davon hängt der Ruf von Lloyd's ab.« Und Johnny fügte hinzu: »Es lohnt sich nicht, sich mit Lloyd's anzulegen, Adam. Anderenfalls kriegst du hier keinen Fuß mehr auf den Boden.«

Adams nächster Anruf galt Ned Sinclair, dem Finanzdirektor von SUPPLYKITS. Es kostete ihn Mühe, seiner Stimme einen ruhigen Klang zu geben: »Ned? Ich möchte dich bitten, das Angebot der Duty-free-Shops noch einmal zu prüfen. Ich weiß, die verlangen mehr, als wir bezahlen wollen, aber wenn wir Bargeld, Optionen und neu emittierte Aktien als Paket anbieten, lockten wir vielleicht den einflußreichsten Manager, und der überredet dann die anderen zum Verkauf. Sprich mit ihm. Versuche herauszukriegen, was er will, und mach für nächste Woche einen Termin aus.«

»Ich arbeite schon daran«, erwiderte Ned Sinclair gut gelaunt.

Adam seufzte, als er den Hörer auflegte. Er fuhr sich mit der Hand durchs Haar. Seine Nervosität war freudiger Anspannung gewichen. Es gab immer einen Ausweg. Man durfte nur nicht den Kopf verlieren. Was das Duty-free-Geschäft anging, hatte er ein gutes Gefühl. Und es gab noch viele andere Geschäfte.

Vielleicht war es auch Zeit, die Trumpfkarte auszuspielen, die er für solche Fälle in der Hinterhand behalten hatte. Die Ausgangslage war für ihn so ideal wie nie zuvor. Möglicherweise sollte er gerade jetzt für etwas mehr Rückversicherung sorgen.

Der Anruf von Scott für Annabel kam gerade, als in Saracen zum Mittagessen geläutet wurde. Annabel rannte in ihr Apartment hinauf und warf sich auf ihr Bett.

Während sie wartete, daß Scott durchgestellt wurde, konnte Annabel sich die Szene im Fernsehstudio lebhaft vorstellen. Sie erinnerte sich deutlich, wie beeindruckt sie von allem gewesen war, als Scott ihr alles zum erstenmal gezeigt hatte. Von diesem Tag an hatte Annabel ihn vergöttert.

Schließlich ertönte am anderen Ende, wenn auch leise, Scotts Stimme. »Angel, es wird dir überhaupt nicht gefallen, aber du hast mich gebeten, dich sofort anzurufen, sobald sich AVANTI entschieden hat: Sie wollen deinen Vertrag nicht erneuern!«

Annabel hatte plötzlich das Gefühl, als drehe sich alles um sie herum. Schweiß trat auf ihre Stirn, und ihre Hände begannen zu zittern. Sie hatte Schluckbeschwerden, und ihr Herz klopfte so laut, daß sie glaubte, Scott müsse es in New York hören.

»Annabel? Bist du noch da?« Tausende von Kilometern entfernt hörte Scott ein Schlucken. »Angel, das ist nicht das Ende der Welt«, sagte er aufmunternd.

»Für mich schon«, murmelte Annabel.

Angst, Sorge und all die widersprüchlichen Gefühle hatten Clare so erschöpft, daß sie beschloß, früh zu Bett zu gehen. Sie lag in ihrem riesigen getäfelten Schlafzimmer, nur noch mit dem Unterrock bekleidet, auf dem antiken Himmelbett und starrte vor sich hin. Sie war zu müde, um sich weiter auszuziehen. Träge wandte sie schließlich den Kopf und schaute durch die Fenster auf die Berge des Hinterlandes.

War sie mit ihrer Kritik an Grans Romanen und mit ihrer Ablehnung gegenüber des Trusts zu weit gegangen?

»Herein!« rief sie, als es klopfte.

Langsam ging die Tür auf.

Auf der Schwelle erkannte sie die Umrisse ihres Ehemannes. Sam wirkte schüchtern und betreten.

Einen glücklichen Augenblick lang wäre Clare am liebsten in

seine Arme gelaufen und hätte dem starken Sam all ihre Sorgen aufgebürdet. Doch dann kam die Erinnerung daran, wie er mit diesem Flittchen im Bett gelegen hatte, und sie widerstand der Versuchung. Clare musterte Sam ärgerlich: »Was willst du denn hier?«

»Als ich erfahren hatte, was mit Elinor … Es stand in der *Tribune*. Vielleicht brauchst du mich jetzt. Und wenn Elinor sterben muß, möchte ich sie wenigstens noch einmal sehen.«

»Ist ja reizend. Aber Gran geht es besser. Du hättest nicht zu kommen brauchen.«

»Ich weiß. Adam hat es mir schon gesagt. Er hat mich genauso herzlich empfangen wie du. Warum ist er hier, wenn es Elinor bessergeht?«

»Adam hat ein Recht, hier zu sein«, erwiderte Clare spitz. »Er ist seit Jahren unser Familienanwalt.«

»Ich bin nicht der einzige, der diesem Juristen nicht traut. Er ist mit allen Wassern gewaschen. Buzz mag ihn auch nicht«, erklärte Sam. »Und die gute Buzz ist eine Frau mit eingebautem Lügendetektor.«

»Adam ist nicht Grans einziger Anwalt«, konterte Clare. »Da ist noch ein anderer, Paul Littlejohn.«

»Von derselben Sozietät? Dann hat Adam ihn sicher gut im Griff.«

Plötzlich kam Clare ein Verdacht. »Wie kommst du dazu, Adam zu kritisieren? Weshalb bist du eigentlich um die halbe Welt geflogen? Nur um meine Großmutter vor ihrem Tod noch einmal zu sehen? Die Großmutter einer Frau, die dich gar nicht mehr interessiert? Wie rührend!«

Sam nickte. »Natürlich möchte ich auch Josh wiedersehen.«

»Aber nicht jetzt. Er schläft.«

»Das weiß ich. Das hat mir die saure Gurke von Krankenschwester schon unten in der Halle gesagt. Die hat ja die Ausstrahlung eines Kühlschrankes.«

Fast hätte Clare über seine Ausdrucksweise gelächelt, aber als Sam die Tür schloß und zwei Schritte auf sie zuging, erstarrte sie.

»Außerdem wollte ich dich sehen«, fuhr er hoffnungsvoll fort. Er kam näher. Clare hatte die Größe und Kraft seiner Gestalt noch nie so angsteinflößend empfunden. Jedesmal, wenn er einen Schritt vorwärts machte, ging sie einen Schritt rückwärts.

»Gut, du hast mich gesehen!« entgegnete sie. »Ich habe mich in vier Wochen kaum verändert.«

»Ich schon«, erwiderte Sam und ging weiter.

»Die zerknirschte Tour läuft nicht mehr, Sam. Nicht bei mir.« Clares Stimme klang kalt. Vor einem Tisch aus Walnußholz blieb sie stehen und verschränkte die Arme vor der Brust. »Geh jetzt, Sam!« forderte sie ihn zornig auf. »Morgen früh kannst du Josh sehen, aber glaub ja nicht, daß du einfach hier hereinschneien und alles ungeschehen machen kannst. Diesmal nicht!«

»Ich weiß, daß ich in einer halben Stunde nicht alles bereinigen kann. Ich hatte schließlich vier Wochen, um mir darüber klarzuwerden, was für ein Dummkopf ich gewesen bin.«

»Blödsinn!« brüllte Clare ihn an. »Du bist an einer echten Beziehung gar nicht interessiert! Du willst immer nur dein verdammtes Ego befriedigen!«

»Für die Vergangenheit trifft das vielleicht zu.«

»Mir reicht's!« schnaubte Clare wütend. »Du lebst nach der Devise, was die Frau nicht weiß, macht sie nicht heiß! Also betrügst du mich so lange, wie ich nichts merke! Aber das mache ich nicht mehr mit. Ich will keine verlogene Pseudoehe mehr!«

»Was, zum Teufel, meinst du damit? Ich verspreche dir ... Keine Affären mehr! Basta!«

»Es hat keinen Sinn, Sam. Wir beide wissen, daß sich die Geschichte nur wiederholen wird. Und ich kann nicht vergessen, was ich gesehen habe, und ich würde immer den Verdacht haben, daß es wieder passiert.«

Sam sah die letzte Szene mit Clare wieder deutlich vor sich. Nachdem seine Bettgefährtin, die Tochter eines Nachbarn, fluchtartig Schlafzimmer und Haus verlassen hatte, hatte es keine bitteren Vorwürfe, kein hysterisches Geschrei gegeben. Sam hatte instinktiv gewußt, daß Clare ihn diesmal verlassen würde, daß das Desaster allein seine Schuld gewesen war, daß es vermeidbar gewesen wäre.

Sam betrachtete seine Frau. Clare fühlte, wie sich ihre Züge verkrampften, als auch sie die Szene in Los Angeles in der Erinnerung noch einmal erlebte. »Ich gebe es ungern zu«, begann Clare, »aber schlimmer noch als der Betrug war für mich die Erniedrigung. Du hast mein Selbstbewußtsein mit Füßen getreten. Ich bin mir so wertlos vorgekommen, obwohl ich weiß, daß ich eine attraktive Frau bin, daß es keinen Grund gibt, mich sexuell minderwertig zu fühlen.«

»Damit wären wir wieder bei diesem Thema!« bemerkte Sam. »Ich dachte, das hätten wir hinter uns!«

»Sex ist nicht das Problem ... Das Problem ist, was du daraus machst!« Clare war entschlossen, sich alles vom Herzen zu reden. »Du kannst sexuelle Beziehungen nicht in einem Vakuum unterhalten. Dir ist nicht einmal der Gedanke gekommen, daß du ein egoistischer, lausiger Liebhaber bist. Arroganterweise hast du sofort angenommen, daß *ich* sexuell nicht normal reagiere. Und tief in deinem Inneren hast du in diesem Punkt deine Meinung nie geändert. Du hütest noch immer eifersüchtig dein vermeintlich männlich-göttliches Recht, Sex nach deinem Gutdünken zu definieren.«

Es entging Sam nicht, daß Clare zum ersten Mal ihre Wut deutlich und präzise artikulierte. Er begann, unsicher zu werden.

»Bitte, Clare ... Ich würde alles tun, damit ich dich zurückbekomme!«

»Und was glaubst du, das du zurückbekommst?«

»Meine Frau und meinen Sohn«, antwortete Sam fest und bestimmt.

»Und vielleicht auch deine Karriere?«

»Ja.« Sams letzter Film *Mainsail* war ohne große Resonanz in den Kinos gelaufen.

»Das ist ja mal endlich die Wahrheit. Du bist hier aufgekreuzt, weil du angenommen hast, daß es etwas zu erben gibt ... Geld, das du gut gebrauchen könntest, um dein Comeback zu inszenieren!«

»Das ist nicht fair, Clare. Natürlich kann ich jeden verfügbaren Dollar für meine Filme gebrauchen. Ich habe eine Option auf ein großartiges Drehbuch. Der Titel ist *Voyage to the Moon*. Es handelt ...«

»Raus!«

Sam machte keine Anstalten zu gehen. »Du willst, daß ich bedingungslos ehrlich mit dir bin ... bitte! Du weißt, daß Filme in meinem Leben immer an erster Stelle standen ... bis ich dich getroffen habe. Jetzt stehen sie an zweiter Stelle ... aber es ist ein knapper zweiter Platz.«

Clare wunderte sich, daß diese Wahrheit sie nach all den Jahren noch so verletzen konnte. Im Grunde hatte sie es immer gewußt. Sam hatte sich dem Film mit Leib und Seele verschrieben. Er mochte behaupten, daß Frau und Kind jetzt bei ihm an erster Stelle standen, glaubte es vielleicht sogar selbst. Aber in Wirklichkeit verwendete er neunzig Prozent aller Energie, Zeit, Konzentration und seines Geldes für seinen Beruf. Die Familie mußte sich mit dem Rest zufriedengeben.

Sam betrachtete die dunklen Schatten unter Clares Augen. Und erst jetzt fiel ihm auf, wie schmal sie in den letzten vier Wochen geworden war. Er sehnte sich danach, sie in die Arme zu nehmen. Seine Miene mußte ihn verraten haben, denn Clare verschanzte sich hastig hinter dem Tisch, der nun wie eine Barrikade zwischen ihnen stand.

»Geh jetzt!« wiederholte Clare.

Am Morgen des nächsten Tages saß Buzz auf dem blaßblauen Stuhl vor dem Fenster von Elinors Schlafzimmer. »Immer einer nach dem anderen, hat der Arzt gesagt«, erinnerte Buzz die Freundin energisch. »Und mach es kurz. Gestern ging es dir gar nicht so gut. Jedes Mädchen hat zehn Minuten. Keine Sekunde mehr. Zuerst Miranda, dann Annabel.«

»Und Clare?« fragte Elinor.

»Clare bringt eben Sam und Josh zum Hafen. Die beiden wollen Motorboot fahren. Sie kommt etwas später.«

Die Krankenschwester zog die Vorhänge gegen die grelle Morgensonne zu, als Miranda eintrat.

Elinor lächelte. »Hallo, Kleines«, sagte sie und hatte Mühe, die Worte deutlich auszusprechen. »Kannst du mich verstehen, Miranda?« fragte sie ängstlich.

»Natürlich kann sie das!« warf Buzz ein. »Du klingst, als hättest du Zahnschmerzen. Das ist alles.«

Elinor und Miranda unterhielten sich zehn Minuten lang in liebevoller Weise; es war doch recht anstrengend. Dann machte Buzz Miranda ein Zeichen, und sie verließ gehorsam das Zimmer. Ihr folgte Annabel, die offenbar geweint hatte.

Während sie leise miteinander sprachen, griff Annabel geistesabwesend nach einer kleinen antiken Schnupftabaksdose aus Elfenbein auf Elinors Nachttisch.

»Das ist die erste Antiquität, die ich je gekauft habe«, erklärte Elinor. »Bei einem Trödler in der Earl's Court Road. Sie kostete nur ein paar Pennies. Nimm sie, mein Kind. Ich schenk' sie dir.«

»Leg die Dose zurück, Annabel!« kam es scharf von Buzz. »Nell, du liegst nicht auf dem Totenbett ... also benimm dich bitte nicht, als gäb's hier was zu erben!«

Annabel sprang auf und stellte die kleine Dose zurück. »Tut mir leid. Ich habe nur damit gespielt.« Annabel hatte lediglich versucht, das Zittern ihrer Hände zu verbergen. Sie wollte der Großmutter nicht den Grund für ihre Angst vor der Zukunft erklären müssen.

Nachdem Annabel gegangen war, sah Elinor Buzz an. »Ich möchte mit Clare *allein* sprechen.«

»Nur über meine Leiche!« entgegnete Buzz. »Du wirst mich nicht los. Ich lasse nicht zu, daß du dich heute überanstrengst.«

»Bitte, Buzz!« drängte Elinor. »Ich möchte sie überreden, zu Sam zurückzukehren.«

Buzz zögerte. Sie wußte, daß Clare in ihrer Gegenwart nie über ihre Ehe sprechen würde. Widerwillig gab sie schließlich nach. »Aber ich sitze drüben in der Bibliothek mit der Stoppuhr in der Hand«, warnte sie.

Buzz marschierte an Elinors Bett vorbei in die Bibliothek. Vor dem großen Fenster mit dem einzigartigen Blick auf das Meer stand der hölzerne Küchentisch, an dem Elinor seit *Deadly Fortune* jedes Buch geschrieben hatte.

Vom Fenster aus sah Buzz Clare, die wieder zurückgekehrt war und sich auf der darunterliegenden Terrasse sonnte. »Okay, Clare!« rief sie. »Du kannst jetzt raufkommen.«

Zwei Minuten später stand Clare am Bett der Großmutter. Nach einer schlaflosen Nacht wirkte sie beinahe so bleich und erschöpft wie Elinor.

»Ich habe kurz mit Sam gesprochen, Kleines«, begann Elinor. »Er hat mir erzählt, daß ihr euch überworfen habt. Er hofft, dich trotzdem überreden zu können, mit ihm nach L.A. zurückzukehren.«

Clare musterte Elinor aufmerksam. »Sam sagt den Leuten immer nur das, was sie hören wollen, Gran.«

»Offenbar ist er gerade um die halbe Welt geflogen, um dir zu sagen, daß er dich liebt!«

»Sam beherrscht die Rolle des liebenden Ehemannes perfekt«, erwiderte Clare. »Aber von Liebe war mir gegenüber nicht die Rede.«

»Du solltest lernen, darauf zu achten, was Sam tut ... und nicht darauf, was er sagt«, erklärte Elinor.

»Um so schlimmer für ihn. Ich habe ihn mit einer anderen Frau im Bett erwischt ... Deshalb habe ich ihn verlassen, Gran.«

»Diese Frau hat sich ihm an den Hals geworfen. Flittchen gibt es genügend. Clare, ich habe dir das schon einmal gesagt: Du solltest solche Kleinigkeiten nicht so ernst nehmen. Deine Ehe ist wichtiger.«

»Gran, sie war nur eine von vielen!« entgegnete Clare gereizt. Es war typisch für Sam, sich sofort Rückendeckung bei Elinor zu verschaffen.

»Ich habe dieselben Probleme mit Daddy Billy gehabt«, gab Elinor zögernd zu. »Zu meiner Zeit mußte eine Ehefrau sich damit arrangieren. Sei geduldig, mein Kind. Auch um Joshs willen. Wirf deine Ehe nicht weg, nur weil du Schwierigkeiten mit Sam hast. Männer sind *immer* kompliziert.«

»Ich möchte jetzt nicht darüber reden, Gran!« entgegnete Clare verärgert. »Warum sollte ich mich damit abfinden, daß mein Mann mich ständig betrügt ... nur weil du das getan hast?«

»Nach sechs Jahren Ehe kann man nicht erwarten, daß sich ein Mann wie in der Hochzeitsnacht verhält, Clare.«

»Natürlich erwarte ich das nicht!« Clare wurde heftig. Sie hatte eine Beziehung voller gegenseitigen Verständnisses, Liebe und Vertrauen erwartet.

»Verliebtsein ...«, begann Elinor und schüttelte den Kopf. »Verliebtsein hat mit Verheiratetsein nichts zu tun.«

»Schreibst du deshalb nie über die Ehe?« fragte Clare bitter. »Nur über das Verliebtsein?«

»Dein Ton gefällt mir nicht, Clare.« Elinor war sichtlich verletzt.

»Verliebtsein ist doch nicht die Lösung für jedes Problem einer Frau!« schrie Clare aufgebracht.

»Deine Bitterkeit ist verständlich. Sam hat sich nicht nett benommen ...«

»Gran, Sam ist kein Schuljunge, der wieder einmal einen Streich gespielt hat.« Am Vorabend hatte Sam versucht, Clare zu manipulieren, und jetzt schlug ihre Großmutter in dieselbe Kerbe.

Und zum zweitenmal innerhalb von ein paar Stunden vergaß Clare über ihre Wut und Empörung die angeborene Vorsicht und ihr Taktgefühl. Nachdem sie sich mit dem Scheitern ihrer Ehe abgefunden hatte, wollte sie wenigstens ihren angeschlagenen Stolz retten und sich ein neues Leben aufbauen. Sie hatte es satt, daß sich jeder in ihre Angelegenheiten einmischte.

»Warum kannst du das, was passiert ist, nicht als unerfreulichen Zwischenfall zu den Akten legen«, beharrte Elinor. »Sam liebt dich. Und das weißt du. Ohne Liebe kann man nicht leben, mein Kind. Ohne Liebe existiert man nur.«

»Ich bin mir nicht mehr so sicher, daß *ich* Sam liebe. Und ich *kann* ohne Liebe leben. Du hast mir beigebracht, daß eine Frau ohne einen Mann kein vollständiges Wesen ist. Ich frage mich allmählich, ob das stimmt. Ich fühle mich nämlich minderwertig, *weil* ich mit einem Mann zusammengelebt habe.«

»Wirf deine Ehe nicht weg«, wiederholte Elinor flüsternd. »Keine Frau kann ohne Liebe und Zärtlichkeit leben ... Sie sind das Salz in der Suppe ... sie machen dich attraktiv ... lebendig. Das habe ich in meinen Büchern immer auszudrücken versucht.«

»Dieser romantische Unsinn verstellt nur den Blick für die Wirklichkeit.«

Elinor schwieg. Für einen kurzen Moment gestattete sie sich, das zarte und doch dichte Spinnengewebe romantischer Sichtweise zu analysieren, mit dem sie ihr Leben mit Billy umgeben hatte. »Ist es denn so schlimm, eine unglückliche oder erniedrigte Frau für ein paar Stunden die Probleme vergessen zu lassen, mit denen sie sich vermutlich ihr ganzes Leben herumschlagen muß?« sagte sie schließlich leise.

Clare seufzte. »Du solltest deinen Leserinnen nicht vorgaukeln, ihr Leben könnte wie deine Romane ausgehen. Das hilft ihnen nicht, mit den wirklichen Problemen fertig zu werden!« Clares Stimme war schrill geworden.

»Clare, du regst dich zu sehr auf!« Elinors Stimme war nur noch ein schwaches Flüstern. Clare merkte plötzlich, daß Elinors Hände krampfhaft die Bettdecke umklammerten. Sie hatte sich durch Elinors beschwichtigende Antworten täuschen lassen. Elinor schien innerlich sehr erregt zu sein. Clare hatte völlig vergessen, daß sie mit einer Schwerkranken sprach.

»Tut mir leid, Gran. Ich wollte heute nicht mit dir über dieses Thema sprechen. Aber du weißt, wie ich denke. Und das bedeutet nicht, daß ich dich weniger liebe oder achte!«

Damit jedoch war Elinor nicht abzuspeisen. »Meine Liebesromane haben euch Mädchen ein sorgloses Leben beschert; ein Leben, das ich eurem Vater nie habe bieten können.« Elinor wartete auf die Entschuldigung, zu der Clare ihrer Ansicht nach verpflichtet war. Nach einigen Minuten bedrückenden Schweigens fügte sie eigensinnig hinzu: »Wenn du mein Lebenswerk so geringschätzt, sollst du davon auch nicht profitieren ... es sei denn, du entschuldigst dich, Clare.«

Clare zwang sich zur Ruhe. »Gran«, begann sie sanft. »Ich schätze dein Lebenswerk nicht gering. Und über Geld will ich schon gar nicht reden. Diese Dinge sind doch nicht so wichtig ...«

»Willst du dich entschuldigen?« forderte Elinor mit bebender Stimme. Sie hatte den Eindruck, daß Clare alles ablehnte, was sie je für sie getan hatte. Dabei hatte Clare ihr nur sagen wollen, daß ihr im Moment die Gesundheit ihrer Großmutter mehr am Herzen lag.

In diesem Augenblick kam Buzz aus der Bibliothek. »Deine zehn Minuten sind schon seit einer halben Stunde um, Clare. Wenn ich gewußt hätte, daß es hier so laut zugeht, hätte ich dich gar nicht erst zu ihr gelassen!« Damit war Clares Besuch bei Elinor unvermittelt beendet.

Wütend rief Clare sofort das Reisebüro in Nizza an und bestellte Flugkarten nach London. Sie hatte weder die Absicht, nach L.A. zurückzukehren, noch in Saracen zu bleiben. Sie wollte mit Josh und Kathy nach London; in die Stadt, in der sie heimisch war und wo sie so viele Freunde hatte ... Dort wollte sie ihr Leben neu ordnen.

Miranda sonnte sich auf der Südterrasse und ließ ihre Gedanken schweifen. Wieder einmal dachte sie voller Bedauern an Angus. Sie vermißte ihn noch immer.

Obwohl sie in der letzten Zeit mit einer Reihe netter Männer ausgegangen war, hatte sie sich im entscheidenden Moment jedesmal zurückgezogen. Sie wollte von niemandem berührt werden, den sie nicht gut kannte. Sicher und wohlbehalten hatte sie sich nur bei Angus gefühlt, der auch nie versucht hatte, sie bei der erstbesten Gelegenheit ins Bett zu zerren.

Drei Wochen war es jetzt her, daß ihre Sekretärin ihr völlig unverhofft mitgeteilt hatte, ein gewisser Mr. Angus Maclayne sei am Telefon. Mirandas Herz hatte einen Schlag lang ausgesetzt, als sie freudestrahlend eine Einladung zum Mittagessen bei *Rules*, seinem Lieblingsrestaurant, angenommen hatte. Sie hoffte, Angus wolle, so wie sie, die so abrupt beendete Beziehung wieder aufnehmen.

Im *Rules* sah es aus wie in einer viktorianischen Bibliothek. Es roch nach edlem Whisky und sehr altem Leder. Miranda und Angus saßen in einer abgelegenen Nische, die Miranda an ein Erster-Klasse-Zugabteil erinnerte. Sie bestellten Vichyssoise, gefolgt von Seebarsch mit frischen Erbsen und geeistem Aprikosensoufflé als Dessert.

Miranda vermochte im kantigen Gesicht von Angus keinen Ausdruck unsterblichen Verliebtseins zu entdecken. Er behandelte sie mit reserviertem Respekt und machte Konversation, als sei sie seine Tante ... oder seine Börsenmaklerin ...

Einmal allerdings glaubte sie während des Essens, ihre Hoffnungen würden sich doch noch erfüllen. Beim Seebarsch lehnte Angus sich über das weiße Tischtuch und flüsterte dicht an ihrem Ohr: »Miranda, ich habe viel über dich nachgedacht.«

Miranda lächelte glücklich. Sie sehnte sich nach Worten wie ›Ich habe dich so vermißt, Liebste! Laß uns gehen. Ich will allein mit dir sein.‹

»Ich mache mir Sorgen, daß du dir geschäftlich zuviel aufbürdest«, sagte Angus statt dessen. »Du scheinst deine Aufkäufe zu finanzieren, indem du deine Pachtgrundstücke beleihst, also Kapitalbildung mit geborgten Mitteln auf einem expandierenden Immobilienmarkt bei niedrigen Zinsen.«

Miranda hatte das Gefühl, unsanft wieder auf dem harten

Boden der Wirklichkeit gelandet zu sein. »Was ist daran so falsch?« murmelte sie bedrückt.

Angus zerlegte sorgfältig seinen Fisch. »Wenn der Boom auf dem Immobilienmarkt plötzlich vorbei ist oder sich die Regierung entschließt, den Zinssatz heraufzusetzen, um den Konsum zu bremsen, könnten deine Kredite gestrichen werden. Und in diesem Fall hättest du ein ernstes Liquiditätsproblem.«

»Wie nobel, daß dich das kümmert«, bemerkte Miranda gereizt.

»Höhere Bankzinsen könnten auch zu einem Preisverfall auf dem Immobilienmarkt führen«, fuhr Angus fort. »Und dann hättest du ein anderes, schwerwiegendes Problem: Die Pachtverträge, die dir als Sicherheit dienen, würden an Wert verlieren. Die Banken würden es dann mit der Angst zu tun bekommen und auf eine schnelle Rückzahlung deiner Kredite drängen.« Angus trank einen Schluck Weißwein. »Solche Situationen enden landläufig mit einem Bankrott.«

»Danke für die Warnung, aber ich habe nicht die Absicht, bankrott zu gehen«, erwiderte Miranda eisig. Sie war viel zu enttäuscht, um dem Aprikosensoufflé noch etwas abzugewinnen. Für den Rest der Mahlzeit plauderten sie höflich über Geschäfte und den neuesten Klatsch. Später verabschiedeten sie sich verlegen auf der Straße. Keiner wollte vom anderen nach Hause gebracht werden. Keiner schlug ein neues Treffen vor.

Angus, der Mut und gesunden Menschenverstand bewunderte, hatte die draufgängerische und intelligente Miranda schmerzlicher vermißt als erwartet. Er hatte sie in der Hoffnung zum Essen eingeladen, daß sie ähnlich empfand. Angus hatte Miranda nie aus den Augen verloren, sondern ihre Aktivitäten stets aus der Ferne verfolgt, und er wußte daher, daß sie sich seit der Trennung von ihm mit keinem anderen Mann ernsthaft eingelassen hatte. Er vermutete, daß das schnell expandierende Unternehmen all ihre Zeit und Energie in Anspruch nahm. Daher hatte er beschlossen, nichts zu überstürzen und beim gemeinsamen Essen vorerst nur über Geschäftliches zu sprechen; auf diese Weise hatte er vermeiden wollen, daß einer von ihnen in die unangenehme Lage geriet, dem jeweils anderen einen Korb geben zu müssen.

Leider hatte Miranda offenbar auch nur den Wunsch gehabt, über Geschäfte mit ihm zu reden.

Und trotzdem war Angus nicht bereit, Miranda aufzugeben. Sie faszinierte ihn noch immer wie keine andere Frau. Sie konnte feurig und dann wieder eiskalt sein; eine Eigenschaft, die den Mann in Angus magnetisch anzog und den Banker und Geschäftsmann zutiefst beunruhigte.

16. KAPITEL

Dienstag, den 20. Juli 1965

Miranda lag dösend auf der Couch vor dem Fenster ihres Wohnzimmers. Sie dachte an die Parfümfabrik, die sie kaufen wollte. Das Gebäude war 1870, während der großen Wirtschaftskrise, als die meisten Dorfbewohner von Saracen arbeitslos geworden waren, von der Gräfin von Saracen erbaut worden. Dem Geburtstag der Gräfin wurde auch heute noch in der alten Dorfkirche gedacht.

Ein Klopfen an der Tür schreckte Miranda aus ihrer Geistesabwesenheit. »Entrez!« rief sie. Und dann: »Ach, du bist es, Adam.«

»Darf ich hereinkommen?«

»Natürlich. Meine Siesta ist beendet.« Miranda reckte sich gähnend und bewegte die nackten, braunen Zehen. Sie trug nur ein T-Shirt über ihrem Bikini.

»Da steht ja ein alter Freund!« Adam deutete auf eine gerahmte Karikatur, die er Miranda zu Weihnachten geschenkt hatte. Sie zeigte einen Geschäftsmann, der verdutzt auf einen Geist starrte, der aus seiner Schreibtischschublade stieg und sagte: »Ich bin der Geist all der vielen Notizen, die du wieder vergessen hast.«

»Damit hast du den wunden Punkt genau getroffen.« Miranda gähnte wieder. »Was möchtest du?« Sie rieb sich den steifen Nacken. »War ein Fehler, auf der Couch einzuschlafen.«

»Bei Verspannungen jeder Art weiß ich schnelle Abhilfe«, bot Adam an. »Ich kann dich massieren, wenn du willst. Leg dich flach auf den Fußboden.«

»Okay. Soll ich das Hemd ausziehen?«

»Du kannst es ruhig anbehalten.«

Miranda legte sich mit dem Bauch auf den Kelim, in dessen Muster sich das verwaschene Blau von Adams Jeans wiederholte.

Adam kniete vor Miranda nieder und begann, ihre Schultern durchzukneten. Zehn Minuten später waren Mirandas Nackenschmerzen verflogen. Sie lag mit geschlossenen Augen auf dem Teppich, fühlte sich völlig entspannt und schläfrig.

Adams Stimme klang ruhig und bestimmt und wie aus der Ferne zu ihr: »Dein Körper wird leichter und leichter ... Du schwebst wie auf einer Wolke ... Ich zähle jetzt bis zehn ... dann bist du vollkommen entspannt ...«

Das ist ja wie bei einem Hypnoseversuch, wunderte sich Miranda und war im nächsten Moment eingeschlafen.

Als sie aufwachte, fiel ihr Blick auf Adam. Er saß auf der Couch, hatte die Beine hochgelegt und las den *Paris Match*. Miranda sah auf die Uhr. »Ich habe fast eine Stunde geschlafen! Das war phantastisch. Ich bin völlig entspannt!«

»Du warst sehr erschöpft«, erwiderte Adam. »Der Kummer um Elinor.«

»Ja.« Miranda brach plötzlich in Tränen aus. Sie rieb sich die Augen und stieß einen Schrei aus. Zu spät! Ihre Kontaktlinsen hatte sie völlig vergessen. Sie nahm sie heraus und erhob sich. »Ich muß heulen und weiß nicht, warum.«

»Nach der Anspannung und den Belastungen der letzten Tage ist das kein Wunder«, sagte Adam. Er betrachtete sie mit leicht zur Seite geneigtem Kopf und schien einen Moment unentschlossen zu sein. Dann ging er auf sie zu. »Keine Angst. Ich habe alles im Griff. Du brauchst dir keine Sorgen mehr zu machen.«

Miranda schluchzte unterdrückt. Als Adams muskulöse Arme sie umschlossen, entspannte sie sich und lehnte den Kopf gegen seine starke Brust. Sie fühlte seine Hände unter ihrem Hemd. Seine Daumen begannen ihre Wirbelsäule bis hinauf zum Nacken rhythmisch zu massieren.

Jedesmal, wenn Adam sanft auf einen Wirbel drückte, wurde Miranda gegen seinen Körper gepreßt. Sie fühlte die Spannkraft seiner Muskeln, und sie spürte seine Erektion, als er sie fordernd auf den Mund küßte.

Miranda hatte zwar schon vor längerer Zeit beschlossen, daß eine Affäre mit Adam ihr Leben nur komplizieren würde, doch diesmal hatte sein Annäherungsversuch sie in dem gefährlichen Zustand zwischen Wachen und Schlafen überrascht. Ihr Widerstand war schnell gebrochen. Warum sollte sie ihrem Körper nicht einmal nachgeben? Warum sollte sie immer nur an Geschäfte denken?

Schweigend hob Adam sie hoch und trug sie zum Bett. Mirandas rotes Haar breitete sich über dem Kissen aus. Es war zu spät, Adam Einhalt zu gebieten ... Und sie wollte es auch nicht.

Wie gefangen in einer sinnlichen Trance, ließ sie es geschehen, daß Adam die zarte Haut ihrer Brüste küßte. »Laß die Augen zu«, flüsterte er. »Beweg dich nicht. Jetzt mußt du tun, was ich will ...«

»Aber willst du nicht, daß ich ...«

»Ich will, daß du still liegst ... Laß es einfach zu, daß ich dich liebe.«

Miranda spürte ein Prickeln in der Magengegend, als würde eine Feder sie kitzeln. Sie gab sich Adams Armen und seinen erstaunlich geschickten Händen hin. Er streichelte ihren nackten Bauch. Eine wohliges Glühen breitete sich von ihrem Nabel ausgehend über ihren Körper aus. Auch sein Mund wärmte sie, als seine Lippen bedächtig von ihren Brüsten abwärts glitten.

Einige Zeit später sagte Miranda: »Aber du bist nicht ...«

»Dazu ist noch Zeit genug«, fiel Adam ihr ins Wort. »Es macht mir Freude, eine Frau zu verwöhnen und sie dabei anzuschauen.« Miranda hatte sich unter seinen Lippen gewunden wie eine frisch gefangene Forelle auf grasiger Uferböschung. »Ich habe dir doch gesagt, du sollst dich nicht bewegen!« Adam drückte ihren Arm sanft in die Kissen zurück.

»Und wenn ich es doch tue?«

»Dann feßle ich dich ans Bett.«

Miranda schlug die Augen auf. »Wie verrucht!«

»Ich hab' doch nur Spaß gemacht«, murmelte Adam und tastete erneut nach ihren Brüsten.

Eine Stunde später lag Miranda auf Adams sonnengebräuntem nacktem Körper und murmelte: »Das war eine große Überraschung.«

»Ich wollte es seit Jahren.«

»Warum hast du dann so lange gewartet?«

»Aus demselben Grund wie du. Aus Vorsicht. Aus Vernunft. Aber auf die Dauer kann bei dir kein Mann platonisch bleiben, Miranda.«

Miranda erinnerte sich wieder an ihre kindischen Tränen, als Adam sie wie ein Baby behandelt hatte. Sie wünschte plötzlich, sie hätte damals in die Zukunft schauen können. »Ich glaube ... ich habe das auch ... immer gewollt.«

»Das weiß ich.« Adams Lippen berührten erneut ihren Busen.

»Ich habe nie einen solchen Orgasmus erlebt«, gestand Miranda schläfrig. »Manchmal war ich nahe dran ... aber dann war es plötzlich vorbei.«

»Ich muß gestehen, daß du nicht meine erste Frau bist, Miranda.«

Miranda atmete tief ein. Das Bett roch herrlich nach frischem Leinen. Sie richtete sich auf einem Ellbogen auf und ließ ihre Nägel zärtlich über die weiche Innenseite von Adams Arm gleiten.

Adam erschauerte. »Keine Frau hat mich je so erregt wie du.«

»Wirklich?«

»Ich habe nie so gefühlt, Miranda. Wir sind einander ebenbürtig. Es wird mir nie gelingen, dich zu unterwerfen. Bei dir wird es immer diese besondere Spannung geben.« Heftig riß er sie in seine Arme.

Sein Kuß war lang und leidenschaftlich. Miranda begriff

selbst nicht mehr, warum sie Adam für kalt und zurückhaltend gehalten hatte. Und dann hielt der Zauber seiner Berührung sie so gefangen, daß sie unfähig war, einen weiteren Gedanken zu fassen.

Später wanderte Adams Blick langsam an Miranda vorbei zu den beiden Fenstern, durch die nichts als blauer Himmel zu sehen war. Dazwischen hing ein alter Spiegel in einem kunstvoll geschnitzten Mahagonirahmen. Das silbrige Glas war an manchen Stellen grünlich verfärbt, und dort, wo die Silberschicht auf der Rückseite abgesprungen war, schwarz gesprenkelt. Unter diesem Spiegel stand Mirandas überraschend weiblich anmutender Toilettentisch.

Miranda räkelte sich hingebungsvoll. »Annabel und Clare erleben die Überraschung ihres Lebens, wenn wir ihnen von uns erzählen!«

»Ich würde unser kleines Geheimnis gern noch eine Weile für mich behalten«, entgegnete Adam. »Ich muß schließlich Elinors Angelegenheiten regeln. Und deshalb möchte ich, daß gar nicht erst der Eindruck entsteht, ich könnte dir vor deinen Schwestern Vorteile verschaffen. Das fürchten Clare und Annabel vermutlich sowieso schon ... aufgrund unserer geschäftlichen Verbindung natürlich.«

Es gab noch einen Grund für diese Geheimniskrämerei. Aber darüber schwieg Adam. Alle wußten von Elinors unausgesprochenem Wunsch, daß Miranda, ihre einzige unverheiratete Enkelin, in die britische Aristokratie einheiraten sollte. Und solange Elinor lebte, würde Adam es nicht wagen, diesen Traum in irgendeiner Weise zu gefährden.

Buzz setzte sich auf den Stuhl vor Elinors Schlafzimmerfenster, zog den Küchenwecker aus der Tasche ihres marineblauen Kleides und stellte ihn auf zwanzig Minuten ein. Der Wecker begann aufreizend laut zu ticken. Es war später Vormittag.

Elinor saß aufrecht gegen viele Kissen gelehnt im Bett. Sie war in ihren Morgenmantel gehüllt und sah alt und zerbrechlich aus.

Elinors Katze Fudge, die wieder im Schlafzimmer zugelassen war, tappte zum grauen Sofa vor dem Kamin, auf dem Adam saß, und rieb sich an den Beinen seiner Jeans.

»Katzen mögen mich!« Adam bückte sich und strich über das ingwerfarbene Fell, worauf sich die Katze zu seinen Füßen zusammenrollte und einschlief. Adam entnahm seinem aufgeschlagenen Aktenkoffer ein Dokument. »Bevor ich nach London zurückkehre, möchte ich folgende Vorgehensweise vorschlagen«, begann er geschäftsmäßig. »Falls du, Elinor, jemals wieder krank wirst, sollten wir vor allem den Problemen vorbeugen, mit denen sich Buzz in den letzten Wochen herumschlagen mußte.« Da niemand eine Bankvollmacht hatte, konnten weder Löhne ausbezahlt noch Haushaltsgeld abgehoben werden. Buzz hatte alles solange aus eigener Tasche bestritten.

»Ich schlage also vor, daß ich, falls Elinor aus irgendeinem Grund keine Schecks unterschreiben kann, das für sie übernehme«, erklärte Adam.

Buzz warf ihm einen kurzen Blick zu.

»Allerdings habe ich dann nur die Vollmacht über Elinors Haushaltskonto in Nizza«, fuhr Adam fort. »Meine Vollmacht würde weiterhin ausschließen, daß ich Schecks zu meinen oder den Gunsten meiner Firma ausstelle. Wir können auf Zahlungen warten, bis Elinor wieder selbst in der Lage ist, Schecks zu unterzeichnen.«

»Warum treffen wir nicht die Regelung, die zwei Unterschriften vorsieht?« warf Buzz ein. »Zum Beispiel zusätzlich die eines Partners der Sozietät?«

»Sicher können wir das machen.« Adam nickte und wandte sich wieder an Elinor. »Ein Mißbrauch unsererseits wäre automatisch durch unsere Berufsversicherung gedeckt.«

Elinor sah Buzz an. »Bist du einverstanden? Gut, dann bereite bitte alles vor, Adam.« Ihr Stimme klang schwach und zittrig.

Nachdem Elinor unterschrieben und Buzz als Zeugin gegengezeichnet hatte, legte Adam ein zweites Dokument vor. »Um zu vermeiden, daß Vertragsabschlüsse mit Verlagen unnötig verzögert werden, schlage ich vor, daß ich eine Generalvollmacht erhalte ... wiederum nur auf begrenztem Gebiet und nur für den Fall, daß Elinor nicht in der Lage ist, diese Dinge selbst zu regeln.«

»Wären Schäden im Fall eines Mißbrauchs hierbei auch durch die Versicherung abgedeckt?« erkundigte sich Buzz.

»Ja«, antwortete Adam. »Wenn ich meine Vollmacht mißbrauchen würde, was meines Erachtens gar nicht möglich wäre, würde ich im übrigen aus der Anwaltskammer ausgeschlossen.«

»Einverstanden, Buzz?« wollte Elinor leise wissen.

»Haben Sie irgendwelche bestimmten Einwände, Buzz?« fragte Adam höflich.

Nach kurzem Zögern schüttelte sie den Kopf. Die Vollmachten, die Adam erhielt, bezogen sich nur auf alltägliche Transaktionen. Wenn Buzz sich ohne triftigen Grund widersetzte, könnte vielleicht der Eindruck entstehen, als wolle sie über Nells Vermögen verfügen.

»Dann stimme auch ich dieser Vollmacht zu«, sagte Elinor.

Mittwoch, den 21. Juli 1965

Gegen fünf Uhr nachmittags hatte Scott seinen Kommentar zu den Demonstrationen gegen den Vietnamkrieg geschrieben. In der Nachrichtenredaktion unterhielten sich ein paar Reporter bei einem Becher Kaffee. Auf den Schreibtischen türmte sich das Material für die Nachrichtenspots. Im Hintergrund ratterten die Fernschreiber, und die Monitore an der einen Wand flimmerten. Auf einigen wurden Filme für den Sender überspielt. »Soll das heißen, ich kann das immer noch nicht senden?« beklagte sich jemand. »Nachdem zwei Anwälte das Zeug geprüft haben?«

Im Büro des Nachrichtenredakteurs las eine Assistentin die Liste der Storys vom Notizblock ab. »Bericht aus Washington über die Bestechungssache im Senat. Der Bürgermeister von

New York und die Antikriegsdemonstrationen. Der Bürgermeister macht übrigens einen Rückzieher, Scott.«

Ein Mitarbeiter steckte den Kopf zur Tür herein. »Anruf aus Europa in deinem Büro, Scott!«

»Entschuldigt mich.« Scott lief zu seinem Platz und schloß vorsorglich die Tür. »Annabel? Was ist passiert, Liebes?«

»Scott ... du fehlst mir!«

»Du mir auch, Angel.«

»Ich brauche dich hier.«

Scott war sich durchaus bewußt, unter welchem enormen Druck seine Frau seit Wochen stand. Zuerst mußte sie damit fertig werden, daß ihre Großmutter, die sie liebte und verehrte, sterbenskrank war. Dann war ihr Modelvertrag nicht erneuert worden, was sie beide hart getroffen hatte, da es für sie einen nicht unerheblichen Verlust an Geld und Prestige bedeutete. Die Erniedrigung war besonders schlimm, weil sie praktisch öffentlich war. Zum Glück war Annabel in Südfrankreich, als die Meldung über die Ticker lief und skandalgierige Klatschreporter ihre private New Yorker Telefonleitung mit giftigen Fragen blockiert hatten.

Scott wußte, daß Annabel das Schlimmste durchmachte, was einem Model passieren konnte: Sie war offiziell als ausrangiert gebrandmarkt. Keine Schwüre von Scott hatten ihr die verlorene Selbstsicherheit wiedergeben oder der Fünfundzwanzigjährigen die Angst vor dem Altwerden nehmen können. Es war grotesk, in jungen Jahren beruflich schon zum alten Eisen zu gehören.

Scott versuchte, diplomatisch zu sein. »Angel, ich wünschte, ich könnte zu dir kommen, aber wir wissen doch beide, daß das unmöglich ist. Wir haben das doch schon so oft besprochen. Natürlich möchte ich dir helfen, aber ich kann meinen Job hier nicht einfach an den Nagel hängen. Wir sind hoffnungslos unterbesetzt ... die Sommerferien haben gerade angefangen. Wenn ich gleich bei deiner ersten Bitte gekommen wäre, hätte ich vermutlich schon keinen Job mehr. Und was sollte das nützen, Angel?« fügte er sanft hinzu.

Wieder einmal hatte Scott das Gefühl, mit einem uneinsichtigen Kind zu sprechen. Er wünschte, Angel wäre nicht so unselbständig und abhängig von ihm. In der Wartezeit auf AVANTIs Entscheidung hatte sie ständigen moralischen Beistand gebraucht. Für Scott war das allmählich zu einer schweren Belastung geworden.

»Ich möchte dich hier haben«, schluchzte Annabel. Sie hatte vergessen, daß sie eigentlich angerufen hatte, um Scott von der Errichtung der Treuhandgesellschaft zu berichten.

»In meinem Job muß man auf vieles verzichten, das für andere Männer ganz selbstverständlich ist. Das hast du von vornherein gewußt, Annabel«, erinnerte Scott sie zum wiederholten Male.

»Dein Job frißt dich auf! Mit Haut und Haaren!«

»Ja. Und deshalb habe ich dich geheiratet. Ich liebe dich nämlich und möchte das wenige Privatleben, das mir bleibt, mit dir genießen. Du gibst mir Beständigkeit.«

»Du bist so mit deiner geliebten Karriere beschäftigt, daß dein Privatleben gar nicht mehr existiert!« beklagte sich Annabel. »Du schiebst unser Privatleben immer mehr aufs Abstellgleis ... nächste Woche, nächsten Monat ... Und so geht es wahrscheinlich weiter, bis du dich aufs Altenteil zurückziehst.«

»Natürlich ist mir meine Karriere wichtig. Daraus habe ich nie einen Hehl gemacht. Ich arbeite hier nicht für einen großen Sender. Du weißt, daß bei uns jeder den Job für zwei macht. Ich kann doch nicht alles stehen und liegen lassen, weil die Großmutter meiner Frau am anderen Ende der Welt krank ist?«

»Bitte komm, Scott!«

»Das ist nicht nötig. Bitte versteh das, Angel.«

»Scott, ich habe solche Sehnsucht nach dir ... Es ist Monate her, seit wir miteinander geschlafen haben. Weißt du nicht, wie schön es immer war?«

»Flitterwochen dauern nicht ewig, Angel. Man verbringt nicht mehr vierundzwanzig Stunden nur miteinander im Bett. Man wird auch in der Liebe ruhiger.«

»Im Klartext, du findest mich nicht mehr attraktiv? Du liebst mich nicht mehr?«

»Du bist ein verzogenes, neurotisches, überängstliches und egozentrisches Kind«, entgegnete Scott genervt. »Was ist daran so liebenswert, Angel?«

In diesem Augenblick flog Scotts Bürotür auf. »Sie werden im Schneideraum gebraucht!«

»Danke! Bin sofort da.« Und zu Annabel sagte Scott vorsichtig: »Du mußt das einfach durchstehen, Angel. Solche Situationen gibt es nun einmal im Leben.«

»Das ist nicht alles.« Annabel schluckte. »Ich glaube, ich bekomme eine Herzattacke«, brach es schließlich aus ihr heraus.

»Wie bitte?«

Nach der ersten Schrecksekunde wurde Scott klar, daß Annabel kaum telefonieren würde, wenn es ihr so schlecht ginge. »Wie kommst du darauf, Angel?«

»Ich habe entsetzliches Herzklopfen, kriege manchmal keine Luft mehr ...«

»Das klingt eher nach Angstzuständen«, diagnostizierte Scott sanft.

»Alles dreht sich in meinem Kopf ... wie bei einem Hurrikan«, fuhr Annabel erregt fort. »Und ich kann nichts dagegen tun. Ich zittere am ganzen Körper.«

»Hast du Schweißausbrüche? Sind deine Handflächen feucht? Krampft sich dein Magen zusammen?«

»Ja.« Annabel weinte.

Annabel schien tatsächlich unter Panikanfällen zu leiden. »Ist Adam noch bei euch?« fragte Scott unvermittelt. »Wenn ja, dann hol ihn an den Apparat, Angel. Bitte!«

Erneut steckte jemand den Kopf zur Tür herein. »Die können nicht schneiden, solange Sie nicht da sind, Scott!«

Scott hätte beinahe gesagt: »Meine Frau ist krank.« Aber er hatte schon zu oft die Pferde scheu gemacht. Mittlerweile wußte jeder im Studio, daß Annabel Scott mit unwichtigen Anrufen bombardierte.

Schließlich hörte Scott Adams ruhige Stimme am anderen Ende. »Was kann ich tun, Scott? Annabel scheint ziemlich durcheinander zu sein. Wir dachten, sie sei schlafengegangen. Hier ist es fast Mitternacht.«

»Annabel glaubt, ernsthafte Herzbeschwerden zu haben.«

»Das kann ich mir nicht vorstellen«, erwiderte Adam energisch. »Ich bringe sie gleich zu Elinors Nachtschwester. Sie kann ihr bestimmt ein Beruhigungsmittel geben. Wir haben hier anstrengende Wochen hinter uns. Es ist verständlich, daß Annabel jetzt so ... überreagiert.«

Scott hatte den Hinweis verstanden. Adam hielt Annabel für hysterisch. »Sag mir die Wahrheit, Adam. Sieht Annabel krank aus?«

»Nein.«

»Ich sitze hier zwischen allen Stühlen. Aber natürlich setze ich mich ins nächste Flugzeug, wenn Elinor ...«

»Dazu besteht im Augenblick keine Notwendigkeit«, entgegnete Adam bestimmt. »Elinors Zustand bessert sich täglich. Ich habe hier alles gut im Griff.«

»Da bin ich sicher«, sagte Scott erleichtert.

Mittwoch, den 28. Juli 1965

Eine Woche später, kurz vor dem Mittagessen, brachte Adam den Vertrag für die Treuhandgesellschaft zur Unterschrift in Elinors Schlafzimmer.

Als er ihr das vierundzwanzig Seiten umfassende Schriftstück vorlegte, sagte er: »Ich habe nur eine einzige Änderung vorgenommen. Da Paul als Kurator fungiert, halten die Partner von *Swithin, Timmins & Grant* es für das beste, die übrigen Treuhandvertreter aus einer anderen Sozietät zu benennen. Wir werden das durch die Vermögensberaterfirma auf den Bermudas, mit denen wir eng zusammenarbeiten, regeln.«

»Hast du noch einmal mit Clare gesprochen?« Elinor, die

sehr gebrechlich wirkte, interessierte sich nicht für die Feinheiten des Vertrages.

»Ja. Tut mir leid, aber Clare bleibt bei ihrer Haltung.«

Elinor dachte einen Moment nach. Schließlich hob sie mit Mühe den Kopf. »Bitte vergeßt nicht, daß Clare nicht wissen darf, daß sie nicht zu den Begünstigten des Trusts gehört ... solange sie sich nicht bei mir entschuldigt hat. Sie soll nicht glauben, daß sie sich mir gegenüber ungestraft so benehmen darf. Also, wo soll ich unterschreiben? Ruf lieber noch Buzz und diese miesepetrige Schwester als Zeugen dazu.«

Um sieben Uhr zwanzig an demselben Morgen war Scott einer ungewöhnlichen Story auf der Spur gewesen, wobei zwei ältere Männer von einem Streifenwagen getötet und ein weiterer verletzt worden waren. Gegen Mittag kehrte Scott mit einem zwanzigminütigen Filmbeitrag ins Studio zurück, der auf ungefähr zwei Minuten gekürzt werden mußte. Er schien die wichtigste Meldung für die nächsten Mittagsnachrichten zu sein.

Scott sprach gerade mit dem Redakteur, als die Tür aufging.

»Anruf aus Europa, Scott.«

Scott schwieg. Was hätte er sagen sollen? Das ganze Studio wußte über seine verwöhnte Kindfrau Bescheid. Er lief in sein Büro. Erneut hörte er sich gefaßt Annabels tränenreiche Bitten an, und wieder weigerte Scott sich, alles im Studio stehen und liegen zu lassen, um zu Annabel zu fliegen.

Am Abend nahm Scott seinen Platz hinter dem Moderatorentisch wieder ein und warf einen letzten Blick auf sein Manuskript. Kurz vor Sendebeginn war noch eine Meldung über eine Drogenrazzia über den Ticker gekommen und hastig aufbereitet worden.

Eine Minute vor der Sendung lächelte Scott dem anderen Nachrichtensprecher zu, blickte zum Regieraum hinüber und nickte.

Die Anspannung im Studio war groß. Es herrschte absolute Stille. »Beitrag Nummer eins ...«, ertönte es aus dem Regieraum. Der Aufnahmeleiter deutete auf Kamera zwei und begann zu zählen: Vier, drei, zwei, eins. Kamera ab! »Sie sind dran, Scott!« Das rote Licht an Kamera zwei flammte auf, als der Aufnahmeleiter dem Kameramann wortlos ein Zeichen gab.

»Guten Abend. Hier ist Scott Svenson mit den Abendnachrichten.«

Auch während der Sendung ging die Arbeit im Studio weiter. Reporter überreichten ihre gerade fertiggestellten Berichte einem Redakteur, der die Manuskripte überarbeitete und Änderungen dem Aufnahmeleiter per Telefon mitteilte. »Scott, die Story vier aus Moskau können wir streichen ... wir haben was Besseres ... Scott, wir bringen die sieben, die Sache mit den medizinischen Kunstfehlern, erst gegen Ende der Sendung. Der Patient ist gerade gestorben. Wir müssen den Kommentar überarbeiten.«

Als die Kamera schließlich zurückgefahren wurde und der Nachspann über die Bildschirme flimmerte, entspannte sich die Stimmung im Studio und wurde beinahe ausgelassen. »Gute Arbeit, Scott«, tönte es aus Scotts Kopfhörer. »Machen Sie, daß Sie in Ihr Büro kommen! Ferngespräch aus Europa für Sie.«

Scott riß das Mikrofon aus dem Knopfloch. Wie spät war es jetzt wohl in Europa?

Er rannte in sein Büro und hob den Hörer ab. »Annabel? Was ist passiert?«

Annabel konnte vor Schluchzen nicht sprechen. »Gran hatte einen Rückfall. Vor vier Stunden. Adam ist hier, um mit dir zu reden, wenn du mir nicht glaubst. Sie sagen, es habe keinen Sinn, sie ins Krankenhaus zu bringen. Jetzt *mußt* du kommen, Scott!«

17. KAPITEL

Montag, den 11. Oktober 1965

Es war schon Herbst, als ein Krankenwagen Elinor vom Krankenhaus in Nizza nach Hause in ihr Château brachte. Die Sanitäter trugen sie in ihr Schlafzimmer hinauf.

Elinor, die die Arme um den Nacken eines Pflegers geschlungen hatte, meinte: »Das Ding da können Sie gleich wegbringen!« Sie zeigte auf den Rollstuhl, der in ihrem Zimmer wartete.

»Bitte!« flehte Buzz. »Du mußt noch einige Zeit vorsichtig sein, Nell. Du hast uns einen solchen Schreck eingejagt. Wir hatten dich schon aufgegeben!«

»Mir geht es jetzt bestens«, erklärte Elinor. »Wo ist die Flasche Champagner, die du mir versprochen hast?«

Die Ärzte hatten ihr versichert, daß sie noch viele Jahre vor sich habe. Sie hatten ihr weiterhin gesagt, daß sie vollkommen wiederhergestellt sei, es jedoch nicht für nötig gehalten, hinzuzufügen, daß sie von jetzt an ganz allmählich immer langsamer und müder werden würde und möglicherweise spätestens in einigen Jahren der nächste Anfall drohte.

Dienstag, den 12. Oktober 1965

Im grauen Licht des Morgens bückte Clare sich nach dem Röhrchen mit den Schlaftabletten, das auf dem Fußboden lag. Sie war noch im Nachthemd. Das Röhrchen war leer. Sie mußte sich ein neues Rezept besorgen. Leise, um Josh nicht zu wecken, zog sie ihren Morgenmantel über.

Josh konnte noch immer nicht ganz verstehen, weshalb sich sein Leben so radikal geändert hatte. Von der kalifornischen Sonne und der liebevollen Betreuung durch Kathy, die mittlerweile für eine andere Familie am nahegelegenen Markham Square arbeitete, war er aus heiterem Himmel in einer muffigen Wohnung in Pimlico gelandet, wo seine Tagesmutter, Mrs. Gooden, eine ehemalige Köchin, auf Josh und sechs andere kleine Schützlinge aufpaßte.

Clare eilte in die winzige Küche, um für Josh das Frühstück zu bereiten. Ihre Wohnung im Tiefparterre kostete mehr, als sie es sich eigentlich leisten konnte. Aber in Chelsea fühlte sie sich wenigstens zu Hause.

Manchmal begriff auch sie nicht, was in den vergangenen drei Monaten mit ihr geschehen war. Sie hatte das sichere Gefühl, im Recht zu sein, sich moralisch korrekt verhalten zu haben. Warum ließ das Schicksal es dann zu, daß sie in diesem Chaos gelandet war?

Nachdem Clare so überstürzt aus Saracen abgereist war, hatte Miranda sie über Freunde ausfindig gemacht, sie angerufen und gedrängt, vernünftig zu sein und sich bei Elinor zu entschuldigen. »Wir wissen doch alle, wie sehr du an Gran hängst!«

»Natürlich tue ich das, Miranda. Aber darum geht es gar nicht.« Clare war entschlossen, sich nicht wie ein Kind behandeln zu lassen. Nicht von Sam, Adam, Elinor oder Buzz – und schon gar nicht von Miranda.

»Dieser Hickhack ist wirklich grotesk!« erregte sich Miranda. »Adam behauptet, der Treuhandvertrag sei unwiderruflich. Mein Gott, denk doch einmal nach! Wenn Joshua nach Eton geht ...«

»Ich hoffe, Joshua geht nie nach Eton oder in eine andere von diesen Eliteschmieden, die völlig an der Realität vorbei unterrichten«, entgegnete Clare steif. »Bei diesem Hickhack – wie du es nennst – geht es ums Prinzip!«

»Das sagen die Leute immer, wenn ihnen kein anderer

Grund dafür einfällt, daß sie was ausgesprochen Dummes tun«, entgegnete Miranda.

Clare wollte am liebsten auflegen. »Okay, ich habe den Wink verstanden«, sagte Miranda wütend, und sie schwor sich, nicht mehr bei Clare zu vermitteln.

Zuerst blieb Clare mit Annabel in Kontakt, nachdem sie nach New York zurückgekehrt war. Aber je schwieriger ihr Leben wurde, desto weniger war sie in der Lage, Briefe zu schreiben, die Annabels schwer angeschlagenes Selbstbewußtsein hätten kitten können. Sie hätte selbst Trost nötig gehabt.

Sams Anwalt hatte Clare mitgeteilt, daß sich sein Klient weigerte, Clare Unterhalt zu bezahlen. Eine Scheidung lehnte er strikt ab. Er wollte, daß seine Frau und sein Kind zu ihm zurückkehrten, und er glaubte, am längeren Hebel zu sitzen.

Clare nahm sich ebenfalls einen Anwalt. Von ihm erfuhr sie, daß Männer häufig ihre Frauen zur Rückkehr zwangen, indem sie ihnen die Scheidung verweigerten und es ihnen schwermachten, an Geld heranzukommen, auch dann, wenn ein Gericht auf Unterhaltszahlungen entschieden hatte. Er riet ihr daher, zu Sam zurückzukehren. Es sei für sie und das Kind das beste. Clare fragte sich unwillkürlich, auf wessen Seite der Anwalt eigentlich stand. Sie war immerhin im Recht und nicht käuflich.

»Ich lasse mich durch sein Geld nicht korrumpieren!« empörte sich Clare. »Ich werde selbst Geld verdienen!«

Sie sollte bald herausfinden, wie schwierig das war.

Clare tippte blind in die Falle, in der viele alleinerziehende Mütter landeten und bittere Armut litten. Ohne Mann hatte sie kein Einkommen, es sei denn, sie verdiente es selbst. Und da sie keine Ausbildung hatte, konnte sie einem Arbeitgeber auch nichts bieten. Also bekam sie keinen gut bezahlten Job. Ihre einzige Chance war eine Stellung als Verkäuferin in einer Schuhboutique in der King's Road.

Ohne Ehemann hatte sie auch keinen Platz in der Gesellschaft und wurde nicht mehr eingeladen. Die Gesellschaft schien nur für Paare zu existieren. Ein Ganztagsjob, ein Kleinkind und keine Hilfe zu Hause vergällten ihr sowieso die Lust auf Dinnerpartys. Außerdem war sie zu stolz, um Gastlichkeit zu genießen, die sie nicht erwidern konnte, und hatte Angst vor diesen vorübergehenden, kurzen Ausflügen in die Welt des Luxus. Clare wurde schroff und übellaunig gegenüber ihren Freunden, die ihren Zwiespalt spürten. Und schließlich gaben sie ihre Bemühungen auf.

Clare mußte überrascht feststellen, wieviel Geld ein ihrer Ansicht nach normales Leben kostete. Nach Abzug der Steuern, ihrer Miete und der Kosten für die Tagesmutter blieben ihr nur etwa drei Pfund in der Woche, gerade genug, um die Lebensmittelrechnung zu bezahlen. Dabei sah Clare keine Möglichkeit, ihre Ausgaben weiter zu kürzen. Jedesmal, wenn sie ihre Kontoauszüge bekam, brach sie in Tränen aus.

Alles, was die grundlegenden Notwendigkeiten des Lebens überstieg, wurde zum unerreichbaren Luxus.

Clare war nicht an ein Leben gewöhnt, in dem Eis, Sherry und ein Telefon Luxus waren. Sie sparte, indem sie billigen Sherry trank. Ihre Armut erniedrigte sie, besonders als das Telefon gesperrt wurde und sie dies Gilda, ihrer Kollegin im Schuhgeschäft, gestehen mußte.

»Arm? Du bist doch nicht arm, Clare«, entgegnete Gilda ärgerlich während der Teepause. »Arme Leute haben kein Geld für Bankkonten, Kühlschränke und die Wäscherei.«

»Das geht mir allmählich auch auf«, gestand Clare. »Aber ich brauche noch immer mehr Geld als ich verdiene, um für Josh zu sorgen.«

Clare hatte Josh, der im Dezember drei wurde, anfänglich nicht zu einer Tagesmutter geben wollen. Dazu war sie erst gezwungen gewesen, als sie weder in einem privaten noch einem öffentlichen Kindergarten oder Hort einen Platz gefunden hatte.

Kindergartenplätze schienen eine Rarität zu sein. In Clare regte sich Protest. Sie wollte sich nicht durch Geldmangel oder ein System, das sich nicht um Mütter und Kinder kümmerte, kleinkriegen lassen.

Ein paar Tage später verkaufte Clare, bis auf ihre Verlobungs- und Eheringe, ihren gesamten Schmuck. In ihrer Unerfahrenheit ging sie auf das erstbeste Angebot des erstbesten Juweliers ein, anstatt über den Preis zu verhandeln oder den Schmuck auch anderen Geschäften anzubieten.

Jeden Abend, wenn sie Josh ins Bett brachte, drückte sie das Kostbarste, das ihr geblieben war, an sich. Scham und Schuldgefühle quälten sie, weil sie ihm nicht bieten konnte, was ihm eigentlich zustand. Sie lebte mit diesen Schuldgefühlen, obwohl sie sich immer wieder ins Bewußtsein rief, wie unfair es war, daß ihr Leben zu einem solch ermüdenden täglichen Kampf geworden war.

Josh mußte sich widerspruchslos in den engen wöchentlichen Zeitplan der Mutter fügen: Nachdem Clare ihn frühmorgens zur Tagesmutter in Pimlico gebracht hatte, fuhr sie mit dem Bus zu ihrer Arbeitsstelle, dem Schuhgeschäft in der King's Road. Während der Mittagspause hastete sie in den nächsten Waschsalon oder Supermarkt. Um sechs Uhr abends nahm Clare dann den Bus nach Pimlico, fuhr mit Josh nach Hause, kochte Essen, brachte Josh ins Bett, schenkte sich einen Drink ein, erledigte den Papierkram, den der Anwalt von ihr verlangte, legte sich mit einem Buch ins Bett und schlief nach der ersten Seite ein. Zwei Stunden später wachte sie dann auf und konnte nicht wieder einschlafen. Das ging seit Wochen so. Schlaflosigkeit raubte ihr alle Kraft und Energie. Nervlich und seelisch erschöpft, ohne Hoffnung für die Zukunft, verfiel sie in Depressionen, die für Josh alles nur noch schwieriger machten.

Nur an den Wochenenden fühlte Clare sich fast wieder wie ein normaler Mensch. An Samstagen blieb sie lange im Bett, was mit dem neben ihr tobenden und spielenden Josh nicht sonderlich erholsam und friedlich war. Trotzdem genoß Clare es, wenn sich sein kleiner, warmer Körper an sie schmiegte, er Verstecken unter der Bettdecke spielte oder sie ihm vorlas. Das vertraute Zusammensein mit ihrem Sohn machte Clare glücklich.

An den Sonntagen gingen Clare und Josh vormittags zu Mrs. Gooden. Hier lernte Clare, die bisher gerade ein Spiegelei backen konnte, wie man ein traditionelles englisches Mittagessen mit Braten und Gemüse, Obstpastete oder Torte zubereitete.

»Sie haben geschickte Hände«, sagte Mrs. Gooden an einem Sonntag bewundernd, während sie Clare beim Backen beobachtete. »Ich glaube, aus Ihnen wird noch einmal eine großartige Bäckerin.«

Kurz nach diesem Sonntag begann Clare sich mit Stephanie, einer Mutter, deren Kind ebenfalls bei Mrs. Gooden war, beim abendlichen Babysitting abzuwechseln. Auf diese Weise hatten beide Frauen einen Abend und eine Nacht in der Woche frei und konnten am nächsten Morgen später aufstehen.

An ihrem ersten freien Abend ging Clare zur Dinnerparty einer alten Schulfreundin, die hartnäckig mit ihr in Kontakt geblieben war. Clares Tischherr war ein frisch geschiedener Mann, der unaufhörlich von »der Zicke« redete, »die ja nicht glauben soll, daß ich ewig ihr Leben finanziere«. Anschließend führte er Clare in Londons teuersten Nachtclub. Auf der Taxifahrt zu ihrer Wohnung zerriß er später ihr Kleid, aber nach einem kleinen Ringkampf wurde ihm endgültig klar, daß sie ihn nicht in ihre Wohnung bitten würde. Danach kam Clare zu spät zur Arbeit.

Als Gilda erfuhr, was geschehen war, schüttelte sie den Kopf. »Ein Mann, der gerade die Hölle einer Ehe hinter sich hat, will zuerst ein Kindermädchen und eine Haushälterin und dann alles nachholen. Aber was er wirklich sucht, ist die nächste feste Beziehung.«

»Ich will keine feste Beziehung, solange ich noch nicht frei bin«, erwiderte Clare.

»Vielleicht solltest du auch zuerst einmal deinen Nachholbedarf stillen«, schlug Gilda vor.

»Davor hat mein Anwalt Angst«, entgegnete Clare. »Er

meint, das würde meine Position definitiv verschlechtern. Am liebsten würde er mich für die nächsten beiden Jahre in einen Käfig sperren. Sam dagegen kann offenbar tun und lassen, was er will, und eine Frau nach der anderen vernaschen.«

An ihrem nächsten freien Abend erinnerte sich Clare an Gildas Ratschlag und betrat selbstbewußt eine schicke Taverne in der King's Road, in der sich die Männer von Chelsea allabendlich vergnügten.

Neben Clare auf dem Barhocker saß ein Antiquitätenhändler namens James. Er diskutierte zwei Stunden lang sein Gefühlsleben mit Clare und führte sie dann zum Essen in ein namhaftes Restaurant, wo sich Clare endlich einmal wieder so richtig satt essen konnte. Bei der Vorspeise kam Clare der Verdacht, daß James lieber über Beziehungen redete, als sie einzugehen; später fragte sie sich, ob James mit seiner Unsicherheit kokettierte, um an die mütterlichen Gefühle zu appellieren, die er wohl in jeder Frau vermutete – und denen Clare einen Abend lang zu entfliehen suchte.

Obwohl es Clare zu fortgeschrittener Stunde und reichlichem Alkoholgenuß dämmerte, daß James nicht der sanfte, sensible und verletzbare Charmeur war, für den sie ihn im ersten Moment gehalten hatte, sondern ein gnadenloser Langweiler, wachte sie am nächsten Morgen in seinem Bett auf. Als sie sah, daß es fast neun Uhr war, hastete Clare ziemlich zerknittert zur Arbeit und kam dennoch zu spät. Gilda zwinkerte ihr zu.

In der darauffolgenden Woche mied Clare die Taverne und besuchte statt dessen eine Bar in Knightsbridge. Dort lernte sie Ian, einen Obstexporteur, kennen. Ian war ein athletischer Typ mit jungenhaftem Charme. Clare hatte den Verdacht, daß ihn die Angst vor seinem vierzigsten Geburtstag quälte. Auch in Sam hatte etwas von einem Peter Pan gesteckt, und Clare erkannte die Symptome wieder.

Während des gesamten Abends erwartete Ian ganz augenscheinlich, daß Clare auf seine erotischen Plaudereien einging und nicht ständig auf Themen wie Politik und Kunst auswich.

Am nächsten Tag weckte Ian sie mit einer Tasse Tee, entschuldigte sich für die Nacht und behauptete, zuviel getrunken zu haben. Clare kam wieder zu spät zur Arbeit.

»Natürlich schienen beide nett zu sein«, bemerkte Gilda mitfühlend. »Wir Frauen fallen doch immer wieder auf die Verpackung rein. Wenn du dich weiterhin in Bars aufreißen läßt und es schon gleich beim ersten Mal umsonst machst, dann solltest du öfter mal bei *St. Stephen* vorbeischauen.«

»Ist das eine Kirche?«

»Nein, die nächste Tripperklinik.«

Sobald Clares Kater verflogen war, begriff sie selbst nicht mehr, warum sie sich zu alldem hatte hinreißen lassen. Mit Fremden das Bett zu teilen hatte keinerlei sinnlichen Reiz. Allerdings mußte sie sich gestehen, daß sie Trost in dem Gefühl fand, begehrt zu werden und die körperliche Nähe eines Menschen zu spüren.

An einem Morgen schließlich fand Clare sich wieder einmal in einem fremden zerwühlten Bett. Sie hatte nicht einmal genug Geld, um mit dem Bus zur Arbeit fahren zu können. Möglicherweise würde man ihr kündigen ... Clare bekam es ganz plötzlich mit der Angst zu tun und rief kurz entschlossen ihre Schwester an.

Miranda konnte es kaum fassen, was aus der beinahe prüden, selbstgerechten Clare geworden war. »Ich schicke dir sofort einen Wagen!« Miranda zögerte. »Sollen wir uns nicht einmal treffen? Kann ich dir nicht wenigstens Geld geben, nur zur Überbrückung?«

»Nein. Ich habe genug Geld zu Hause«, log Clare.

»Gran macht sich Sorgen um dich. Und wir anderen auch!«

»Wie geht es ihr?« fragte Clare mit wehmütiger Stimme. Wenn sie früher deprimiert gewesen war, hatte die Großmutter es immer geschafft, sie wieder aufzurichten.

»Gran wäre glücklich, wenn du sie besuchen würdest. Kannst du nicht einmal für eine Woche nach Südfrankreich fliegen?«

»Nein.« Die alte Wut kroch in Clare hoch. »Ich kann keinen Urlaub nehmen.«

»Wie wäre es mit einem anderen Job?« fragte Miranda vorsichtig. »Du hast Erfahrung als Verkäuferin. Du könntest in einem meiner Ladengeschäfte arbeiten. Die Bezahlung wäre besser und du hättest mehr Freizeit.«

»Nein. Ich will lernen, allein zurechtzukommen. Keine Sorge. Ich beiß' mich schon durch.«

»Und was ist mit Josh?«

»Josh wird sich mit dem Leben abfinden müssen, das ihm seine Mutter bieten kann.«

Schließlich wurde Clare wirklich gekündigt, weil sie wieder einmal zu spät gekommen war. Josh hatte Fieber gehabt, und sie hatte den Besuch des Doktors abwarten müssen. Der Geschäftsführer machte ihr klar, daß die Firma keine Verwendung für Leute hatte, die es nicht für nötig fanden, pünktlich zur Arbeit zu erscheinen.

Nach reiflicher Überlegung entschloß sich Clare, eine private Spielgruppe aufzumachen. Sie verkaufte ihren Verlobungsring mit dem großen Brillanten, um eine Etagenwohnung in einem großen Haus im Stil der Jahrhundertwende längerfristig in Pimlico mieten zu können. Clare wurde von zwei anderen alleinstehenden Müttern, deren Kinder ebenfalls bei Mrs. Gooden gewesen waren, unterstützt.

Mrs. Gooden verlor damit drei Schützlinge und ihr Einkommen von drei Pfund pro Woche, bekam jedoch eine wesentlich lukrativere Zusatzbeschäftigung, indem sie für vierunddreißig Kinder Mahlzeiten zubereitete, die um die Mittagszeit von Mr. Gooden mit Fahrrad und Anhänger zu Clares Gruppe gebracht wurden. Außerdem erledigte er Clares Buchhaltung. Clare hatte ihre Einkünfte über Nacht verdoppelt und endlich das Gefühl, etwas Sinnvolles zu tun.

Im Gegensatz zu Clare lebte ihre Schwester Miranda das schnelle, sorglose und frivole Leben der aufregenden sechziger Jahre, als Großbritannien den ersten großen Wirtschaftsboom seit dem Krieg erlebte.

Die traditionellen, von der Aristokratie geprägten gesellschaftlichen Spielregeln landeten auf dem Müll der Geschichte. Alle wollten zu der neuen Leistungsgesellschaft gehören, in der Ansehen nicht mehr durch Geburt erworben wurde. Jetzt galten vielmehr Talent und individuelle Fähigkeiten und der finanzielle Erfolg. Entweder man gehörte dazu, oder man blieb auf der Strecke.

Die Mode war verrückt und aufregend. Großmütter trugen begeistert Miniröcke und Stiefel mit Plateauabsätzen, während sich junge Mädchen in den Schnürstiefeletten des vorigen Jahrhunderts und Kleidern mit Blumenmustern wohl fühlten.

Die Kosmetikindustrie machte Millionen.

Dienstag, den 11. Januar 1966

Eine weiche Schneedecke lag über dem Park, als Miranda der Moderedakteurin Annie Trehearne ihr neues Haus an der Cumberland Terrace zeigte. Da die Heizung noch nicht angeschlossen war, gingen die beiden jungen Frauen in Wintermänteln und Stiefeln durch die Räume, in denen noch Handwerker arbeiteten, die längst keine ausgebeulte Arbeitskleidung mehr, sondern Jeans und witzige Hemden trugen.

Annie schaute aus den Fenstern des Wohnzimmers im ersten Stock auf die blattlosen Bäume von Regent's Park und sagte: »Es ist schlicht phantastisch! Ein absoluter Hit! Wirklich, Miranda ... nicht viele Leute in deinem Alter können sich ein solches Haus leisten. KITS muß wirklich eine Goldgrube sein!«

Miranda nickte. »KITS hat leider nur so schnell expandiert, daß wir permanente Liquiditätsprobleme haben. Das Geld für das Haus kommt aus einer Familienstiftung.«

»Jeder sollte eine Großmutter haben wie du. Wie geht es ihr übrigens?«

»Die Ärzte sagen, daß die neue Behandlung gut anschlägt. Sie glaubt natürlich, daß sie noch hundert Jahre lebt!«

»Freut mich zu hören.«

»Aber jetzt möchte ich wissen, was du von meiner neuen Hautpflegeserie hältst«, wechselte Miranda das Thema. »Sie ist für die junge Frau Anfang zwanzig gedacht, und wir nennen sie *Image*. Wie würdest du es finden, wenn wir die Werbekampagne mit Fotos von der Deneuve machten?«

»Mit Bailey als Fotografen? Das wird natürlich teuer«, antwortete Annie.

»Natürlich.« Miranda nickte.

»Wie geht es übrigens Annabel? Sie arbeitet ja nicht mehr als Model. Wie bekommt ihr das?«

»Ganz im Vertrauen: gut. Ich glaube, sie ist fast erleichtert«, entgegnete Miranda. »Sie führt jetzt das Leben einer erfolgreichen New Yorker Gastgeberin ... und sitzt praktisch in jedem Wohltätigkeitskomitee der Stadt.«

Von dem zerrütteten Selbstwertgefühl ihrer Schwester sprach Miranda nicht, zu niemandem. Es war schmerzlich, beobachten zu müssen, wie mühsam Annabel um ein neues Selbstbewußtsein gerungen hatte. Schließlich war es ihr gelungen, den drohenden Nervenzusammenbruch abzuwehren. Endlose Gespräche und Beteuerungen, wie sehr sie von der Familie geliebt und gebraucht wurde, waren nötig gewesen. Von der fixen Idee allerdings, daß ihre Schönheit verblüht war, konnte niemand sie abbringen.

Gelassen fuhr Miranda fort: »Annabel hat gerade ein neues Apartment gekauft. Du solltest wirklich mal übers Wochenende rüberfliegen und es dir ansehen, Annie. Es ist ein Penthouse auf einer Anhöhe in der Upper East Side mit einem spektakulären Blick über die Stadt und den Fluß. Einfach atemberaubend! Eigentlich war das Apartment schon vergeben ... Annabel hat einfach nur Glück gehabt.«

»Glück allein kann es wohl kaum gewesen sein, oder?«

»Sie hat mehr Geld geboten. Adam hat das geregelt.«

»Wieder diese Familientreuhand, was? Ihr Glücklichen! Und was gibt's Neues von Clare?«

»Von Clare höre ich momentan nicht viel«, antwortete Miranda. »Sie ist ziemlich beschäftigt, seit sie diese Spielgruppe gegründet hat.« Mirandas Blick schweifte über die weiße Schneelandschaft vom Regent's Park zur Straße vor dem Haus. »Ach je, jetzt habe ich schon wieder einen Strafzettel! Diese blödsinnigen neuen Parkuhren! Autofahren wird in London immer schwieriger.«

»Auf dem Land auch«, fügte Annie hinzu.

»Ja. Letzten Monat bin ich auf der Landstraße geblitzt worden. Aber Adam hat das wieder in Ordnung gebracht.«

Mittwoch, den 12. Januar 1966

Clare wechselte sich noch immer einmal pro Woche mit Stephanie beim Aufpassen auf die Kinder ab. Ihre Erlebnisse an diesen Abenden und Nächten erzählte sie Gilda, die gelegentlich zu Clare zum Abendessen kam.

Als Clare den Sherry einschenkte, erkundigte sich Gilda: »Und wie war der BOAC-Pilot?«

»Tony war der Schlimmste!« Clare war es nie peinlich, mit ihr über ihre Abenteuer zu reden. Gilda hatte kaum ein anderes Gesprächsthema. »Ich glaube, der Mann hatte alle Sexmagazine gelesen, die je gedruckt worden sind. Nach dem ersten Gin-Tonic hat er ein Pornoheft aus seiner Pilotentasche gezogen und war wohl eisern entschlossen, ein guter Liebhaber zu sein. Damit war bei mir schon alles aus.«

»Auf die meisten Frauen wirken Pornomagazine wie eine kalte Dusche.« Gilda trank einen Schluck Sherry. »Aber allmählich glaubte ich fast, daß dich gar nichts mehr anmacht. Sex mit Männern, die du nicht kennst, ist nichts für dich. Du brauchst jemanden, dem du vertraust ... keine Eintagsfliegen!« Sie leerte ihr Glas mit einem Zug. »Bei mir ist es das glatte Gegenteil. Mir sind die Typen alle egal. Ich bin nicht schüchtern oder ängstlich, und wenn ich entspannt bin, dann komme ich auch, aber wie!«

»Als Tony mir keinen Orgasmus verschaffen konnte, wollte er noch ein anderes Mädchen dazuholen«, berichtete Clare. »Er hat sicherlich angenommen, daß ich eine Lesbe bin.«

»Du meinst, für dich? Da bist du aber auf dem Holzweg!« entgegnete Gilda. »Die meisten Kerle regt es ungeheuer auf, zwei Frauen zuzuschauen, wie sie's miteinander treiben.«

»Ist ja seltsam. Kannst du dir eine Frau vorstellen, die es gut findet, zwei Männern dabei zuzuschauen?«

»Vergiß den Typ!« riet Gilda. »Ich weiß, was du brauchst, Clare. Du brauchst einen Mann, den du kennst, dem du vertraust, bei dem du keine Angst hast. Dann bist du ganz entspannt, und dann passiert's von ganz allein! Dann hörst du auf, eine von diesen hoffnungslosen Nymphomaninnen zu sein, die von einem Mann zum anderen hetzen, weil sie hoffen, irgendwann den Richtigen zu finden, der sie befriedigen kann.« Gilda hob das Glas. Clare schenkte Sherry nach. »Bei dir habe ich allerdings den Eindruck, daß du einfach nur einsam bist. Willst du eigentlich Sex oder nur jemanden, mit dem du reden kannst? In einer Bar wirst du deinen Traumprinzen jedenfalls nicht aufgabeln!«

»Auf der Suche nach einem Traumprinzen bin ich gar nicht«, wehrte Clare ab. »Auf diese Gefühlsverwirrungen von Verliebten bin ich gar nicht aus. Was mir vorschwebt, ist eine vorübergehende Beziehung, ohne Verpflichtungen.«

Gilda lachte. »Ganz wie die Männer, die du dir anlachst! Nein. Bestimmt nicht. Du brauchst wirklich etwas anderes. Ich sag dir jetzt mal, in wen du dich verlieben solltest!«

»In wen denn?«

»In dich selbst. Dein Selbstbewußtsein ist total im Eimer. Wenn du erst wieder das richtige ›Feeling‹ für dich hast, dann merken das die Kerle auch. Warum machst du nicht mal eine Pause vom Sex und gehst in dich ... tust was für dich? Du willst doch gar nicht, daß ein Mann Mittelpunkt in deinem Leben wird. Der Platz ist für dich reserviert, Clare!«

»I am the center of my existence«, sang Clare in Abwandlung eines populären Songs am nächsten Morgen, als sie mit Josh unterwegs zu ihrer Spielgruppe war.

Vor dem Eingang stand ein Mann, die Hände tief in den Taschen seines beigefarbenen Regenmantels vergraben.

»Guten Morgen. Möchten Sie Ihr Kind bei uns anmelden?« erkundigte sich Clare. Sie suchte nach dem Schlüssel.

»Nein«, antwortete der Mann. »Ich komme von der Jugendbehörde.«

Nachdem der Mann das Badezimmer inspiziert hatte, klärte er Clare darüber auf, daß für sieben Kinder jeweils eine Toilette Vorschrift war.

»Aber jedes der Kinder geht höchstens alle eineinhalb Stunden einmal zur Toilette. Ein Klo genügt vollkommen. Außerdem haben wir für den Notfall noch einen Topf. Es hat nie Probleme gegeben!«

Der Inspektor hörte ihr gar nicht zu. Er notierte sich sämtliche Mängel.

Eine halbe Stunde nach seinem Weggang war die Toilette verstopft. Es war beinahe so, als wolle sie damit den Beanstandungen des Aufsichtsbeamten Nachdruck verleihen.

Am darauffolgenden Vormittag erhielt Clare die Aufforderung der Behörde, die Spielgruppe zu schließen.

Zwei später Tage wurde Clare ganz unerwarteterweise von ihren persönlichen Problemen abgelenkt – kein Job, kein Mann –, als das Büro der C.N.D. anrief und sie bat, einen Abend als freiwillige Helferin einzuspringen, weil die Gruppe einen Protestmarsch nach einem Atomunfall organisierte.

Clare war glücklich, zusammen mit Gleichgesinnten etwas Nützliches tun zu können.

Montag, den 14. Februar 1966

Am Valentinstag konnte Clare zu ihrer großen Freude das Apartment, in der sie ihre Spielgruppe abgehalten hatte, mit einem Gewinn von dreiundzwanzig Prozent weitervermieten.

Clare hatte das Gefühl, im Lotto gewonnen zu haben, und erstand einen tragbaren Fernsehapparat, einen warmen Wintermantel für sich und neue Kleidung für Josh. Etwas zum Spielen kaufte sie nicht, denn sie hatte beschlossen, ein Spielwarengeschäft zu eröffnen.

Zwei Wochen später unterzeichnete Clare einen kurzfristigen Pachtvertrag für ein kleines Geschäft in der Pimlico Road, ganz in der Nähe von Mrs. Gooden. Obwohl es viel zu tun gab, denn der Laden mußte völlig neu eingerichtet und die Ware eingekauft werden, fand Clare Zeit, einmal pro Woche abends für die Antiatombewegung zu arbeiten.

Mitte April, kurz vor der Eröffnung ihres Spielwarenladens, ging Clare zu ihrem freundlichen Hausarzt, weil sie sich nicht ganz wohl fühlte. Nach den Untersuchungen sagte er: »Sie haben da ein paar Probleme, Mrs. Shapiro. Es ist das beste, Sie lassen sich einmal gründlich von einem Spezialisten untersuchen.« Er schien beunruhigt.

»Was für Probleme? Doch nicht ... Krebs?«

»Nein. Ich vermute Gonorrhö.«

Clare wäre vor Überraschung und Angst, Schreck und Scham beinahe ohnmächtig geworden. Dann brach sie in Tränen aus.

Der Arzt weigerte sich, ihr weitere Schlaftabletten zu verschreiben, stellte ihr statt dessen jedoch ein Rezept für Beruhigungspillen aus und wünschte ihr gute Besserung.

Clare, die schamrot wurde, wann immer sie an ihre Krankheit dachte, wartete ängstlich auf die Resultate der Poliklinik.

Die Tests waren negativ.

Innerhalb weniger Wochen jedoch hatte sie sich so an die Beruhigungspillen gewöhnt, daß sie den Tag nicht mehr ohne sie zu überstehen glaubte. Sobald sie die Pillen eingenommen hatte, wurde sie ruhiger und ihre Angstzustände verschwanden.

Bei der Eröffnung ihres Spielwarenladens *Red Rocking Horse* ritt der aufgeregte dreieinhalbjährige Josh auf dem antiken roten Schaukelpferd im Schaufenster.

Montag, den 15. August 1966

Miranda stand am Swimmingpool in Saracen und winkte Adam, der auf einer durchsichtigen, aufblasbaren Insel im Wasser schwamm, zu sich heran.

»Würdest du mir einen Gefallen tun, Adam?« fragte sie mit schmeichelnder Stimme. »Ich nehme Flugstunden. Bitte bring das Gran schonend bei.«

»Aber du hast ihr doch versprochen, keine Flugstunden zu nehmen«, entgegnete Adam. »Das war ihre Bedingung für das Geschenk an dich, die zehntausend Pfund Startkapital für KITS!«

»Ich habe nicht versprochen, *nie* Flugstunden zu nehmen. Und das Geld zahle ich zurück.« Miranda verzog trotzig den Mund. »Ich habe mir immer gewünscht, fliegen zu können. Und ich habe nicht die Absicht, mich an ein Versprechen zu halten, das man mir auf unfaire Weise abgepreßt hat. Außerdem langweilt es mich, hier nur dauernd in der Sonne zu liegen.«

»Wann fängst du an?« erkundigte sich Adam resigniert.

»Noch heute. In der Flugschule von Cannes. Sie haben dort englische Fluglehrer. Vier Stunden täglich, zwei Wochen lang. Und in dieser Jahreszeit ist ideales Flugwetter«, triumphierte Miranda. »Die schriftlichen Prüfungen habe ich schon bestanden: Flugrecht und Meteorologie zu Ostern, und neulich Navigation, die Funkprüfung und Technik, was das Schlimmste war.«

Hunderte von Jahren früher war die große Eingangshalle von Saracen der Mittelpunkt des Lebens im Schloß gewesen. Der Wintersalon hatte noch nicht nach Lilien und teurem Leder, sondern nach menschlichem Schweiß und Tieren gerochen. Elinor dachte gelegentlich an all die Dramen von Liebe und Haß, Betrug und Tod, die sich in dieser Halle abgespielt haben mochten, als starke Männer noch mit dem Degen im Zweikampf gegeneinander fochten, um ihre Frauen und Kinder zu beschützen.

Mittlerweile war der Wintersalon in Saracen, in dem Elinor jetzt auf Adam wartete, nicht nur der kühlste, sondern auch der eindrucksvollste Raum des Schlosses. Hohe Gewölbe aus honigfarbenem Sandstein bildeten den Hintergrund für kunstvolle blaugrüne Gobelins. Vor dem riesigen Kamin, in dem im Winter ein gemütliches Feuer prasselte, stand eine Sofagruppe, deren Bezüge die Farbtöne der Gobelins wiederholten. Lampen, Blumen, Bücher und Stapel von Gesellschaftsspielen machten den Salon gemütlich.

»Wo bleibt Adam nur?« wandte Elinor sich fragend an Buzz, die gerade die Punkte ihrer Partie Scrabble zusammenzählte.

»Du hast doch drei Uhr gesagt. Jetzt ist es erst halb drei«, antwortete Buzz. »Dreiundneunzig für dich und zweihundertvierundsechzig für mich. Nicht schlecht für dich, Nell.« Buzz ließ Elinor nie absichtlich gewinnen. Sie wußte, daß Elinor das sofort merken und beleidigt sein würde.

Nach einem intensiven Krankengymnastikprogramm und einer Sprachtherapie schien sich Elinor von ihrem Schlaganfall wieder vollkommen erholt zu haben. Allerdings gelang es ihr nicht mehr, an drei Dinge gleichzeitig zu denken, was, wie Buzz behauptete, für die Menschen, die mit ihr leben mußten, ein Segen war.

Elinor konnte sich gelegentlich nicht an das richtige Wort oder einen Namen erinnern, was sie traurig und ärgerlich machte. Außerdem wurde sie sehr ungeduldig, weil sie längst nicht mehr so schnell war wie früher. Manchmal war sie so deprimiert, daß sie fürchtete, kein Buch mehr schreiben zu können. »Wenn du schreiben willst, dann kannst du es auch«, lautete Buzz' Kommentar dazu.

»Sieh mal, was ich aus der *Daily Mail* rausgerissen habe«, sagte

Buzz in diesem Augenblick. Damit griff sie in die Tasche, faltete eine Zeitungsseite auseinander und las vor: »Der Rennfahrer Jim Clark hat heute das modern ausgestattete Sportcollege in Larkwood, Wiltshire, eingeweiht, das im ehemaligen Herrenhaus der Familie O'Dare entstanden ist. Lady O'Dare sagte dazu: ›Ich wünsche dem College eine glückliche Zukunft.‹«

»Das möchte ich bezweifeln.« Elinor warf einen Blick auf das Foto des neuen Besitzers, der auf dem Bild neben ihrer Schwägerin Marjorie zu sehen war.

In diesem Augenblick schlug die Türglocke an. »Ich gehe«, sagte Buzz. »Es ist entweder Adam oder der Briefträger.«

Buzz kehrte mit einer Postkarte zurück. »Für dich. Von Sonia Rushleigh … ich meine, Bromley. Wer hätte gedacht, daß die beiden heiraten?«

»Und von wem ist der Brief?«

»Von Clare.« Buzz reichte ihn Elinor.

Elinor schüttelte den Kopf. »Mach du auf.«

»Es steht ›persönlich‹ drauf!«

»Ich lese ihn nur, wenn sie sich entschuldigt.«

Buzz öffnete den Umschlag und begann zu lesen. Sie schüttelte den Kopf. »Es ist ein freundlicher Brief. Sie erkundigt sich nach deinem Befinden. Aber was ich so zwischen den Zeilen lese … Ich glaube, sie braucht Geld.«

»Wenn sie ihr armes Kind zum Vater zurückbrächte und ihrem Mann eine zweite Chance gäbe, hätte sie Geld.«

»Wie wäre es mit ein bißchen Großzügigkeit?« entgegnete Buzz. »Du bist eine dumme und sture alte Frau. Und Clare ist genauso eigensinnig wie du. Es kostet sie doch nichts, sich zu entschuldigen!«

Elinor machte eine besorgte Miene. »Glaubst du wirklich, sie braucht Geld, Buzz? Ich möchte nicht, daß es ihr schlechtgeht.«

Adam, der gerade mit schwungvollen Schritten in die Halle kam, hatte Elinors letzte Bemerkung aufgeschnappt. »Elinor, du hast im Treuhandvertrag großzügige Mittel für sie vorgesehen … vorausgesetzt, die Treuhänder sind der Meinung, daß

Clare sie braucht. Ich sehe mal nach ihr, wenn ich wieder in London bin.« Damit legte er einen Stapel Schriftstücke auf den Beistelltisch. »Leider muß ich dir eine Menge Papierkram bringen. Aber du solltest es durcharbeiten.«

»Seit es diese Treuhandgesellschaft gibt, haben wir mehr und nicht weniger Arbeit«, beschwerte Buzz sich gereizt. »Ich blicke da offengestanden nicht mehr durch, Adam. Ich dachte, die Treuhänder würden die Arbeit erledigen. Elinor sollte sich nicht durch seitenlange Paragraphen ohne Punkt und Komma kämpfen müssen.«

»Natürlich regeln die Treuhänder die Geschäfte, und sie machen ihre Sache gut«, antwortete Adam. »Elinor braucht sich die Papiere nicht anzusehen, wenn sie das Lesen ermüdet. Ich wollte sowieso gerade einen Verbesserungsvorschlag machen.«

»Und der wäre?« erkundigte sich Buzz.

»Ich möchte die Vollmachten, die du mir gegeben hast, Elinor, auf Paul Littlejohn übertragen. Ich versuche auf diese Weise, die Zahl der Vermögensverwalter zu reduzieren. Je weniger wir davon haben, desto einfacher und billiger ist es für dich.«

»Heißt das, daß in Zukunft Paul für Elinors juristische Belange zuständig ist … und nicht mehr du, Adam?«

»Ja. Aber das ist nur eine Formalität. Paul tut, was ich ihm sage. Außerdem solltest du dieses Dokument unterzeichnen«, fügte Adam hinzu. »Es entbindet mich und die Sozietät von der Verantwortung, sobald Paul Littlejohn die Angelegenheit übernommen hat.«

»Aber das ist doch …«, begann Buzz.

»Die Verantwortung sollte bei einer Person allein liegen«, fiel Adam ihr sanft ins Wort. »Es ist nur in Elinors Interesse, daß die Situation geklärt wird. Das ist so üblich.«

»Wenn du es für das beste hältst, lieber Adam …« Elinor sah Buzz stirnrunzelnd an.

Adam beschloß, Mirandas Bombe erst später platzen zu lassen, wenn Elinor ihr allabendliches Glas Champagner getrunken hatte.

Kurz vor fünf Uhr, als die geschäftliche Sitzung beendet und der Nachmittag noch immer drückend heiß war, ging Buzz in die Küche, um Tee zu kochen.

Adam begleitete Elinor zu ihrem Zimmer; danach wollte er zum Schwimmen an den Strand gehen.

In der hohen Küche, in der es nach Minze und Basilikum duftete, pfiff Buzz ein fröhliches Lied, während sie Elinors Tee zubereitete.

Sylvie, die Köchin, saß am großen Küchentisch am Fenster und schrieb eine Einkaufsliste. Mit einem Schulterzucken lehnte sie die angebotene Tasse Tee ab. Noch immer pfeifend stellte Buzz alle Utensilien auf ein Tablett.

Die schläfrig-träge Atmosphäre des heißen Nachmittags fand ein jähes Ende, als plötzlich die Klingel über der Küchentür laut und anhaltend zu schrillen begann.

Jemand schien ohne Unterlaß auf den Klingelknopf in Elinors Schlafzimmer zu drücken.

In dem Bewußtsein, daß Adam in diesem Augenblick vermutlich bereits auf dem Weg zum Strand war, stürzte Buzz aus der Küche und die Treppe hinauf.

Sie riß die Tür zu Elinors Räumen auf. Im Korridor stolperte sie und wäre beinahe gefallen. Dann hatte sie die Tür zum Schlafzimmer erreicht.

Zu ihrer Erleichterung lag Elinor nicht reglos auf dem Fußboden, wie sie befürchtet hatte; Elinor stand leichenblaß am Bett und hatte sich haltsuchend an die Brokatverkleidung gekrallt. Wortlos deutete sie zum Kamin.

Buzz wandte den Kopf nach links, wo das Bild der drei Schwestern hing.

Zuerst sah Buzz nichts. Dann verschlug es ihr vor Entsetzen den Atem.

Jemand hatte mit einem Messer alle drei langen, weißen Hälse durchgeschnitten – und von jeder durchschlitzten Kehle hing ein Stückchen Leinwand herab.

18. KAPITEL

Mittwoch, den 17. August 1966

Im Foyer des *Clanrickard Clubs* lehnte Mike Grant lässig am Fuß des doppelseitigen Treppenaufgangs an der Wand. Die Hände in den Taschen seines Dinnerjackets, beobachtete er das Treiben in der Halle. Obwohl es August und ein Mittwoch war, versprach der Abend einträglich zu werden. Mike, der sich den Anschein gleichgültigen Gelangweiltseins gab, entging nichts, während Männer im Smoking und Frauen in langen Abendkleidern über den roten Teppich zum Restaurant schlenderten oder die Treppe zu den Spielsälen hinaufgingen.

Mike bemerkte eine Gruppe notorischer Spieler, die meisten Griechen, die das Baccaratzimmer betraten, in dem ein Sultan bereits seit einer Stunde verlor. Dann erregte eine Frau im mitternachtsblauen Satinkleid und einem Brillantkollier seine Aufmerksamkeit. Sie war die Schwester eines Herrschers aus dem Mittleren Osten und als waghalsige Spielerin bekannt. Mike richtete sich unwillkürlich auf, als er einen Mann erkannte, der mit großen Schritten die Treppe hinauflief. Es war besser, noch jemanden in den Backgammonraum zu schicken. Die Clubbesitzer, die Kasinos und die Buchmacher wußten, daß Berufsspieler Poker und Backgammon bevorzugten, weil sie besondere Geschicklichkeit erforderten. Diese Typen hielten sie lieber auf Abstand. Reiche, unerfahrene Spieler allerdings waren dem Haus stets willkommen.

»Eine gute Nacht, um das Glück herauszufordern!« ließ sich in diesem Augenblick eine sarkastische Stimme hinter Mike vernehmen.

Mike drehte sich um und sah Adam lächelnd an. »Komm auf einen Drink in mein Büro. Was gibt's denn?«

In Mikes viktorianisch ausgestattetem Büro schüttelte Adam den Kopf, als Mike ihm einen Stuhl anbot. »Ich kann nicht bleiben«, sagte er. »Ich wollte dir nur sagen, daß du alle in Saracen – mich ausgenommen – zu Tode erschreckt hast. Also, laß diese James-Bond-Mätzchen! Ich wußte sofort, was du mir damit sagen wolltest: ›Ein Schnitt mit dem Messer genügt, wenn du nicht zahlst!‹« Er starrte seinen Bruder wütend an. »Ich dachte, du hast Elinor gern. Wenn mich nicht alles täuscht, hat Elinor dir doch dein erstes großes Motorrad finanziert, oder? Warum ziehst du sie in meine Angelegenheiten hinein? Sie hätte beinahe wieder einen Anfall gehabt!«

»Ich weiß überhaupt nicht, wovon du redest!« Mike zündete sich eine Zigarette an.

Adam beschrieb kurz, auf welche Weise das Gemälde mit den drei Schwestern verstümmelt worden war. »Und ich soll dir wirklich glauben, daß du damit nichts zu tun hast? Irgend jemand muß einem Einbrecher doch gesagt haben, wo das Bild zu finden ist!«

Mike starrte seinen Bruder wortlos an. »Ich jedenfalls nicht«, antwortete er schließlich. »In einem Punkt stimme ich dir zu – es ist eine eindeutige Warnung an dich, deine Schulden zu bezahlen. Aber ich schwöre dir: Ich habe damit nichts zu tun. Wer könnte es dann gewesen sein?« Er machte einen tiefen Lungenzug. »Wem schuldest du noch Geld, Adam?«

»Niemandem, dem so etwas Kindisches einfallen würde! Was soll ich machen, damit dieser Unsinn sich nicht wiederholt?«

»Wie oft soll ich dir noch sagen, daß die Dinge irgendwann aus dem Ruder geraten, wenn du es zu weit treibst«, fuhr Mike ruhig fort. »Du hast jeden, der dich mag, immer bis zum Äußersten ausgenutzt. Du glaubst, du könntest mich herumschubsen, nur weil du seit unserer Kindheit nichts anderes getan hast. Und du hast schon als kleiner Junge miterlebt, wie die Klienten von Großvater sogar im Fall von Mord praktisch ungeschoren davongekommen sind.« Er zog an seiner Zigarette, warf sie dann wütend in den Kamin, schob die Hände in die Taschen und musterte Adam stirnrunzelnd. »Möchtest du eines Tages als Leiche an der Küste angeschwemmt werden? Und es gibt noch hübschere Todesarten. Bist du scharf drauf, daß man dir die Augen aussticht oder ...«

»Natürlich nicht, du Idiot!« unterbrach Adam ihn. »Ich will nur wissen, wer das Bild durchlöchert hat, wenn du es nicht gewesen bist.«

»Wer es auch gewesen ist – das wissen wir doch wohl beide –, ist gefährlich. Spieler wollen oft nicht zahlen. Da müssen Exempel statuiert werden.« Mike begann im Zimmer auf und ab zu gehen. »Schau nicht so verdammt arrogant drein und komm auf den Boden der Tatsachen zurück, Adam. Wenn du Geld verlierst, ist das hart. Aber wer nicht bezahlt, ist geisteskrank – oder lebensmüde!«

»Hör mit diesem melodramatischen Unsinn auf!« schnaubte Adam.

Mike starrte seinen Bruder an. »Ich habe nicht übertrieben. Erinnere dich an die Sache, als der Rolls der Sultansschwester um zwei Uhr morgens auf der Grande Corniche gestoppt wurde, nachdem sie das Kasino verlassen hatte. Sie haben dem Chauffeur mit einem Maschinengewehr den Kopf weggeblasen. Ihr wurde kein Haar gekrümmt. Und am nächsten Tag hat sie ihre sämtlichen Spielschulden beglichen. Als die Story dann vorsorglich bei der Presse durchgesickert ist, sind noch eine Menge anderer Spielschulden bezahlt worden.«

»Ich bin keine Schwester eines Sultans.«

»Nein, aber du spielst mit dem Feuer. Du glaubst einfach nicht, daß die Götter dich fallenlassen könnten. Du hältst dich für allmächtig, aber das bist du nicht.«

»Schrei nicht so!« zischte Adam.

»In meinem Büro schreie ich so laut, wie ich will!« konterte Mike. »Geht es denn nicht in deinen Kopf? Ich bin auf deiner Seite, Adam. Du bist mein einziger Bruder.« Seine Stimme bekam einen seltsamen Klang. »Ich mache mir wegen dieser Sache vermutlich mehr Sorgen als du. Wenn dir etwas zustößt, wäre ich ganz allein. Also zahl endlich, du Dummkopf! Glaub bitte nicht, daß du damit durchkommst, nur weil man dir immer alles hat durchgehen lassen ... seit du die Schürze unseres Kindermädchens angezündet hast.«

»Ich dachte, du warst damals zu jung, um dich zu erinnern«, bemerkte Adam, sichtlich unangenehm berührt. »Sie hätte die Streichhölzer eben nicht in Reichweite von Kindern herumliegen lassen sollen.«

»Sie war sechs Wochen im Krankenhaus, und ich war der einzige, der wußte, daß es kein Unfall war. Mir war klar, daß du nur ausprobieren wolltest, wie weit du gehen konntest.«

»Streiten wir uns nicht über diese alten Geschichten«, entschied Adam schließlich. »Kannst du Geld auftreiben, um sie mir vom Leib zu halten? In sechs Monaten habe ich keine Geldprobleme mehr. Nie mehr. Das schwöre ich dir.«

»Du wirst Geldprobleme haben, solange du spielst, Adam.«

Freitag, den 19. August 1966

Am heißesten Vormittag des Jahres bat ein Vorgesetzter Scott in sein Büro.

Hinter seinem chaotisch-vollen Schreibtisch sagte er: »Machen Sie die Tür zu, und hören Sie mir gut zu. Ich gebe Ihnen jetzt einen Rat. Ich weiß, daß Sie sich letztes Jahr um einen Moderatorenjob bemüht und ihn nicht bekommen haben. Und ich weiß, daß Sie es jetzt wieder tun. Ich weiß außerdem, daß Sie einen Termin für ein Vorstellungsgespräch haben, und ich kenne den Sender. Leugnen hat also keinen Zweck.« Er schob Scott einen Pappbecher mit lauwarmem Kaffee über den Tisch. »Es ist mir lieber, Sie gehen das mit meiner Unterstützung und nicht hinter meinem Rücken an. Wenn ein Bursche von einem Lokalsender einen exponierten Job bei einer großen Sendeanstalt kriegt, dann färbt das auch positiv auf uns ab.« Er nahm seinen Pappbecher, schnupperte daran und stellte ihn beiseite. »Wenn Sie diesen Job haben wollen, Scott, dann sollten Sie sich über eins im klaren sein, und zwar darüber, was für einen Mann die als Moderator haben wollen.«

Scott schwieg.

»Die Tour des fanatischen Kämpfers für Recht und Freiheit können Sie vergessen, Scott. Die Masche des beinharten Skandaljournalisten zieht auch nicht mehr. Dieser Sender sucht etwas Besonderes. Die wollen jemanden, der sich präsentiert, als habe man auf ihn geschossen und ihn verwundet, als habe er den Tag damit verbracht, durch Minenfelder zu robben, um wichtige Meldungen durchzubringen. Also tauchen Sie da nicht geschniegelt und gebügelt auf. Zu verlottert sollten Sie allerdings wiederum auch nicht erscheinen. Die suchen einen jüngeren, mit allen Wassern gewaschenen, gutgelaunten und selbstsicheren Robert Mitchum.«

»Ich glaube nicht, daß die so einen suchen«, warf Scott ein. »Die wollen einen erstklassigen Profi.«

Der Redakteur verzog den Mund zu einem zynischen Lächeln. »Professioneller Journalismus hat noch keinen Zuschauer veranlaßt, auf einen bestimmten Kanal zu schalten. Da sind ganz andere, wesentlich weniger greifbare Kriterien maßgebend.«

»Und sie wollen noch was anderes«, fuhr Scott gelassen fort. »Eine Eigenschaft, die Sie und ich gemeinsam haben.«

»Und die wäre?«

»Hingabe. Wir lieben diesen Job. Sie würden nie etwas anderes tun wollen auf dieser Welt. Sie haben Schuldgefühle, weil Ihnen Ihr Job so viel Spaß macht. Der Grund, weshalb Sie manchmal vierzehn Stunden am Tag hier sitzen, ist, daß es Ihnen wichtig ist, den Leuten mitzuteilen, was auf der Welt passiert.«

Jake lachte. »Sie können mir einen Drink spendieren, wenn Sie den Job an Land gezogen haben!«

Eine Woche nach Scotts Unterredung mit ihm fand Jake in seinem Büro eine Flasche vom besten Highland-Whisky vor.

Freitag, den 26. August 1966

Die Feder – eine ganz gewöhnliche, graue Taubenfeder – glitt sanft über Mirandas Schenkel. Miranda seufzte. Sie hatten einen wunderbaren Nachmittag verbracht.

Adams Erfolg bei Frauen beruhte auf einfachen Prinzipien: Er nahm sich viel Zeit für zärtliche Massagen, sorgte damit dafür, daß seine Partnerin völlig entspannt war und sie bereits einen Höhepunkt gehabt hatte, bevor der eigentliche Liebesakt begann. Darüber hinaus gab Adam sich stets Mühe, herauszufinden, wo und wie seine Gefährtin berührt werden wollte, stellte seine Liebestechnik darauf ein, um dann etwas zu tun, was für die Frau völlig überraschend oder sogar unbekannt war.

Adam blies die Feder in die Luft und beobachtete, wie sie sanft zu Boden schwebte. Er reckte sich: »Sieht nach Gewitter aus.«

Miranda erhob sich und ging zum Fenster. Die Luft roch nach Rosmarin und Eukalyptus. Von den fernen, kobaltblauen Bergen her zog ein Unwetter auf. Das helle Licht der Provence änderte sich mit der Dramatik einer Theaterkulisse. Der Himmel nahm eine dunkelgraue Färbung an, die plötzlich einen Stich ins Violette bekam.

Nach unheilvoller, bleierner Stille, in der kein Blatt sich regte, zuckten zwei grellweiße Blitze über den Himmel. Ihnen folgten krachender Donner und die ersten schweren Regentropfen. Die staubigen Ziegel der mittelalterlichen Dächer unter Mirandas Fenster verfärbten sich von naß glänzendem Okker zu Orangerot und Dunkelbraun. Im nächsten Augenblick war es, als habe sich ein grauer Vorhang vor das Fenster geschoben, der alle Farben auslöschte.

Miranda starrte stirnrunzelnd in den Regen. Sie hatte die jährliche Vertriebsleiterkonferenz von KITS übers Wochenende nach Saracen einberufen und erwartete ihre Gäste, die sie in den Gasthöfen des Dorfes untergebracht hatte.

Die Konferenz sollte dazu dienen, die Vertriebsleute psychologisch auf die neuen Produkte einzuschwören. Miranda genoß diese Zusammenkünfte. Lediglich die Rede, die sie halten mußte, war ihr eine Qual. Sie mahnte sich, das Manuskript wenigstens noch einmal durchzulesen. Miranda schloß die Fenster, zog die schweren Leinenvorhänge vor und knipste eine Lampe an. Der Lichtschein glühte warm auf den sattgelben Stuhlpolstern und der gleichfarbigen Bettüberdecke, auf der Adam nackt lag.

»Ich gehe jetzt lieber«, sagte Adam. »Es ist schon fast fünf. In ein paar Minuten wimmelt es hier von unseren Leuten.«

»Was soll diese Geheimniskrämerei? Warum können wir nicht ganz offen miteinander schlafen?« rebellierte Miranda.

»Weil wir nicht verheiratet sind«, erwiderte Adam. »Und weil ich kein Herzog bin.«

»Ich habe nicht die Absicht zu heiraten, um meiner Großmutter einen Gefallen zu tun.«

»Trotzdem ... die Zeit ist noch nicht reif«, entschied Adam energisch. »Ich bin mit SUPPLYKITS viel zu beschäftigt. Aber da ist noch etwas ...«

Miranda, die keinen Streit mit Adam wollte, ließ das Thema fallen.

SUPPLYKITS war dabei, drei weitere Firmen zu übernehmen, und Adam leitete die Verhandlungen: ein Versandunternehmen, eine Geschenkartikelfirma und eine Werbeagentur. Sollten alle drei Verträge erfolgreich abgeschlossen werden, würden zu SUPPLYKITS einschließlich KITS fünfzig Tochterfirmen gehören.

Jeder Direktor der neugewonnenen Tochterfirmen bekam als Anreiz ein Paket Firmenanteile und einen Platz im Verwaltungsrat von SUPPLYKITS. Da sie Alleininhaberin des Unternehmens war, minderten diese abgetretenen Anteile zwar ihre Holding, doch Adam hatte die skeptische Miranda davon überzeugen können, daß sie mit ihrem Verzicht auf fünfzehn Prozent ihrer Anteile hundert Prozent einer kleinen Orange gegen fünfundachtzig Prozent einer ganzen Kiste von Orangen eintauschte.

Adam drehte sich auf den Rücken, verschränkte die Arme hinter dem Nacken und schaute zur Decke. »Es ist Zeit, daß wir uns entschließen, an die Börse zu gehen!«

Miranda setzte sich verblüfft auf die Bettkante. »Jetzt schon? Warum?«

»Schon? Die Sache ist sowieso erst im kommenden März spruchreif«, antwortete Adam. »Eine Aktiengesellschaft bringt uns mehr Bargeld für Akquisitionen. Wir können nicht ewig mit Immobilienanleihen hantieren.«

»Nein, das können wir nicht«, stimmte Miranda zu, die Angus' Warnung nicht vergessen hatte. »Aber ist es nicht teuer, alles in eine Aktiengesellschaft umzuwandeln?«

»Sehr teuer sogar«, gab Adam zu. »Aber du willst mehr Ladengeschäfte für KITS, und zwar in den besten und teuersten Gegenden.«

»Wir gehen also an die Börse, um unsere weitere Expansion zu finanzieren?«

»Nicht nur das«, klärte Adam sie auf. »Wir erhöhen dadurch unsere Bonität.«

»Und wie soll das funktionieren?« wollte Miranda wissen. »Ich möchte den Überblick nicht verlieren und die Fäden in der Hand behalten.«

»Die Macht behältst du, solange du über fünfzig Prozent des Aktienkapitals hast«, versicherte Adam ihr. »Aber es ist nie ratsam, sein gesamtes Kapital in ein einziges Unternehmen zu stecken. Du solltest Aktien verkaufen, um Bargeld zu bekommen, und damit in andere Unternehmen investieren. Schaffe dir ein hübsches, gut verteiltes Vermögen. Es ist an der Zeit, daß du auch finanziell für deine Arbeit und Verantwortung entschädigt wirst.«

»Wie viele Aktien von SUPPLYKITS müßte ich verkaufen?«

»Der Gesetzgeber schreibt fünfundzwanzig Prozent vor, die auf dem freien Markt gehandelt werden müssen. Die Direktoren unserer Tochterfirmen werden sicher mit Freuden ihre Anteile verkaufen und einen schnellen Gewinn machen. Ich schätze, daß du ungefähr zehn Prozent deiner Holding verlierst. Wenn wir neue Aktien herausgeben, bleiben dir vermutlich fünfundsiebzig Prozent des Unternehmens und eine große Summe Bargeld.«

»Ich möchte, daß meine Angestellten Aktien erwerben können«, schlug Miranda vor. »Auf diese Weise nehmen sie am Erfolg des Unternehmens teil.«

»Wenn SUPPLYKITS an die Börse geht, läßt sich das arrangieren.«

»Ich denke einmal darüber nach.«

»Es dauert sechs Monate, um deine Holding in eine Aktiengesellschaft umzuwandeln, Miranda. Also, denke schnell.«

Freitag, den 9. September 1966

Vier Monate, nachdem Clare ihren Spielwarenladen eröffnet hatte, gab ihr Bankberater ihr den Rat, ihn so schnell wie möglich zu schließen, da sie in beängstigendem Tempo Verluste machte. Er schlug Clare vor, den Laden zu verkaufen und das Geld auf der Bank anzulegen. In Aktien solle sie lieber nicht investieren, da sie es sich nicht leisten könne, auch nur einen Penny zu verlieren.

Beim Abendessen in ihrer Wohnung besprach Clare schließlich ihre Lage mit Kathy, ihrem ehemaligen Kindermädchen.

»Die Sache war wohl von Anfang an zum Scheitern verurteilt«, seufzte Clare deprimiert und stocherte in ihren Bohnen herum. »Leute, die sich handgefertigtes, pädagogisch wertvolles Spielzeug leisten können, kaufen nicht am falschen Ende der Pimlico Road ein.« Clare schob den letzten Bissen in den Mund. »Ich hatte mich auf Spielsachen für Kindergartenkinder spezialisiert, weil ich davon etwas verstehe. Aber die meisten Kinder interessierten die geschmackvollen Holzsachen aus Schweden nicht. Sie wollten den billigen, grellbunten Plastikkram aus Hongkong. Und den konnte ich nicht bieten.«

»Warum hast du nicht die beliebten Bausteine in dein Programm aufgenommen?«

»Die hatte ich auch. Aber was die Kinder wollten, waren die teuren Sachen, für die im Fernsehen Reklame gemacht wird.«

»Warum hast du die denn nicht verkauft?«

»Als mir klar wurde, was ich brauche, hatte ich kein Bargeld mehr, um mir neue anzuschaffen«, erklärte Clare. »Aber das war nicht das einzige Problem. Die Importeure waren genauso unzuverlässig wie die Handwerker ... besonders die, die ich im voraus bezahlt hatte. Und dann ging alles drunter und drüber, weil meine Buchhaltung nicht gestimmt hat.«

»Klingt wie ein Alptraum.«

Clare erschauerte unwillkürlich. »Und das schlimmste waren die Ladendiebstähle.« Der Reingewinn der ersten vier Monate war durch Diebstähle zunichte gemacht worden. Das erste Mal, als Clare ein kleines Mädchen dabei erwischte, wie es eine Stoffpuppe unter ihrem Kleid versteckte, drohte sie ihr wütend mit der Polizei. Daraufhin brach das Kind in Tränen aus, und Clare schenkte ihr zerknirscht die Puppe.

Als Kathy Anfang Oktober auf erneute Einladung Clares zum Abendessen kam, saß Clare in einem schmuddeligen Bademantel auf ihrem ungemachten Bett und starrte ins Leere. Ein Essen war nicht vorbereitet.

»Wo ist Josh?« wollte Kathy wissen.

»Ich hab' ihn früh ins Bett gebracht. Er braucht seinen Schlaf.«

Kathy kochte Tee und sagte energisch. »Du bist nicht mehr die alte Clare ... schon seit Monaten nicht mehr.«

»Ich bin über die Pleite des *Rocking Horse* noch nicht hinweg«, entschuldigte Clare sich.

»Das hat schon angefangen, bevor du den Laden schließen mußtest«, entgegnete Kathy. »Ich glaube, es sind die Pillen, die du nimmst. Warum setzt du sie nicht einfach ab?«

»Das ist doch Blödsinn ... Mein Arzt hat mir die Tranquilizer verschrieben«, empörte sich Clare. »Er ist der Arzt, nicht du, Kathy!«

»Aber ich kenne dich besser als er! Seit du dieses Zeug nimmst, hast du dich verändert, Clare. Du hörst nicht mehr zu. Du spielst nicht mehr wie früher mit Josh. Du arbeitest nicht einmal mehr für den C.N.D.«

»Ich kann ohne die Tabletten leben«, erklärte Clare gereizt. »Aber eben jetzt noch nicht.« Sie begann zu weinen. »Nichts gelingt mir. Dabei habe ich immer gewußt, was ich will. Ich war so sicher, daß ich weiß, was richtig ist, und war anderen Leuten gegenüber so kritisch. Und jetzt muß ich feststellen, daß ich, auf mich gestellt, hoffnungslos ...«

»Deine Lage wäre überhaupt nicht hoffnungslos, wenn du normal denken könntest!« unterbrach Kathy sie. »Warum verläßt du Chelsea nicht und ziehst aufs Land? Du hast immer gesagt, du würdest am liebsten wieder auf dem Land leben. Und von dem, was du für diese Absteige hier bezahlst, könntest du fürstlich auf dem Land leben.« Kathy sah sich mißbilligend in der Wohnung um. »Fahr nach Wiltshire, wo du aufgewachsen bist, und geh zu einem Makler. Sag ihm, daß du das billigste möchtest, was er anzubieten hat. Und versuch, den Umzug noch vor Weihnachten zu schaffen. Dann habe ich nämlich Zeit. Ich helfe dir gern.«

Mrs. Gooden erklärte sich bereit, Josh bei sich aufzunehmen, bis Clare ihre Probleme bewältigt und eine neue Wohnung auf dem Land gefunden hatte.

Am Tag, als Josh zu Mrs. Gooden zog, sagte Kathy zu Clare: »Ich komme jeden Abend, und du kannst mich jederzeit anrufen. Ich habe meinem Chef Bescheid gesagt.« Und zu Clares Entsetzen spülte Kathy den gesamten Tablettenvorrat in den Abfluß. »Jetzt mußt du ohne das Zeug auskommen«, verkündete sie streng.

Während des ersten Tages ohne Tabletten wurde Clare immer deprimierter und nervöser. Am Abend war ihr Mund trocken, die Hände zitterten, und sie hatte Schwindelanfälle. Nachts tat sie kein Auge zu. Sie hatte Schweißausbrüche, als sei sie in den Tropen. Die Entzugserscheinungen jagten ihr einen so gehörigen Schrecken ein, daß sie weinend zusammenbrach.

Als Kathy am darauffolgenden Abend kam, machte Clare sie für ihren Zustand verantwortlich.

»Wenn du dir beim Arzt ein neues Rezept holst, mußt du das Ganze nur noch einmal durchstehen«, drohte Kathy. »Ich habe Eintopf mitgebracht. Iß erst einmal.«

Am Morgen des fünften Tages zitterten Clares Hände nicht mehr.

Am achten Tag hatte sie das Gefühl, wieder sie selbst zu sein. Ihr Kopf war klar. Sie war Kathy unendlich dankbar. »Morgen hole ich Josh«, versprach sie ihrer Freundin. »Und dann fahren wir nach Warminster und suchen uns ein neues Zuhause.«

Das kleine Häuschen mit dem Namen *Applebank Cottage* war aus dem weichem Sandstein der Gegend erbaut, feucht und kalt, doch für zwei Pfund die Woche könne Clare nicht mehr verlangen, wie der Makler betonte. Es müsse nur etwas beheizt werden.

Vom Gartentor bis zur Haustür führte ein Ziegelpfad im Fischgrätmuster durch einen verwilderten Gemüsegarten. Hinter den Apfelbäumen erstreckte sich eine Wiese, die bis zu einem kleinen Wäldchen auf einem Hügelkamm sanft anstieg.

Kurz vor Weihnachten zog Clare mit dem Notwendigsten an Möbeln ein, die sie auf einer Auktion in Warminster erstanden hatte. Sie konnte nur hoffen, daß Kathy recht behielt und sie weitab von der Stadt, wo ihr genug zum Leben blieb, allmählich wieder Tritt fassen würde.

Sonntag, den 25. Dezember 1966

In diesem Jahr nahmen nur Miranda, Adam und Buzz an Elinors traditionellem Weihnachtsessen teil. Annabel veranstaltete in New York einen großen Wohltätigkeitsball für Kinder, und Clare war nicht eingeladen worden.

Nach dem Truthahn und dem *Christmas Pudding*, den Buzz nach altem Rezept zubereitet hatte, beschlossen alle, eine kleine Siesta zu halten. Wenige Minuten später schlich Miranda heimlich zu Adams Zimmer hinüber.

Nachdem sie sich geliebt hatten, lag Adam nackt auf dem Bett und fixierte zufrieden die Decke. Miranda an seiner Seite war zu müde, um nachzudenken oder sich zu bewegen. Sie fragte sich gelegentlich bereits besorgt, wie lange sie das Arbeitstempo noch würde durchhalten können.

Adam griff nach seinem Notizblock und schrieb etwas auf. »Schaffst du es, zu diesem Dinner nächste Woche zu kommen?« murmelte Adam.

»Wenn du darauf bestehst.« Miranda gähnte. Sie war die überall herumgereichte Galionsfigur von SUPPLYKITS, mit der sie in drei Monaten an die Börse gehen wollten. Miranda verkörperte all das, was das Unternehmen als Image für sich in Anspruch nahm: Sie war der Prototyp der erfolgreichen Frau, die ihr Leben selbst in die Hand genommen hatte.

Aus diesem Grund hatte Miranda, die öffentliche Auftritte haßte, sich bereit erklärt, einen großen Empfang für wichtige Leute wie Börsenmakler, Banker und Wirtschaftsjournalisten zu veranstalten. Sie hätte die Zeit lieber genutzt, um an ihren Kosmetikprodukten zu arbeiten. KITS erforderte in letzter Zeit mehr Aufmerksamkeit und war in eine beunruhigende Finanzlage geraten. Es sah nicht danach aus, als würde die Firma diesmal mit schwarzen Zahlen abschließen.

Obwohl Adam beteuerte, daß der gesamte Konzern insgesamt Gewinn machen werde und die Erfolgsaussichten einfach traumhaft seien, sehnte sich Miranda nach den alten, wesentlich schwierigeren Tagen zurück, als KITS noch »ihr Kind« war.

»Übrigens«, sagte Adam und riß Miranda aus ihren Träumereien, »Paul Littlejohn hat mich unterrichtet, daß die Treuhänder deine Bitte um Geld zur Renovierung deines Hauses leider ablehnen müssen. Offenbar hat Saracen dieses Jahr mehr Geld als sonst verschlungen. Der Unterhalt des Schlosses kostet ein Vermögen.«

»Idioten!« schnaubte Miranda in die Kissen.

»Die Treuhänder tun nur ihre Pflicht«, beruhigte Adam sie. »Sie können schließlich nicht zu allem ja und amen sagen.« Adam drehte ihr den Rücken zu, als das Telefon klingelte. »Hallo? Mike? Frohe Weihnachten! Es ist also noch rechtzeitig gekommen ... Eine Harley-Davidson war genau das, was du dir gewünscht hast ... Natürlich kann ich es mir leisten ... Nein, keine Panik mehr ... Und ein gutes neues Jahr, Kleiner ... Ich weiß, daß du vierunddreißig bist ... Gut, dann lasse ich das in Zukunft ... Wir kommen morgen zurück ... Mit Mirandas Privatmaschine ... Ciao!«

Am nächsten Tag stand Elinor um sechs Uhr morgens, als es draußen noch dunkel war, in der Halle und wartete darauf, sich von Adam und Miranda zu verabschieden. Buzz hatte sich ebenfalls eingefunden und gähnte schläfrig.

»Buzz, bitte hol Miranda! Sie soll sich beeilen!« sagte Elinor und lächelte Adam entschuldigend zu.

»Es war ein wunderschönes Weihnachtsfest«, bedankte Adam sich, sobald Buzz verschwunden war. »Ich habe diese friedliche Pause genutzt, um eine wichtige Entscheidung zu treffen. Ich werde *Swithin, Timmins & Grant* verlassen und meine eigene Sozietät gründen.«

Elinor starrte ihn verblüfft an. »Aber warum denn, Adam? Es ist doch die Firma deines Großvaters!«

»Ich will offen sein, Elinor ... Für meinen Geschmack hat die Firma zu viele strafrechtliche Fälle übernommen. Das tut eine solide Anwaltskanzlei nicht. Mein Vater hätte das bestimmt nie zugelassen. Die Firma hat keinen Nachteil von meinem Ausscheiden. Sie besteht mittlerweile aus siebzehn Partnern, und ich bin nur einer von vielen. Und da ich mich auf internationales Steuerrecht spezialisiert habe, fühlte ich mich dort ... leider ...«

»Inwiefern wirkt sich deine Entscheidung auf meine Angelegenheiten aus?« unterbrach Elinor ihn ungehalten.

»Das kommt auf dich an, Elinor. Du mußt zwischen der Kanzlei und mir wählen ... Etwaige Risiken sind bei mir übrigens auf dieselbe Art gedeckt wie bei der Sozietät.«

»Ich hätte das lieber ausführlicher und nicht zwischen Tür und Angel mit dir besprochen, Adam.« Elinor war sichtlich verärgert.

»Ich habe mich selbst erst vergangene Nacht entschieden. Du bist die erste, die davon erfährt, Elinor. Ich wünschte, mein Vater hätte es noch erlebt, daß ich meine eigene Sozietät gründe ... Wenn du bei *Swithin, Timmins & Grant* bleiben willst, dann arrangiere ich gern, daß deine Interessen in Zukunft von einem der übrigen Partner wahrgenommen werden. Allerdings würde es dann eine Zeitlang dauern, bis er sich eingearbeitet hat. Du müßtest ihm für eine Menge Fragen zur Verfügung stehen.«

»Ich will keinen neuen Anwalt«, erklärte Elinor. »Ich bin zu alt, um mich noch auf jemand anderen einzustellen. Und ich möchte, daß meine Interessen ohne ständige Fragerei ordentlich wahrgenommen werden. Wenn du dich selbständig machst, würde dein Vater es wollen, daß ich dir Starthilfe leiste. Also regle bitte alles Weitere.«

»Das einfachste ist, du schreibst der Sozietät, daß du nicht länger von ihnen vertreten werden möchtest. Bitte um eine Rechnung für die bisher geleisteten Dienste. Ich werde sie natürlich überprüfen. Und dann schickst du sämtliche Unterlagen an mich. Übrigens genügt eine handschriftliche Notiz an die Firma ... Nichts Formelles.« Adams braune Augen sahen Elinor liebevoll an. »Ich weiß nicht, wie ich dir danken soll, Elinor. Ich wünschte, Dad könnte erleben, wie loyal du dich mir gegenüber verhältst.«

19. KAPITEL

Montag, den 26. Dezember 1966

Für den zweiten Weihnachtsfeiertag waren in ganz Großbritannien friedliche Demonstrationen der Antiatombewegung geplant.

In Bath nahm der Zug der Demonstranten seinen Ausgang von der Abtei, die durch berittene Polizei abgeriegelt worden war. Die Pferde stampften unruhig und schnaubten. Ihr Atem kondensierte sofort in der klaren, kalten Luft.

Clare trug einen alten roten Skianzug und stand in einer Menge von ungefähr dreihundert Menschen. Sie hatte Josh bei Kathy zurückgelassen, die Weihnachten zu ihnen gekommen war. Clares Banner, das sie aus einem alten Bettuch und zwei Besenstielen gefertigt hatte, trug in roten Lettern die Aufschrift: WEG MIT DER BOMBE.

Gegen elf Uhr versammelten sich die Demonstranten vor der Abtei, um anschließend langsam durch die Straßen der historischen Altstadt zu ziehen. Als einzige Zuschauer hatten sich einige Hausfrauen, Schüler und ein Fotoreporter vom Lokalteil der Zeitung eingefunden.

Gerade als sich der Zug in Bewegung setzte, stieß eine Schülerin, die einen Kinderwagen schob, versehentlich rückwärts gegen eines der Polizeipferde. Das abgerichtete Polizeipferd blieb ruhig, doch das Mädchen kreischte vor Schreck und ließ den Kinderwagen los, der in die Menge rollte und gegen den Mann, der neben Clare stand, prallte. Dieser taumelte, verlor das Gleichgewicht und riß Clare mit zu Boden.

Noch im Sturz verhedderte sich Clare so unglücklich in ihr

Spruchband, daß sie nichts mehr sehen konnte. Als sie merkte, wie sie zwischen die Hinterbeine eines Polizeipferdes geriet, schrie sie laut auf. Dann fühlte Clare, wie sie von starken Armen zurückgerissen wurde.

Schließlich half ihr jemand, sich aus ihrem Spruchband zu befreien. Clare hob den Blick und sah einen baumlangen Mann mit lockigem, schwarzem Haar und dunkelbraunen Augen vor sich. Er musterte sie besorgt.

Der Mann führte Clare vorsichtig in die nächste Kneipe, setzte sie auf einen altmodischen Stuhl und verschwand, um an der Theke ein Glas Wasser für sie zu besorgen. Clare war noch immer benommen. Außerdem hatte sie von einem der Besenstiele einen heftigen Schlag gegen das Kinn bekommen, das jetzt bei jeder Bewegung schmerzte. Sie sah zur Theke hinüber, wo ihr Retter stand, ihr den Rücken zugewandt. Er trug Jeans, eine alte kastanienbraune Lederjacke über schmalen Hüften und schmutzige Stiefel.

Als der Fremde mit einem vollen Glas wiederkam, hielt Clare überrascht einen Moment lang den Atem an. Michelangelos David schien zu neuem Leben erwacht zu sein. Auch dieser Mann hatte einen Mund, über den man Gedichte hätte schreiben können: Seine Lippen waren voll und sanft geschwungen, und die gleiche kurze, gerade Nase ... Clare wünschte plötzlich, sie hätte sich geschminkt, und schämte sich im nächsten Augenblick angesichts solch weiblicher Schwäche.

»Tut mir leid, daß es so lange gedauert hat«, entschuldigte er sich gereizt. »In einer Kneipe ein Glas Wasser zu bekommen ist nahezu unmöglich. Daran wird ja auch nichts verdient.« Er gab etwas Wasser auf sein Taschentuch und betupfte damit vorsichtig Clares Kinn. »Da wird es einen üblen Bluterguß geben ... Sind Sie in Begleitung hier?«

Clare schüttelte nur den Kopf.

»Sie sind ziemlich lädiert. Sie können nicht weiter demonstrieren. Ich bringe Sie besser nach Hause.«

»Nicht nötig«, brachte Clare mühsam hervor. »Es geht mir

gut. Sicher nimmt mich nach der Demo jemand mit. Ich wohne in einem kleinen Haus bei Warminster.«

Genau dorthin fuhr er sie schließlich doch in einem alten silbergrauen Sportwagen, der wohl schon bessere Zeiten gesehen hatte.

Der milde Seifengeruch, der von ihm ausging, erinnerte Clare an ein neugeborenes Baby. Streng rief sie sich zur Ordnung. Sie wollte sich nie wieder in den falschen Mann verlieben, nur weil sie sich von seinem Äußeren angezogen fühlte, und sie würde nie wieder heiraten! Nachdem sie dies beschlossen hatte, wurde Clare ruhiger und beschrieb David Arrowsmith den Weg zu ihrem Häuschen.

In der Küche verwandelte sich Kathys offen bewundernder Blick für David in Sorge, als sie Clares geschwollenes Kinn sah.

»Danke, daß Sie mich hergebracht haben«, sagte Clare kurz angebunden. »Jetzt bin ich versorgt. Kathy kann sich jetzt um mich kümmern.«

Clare wußte, wie vorschnell Frauen oft Männer beurteilten, besonders wenn diese sehr attraktiv waren. Sie hatte diese Reaktion gerade an Kathy beobachten können. Und sie wußte auch, daß Männer mit Charakter normalerweise nicht so blendend aussahen. Andererseits gab es Schnüffler, die ebenso gutaussehend wie selbstbewußt waren. Clare hielt es nicht für unmöglich, daß Sam so einen Schnüffler benutzen würde, um ihr eine Falle zu stellen. Wie viele Frauen, die in Scheidung lebten, sah sie Sam mittlerweile als Monster, dem alles zuzutrauen war. Über Clares Scheidungsantrag würde erst im Juli entschieden werden. Ihr Anwalt hatte sie bereits davor gewarnt, sich während dieser Zeit allein mit einem Mann sehen zu lassen. Das konnte ihre Position schwächen und sie das Sorgerecht für ihren Sohn kosten. Die Sache war ihr zu riskant: Irgend etwas an David Arrowsmith machte sie mißtrauisch.

Als Clare in der Morgenzeitung ein Bild entdeckte, das sie selbst als eine in ein Spruchband gehüllte ägyptische Mumie mit Stiefeln neben ihrem Retter zeigte, schnitt sie es aus. Zum

Glück war ihr Gesicht nicht zu sehen, während das Foto von David um so schärfer war. Sie steckte den Zeitungsausschnitt in ihre Nachttischschublade und nutzte die Gelegenheit, ohne Josh einen Spaziergang zu machen.

Hinter dem Garten wandte Clare sich nach rechts und ging den Pfad entlang, der zwischen Weißdornhecken hindurch den sanften Hügel hinauf ins Wäldchen führte.

Im Wald war es geradezu beunruhigend still. Die bizarren, blattlosen Äste und nackten Stämme der Bäume verstärkten noch den Eindruck von Einsamkeit und Trauer. Kein Lüftchen regte sich. Nur gelegentlich knisterte das Laub unter Clares Schritten. Als ein morscher Stock krachend unter ihrem Tritt brach, flog eine Krähe mit aufgeregten Flügelschlägen aus ihrem Unterschlupf auf.

Clare blickte dem Vogel nach, der in dem bleigrauen Himmel entschwand, und bückte sich dann, um für Josh ein paar gelbe Winterlinge zu pflücken, die unter den Bäumen wuchsen. Plötzlich trat sie in eine verborgene rostige Falle, die zuschnappte: Ihr Fuß war eingeklemmt.

Clare schrie vor Schmerz auf und stürzte auf den frostharten Waldboden. Zum Glück trug sie dicke Winterstiefel, so daß ihr Fuß nur eingeklemmt, nicht aber aufgerissen war. Schmerzen hatte sie nur, wenn sie sich bewegte, und sie versuchte, das Bein so ruhig wie möglich zu halten, während sie verzweifelt an den gezahnten Bügeln der Falle hantierte. Die Falle hing an einer rostigen, unter Farnkraut verborgenen Kette, die an dem silbrigen Stamm einer nahen Birke befestigt war. Damit war ihr Bewegungsspielraum deutlich eingeschränkt. Resigniert erkannte Clare, daß sie im wahrsten Sinne des Wortes in der Falle saß. Sie bemühte sich, die Situation in den Griff zu bekommen.

Für Schnee war die Luft nicht kalt genug, und Clare hoffte inständig, daß es auch nicht regnen würde.

Wie lange würde es wohl dauern, bis Kathy Verdacht schöpfte? Wenn sie nicht bis zwei Uhr zu Hause war oder telefoniert hatte, würde Kathy sicher die Polizei verständigen. Irgendwann mußte man sie finden!

Pech war, daß Clare nicht auf dem Weg, sondern etwas abseits an einem abschüssigen Hang lag, wo sie vermutlich nicht leicht entdeckt werden konnte. Mit Mühe gelang es ihr, sich in eine bequemere Lage zu manövrieren. Sie schlug den Kragen ihres kirschroten Wollmantels auf, band sich ein Kopftuch um und raffte soviel Farnkraut wie möglich zusammen, um sich ein Polster zu schaffen. Sie schob die Hände tiefer in die Manteltaschen und bedauerte, keine Handschuhe mitgenommen zu haben. Ob das Schicksal sie einfach für das Pflücken wilder Blumen bestraft hatte?

Kurz vor Mittag meinte Clare ein Geräusch hinter sich zu hören. Sie setzte sich abrupt auf und zuckte zusammen, als ein stechender Schmerz durch ihr Bein fuhr. Angespannt horchte sie weiter. In der Ferne pfiff jemand mit kunstvollen Trillern, gelegentlich falsch, aber mit hörbarem Vergnügen einen bekannten Schlager.

»Hilfe!« schrie Clare mehrmals hintereinander und verstummte. Alles war still. Dann rief sie erneut.

Diesmal antwortete eine Männerstimme. »Rufen Sie weiter!«

Schließlich hörte Clare ein Knacken im Unterholz. Sie drehte sich mit großer Anstrengung um.

»Oh!« entfuhr es ihr überrascht. »Sie sind es!«

»So ein Zufall«, sagte David Arrowsmith lakonisch, als er auf sie zuging.

Dann stand er groß und breitschultrig über Clare, die Hände tief in den Taschen seiner Wildlederjacke vergraben. »Ich wollte mich nach Ihrem Befinden erkundigen. Ihr Kindermädchen hat mir gesagt, daß Sie einen Spaziergang machen. Sie hat mich in diese Richtung geschickt.« Er kniete neben ihr nieder. »Na, ein Kind vom Land sind Sie offensichtlich nicht, was?« Er untersuchte die Falle.

»Doch, bin ich schon«, entgegnete Clare. »Ich bin hier in der Nähe aufgewachsen. Aber da das hier Jagdgebiet ist, habe ich nicht mit Fallen gerechnet. Und Kathy ist nicht mein Kindermädchen. Das kann ich mir gar nicht leisten. Sie ist meine Freundin und verbringt ihre Weihnachtsferien bei uns.«

David versuchte eine Weile erfolglos, Clare aus der Falle zu befreien. »Das ist ein verdammt altes Ding«, sagte er schließlich. »Und schwer. Ich glaube, das schaffe ich nicht. Ich rufe lieber die Polizei an. Die wissen, wem der Wald gehört, und sorgen dafür, daß Sie befreit werden. Hier, nehmen Sie meine Handschuhe. Und versuchen Sie, nichts mehr anzustellen, während ich fort bin«, fügte er fast flehentlich hinzu. »Ich weiß, eigentlich sollte ich dieses Ding mit meinen bloßen Händen zerbrechen, aber ich bin leider nicht so stark, wie ich aussehe!«

Eine Stunde später hatten zwei Mechaniker der nahegelegenen Autowerkstatt die Falle geöffnet. Mit klappernden Zähnen humpelte Clare, von David gestützt, zum *Applebank Cottage* zurück.

Nachdem sie ein heißes Bad genommen, einen steifen Grog getrunken und Josh die roten Druckstellen an ihrem Bein gezeigt hatte, saßen alle um den hölzernen Küchentisch und aßen Gemüsesuppe und selbstgemachten Honigkuchen. Das Rezept dafür stammte von Mrs. Gooden.

Dann machte Josh seinen Mittagsschlaf, und Kathy borgte sich Clares Fahrrad, um sich die Gegend anzusehen.

»Sie sind ja eine sensationelle Köchin«, meine David. »Darf ich mir noch ein Stück von diesem köstlichen Honigkuchen nehmen?«

»Gern. Er war leider zu lange im Ofen. Aber ich muß mich nicht nur an den Ofen hier erst gewöhnen«, entschuldigte sich Clare. »Außerdem fehlt mir ein Kühlschrank. Ich habe nur den Vorratskasten draußen über der Hintertür. Sobald ich Arbeit habe, kaufe ich einen Kühlschrank.«

David, der in groben Zügen von Clares Flucht vor Sam erfahren hatte, grinste. »Warum verkaufen Sie nicht Ihre selbstgemachten Honigkuchen?« scherzte er. »Ich wäre Ihr erster Kunde!«

Clare lachte. »Und womit verdienen Sie Ihr Geld?«

»Ich bin Architekt ... in Bath. Ich mache hauptsächlich Altbaurenovierungen und Sanierungen, Anbauten, Umbauten ... Wenn man gerade erst anfängt, muß man nehmen, was kommt.«

»Ich habe auch schon daran gedacht, hier den Dachboden auszubauen«, gestand Clare. »Dann hätte Josh dort oben sein eigenes Reich ... mit Schlafzimmer, Spielzimmer und Gästebetten für Bauernkinder. Das Haus hat nur zwei Schlafzimmer. Nicht gerade ideal.«

»Wenn Sie möchten, sehe ich mir den Dachboden mal an.«

»Gern ... aber ich kann mir das im Augenblick noch gar nicht leisten.«

»Aber sicher möchten Sie wissen, welche Möglichkeiten Sie haben und was es ungefähr kosten würde, oder?«

»Ja, sehr gern.«

Auf dem Dachboden sah David sich prüfend um. »Da ein Fenster vorhanden ist, müßte man nur elektrischen Strom und einen lärmdämmenden Fußbodenbelag wie zum Beispiel Kork verlegen und das Dach isolieren.«

»Das muß warten, bis ich Geld habe.«

Nachdem Josh ins Bett gebracht worden war, verbrachten die drei Erwachsenen den Abend vor dem Kamin im Wohnzimmer und rösteten Kastanien.

Gegen zehn Uhr verabschiedete sich David. »Ich muß jetzt gehen. Aber ich komme wieder.« An der Haustür küßte er Clare auf die Nasenspitze und stieg in seinen Wagen.

Samstag, den 31. Dezember 1966

Kurz nachdem Kathy nach London abgereist war, tauchte David mit einer Flasche Champagner auf, um den letzten Tag des Jahres in *Applebank Cottage* zu verbringen und Silvester zu feiern. Clare mißtraute dem Frieden. Sie konnte nicht verstehen, warum dieser sensationell aussehende Mann keine Pläne für Silvester hatte.

Beim Mittagessen war Josh sehr ungezogen. Er stieß seinen Teller vom Tisch und weigerte sich, überhaupt etwas zu essen.

Clare war enttäuscht und verärgert. Sie hatte so sehr gehofft, daß Josh David mögen würde. »Er ist müde«, entschuldigte sie ihren Sohn und brachte Josh hinauf, damit er seinen Mittagsschlaf halten konnte. Josh trat nach ihr und kreischte wütend, weil er die Aufmerksamkeit der Mutter plötzlich mit einem Fremden teilen sollte.

Es wurde früh dunkel, und dann begann es zu schneien. Nach dem Tee zog Clare die Vorhänge im Wohnzimmer vor, machte jedoch kein Licht. Sie liebte es, den flackernden Schein des Kaminfeuers an den Wänden zu beobachten. David röstete erneut Kastanien für den mittlerweile gutgelaunten Josh, bis dieser endgültig ins Bett mußte.

Es dauerte eine ganze Weile, bis Clare wieder ins Wohnzimmer zurückkehrte. David lächelte sie an und nahm sie wortlos in seine Arme. Dann saßen beide auf dem Fußboden vor dem Kamin, gegen einen alten Sessel gelehnt, und schmusten wie die Teenager.

Als Davids Nase ihren Nacken berührte, erwachte in Clare das überwältigende Bedürfnis, ihm noch näher zu sein. Sie hatte das Gefühl, nackt auf einem heißen Fels zu liegen und sich sehnsüchtig der Sonne entgegenzustrecken.

Im warmen Feuerschein bewegte Clare sich wie in einer Traumwelt ohne Zeit und Raum. In ihr brannte ein Verlangen, dem sie kaum zu widerstehen vermochte. Ihr Atem ging schnell, und ihr war fast ein wenig schwindlig. Der sanfte frische Duft von Davids Haut mischte sich mit dem Wollgeruch seines Pullovers.

Um Mitternacht küßte David sie sanft. Sie wünschten sich ein glückliches neues Jahr. Kurz darauf verabschiedete er sich, weil er fürchtete, im Schnee steckenzubleiben, wenn er noch länger wartete.

Enttäuscht fragte Clare sich, was schiefgegangen war. Schließlich war er freiwillig gekommen. Warum war er dann nicht geblieben?

Aber natürlich hätte sie das gar nicht erst zugelassen.

Mittwoch, den 11. Januar 1967

»Was, bitte, gibt es denn so Dringendes, das du nicht am Telefon bereden wolltest?« Adam stand im Smoking in seinem Arbeitszimmer, schenkte sich ein Glas Whisky ein und wandte sich dann seinem Bruder zu.

Mike trug seine schwarze Motorradhose aus Leder und einen dicken Rollkragenpullover. »Ich warte jetzt schon zwei Jahre auf meine Provision für die Tabakladenkette!«

Mike sollte laut Vereinbarung jeweils zwei Prozent der Kaufsumme sämtlicher Immobilien erhalten, die er für Miranda vermittelte. Bis auf den größten Abschluß, eben diese Ladenkette, hatte Mike seine Provision immer pünktlich erhalten.

»Du kriegst dein Geld«, antwortete Mike. »Aber das war für uns ein harter Brocken. Die Zinsen für den Kredit sind astronomisch.«

»Das ist nicht mein Problem.«

»Entschuldige, mein Lieber«, entgegnete Adam. »Es ist sehr wohl dein Problem. Dein Vertrag enthält nämlich keine Bestimmung über den Zeitpunkt der Zahlungen an dich. Rein rechtlich könnten wir dich hundert Jahre warten lassen!«

»Wir haben keinen Vertrag. Du hast die Abmachung beim Essen auf ein Stück Papier geschrieben, das wir beide unterzeichnet haben. Hier ist es!« Mike zog das Papier aus der Tasche und las den Text noch einmal durch. Von einem zeitlichen Limit der Zahlungen war nicht die Rede.

»Wenn du Schwierigkeiten machst, schlage ich vor, daß du entweder auf die Zahlung wartest, bis du schwarz wirst, oder den Betrag auf die Hälfte reduzierst!«

Mike starrte Adam erstaunt an. »Du bist mein Bruder, du Schuft! Brüder betrügen sich normalerweise nicht! Du benutzt mich, wenn es dir paßt, läßt mich die Dreckarbeit für dich machen ...«

»Wenn du's nicht gemacht hättest, hätte es eben irgendein anderer getan.«

»Du skrupelloses Schwein!«

Mike war wütend. Es war Adam deutlich anzumerken, daß er von seinem jüngeren Bruder nichts befürchtete. Adam beugte sich leicht nach vorn, um sich eine Zigarette anzuzünden. In seiner ganzen Haltung spiegelte sich das arrogante Bewußtsein wider, die Macht für sich gepachtet zu haben.

»Vielleicht erinnerst du dich freundlicherweise daran, daß meine juristischen Kenntnisse dir und deinen Freunden schon gute Dienste geleistet haben«, entgegnete Adam eiskalt. »Ich rede wegen der Zahlung mit Miranda. Vielleicht kann ich Druck machen.«

»Ich rede lieber selbst mit Miranda!« zischte Mike.

Adam sah abrupt auf. »Nein. Tu das nicht. Es ist nicht nötig.«

Mike begriff plötzlich, was geschehen war.

»Aha! Miranda ist der Meinung, meine Rechnung längst beglichen zu haben, was?« schrie er. »Was hast du mit meinem Geld gemacht? Es auf dein Konto gutschreiben lassen?«

Mike sah für den Bruchteil einer Sekunde so etwas wie Schuldbewußtsein in Adams Augen aufflackern, bevor er die Lider senkte und sich wieder auf sein Feuerzeug zu konzentrieren schien.

»Wie ich dich kenne, bist du der Meinung, dir mein Geld nur geborgt zu haben, um deine verdammten Spielschulden bezahlen zu können ... Aber für mich ist das Diebstahl!« Mike war außer sich vor Zorn.

Adam drückte gelassen seine Zigarette am Kamin aus.

Adams Gleichgültigkeit erregte Mike ebenso, wie sein Betrug ihn verletzte. Er wollte Adam in diesem Augenblick weh tun. Er wollte Blut sehen.

Seine Faust schoß blitzschnell vor.

Adam taumelte rückwärts, stolperte über das metallene Kamingitter, verlor das Gleichgewicht und stürzte hart zu Boden.

Adams Kopf prallte mit einem dumpfen Schlag gegen einen elegant verzierten Schürhaken. Es ging alles so schnell, daß Mike wie benommen in seiner Angriffsstellung verharrte.

Bittere Reue weckte ihn aus seiner Starre. Mike kniete neben Adam nieder und hob dessen Kopf. Er kippte zur Seite. Mike wurde bleich.

Herrgott, flehte er stumm, ich kann ihn doch nicht umgebracht haben ... nicht mit einem Faustschlag!

Hastig zog Mike Adam auf den Teppich, lockerte seine Krawatte, öffnete den Hemdkragen und steckte die Finger in Adams Mund, um sicherzugehen, daß die Zunge frei war. Dann griff er nach dem Telefon und rief den Notarzt. Er wußte, daß die Haushälterin nicht da war, denn Adam hatte ihm persönlich geöffnet.

Nachdem er der Notrufzentrale Namen und Adresse genannt hatte, holte Mike Wasser und ein Handtuch. Wie hatte er sich nur dazu hinreißen lassen können, auf seinen Bruder loszugehen? Den einzigen Menschen, in dessen Gegenwart er sich völlig entspannt, glücklich und wohl fühlte?

Während er die Schläfen des Bruders mit Wasser kühlte, murmelte er: »Es tut mir leid, Adam! So wahnsinnig leid! Mein verdammter Jähzorn. Vergiß das Geld! Komm um Himmels willen wieder zu dir!«

Adams Lider flatterten. Mike betupfte sein Gesicht mit dem nassen Handtuch.

Plötzlich schlug Adam die Augen auf. »Mein Gott, mein Kopf!« murmelte er mit schwacher Stimme. »Was ist passiert?«

Er versuchte sich aufzurichten, doch das Zimmer begann sich um ihn zu drehen. Ermattet sank er auf den Teppich zurück und schloß die Augen.

»Wo ist meine Uhr?« fragte er flüsternd.

»An deinem Handgelenk, alter Junge«, antwortete Mike und tupfte weiterhin Adams Gesicht mit dem feuchten Handtuch ab. »Der Notarzt kommt gleich.«

Adam hob langsam sein Handgelenk und schlug die Augen auf.

Mike fragte sich verwundert, was an der schlichten Omega am Arm des Bruders so Besonderes sein mochte.

»Ich brauche keinen Notarzt«, wehrte Adam ab. »Du hast mir einen Schlag verpaßt, das ist alles. Und du bist nicht Supermann. Morgen bin ich wieder okay.«

Freitag, den 20. Januar 1967

Kurz nach sechs Uhr hörte Clare, wie die Gartentür quietschend geöffnet wurde. Ihr Herz klopfte schneller. Sie hielt den Atem an, ließ ihre Küchenhandschuhe zu Boden fallen und lief zum Fenster. David kam den Gartenweg entlang – eine halbe Stunde zu früh!

Als er durch die Küchentür trat, sagte er: »Morgen, wenn wir den Garten in Ordnung bringen, öle ich die Gartentür. Hmmmm, das duftet ja köstlich!« Er nahm sie in seine Arme.

»Kartoffel-Lauch-Auflauf!« Seit Clare Zeit hatte, war Kochen für sie ein Vergnügen und keine ungeliebte Pflicht mehr, die irgendwann zwischendurch erledigt werden mußte. »Dazu gibt es Chicoréesalat mit Orangen und einer Vinaigrette, Käse und selbstgebackene Vollkorncracker«, murmelte sie an Davids Jackettaufschlag.

»Klingt lecker.« Er küßte ihr Haar. »Bist du eigentlich Vegetarierin?«

»Erst seit ein paar Tagen. Nachdem ich in dieser Falle gefangen war, habe ich beschlossen, keine toten Tiere mehr zu essen.«

Clare servierte das Abendessen früh, damit der vierjährige Josh länger aufbleiben und mitessen konnte. Zwar hätte sie ein

Dinner zu zweit bei Kerzenlicht vorgezogen, doch sie wollte, daß Josh David als eine Bereicherung ihrer Zweisamkeit und nicht als Eindringling sah.

Als Josh im Bett lag, machten sie es sich wieder auf dem Teppich vor dem Kamin bequem, hielten Händchen und hörten ein Konzert im Radio.

»Ich muß dir etwas sagen«, brachte Clare schließlich hervor.

Sie hatte sich sorgfältig überlegt, wie sie sich ausdrücken sollte, doch als sie im Schein des Kaminfeuers in Davids dunkle Augen sah, waren alle eingeübten Worte vergessen. Sie seufzte und sagte zögernd: »Du siehst so verdammt gut aus!«

»Ich weiß, was du meinst. Ich hasse es. Es ist peinlich. Glaub mir, es ist kein Vorteil, sondern ein Nachteil. Frauen denken nur an das eine, und Männer trauen mir nicht«, berichtete David. »Aber ich kann nichts dagegen tun. Zeitweise habe ich schon eine häßliche Brille mit Fensterglas getragen. Nur meine Größe ist ein Vorteil. Streit fängt keiner mit mir an. Dabei prügele ich mich aus Prinzip nie.« Er lachte. »Ich habe auch so meine komischen Eigenheiten!«

Clare lachte nicht. Sie wußte, was sie sagen mußte. Und jetzt war der geeignete Zeitpunkt, um es loszuwerden. »David, ich finde dich geradezu überwältigend attraktiv. Ich bin gern in deiner Nähe. Aber ich möchte nicht mit dir schlafen. Das möchte ich klarstellen.«

»Warum nicht?« David legte den Arm um ihre Schultern.

In diesem Augenblick verlor Clare die Nerven. Sie hatte ihm sagen wollen, daß sie nach Sam dutzendweise Männer gehabt und eine erniedrigende, schreckliche Zeit durchlebt hatte und daß sie fürchtete, Sex könnte auch diese Beziehung zerstören.

Statt dessen brach sie in Tränen aus. »Weil mein Liebesleben so heillos verkorkst gewesen ist.«

»Das ist vorbei«, murmelte David und zog sie an sich. »Was ist denn passiert?«

Clare wischte sich die Tränen ab. »Sex ist nie das gewesen, was ich davon erwartet hatte.«

»Sex ohne eine starke emotionale Bindung funktioniert auch bei mir nicht«, sagte David. »Ich kann Sex von so altmodischen Gefühlen wie Liebe und Zuneigung nicht trennen.«

»Normalerweise sagen das nur Frauen.«

»Weißt du, was ich an dir mag, Clare? Deine Unschuld. Vielleicht ist das, was ich sage, die bewährteste, jahrhundertelang erprobte Methode, eine Frau so schnell wie möglich ins Bett zu kriegen ... Trotzdem stehe ich dazu.«

»Jetzt weiß ich auch, warum ich mich mit dir so problemlos unterhalten kann«, erwiderte Clare. »Du versuchst nicht ständig, dich zu beweisen. Du hörst mir wirklich zu ... und gehst auf mich ein. Mein Mann hat mich nie ernst genommen.«

»Und seitdem hast du keine Beziehung mehr gehabt?«

Clare zögerte. Dann entschloß sie sich zum Sprung ins kalte Wasser. »Ich habe eine Zeitlang mit jedem geschlafen, der sich gerade anbot. Es war schrecklich. Nichts und niemand konnte mich befriedigen, und ich war zu schüchtern und zu gehemmt, um zu sagen, was ich wollte. Und hinterher habe ich mich über mich selbst geärgert ...«

»Aber wenn du nie gesagt hast, was dich erregt, wie willst du dann erwarten ...«

»Du hast ja recht. Ich war nicht zu schüchtern, mit diesen Männern ins Bett zu gehen, aber ich hatte Angst, ihnen zu sagen, was ich brauche.«

»Wenn du dich einem Mann anvertraust, dürfte es kein Problem geben«, beruhigte David sie, bevor er sie küßte.

Freitag, den 27. Januar 1967

An diesem Freitagabend hatte Clare nicht nur ein leckeres Menü gekocht, um David zu überraschen, sonder auch einen exzellenten Wein gekauft, den sie vor dem Kamin tranken. Bei Davids Zärtlichkeiten schwanden Clares Zweifel. »Gehen wir zu Bett!« flüsterte sie.

»Versprichst du, daß du innerlich nicht schon wieder vorbaust?«

»Wie meinst du das?«

»Keine Ängste.«

»Welche denn zum Beispiel?«

»Hoffentlich komme ich ... Hoffentlich bin ich so gut wie seine anderen Frauen ... Hoffentlich brauche ich nicht länger ...«

»Hoffentlich ist er nicht gelangweilt oder müde ... Er wäre enttäuscht, wenn es nicht klappt ...«, fügte Clare verlegen der Liste hinzu.

»Verdammt, es ist zu mühsam ... Ich kann nicht ... Ich tu einfach nur so ...«

Clare nickte.

David stand auf und zog sie auf die Beine. Hand in Hand gingen sie nach oben in ihr Schlafzimmer.

20. KAPITEL

Montag, den 19. März 1967

»Gütiger Himmel! Ich habe völlig vergessen, daß ich das mal unterschrieben habe!« Miranda starrte verstört auf das Schriftstück, das Adam gerade auf ihren weißen, hufeisenförmigen Schreibtisch gelegt hatte. Miranda fröstelte, als stünde sie draußen im rauhen Londoner Märzwind.

Adam musterte Miranda versonnen. Er beugte sich über ihren Schreibtisch. »Ich habe lange, lange darüber nachgedacht. Natürlich ist mir klar, daß du nur ungern einen Teil des Aktienkapitals von SUPPLYKITS hergibst ... niemand täte das gern. Andererseits, nur unter dieser Bedingung bin ich in dein Unternehmen eingetreten. Du hast dich bereit erklärt, mir fünfzehn Prozent des Aktienkapitals zu einem Preis von fünfzehntausend Pfund Sterling zu veräußern, wenn das Unternehmen je an der Börse notiert werden sollte. Und jetzt verlange ich von dir, daß du dich an die Abmachung hältst, Miranda.«

»Aber ich dachte, das bezöge sich nur auf KITS!« entgegnete Miranda völlig verunsichert.

»In diesem Schriftstück steht wörtlich ›und/oder jedem anderen Unternehmen, das aus dieser Firma entsteht‹. Das bedeutet fünfzehn Prozent von SUPPLYKITS, Miranda. Du liest dir doch hoffentlich die Dokumente auch durch, die du unterzeichnest, oder?«

»Aber, Liebster ...« Miranda sah ihn flehentlich an.

Adam schüttelte bedauernd den Kopf. »Das ist keine private Angelegenheit ... Es geht hier um deine Integrität als Unternehmerin. Mir ist nämlich klargeworden, Miranda, daß ich nie gezögert hätte, diese Aktien einzufordern, wenn du ein Mann wärst oder wenn wir keine Affäre miteinander hätten.«

Miranda und Adam maßen sich über den Schreibtisch hinweg mit kalten und unpersönlichen Blicken. Es war, als habe sich plötzlich eine Glaswand zwischen sie geschoben. »In diesem Fall möchte ich gern einen zweiten Juristen hinzuziehen«, erklärte Miranda schließlich ruhig.

»Selbstverständlich. Aber du solltest Freddy Swanson lieber umgehend davon in Kenntnis setzen, daß es ein kleines Problem gibt. Schließlich findet die Umwandlung in eine Aktiengesellschaft in zwei Tagen statt!«

»Warum, zum Kuckuck, bist du damit nicht früher zu mir gekommen?« fragte Miranda, schäumend vor Wut.

»Weil ich mich eben erst jetzt entschieden habe«, entgegnete Adam sanft. Er hatte Miranda natürlich keine Zeit zu einem Gegenzug lassen wollen.

Miranda rief ihren Anwalt an. Nachdem sie diesem erklärt hatte, daß sie gezwungen sein würde, fünfzehn Prozent des Kapitalwerts von SUPPLYKITS an Adam für eine symbolische Summe zu verkaufen, fügte sie hinzu: »Bitte setzen Sie ein neues Testament auf. Adam Grant wird daraus gestrichen. Sein Anteil geht an meine Angestellten ... Nein, ich habe eine bessere Idee. Überschreiben Sie Adams Anteil auf Buzz, ich meine Miss Doris Mann.«

Miranda legte auf und rief nach ihrer Sekretärin. »June, bitte sagen Sie sämtliche Termine für heute ab. Und bitten Sie Mr. Swanson zu mir – so schnell wie möglich. Am besten schon in der nächsten Stunde.«

Mirandas Verwaltungsrat war kürzlich um einen neuen Vorsitzenden, den Earl of Brighton, und Frederick Swanson erweitert worden. Mr. Swanson war Miteigentümer der Handelsbank, die mit der Umwandlung von SUPPLYKITS in eine Aktiengesellschaft betraut worden war. Die Bank hatte alles organisiert und geregelt sowie einen Prospekt, ein vierzigseitiges Werk auf Glanzpapier, über die Unternehmensstruktur, die Bilanzen und Zukunftspläne vorbereitet. Wie in Großbritannien üblich, waren wichtige Einzelheiten dieser Broschüre zwei Wochen vor der Einführung an der Börse in den großen Zeitungen des Landes veröffentlicht worden.

Als Mr. Swanson am Empfang auftauchte, wurde er sofort zu Mirandas privatem Lift geführt, womit er nach oben fuhr. Er war zum ersten Mal in Mirandas Geschäftsräumen und blickte sich erstaunt um. Der riesige Raum war ganz in Weiß und Chrom gehalten. Selbst die Blumen in den zahllosen Vasen waren weiß. Es sah alles sehr teuer, geschmackvoll und faszinierend modern aus. Im hinteren Teil des Raumes beleuchteten Spots weiße Tische, auf denen Kosmetika in den unterschiedlichsten Teststadien ausgebreitet waren. Der zarte Duft der Blumen mischte sich mit einem unaufdringlichen Geruch, der irgendwie an ein Schullabor erinnerte.

Miranda kam auf ihren Besucher zu und begrüßte ihn herzlich. »Guten Morgen, Freddy.«

»Was ist passiert?« fragte Freddy Swanson. Er war mit der geleisteten Arbeit bei der Umwandlung des Unternehmens in eine Aktiengesellschaft mehr als zufrieden. SUPPLYKITS boomte. KITS hatte seinen letztjährigen Gewinn nur geopfert, um die Expansion der anderen Firmen zu ermöglichen.

Miranda beschrieb Freddy kurz ihr Problem. Und diesmal war sie froh, daß ihre Affäre mit Adam bislang ein Geheimnis geblieben war.

»Warum hat Adam damit so lange gewartet?« fragte Freddy aufgebracht. »Eine nicht öffentlich gemachte Aktienoption wirft unsere Zahlen völlig über den Haufen. Das bedeutet, die Broschüre, all unsere Werbung basiert auf unrichtigen Angaben!«

»Adam hat offenbar von der Option zuerst keinen Gebrauch gemacht, weil er mich schonen wollte«, erklärte Miranda lahm. »Aber dann hat er beschlossen, daß er sich soviel Großzügigkeit nicht leisten kann.«

»Also Ende der Schonzeit«, bemerkte Swanson lakonisch.

»Er hat es, offengestanden, verdient, Freddy. Ohne ihn würde SUPPLYKITS jetzt nicht an der Börse eingeführt werden.«

»Trotzdem ... Adam ist ein qualifizierter Jurist«, entgegnete Freddy. »Er hat seinen Namen unter eine Broschüre gesetzt, in der steht, daß alle Zahlen und Informationen umfassend dargelegt wurden. Von einer Wertpapieroption über fünfzehn Prozent ist darin aber nicht die Rede.« Freddy setzte sich auf einen der weißen, tulpenförmigen Stühle und rechnete. »Adam hätte damit Aktien im Wert von fast dreihunderttausend Pfund für lächerliche fünfzehntausend Pfund erworben«, murmelte er. »Damit bleiben Ihnen noch sechzig Prozent des Aktienkapitals, Miranda.« Freddy blickte langsam von seinen Berechnungen auf. »In diesem Stadium ist vermutlich nichts mehr daran zu ändern. Die Schweißarbeit ist gemacht, alle sind erschöpft, und es liegen bereits Kaufanträge für die Aktien vor ... Es widerstrebt mir zwar, aber ich werde jetzt nichts unternehmen. Die Aktien dürfen erst nach der Börseneinführung an Adam verkauft werden.«

Allen in der Chefetage fiel die neue, höflich-kalte Reserviertheit auf, mit der sich Miranda und Adam plötzlich begegneten. Niemand erriet den Grund. Miranda jedoch fühlte sich nackt und bloß und sehr allein.

Am frühen Donnerstagmorgen nahm sie die rosafarbene *Financial Times* von ihrem Frühstückstablett. SUPPLYKITS wurde jetzt an der Londoner Börse notiert. Der Preis war von dreißig Shilling bereits auf dreiunddreißig gestiegen. Als Miranda Kaffee einschenkte, wurde ihr plötzlich klar, daß der Blick auf die Aktiennotierungen von nun an allmorgendlich ihre erste Handlung sein würde. Sie war nicht mehr die Eigentümerin von SUPPLYKITS, sondern die Aufsichtsratsvorsitzende und Hauptaktionärin einer Aktiengesellschaft!

Einen Moment lang glänzten Mirandas Augen. Die kleine Schwester, auf die man kaum geachtet hatte, war jetzt mit sechsundzwanzig Jahren eine der erfolgreichsten Unternehmerinnen des Landes. Sie gehörte zu den Selfmade-Frauen Großbritanniens, ja, der Welt!

Miranda wünschte, ihren Triumph mit Adam feiern zu können. Sie haßte die Kälte, die sich zwischen ihnen eingeschlichen hatte. Vielleicht hätte sie weniger aggressiv sein sollen. Immerhin hatte sie der Option zugestimmt, als sie Adam als Direktor von SUPPLYKITS hatte gewinnen wollen. Er nahm sich nur, was ihm rechtmäßig zustand.

Miranda hörte ein Klopfen und drehte sich um, als ihre Haushälterin eintrat. Sie hielt einen altmodischen Vogelkäfig aus Messing in der Hand, in dem eine Taube saß. Im Ring über dem Käfig steckten ein Olivenzweig und ein Umschlag.

Miranda fand eine Karte darin, auf der in Adams eckiger Handschrift stand: »Darf ich dir heute abend sagen, wie leid es mir tut?«

Miranda trug den Käfig zum Fenster und öffnete es. Lachend beobachtete sie, wie die Taube sich hoch über den Kastanienbäumen, an denen bereits die ersten Blätter knospten, in die Lüfte schwang.

An diesem Abend rannte Miranda die Stufen zu ihrem Wohnzimmer hinunter. Ihr Herz klopfte rasend.

Adam, im weißen Dinnerjacket, wartete am Fenster. Er drehte sich um und machte große Augen. »Liebste, bist du an- oder ausgezogen? Heutzutage weiß man das manchmal wirklich nicht!« Miranda trug ein schlichtes, gerade geschnittenes Chiffonhemd und dazu goldfarbige Sandaletten.

»Eindeutig angezogen. Es ist ein Modell von Zandra Rhodes!«

»Dieses Kleid ist dafür gemacht, ausgezogen zu werden.« Adam berührte Mirandas Schultern. Durch den dünnen Stoff fühlte er ihren warmen Körper. Als er sie an sich riß, atmete sie den Geruch seiner Haut und spürte seine Erregung. »Ich habe dich so vermißt«, flüsterte er, während seine Hände langsam über ihren Rücken tiefer glitten.

Hungrig preßte Miranda sich an ihn. Ihr zitterten die Knie, und zusammen sanken sie auf den dicken hellen Teppich, wo sie sich wortlos wieder versöhnten.

Gegen Morgengrauen wußte Miranda nicht recht, ob sie träumte oder wachte, als sie Adams Körper erneut spürte und den durchdringenden, mandelbitteren Duft der Liebe einatmete. Im verglühenden Kaminfeuer konnte sie gerade noch sein Gesicht ausmachen.

»Es ist eine wahnsinnig erotische Vorstellung«, murmelte Adam schläfrig.

»Was?«

»Mit einer Selfmade-Millionärin im Bett zu sein!«

»Aber wir sind gar nicht im Bett, Liebster!«

»Dann wollen wir das aber ganz schnell nachholen. Es gibt da Dinge, die ich unbedingt mit dir tun muß!«

Samstag, den 19. August 1967

Draußen brannte die Sonne erbarmungslos auf die rissige, gelbe Erde der Provence, doch drinnen im Sommersalon war es angenehm kühl. Ein Scrabble-Brett lag auf dem Fußboden. Noch immer gewann Buzz die meisten Partien gegen Elinor. Miranda lag in schwarzen Leinenshorts und Bikinioberteil auf dem terrakottafarbenen Sofa und genoß das Nichtstun. Sie gähnte und reckte sich und wünschte, ihre Siesta könnte bis zum nächsten Morgen oder gar bis zur nächsten Woche dauern.

Mit SUPPLYKITS erzielte sie weiterhin ausgezeichnete Ergebnisse. Trotz dieser Tatsache trauerte Miranda noch immer ihrem vernachlässigten KITS nach. Aber sie hatte einfach gar keine Zeit mehr, nicht einmal ein Privatleben.

Miranda atmete den schweren Duft der Lilien ein. Sie hörte Elinor und Buzz, die sich zu ihr setzten. Ein Mädchen trug ein Tablett herein. »Gurkensandwiches.« Buzz nickte zufrieden. »Und Schokoladenéclairs.«

Miranda gähnte wieder. »Buzz, ich begreife nicht, wie du nach diesen ausgedehnten französischen Mahlzeiten schon wieder etwas essen kannst. Die anderen arbeiten das noch immer auf dem Tennisplatz ab!«

»Ich nicht.« Adam betrat mit beschwingtem Schritt den Raum.

Das Hausmädchen stellte das Tablett ab und zog einen Brief aus der Tasche. *»Une lettre par courier pour Mademoiselle Mann«*, verkündete sie.

»Für mich?« Buzz war verdutzt. »Mir schickt niemand etwas per Eilboten! Eine amerikanische Briefmarke ...« Als sie den Brief umdrehte, schien sich ihr Gesicht schlagartig zu verjüngen. »Er ist von Bertha Higby!«

Seit dem Tod ihres Verlobten vor beinahe fünfzig Jahren hatte Buzz regelmäßig mit dessen Mutter korrespondiert. Alljährlich waren seine Eltern nach Frankreich gereist, um sein Grab zu besuchen. Buzz hatte sie dabei gelegentlich begleitet. Mittlerweile war Mrs. Higby verwitwet, siebenundachtzig Jahre alt und lebte in Cleveland.

Buzz las die wenigen Zeilen. »Oh! ... Ah! ... Aber das kann ich unmöglich ...«

»Was gibt es denn?« fragte Elinor, den Teelöffel in der Hand.

»Eric hat mehr Geld hinterlassen, als Bertha erwartet hatte. Und jetzt möchte sie ihr Leben noch einmal genießen ... Sie will eine Luxuskreuzfahrt mit der *Stella Polaris* in die Karibik machen ... sechs Wochen lang ... und sie lädt *mich* dazu ein!«

»Und warum hat sie den Brief per Eilboten geschickt?« wollte Miranda wissen.

»Sie braucht meine Antwort sofort, damit sie buchen kann.«

»Wieso hat sie denn nicht angerufen?«

An solche Extravaganzen hat sie bestimmt nicht gedacht. Die Sache ist sowieso unmöglich. Ich kann Elinor nicht allein lassen.«

»Ich brauche keine Gouvernante, meine Liebe!« Elinor reichte Buzz eine Tasse starken Tee. »Ich kann doch wohl sechs

Wochen ohne dich auskommen, Buzz. Der Frieden wird mir zur Abwechslung mal guttun!«

»Nein. Sechs Wochen sind zu lang«, widersprach Buzz.

»Elinor hat ihr Hauspersonal, drei Sekretärinnen und einen Arzt praktisch in Rufweite«, warf Adam ein. »Es ist vielleicht an der Zeit, daß du dich auch mal erholst, Buzz.«

»Ganz meine Meinung«, bekräftigte Miranda.

»Ich brauche keine Erholung!« widersprach Buzz empört.

»Natürlich nicht«, lenkte Adam ein. »Aber ich denke, Elinor ist der Meinung, daß deine hochbetagte Freundin nicht mehr allein reisen sollte.«

»Das ist schon mal sicher!« sagte Elinor ernst. »Und ich finde, daß du durchaus Ferien von mir nötig hast, Buzz. Mein ... eh ... der Vorfall ... liegt jetzt zwei Jahre zurück, und seither hast du kaum einen Tag frei gehabt. Wie lange hast du Bertha nicht gesehen?«

»Vier Jahre«, antwortete Buzz. »Sie sind an einem Wochenende bei uns gewesen, kurz bevor wir von Starlings weggezogen sind.«

»Wir könnten während deiner Abwesenheit eine Krankenschwester engagieren«, schlug Adam vor.

»Blödsinn! Ich brauche keine Krankenschwester!« wehrte Elinor ab.

»Doch, du brauchst jemanden!« beharrte Buzz. »Und die Person muß in meinem Zimmer schlafen, weil es deinem am nächsten ist.«

Elinor lächelte Adam an. »Sag den Treuhändern, daß Buzz einen Bonus verdient hat. Ohne ein hübsches Taschengeld kann man keine Kreuzfahrt machen.«

Adam zog ein Notizbuch aus der Tasche und begann zu schreiben. »Übrigens ... Elinor ... Paul Littlejohn wird die Firma auf den Bermudas verlassen. Er macht sich dort selbständig.«

»Wie ärgerlich!« seufzte Elinor. »Wieso das denn?«

»Aus demselben Grund wie ich. *Swithin, Timmins & Grant* ist leider keine respektable Firma mehr. Das ist vorbei. Ich habe meine Entscheidung nie bereut.«

»Wer wird dann in Zukunft über meine Angelegenheiten wachen?« wollte Elinor wissen.

»Das ist ein Problem«, gab Adam zu. »Wir könnten die Aufgaben natürlich auf Pauls neue Firma übertragen. Er kennt sich mit allem aus und ist bestens eingearbeitet.«

Buzz runzelte skeptisch die Stirn.

»Warum nicht?« sagte Adam achselzuckend. »Er könnte Fehler vermeiden. Aber wir brauchen uns noch nicht zu entscheiden. Paul hat eine halbjährige Kündigungsfrist. Er wird also nicht vor Februar aufhören.«

»Bis dahin können wir uns die Sache noch gründlich überlegen«, entschied Elinor. »Noch eine Tasse Tee, Buzz? Erzähl uns mehr über die Kreuzfahrt!«

Samstag, den 3. Februar 1968

Ein paar Tage, nachdem die Verwaltung der Dove-Treuhandgesellschaft auf die Firma von Paul Littlejohn auf den Bermudas übertragen worden war, kam Adam überraschend zu einem Wochenendbesuch nach Saracen.

Am Abend saßen Adam und Elinor im Sommersalon und tranken ihre Aperitifs.

Adam deutete auf ein paar kunstvoll geschnitzte Stühle aus zimtfarbenem Holz mit Intarsien aus Elfenbein. »Sind die neu?«

»Ja. Ich habe sie bei einem Antiquitätenhändler in Cannes entdeckt. Achtzehntes Jahrhundert. Goa. Ein reicher portugiesischer Händler hat sie für sich anfertigen lassen.«

»Was haben sie gekostet?«

»Zuviel, mein Junge.«

Als Adam sein Glas nachfüllte, sagte Elinor: »Ich vermisse Buzz sehr. Hätte ich nie gedacht. Der Guten müssen die Ohren klingen! Ich freue mich für sie, denn sie amüsiert sich offenbar blendend. Beinahe jeden Tag kommt eine Postkarte.«

Adam nippte an seinem Drink. »Elinor, ich bin nicht nur gekommen, weil ich dem schlechten Londoner Winterwetter entfliehen wollte. Am Telefon hätte dich die Sache vielleicht unnötig beunruhigt.«

Elinor wußte sofort, daß etwas Unangenehmes folgen würde. »Es geht um den neuen Buchvertrag«, fuhr Adam fort. »Der Verleger wäre glücklicher, wenn er ein Gesundheitsattest von dir bekommen könnte, bevor der Vertrag unterschrieben wird. Ich weiß, deine Erkrankung liegt zwei Jahre zurück, aber sie wollen sicher sein, daß du vollkommen wiederhergestellt bist!«

»Aber ich schreibe doch kein neues Buch!« empörte sich Elinor. »Der Vertrag bezieht sich auf eine Kassette mit Jubiläumsausgaben!«

»Ja, aber du hast zugestimmt, die Promotion zu übernehmen«, erwiderte Adam geduldig. »Und bevor sie eine Menge Geld für den Werbefeldzug ausgeben, möchten sie eben wissen, ob du dir nicht zuviel zumutest.«

»Ich fühle mich vollkommen fit!«

»Elinor, das ist eine ganz vernünftige, normale Vorsichtsmaßnahme«, beharrte Adam. »Filmstars, Sportler, Topmanager ... Alle müssen sich gelegentlich solchen Untersuchungen unterziehen.«

»Nun, wenn das so ist, werde ich in das amerikanische Krankenhaus nach Cannes fahren und mich durchchecken lassen.«

»Der Verlag wünscht aber ein englisches Gesundheitsattest!«

»Ach, du liebe Zeit! Und wie lange dauert so etwas?«

»Bestimmt nicht länger als vier Tage.«

»Schade, daß Buzz nicht hier ist. Aber sie würde sich vermutlich nur wieder schrecklich aufregen. Sie mag die *London Clinic* nicht. Sie ist ihr zu laut und zu hektisch.«

»Du bist wieder hier, bevor Buzz wiederkommt«, besänftigte Adam sie. »Und in die *London Clinic* mußt du nicht. Ich suche dir etwas Hübsches aus. Außerdem bist du ja nicht krank. All deine Freunde können dich besuchen! Und wenn du entlassen wirst, gehen wir zusammen ins Theater.«

»Klingt gar nicht so schlecht, mein Junge. Könntest du bitte auch dafür sorgen, daß für meine Besucher immer ein paar Kisten Champagner bereitstehen?«

»Es wird für alles gesorgt sein«, versprach Adam.

Samstag, den 10. Februar 1968

Während des Fluges von Nizza nach London erklärte Adam Elinor, was er geplant hatte.

»Eastbourne!« rief sie aus. »Warum ausgerechnet Eastbourne?«

»Nun reg dich nicht so auf!« Adam lächelte sie beruhigend an. »Weil das Klima in Eastbourne so gesund ist.«

»Gesundes Klima – das habe ich doch das ganze Jahr in Saracen! Soweit ich weiß, gibt es in Eastbourne nur Heil- und Pflegeanstalten in altehrwürdigen Häusern, und das habe ich ja wohl noch nicht nötig!«

»Das ist aber der Grund, warum sich gerade dort die besten Spezialisten niedergelassen haben«, versuchte er Elinor zu überzeugen. »Es ist doch nur für ein paar Tage. Du bist dort erstklassig untergebracht, und nach London sind es nur eineinhalb Stunden.«

»Du hättest das nicht ohne meine Zustimmung tun sollen, Adam!« Adam wirkte zerknirscht. »Ich kann das noch ändern, wenn du es unbedingt möchtest. Aber Sir George ist eine Kapazität, und das Willington-Sanatorium gehört zu den besten des Landes. Dr. Craig-Dunlop, der Eigentümer, verfügt über die modernsten medizinischen Geräte!«

»Also gut, ein paar Tage sind ja schnell vorbei. Mach dir nur keine Vorwürfe, mein Junge.«

Das Sanatorium machte von außen den Eindruck eines großen Herrenhauses. Elinor stieg aus ihrem Rolls-Royce. Sie fröstelte in der ungewohnt rauhen Februarluft.

Im Inneren des Gebäudes wurde der Geruch nach Desinfektionsmitteln vom schweren Duft der zahllosen Hyazinthen übertönt, die überall in Töpfen blühten. Eine lächelnde Empfangsdame entschuldigte sich für die Abwesenheit der Oberin.

Nachdem Elinor ein Schriftstück unterzeichnet hatte, das bestätigte, das sie sich freiwillig in Behandlung begab, wurden sie und Adam in die Suite geführt, die man für Elinor reserviert hatte. Von dem hohen Krankenhausbett einmal abgesehen, sah es aus, als seien sie in einem First-Class-Hotel. Das Wohnzimmer war geschmackvoll in gedeckten Grüntönen, das Schlafzimmer in Altrosa gehalten. Die Fenster der ineinander übergehenden Räume gaben den Blick auf weite Rasenflächen und Blumenbeete frei, die in dieser Jahreszeit jedoch noch braun und unbepflanzt waren.

Elinor nahm die Kärtchen aus den beiden riesigen Liliensträußen, die auf einem Schrank standen. Sie lachte. »Ein Strauß ist von Miranda, der andere von Annabel. Die beiden wissen, wie sehr ich Lilien liebe!«

Adam schmunzelte. »Miranda wollte dich gleich heute besuchen, aber Dr. Craig-Dunlop hielt es für besser, daß du Aufregung meidest und dich schnell einlebst, weil morgen die Tests beginnen. Miranda kommt, sobald du Besuch empfangen darfst. Annabel hat übrigens schon dreimal angerufen, aber ich mußte sie bitten, erst deinen Anruf abzuwarten, damit sie nicht bei den Untersuchungen stört.«

Nun wurde im Wohnzimmer für beide Kaffee serviert. Anschließend erschien eine ganze Abordnung von Ärzten und Pflegepersonal und stellte sich vor. Elinor sah nur freundliche Menschen, die ihr beteuerten, daß es ihr an nichts fehlen würde.

»Keine Sorge, mein Junge«, sagte Elinor später bei einem

Glas Champagner zu Adam. »Ich sehe, daß ich gut versorgt werde.«

»Das will ich meinen.« Adam hob lächelnd sein Glas.

Am darauffolgenden Tag flog Elinors Zimmertür schwungvoll auf. Eine Krankenschwester trat in Habtachtstellung zur Seite, um der wohlwollend dreinblickenden Oberschwester Ivy Braddock den Vortritt zu lassen.

Elinor war verblüfft, eine Art weiblichen Feldwebel vor sich zu haben. Das mußte sie Buzz erzählen! Die Oberschwester war eine der größten und vierschrötigsten Frauen, die Elinor je gesehen hatte. Ihr kurzer Nacken saß tief zwischen breiten Schultern, und ihre kräftigen, fleischigen Arme endeten in großen roten Händen. Das gelbliche Haar war kurz geschnitten, das Gesicht wie aus Stein gehauen. Und darüber die Schwesternhaube, die wie ein Tortendeckchen aussah und unter ihrem Kinn zu einer Schleife gebunden war! Ivy Braddock marschierte auf stämmigen Säulenbeinen in Elinors Suite.

»Wir tun hier alles, was in unserer Macht steht, Mrs. O'Dare, um Ihnen den Aufenthalt so angenehm wie möglich zu machen.« Die Stimme der Oberschwester klang überraschend hell und angenehm.

Nach den Blut- und Urinproben wurde Elinor geröntgt. Den Rest des Tages verbrachte sie an den unterschiedlichsten Untersuchungsgeräten. Am Abend kam Dr. Cyril Craig-Dunlop zu einem kurzen Besuch. Craig-Dunlop war ein kleiner, höflicher Mann mit erstaunlich schönen grauen Augen.

Am nächsten Morgen erschien Sir George, ein Kardiologe, gefolgt von Schwester Braddock. Elinor haßte es, bei ihrer Lektüre unterbrochen zu werden. Sie war gerade in einen Roman von Truman Capote vertieft; aber sie wurde noch häufiger gestört, denn auch die anderen Spezialisten gaben sich die Klinke in die Hand.

»Inzwischen liegen mir die Ergebnisse von fast allen Untersuchungen vor«, begann Dr. Craig-Dunlop am dritten Vormittag.

»Sie sind mehr oder weniger erwartungsgemäß ausgefallen. Aber wie Sie ja wissen, sollten Sie in den wenigen Ihnen verbleibenden Jahren sehr, sehr vorsichtig sein.«

Das Buch fiel mit einem dumpfen Schlag zu Boden.

Elinor richtete sich steif auf. »Was soll das heißen? Ich bin vollkommen wiederhergestellt! Das hat man mir immer gesagt!«

Dr. Craig-Dunlop schien deutlich verwirrt. »Ich ... es tut mir sehr leid«, stotterte er. »Aber ich habe angenommen, daß man einer Frau wie Ihnen gesagt hat ...«

»*Was* gesagt hat?«

»Nun, die Wahrheit über Ihren Gesundheitszustand, Mrs. O'Dare«, erklärte Dr. Craig-Dunlop zerknirscht.

»Daß ich nur noch wenige Jahre zu leben habe? Sind Sie sicher?« Elinor wurde leichenblaß. »Ich möchte noch einen zweiten Experten hören!«

Dr. Craig-Dunlop hüstelte. »Unser Ärzteteam ist sich vollkommen einig.«

Elinor starrte blicklos aus dem Fenster. Im Zimmer war es totenstill.

»Ich möchte nicht, daß meine Enkelkinder das erfahren«, sagte Elinor schließlich. »Sie würden sich nur unnötig Sorgen machen.«

Kurz nachdem der Arzt sich verabschiedet hatte, kam eine lächelnde Krankenschwester in blau-weiß gestreifter Schwesterntracht herein. Sie brachte zwei Pillen in einem kleinen Glas.

»Danach fühlen Sie sich besser.« Sie harrte neben Elinor aus, bis diese die Medikamente geschluckt hatte. Die Schwestern hatten Erfahrung im Umgang mit reichen und exzentrischen Patienten. Sie mußten freundlich, aber bestimmt beaufsichtigt werden. Die nette alte Dame, der hier starke Beruhigungsmittel verabreicht wurden, hatte sicher keine Ahnung, daß sie gegen schwere Depressionen behandelt wurde und sicherlich länger würde bleiben müssen.

Während der folgenden Tage schlief Elinor viel. Dr. Craig-Dunlop erklärte das mit dem Wunsch, der Realität zu entfliehen. Doch der wahre Grund war Elinors heftige Reaktion auf die Beruhigungsmittel. Eine normale Dosis wirkte bei ihr bereits wie eine Überdosis.

In einem inzwischen selten gewordenen Augenblick geistiger Klarheit drohte eine aufgebrachte Elinor ein paar Tage später, die Klinik zu verlassen, worauf sie von der Krankenschwester zu hören bekam, daß ihr dies ohne Erlaubnis der Oberschwester nicht möglich war.

Elinor, die gewohnt war, daß man ihre Wünsche respektierte, bekam einen Wutanfall, der an der erfahrenen Krankenschwester wirkungslos abprallte. Elinor wurde rasch eine Spritze verabreicht, und die Schwester schrieb wahrheitsgemäß in ihren Bericht, daß die Patientin nicht mehr zu bändigen gewesen sei und dringend der Beruhigung bedurft habe.

»Paranoia«, diagnostizierte Dr. Craig-Dunlop lakonisch, nachdem er in Anwesenheit der Oberschwester den Bericht gelesen hatte.

Oberschwester Braddock nickte. Sie kannte die klassischen Symptome von Paranoia. Die Kranken bildeten sich ein, daß auch die liebevollsten Betreuer ihnen etwas antun wollten.

Samstag, den 17. Februar 1968

Nachdem Elinor eine Woche in dem Sanatorium verbracht hatte, bekamen Annabel und Miranda die Erlaubnis, sie zu besuchen. Auf der Hinfahrt sprachen die beiden besorgten Schwestern auf dem Rücksitz des Bentley kaum ein Wort. Schließlich erkundigte Miranda sich nach Scott.

»Mich brauchst du nicht zu fragen, wie es Scott geht!« erwiderte Annabel barsch. »Ich sehe ihn ja kaum ... Ich glaube, er registriert gar nicht, daß ich eine Woche weg bin!«

»Wie meinst du das?« Miranda war erstaunt.

»Scott ist so mit seinem Job beschäftigt, daß er mich kaum noch wahrnimmt. Er hat sogar meinen Geburtstag vergessen!«

»Das sieht Scott aber gar nicht ähnlich.«

»Na ja, er hätte ihn vergessen, wenn ich ihn nicht daran erinnert hätte«, verbesserte Annabel sich.

Für Annabel und Miranda war das Wiedersehen mit ihrer Großmutter ein Schock: Ihr blondes Haar war strähnig und glanzlos, der Blick stumpf, sie hatte Mühe, sich zu artikulieren und wirkte unbeweglich und schlapp. Nachdem die beiden von der Oberschwester vorbereitet worden waren, völlig normal mit Elinor umzugehen und etwaige Merkwürdigkeiten geflissentlich zu übergehen, überschütteten sie Elinor mit Liebe und Fürsorglichkeit.

Als sie später im Büro der Oberschwester mit Adam und Dr. Craig-Dunlop sprachen, brach Annabel in Tränen aus. »Ich kann es nicht fassen. Warum habe ich nicht gemerkt, daß sie so krank ist?«

Miranda legte ihr den Arm um ihre Schultern. »Beruhige dich doch, Frog. Ich hatte ja auch keine Ahnung. Ein Glück, daß sie hier gut untergebracht ist.«

»So ein Pech, daß Buzz ausgerechnet jetzt nicht da ist«, schluchzte Annabel. »Sie hätte Gran wenigstens hierher begleiten können.«

»Was, bitte, ist Paranoia?« wandte Miranda sich gereizt an den Arzt.

»Wir beschreiben das als eine Persönlichkeitsneurose«, antwortete er. »Eine langsam fortschreitende Geisteskrankheit. Ich fürchte, daß sie im vorliegenden Fall in Verfolgungswahn münden wird.«

»Und welche Behandlung wenden Sie an?« erkundigte sich Miranda weiter.

»Wir verabreichen ihr das Medikament Mellaril. Und wenn nötig, Beruhigungsmittel.«

»Wie lange dauert eine solche Krankheit?«

Es folgte ein bedrückendes Schweigen.

»*Wie* lange? Das kann ich nicht sagen. Noch nicht. Wir müssen abwarten, wie sie auf die Behandlung reagiert. Aber es kann lange dauern.«

»Ein paar Wochen?«

»Reden wir lieber von Monaten«, erwiderte Dr. Craig-Dunlop geduldig. Und er fügte hinzu: »Aber zum gegenwärtigen Zeitpunkt wäre jede Prognose verfrüht. Sie ist schon älter, hat bereits einen Schlaganfall hinter sich und Persönlichkeitsprobleme. Wir wissen einfach nicht, wohin das führt.«

»Wie ist es möglich, daß sich ihr Zustand in so kurzer Zeit derartig verschlechtert hat? Sie ist doch nur zu einer ganz normalen Untersuchung hergekommen?«

»Es war ein großes Glück, daß sie gerade zu diesem Zeitpunkt zu uns gekommen ist«, betonte der Arzt ernst. »Sonst wäre ihr Zustand möglicherweise noch ernster.«

Bei einem deprimierenden Essen im Hotel, das aus farblosem Roastbeef und verkochtem Kohl bestand, fragte Miranda: »Warum hast du uns nichts gesagt, Adam?«

»Ich wollte euch nicht unnötig beunruhigen, bevor Dr. Craig-Dunlop und die Spezialisten zu einem gesicherten Ergebnis gekommen waren.« In Anwesenheit von Annabel achtete Adam peinlich genau darauf, sich gegenüber Miranda unpersönlich und höflich zu verhalten. Obwohl bereits ein paar Leute Verdacht geschöpft hatten, bestand Adam noch immer darauf, ihre Affäre geheimzuhalten.

»Aber wir können Gran unmöglich dort lassen«, fand Miranda. »Wir holen sie nach London, zu den besten Ärzten. Ich kümmere mich um sie.«

»Dort, wo sie jetzt ist, ist sie am besten versorgt. Die Seeluft tut ihr gut, und in London findest du keine Privatklinik mit riesigem Park und schöner Aussicht«, entgegnete Adam. »Aber wenn ihr andere Ärzte hinzuziehen möchtet, jederzeit!«

»Warum kann Gran nicht nach Saracen zurückkehren, sobald Buzz wieder da ist? Sie wird Gran bestens pflegen.« Annabel schob ihren Teller unberührt zur Seite. »Sie liebt Saracen!«

»Das wäre für Buzz eine viel zu große Belastung und Verantwortung«, gab Adam zu bedenken. »Vergeßt nicht, wie belastet Buzz nach Elinors Schlaganfall war!«

»Buzz soll bloß nicht auch noch krank werden«, stimmte Miranda zu.

»Ich habe mit Dr. Montand in Saracen telefoniert«, fuhr Adam fort. »Auch er ist der Meinung, daß Elinor momentan in einem britischen Sanatorium am besten aufgehoben ist. Außerdem besteht Dr. Craig-Dunlop darauf, daß Elinor vorerst vierundzwanzig Stunden täglich unter der Aufsicht seiner Spezialisten bleibt, für den Fall, daß sich ihr Zustand verschlechtern sollte.«

Der Gedanke, daß die Krankheit der Großmutter weiter fortschreiten könnte, war für Annabel und Miranda niederschmetternd. In dieser Situation klammerten sich beide an Adam wie an einen Rettungsring. Seine Ruhe und Umsicht waren tröstlich.

»Wenn du sicher bist, daß es so am besten für sie ist ...«, begann Annabel zögernd.

Miranda nickte. »Es ist auch teuer genug. Für den Preis könnte Gran genausogut im Ritz wohnen.«

»Ich habe mir ziemlich viel Mühe gegeben, das angenehmste Sanatorium auszusuchen«, entgegnete Adam pikiert. »Und natürlich kann das nicht billig sein. Aber wenn ihr sie verlegen wollt ...«

Die Schwestern sahen sich an und schüttelten die Köpfe.

»Es ist ja nicht diese Privatklinik, die uns nicht gefällt«, gestand Annabel. »Was mit Gran geschehen ist, ist so unerträglich.«

»Wir müssen sofort Clare unterrichten«, meinte Miranda spontan.

Adam hüstelte. »Ich muß euch warnen ... Clare auch nur zu erwähnen, würde eure Großmutter sehr aufregen. Ich finde, ihre Wünsche sollten respektiert werden. Und sie wollte Clare ausdrücklich nicht mehr sehen.«

Sonntag, den 18. Februar 1968

Im Nachthemd und barfuß stand Clare am Fenster ihres Schlafzimmers und sah ins Schneetreiben hinaus. Fahler Mondschein lag über dem Wald, dessen gezackte Silhouette sich schwach über dem Hügel hinter *Applebank Cottage* gegen den Himmel abzeichnete.

Sie fröstelte, krabbelte wieder ins Bett und kroch tiefer unter die Patchworkdecke. Das Brot im Ofen mußte in einer halben Stunde herausgenommen werden. Der einzige Nachteil ihrer neuen Beschäftigung war das frühe Aufstehen. Aber Clare war erfolgreich. Die vielen Aufträge waren in der kleinen Küche ihres Häuschens kaum noch zu bewältigen. David plante daher, den Schuppen in eine richtige Bäckerei zu verwandeln.

Zehn Monate zuvor war Clare eine richtige Bäckerin geworden. Damals hatte David einige ihrer selbstgebackenen Brote mit zu Freunden genommen, die in der Nähe lebten. Sie waren so begeistert, daß sie fragten, ob sie regelmäßig Brot bei ihr kaufen könnten. Clare hatte die Idee aufgegriffen und ihren ersten Aufträgen noch einen einfachen Sirupkuchen und Butterkekse beigefügt.

Einen Monat später hatte Clare eine mit Plastik geschützte Preisliste an ihrer äußeren Küchentüre und eine zweite ans Gartentor geheftet. Sie buk mittlerweile Roggenbrot, Vollkornbrot und Dattelbrot, Pasteten, Schokoladenkuchen, Früchtekuchen mit Rumaroma, Windbeutel mit Ingwergeschmack und Buttergebäck. Während der Obstsaison gab es zusätzlich verschiedene Obstkuchen. Clares Angebot enthielt allerdings keine Backwaren, wie es sie in der örtlichen Bäckerei gab. Außerdem verlangte sie, wie sie selbst fand, unverschämt hohe Preise und Barzahlung, womit die Leute jedoch gern einverstanden waren.

Unter der Patchworkdecke drehte David sich zu Clare um und zog sie schlaftrunken an sich. Ihr Nachthemd war bis über die Hüften hochgerutscht, und sie spürte, wie seine langen, muskulösen Beine sie umschlangen. Im Halbschlaf küßte er ihre Wange und tastete unter dem Nachthemd nach ihren Brüsten.

In diesem Augenblick flog krachend die Schlafzimmertür auf, und Josh sprang in seinem lustig gemusterten Schlafanzug ums Bett.

»Es sneit! David, kriege ich einen Slitten? Ich bin sson alt genug! Oh, bitte!«

David setzte sich auf und knipste das Licht an. Er gähnte und reckte sich.

»Du kannst ein Tablett nehmen«, schlug David vor. »Geh damit bis zum Waldrand rauf und fahr den Hang hinunter. Aber erst nach dem Frühstück. Es ist ja noch mitten in der Nacht!« Er drehte sich lächelnd zu Clare um. »Du bekommst das Frühstück nachher ans Bett gebracht ... Nein, keine Widerrede! Josh und ich haben das gestern abend schon vereinbart. Stimmt's, Josh?«

Josh nickte glücklich.

»Irgendwo ist da ein Haken«, murmelte Clare. »Du bist zu perfekt, um wahr zu sein.«

»Ja, es gibt einen Haken«, sagte David gelassen und rückte zur Seite, um Josh im Bett Platz zu machen.

Später zog David Clares Bademantel über und ging mit Josh in die Küche hinunter.

Zwanzig Minuten später kamen sie mit dem Frühstückstablett zurück. Es enthielt eine Schüssel mit einer dampfenden roten Suppe, Schokoladeneis und ein sprudelndes Orangengetränk.

David zwinkerte hinter Joshs Rücken Clare zu. »Josh hat die Menüfolge zusammengestellt!«

»Herrlich«, behauptete Clare, als sie in die aquamarinblauen Augen ihres Sohnes blickte. Dann sah sie auf das Tablett. »Für mich allein ist das viel zuviel Tomatensuppe. Vielleicht könntest du mir helfen, Josh?«

Clares kleiner Sohn trug inzwischen Jeans, einen Anorak und Stiefel, genau wie die Dorfjungen. Josh war mittlerweile fünf und ging in Warminster in die Vorschule, wo er sich Mühe gab, den Dialekt von Dorset zu lernen, nachdem ihn die anderen wegen seiner snobistischen Aussprache ausgelacht hatten. Josh liebte Comics und Fernsehen und pinkelte mit Begeisterung in die Badewanne, wenn es die Mutter nicht merkte. Er spielte gerne Fußball. Von Kalifornien waren ihm nur schemenhafte Erinnerungen an Sonne, ein weißes Haus und einen riesigen Swimmingpool geblieben.

Nachdem Josh das für Clare bestimmte Frühstück vertilgt hatte und mit seinem Tablett den Hang hinter dem Garten hinaufgestapft war, holte David Kaffee, selbstgemachte Hörnchen und Erdbeermarmelade für Clare.

Nach dem gemütlichen Essen liebten sie sich zärtlich und ohne Eile unter der großen Decke. An diesem Morgen fühlte Clare sich wunderbar entspannt, und sie kuschelte sich eng an David. Manchmal war sie hellwach, wenn sie sich geliebt hatten, voller Energie und stark genug, vor Glück die Welt aus den Angeln zu heben.

»Schade, daß es nicht mehr Männer gibt wie du«, sagte Clare leise. »Du bist ein so sinnlicher, sensibler Mann. Du magst zärtlichen Körperkontakt, und das nicht nur an *einer* Stelle!«

»Das wichtigste Geschlechtsorgan lag für mich schon immer zwischen den Ohren«, meinte David lächelnd und küßte sie.

21. KAPITEL

Donnerstag, den 29. Februar 1968

Am letzten Februartag landete eine sonnengebräunte Buzz auf dem Flughafen von London. Sie trug Berthas Abschiedsgeschenk, einen schicken weißen Hosenanzug, und fühlte sich glücklich wie ein junges Mädchen, als sie aus dem Flugzeug stieg.

Zu ihrem Erstaunen wurde sie unten an der Gangway bereits von einer Bodenhosteß erwartet, die sie in einen VIP-Warteraum und zu Adam führte.

»Ist was mit Elinor?« waren Buzz' erste Worte, und sie wurde leichenblaß.

Vorsichtig brachte Adam ihr bei, was geschehen war.

Buzz sprang aus dem Wagen, noch bevor er richtig in der Kiesauffahrt zum Stehen gekommen war. Es war ein ungewöhnlich sonniger Tag, und freundliche Schwestern in roten Umhängen schoben Rollstühle mit Patienten durch den weitläufigen Garten.

Eine Schwester dirigierte einen Rollstuhl in Buzz' Richtung. Im nächsten Augenblick wurde Buzz entsetzt klar, daß die vermummte Gestalt in dem Gefährt Elinor war. Sie wirkte schmal und gebrechlich. Ihre Miene war maskenhaft starr und ausdruckslos.

»Hallo, Nell«, sagte Buzz.

Elinor reagierte nicht.

Schweigend hörte Buzz auf das endlose Geplapper der Schwester. »Wir hatten heute einen netten Vormittag, nicht wahr, Mrs. O'Dare? Wir haben die Vögel an der Vogeltränke beobachtet und Brotkrumen verfüttert ... Lehnen Sie sich ein bißchen vor, ja, so ... Das Kissen ist wieder heruntergerutscht. So ist es besser!«

Langsam hob Elinor den Blick.

Buzz faßte neue Hoffnung. »Du bist nicht ganz auf dem Posten, Nell. Keine Sorge! Ich hol' dich hier raus. Und zwar schnell!«

In Elinors überheiztem Schlafzimmer warf Buzz einen neugierigen Blick auf die Fieberkurve und die medizinischen Anweisungen am Fußende des Bettes. Danach bekam Elinor mindestens fünf verschiedene Beruhigungsmittel verabreicht. Kein Wunder, daß Nell deprimiert und völlig verwirrt aussah! Buzz erinnerte sich an Elinors aufbrausendes Temperament und schöpfte erneut Hoffnung. Dann kam ihr ein Gedanke. Wenn die Ärzte darauf beharrten, sie wie eine Geisteskranke zu behandeln, dann würde sie eines Tages sicher auch verrückt werden.

Während sie erneut die Medikamentenliste betrachtete, wollte Buzz etwas zu Elinor sagen, unterließ es jedoch, weil Adam im Zimmer war.

Buzz wandte sich an Adam. »Ich habe ein Geschenk für Elinor in meinem Handgepäck. Es ist eine rote Schachtel. Würdest du sie mir bitte aus dem Wagen holen?« Dann drehte sie sich zu Elinor um und sagte laut und überdeutlich artikulierend, als sei sie ganz taub: »Ich habe eine Überraschung für dich, Nell!«

Kaum hatte sich die Tür hinter Adam geschlossen, flüsterte Buzz: »Was haben sie mit dir gemacht, altes Mädchen?«

Elinor ließ sich in die Kissen sinken und bewegte ihren Kopf langsam von rechts nach links.

»Ich komme morgen wieder«, versprach Buzz. »Und zwar ohne Voranmeldung. Bis dahin ... nimmst du keine Pillen! Hast du gehört, Nell?« Sie beugte sich vor und packte Elinor bei den Schultern. »Du nimmst diese verdammten Pillen nicht mehr!

Behalte sie unter der Zunge und spucke sie später in dein Taschentuch!«

Die Tür ging auf, und Adam kam herein. Buzz tat so, als habe sie Elinors Kissen aufgeschüttelt.

Bevor sie Elinors Zimmer verließen, drehte Buzz sich noch einmal um. Elinor starrte schweigend zur Decke.

Buzz' Mitbringsel, eine Perlmuttschachtel, lag unbeachtet auf dem Nachttisch. Doch trotz des dämmrigen Nachmittags ging ein heller Glanz von ihr aus.

Als der Mietwagen zum Flughafen Heathrow zurückfuhr, fragte Buzz: »Warum hast du mich nicht benachrichtigt? Warum habe ich nicht erfahren, daß Nell krank ist? Wir hatten eine Funksprechanlage an Bord.«

»Buzz, du hättest doch nichts tun können. Deshalb wurde es für das beste gehalten, dir die Ferien nicht zu verderben«, antwortete Adam. Buzz fiel auf, daß Adam nicht gesagt hatte, *wer* »es für das beste gehalten« hatte. Und mit tiefer Stimme fügte er hinzu: »Es ist nicht sicher, daß Elinor je wieder ohne ärztliche Betreuung wird leben können.«

»Trotzdem weiß ich, daß ich von Krankenpflege eine Menge mehr verstehe als manche dieser Damen im Sanatorium«, ließ sich Buzz vernehmen.

Danach erklärte Adam ihr gelassen, daß sie keinen Job mehr habe.

Mit zusammengekniffenen Lippen hörte Buzz ihm schweigend und fassungslos zu. Bisher hatte ihr noch niemand gekündigt!

»Weiß Elinor das?« erkundigte sie sich schließlich.

»Selbstverständlich nicht«, erwiderte Adam. »Wie du gesehen hast, ist sie gar nicht in der Lage, solche Dinge zu entscheiden. Die Treuhänder haben das geprüft und sind zu diesem Schluß gekommen.«

»Diese Treuhänder sitzen auf den Bermudas!« schnaubte Buzz verächtlich. »Ich kenne Nell besser als sie. Und besser als du, junger Schnösel!«

»Natürlich, Buzz«, beruhigte Adam sie. »Aber es sind Elinors Ärzte und Berater, die der Meinung sind, daß sie dich nicht mehr braucht. Ich dachte, ich hätte mich klar genug ausgedrückt.«

Buzz verschlug es die Sprache. Während die Limousine durch die Straßen Londons glitt, wurden Erinnerungen in Buzz wach: Die Spaziergänge mit dem kleinen Edward ... Wie oft hatte sie Nell getröstet, wenn die Probleme mit Billy sie zu zermürben drohten. Die Schwierigkeiten im Alltagsleben nach dem Krieg ... Nells Kummer, als ihre Enkelinnen eine nach der anderen das Haus verließen ...

Und jetzt warf man sie einfach hinaus, ohne daß sie mit Elinor darüber sprechen konnte!

Schließlich hatte Buzz sich wieder soweit in der Gewalt, daß sie ruhig fragen konnte: »Wissen die Mädchen darüber Bescheid?«

»Sie haben mich gebeten, es dir zu sagen«, log Adam. »Wir müssen uns alle damit abfinden, daß sich Elinors Leben radikal verändert hat. Und ihr Zustand wird sich vermutlich noch verschlechtern.«

»Und die Mädchen hatten nichts dagegen, daß ich gehen muß?« Buzz war betroffen.

»Natürlich war es schlimm für sie ... Sie haben dich sehr, sehr gern«, erwiderte Adam. Sobald er Buzz sicher in der Maschine nach Nizza wußte, wollte er nach London zurückfahren und Annabel in New York anrufen, bevor er mit Miranda sprach. Die Schwestern sollten zu hören bekommen, Buzz habe es für das beste gehalten, sich ein anderes Betätigungsfeld zu suchen.

»Natürlich haben die Mädchen mich gern!« Buzz konnte sich nicht mit dieser Schande abfinden. Wofür hielt sich Adam eigentlich? Er war ein Aufschneider, das hatte sie schon immer gewußt. Sie wurde dunkelrot im Gesicht, als sie gegen Wut und Tränen ankämpfte. »*Du* kannst mich nicht einfach rauswerfen«, sagte sie schließlich mühsam beherrscht. »Nicht nach all den Jahren.«

»Keiner wirft dich raus, Buzz.« So sanft Adams Stimme auch klingen mochte, Buzz entging der verächtliche Unterton nicht. Oder war es mühsam unterdrückter Triumph?

»Was tust du denn sonst?«

»Ich tue gar nichts. Man hat mich gebeten, dafür zu sorgen, daß es dir an nichts fehlt, wenn du dich aufs Altenteil zurückziehst.«

»Aufs Altenteil?«

»Buzz, du hättest schon vor acht Jahren in Pension gehen können«, erinnerte Adam sie. »Die Treuhand hat einer großzügigen Rente für dich zugestimmt. Du bekommst sie monatlich ausbezahlt ... wo immer du willst ... überall in der Welt!«

Er machte eine weit umfassende Handbewegung.

»Das klingt, als hätte ich im Lotto gewonnen!« meinte Buzz bitter, die noch immer mit der Fassung rang.

Buzz spürte instinktiv, daß sie vorsichtig sein, trickreich kämpfen und Adam in dem Glauben lassen mußte, akzeptiert zu haben, was er gesagt hatte. Innerlich schäumend vor Wut und Empörung, wurde ihr klar, daß dies die beste Methode war, um Adam auf die Schliche zu kommen und herauszufinden, was er vorhatte.

»Schade, daß du nicht bei deiner Freundin Mrs. Higby bleiben konntest«, bemerkte Adam in diesem Moment nachdenklich.

Erneut fiel Buzz auf, daß Adam nicht wie andere Menschen redete: Er ließ sich immer einen Fluchtweg offen. Adam konnte nicht sagen: »Die Katze ist schwarz.« Bei ihm hieß es: »Nach bestem Wissen muß ich sagen, daß die Katze schwarz zu sein scheint.«

Behalte einen klaren Kopf, altes Mädchen, und halte den Mund, ermahnte sich Buzz. Tu so, als gingest du auf alles ein. Er soll denken, daß er dich getäuscht hat. »Ich glaube, ich könnte jederzeit zu Bertha ziehen, wenn Nell mich nicht mehr braucht.«

»Das wäre doch eine ausgezeichnete Idee«, pflichtete Adam

ihr bei. »Besonders, wenn es vielleicht soweit kommt, daß Saracen verkauft werden muß.«

»Saracen soll verkauft werden? Das läßt Elinor niemals zu!«

»Saracen gehört mittlerweile der Treuhandgesellschaft«, entgegnete Adam mit großer Bestimmtheit. »Wenn Elinor nicht in Saracen leben kann, könnten die Treuhänder das Haus als ungerechtfertigten Verlustposten einstufen. Womit ließe sich auch der Unterhalt einer solch teuren Immobilie mit fünf Angestellten und drei Sekretärinnen noch rechtfertigen? Hast du eine Vorstellung davon, wieviel es kostet, ein solches Haus zu unterhalten?«

»Nein«, erwiderte Buzz. »Aber ich bin sicher, du weißt, was für Nell das beste ist.«

Buzz wartete in der Abflughalle. Als der Flug nach Nizza aufgerufen wurde, ging sie zum Schalter und erklärte einem freundlichen, rothaarigen Herrn vom Bodenpersonal, daß sie sich plötzlich nicht wohl fühle und ihren Flug absagen wolle.

Eine Stunde später winkte Buzz einem Taxi und kehrte nach Eastbourne zurück, wo sie sich in einer kleinen Pension einmietete, die der Taxifahrer ihr empfohlen hatte.

Buzz verspürte nicht viel Lust, sich in den kleinen Aufenthaltsraum der Pension zu setzen, in dem sich ein paar freundliche und neugierige ältere Damen versammelt hatten, die allesamt strickten. Sie hätte sich gern die hübschen Häuser an der Strandpromenade angesehen, aber dafür war es bereits zu dunkel. Darum kaufte sie sich eine Portion Pommes frites in der Stadt, die in Zeitungspapier eingewickelt wurden. Buzz kehrte in ihr Zimmer zurück, setzte sich auf die Bettkante und aß Stück für Stück ihre Pommes frites. Sie hatte vieles zu überdenken.

Buzz beschloß, daß es ihre erste Pflicht war, Elinor wieder zu besuchen. Danach wollte sie Miranda anrufen, die entschlußfreudigste der Schwestern.

Sie machte sich keine Vorwürfe, die Einladung zur Kreuzfahrt angenommen zu haben, obwohl sie vermutete, daß Adam ihre Abwesenheit schändlich mißbraucht hatte. Da Buzz eine aufmerksame Zeitungsleserin war, wußte sie, was in manchen Pflegeheimen oder Sanatorien mit alten Leuten passierte. Skrupellose Heimleiter oder Eigentümer behandelten nicht nur die ihnen anvertrauten Menschen schlecht, sondern bereicherten sich, wo sie nur konnten, an deren Ersparnissen, manchmal sogar unter Mithilfe von Familienangehörigen …

Es mußte doch einen Grund geben, daß Elinor mit Medikamenten vollgepumpt wurde! Geld?

Wußte Adam etwas? Buzz' Verdacht hatte noch keine klaren Konturen angenommen, aber sie spürte, daß Betrug im Spiel war, und Adam hatte wahrscheinlich etwas damit zu tun.

Seit sie fünfzig Jahre zuvor ihre Heimat verlassen hatte, um auf dem Kriegsschauplatz Frankreich als Freiwillige zu helfen, hatte Buzz sich nicht mehr so allein und einsam gefühlt.

Am darauffolgenden Morgen lag Elinor mit geschlossenen Augen in ihrem Bett und gab vor zu schlafen. In den vergangenen Stunden hatte sie keine einzige Tablette geschluckt. Die Injektionen allerdings hatte sie nicht verhindern können. Sie vertraute Buzz. Sie vertraute darauf, daß Buzz wiederkommen, sie herausholen und gesundpflegen würde.

Elinor kämpfte mit Panikgefühlen, die durch das ungewohnte Krankenhausbett und den Geruch nach Desinfektionsmitteln noch verstärkt wurden. Ihre größte Angst war, den Verstand zu verlieren. Es fiel ihr schwer, einen klaren, vernünftigen Gedanken zu fassen. Dabei war sie nicht krank gewesen, als sie hierhergekommen war … in diesem Punkt war sie sich ganz sicher. Jetzt allerdings war sie krank. Wie hatte das geschehen können? Wurde sie absichtlich unter Drogen gesetzt? Sie fürchtete, daß hinter ihrem Rücken Entscheidungen getroffen wurden, auf die sie keinen Einfluß mehr hatte, und daß der aalglatte Arzt ihr nicht die Wahrheit sagte. War sie wirklich kränker gewesen, als man sie glauben gemacht hatte? Wenn ja, warum hatte sie sich nicht krank gefühlt? Oder war sie überhaupt nicht krank? Wenn nicht, warum hielt man sie in dieser Klinik fest?

Die Sache wurde Elinor zu kompliziert. Sie beschloß, auf Buzz zu warten.

Dann quälte sie die Vorstellung, wie eine Geistesgestörte in einer Zelle eingeschlossen zu sein. Würde sie je wieder normal denken und leben können? Sie befürchtete, eines Tages an riesige Apparate angeschlossen zu werden, die ihr Leben und Leiden auf unnatürliche Weise verlängerten.

Sie fühlte sich an diesem mit allen Annehmlichkeiten ausgestatteten Ort isoliert und wünschte trotzdem, all die jungen, freundlichen Gesichter würden sie endlich in Ruhe lassen.

Am nächsten Tag schlug die Uhr über dem Portal des Sanatoriums zehn, als das Taxi anhielt. Buzz zählte dem Chauffeur sorgfältig die Münzen in die Hand. »Ist ja kein umwerfendes Trinkgeld, Madam«, beklagte er sich.

»Es sind exakt zehn Prozent«, konterte Buzz. »Und womit wollen Sie denn mehr Trinkgeld verdient haben? Sie haben mir ja nicht mal beim Aussteigen geholfen!«

»Na, es schneit ja auch.«

»Eben.«

Bevor Buzz die Halle betrat, klopfte sie sich den Schnee von ihrem leichten Sommermantel und den Stiefeln. Dann rückte sie das Pelzcape zurecht und fragte beim Empfang nach Mrs. O'Dare.

Die lächelnde Empfangsdame verschwand.

Kurze Zeit später erschien die ebenfalls lächelnde Oberschwester Braddock und musterte Buzz mit hochgezogenen Brauen. »Ist Mr. Grant mit Ihnen gekommen?« Ihre Stimme klang freundlich und charmant, doch die Augen waren kalt und hart. »Er begleitet Mrs. O'Dares Besucher normalerweise. Wir möchten nicht, daß Mrs. O'Dare durch Besucher gestört wird, die sie nicht sehen möchte.«

»Ich bin gestern mit Mr. Grant hiergewesen«, erinnerte Buzz

die Oberschwester. »Und morgen fliege ich wieder nach Südfrankreich zurück. Deshalb möchte ich Mrs. O'Dare gern noch einmal sehen.«

Als Buzz zur Tür hereinkam, schlug Elinor zögernd die Augen auf. »Hallo, Buzz«, flüsterte sie und fühlte sich kolossal erleichtert. Jetzt brauchte sie sich keine Sorgen mehr zu machen. Buzz würde alles in die Hand nehmen!

Buzz setzte sich auf den Stuhl neben Elinors Bett und hielt die altmodische Handtasche auf ihren Knien fest umklammert. Die Schwester ließ sie allein.

»Kannst du laufen, Nell?« fragte Buzz ebenso leise. »Gehst du alleine zur Toilette?«

»Ja«, antwortete Elinor mit schwacher Stimme.

»Mein Gott, kaum drehe ich dir den Rücken zu, da passiert das hier!« stöhnte Buzz. »Das Zeug, das sie dir verabreichen, könnte ein Pferd umbringen! Aber wenn du erst mal hier raus bist, päpple ich dich in kurzer Zeit wieder auf. Und dann lasse ich dich nie wieder allein!«

»Liebe, liebe Buzz! Aber die lassen mich hier nicht heraus. Nicht ohne großen Zirkus. Ich hab' was unterschrieben.«

»Natürlich, daß du freiwillig hier bist. Damit sind sie aus dem Schneider. Klar, daß sie dich hierbehalten wollen. Dafür kriegen sie bezahlt. Ich schätze, das kostet eine schöne Stange Geld.« Buzz sah sich im Zimmer um. »Laß dich von dieser Oberschwester nicht ins Bockshorn jagen. Und hab' keine Angst vor Adam!«

Elinors Augen füllten sich mit Tränen. »Glaubst du wirklich, daß Adam ...«

»Adam hat dich hierhergebracht, mein Lämmchen.«

»Aber warum haben die Mädchen das zugelassen?« fragte Elinor traurig. Sie erinnerte sich vage an den Besuch von Annabel und Miranda. Clare war nicht gekommen. Im Flugzeug von Cannes nach London hatte Adam behauptet, Clare wolle sie noch immer nicht sehen. Er hatte angedeutet, Clare verlange eine Entschuldigung. Wie dumm sie beide doch gewesen waren! Selbstverständlich würde sie sich bei Clare entschuldigen!

»Die Mädchen vertrauen Adam«, fuhr Buzz fort. »Aber der Junge schlägt allmählich über die Stränge. Er kommandiert alle herum. Er behauptet sogar, Saracen würde zuviel kosten ... die Treuhänder wollten es verkaufen und dich hierlassen, weil es billiger ist.«

»Saracen verkaufen? Niemals! Was geht Adam das an? Er ist kein Nutznießer des Trusts ...«

»Adam führt etwas im Schilde«, erklärte Buzz. »Aber das soll uns jetzt nicht kümmern. Wichtig ist, dich hier rauszuholen. Ich habe einen Plan.«

Elinor hörte Buzz aufmerksam zu.

»Ich fahre jetzt sofort nach Eastbourne zurück. Dort kaufe ich zwei gleiche Mäntel und Hüte in auffallenden Farben. Morgen um zehn Uhr bin ich wieder hier. Das Taxi lasse ich an der nächsten Ecke warten. Dann komme ich mit meinem Koffer. Die Oberschwester wird denken, daß ich auf dem Weg zum Flugplatz bin. Sie darf nicht wissen, daß ich gestern schon hätte fliegen sollen!«

»Ein Glück, daß du hiergeblieben bist!«

»Im Koffer steckt der gleiche Hut und der gleiche Mantel, den ich tragen werde. Ich helfe dir, dich umzuziehen. Dann öffne ich die Terrassentür zum Garten. Du läufst langsam hinaus, hältst den Kopf gesenkt, damit dich niemand erkennt, und steigst ins Taxi. Ich warte hier. Dann gehe ich durch die Haupthalle hinaus, den leeren Koffer in der Hand. Anschließend fahren wir zum Flughafen und nehmen die nächste Maschine nach Nizza.«

»Buzz, der Plan ist brillant!« Elinor fing an zu weinen.

In diesem Augenblick wurde die Zimmertür aufgerissen. Auf der Schwelle stand die bärbeißige Oberschwester. »Wir wollen Mrs. O'Dare nicht überanstrengen!«

Buzz stand auf. »Ich wollte gerade gehen. Morgen sage ich auf dem Weg zum Flugplatz noch schnell auf Wiedersehen.« Sie drohte Elinor mit dem Finger. »Und jetzt sei ein braves Mädchen und tu, was man dir sagt.«

Auf der Taxifahrt zu ihrer Pension ging Buzz ihren Plan noch einmal in allen Einzelheiten durch. Es mußte einfach klappen!

Im Zwielicht des winterlichen Nachmittags hielt das Taxi schließlich vor ihrer Pension. Sie bezahlte den Fahrer. Als sie sich dem Hoteleingang zuwandte, rutschte sie plötzlich aus, verlor das Gleichgewicht und stürzte auf den schneeglatten Weg. Ein scharfer Schmerz durchzuckte Buzz. Hilflos und unfähig, sich zu bewegen, fürchtete sie, daß sie sich die Hüfte gebrochen hatte.

Der Taxifahrer sprang aus seinem Wagen und eilte zu ihr. »Ein Glück, daß ich Sie im Rückspiegel gesehen habe. Ich wollte schon davonfahren!«

Während er ins Hotel rannte, um Hilfe zu holen, wurde Buzz mit Schrecken klar, daß Elinors Rettung aufgeschoben werden mußte. Wie sollte sie nur Elinor benachrichtigen? Sie würde Miranda anrufen.

Elinor wartete auf Buzz. Sie konnte ihre Erregung nur mühsam unterdrücken. Wie Buzz ihr geraten hatte, versteckte Elinor die Tabletten unter der Zunge und spülte sie später dann in der Toilette weg. Es war lange nach zehn Uhr gewesen, und Elinor wurde langsam unruhig.

Aber Buzz kam nicht.

Nach Tagen des Wartens, in denen kein Anruf, kein Brief oder irgendeine andere Nachricht von Buzz kam, schwand Elinor jede Hoffnung. Als das Pflegepersonal merkte, daß sie ihre Tabletten nicht schluckte, ging man dazu über, ihr die Pillen in Wasser aufgelöst zu verabreichen. In den wieder seltener gewordenen Momenten geistiger Klarheit fragte Elinor sich, ob sie nicht tatsächlich drauf und dran war, den Verstand zu verlieren.

22. KAPITEL

Montag, den 4. März 1968

»Mr. Grant? Er soll gleich reinkommen.« Miranda, die ein graues, hochgeschlossenes Flanellkostüm trug, legte den Hörer hin und warf einen Blick auf den Cartier-Wecker auf ihrem Schreibtisch. Sie mußte noch einen Stapel von Berichten durcharbeiten und die nötigen Entscheidungen treffen. Am nächsten Tag sollte eine Aufsichtsratssitzung stattfinden.

Adam kam schwungvoll ins Zimmer, die Hände in den Taschen seines dunklen Anzugs. Er warf einen Blick in Mirandas blasses, müdes Gesicht und sagte: »Ich dachte, du hast vielleicht Lust, heute früher Schluß zu machen und mit mir in das Musical *Hair* zu gehen?«

»Das würde ich gern, aber ...« Miranda deutete auf die Akten. »Außerdem muß ich Buzz besuchen.« Buzz lag noch immer in einem Krankenhaus in Eastbourne.

»Kannst du nicht mal für einen Tag alles vergessen? Es gibt etwas zu feiern! Wir haben in unserem ersten Geschäftsjahr als Aktiengesellschaft den Reingewinn um zwanzig Prozent gesteigert!«

»Aber bei KITS droht ein Verlust von dreizehntausend Pfund.«

Adam zuckte die Schultern. »Das ist verständlich. Mit KITS haben wir SUPPLYKITS im ersten Jahr praktisch finanziert. Insgesamt betrachtet kann man das also kaum als Verlust bezeichnen.«

»Nicht die Verluste machen mir Sorgen«, seufzte Miranda. »Das Management auf mittlerer Ebene ist schwach. Und die schlechte interne Kommunikation schafft Probleme. Außerdem brauchen wir ein besseres Vertriebssystem. Und das können wir uns im Moment nicht leisten.«

»Solange man weiß, wo es hapert, kann man immer etwas dagegen tun!«

»Klar, vorausgesetzt, ich habe die Zeit dazu.« Miranda legte müde den Stift aus der Hand. »Ich wünschte, ich könnte die Zeit zurückdrehen ... Damals habe ich mich ausschließlich um KITS gekümmert. Jetzt vertue ich Zeit mit Fotografen und ...«

»Dein Problem ist, daß du sehr schnell sehr erfolgreich warst, Miranda. Es gibt Leute, die hätten gern deine Sorgen!«

»Jeden Morgen beim Aufwachen frage ich mich, warum ich mich so miserabel und ausgebrannt fühle, wo ich doch so schrecklich erfolgreich bin!«

»Du brauchst einmal Tapetenwechsel«, drängte Adam. »Warum fliegen wir nicht für ein langes, faules Wochenende nach St. Moritz und genießen Sonne und Schnee?« Noch immer die Hände in den Taschen, schlenderte er betont lässig auf ihren hufeisenförmigen Schreibtisch zu.

Miranda drehte sich auf ihrem weißen Bürostuhl und lachte ihn an. »Das sieht dir gar nicht ähnlich, Adam. Was willst du?«

Er beugte sich vor und öffnete geschickt die Knöpfe von Mirandas Kostümjacke. »Ich will dich«, antwortete er rauh und griff mit der Hand unter den grauen Flanell.

Nie zuvor hatte Adam sie im Büro angefaßt. Miranda fühlte sich völlig überrumpelt. Und sie spürte, wie ihr Körper direkt und heftig auf diese verbotene Berührung reagierte. Zitternd griff sie nach dem Telefonhörer. »June? Bitte vorerst keine Anrufe mehr.« Ihre Stimme klang belegt.

Adam zog sie vom Stuhl, öffnete zwei weitere Knöpfe und den Reißverschluß ihres Rockes. Im nächsten Augenblick stand Miranda in einem gelben Mieder und schwarzen Stiefeln mit hohen Absätzen vor ihm. Adam schob sanft den Träger des Mieders von ihren Schultern.

Miranda holte Luft. »Wir haben immer gesagt, das Büro ist tabu ...«

»Daran kann ich mich nicht erinnern.« Adam hob sie in seine Arme und legte sie auf den Schreibtisch. Papiere glitten raschelnd zu Boden, der Wecker fiel krachend hinterher.

»Die Stiefel lassen wir an«, entschied Adam.

»Adam, ich kann das nicht riskieren! Wenn June reinkommt, dann weiß es in Sekundenschnelle die ganze Firma. Ich kann die Tür nicht abschließen. Gehen wir zu mir ...«

Was Adam dann sagte, war mehr, als sie je erwartet hatte. Er betrachtete ihr flammendrotes Haar und ihren leicht gebräunten nackten Körper und flüsterte: »Ich liebe dich.«

Miranda war sprachlos.

Adam begann sie zu streicheln. »Ich liebe deine Titten, ich liebe deinen Hintern. Und ich liebe dich, weil du so aufregend bist. Und ich liebe die Art, wie du's liebst.«

»Nur mit dir, Adam!«

Er griff in ein Regal hinter Mirandas Schreibtisch und nahm einen knallroten Lippenstift aus einer Schachtel mit Proben. Damit schrieb er über ihren Busen: TOLLE TITTEN.

Dann rollte er Miranda auf den Bauch, tauchte seinen Finger in türkisfarbenen Eyeshadow und schrieb auf ihr Hinterteil: TOLLER HINTERN.

Nun drehte er sie erneut zu sich herum und spreizte mit sanftem Druck ihre Beine. Mit einem violetten Augenbrauenstift verzierte er jeden weißen Schenkel mit einem Pfeil, und darüber kritzelte er weitere aufreizende Worte.

Adam hörte nicht eher auf, bis er ihren ganzen Körper mit bunten Graffitis bedeckt hatte. Schließlich wählte er einen besonders teuren dicken Rougepinsel und begann Mirandas Schamhaar damit kreisförmig zu bürsten.

Später, auf dem Weg ins Theater, kuschelte sich Miranda auf dem Rücksitz des Mercedes glücklich an ihn.

»Übrigens«, begann er, als erinnere er sich plötzlich an etwas, das ihm ganz entfallen war. »Wolltest du nicht ein besseres Vertriebssystem für KITS?«

Miranda nickte.

»Und du möchtest international expandieren. KITS wird schließlich in etlichen Ländern schon kopiert.«

Miranda nickte erneut.

»SUPPLYKITS braucht zufällig ebenfalls mehr liquide Mittel. Vielleicht könnten wir einen Versandhandel kaufen. Ich habe mich schon umgesehen, wie wir das Geld aufbringen könnten. *Deshalb* bin ich eigentlich in dein Büro gekommen, du männermordendes Weib!«

»Erzähl weiter«, murmelte Miranda schläfrig. Sie wußte nicht, wie sie das Musical wach überstehen sollte.

»Wir geben mehr Aktien aus.«

Miranda setzte sich abrupt auf. Wenn eine Gesellschaft mehr Aktien ausgab, um an Bargeld zu kommen, verminderte sich der Wert des bestehenden Aktienkapitals automatisch. Das war ihr sofort klar. »Die Vorstellung, daß meine Aktienmajorität weiter verwässert werden soll, gefällt mir nicht.«

Adam ging auf ihren Einwand nicht weiter ein. »Um genügend Kapital zu erhalten, müssen wir vermutlich pro drei Aktien eine zusätzliche Aktie herausgeben.«

»Das bedeutet, daß ich statt drei Orangen drei Viertel von vier Orangen besitze?«

»Richtig. Dabei behält dein Kapital noch immer denselben Wert. Nur hat die Gesellschaft mehr liquide Mittel.«

»Aber würde das SUPPLYKITS nicht für Takeover anfälliger machen?« fragte Miranda besorgt

»Theoretisch ja. Aber solange die Gesellschaft erfolgreich arbeitet und die Aktionäre mit der Firmenleitung zufrieden sind, kann das kaum passieren.« Adam tätschelte Mirandas Knie. Miranda entzog sich instinktiv seiner Berührung.

»Adam«, begann Miranda, »es wäre mir lieber, wenn du mir solche Dinge nicht immer aus heiterem Himmel auftischen würdest!«

»Entschuldige, Liebste. Ich dachte, du findest die Idee genauso aufregend wie ich!« Er hätte bei seiner üblichen Taktik bleiben sollen. Adam hatte die Angewohnheit, Schriftstücke, die Miranda unbedingt unterschreiben sollte, in einem Stapel unterschriftsreifer Dokumente zu verstecken und ihr diesen am Ende eines besonders anstrengenden Tages vorzulegen, wenn ihre Konzentration bereits nachgelassen hatte. Auf diese Weise ging er unangenehmen Fragen und Diskussionen aus dem Weg. Während sie dann die Papiere durchsah, lenkte er sie durch ständige Fragen ab. Kamen trotz allem doch noch Zweifel, blendete er sie mit seinem Fachwissen. Und weil Miranda Adam blind vertraute, ließ sie sich nur allzugern von ihm überzeugen.

Als Miranda am darauffolgenden Nachmittag Elinor in Eastbourne besuchte, fand sie den Anblick ihrer Großmutter deprimierend. Sie lag teilnahmslos im Bett, wirkte bleich und gebrechlich.

Obwohl sie Miranda deutlich erkannte, schien Elinor zu müde, um sprechen zu können. »Wie geht es Buzz?«

»Bestens«, antwortete Miranda. Sie hatte ihr Buzz' Unfall verschwiegen, um sie nicht unnötig aufzuregen.

»Warum besucht sie mich dann nicht?«

»Sie ... ist wieder in Saracen«, log Miranda.

»Wenn sie mir doch nur mein Telefon wiedergäben«, flüsterte Elinor.

»Das geht nicht, Gran. Nicht, solange du Medikamente nehmen mußt«, antwortete Miranda niedergeschlagen.

Anschließend fuhr Miranda zum *Eastbourne General Hospital*. Dort lag Buzz in einem hohen Krankenhausbett mit Gitterrand in einem winzigen, blaßgrün gestrichenen Zimmer.

Buzz nahm ihre Kopfhörer ab. »Lieb, daß du die alte Buzz besuchst! Ich habe mich schon den ganzen Tag auf dich gefreut. Wie schön! Eine pinkfarbene Azalee. Du sollst aber nicht soviel Geld für mich ausgeben!«

»Von Annabel habe ich dir dieses Bettjäckchen mitgebracht.«

»Ist ja hinreißend! Ich fühle mich wie ein Filmstar.«

»Haben die hier kein hübscheres Zimmer für dich?« fragte

Miranda, weil ihr der Kontrast zu Elinors Luxussuite besonders auffiel.

»Bleib auf dem Teppich, Miranda«, mahnte Buzz. »Bist du bei deiner Großmutter gewesen? Warum kann ich sie nicht anrufen?«

»Die Ärzte haben ihr absolute Ruhe verordnet. Das Telefon haben sie ihr weggenommen, nachdem Gran angeblich versucht hatte, *Buckingham Palace* anzurufen, um sich bei der Queen zu beschweren.«

»Die pumpen sie mit Drogen voll! Nell ist gar nicht mehr bei Sinnen. Du solltest sie aus dieser Klinik wegbringen, mein Kind! Bring sie in die *London Clinic* und laß sie dort gründlich untersuchen.«

Miranda wich Buzz' Blick aus. Sobald Miranda das Wort »Paranoia« auch nur erwähnte, behauptete Buzz, Elinor sei in die Hände von Quacksalbern gefallen. Buzz' Ansichten über Psychiater waren allen bekannt. Sie hielt nichts von diesem Berufsstand.

»Gran ist dort bestens untergebracht«, erwiderte Miranda vorsichtig. »Wenigstens vorerst. Wir dürfen die Behandlung nicht stören.«

»Behandlung«, schnaubte Buzz verächtlich. Sie begriff einfach nicht, weshalb sich die willensstarke Miranda von Adam einwickeln ließ. Das war auch der Grund, weshalb Buzz sich ihr nicht anvertrauen konnte. Und solange sie hier lag, war an Elinors Rettung nicht zu denken. Buzz konnte ihr nicht einmal schreiben, denn sie war sicher, daß diese doppelzüngige Oberschwester die Post öffnete.

In der luxuriösen Umgebung des *Savoy Grill* im Stil der dreißiger Jahre wählte Adam einen teuren Wein zum exquisiten Menü. Die Speisenfolge war die Wahl seines Gastes, Alistair Stacey-Cripps, ein ehemaliger Mitschüler und Börsenmakler.

Als der Weinkellner gegangen war, fuhr Adams Gast fort: »Gegen Mittag wurden die Aktien mit sechsundvierzig Shilling notiert. Damit beträgt der Kapitalwert von SUPPLYKITS drei Millionen Pfund.«

Adam nickte. »Wir bieten den gegenwärtigen Aktionären pro drei Aktien eine neue Aktie zu einem Vorzugspreis an.«

»Bist du sicher, daß Miranda von ihren Bezugsrechten keinen Gebrauch macht?«

»Ganz sicher.« Die Treuhandgesellschaft hatte erst vor kurzem Mirandas Bitte um Mittel für ein neues Flugzeug und einen Anbau an ihrem Haus verweigert. Adam hatte das im Kopf, als er antwortete: »Sie wird sogar froh sein, verkaufen zu können.«

»Und bist du sicher, daß diese Firma auf den Bermudas, über die du verfügst, mir die halbe Million Pfund als zinsloses Darlehen zur Verfügung stellt, damit ich die Aktien kaufen kann?«

»Absolut sicher. Anschließend verkaufst du sie mir – mit einem Gewinn von sechs Pence pro Stück ...«

»... nachdem du den Erwerb der zusätzlichen Aktien ordnungsgemäß gemeldet hast«, erinnerte Alistair Adam. Obwohl gesetzlich nicht ausdrücklich vorgeschrieben, erwartete man, daß der Direktor einer Aktiengesellschaft den Aufsichtsratsvorsitzenden informierte, bevor er mit Aktien der eigenen Gesellschaft Handel betrieb. »Ich möchte das ein für alle Male klarstellen«, fuhr er fort. »Miranda besitzt gegenwärtig sechzig Prozent der Aktien. Du fünfzehn Prozent. Fünfundzwanzig Prozent befinden sich in den Händen von Anlegern. Aber wenn wir wie geplant vorgehen, besitzt Miranda nur noch fünfundvierzig Prozent, also eine Minderheit. Und nachdem wir ihre Aktien gekauft haben und deine Bezugsrechte ausschöpfen, hast *du* dreißig Prozent.«

Adam kostete den Wein und nickte. Der Weinkellner schenkte den erstklassigen Tropfen aus.

»Und danach soll ich so schnell wie möglich noch Aktien auf dem freien Markt aufkaufen, wenn ich dich richtig verstanden habe?«

Adam nickte erneut. »Geld dafür steht dir nach Bedarf zur Verfügung.«

»Von dieser Firma auf den Bermudas?« fragte Alistair.

Adam nickte zum dritten Mal.

»Ist dir klar, Adam, daß ich gesetzlich verpflichtet bin, den Erwerb meines Aktienpaketes SUPPLYKITS zu melden?«

»Falls irgend jemand zu einem späteren Zeitpunkt Fragen stellt, kannst du Schlamperei in deinem Büro vorschützen. Wenn du die Kopie eines Briefes aus deinen Akten vorzeigen kannst, sieht es so aus, als hättest du die Gesellschaft ordnungsgemäß informiert. Bei der Post gehen oft Briefe verloren.«

»Ein ausgezeichneter Rotwein«, lobte Alistair. Er hob sein Glas. »Auf deine Aktienmajorität!«

Dienstag, den 7. Mai 1968

Adam saß in der Bibliothek seines Apartments und trank Whisky pur, während er wartete.

Schließlich rief Alistair an. »Ich habe weitere sechzehn Prozent von SUPPLYKITS gekauft. Damit besitzt du sechsundvierzig Prozent … ein Prozent mehr als Miranda! Mehr konnte ich nicht kaufen, weil der Preis steil in die Höhe geschossen ist. Zuviel Kaufaktivität. Bei Börsenschluß lag der Preis um sechzig Shilling. Damit ist die Gesellschaft knapp über fünf Millionen wert.«

»Gut. Wieviel haben die Aktien gekostet?«

»Rund 1,5 Millionen.«

»Dann hast du dir einen hübschen Gewinn erwirtschaftet, nicht wahr, Alistair?«

Alistair konnte sich die nächste Frage nicht verkneifen. »Hat Miranda nichts gemerkt?«

»Hör zu, Miranda hat keinen Grund zur Klage. Ihre Aktien sind enorm im Wert gestiegen und bringen mittlerweile über zwei Millionen.«

In Wirklichkeit hatte Miranda den starken Preisanstieg am

Nachmittag mit wachsendem Unbehagen verfolgt. Sie hatte Adam mehrfach gefragt, ob möglicherweise jemand Aktien aufkaufte, um einen Takeover vorzubereiten.

Adam hatte gelacht und sie beruhigt. Ein Aufkauf drohe erst, wenn sich die Firma fest etabliert habe, hatte sein Argument gelautet.

Als Adam den Telefonhörer aus der Hand legte, wurde ihm sein Besucher gemeldet, ein kleiner höflicher Herr mit Glatze, der erst fünfunddreißig Jahre war, aber wie fünfzig aussah.

»Hallo, Paul«, begrüßte Adam ihn. »Guten Flug gehabt?«

»Es ging. Einen Whisky bitte. Mit viel Wasser.« Paul Littlejohn setzte sich auf die Couch. »Wie geht es Mrs. O'Dare?«

»Ich sage es ungern, aber sie lebt leider noch«, erwiderte Adam. »Allerdings wohl nicht mehr lange. Ich habe Craig-Dunlop klargemacht, daß die Familie nicht wünscht, daß ihr Leben künstlich verlängert wird ... aus religiösen Gründen, versteht sich. Er hat begriffen. Einen fetten Bonus, wenn sie stirbt, die Verlegung in eine andere Klinik, wenn nicht.«

»Ob sie tot oder lebendig ist, spielt keine Rolle. Ich habe die Treuhandgesellschaft praktisch in der Hand. Rein rechtlich gesehen, bist du für nichts verantwortlich, Adam.« Littlejohn zuckte mit den Schultern. »Und man kann uns nach der Rechtslage weder auf den Bermudas, noch in Großbritannien noch in irgendeinem anderen Land belangen.«

Adam lächelte. »Wie ist die Einkommenssituation?«

»Sämtliche Buchtantiemen sind eingegangen. Zwei Prozent hat meine Firma wie vereinbart für geleistete Dienste einbehalten. Den Rest haben wir auf das entsprechende Schweizer Bankkonto überwiesen.«

»Was ist mit dem Kapitaltransfer? Wie weit bist du damit?« Das Kapital war der fetteste Brocken des Vermögens.

»Das geht natürlich langsamer. Dabei müssen wir verdammt vorsichtig sein.« Paul Littlejohn trank einen Schluck Whisky. »Die Aktien sind veräußert. Der Erlös liegt auf mehreren Konten verteilt, wie von dir gewünscht. Aber ich kann die

Summe nicht auf einmal in die Schweiz transferieren. Damit würden wir nur unangenehme Fragen der Behörden auf den Bermudas riskieren, sobald die Schwestern merken, daß das Geld futsch ist.«

»Überlaß die Behörden nur mir.«

Littlejohn hob warnend die Hand. »*Ich* bin derjenige, der dann verantwortlich gemacht wird. *Ich* muß vorsichtig sein.«

»Du erhältst ein Vermögen dafür, daß du die Verantwortung auf dich nimmst. Geht sonst alles nach Plan?«

Littlejohn nickte. »Wir investieren die Mittel laufend in unsere Scheinfirmen. Und die Werte werden im kommenden Halbjahr dramatisch in den Keller sinken.«

»Gut.«

»Aber ich warne dich, Adam. Einen Teil muß ich in der Kasse des Dove-Trusts belassen. So ungefähr fünfzehn Prozent. Sonst kann ich meine Vorgehensweise nicht rechtfertigen.«

»Das sehe ich nicht ein. Warum kannst du die Kassen nicht vollständig leerräumen?«

»Daß falsch investiert wird, kann passieren. Daran ist nichts Verdächtiges«, erklärte Paul Littlejohn. »Niemand kann in die Zukunft sehen. Das Börsengeschäft ist immer ein Spiel mit dem Feuer. Aber wenn wir nichts in der Kasse lassen, dann riechen die Lunte. Damit komme ich nicht durch.«

Adam überlegte. »Wenn fünfzehn Prozent zurückbleiben müssen, dann kriegen diese Flittchen keinen Penny mehr aus der Treuhand. Ich habe den Geldfluß sowieso schon gestoppt. Und ich verkaufe dieses riesige Schloß so schnell wie möglich.«

»Sei bloß nicht zu gierig«, mahnte Littlejohn. »Während des nächsten Jahres können wir uns eine öffentliche Untersuchung nicht leisten. Das ist das einzige, was mir Sorgen macht. Während dieses Zeitraumes darf absolut nichts passieren. Du wirst die Schwestern stillhalten müssen ... egal wie.«

»Überlaß das nur mir«, erwiderte Adam selbstbewußt. »*Ich* halte sie ruhig. *Du* transferierst das Geld auf die Schweizer Konten. Je schneller, desto besser.«

Paul Littlejohn nickte. Die Gelder flossen stetig auf fünf Schweizer Bankkonten, von wo aus sie auf weitere fünf Nummernkonten verteilt wurden, deren Kombination nur Adam kannte.

Donnerstag, den 23. Mai 1968

Um die Mittagszeit saß Adam an dem stets für ihn reservierten Tisch gegenüber dem Haupteingang im *Savoy Grill*. Von diesem Platz aus konnte er diskret und unbemerkt alle eintretenden Gäste beobachten. Bei einem leichten Imbiß überflog er noch einmal stirnrunzelnd das Schreiben von Lloyd's. Er enthielt die Vorankündigung der Summe, die er in Kürze einzuzahlen hatte.

Adam sah auf, als die schlanke Gestalt, die er erwartete, an seinen Tisch trat. Er steckte den Brief in die Tasche und erhob sich. »Schön, dich zu sehen, Scott.«

Scott Svenson trug Bluejeans und ein Jackett, dazu ein blaues T-Shirt mit einem gestreiften Schlips, einer Leihgabe des Oberkellners, da im *Savoy Grill* Krawattenzwang herrschte.

Scott setzte sich. »Hallo, Adam.« Scott registrierte kurz, daß Adam sich nicht verändert hatte. Während alle Männer um ihn herum schulterlanges Haar, goldene Ketten, Rüschenhemden, Zimmermannshosen und Stiefeletten mit Plateausohlen trugen, gab Adam sich britisch konservativ.

Scott studierte die Speisekarte. »Ich nehme, was du nimmst, Adam … und ein Glas Milch. Ich habe einen anstrengenden Nachmittag vor mir. Morgen fliege ich nach Paris. Ich berichte über die Studentenunruhen. Kann sein, daß sie mich mit dem Fallschirm absetzen müssen, aber ich will unbedingt dabeisein.«

»Du führst ein aufregenderes Leben als ich … Zum Glück.«

»Es ist ein harter Job«, bestätige Scott, dessen neue Stellung mehr von ihm forderte, als er erwartet hatte.

»Was ist heutzutage schon leicht.«

»Annabel hat mich gebeten, mit dir zu sprechen«, erklärte Scott.

»Was gibt es? Ich habe sie vor zwei Wochen kurz gesehen. Sie war hier, um Buzz zu besuchen.«

Kurz vor Buzz' Entlassung aus der Klinik hatte sich der Nagel in ihrer Hüfte gelockert, so daß eine neue Operation nötig geworden war.

Scott sah Adam fragend an. »Annabel begreift nicht, warum ihr die Treuhänder ursprünglich große Summen gewährt haben und jetzt auch die kleinste Bitte ablehnen.«

Adam nippte an seinem Wein. »Ursprünglich wurde das vorhandene Bargeld zwischen Annabel und Miranda aufgeteilt. Nachdem der Topf leer war, wollten die Treuhänder erst einmal warten, bis das Konto wieder aufgefüllt ist.« Der Ober servierte eine Nierenpastete. Adam fügte hinzu: »Außerdem muß der Trust für Elinors Sanatoriumaufenthalt aufkommen.« Er schnupperte an der Schale mit den frischen Erbsen. »Ah, mit frischer Minze gedünstet! Wie du weißt, Scott, habe ich keinen Einfluß auf die Verwaltung der Dove-Treuhand. Aber wenn Annabel unbedingt Geld braucht, rede ich gern mal mit den Treuhändern.«

»Annabel würde ein moderates regelmäßiges Einkommen aus dem Trust sporadischen hohen Ausschüttungen vorziehen«, sagte Scott. »Und wenn du nichts mit der Verwaltung der Gesellschaft zu tun hast, dann wird es Zeit, daß wir unsere Ansprechpartner einmal kennenlernen. Wir möchten alles über den Trust und seine Verwalter wissen. Wir möchten wissen, wie die Struktur des Trusts aussieht und wie seine Ziele und die Verpflichtungen. Außerdem wollen wir wissen, über welche Mittel der Trust verfügt, wie sie angelegt sind und welches regelmäßige Einkommen das Kapital abwirft.«

Adam nahm sich von den Erbsen. »Ich dachte, Annabel würde längst über diese Informationen verfügen, obwohl das rein juristisch gesehen nicht nötig ist. Die Treuhandgesellschaft wird wie jedes andere Unternehmen geführt, mit jährlichen

Bilanzen, die von qualifizierten Leuten erstellt werden. Die Jahresbilanz 1967 ist, soviel ich weiß, letzte Woche abgesegnet worden. Ich sorge dafür, daß Annabel eine Kopie bekommt.«

»Wird nur einmal pro Jahr Bilanz gemacht?«

»Das ist das Übliche.« Adam beschloß, Zeit zu gewinnen. Er hatte kein Interesse daran, daß der neugierige Reporter seine Nase in die Angelegenheiten der Treuhandgesellschaft steckte. »Ich könnte auch vorschlagen, daß der Trust Vierteljahresberichte herausgibt. Aber das ist natürlich teuer.«

»Darum wollte ich dich eigentlich bitten.«

»Dann arrangiere ich das«, sagte Adam, der nicht die geringste Absicht hatte, vierteljährliche Berichte für diesen Schnüffler erstellen zu lassen. Er beschloß, bis kommenden Mai monatlich eine größere Summe an Annabel auszahlen zu lassen. Das würde ihr den Mund stopfen. Allerdings müßten dann die gleichen Arrangements auch für Miranda vorgenommen werden, die sicher schnell von Annabels neuen Einkünften erfahren würde. Und trotzdem konnte ein Mann wie Scott bis zum kommenden Mai unbequem werden. In bezug auf Scott mußte was getan werden.

Die Spiegelwände und Decke von Mirandas riesigem Badezimmer projizierten den Raum ins Unendliche. Trotz eines komplizierten Beleuchtungssystems flackerte nur eine einzige Kerze in einem silbernen Leuchter.

Im warmen Wasser der quadratischen, in den Fußboden eingelassenen Marmorwanne genossen Adam und Miranda ihren Feierabend. Er seifte ihren Körper ein wie bei einem Baby. Träumend und genüßlich aalte sie sich im parfümierten Badeschaum und gab sich Adams erotischer Massage hin. Aus Mirandas neuer Stereoanlage tönten Songs der *Beatles*. Bei *Strawberry Fields Forever* mußte Miranda unwillkürlich an ihre Großmutter denken, die so einsam, isoliert und unerreichbar im Gefängnis ihres gestörten Bewußtseins dahinvegetierte. Miranda zwang sich energisch, die deprimierende Vorstellung zu verdrängen.

»Wo hast du mit Scott gegessen?« erkundigte sich Adam unvermittelt.

»Bei diesem neuen Italiener in der King's Road«, murmelte Miranda. »Warum haben Schwule bloß immer die besten Lokale?«

»Was weiß ich. War's interessant mit Scott?«

»Er war zu ernst, um amüsant zu sein.« Miranda bespritzte Adam mit Wasser. »Während der Vorspeise hat er mich übrigens vor dir gewarnt. Er möchte, daß ich mich bei *Swithin, Timmins & Grant* über die Treuhandgesellschaft erkundige.«

»*Swithin, Timmins & Grant* haben damit längst nichts mehr zu tun«, erwiderte Adam und verbarg seinen Unmut geschickt, als er Mirandas weichen rechten Unterarm einseifte. »Und die Bilanzen vom letzten Jahr hast du gelesen. Erinnerst du dich?«

Er wandte seine Aufmerksamkeit jetzt Mirandas erogenen Zonen zu und meinte beiläufig: »Vielleicht solltest du Annabel anrufen. Sag ihr, daß du die Bilanzen im Auge behältst und daß die Treuhänder verdammt vorsichtig mit dem Geld anderer umgehen ... Dabei fällt mir etwas ein! Habe ich dir erzählt, daß die Treuhänder eine Zahlung an Annabel abgelehnt haben?«

»Nein«, murmelte Miranda. »Warum?«

»Sie wollte eine große Summe, um ein Projekt in New York zu finanzieren. Die Sache war den Treuhändern wohl suspekt. Ich nehme an, daß das der Grund für Scotts Ärger ist.«

»Die Treuhänder hatten vollkommen recht, das abzulehnen«, stimmte Miranda zu. Und vorsichtig fuhr sie fort: »Ich würde mit Annabel gern über *uns* reden. In der Firma vermutet es sowieso schon jeder ...«

»Unsere Beziehung ist nicht *dein* Geheimnis, sondern *unser* Geheimnis, und ich möchte, daß es ein Geheimnis bleibt«, erklärte Adam sanft, aber bestimmt.

»Ich habe nie verstanden, warum es niemand wissen darf, und ich begreife es jetzt auch nicht«, entgegnete Miranda und setzte damit die endlose Diskussion der letzten Jahre fort. Ein Jahr zuvor, so um die Weihnachtszeit, hatte sie Adam so halb im Spaß einen Heiratsantrag gemacht. Er hatte ihn lachend als charmanten Witz abgetan.

Seine Zurückweisung verletzte und demütigte Miranda. Adam war seit fast drei Jahren ihr Liebhaber. Die physische Seite ihrer Verbindung schien perfekt zu sein. Miranda war weder eitel, noch litt sie unter falscher Bescheidenheit. Sie wußte, daß sie sehr gut aussah, wenn sie auch nicht eine so auffallende Schönheit wie Annabel war. Miranda war groß und schlank, reich und berühmt und eine interessante Gesprächspartnerin.

Außerdem hatte Adam gesagt, daß er sie liebe.

Tief in ihrem Inneren hörte Miranda plötzlich Buzz' Stimme: Jeder Gigolo kann sagen, *Ich liebe dich*. Aber sie verdrängte den Gedanken, wie sie andere dumme Spekulationen ignorierte. Vielleicht wartete Adam auf eine Braut aus besserer Familie? Wenn ja, dann war Prinzessin Anne sicher bald alt genug für ihn.

Der einzige Grund, den Miranda für Adams Weigerung, sie zu heiraten, finden konnte, war ihr eigener Erfolg.

Aber Adam selbst war ungewöhnlich erfolgreich! Warum heiratete er sie dann nicht?

Da Miranda wußte, daß Adam sich nie festlegen ließ, war sie zu der einsamen Schlußfolgerung gelangt, daß er sie nicht genug liebte, um sich ein Leben lang an sie zu binden. Aber ihre Enttäuschung steigerte nur noch ihr Verlangen.

Während er Mirandas Rücken einseifte, wußte Adam nur zu gut, daß sie ihm erneut einen Heiratsantrag machen würde. Wenn er sich jedoch an Miranda band, verminderte sich sein Einfluß auf Annabel, die seine Objektivität dann zu Recht in Zweifel ziehen konnte. Miranda, die Ungewißheiten haßte, war allerdings nicht die Frau, die sich noch viel länger hinhalten ließ. Und solange nicht alles Geld in seinem Besitz war, durfte er nicht riskieren, daß die Schwestern mißtrauisch wurden. Er mußte beide in Sicherheit wiegen.

Wenn Miranda also weiter auf einer Heirat bestehen sollte, würde er zum Schein auf ihren Wunsch eingehen und einer Verlobung am 7. Februar zustimmen, denn das war Mirandas achtundzwanzigster Geburtstag. Mit ein bißchen Glück sollte kurz darauf das Treuhandkapital in seinem Besitz sein, so daß er Großbritannien auf Nimmerwiedersehen verlassen konnte.

Adam griff nach seinem Drink. »Du bist so nachdenklich. Was beschäftigt dich so?« fragte er.

»Du weißt, was mich beschäftigt«, antwortete Miranda niedergeschlagen.

Adams Hände glitten an ihrem seifenglatten Körper entlang. Als er die beiden hellen Kurven zu streicheln begann, die aus dem Wasser ragten, hatte er einen Einfall, was er in bezug auf Scott unternehmen konnte.

Dienstag, den 22. August 1968

Adam lenkte seinen Sportwagen mit überhöhter Geschwindigkeit über die friedlichen Landstraßen von Sussex. Er fuhr mit Annabel zur neuesten Inszenierung des *Figaro* beim *Glyndebourne Festival*. Beide waren in Abendkleidung. Manche Leute mochten es grotesk, ja geradezu lächerlich finden, am frühen Nachmittag so aufgeputzt aufs Land hinaus zu fahren, doch derartige Exzentrik gehörte zur Operntradition von Glyndebourne. Das Festival bestand seit über dreißig Jahren und fand seitdem jeden Sommer in einem wunderschönen Herrenhaus, das in einem weitläufigen Park lag, statt. Mittlerweile war es zu einem der schönsten Opernereignisse geworden, und es gab keines, das typischer britisch, exquisiter und elitärer gewesen wäre als dieses Ereignis in Sussex.

Wie gewöhnlich war das Haus ausverkauft. Ein nicht unbeträchtlicher Teil der Attraktion der kleinen Oper war, daß Karten ausgesprochen schwer erhältlich waren. Die Londoner Philharmoniker begannen mit der Ouvertüre, und die Zuschauer lehnten sich entspannt zurück, um sich dem Reiz der Mozartoper hinzugeben.

Adam, der unmusikalisch und auch nicht an Musik interessiert war, fand es mühsam, der verwickelten Handlung zu folgen. Aber er war ja auch nicht zum Vergnügen in Glyndebourne.

Während der ungewöhnlich langen Pause begab sich das Publikum zu einem ausgiebigen Abendessen ins Herrenhaus oder nahm an einem der Champagner-Picknicks auf den weiten Rasenflächen vor der schönen Kulisse der sanften Hügel von Sussex teil.

»Vor dem Krieg hatten die Leute ihren Butler dabei, der ihnen das Menü dort drüben im Wäldchen servieren mußte«, erklärte Adam. »Komm, wir essen dort«, schlug er vor und half Annabel, die ein perlenbesticktes graues Chiffonkleid von Jean Muir trug, über einen Graben. Schwarzkopfschafe beobachteten ihre Anstrengungen mit nachsichtigem Staunen.

Adam trug den Picknickkorb, als sie voller Vorfreude über die Wiese zu dem Wäldchen liefen. Sie erreichten einen Bach, dem sie bis zu einer Lichtung voller wilder Blumen folgten.

»Hier sieht es aus wie auf einem Gemälde von Botticelli! Und schau mal, der hübsche, klare See!«

Annabel zog ihre Schuhe aus und setzte sich auf die Decke, die Adam schnell ausgebreitet hatte. Grüne Blätter raschelten im leichten Abendwind, und irgendwo summten ein paar Bienen.

Adam zog sein Jackett aus, schenkte Annabel Champagner ein und blickte in den Korb: »Wir haben Wachteleier, Hühnchen in Curry-Mayonnaise, Gurkensalat und Erdbeeren mit Sahne.«

Im Zwielicht ließen sie es sich schmecken. Annabel wirkte in ihrem Hauch von Chiffonkleid wie eine Elfe. In der Ferne zeichnete sich die hellerleuchtete Silhouette des Herrenhauses gegen den Abendhimmel ab. »Was für ein herrlicher Abschluß meines Aufenthaltes in England«, rief Annabel aus.

»Schade, daß es für dich eine so traurige Reise gewesen ist!«

Annabel war zwei Wochen zuvor in der Absicht nach England gekommen, Buzz nach Saracen zu bringen, damit sie sich dort vollständig von ihrem Unfall erholten konnte. Doch vor ihrer Abreise nach Südfrankreich hatte Buzz darum gebeten, noch eine Nacht in einem todschicken Hotel in Eastbourne zu verbringen. Annabel hatte verblüfft nachgegeben.

Am Abend hatte Buzz dann, von Annabel unbemerkt, versucht, Elinor aus der Klinik zu befreien, war jedoch durch Oberschwester Braddock daran gehindert worden. Auch ein zweiter Versuch scheiterte. Die Oberschwester hatte Adam telefonisch von den Vorfällen unterrichtet und mit ihm abgestimmt, daß Buzz Hausverbot bekam.

»Es war traurig, mit anzusehen, daß Buzz einfach nicht wahrhaben will, daß Gran ...« Annabel seufzte. »Die Arme ist wirklich nicht mehr ganz bei sich. Aber Buzz denkt, daß wir uns alle gegen Elinor verschworen haben und sie gegen ihren Willen in der Klinik festhalten. Sie hat sich geweigert, bei Miranda zu bleiben, und mir ist sie bitterböse.«

»Buzz ist eben auch nicht mehr die Jüngste. Und das will sie nicht einsehen«, warf Adam ein.

»Sie hat sich jetzt in eine billige Pension in Earl's Court eingemietet, wo lauter australische Studenten wohnen. Sie behauptet, Gran habe früher ganz in der Nähe gewohnt.«

»Macht euch doch bitte keine Sorgen um Buzz!« Adam schenkte Annabel Champagner nach. »Ihr habt für sie getan, was ihr konntet.« Adam lächelte über Annabels sorgenvolle Miene. »Ich werde ein paar diskrete Nachforschungen anstellen. Die Treuhand bezahlt ihr eine Pension und kommt für ihre Miete und eventuelle Kosten im Krankheitsfall auf. Sie wird sich sicher bald beruhigen und zur Vernunft kommen.«

Adam füllte sein Glas wieder voll.

»Ach ja, bevor ich es vergesse! Scott sagte mir, daß *du* jetzt vierteljährliche Berichte von der Treuhand haben möchtest. Aber du weißt, Miranda kümmert sich darum, und die Treuhänder haben sich gewundert, denn sie tun alles, um das Kapital gut zu verwalten!«

Annabel schaute verlegen zur Seite. »Wenn du es sagst ... ich dachte nur ... Miranda hat mir gesagt, daß die Treuhand Saracen vielleicht verkaufen wird?«

»Nach dem erdrutschartigen Sieg von de Gaulle ist der Zeitpunkt für einen Verkauf gut. Elinor wird das Sanatorium wohl nie wieder verlassen können. Und wenn doch, wird sie ein so großes Haus wie Saracen kaum noch führen können. Auch nicht mit Buzz' Hilfe.«

Annabel stellte ihr Glas ab. Sie war den Tränen nahe.

Adam beugte sich zu ihr hinüber und tätschelte ihre Hand. »Überlaß diese schwierigen Entscheidungen den Vermögensverwaltern, Annabel. Das war schließlich der Grund, weshalb deine Großmutter alles so geregelt hat. Sie wollte euch Sorgen ersparen.«

»Sie ist immer so gütig gewesen.«

»Ja.« Adam nahm ihre Hand. »Wenn du dir die Treuhandpapiere noch einmal genau ansehen möchtest ... Ich helfe dir gern. Komm doch morgen vormittag in mein Büro. In drei Stunden müßten wir das schaffen.«

Annabel, die fürchtete, nach drei Stunden Aktenstudium noch weniger zu begreifen als jetzt, wehrte hastig ab. »Nein, das ist nicht nötig. Scott übertreibt immer gleich. Ich bin sicher, Miranda hat alles im Griff.«

»Miranda ist ein kaufmännisches Talent«, stimmte Adam ihr zu. »Deine Begabung liegt auf ganz anderem Gebiet ... und ist ... sehr selten, Annabel.«

»Ich möchte gern glauben, daß ich noch zu etwas anderem tauge, als nur in eine Kamera zu lächeln!«

»Sei nicht so bescheiden, Annabel. Dazu hast du, wie gesagt, überhaupt keinen Grund!«

»Ich würde dir wirklich gern glauben, aber ich kann es nicht. Wenn du ein Model bist, dann wirst du zuerst umworben und in den Himmel gehoben. Aber sobald die Aufträge zurückgehen, ist es ganz plötzlich vorbei. Dann weißt du, daß du am Ende bist.«

»Das klingt sehr pessimistisch«, ging Adam sanft auf sie ein. Annabels Schönheit war ihre Stärke und ihre Schwäche zugleich. Sie hatte Angst davor, häßlich, dick und alt zu werden. Der gefürchtete dreißigste Geburtstag rückte unaufhaltsam näher. »Ich finde, daß du viel besser aussiehst, seit du nicht mehr als Model arbeitest. Du wirkst reifer, heiterer.«

»Wirklich?«

»Ja, bestimmt. Nicht mehr so ausgemergelt und angestrengt.« Adam schaute Annabel tief in die erstaunlich schönen Augen. »Du bist eine altmodische Frau, Annabel ... ausgestattet mit allen herrlichen femininen Eigenschaften. Du bist weicher, anschmiegsamer als ... deine Schwestern.«

»Findest du wirklich?«

»Miranda verkörpert den neuen Frauentyp, der versucht, den Platz eines Mannes in einer Männerwelt auszufüllen, aber wenn es hart auf hart geht, verweigert sie die Verantwortung und sucht Hilfe bei mir ... einem Mann«, fuhr Adam fort. »Clare ist ähnlich und doch anders. Sie versucht sich auch allein durchzuschlagen, aber will sich nicht an gewisse Regeln halten und erleidet deshalb immer wieder Schiffbruch. Das macht sie zunehmend unzufrieden und aggressiv.«

»Stimmt«, sagte Annabel mit Nachdruck. »Sie ist unglaublich schroff am Telefon zu mir gewesen.«

»Bei dir hat man nie das Gefühl, daß du dich beweisen mußt, Annabel.« Er lächelte sanft. »Du bist versorgt und genießt das Leben. Du bist die einzige Realistin unter den O'Dare-Schwestern.«

Adam wagte selbst nicht zu hoffen, daß sie seine Schmeicheleien schlucken würde. Doch Annabel war noch immer das naive Kind von einst: leicht zu lenken, leicht zu beeinflussen.

Mit aufmerksamer Geste reichte Adam ihr die Silberschüssel mit dem Nachtisch. Annabel schüttelte bedauernd den Kopf. »Nein, danke. Ich muß auf meine Figur aufpassen!«

»Unsinn!« Adam lachte und musterte Annabel bewundernd. »Gerade ausgehungert siehst du nicht aus. Trotzdem bist du eine ausgesprochen erotische und schöne Frau. Und das weißt du auch.«

Annabel, die ewig naive Kindfrau mit ihrem gutmütigen Naturell, war für Komplimente besonders empfänglich. Leider merkte sie selten, wenn diese rein zweckorientiert waren.

Als Adam sich weiter zu ihr hinüberbeugte und über ihre Schulter streichelte, die der seidige Chiffon nur notdürftig verhüllte, wußte er, daß er schon halb gewonnen hatte. »In diesem hauchdünnen Etwas wirkst du wie eine zauberhafte Nymphe«, murmelte er.

Durch das zarte Gewebe des Chiffons brannte Adams Hand wie Feuer auf Annabels Haut. Er war ihr jetzt so nah, daß sie seinen sinnlichen Duft einatmete, der von ihm ausging. Sie rückte unwillkürlich etwas von ihm ab.

»Da klebt ein kleiner Krümel an deinen schönen Lippen«, sagte Adam. Er beugte sich tiefer. Bevor Annabel wußte, wie ihr geschah, hatte er mit einer flinken, schlangenhaften Bewegung seiner Zungenspitze den Krümel aus ihrem Mundwinkel entfernt.

Diese Geste überrumpelte Annabel ebenso wie die spontane Reaktion ihres Körpers, als er seinen Mund auf ihre Lippen preßte. Annabel fühlte seine Hände an ihren Brüsten. Wohltuende Wärme durchströmte ihren Körper.

Nach kurzem Gerangel, von dem beide wußten, daß es nur ein Scheingefecht war, sanken sie ins Gras.

Annabel erlag Adams Zauber, war überwältigt von der Erotik seines Körpers. Die seidige Berührung seiner Lippen, die langsamen, hungrigen Küsse machten sie bewegungsunfähig.

Als Adam den grauen Chiffon von ihren Brüsten riß, war die Welt um Annabel bereits versunken. Leidenschaftliches Verlangen beherrschte und verzehrte sie. Sie wollte in diesem Gefühl aufgehen, sich in der Vereinigung mit ihm bis zum ekstatischen Höhepunkt verlieren. Dann berührte nackte Haut nackte Haut, und Annabel spürte ihn auf sich, warm und erregt. Sie atmete den Duft von wildem Thymian ein, als er sich langsam im Rhythmus der Liebe zu bewegen begann.

Später badeten sie wortlos in dem kleinen See und liefen dann Hand in Hand – und noch immer nackt – durch den Wald. Oft blieben sie stehen, um sich zu küssen und zu berühren. Sie achteten nicht darauf, ob sie gesehen wurden, und sprachen noch immer kein Wort.

Die Dämmerung ging in Dunkelheit über, als sie zu ihrem Picknickplatz zurückkehrten. Auf den Resten des Curryhühnchens und den unberührten Erdbeeren wimmelte es von Wespen.

Annabel hat nie das Ende des *Figaro* gesehen …

23. KAPITEL

Samstag, den 7. September 1968

Clare stand vor ihrer Haustür und fühlte die warme Sonne auf ihren braunen Armen. Die elfenbeinfarbene Kletterrose, die sie vor der Tür gepflanzt hatte, stand in voller Blüte. Eine Rosenhecke umgab den Garten. Davor wuchsen duftender weißer Tabak und zartrosa Hortensien.

Ihre Gäste mußten jeden Augenblick den Ziegelweg entlangkommen. Der Pfad führte zwischen einer Rabatte von Kräuterstauden hindurch, hinter denen die Gemüsebeete mit Weißkohl, Blumenkohl, Lauch, Zwiebeln und Karotten begannen.

Der Sommer war in einen frühen Herbst übergegangen. Es war ein so strahlend schöner Tag, daß Clare sich überlegte, ob sie Davids Geburtstagsfeier nicht im Garten abhalten sollten. Schließlich hatte sie sich doch dagegen entschieden. Das mittägliche Büfett sah in der wie zum Erntedankfest geschmückten Küche besonders hübsch aus. Clare hatte die rosaroten Wände mit Weißdornzweigen und Brombeerranken dekoriert. Die Fladenbrote in der Form von Weizengarben waren vor dem Backen mit Eigelb bestrichen worden, so daß sie appetitlich glänzten. Am besten gefielen Clare ihre Obsttorten: Aprikosen und Kastanien, Pflaumen und Himbeeren, Pfirsiche, Birnen und Schwarzkirschen.

Clare fand es eine gute Idee, die selbstgemachte Limonade und ihren Holunderwein vor dem Essen unter den Apfelbäumen zu servieren. Als sie David die blanken Holzstufen der Treppe herunterkommen hörte, drehte sie sich um. Er sah in seinem hellen Seidenhemd, das Clare ihm geschenkt hatte, blendend aus.

»Tut mir leid«, sagte er leise. »Ich gehe. Und zwar jetzt gleich.«

»Aber du kannst jetzt nicht einfach fortgehen! Die Gäste müssen jeden Moment kommen. Es sind alles *deine* Freunde!«

»Sie kennen mich. Und sie werden es verstehen. Entschuldige. Ich gehe!«

Wenn David in einer seiner Stimmungen war, dann zog er sich völlig in sich zurück und behandelte Clare fast wie eine Fremde. Er blieb immer ruhig und höflich, verhielt sich jedoch ausgesprochen kühl und reserviert.

Diese gelegentlichen Stimmungstiefs unterschieden sich von Davids ureigener Zerstreutheit, die ihn etwas unzuverlässig und unberechenbar machte. Manchmal war er so in seine Arbeit vertieft, daß er Zeit und Raum vergaß, nicht aß oder schlief und erst von seinen Plänen oder seinem Buch aufsah, wenn er plötzlich rasenden Hunger verspürte und vergessen hatte, Clare anzurufen.

Hatte David jedoch seine Depressionen, konnte er nicht stillsitzen, war ungeduldig und launisch. Er ging dann rastlos in der Küche auf und ab, bis er schließlich das Haus verließ und mit hastigen Schritten davonlief.

Wenn Clare ihn zurückzuhalten versuchte, wurde er gereizt. Erklärte er sich bereit zu bleiben, saß er stundenlang unbeweglich vor dem Kaminfeuer und hing seinen deprimierenden Gedanken nach. Irgendwann stand er dann doch auf, um wegzugehen.

Clares Selbstvertrauen litt unter diesen Zuständen. Ihre noch zögernde Selbstsicherheit, die sie sich mühsam mit ihrer Bäckerei und Davids liebevollem Zuspruch erworben hatte, geriet dann leicht ins Wanken.

Sie hatte ihn nie zu tiefgreifenden Erklärungen gedrängt. Aber jetzt sollten gleich Davids Geburtstagsgäste eintreffen! Clare bat ihn leise: »Diesmal mußt du mit mir reden! Was mache ich nur falsch?«

»Ich habe dir schon tausendmal gesagt, daß das nichts mit dir zu tun hat, Clare. Bitte laß mich gehen. Ich kann das jetzt nicht erklären.«

Josh kam in seinen neuen Jeans die Treppe herunter. Er schaute von Clare zu David und fragte: »Was ist los?«

»Nichts, Josh«, antwortete Clare. »Wir besprechen nur etwas.« Josh rannte in den Garten und kletterte auf seinen Lieblingsbaum. David floh zum Gartentor.

Clares Freunde waren überrascht und voller Mitgefühl, als sie hörten, daß David mit starken Kopfschmerzen im Bett liege.

Davids Freunde – einige sah Clare zum ersten Mal – nahmen die Nachricht kommentarlos hin, tauschten jedoch bedeutungsvolle Blicke.

Als Clare am nächsten Abend gerade Josh ins Bett gebracht hatte, klappte die Haustür zu. Sie wußte, daß es David war.

Clare blieb in der Küche, die Ellbogen auf den blanken Kieferntisch gestützt, das Kinn in den Händen. »David, ich würde viel darum geben, deine Launen zu verstehen. Ich möchte dir helfen.«

»Tut mir leid, Clare. Immer, wenn es soweit ist, möchte ich einfach niemanden sehen. Ich kann nicht arbeiten, nicht mit Leuten reden. Ich lasse sogar geschäftliche Termine platzen.«

»Warum? Was stimmt nicht mit dir?« fragte Clare. Sie war so verwirrt wie beim ersten Mal, als sich ihr fröhlicher, einfühlsamer Liebhaber, der so phantasievoll, zärtlich und ausgeglichen war, unvermittelt in eine resignierte, deprimierte Bürde verwandelt hatte, die sie zu erdrücken drohte. Manchmal dauerten Davids Depressionen mehrere Tage, und bei den seltenen Gelegenheiten, wenn er bei ihr blieb, fühlte sie sich geistig ausgelaugt und körperlich am Rande der totalen Erschöpfung, wenn er letztendlich doch das Haus verließ.

»Ich habe dir das doch schon erklärt. Ich leide an zeitweiligen Depressionen. Ich fühle mich dann eingesperrt.«

»Aber gerade dann bräuchtest du doch jemand, der dich

versteht und der dich aufmuntert! Jemand, der dir etwas zu trinken einschenkt, eine Platte auflegt und dein Lieblingsessen kocht!«

»Deine liebevolle Fürsorge macht alles nur noch schlimmer. Wenn ich merke, daß du mich aufheitern willst, falle ich nur noch tiefer in mein schwarzes Loch, weil ich dann auch noch Schuldgefühle bekomme!«

»Hast du schon mal einen Arzt konsultiert?« wollte Clare wissen.

»Mein Hausarzt meint, ich müßte nur meine Ichbezogenheit und mein Selbstmitleid überwinden. Aber wenn ich deprimiert bin ...« David zuckte hilflos die Schultern. »... dann scheint sich einfach alles, was mir sonst wichtig ist, in ein Nichts aufzulösen. Ich kann weder denken, reden, noch mich konzentrieren. Kontakte mit meinen Mitmenschen bereiten mir eine ungeheuere Mühe. Das klingt vielleicht melodramatisch, aber ich fühle mich nutzlos, ungeliebt, verängstigt ... glaube, hoffnungslos in der Falle zu sitzen. Manchmal habe ich Angst, der Zustand könnte zum Dauerzustand werden.«

»Aber irgend etwas muß dir doch helfen?«

»Zeit, Clare. Ich brauche Zeit. Ich möchte allein sein und beten, daß es bald vorübergeht. Du mußt verstehen, daß du mir nicht helfen kannst. Niemand kann das. Ich ziehe die Menschen nur mit ins Unglück. Ich habe gelernt, daß es das beste ist, wenn ich verschwinde und einfach abwarte. Beachte mich einfach nicht, wenn es wieder soweit ist.«

»Wissen deine Kollegen Bescheid?«

»Seit ich selbständig bin – mein Onkel hat mir dabei geholfen – habe ich keine Probleme, weil meine Mitarbeiter mir viel Verständnis entgegenbringen. Davor ist mir ein paarmal gekündigt worden ...«

Nach diesem Gespräch wurde Clare klar, daß sie sich nicht zu eng an David binden durfte. Sie spürte, daß sie ihm die Freiheit lassen mußte, jederzeit gehen zu können, wenn sie ihn behalten wollte. Sie mußte lernen, seiner Liebe zu vertrauen.

Und da David weder besitzergreifend noch eifersüchtig war, war David seinerseits bemüht, Clare die Freiheit und Privatsphäre zu belassen, die sie ihm gewährte, ohne zu merken, daß sie ausgerechnet das nicht wollte.

Samstag, den 21. September 1968

Clare kniete auf dem Fensterbrett in Davids Schlafzimmer. Von hier aus hatte man einen herrlichen Blick auf die Altstadt von Bath mit ihren hellen Sandsteingebäuden, Plätzen und Grünflächen.

Davids Haus stand am Rand der grünen Senke, in der Bath lag. Es war karg möbliert, jedoch ruhig und herrlich gemütlich, ein Haus, in dem man sich für den Winter einigeln konnte, ohne den Sommer herbeizusehnen. Es war ein wirkliches Heim.

Das unter dem Schlafzimmer gelegene Wohnzimmer quoll über von Büchern, die in raumhohen Regalen standen und sich überall auf dem Fußboden stapelten.

Von der großen weißgetünchten Küche gelangte man direkt auf die Straße, da sich das Haus an einen steilen Abhang anschmiegte. Die Wände waren mit Bildern übersät: Architekturzeichnungen hingen neben Kinderbildern, antike Ansichten von Bath neben Schnappschüssen von Freunden, dazwischen Poster und Kunstpostkarten.

Davids Büro befand sich im Souterrain, von wo aus man in den schmalen Obstgarten gehen konnte. Direkt hinter dem Zaun graste schwarzweißes Fleckvieh auf einer Weide. Wenn David Depressionen hatte, saß er oft stundenlang in diesem Garten und sah den Kühen zu.

Clare hörte David die Treppe heraufkommen und kreuzte stumm die Finger. Sie hoffte inständig, seine gute Laune würde den Nachmittag überdauern, denn sie wollten ein Konzert besuchen.

David stürmte ins Schlafzimmer. »Zeit zu gehen!« keuchte

er. »Zieh dir lieber einer Pullover an. Es ist Ende September, und es kann kalt werden!« Er zog eine Schublade auf, nahm einen grünen Pullover heraus und warf ihn Clare in den Schoß.

»Bath ist die schönste Stadt der Welt«, murmelte Clare träumerisch und schloß die Fenster.

Sie liefen bergab an halbkreisförmig angeordneten, schmalen, eleganten Häusern mit Säuleneingängen vorbei. Clare blieb auf dem Bürgersteig vor einem Erkerschaufenster stehen. In der Auslage gab es schöne Kindersachen.

David zog sie sanft weiter. »Komm! Josh mag dieses vornehme Zeug doch gar nicht!«

»Jetzt tut es mir doch leid, daß wir ihn nicht mitgenommen haben!«

»Du brauchst keine Schuldgefühle zu haben, nur weil du ihn mal zu Hause läßt. Er ist bei Betsy und beim Lebkuchenbacken viel besser aufgehoben.« Betsy, Clares Bäckergehilfin, blieb über Nacht bei Josh.

»Trotzdem fühle ich mich schuldig, weil ich meinem Sohn so viele Dinge nicht bieten kann, besonders weil es bald wieder Weihnachten ist …«

»Ich fahre mit euch doch zum Skifahren«, erinnerte David sie.

»Ja, natürlich. Du bist wunderbar mit Josh. Aber inzwischen ist mit klargeworden, daß niemand – so liebenswert er auch sein mag – einem Jungen den leiblichen Vater ersetzen kann.«

»In unserer Zeit müssen sich Kinder eben mit einer Scheidung der Eltern abfinden.«

»Wenn die Scheidung doch endlich ausgesprochen werden würde!« Clare lachte bitter.

Sam weigerte sich weiterhin, sich wegen böswilligen Verlassens von Clare scheiden zu lassen, und Clare konnte ihm den Ehebruch nicht nachweisen.

»Ob du verheiratet bist oder nicht, spielt keine Rolle.« David zuckte mit den Schultern. »Kümmere dich nicht um diese juristischen Finessen. Josh ist auch so glücklich. Du verdienst mit deiner Bäckerei gutes Geld, bist unabhängig und selbständig.«

»Nur weil du mir Mut machst.« Clare sah dankbar lächelnd zu ihm auf. »Ich wünschte, ich käme ohne deine Unterstützung zurecht ... ich wünschte, ich könnte besser auf eigenen Beinen stehen.«

»Du lernst schnell. Und ich bin mehr auf deine Hilfe angewiesen, als du denkst.« David lachte, doch seine Augen blieben ernst. Er brauchte Clares Zähigkeit und Beständigkeit als Ausgleich für sein von Höhen und Tiefen gebeuteltes Ich. »Wo ich eher passiv bin, bist du leidenschaftlich und entschlossen«, fügte er hinzu. »Das liebe ich so an dir. Ich mag geradlinige, intelligente Frauen!«

»In meiner Ehe mit Sam habe ich mich zum Fußabstreifer machen lassen«, seufzte Clare. »Deshalb war er auch so überrascht, als ich ihm davongelaufen bin.«

»Damit hattest du wirklich Mut bewiesen.«

Sonntag, den 22. September 1968

Annabel stand in der Ankunftshalle des Flughafens Nizza und wartete auf ihr Gespräch. Sie zählte die Koffer, die sich auf dem Fließband an ihr vorbeibewegten.

Auf diese Weise versuchte sie sich abzulenken und ihre leidenschaftliche Sehnsucht nach Adam zu unterdrücken. Die innere Anspannung war unerträglich. Stand sie ihm gleich gegenüber oder – der Gedanke war zu schrecklich – würde sie allein nach Saracen weiterreisen müssen?

Zum ersten Mal kam ihr der Gedanke, daß Adam sie vielleicht *nicht* abholen könnte. Die Maschine war erst spät gelandet. Annabel hielt sich die Daumen. Adam mußte sie abholen! Natürlich sollten sie vorsichtig sein. Falls sie zusammen gesehen wurden, konnte die Presse davon Wind bekommen. Und dann würde ihr Geheimnis in der Boulevardpresse breitgetreten.

Annabel glaubte keine Veranlassung zu haben, auf Scotts Gefühle Rücksicht zu nehmen. Adam hatte sie jedoch davon überzeugt, daß er die Affäre mit ihr aus beruflichen Gründen unbedingt geheimhalten mußte.

Adams entschiedenes »Nein« in diesem Punkt war eine große Enttäuschung für Annabel gewesen. Trotzdem war sie froh, Scott gegenüber den Mund gehalten zu haben. Die Versuchung, ihm ihr Geheimnis ins Gesicht zu schreien, war am Vorabend sehr groß gewesen.

Scott war überraschend mit einer Flasche Martini in ihrem Ankleidezimmer in der New Yorker Wohnung erschienen und hatte sich über Annabels erneute Europareise beschwert.

»Ich habe eine harte Arbeitswoche hinter mir«, begann er zögernd. »Du weißt, daß ich am Wochenende gern mit dir über alles spreche, was mich bewegt. Gelegentlich brauche auch ich ein bißchen Trost und Mitgefühl!«

»Soll das ein Vorwurf sein?« fragte Annabel. »Du hast doch überhaupt keine Zeit mehr für *mich*! Deine brillante Karriere ist doch alles, was dich interessiert.«

»Und was ist mit dir?« entgegnete Scott. »Ich bin dir doch völlig gleichgültig geworden. Natürlich mußt du Elinor besuchen. Das sehe ich ein. Aber wenn du schon mal gelegentlich ein paar Tage in dieser Wohnung hier bist, kümmerst du dich nur um deine Freunde, nie um mich.«

»Kann ich etwas dafür, daß Gran krank ist?« fuhr Annabel ihn wütend an.

»Elinor ist nicht der Grund, warum du morgen nach Europa fliegst«, erinnerte Scott sie. »Warum kann Miranda die Möbelauktion in Saracen nicht beaufsichtigen? Warum mußt du aus Amerika anreisen? Ich habe große Lust, sie anzurufen ...«

Annabel erklärte Scott hastig, Miranda müsse ein wichtiges Seminar abhalten, das sie nicht absagen könne.

Als Scott sich nicht besänftigen ließ, änderte Annabel ihre Taktik. Sie sah ihn unter halbgeschlossenen dichten Wimpern schmeichelnd an: »Dein Engel wird bald wieder zurück sein!«

Scott wurde ärgerlich. »Hör mit diesem kindischen Getue auf, das zieht bei mir nicht mehr!« Er leerte sein Glas mit einem Schluck. »Ich habe es satt, mit einem unreifen Kind verheiratet zu sein. An einer anständigen Unterhaltung bist du nicht mehr interessiert. Du übernimmst niemals für etwas die Verantwortung, und wenn ich einmal Kritik äußere, fängst du an zu heulen, als sei ich ein Ungeheuer. Du bist achtundzwanzig, Annabel. Und jetzt möchte ich zur Abwechslung mal umsorgt und geliebt werden.«

»Mach mich bitte nicht für deine beruflichen Probleme verantwortlich«, schluchzte Annabel.

Annabel wurde jäh in die Wirklichkeit zurückgerissen, als ihr Gepäck kam.

Adam wußte, daß Annabel hoffte, am Flugplatz abgeholt zu werden. Trotzdem beschloß er, nicht nach Nizza zu fahren und statt dessen in der Umgebung von Saracen eine Runde zu joggen. Wasser, Strom und die Heizung im Schloß hatte er bereits angestellt.

Adam, der sich nur auf den Rhythmus seines Atmens konzentrierte, sah nichts von dem herrlichen Schauspiel des herbstlichen Lichts über den Bergen und Lavendelfeldern. Er hatte keinen Blick für die wilden Feigen, deren Äste schwer von Früchten über schwarzen Brombeerhecken hingen. Seine Pulsfrequenz war ihm wichtiger als der feine Duft von Pinien und Ginster. Er hätte seine Runden ebensogut in einem sterilen Sportstadium laufen können.

Trotzdem hatte die körperliche Anstrengung Adam in eine wohltuend euphorische Stimmung versetzt, die ihn dazu veranlaßte, sich einen alten Wunsch zu erfüllen: Er nahm eine Dusche im Badezimmer der Schloßherrin. Adam kostete das Gefühl weidlich aus, unermeßlich reich zu sein.

Pfeifend trocknete er sich ab und sprenkelte eine halbe Flasche belebendes *Eau de Cologne* über seinen Körper. Durch das offene Fenster sah er, wie sich der Himmel grau und schließlich anthrazitfarben verfärbte. Er hatte seinen Dauerlauf gerade noch rechtzeitig beendet.

Nach unheilschwerer Stille, in der nur das Rascheln der Efeublätter auf der Terrasse zu hören war, zuckte ein greller Blitz über den schwarzen Himmel. Dann krachte ein mächtiger Donner.

Sintflutartiger Regen folgte. Adam schloß das Fenster. Er fühlte sich warm und geborgen hinter den dicken Mauern, als er den Gürtel seines Morgenmantels fester band. Dann beschloß er, Champagner zu holen.

Saracen wirkte ohne den üblichen Blumenschmuck und die alltäglichen Geräusche seiner Bewohner seltsam tot und leer. Als Adam die Eingangshalle durchquerte, hallten seine Schritte auf dem Marmorfußboden, weil die Teppiche bereits für die Auktion entfernt worden waren. Gegen Ende der Woche würde auch das Mobiliar zu *Sotheby's* transportiert werden. Der Gutachter des Auktionshauses war bereits in den oberen Stockwerken bei der Arbeit.

Der Getränkeschrank in der Marmorbar war leer, und auch in der Küche fand sich kein Tropfen Alkohol mehr. Adam öffnete die Tür zur Speisekammer, die stets gut gefüllt gewesen war. Nur der Duft von Geräuchertem und längst vergangenen Sommern hing noch in dem Raum. Ansonsten herrschte gähnende Leere in den Regalen.

Adam warf die Tür zu und öffnete die nächste, die in den alten Keller hinunterführte, wo Elinor ihren Wein gelagert hatte. Im fahlen Schein der nackten Glühbirne, die von der Decke hing, sah Adam, daß auch hier sämtliche Regale geräumt worden waren.

Schließlich entdeckte er im Fernsehzimmer eine Flasche Brandy. Als Adam an seinem Drink nippte, hörte er ein Kratzen an der Glastüre zur Terrasse. Draußen stand eine völlig durchnäßte ingwerfarbene Katze. Fudge, die von irgendeiner Hausangestellten aus dem Dorf adoptiert worden war, hatte ihre alte Heimat offensichtlich noch nicht vergessen.

Glücklich, endlich wieder zu Hause zu sein, rollte Fudge sich neben Adam auf dem Sofa zusammen. Adam blätterte ungeduldig in einem Magazin. Annabel verspätete sich. Wie klug es doch gewesen war, sie nicht abzuholen! Es tat Annabel gut, sich ein wenig vernachlässigt zu fühlen.

Adam lächelte unwillkürlich. Er gab Annabel die Sicherheit, die sie so dringend brauchte. Doch wenn sein Zauber nachhaltig wirken sollte, mußte Annabel zuerst verunsichert werden.

Er erinnerte sich noch dunkel an die Flirts der kleinen Annabel mit dem Großvater Billy, und wie erschrocken sie sich ihm stets untergeordnet hatte, sobald er laut und streng geworden war. Diesen Ton verstand Annabel. Sie wollte es nicht anders.

Adam spielte Annabel gegenüber gern den harten Mann. Sobald sie seinen Unmut nur spürte, begannen ihre Lippen ängstlich zu zittern.

Bei Annabel wandte er uneingeschränkt das an, was er aus Elinors Romanen gelernt hatte. Denn er wußte, daß sie den Kopf noch immer voller Mädchenträume hatte. Adam ging davon aus, daß all ihr Denken jetzt um ihre geheime Beziehung kreiste, und war sicher, daß Annabel sich nichts sehnlicher wünschte, als ihn zu heiraten.

Seine Verachtung für die emotionalen Abhängigkeiten solcher Frauen hatte Adam stets geschickt verborgen. Miranda allerdings war eine der wenigen Frauen, die das Leben nicht als Anhängsel eines Mannes führen wollte.

Der gegenwärtige Zustand war für ihn äußerst günstig: Zwei der Schwestern fraßen ihm praktisch aus der Hand, und die dritte zählte längst nicht mehr. Allerdings würde er noch fünf Monate ausharren müssen. Paul Littlejohn brauchte etwas mehr Zeit, als ursprünglich angenommen. Ende Februar hoffte Adam definitiv in Rio zu sein.

Wären die Schwestern keine so leichte Beute gewesen, hätte Adam vermutlich mehr Mühe gehabt, sie von der Notwendigkeit, Saracen zu veräußern, zu überzeugen. Wobei das finanzielle Argument nicht zu unterschätzen war. Der Verkauf der Immobilie würde das Treuhandvermögen beachtlich steigern.

Davon abgesehen, war der Verkauf von Saracen das deutliche Zeichen, daß Elinor das Sanatorium nie wieder würde verlassen können.

Adam hatte Miranda gegenüber kein Blatt vor den Mund genommen und ihr deutlich gemacht, daß ihre Entscheidungen hinsichtlich ihrer Großmutter nicht mehr frei waren. Sollten Verwandte Elinor gegen ärztlichen Rat aus dem Sanatorium holen wollen, würde das Gesetz für eine Zwangseinweisung in eine psychiatrische Anstalt sorgen. Die negative Publicity, die dadurch entstehen konnte, scheuten alle.

Widerwillig hatte Miranda eingesehen, daß Elinor in Eastbourne am besten aufgehoben war.

So plötzlich wie er begonnen hatte, hörte der Regen auch wieder auf. Zögernd brachen die ersten Sonnenstrahlen durch die Wolken und trockneten die regennasse Terrasse. Näherkommende Schritte rissen Adam im Fernsehzimmer aus seinen Gedanken. Er sah auf, als Mr. Simpson, der Gutachter aus London, den Raum betrat.

»Verzeihen Sie, Sir«, begann Mr. Simpson, »ich habe in Mrs. O'Dares Privatbibliothek etwas gefunden, das nicht auf der Inventarliste steht. Es ist eine Stahlkassette, zu groß und schwer, als daß ich sie herunterbringen könnte.«

Adam folgte der hageren, schwarzgekleideten Gestalt ins obere Stockwerk und in Elinors Schlafzimmer, wo bereits sämtliche Möbel mit den Etiketten des Auktionshauses versehen waren.

In der angrenzenden Bibliothek stand auf dem Holztisch vor dem Fenster eine verbeulte schwarze Kassette.

»Sie ist verschlossen, Sir«, bemerkte Mr. Simpson. »Keiner der Schlüssel am Schlüsselbund paßt.«

»Dann brechen Sie das Schloß bitte auf«, befahl Adam. »Im Werkzeugkasten müßte ein Stemmeisen sein. Sehen Sie in der Küche nach.«

Mr. Simpson zögerte. »Das möchte ich doch lieber nicht«, entschied er dann energisch. »Um die Kassette zu öffnen, brauche ich die schriftliche Zustimmung der Eigentümerin.«

Adam ging verärgert hinunter, um den Hausmeister zu holen, der diese Skrupel nicht haben würde.

Zehn Minuten später war die Kassette aufgebrochen.

Adam schickte den Hausmeister und Mr. Simpson aus dem Zimmer.

Sobald sich die Tür hinter ihnen geschlossen hatte, beugte er sich gespannt über den Stahlkasten. Zu seiner großen Enttäuschung schien er jedoch nur alte Fotos und Erinnerungsstücke zu enthalten.

Adam blätterte hastig durch Kinderzeichnungen und Briefe, warf achtlos verblichene Fotos mit Eselsohren beiseite, die lachende Kinder mit Sonnenhüten oder auf dem Rücken von Ponys zeigten. Ganz unten lagen mit einem gelblichen Satinband gebündelte Briefe, die den Poststempel von Oxford trugen.

Adam wollte den Deckel schon wütend zuschlagen, als ihm plötzlich ein Gedanke kam. Wenn Elinor die Kassette mit einem Schlüssel verschlossen gehalten hatte, der nicht an dem normalen Schlüsselbund des Hauses befestigt war, mußte es dafür einen Grund geben. Er machte sich sofort daran, den Inhalt noch einmal sorgfältig Stück für Stück durchzusehen.

Schnell, aber peinlich genau sortierte er die Briefe und Fotos. Nach ein paar Minuten fiel ihm ein ganz gewöhnlicher Briefumschlag in die Hand, der versiegelt war. Adam erbrach das Siegel und zog mehrere zerknitterte Papiere heraus.

Ein triumphierendes Lächeln breitete sich auf seinem Gesicht aus.

Dienstag, den 31. Dezember 1968

Mirandas Neujahrsball war wie immer ein großer Erfolg. Kurz vor Mitternacht sah sie sich in dem rot-blau gestreiften Zelt zufrieden um. Ihr Blickwinkel war durch die goldene Löwenmaske vor ihrem Gesicht etwas eingeschränkt. Dazu trug sie ein goldfarbenes Trikot und passende Sandaletten mit hohen Absätzen. Ihr Haar hatte sie zu einer fülligen Löwenmähne frisiert.

Der Silvesterball stand unter dem Motto »Zirkus«, und das riesige Zelt nahm fast den ganzen rückwärtigen Teil ihres Gartens ein. Drinnen herrschte gedämpftes, geheimnisvolles Licht. Über dem Fußboden waberten Nebelschwaden, die von einer verborgenen Maschine erzeugt wurden. Um die sich langsam drehende Arena waren noch zwei kleinere Zirkuszelte und drei erhöhte Bühnen arrangiert. Die beiden kleineren Zelte waren hellblau und silberfarben gestreift. Wie sie so aus den Nebelschwaden wuchsen, wirkten sie mystisch und geheimnisvoll. Miranda freute sich, daß ihre Idee bei den Gästen so gut ankam: in einem Zelt ging eine wahrsagende Zigeunerin ihrem Gewerbe nach, in dem anderen befand sich die Champagnerbar.

Auch die drei erhöhten Bühnen waren eine Attraktion: Auf dem schwarzen Podium begleitete eine Band ein paar hübsche Sängerinnen in Silbertrikots und Turbanen, die den letzten Dusty-Springfield-Song in die Mikrophone hauchten. Die beiden anderen ähnelten mit ihren grau bezogenen Louis-quatorze-Stühlen Boudoirs, von denen aus die Gäste einen wunderbaren Blick auf die Tanzenden und das fröhliche bunte Treiben auf der Arena hatten. Was gab es nicht alles zu sehen!

Gewichtheber mit Gewichten aus Pappmaché, Seiltänzerinnen in pastellfarbenen Tutus, spärlich bekleidete bärtige Damen, Riesen und Zwerge wirbelten herum, hüpften und drehten sich. Ein Marktschreier tanzte mit einer Affendompteuse, deren lebendiger Affe mit traurigem Gesicht auf ihrer Schulter saß. Ein Elefant twistete mit einem Löwenbändiger. Ein Tiger wand sich mit einer nubischen Sklavin über die Tanzfläche, die bis auf ihre Pluderhose und einen juwelenbesetzten Kopfschmuck nackt war.

Allen Gästen hatte es viel Spaß gemacht, sich so phantasievoll wie möglich zu verkleiden, und alle schienen sich ausgesprochen gut zu amüsieren, so daß auch dieser Silvesterball wieder ein voller Erfolg für Miranda war.

Im Zelt herrschten tropische Temperaturen. Der Mann mit den zwei Köpfen hatte bereits einen Kopf abgelegt. Miranda erkannte in ihm den Prinzen, der Saracen gekauft hatte. Lächelnd zog sie sich zurück, um nach dem Büfett zu sehen, das um Mitternacht eröffnet werden sollte.

Auf die Fußböden ihres Hauses hatte man sackweise Herbstblätter gestreut, die seit Oktober im Keller aufbewahrt worden waren, um den Räumen ein dornröschenhaftes Flair zu verleihen. Auch hier stieg künstlicher Nebel von den Böden auf. Die Möbel in ihrem weitläufigen Wohnzimmer waren durch zahlreiche quadratische, mit lavendelfarbenen Tafeltüchern eingedeckte Tische ersetzt worden, auf denen moosgrüne Servietten lagen. Der Raum wurde von zahllosen Kerzen in silbernen vielarmigen Leuchtern erhellt, die mit einem seidigen hauchdünnen Gewebe umhüllt waren, das wie Spinnweben aussah.

Als sie wieder in den Garten zurückging, entdeckte Miranda einen Schlangenbeschwörer, der in der Halle mit Mike Grant sprach.

»Scott!« rief sie. »Ich bin ja so froh, daß du doch noch kommen konntest. Schade, daß du es nicht schon Weihnachten geschafft hast ... Du bist es doch, Scott, oder? Ich erkenne meine Gäste in ihren tollen Verkleidungen kaum!«

Der Schlangenbeschwörer küßte Miranda auf die Wange. »Natürlich bin ich es. Deine Bälle lasse ich mir doch nie entgehen. Wo ist Annabel?«

»Ich glaube, sie tanzt. Leicht zu erkennen, daß ihr als Paar gekommen seid!« Miranda hatte Annabels Schlangenkostüm schon sehr bewundert. Eine ausgestopfte smaragdgrüne Schlange wand sich vom Hals bis zum linken Knöchel dekorativ um ihren grünschillernden enganliegenden Ballettanzug. Dazu trug sie dunkelrote Stöckelschuhe.

»Was stellst du eigentlich dar, Mike?« fragte Miranda stirnrunzelnd. Mike trug einen schwarzen Motorradkombi und hielt einen Eimer in der Hand.

»Ich füttere die Tiere«, meinte er und grinste etwas verlegen.

»Ein bißchen mehr Mühe hättest du dir schon geben können«, schmollte Miranda und drohte ihm mit dem Finger. »Wenn du dich nicht besserst, wirst du nicht mehr eingeladen!«

»Miranda«, sagte Scott jetzt, »Annabel ist bestimmt nicht auf der Tanzfläche. Ich suche sie schon seit einer Stunde. Wo, zum Kuckuck, kann sie sein?«

»Vielleicht ist sie unten am Swimmingpool«, vermutete Mike.

»Unmöglich«, wehrte Miranda ab. »Der Pool ist heute abend für meine Gäste geschlossen. Betrunkene Gäste könnten sonst hineinfallen ... und ich möchte nicht, daß die Leute tropfnaß durch mein neu eingerichtetes Haus tapsen.«

Sie wandte sich dem Zirkuszelt zu und rief über die Schulter hinweg zurück: »Um Mitternacht wirst du Annabel sicher finden ... wir singen dann alle wie üblich *Auld Lang Syne* im Zirkuszelt, bevor das Büfett eröffnet wird.«

»Du solltest dir Mirandas Pool trotzdem einmal ansehen«, schlug Mike vor. »Sie hat den ganzen Keller in ein römisches Bad verwandeln lassen, das aussieht, als sei es gerade erst ausgegraben und restauriert worden. Ich wette, so etwas hast du noch nicht gesehen!«

»Einverstanden«, willigte Scott ein.

Die beiden Männer schlenderten, jeder einen Drink in der Hand, zum Lift.

»Bleibst du länger hier?« fragte Mike.

»Nein, nur bis morgen.«

Scott wollte unbedingt noch Adam aufsuchen. Er war es leid, sich ständig mit Ausflüchten abspeisen zu lassen. Der Bursche hatte Vierteljahresberichte versprochen, aber keinen einzigen geschickt. Schließlich hatte Scott ihm mitgeteilt, daß er sich die Berichte persönlich in London abholen wolle.

Mike trat aus dem Lift und tastete nach dem Lichtschalter, der das Bad in ein geheimnisvoll gedämpftes Licht tauchen würde. »Hoppla, das Licht ist ja schon an! Ich dachte, Miranda hat den Pool heute abend für ihre Gäste gesperrt!«

Er stutzte und stieß die Flügeltür auf. Als erstes erblickte Scott den herrlichen dunkelgrünen Pool. Die Steinsäulen ringsherum waren abgebrochen, das Deckengewölbe dem Einsturz nahe, und die Wände sahen aus, als habe man sie aus dem nackten Fels gehauen. Im Hintergrund schien eine natürliche, in einem halbrunden Becken gefaßte Quelle das Bassin zu speisen. Davor gab es mit cremefarbenen Badetüchern bedeckte Polster. Auf einem dieser Polster gewahrte Scott eine Peitsche und den Zylinder eines Zirkusdirektors, auf dem anderen ein Häufchen grüner Kleidungsstücke. Und daneben machte er jetzt ein engumschlungenes Paar aus, das sich leidenschaftlich liebte.

Mikes klare, graue, weit auseinanderstehende Augen starrten stumm auf das Bild, das sich ihnen bot. Als er erkannte, wer der Mann war, stieg gallenbitterer Ekel in ihm auf.

Und als Scott erkannte, wer die Frau war, sprang er mit einem Wutschrei auf das Paar zu: »Du Miststück!«

Mike rannte hinter Scott her, packte ihn beim Arm, um ihn zurückzuhalten. Scott versuchte, Mike abzuschütteln. Die beiden rangen miteinander, bis Scott Mike einen kräftigen Faustschlag versetzte. Scott war froh, endlich auf jemanden einschlagen, seine Wut abreagieren zu können.

Mike schlug zurück. Und er meinte eigentlich auch nicht Scott, sondern seinen Bruder. Wie konnte Adam nur so grausam sein? Wie konnte er nur so dumm sein, das zu riskieren? Ausgerechnet Adam, der nie ernsthaft etwas mit Frauen zu tun gehabt hatte?

Scott, den seine Pluderhose behinderte, rang noch immer mit Mike. Sie kämpften keuchend und fluchend miteinander, bis einer von ihnen auf dem nassen Steinboden ausglitt. Scott flog der juwelenbesetzte Turban vom Kopf und rollte in den Pool. Beide Männer hechteten hinterher.

Als Annabel und Adam endlich auf die Beine kamen, griff Annabel hastig nach einem Handtuch. Trotz ihrer Angst hatte eine seltsame Erregung sie erfaßt. Jetzt endlich wußte Scott Bescheid – und Adam konnte sie nicht dafür verantwortlich machen! Es war nicht ihre Idee gewesen, sich am Pool zu lieben. Sie hatte mit Adam getanzt, sich ganz dem langsamen Rhythmus der Musik im schummrigen Licht hingegeben. Sie hatte seinen warmen Atem an ihrem Ohr gespürt und seinen geflüsterten, erotischen Phantasien gelauscht ... Es war Adams Vorschlag gewesen, ihre Zärtlichkeiten am Pool fortzusetzen. Nein, dafür konnte Adam sie wirklich nicht verantwortlich machen.

Annabel packte ihr Trikot und ihre roten Schuhe. Ihre ausgestopfte Schlange ließ sie achtlos zurück, als sie zum Lift floh. Adam folgte ihr auf dem Fuß. Er hatte sich nicht einmal die Mühe gemacht, seine Blöße mit einem Handtuch zu bedecken.

Bevor sich Scott aus dem Pool gerettet hatte, waren die beiden verschwunden. In seiner triefenden Pluderhose rannte er hinter ihnen her zum Lift.

Mike, dessen schwere Lederkluft sich rasch vollgesogen hatte, schwamm unbeholfen zu der Steintreppe, die aus dem Pool führte. Als er die Stufen hinaufkletterte, floß Sturzbächen gleich Wasser aus sämtlichen Öffnungen seiner Kleidung. Wütend schüttelte er sich das Wasser aus dem Haar.

Er öffnete den Reißverschluß seiner Lederjacke und warf sie zu Boden. Danach zog er auch alles übrige aus. Scott hatte ein paar gute Treffer gelandet. Mike strich sich über die schmerzenden Rippen. Während er sich trockenrieb, durchfuhr ihn ein plötzlicher Gedanke: Wenn sich der sonst übervorsichtige Adam mit einer Frau in flagranti erwischen ließ, dann mußte das *geplant* gewesen sein! Mike kannte seinen berechnenden Bruder. Adam hatte die Szene am Pool inszeniert, um sich von Scott mit Annabel erwischen zu lassen!

Aber warum?

Mike frottierte sich das Haar und dachte nach. Angenommen, Adam wollte Scott die Untreue seiner Frau vor Augen führen, wie hatte er das auf die Minute genau …? Mike hielt inne. Natürlich! Es war ganz einfach! Scott, der direkt vom Flughafen zu der Party kam, würde selbstverständlich zuallererst nach seiner Frau suchen.

Und sollte Scott sie nicht … hätte Miranda pünktlich um Mitternacht nach Annabel suchen lassen. Bei Mirandas mitternächtlichem Neujahrstoast durfte keiner ihrer Gäste fehlen. Darauf bestand sie.

In ein großes Badehandtuch gehüllt, ging Mike zum Lift. Warum hatte Adam Scott und Annabel auseinanderbringen wollen? Dafür mußte es einen Grund geben. Daß Adam Annabel liebte, war völlig ausgeschlossen. Und um ohne jeglichen Hintergedanken mit ihr zu schlafen, war Adam zu berechnend. Falls er den Scheidungsgrund für Scott und Annabel abgab, konnte es ihm passieren, daß er sich eine Frau aufhalste, die er gar nicht wollte. Es mußte schon eine Menge auf dem Spiel stehen. Sicher, Annabel war eine reiche Erbin; aber das war Miranda auch. Warum suchte er sich nicht die unverheiratete Schwester aus, wenn er es auf das Geld abgesehen hatte?

Nein. Es mußte etwas anderes dahinterstecken. Aber was?

Eine Viertelstunde vor Mitternacht, als Miranda gerade einen Ober bitten wollte, Annabel zu holen, trat ein Hausmädchen zu ihr und flüsterte etwas in ihr Ohr. Miranda folgte ihr zu einem der Gästeschlafzimmer und klopfte an die Tür. »Scott? Ich habe gerade gehört, daß du in den Pool gefallen bist!« Sie lachte.

Scott öffnete die Tür. »Komm rein und schließ ab!« befahl er barsch.

»Was ist los?« Scott trug einen Bademantel. Daß er aufgebracht war, war kaum zu übersehen. Und er war stocknüchtern.

»Hast du gewußt, was gespielt wurde, Miranda? Hast du sie gedeckt? Hast du ihnen geholfen?«

»Scott, wovon redest du? Was ist denn passiert?«

»Ich habe gerade, das heißt, Mike und ich haben Adam mit Annabel überrascht!«

»Ach so? Ich hatte mich schon gefragt, wo sie abgeblieben ist«, sagte Miranda. »Wo war sie denn?«

»Die beiden haben miteinander geschlafen!« brüllte Scott. »Adam und Annabel! An deinem verdammten Pool!«

Miranda machte unwillkürlich einen Schritt rückwärts. »Das kann nicht ... Du mußt dich irren!«

»Frag doch Mike!« schrie Scott. »Er hat die ekelhafte Szene mit eigenen Augen gesehen!«

Miranda entfuhr ein seltsamer Laut. Es klang beinahe wie ein Stöhnen. Sie riß sich die goldene Löwenmaske vom Gesicht. Sie hatte das Gefühl, als habe eine eiskalte Hand nach ihrem Herzen gegriffen. Am liebsten hätte sie ihren Schmerz und ihre Wut laut hinausgeschrien, doch sie hielt sich eisern im Zaum.

»Wo sind sie?« Miranda versuchte mühsam, ihrer Stimme einen normalen Klang zu geben. Scott durfte nicht merken, wie es in ihr aussah, wie tödlich getroffen, zutiefst verletzt und betrogen sie sich fühlte. Weder Scott noch irgendein anderer sollte je erfahren, daß sie es zugelassen hatte, daß ein Mann sie beherrscht hat, um sie anschließend brutal zu zerstören.

»Sie sind beide fort«, antwortete Scott mit zusammengekniffenen Lippen. »Einer deiner Sicherheitsleute hat sie nur mit Bademänteln bekleidet in einen wartenden Rolls-Royce steigen sehen. Vermutlich sind sie zu Adam gefahren. Annabel, dieses Flittchen, würde es nicht wagen, diesen Schuft in unsere Suite ins Ritz zu bringen!«

»Bist ... bist du sicher, Scott?«

»Frag Mike, wenn du mir nicht glaubst.« Scott sehnte sich nach Mirandas Trost und ihrem Rat ... Ihre Fragen machten ihn nur noch wütender.

Miranda ging langsam zum Telefon auf dem Nachttisch. Es mußte eine Erklärung für diesen Alptraum geben. Annabel hatte sich Adam vermutlich an den Hals geworfen. Sie mußte ihn völlig überrumpelt haben. Er mußte betrunken gewesen sein. Beide mußten betrunken gewesen sein.

Aber Miranda konnte sich nicht erinnern, Adam je betrunken erlebt zu haben.

Miranda wählte eine Nummer. Minutenlang horchte sie angespannt auf das Freizeichen. »Bei Adam sind sie nicht ... oder sie gehen nicht ans Telefon«, sagte sie schließlich.

Beide sagten kein Wort. Beide quälte die Vorstellung, was Adam und Annabel jetzt miteinander treiben könnten.

Nie zuvor war Scott so außer sich und verletzt gewesen. »Ich hätte nie gedacht, daß Annabel ...«, brach es aus ihm heraus, »sie hat behauptet, ihre Reisen nach England gelten Elinor! Was bin ich nur für ein Idiot gewesen! ... Ich möchte wissen, wie viele andere es gegeben hat! Vermutlich betrügt sie mich seit Jahren.« Er schüttelte ungläubig den Kopf. »Nie wäre mir der Gedanke gekommen, daß Annabel mich hintergeht!«

»Annabel hat schon immer nur an sich gedacht«, sagte Miranda kalt.

»Ich fahre jetzt ins Ritz und versuche erst einmal zu schlafen!« Scott wollte allein sein.

»Falls Annabel auftaucht«, begann Miranda plötzlich nervös, »bitte überstürze nichts, Scott. Tu nichts, was du später bereust. Laß mich zuerst mit ihr sprechen. Ich finde heraus, was gespielt wird ... und wie lange das schon geht.« Ihre Stimme hatte einen harten Klang.

»Keine Sorge, ich tue diesem Miststück nichts zuleide. Ich rühre sie nicht mehr an ... nie mehr! Heute nacht sehe ich sie nicht wieder. Sie bleibt bestimmt bei diesem Halunken.« Er rieb sich müde die Augen. »Ich rufe dich morgen an. Sobald Annabel da ist, fliegen wir nach New York zurück.«

»Unten warten ein paar Journalisten. Ich möchte nicht, daß die Leute sich fragen, wo ich bleibe. Ich gehe jetzt lieber und spiele die Gastgeberin.« Miranda war froh, etwas zu tun zu haben. Sie würde lächeln, von Gast zu Gast gehen und allen ein gutes neues Jahr wünschen.

Normalerweise verabschiedeten sich die letzten Gäste ihrer Silvesterbälle gegen fünf Uhr morgens, und normalerweise sehnte Miranda diesen Augenblick herbei; in dieser Nacht jedoch fürchtete sie ihn. Denn sobald alle gegangen waren, konnte sie die Gedanken an Adam, die Erinnerung an seine Berührungen und seinen männlichen Geruch nicht mehr verdrängen, dann würden die erotischen Phantasien sie schmerzlich überwältigen, die Adam mit soviel Geschick in die Tat umgesetzt hatte.

Donnerstag, den 2. Januar 1969

Scott rief Miranda an und berichtete, daß Annabel nach sechsunddreißigstündiger Abwesenheit lediglich mit einem Silberfuchsmantel bekleidet ins Ritz zurückgekehrt sei. Falls Miranda ihre Schwester zur Vernunft bringen wolle, müsse sie schnell kommen. Annabel packe bereits die Koffer. Er ginge jetzt an die Bar.

»Was willst du hier?« rief Annabel, als Miranda in ihr Schlafzimmer kam. Sie warf einen Stapel Spitzenunterwäsche in den geöffneten Koffer auf dem Bett. »Verschwinde! Deine Moralpredigten interessieren mich nicht!«

»Du wirst dir gefälligst anhören, was ich dir zu sagen habe!« Mirandas Stimme war schneidend und kalt.

»Ich tue, was mir paßt.«

»Und wie lange hat es dir gepaßt, mit Adam zu schlafen?«

»Das geht dich nichts an.«

»O doch!« zischte Miranda. »Adam ist seit drei Jahren mein Liebhaber!«

»Ich glaube dir kein Wort!« kreischte Annabel und wirbelte zu ihrer Schwester herum.

»Das letzte Mal haben wir uns vor drei Nächten geliebt.«

»Er liebt dich nicht! Er kann dich nicht lieben!« Annabel war nur vorübergehend unsicher geworden. Sie dachte an den Zauber der vergangenen sechsunddreißig Stunden, die sie fast ausschließlich in Adams Bett verbracht hatte.

»Er liebt dich nicht!« schrie Miranda. »Du bist nur ein kurzes Abenteuer für ihn. Hat er dir die ganze Behandlung verpaßt?«

»Was, zum Teufel, soll das heißen?«

Miranda musterte die Schwester kalt. »Kitzelt er deine Brustwarzen mit einer Feder? Leckt er dir langsam die Zehen? Tastet er deinen Körper mit den Lippen ab, daß du das Gefühl hast, es würde sich eine warme Schicht zwischen deiner Haut und seinem Mund bilden? Streichelt ...«

»Hör auf! Hör auf! Ich will nichts mehr hören!« Annabel war jetzt deutlich verunsichert. Sie starrte Miranda stumm an.

»Fang jetzt bloß nicht an zu heulen!« fuhr Miranda fort. »Es gibt keinen Grund, weshalb Adam und ich keine Affäre hätten haben sollen. Aber du hast deinen Mann betrogen ... und deine Schwester!«

»Scott hat es herausgefordert! Und dich wollte ich nie hintergehen. Ich wußte doch gar nicht ...«

»Jetzt weißt du es. Hände weg von meinem Mann!«

»Aber er ist nicht dein Mann!« jammerte Annabel. »Wenn Adam dich wirklich liebt, warum hat er dann mit mir geschlafen?« Und triumphierend fügte sie hinzu: »Und wenn er dich wirklich liebt, warum hat niemand etwas davon gewußt?«

»Das geht dich gar nichts an«, antwortete Miranda, die durch Annabels Worte tiefer getroffen war, als sie zugeben wollte. Was für eine Närrin war sie gewesen, sich so sicher zu sein, Adam liebe sie genug, um sie zu heiraten. Seine Liebe hatte nicht einmal genügt, um treu zu sein.

»Adam liebt mich. Wir werden *heiraten*!«

»Hat er das wirklich gesagt?« fragte Miranda verächtlich.

Annabel zögerte und log dann ohne Überzeugung: »Ja.«

»Warum sagt Adam mir dann nichts?«

»Er meint, wir sollten vernünftigerweise warten, bis sich die Aufregung gelegt hat.«

»Vielleicht sollten wir mal gemeinsam mit Adam sprechen«,

schlug Miranda eisig vor. »Soll er uns doch alles erklären. Wo ist er?«

»Das geht dich nichts an.«

»Ach, hör doch auf! Du wiederholst dich. Wenn Scott ihn findet, und das dürfte ihm nicht schwerfallen, dann gnade ihm Gott!«

»Scott findet Adam nicht«, entgegnete Annabel. »Scott muß die Abendmaschine nach New York erreichen, wenn er seine Sendung nicht verpassen will.«

»Wenn Adam sich vor Scott versteckt, was ich bezweifle, dann gehen wir beide morgen zu Adam.« Miranda wirkte gelassener, als sie sich fühlte. »Wo ist er?«

»Ehrlich ... ich weiß es nicht«, log Annabel ebenso gelassen. »Vielleicht noch im *Savoy*. Dort sind wir jedenfalls gewesen.«

In Mirandas Unterbewußtsein regte sich vage ein Gedanke: Um in der Neujahrsnacht ein Zimmer im *Savoy* zu bekommen, mußte Adam Wochen im voraus gebucht haben.

Doch statt diese logische Überlegung zu Ende zu führen, ließ sie sich von der leidenschaftlichen Wut ablenken, die in ihr kochte. Innerhalb einer halben Stunde hatte sich ihre Liebe zu ihrer Schwester in flammenden Haß verwandelt. Denn in einem Punkt hatte Annabel recht: Wenn Adam Miranda wirklich liebte, hätte er nie mit Annabel geschlafen.

Miranda verstand plötzlich die Gefühle von Menschen, die die Person umbrachten, die sie liebten. Sie wünschte sich in diesem Augenblick tatsächlich, Adam zu töten – ihn langsam und qualvoll sterben zu sehen, um sich für die Qualen zu rächen.

»Ich finde Adam, er kann sich ja nicht ewig verstecken.« Miranda warf Annabel einen haßerfüllten Blick zu und stürmte aus dem Zimmer.

Als Scott zurückkam, saß Annabel auf ihrem Koffer, der sich nicht schließen ließ.

Sie blickte auf. Scott stand im Türrahmen und sah so wütend

und verloren aus, daß sie ihm am liebsten gesagt hätte, wie leid es ihr tat, ihn verletzt zu haben. Aber ihre aufkeimenden Schuldgefühle machten es ihr unmöglich, nett und freundlich mit ihm zu reden.

»Miranda hat mir ihre Version der Geschichte erzählt«, begann Scott düster. »Ich hätte nie gedacht, daß du so skrupellos und gemein sein könntest.«

»Machst du mir diesen verdammten Koffer zu, oder muß ich nach dem Hoteldiener klingeln?« entgegnete Annabel kalt.

»Hol den Hoteldiener«, erwiderte Scott. Sein verletzter Stolz machte ihn für alles andere unempfindlich. »Wieso hast du mir das angetan? Wie konntest du deiner Schwester das antun?«

»Ich hatte keine Ahnung, daß Miranda so ... so scharf auf Adam war.« Annabel sah Scott wütend an und klingelte.

»Was, zum Kuckuck, hat dieser Kerl eigentlich mit euch gemacht? Euch hypnotisiert?«

»Adam stellt seine Karriere nicht über alles andere! Über sein Leben! Über seine Frau!«

Scott war plötzlich der Wind aus den Segeln genommen. »Glaub mir, Annabel. Das bereue ich bitter.«

»Adam hält mich nicht für selbstverständlich.«

»Damit hat er dich also rumgekriegt!« Adam hatte Annabel die Aufmerksamkeit geschenkt, die sie am Anfang ihrer Beziehung von Scott gewohnt gewesen war. Scott hatte unterschätzt, wie hart Annabel das Scheitern ihrer Karriere als Model getroffen hatte. Aber Adam hatte sie mit Schmeicheleien getröstet. Scott machte zwei Schritte auf Annabel zu. »Ich habe nie gemerkt, wie sehr ich dich vernachlässigt habe, Angel.«

»Nenn mich nicht ›Angel‹! Ich hasse diesen Namen!«

»Warum hast du mir das nie gesagt?« schrie Scott. »Wie nennt dich denn Adam, dieses Schwein?«

Scott konnte seine Niedergeschlagenheit, das Gefühl von Verlust und ohnmächtiger Enttäuschung selbst kaum fassen. Zu spät war ihm klargeworden, wie teuer ihm war, was er nun verloren hatte.

»Ich ertrage es nicht, dich zu verlieren, Annabel«, sagte er leise.

»Du kannst wirklich nicht erwarten, daß mich das noch interessiert.« Annabel maß ihn mit wütenden Blicken.

»Ich kann einfach nicht glauben, daß ausgerechnet uns das passiert!« Trotz seiner Feinfühligkeit hatte ihn seine Frau monatelang betrogen, ohne daß er auch nur einen Verdacht geschöpft hätte!

»Warum nicht?«

»Es wäre so einfach für mich gewesen, dich zu betrügen. Beim Sender gibt es genug Frauen, die nur darauf gewartet haben. Auch auf die Gefahr hin, daß du lachst, aber ich habe an Treue geglaubt. Für mich war Liebe nicht nur Sex.«

»Auf diesem Gebiet ist zwischen uns in der letzten Zeit auch nicht viel gelaufen.« Annabel starrte unwirsch aus dem Fenster.

»Dazu gehören immer noch zwei«, sagte Scott. »Hast du vergessen, wie oft du die arme Elinor besuchen mußtest?« Und etwas ruhiger fuhr er fort: »Wir fliegen beide wie geplant nach New York zurück. Und wir vergessen beide, was passiert ist.«

Annabel lachte.

Scotts Gelassenheit bröckelte. »Wenn nicht, lasse ich mich scheiden.«

»Nur zu.« Annabel lachte laut auf. Keine Lügen mehr. Kein Versteckspiel mehr. Keine Vorwände. Keine Schuld mehr. Sie war frei, um Adam zu heiraten. Und sie war überzeugt, daß er sie heiraten würde.

Adam war nicht im *Savoy*. Und er war sicher auch nicht zu Hause, wo Scott und Miranda ihn zuerst vermuten würden.

Wo konnte er sein? Wer versteckte einen unverhofften Gast für unbestimmte Zeit? Wo würde er während der Feiertage unauffällig Unterschlupf finden?

Plötzlich wußte Miranda, wo sie Adam suchen mußte! Es gab nur einen Menschen, der Adam immer beschützen würde, gleichgültig, was er auch getan haben mochte.

Zwanzig Minuten später klingelte Miranda an dem eleganten weißen Haus an der Eaton Terrace.

Als Mikes Butler die Tür öffnete, ordnete sie an: »Bitte melden Sie Mr. Adam Grant, daß Miss O'Dare da ist. Wir sind verabredet. Ich bin leider ein bißchen früh dran.«

Kaum hatte der Mann sie eingelassen, wartete Miranda nicht höflich in der Halle, sondern folgte ihm schnurstracks die Treppe in den zweiten Stock hinauf.

Vor einer Schlafzimmertür blieb der Butler stehen. Bevor er noch anklopfen konnte, duckte sie sich unter seinem Arm hindurch, drehte den Türknauf und stürmte ins Zimmer.

Adam saß vor dem Fenster und studierte ein Blatt Papier voller Zahlen und Tabellen.

Er sah überrascht auf. »Was machst *du* denn hier, Miranda?« Dabei ließ er das Stück Papier zwischen Kissen und Stuhllehne verschwinden.

»Dasselbe könnte ich dich fragen, Adam!« entgegnete Miranda.

»Danke, Forbes.« Adam wartete, bis sich die Tür hinter dem Butler wieder geschlossen hatte. »Tut mir leid, daß du es auf diese Weise erfahren mußtest, Miranda«, sagte Adam mit scheinbarer Aufrichtigkeit. »Ich bin untröstlich, daß ich dir alles so vermiest habe.«

Der Schmerz war scharf und heftig. Miranda fühlte sich elend in ihrer hilflosen Eifersucht. »Warum hast du es auf diese Weise getan, Adam? Das verstehe ich einfach nicht. *Liebst du Annabel?*«

»Ich habe nicht die Absicht, mit dir oder sonst jemandem über meine Gefühle für Annabel zu diskutieren«, entgegnete Adam. Er stand auf und musterte Miranda.

In diesem Moment verlor Miranda den Kopf. Sie stürzte sich auf ihn und schlug mit Fäusten auf ihn ein.

Adam packte sie geschickt bei den Handgelenken. Miranda wehrte sich heftig. Sie trat gegen seine Schienbeine und Knöchel. Zornig vor Schmerz, bog Adam ihr behende die Arme auf den Rücken und hielt ihr Gesicht an seine Brust gepreßt.

Miranda konnte sich nicht mehr bewegen. Haß und Wut verzehrten sie. »Laß mich los, du Schwein!« Es gelang ihr, den Kopf zu heben und blitzschnell zuzubeißen.

Adam zuckte zurück. Mit Genugtuung sah Miranda, daß Blut von seinem Kinn tropfte.

Adam konnte seine Wut kaum noch im Zaum halten. »Ich lasse dich los, wann ich möchte! Du wirst schon sehen, wer hier das Sagen hat, du dumme Gans!«

»Vielleicht darf ich dich erinnern, daß ich deine Chefin bin!«

»Da wäre ich an deiner Stelle nicht so sicher!« zischte Adam verächtlich. »Warum sollte ich dir das größte Stück vom Kuchen überlassen, nachdem ich das Unternehmen praktisch aufgebaut habe?«

»Dafür hast du wertvolle Aktien bekommen! Und du wirst von mir fürstlich bezahlt!«

Adams Griff wurde noch fester. »Tut mir leid, es sagen zu müssen, Miranda ... Ich will nicht nur mehr ... Ich will vor allem, daß du weniger hast!«

»Laß mich los!« Miranda versuchte sich verzweifelt seinem Griff zu entziehen. Ihre Handgelenke brannten wie Feuer. Tränen traten ihr in die Augen. »Bei Gott, Adam! Ich schmeiß dich raus!«

»Das kannst du gar nicht, Miranda.«

»Ich wüßte nicht, weshalb, Adam. Sobald ich hier weg bin, rufe ich meine Anwälte an. Die sollen feststellen, wie schnell ich deinen Vertrag kündigen kann!«

»In diesem Fall kannst du deinen Anwälten auch gleich mitteilen, daß du keine Aktienmajorität bei SUPPLYKITS mehr hast!«

»Was soll das heißen?«

»Wie du weißt, liegt die Macht bei dem, der die meisten Aktien besitzt.«

»Richtig. Und das bin ich.«

»Du irrst, Miranda. Das größte Aktienpaket von SUPPLYKITS besitze *ich*. Sechsundvierzig Prozent. Und dagegen kannst du nichts tun. Natürlich hast du die Wahl. Du kannst das Unternehmen entweder verlassen oder dir die Finger wund arbeiten, um mich für den Rest meines Lebens mit einem satten Auskommen zu versorgen!« In Wirklichkeit hatte Adam vor, sämtliche Aktien vor seiner Abreise nach Rio zu verkaufen.

»Du bist ja verrückt!« keuchte Miranda und versuchte erneut, sich von ihm zu befreien. Sie verpaßte ihm noch einen Tritt vor das Schienbein.

Mit zusammengebissenen Zähnen zischte er: »Das ist die Wahrheit, Schätzchen. Dir und deiner verdammten Familie geht es bald an den Kragen!«

Adam wirbelte Miranda mit einer schnellen Bewegung herum, so daß er sie mit dem Rücken gegen sich pressen konnte. So ging er mit ihr rückwärts auf die Zimmertür zu. Miranda wehrte sich verzweifelt. Sie hörte, wie ihr Mantel dabei riß.

Miranda atmete schwer. »*Du* kannst meiner Familie nichts anhaben!« Sie bedauerte, Adam nicht in die Weichteile getreten zu haben, solange sie noch die Gelegenheit dazu gehabt hatte. Schließlich gelang es ihr, ihm erneut einen kräftigen Stoß gegen das Schienbein zu versetzen. Adam schrie vor Schmerz auf, ließ sie jedoch nicht los.

»Du wirst schon sehen, was ich mit deiner Familie machen kann«, fluchte er.

»Was soll das heißen?«

Aber Adam hatte bereits mehr gesagt, als er hatte sagen wollen. Ohne den Griff zu lockern, schob er sie die breite Treppe hinunter zur Haustür.

Der Butler erschien in der Halle. Der ältere Herr verbarg sein Erstaunen hinter einer unbeweglichen Miene, als er das seltsame Gespann sah. Adam machte ihm ein Zeichen. Der Butler öffnete höflich die Tür.

Adam stieß Miranda achtlos hinaus.

Hinter ihr fiel die Tür krachend ins Schloß.

Während sie sich an die Säule neben dem Eingang klammerte, um nicht die Treppe hinunterzufallen, fielen ihr Adams letzte Worte wieder ein.

Was genau konnte Adam ihrer Familie anhaben? Sie verspürte dasselbe seltsame Prickeln in der Magengegend, das sie so oft gespürt hatte, wenn Adam sie umarmt hatte ... aber diesmal war es ein Gefühl von Angst.

Miranda fiel es wie Schuppen von den Augen: Adam hatte alle Vorbereitungen für die Errichtung der Familientreuhandgesellschaft getroffen. Angenommen, Buzz hatte recht, und Elinor wurde vorsätzlich mit Medikamenten vergiftet, damit Adam mit ihrem Geld machen konnte, was er wollte?

Miranda hielt ein Taxi an.

»Alles in Ordnung, junge Frau?« erkundigte sich der Taxifahrer, als er Miranda die Tür öffnete.

Alarmiert rief Miranda bei *Swithin, Timmins & Grant* an und bat um einen dringenden Termin bei Mr. Worthington, dem Seniorpartner der Firma.

In seinem sonnigen, leicht verstaubten Büro erinnerte Mr. Worthington Miranda daran, daß *Swithin, Timmins & Grant* die Verwaltung der Dove-Treuhandgesellschaft auf Anweisung ihrer Großmutter abgegeben hatte.

»Das weiß ich«, erwiderte Miranda. »Ich bin gekommen, um Sie zu bitten, herauszufinden, was *jetzt* mit dem Trust passiert.«

»Das muß ich leider ablehnen«, sagte Mr. Worthington höflich. »Obwohl Adam Grant und Paul Littlejohn nicht mehr Teilhaber unserer Firma sind, gibt es da gewisse Interessenkonflikte.«

»Können Sie mir nicht wenigstens sagen, was Ihrer Ansicht nach geschehen sein *könnte*? So ganz im Vertrauen?«

Mr. Worthington zögerte. »Also, ganz im Vertrauen ... nach allem, was Sie mir erzählt haben ... könnte es sich um einen groß angelegten Versuch von Unterschlagung handeln. Und meines Erachtens ist das alles so klug eingefädelt worden, daß Sie juristisch gesehen keine Handhabe dagegen haben.«

Miranda nickte bitter. »Zwei international erfahrene Anwälte, die jahrelang zusammengearbeitet haben, finden sicher eine

Möglichkeit, einen Klienten zu betrügen, der ihnen blind vertraut. Aber kann eine Treuhandgesellschaft nicht aufgelöst werden?«

»Ein Trust wird oft gerade aus dem Grund errichtet, weil er unwiderruflich ist«, antwortete Mr. Worthington. »Natürlich kann man im Gründungsvertrag eine entsprechende Klausel einbringen. Aber falls Adam Grant zu diesem Zeitpunkt bereits geplant hat, die Nutznießer zu betrügen, hat er einen solchen Zusatz natürlich tunlichst vermieden. Ich an Ihrer Stelle würde mir umgehend einen guten Anwalt nehmen und die Treuhandverträge überprüfen lassen.«

VIERTES BUCH

25. KAPITEL

Freitag, den 3. Januar 1969

»Nun, Miranda, womit kann ich dienen?« Als Miranda das Büro des Earl of Brighton betrat, erhob sich dieser hinter seinem schwarzen Lederschreibtisch. Der Graf war ein hagerer, gebeugter Mann mit Goldrandbrille und großen Ohren. Schlurfend kam er auf Miranda zu. Sein Äußeres verleitete manche Leute dazu, ihn zu unterschätzen.

Miranda berichtete ihm kurz, was Adam ihr über SUPPLYKITS gesagt hatte. Sie versuchte, ihrer Stimme einen ruhigen, vernünftigen und geschäftsmäßigen Klang zu geben. Ihr Besuch, so erklärte sie, habe nur den Zweck zu verhindern, daß Adam die Aktienmajorität des Unternehmens erhielt.

»Wie viele Aktien befinden sich in seinem Besitz?« fragte der Graf.

»Darum habe ich mich schon gekümmert, James. Adam besitzt fünfzehn Prozent, die fünfzehn Prozent, die er von mir aufgrund seiner Option gekauft hat, plus die Aktien, die er über sein Bezugsrecht bei unserer Ausgabe von Vorzugsaktien erwerben konnte.«

»Aber möglicherweise hat Adam durch Strohmänner kaufen lassen, oder er hat anderen Aktionären Geld geboten, für ihn zu kaufen.«

»Das größte andere Aktienpaket gehört einer Firma namens *Highland Croft Holdings*. Haben Sie schon einmal was davon gehört? Mein Makler nicht.«

»Nein. Die Firma steht offenbar nicht im Handelsregister«, antwortete Graf Brighton. »Aber, selbst wenn Adam sechsundvierzig Prozent der Aktien besitzt, wie er behauptet, hat er – wenn es hart auf hart geht – nicht die absolute Macht. Dazu braucht er über fünfzig Prozent.«

»Was kann ich tun? Wie kann ich verhindern, daß Adam auch noch die restlichen vier oder fünf Prozent in die Hände fallen?«

»Wir brauchen mehr Informationen«, entschied Graf Brighton.

Miranda zögerte. »Ich muß Ihnen jetzt ganz im Vertrauen gestehen, daß mir gar nichts daran liegt, über SUPPLYKITS bestimmen zu können. Eigentlich interessiert mich nur KITS.« Und mit fester Stimme fuhr sie fort: »Ich will nicht Galionsfigur einer großen Aktiengesellschaft sein. Ich will meine eigene kleine Firma leiten. Der Idealfall für mich wäre, wenn ich hundert Prozent der Aktien für KITS besäße.«

»Sie wollen KITS also SUPPLYKITS abkaufen?«

Miranda nickte. »Wenn KITS wieder eine Firma des privaten Rechts würde, könnte ich alles verwirklichen, was ich mir immer erträumt habe. Von Kosmetik verstehe ich nämlich etwas.«

»Als Aufsichtsratsvorsitzender von SUPPLYKITS vertrete ich die Meinung, daß wir es uns nicht leisten können, Sie gehen zu lassen, Miranda.«

»Ich bleibe nur, wenn ich KITS zurückkaufen kann«, entgegnete Miranda kurz entschlossen.

Der Earl of Brighton lehnte sich auf seinem Stuhl zurück und starrte aus dem Fenster auf den Schiffsverkehr auf der Themse. »Wir haben gerade eine Bewertung von KITS vornehmen lassen.«

Miranda lächelte. »Die Firma ist abzüglich der Schulden vierzehntausend Pfund Sterling wert.«

»Die Zahl ist sehr niedrig angesetzt. Was ist mit dem Goodwill?«

»Der bin ich, mit meiner Person, meinem Image«, entgegnete Miranda selbstbewußt. »Falls SUPPLYKITS es wagt, einen Preisaufschlag dafür zu verlangen, ziehe ich mich umgehend aus SUPPLYKITS zurück.«

»Was wir uns, wie gesagt, im Augenblick nicht leisten können. Sie sind das Aushängeschild von SUPPLYKITS, und damit steht und fällt der Erfolg dieser Firma. Wenn Sie gehen, führt das unzweifelhaft zu einem Kursverfall. Und vor allem wollen wir Sie nicht an ein Konkurrenzunternehmen verlieren.«

»Sehr richtig, James. Trotzdem muß eines klar sein: Ich möchte mich allmählich und auf Dauer aus SUPPLYKITS zurückziehen. Die Firma ist gut eingeführt, und mein Stellvertreter Alex Stanton kann den Direktorenposten übernehmen.«

»Dann gehe ich richtig in der Annahme, daß Sie eine außerordentliche Hauptversammlung einberufen wollen?«

»Ja, und zwar so schnell wie möglich.«

»Das wäre in drei Wochen. Ich schlage Freitag, den 31. Januar vor, dann haben wir noch eine Woche mehr Zeit.«

Miranda nickte. Offiziell mußte ihr Rückkauf von KITS von der Bank, dem Börsenmakler und der Börse abgesegnet werden. Erst danach wurden die Aktionäre benachrichtigt.

Als der Earl of Brighton Miranda zur Tür begleitete, fügte er hinzu: »Übrigens, Adam Grant muß so schnell wie möglich informiert werden. Dann kennen wir zumindest seine Reaktion schon einmal.«

»Würden Sie ihn anrufen, James?«

Der Graf nickte. »Dabei könnte ich vorsichtig nachfragen, wer die Aktien besitzt, die Grant die Aktienmajorität verschaffen würden. Er wird mir entweder die Wahrheit sagen, der Frage ausweichen oder lügen. Alle Möglichkeiten lassen gewisse Rückschlüsse zu.«

Miranda nickte. »Falls Sie mich brauchen ... Ich bin nächste Woche in Paris. Wegen der internationalen Kosmetikkonferenz. Sie erreichen mich wie üblich im Ritz.«

Als der Earl of Brighton anrief, hörte Adam ihm schweigend zu. Der Graf erklärte ihm den Grund für die Einberufung einer außerordentlichen Hauptversammlung. Als er auch noch den Buchwert von KITS erwähnte, konnte Adam sich nicht länger zurückhalten: »Bei allem Respekt«, begann er ärgerlich, »das hieße, KITS zu einem Spottpreis zu verschleudern. Der Grund, warum die Bewertung so niedrig ausgefallen ist, ist unsere ständige Knappheit an liquiden Mitteln. Wir haben die Firma gemolken, um unsere Expansion auf anderen Gebieten zu finanzieren.«

»Wenn ich Miranda richtig verstanden habe, ist es exakt das, was sie in Zukunft verhindern möchte.«

»Miranda verschweigt wohl, daß KITS in ein paar Jahren wieder ein Vermögen wert sein wird!« entgegnete Adam barsch. »Was immer Miranda O'Dare für KITS bietet ... ich biete zehn Prozent mehr.«

Der Earl of Brighton rief Miranda an und berichtete ihr die Neuigkeit. »Natürlich muß ich Grants Gegenangebot in meinem Rundschreiben an die Aktionäre erwähnen«, fügte er hinzu. »Aber mit Hinblick auf unsere anderen Vereinbarungen werde ich die Annahme Ihres Angebots empfehlen. Nur hängt die Entscheidung nicht von mir ab, sondern vom Abstimmungsergebnis. Und als Betroffene werden weder Sie noch Adam ein Stimmrecht haben ... genausowenig wie die Aktionäre, die Sie in der Hand haben.«

»Bedeutet das, vorausgesetzt Adam sagt die Wahrheit und kontrolliert sechsundvierzig Prozent, daß die Entscheidung praktisch nur von den restlichen neun Prozent unabhängiger Aktionäre getroffen wird?«

»Ja, das bedeutet es.«

»Ist es erlaubt, die anderen Aktionäre zu beeinflussen?«

»Seien Sie vorsichtig«, warnte Graf Brighton. »Nicht daß die Presse den Braten riecht. Der Aktienpreis könnte in den Keller fallen, wenn bekannt wird, daß sich die Direktoren untereinander bekriegen, anstatt das Unternehmen erfolgreich zu führen.«

»Keine Sorge«, sagte Miranda grimmig. »Ich bin vorsichtig.«

»Ich habe mich übrigens über die *Highland Croft Holdings* erkundigt. Die Firma gehört offenbar einer ausländischen Holding. Also verliert sich für uns da die Spur. Sie besitzen vier

Komma acht Prozent der SUPPLYKITS-Aktien. Und wir können nicht feststellen, ob das Aktienpaket zu dem Teil gehört, der von Grant kontrolliert wird.«

Samstag, den 4. Januar 1969

Obwohl es bereits Nachmittag war, drang nur ein schmaler Lichtschein durch einen Schlitz zwischen den senffarbenen Portieren am Fenster.

Wieder einmal lagen sie beieinander und genossen die Nähe des anderen. Adam meinte, den Körper an seiner Seite beinahe ebensogut zu kennen wie die eigenen Empfindungen, Reaktionen und Bedürfnisse. Und sein Gegenüber wußte bis ins kleinste, was die Kraft von Adams Leidenschaft weckte. Sich Zeit nehmend, tauschten sie ihre beglückenden Zärtlichkeiten aus, und ihre Körper erbebten unter ihren sinnlichen Berührungen.

Später, als sie Seite an Seite, Mund an Mund, noch eng umschlungen ausruhten, kostete Adam die Wärme und Geborgenheit bis zur Neige aus, die ihm das Gefühl gaben, mit dem anderen zu einer Person verschmolzen zu sein. Für ihn war diese Liebe stets ein überwältigendes Erlebnis seltenen Entzückens, totalen Verstehens und seelischen wie körperlichen Glücks gewesen.

Adam fragte sich gelegentlich, ob er – wie man ihm oft vorgeworfen hatte – tatsächlich die Fähigkeit zu lieben verloren hatte, ob sein Gemüt zerstört worden war, noch bevor er alt genug gewesen war, es zu merken. Befürchtungen dieser Art jedoch befielen ihn nie, wenn er in diesen Armen lag. Dann war er mit jeder Faser seines Körpers dabei, hatte nie die kühle Distanz, mit der er sonst leidenschaftslos beobachtete, wie er seine Partner geschickt zur Ekstase trieb.

In diesen Armen glaubte Adam endlich und wirklich das absolute Gleichgewicht mit sich gefunden zu haben, weil er hier geben und nehmen konnte. Er liebte und vertraute, und er spürte, daß er ebenfalls geliebt und daß ihm vertraut wurde. Adam wußte, daß diese innige Verschmelzung die wahre Liebe war.

Er zog die Arme fester um die glatten Schultern. In den klaren, grauen, weit auseinanderstehenden Augen so dicht vor sich konnte er nicht nur sein Spiegelbild sehen: Er erkannte darin die Person, zu der er sich zugehörig fühlte, den einzigen Menschen, bei dem er ohne jede Einschränkung Frieden fand und frei war. Er fühlte sich glücklich.

Sonntag, den 5. Januar 1969

Nach ihrem Gespräch mit dem Earl of Brighton verbrachte Miranda schlaflose Nächte, in denen sie über Adams dreifachen Betrug nachdachte und sich Sorgen über die Zukunft von SUPPLYKITS und der Treuhandgesellschaft machte. Ihre Reise nach Paris konnte sie nicht mehr absagen. Zum Glück war sie nur verpflichtet, die Eröffnungsrede zu halten. Da es keine andere Lösung gab, hatte sie sich durchgerungen, in Paris ihre Probleme für zwei Tage zu vergessen.

Am Sonntagmorgen war der Himmel bewölkt. Von *Gatwick Airport* erhielt Miranda die Information, daß die Wolkendecke auf ihrer Flugstrecke bei fünfzehnhundert Fuß begann und daß sie mit Vereisungsgefahr rechnen mußte. Allerdings sollte es in einer größeren Höhe eine klare Luftschicht geben. Zum Glück hatte Miranda erst vor kurzem ihren Instrumentenflugschein erworben, der es ihr erlaubte, auch bei schwierigem Wetter zu fliegen.

Um zehn Uhr startete Mirandas neue Maschine, eine blaßblaue *Beechcraft Bonanza*, mit dem Ziel Lydd, wo sie die Zollkontrolle passieren sollte.

Doch je höher die Maschine stieg, desto schlechter wurden die Witterungsverhältnisse. Die versprochene klare Luftschicht schien wesentlich höher zu liegen als angenommen. Miranda konnte durch den dichten Wolkenhimmel nichts erkennen und mußte sich ganz auf ihre Instrumente verlassen.

Unglücklicherweise hatte der Meteorologe von Gatwick recht gehabt. In einer Höhe von viertausend Fuß brach jeder Funkkontakt ab, da sich mittlerweile eine dünne Eisschicht über die Kabine des Flugzeugs gelegt hatte. Die *Bonanza* hatte mit keiner Bodenleitstelle mehr Verbindung. Miranda war plötzlich völlig auf sich gestellt.

Bis auf das Funkgerät funktionierten alle Instrumente einwandfrei. Mirandas einziger Trost war, daß die Fluglotsen sie noch auf dem Radarschirm haben mußten und aufgrund der Funkstille merken würden, daß sie ein Problem hatte.

Obwohl Miranda wußte, in welche Richtung sie flog, kannte sie ihre exakte Position nicht. Sie glaubte jedoch, daß sie mittlerweile die *South Downs* erreicht haben mußte. Damit war die Möglichkeit, vorzeitig zu landen, völlig ausgeschlossen, wenn sie nicht riskieren wollte, an einem Bergkamm zu zerschellen. Sie beschloß, in der bisherigen Flughöhe zu bleiben und auf eine Lücke in der Wolkendecke zu hoffen, die es ihr erlaubte, zum Boden zu schauen und ihre Position zu überprüfen.

Miranda wollte langsam und vorsichtig über dem Meer in der Nähe von *Lydd Airport* niedergehen. Sie hoffte, daß es dort keine tiefhängenden Wolken mehr gab, denn dann riskierte sie, ins Wasser zu stürzen. Und ein Absturz über dem Ärmelkanal im Januar wäre fatal: Eine Rettung war unwahrscheinlich, und sie würde im kalten Wasser keine zwanzig Minuten überleben.

Während ihres Fluges durch das bedrückende Grau fühlte sich Miranda immer einsamer. Sie bereute bitter, so hoch gestiegen zu sein, anstatt unter der Wolkendecke hindurchzufliegen. Sie hätte vorsichtiger sein müssen.

Nach zwanzigminütigem Flug schätzte sie, daß der Flugplatz Lydd direkt vor ihr liegen müßte. Trotz ihrer Angst begann sie langsam zu sinken ... zweitausend Fuß ... neunhundert ... Und die *Bonanza* war noch immer von undurchdringlichen Wolken umgeben.

Nervös brachte Miranda die Maschine bis auf siebenhundert Fuß herunter ... dann auf fünfhundert. Grauweiße Stille, sonst nichts!

Während sie weiterhin angestrengt durch das Kabinenfenster starrte, spürte sie in ihrem linken Auge eine Reizung durch die Kontaktlinse. Sie blinzelte ein paarmal, als sie weiter herunterging ... dreihundert Fuß. Selbst in dieser niedrigen Flughöhe konnte sie noch immer nichts sehen.

Irgendwo mußte es doch eine Lücke in der undurchdringlichen Wolkenwand geben!

Bei knapp zweihundert Fuß änderte sich die Farbe der Wolken. Es war definitiv dunkler.

Dann bemerkte Miranda Baumwipfel. Nun konnte sie wenigstens sehen, wohin sie flog. Die *Bonanza* verlor langsam weiter an Höhe.

Wo war Lydd? Miranda hoffte, wenigstens eine Stadt oder eine Straße zu entdecken, an der sie sich mit Hilfe ihrer Karte orientieren konnte.

Dann erstarrte sie. War das eine Sinnestäuschung? Miranda traute ihren Augen kaum. Sie konnte ihr Glück nicht fassen: Vor der *Bonanza* – gerade noch in der Ferne zu erkennen – war eine Landebahn mitten im Grünen aufgetaucht! Miranda fühlte grenzenlose Erleichterung, die sich einem elektrischen Schlag gleich in ihrem ganzen Körper ausbreitete.

Sie wußte, wo sie war. Sie näherte sich dem hinteren Ende des durch Hecken abgetrennten Feldes, ungefähr eine Viertelmeile östlich von *Lydd Airport*. Sie würde es schaffen! Ihre Züge entspannten sich, und sie fuhr das Fahrgestell aus.

Als Miranda vom Blindflug auf Sichtflug umstellte, begann die Kontaktlinse in ihrem Auge erneut zu brennen. Sie näherte sich der Landebahn. Jetzt flog sie in einer Höhe von hundert ... dann fünfzig Fuß.

Aber Mirandas Auge tränte stark, und sie verschätzte sich.

Sie flog wesentlich niedriger, als sie gedacht hatte. Kurz vor der Landebahn streifte das Fahrgestell die Hecke an der Grenze zum Flugplatz.

Weil die Nase der Maschine plötzlich ruckartig nach unten gedrückt wurde, versuchte Miranda instinktiv zu korrigieren, indem sie den Steuerknüppel nach hinten riß. Mit beschädigtem Fahrwerk rutschte die Maschine nun über die Erde und neigte sich bedenklich nach links. Als ein Tragflügel den Boden berührte, geriet die Maschine außer Kontrolle. Miranda konnte nicht mehr vermeiden, daß der linke Flügel brach. Durch den heftigen Ruck wurde Miranda, die sich nicht fest genug angeschnallt hatte, nach vorn geschleudert. Ihr Kopf schlug auf das Instrumentenbrett.

Samstag, den 25. Januar 1969

Die schlanke Frau in dem violetten Mantel gab Adam einen Abschiedskuß auf die Wange und ging zum Ausgang des eleganten Restaurants.

Annabel lächelte. »Sag jetzt bloß nicht, daß *das* eine Klientin von dir war!« Sie beugte sich über den Tisch und rieb mit ihrem Taschentuch den brombeerfarbenen Lippenstift von seiner Wange.

»Nein. Sie ist die Einkäuferin in einem Modegeschäft. Erinnerst du dich noch an Johnny Briar?«

»Der Mann bei Lloyd's? Dein Freund, der Bankrott gemacht hat?«

»Ja. Er und Nora lebten in Scheidung. Als er seinen Nervenzusammenbruch hatte, hat sie ihn wieder bei sich aufgenommen.« Adam stand auf. »Ich muß mich beeilen.«

»Du arbeitest zu hart«, sagte Annabel ernst. »Wer ist der Klient, der dich auch am Samstagnachmittag beansprucht?«

»Ein wichtiger Japaner.« Adam warf ihr eine Kußhand zu.

Annabel beobachtete, wie er auf dem Weg zum Ausgang an

fast allen Tischen stehenblieb und ein paar Worte mit Bekannten wechselte.

Als Annabel sich noch eine Portion Kaffee bestellte, trat ein Mann an ihren Tisch.

»Roger! Schön, dich zu sehen! Trinkst du eine Tasse Kaffee mit mir?« Sie hatte Roger während ihrer Debütantinnenzeit kennengelernt. Er war groß, aber längst nicht mehr schlank, hatte schütteres blondes Haar, trug die moderne Uniform des Art-directors: einen schwarzen Rollkragenpullover zur Hüfthose, dazu einen breiten Gürtel mit einer Messingschnalle.

»Ich war sehr betroffen, als ich von Mirandas Unfall gelesen habe. Wie geht es ihr?« Roger setzte sich und nahm seine dicke Hornbrille ab.

»Sie ist auf dem Weg der Besserung«, erwiderte Annabel und kämpfte mit den Tränen. Sie versuchte, nicht an Miranda zu denken.

»Es war immer sehr lustig mit euch Mädchen damals. Und ihr wart immer sehr nett zu mir!«

»Ja, wir hatten viel Spaß mit dir. Und mit Lady Rushleigh ... ich meine, Mrs. Bromley.«

»Ich glaube, Tante Sonja hatte gehofft, daß ich eine reiche Erbin angeln würde. Aber Fehlanzeige. Das ist nicht meine Welt, aber das wußte ich damals noch nicht. Obwohl es mich viele hatten spüren lassen.« Er lächelte traurig. »War das nicht eben Adam Grant an deinem Tisch?«

»Ja.« Annabels Miene hellte sich auf.

»Was hat eines meiner Lieblingsmädchen mit einem solchen Mann zu schaffen? Es geht mich zwar nichts an, aber um der alten Zeiten willen ... Sei vorsichtig!«

»Warum vorsichtig, Roger?«

»Du kennst Adam vielleicht nicht so gut wie ich«, antwortete Roger. Er suchte nach den richtigen Worten. »Wir sind zusammen zur Schule gegangen. Und Schuljungen ändern sich kaum. Sie werden vielleicht Anwälte oder Art-directors, aber unter der Maske des Erwachsenen verbirgt sich noch immer derselbe

Charakter. Hast du eigentlich jemals Adams Mutter kennengelernt?«

»Ja, aber ich kann mich nicht mehr so gut an sie erinnern. Sie war sehr streng und sehr konventionell. Irgendwie kalt und unnahbar.«

»Ein zäher alter Vogel«, nickte Roger. »In der Familie hatte sie die Hosen an. Ihr Vater war der Boß in der Kanzlei, und das hat sie niemanden vergessen lassen. Ich habe mich immer gefragt, ob Adam die unpersönliche Art von ihr hat oder ob er nur einen Schutzwall um sich gebildet hat, um sich vor ihrer Kälte zu schützen.«

»Das ist mir nie aufgefallen!«

»Du mußt doch gemerkt haben, daß Adam ein Herz aus Eis hat, oder?«

»Ich finde Adam und sein Herz wunderbar!« entgegnete Annabel fröhlich.

»Aber gefühllos«, beharrte Roger ernst. »Adam verachtet Gefühle. Er weiß, daß Gefühle einen verwundbar machen. Jede Regung seines Herzens beunruhigt ihn.«

»Was willst du damit sagen?« fragte Annabel verwundert.

»Wenn Adam irgendwelche Gefühle zuläßt, dann nur Machtgelüste«, fuhr Roger hastig fort. »Macht regt ihn auf. Adam liebt Geld, weil Geld Macht bedeutet. Auf Geld kann er sich verlassen ... und deshalb kann er davon nicht genug kriegen.«

»Schuldet Adam dir Geld?« Annabel war verwirrt und leicht verärgert.

»Natürlich schuldet Adam mir Geld ... oder besser gesagt, meiner Agentur. Adam schuldet jedem Geld«, erklärte Roger. »Einmal hat er Geld bei einem säumigen Schuldner für uns eingetrieben und uns dann mehr in Rechnung gestellt, als er eingetrieben hat.« Roger lachte kurz auf. »Aber so etwas schert Adam gar nicht. Schließlich ist er in dem Bewußtsein aufgewachsen, daß ein schlauer Anwalt immer ungeschoren davonkommt.«

»Mit Adams Geschäften habe ich nichts zu tun«, erwiderte Annabel kühl. Sie stand auf.

Roger sprang auf und hielt sie am Handgelenk zurück. »Da wäre ich nicht so sicher. Alles, was Adam macht, hat mit Geschäften zu tun.«

»Laß mich los!«

»Nur, wenn du mir zuhörst. Es heißt, daß du Adam sehr gern hast.«

»Ja.« Annabel klang beleidigt.

»Sei vorsichtig, Annabel. Ich möchte nicht, daß er dir weh tut. Vergiß nicht, was für ein Heimlichtuer Adam ist.«

Annabel zögerte. Eigentlich wollte sie diese häßlichen Bemerkungen über Adam nicht hören, doch ihre Neugier war geweckt.

»Viele Leute sind verschwiegen«, meinte sie. »Vor allem Anwälte.«

»Adam ist nicht verschwiegen, weil er ein vorsichtiger Jurist ist«, Roger schüttelte den Kopf, »sondern weil er im Grunde von seinem Egoismus beherrscht wird. Adam will nie teilen ... mit niemandem!«

»Warum erzählst du *mir* das alles?« Annabel versuchte, sich seinem Griff zu entziehen.

»Weil ich dich mag. Und weil ich Adam nicht mag. Und dazu habe ich guten Grund.«

»Weshalb bist du über Adam so gut informiert?«

»Frag ihn doch selbst«, riet Roger ihr. »Und vergiß nicht, daß Adam die unangenehme Eigenschaft hat, Leute, die er nicht mehr braucht, fallenzulassen wie eine heiße Kartoffel.«

»Du weißt vielleicht nicht, daß Adam und ich ...«, begann Annabel.

»Natürlich weiß ich das. Deshalb erzähle ich dir das ja alles. Ich weiß auch von seiner Affäre mit Miranda.«

Annabel hatte genug. Sie wollte endgültig gehen und probierte, ihr Handgelenk zu befreien.

»Hör auf mich, Annabel. Ich möchte nicht, daß er dir weh

tut«, wiederholte Roger und ließ sie los. Er musterte sie traurig. »Mach deine schönen Augen auf«, riet er ihr dann. »Schau dir an, wie er dich benutzt, dich geschickt dorthin lenkt, wo er dich haben will. Das ist nichts Neues. Er hat es von jeher getan ... bei Männern und bei Frauen. Glaub mir, ich weiß es.«

Annabel war wütend, und trotzdem blieb sie stehen. Rogers ruhige, eindringliche Stimme klang erschreckend aufrichtig.

»Adam hat nie jemanden wirklich geliebt«, fuhr er fort. »Vielleicht Miranda ... für eine Weile. Sie ist die einzige Frau, die Adam beinahe unter die Haut gegangen wäre. Nur deshalb hat die Affäre so lange gedauert. Normalerweise liebt Adam es, Frauen in die totale Abhängigkeit zu treiben und sie dann fallenzulassen. Dieselbe Strategie verfolgt er auch bei Männern.«

»Bei Männern?« fragte Annabel zögernd. »Was meinst du damit?«

»Annabel, Adam ist bisexuell. Er mag Frauen und Männer ... oder verachtet sie gleichermaßen, wenn du willst. Jedenfalls scheint er ein Meister der Verführung zu sein ... bei beiden Geschlechtern. Und wie gesagt, Annabel, ich weiß, wovon ich rede.«

»Du willst doch wohl nicht sagen ...? Das ist absurd!« Annabel war wie benommen. Sie starrte Roger an und erkannte längst vergangenen Schmerz und Enttäuschung in seinen Augen. Verzweifelt wandte sie sich dem Ausgang zu. Wie konnte Roger es wagen, anzudeuten, daß er und Adam ...

Roger lief hinter ihr her. »Wenn du einen Beweis brauchst ... Adam versucht einen Abend in der Woche für die Jungs freizuhalten«, verriet er ihr. »Normalerweise geht er am Samstagabend ins *Hilbury Arms*, das ist eine Kneipe in der St. Martin's Lane. Aber geh erst nach neun Uhr hin. Vorher ist nichts los.«

26. KAPITEL

Samstag, den 25. Januar 1969

Annabel verbrachte einen Nachmittag in quälender Unentschlossenheit. Hin- und hergerissen zwischen dem Drang, Rogers Geschichte auf ihren Wahrheitsgehalt hin zu überprüfen, und dem Wunsch, die peinigenden Zweifel, die er gesät hatte, einfach zu ignorieren, obsiegte gegen acht Uhr abends schließlich das Bedürfnis nach Gewißheit. Sie nahm ein Taxi in die St. Martin's Lane.

Bekleidet mit einem marineblauen Regenmantel und einem farblich passenden, tief ins Gesicht gezogenen Kopftuch, stand Annabel auf dem dunklen, im Regen glänzenden Trottoir. Das Viertel war menschenleer.

Annabel schaute über die Straße. Die Fassade des *Hilbury Arms* war dunkelgrün. Der Name prangte in Goldschrift über dem Eingang, die hellerleuchteten Fenster wirkten einladend.

Die Hände in den Taschen, die Füße allmählich gefühllos vor Kälte, verharrte Annabel eine gute halbe Stunde im Schatten einer Straßenlaterne. Sie hatte Angst vor ihren eigenen Gefühlen. Wut und Eifersucht stritten in ihr und drohten ihr den Verstand zu rauben. Warum, um Himmels willen, tat sie das? Sie kam sich plötzlich lächerlich vor. Was war geschehen, daß sie Adam mißtraute, der vermutlich in diesem Augenblick ganz harmlos mit einem Klienten zu Abend aß? Sie begriff selbst nicht mehr, weshalb sie sich von Rogers bösartigem Gerede hatte vergiften lassen. Sie hätte nicht auf ihn hören dürfen.

Aber Annabel mußte Gewißheit haben.

Ungewißheit war schlimmer als Eifersucht. Annabel überquerte kurzentschlossen die Straße und betrat durch die Drehtür das *Hilbury Arms*.

»Verzeihung«, sagte jemand hinter Annabel, und im nächsten Augenblick schoben nachdrängende Gäste sie ins Lokal. Dort schien sich der Betrieb ausschließlich auf die lange, halbrunde Mahagonibar zu konzentrieren. Die zahlreichen Tische waren fast noch alle unbesetzt. Bläulicher Zigarettendunst hing in der Luft. Es roch nach schalem Bier. Kutscherlampen aus Messing sorgten für gedämpfte Beleuchtung. Die traurige, sehnsuchtsvolle Stimme von Billie Holiday drang aus den Lautsprechern und übertönte das laute Stimmengewirr.

Annabel sah sich um. Eine Gruppe junger Männer am Ende der Bar war nicht von den Jungen zu unterscheiden, die üblicherweise vor den Kinos auf ihre Mädchen warteten. Andere sahen wie Kunststudenten aus, trugen Jeans und Rollkragenpullover oder schwarze Lederjacken. Die gutaussehenden, gepflegten Männer auf den Barhockern hätte man für Schauspieler halten können. Eine Frau konnte Annabel nirgends entdecken.

Mit zitternden Knien setzte sie sich in eine Nische dicht hinter der Tür. Am liebsten hätte sie sich unsichtbar gemacht. Sie schnappte Bruchstücke der Unterhaltung auf: »Nicht viel los hier heute, Georgie ...«

Als die wehklagende Stimme besonders penetrant aus den Lautsprechern drang, betrat Adam die Kneipe. Er ging an Annabel vorbei, die sich hastig weiter in die Ecke drückte, und bahnte sich zielstrebig den Weg zur Bar. Ein Junge, der wie Cliff Richard aussah, starrte ihn verächtlich an. Adam ging geradewegs auf ihn zu, küßte ihn mitten auf den Mund und umarmte ihn zärtlich und lange.

Annabel zitterten die Knie, als sie aus der Drehtür ins Freie stürzte. Ihr war übel. »Scheusal! Schuft! Schwein!« schrie sie und rannte blind durch den dichten Regen.

Sonntag, den 26. Januar 1969

Miranda betastete vorsichtig ihren Kopf und fühlte einen Verband. Dann öffnete sie die Augen einen Spalt weit und sah ein kleines, weißes Krankenhauszimmer voller Blumen.

»Meine Kopfschmerzen sind offenbar weg«, murmelte Miranda. Die Schwester fühlte ihr den Puls. Als sie aus ihrer Bewußtlosigkeit erwacht war, hatten stechende Kopfschmerzen sie gequält und ihren Schädel zu sprengen gedroht.

Jetzt war Mirandas Kopf klar. »Wann kann ich hier raus?« flüsterte sie.

»Noch nicht«, erwiderte die Krankenschwester fröhlich. »Sie haben in den vergangenen beiden Tagen gute Fortschritte gemacht. Aber sie leiden noch unter den Folgen einer schweren Gehirnerschütterung. Und ihr Unfall ist erst drei Wochen her ...«

»Drei Wochen!« wiederholte Miranda entsetzt.

»Ganz ruhig ... Sie dürfen sich nicht aufregen! Wir haben Ihnen deshalb Beruhigungsmittel gegeben. Anordnung vom Doktor. Sie haben alle paar Stunden eine kleine Dosis Valium bekommen. Das war der Grund für Ihre Benommenheit. Aber in den letzten zwei Tagen ist die Dosis immer weiter verringert worden. Deshalb sind Sie heute morgen wacher.«

»Weiß mein Büro, daß ich hier bin?«

Die Schwester lachte. »Die Anrufe für Sie blockieren seit Wochen unsere Telefonvermittlung. Ihre Sekretärin ist hier im Hotel abgestiegen. Sie hat auch einen Leibwächter vor Ihrer Tür postiert, um die Presse abzuhalten. Leider hat es ein paar dumme Artikel in den Klatschblättern gegeben.«

»Mist!«

»Ihre Schwester Annabel ist auch mehrmals dagewesen und ruft täglich mindestens zweimal an.«

»Ich will sie nicht sehen. Bitte lassen Sie sie nicht zu mir!«

»Regen Sie sich bitte nicht auf. Niemand wird vorgelassen, den Sie nicht sehen wollen.«

»Was ist mit meinem Flugzeug? Hat es gebrannt? Wie bin ich herausgekommen?«

»Nein, gebrannt hat Ihr Flugzeug nicht. Es wird bereits repariert. Die Flughafenfeuerwehr hat Sie geborgen. Offenbar hatten Sie Glück, daß die Tür nicht geklemmt hat. Ihre Sekretärin hat sämtliche Zeitungsausschnitte für Sie aufbewahrt.« Die nette Krankenschwester versuchte, Mirandas Fragen kurz und umfassend zu beantworten.

»Ich brauche sofort ein Telefon!«

»Tut mir leid, aber das bekommen Sie erst morgen. Anordnung vom Arzt.«

»Wenn Sie mir kein Telefon bringen, dann laß ich mich von dem Bodyguard an meiner Tür zur nächsten Telefonzelle tragen«, entgegnete Miranda. »Ich muß unbedingt telefonieren!«

Nach kurzer, heftiger Diskussion erklärte sich die Schwester bereit, Mirandas Wunsch zu erfüllen – für eine Viertelstunde, um die Patientin zu beruhigen.

»Hallo ... Nein, James, es geht mir gut. Alles Unsinn, was in den Zeitungen steht. Ich will wissen, wie es mit den Vorbereitungen für die außerordentliche Hauptversammlung steht. Wie ist die Lage? Sind schon Stimmen per Post eingegangen?«

»Einige ... Aber weniger als erwartet. Vielleicht tauchen die Aktionäre alle bei der Hauptversammlung auf ... Nein, von der *Highland Croft Holdings* liegen noch keine Stimmrechtsermächtigungen vor. Aber lassen Sie sich deshalb keine grauen Haare wachsen.«

»Aber ich mache mir Sorgen, James! Die Holding wird die Abstimmung entscheiden!«

»Vielleicht schicken sie einen Bevollmächtigten zur Hauptversammlung.«

»Oder sie warten bis zur letzten Minute und bieten dann Adam und mir das Aktienpaket zu einem horrenden Preis an, wobei der Kauf erst nach der Hauptversammlung stattfinden kann, weil die Aktien sonst nicht stimmberechtigt sind.«

»Richtig. Denn wenn Sie oder Adam die Aktien vorher kaufen, kann das Stimmrecht nicht ausgeübt werden.«

»Wenn Adam dieses Aktienpaket auf seine Seite zieht, dann kann ich KITS in den Wind schreiben. Ich bin also gezwungen, die Aktien zu kaufen, gleichgültig, was sie kosten. Aber um das Bargeld locker zu machen, muß ich einen Teil meiner Aktien verpfänden.«

»Sie scheinen sich ja erstaunlich schnell erholt zu haben«, sagte der Earl of Brighton. »Ich habe dafür gesorgt, daß meine diesbezüglichen Anfragen nicht bis zu Ihnen zurückverfolgt werden können, Miranda. Viel herausgekommen ist dabei allerdings nicht. *Highland Croft* ist an einem Verkauf nicht interessiert.«

»Das sagen die nur, um den Preis hochzutreiben!«

»Es ist sinnlos, sich jetzt schon Sorgen zu machen. Vergessen Sie nicht, daß KITS ohne Sie kein interessantes Objekt wäre. Adam ist auf diesem Auge blind, weil er nicht objektiv ist. Ich schätze, er hat sich so daran gewöhnt, seinen Willen durchzusetzen, daß er mit einer Niederlage gar nicht rechnet.«

Als Miranda den Hörer auflegte, betrat die Schwester das Zimmer. »Sie haben Besuch. Sie hat jeden Tag angerufen. Eine Miss Buzz.«

»Buzz! Wie schön!«

»Nur zehn Minuten«, warnte die Schwester.

Miranda sah zu der vertrauten, vierschrötigen Gestalt auf und brach in Tränen aus.

»Da sitzt du aber schön im Schlamassel!« Buzz nahm Mirandas Hand. »Meine arme Kleine. Das letzte Mal, daß ich dich weinen gesehen habe, warst du sechs Jahre alt und von der Birke gefallen. Weißt du noch? Ist ja gut ... Erzähl deiner alten Buzz nur alles!«

»Oh, Buzz ... Es ist ein heilloses Durcheinander. Ich hab' mich für so schlau gehalten. Aber ich war eine Idiotin. Mir ist gerade klargeworden ...«

»Reg dich nicht auf, Kleines. Kommt Zeit, kommt Rat ...«

»Nein, Buzz. Das kann nicht warten! ... Ich hätte auf dich hören sollen. Ich glaube, Adam hält Gran wirklich in dieser Klinik fest – und er stiehlt ihr Geld!« Miranda erklärte Buzz in knappen Worten ihren Verdacht.

»Das steckt also hinter seinen ganzen Machenschaften«, sagte Buzz schließlich rauh. »Nell hätte das Geld zu meiner grundsoliden Bank bringen sollen ... Was machen wir denn jetzt, mein Mädchen?«

»Kannst du sie da nicht rausholen, Buzz? Wir dürfen nicht warten, bis ich wieder gesund bin. Du bist die einzige, der ich noch vertraue.«

Buzz' Miene hellte sich auf. »Sie dürfen nichts merken, damit sie keine Zeit haben, ihre Unterlagen in Ordnung zu bringen.«

»Kannst du sie nicht heimlich herausholen?«

»Nein, ich bestimmt nicht. Die Oberschwester kennt mich zu gut. Ich habe Hausverbot.«

Miranda hatte eine Idee. »Wieviel Uhr ist es? ... Acht Uhr morgens? Dann ist es in Los Angeles Nacht. Ich rufe Sam an und erkundige mich, wo Clare ist.«

Fünf Minuten später hatte Miranda Sam am Telefon. Sie erzählte ihm hastig ihre Geschichte.

»Diesem Adam habe ich nie über den Weg getraut«, sagte Sam. »Aalglatt, wenn du mich fragst. Aber ihr Frauen habt ihn ja vergöttert. Schon das hat mich mißtrauisch gemacht.«

»Vielleicht hast du mehr Erfahrung mit solchen Betrügern?«

»Ja, sicherlich mehr als ihr.«

»Weißt du, wie ich Clare erreichen kann?«

»Natürlich. Ich bin, was sie betrifft, immer auf dem laufenden. Sie ist zur Zeit mit Josh beim Skifahren in der Schweiz. Aber Clare ist nicht die Frau, die so etwas in die Hand nehmen kann. Gegen einen gerissenen Anwalt wie Adam hat sie keine Chance.«

»Sam, du bist doch ein Mann der Tat ...«

»Warte mal ... Die Vorbereitungen für die Dreharbeiten sind gerade abgeschlossen. Ich könnte morgen nach Europa fliegen. Zuerst holen wir Elinor raus, und dann schnappen wir uns Adam. Ich helfe euch gern!«

Dienstag, den 28. Januar 1969

Clare trug noch ihren gelben Skianzug und orangerote Hüttenschuhe, als sie sich zufrieden in ihrer neuen Bäckerei umsah. David hatte den Küchenanbau entworfen. Neben dem großen Bäckerofen waren Regale zum Auskühlen der Backwaren angebracht.

Der Monat in der Schweizer Gebirgssonne hatte Clares Haut gebräunt, und ihre aquamarinblauen Augen strahlten. Nach ihrem ersten Urlaub seit vier Jahren strotzte sie vor Energie und Gesundheit. Sie hatte jede Minute genossen.

Clare kehrte in die Küche zurück, nahm einen vorbereiteten Auflauf aus dem Kühlschrank und stellte ihn schon einmal in den Ofen. Durch das rückwärtige Fenster fiel ihr Blick auf den neuen Schlitten, den David gekauft hatte. Nach der Schule würden Josh und seine Freunde damit den verschneiten Hang hinter dem Haus unsicher machen.

Clare genoß den Luxus, noch fünf Stunden zur freien Verfügung zu haben, bevor sie mit den Vorbereitungen ihrer nächtlichen Bäckerei beginnen mußte. Sie schlenderte ins Wohnzimmer und legte eine Platte auf, die David ihr zum Geburtstag geschenkt hatte. Ein bißchen schuldbewußt genoß sie das friedliche Gefühl, ganz allein in ihrem Häuschen zu sein. Während sie verträumt das knisternde Feuer im Kamin betrachtete und der Musik zuhörte, wurde ihr wieder einmal bewußt, wie glücklich sie eigentlich war ...

In diesem Augenblick klingelte es an der Haustür.

Clare stand auf. Sie öffnete die Tür.

»Sam? Was willst *du* denn hier?«

»Wenn du mich reinläßt, sag ich's dir.« Sam fröstelte. »Miranda hat mich vom Krankenhaus aus angerufen.«

»Was ist mit Miranda?«

»Alles in Ordnung ... sie hat mit ihrem Flugzeug eine Bruchlandung gemacht.«

»War sie schwer verletzt? Wo ist sie? Wer kümmert sich um sie?«

»Sag mal, könnte ich bitte erst mal reinkommen?« Sam zitterte vor Kälte. »Sie wird bald entlassen. Ich habe heute morgen mit ihr gesprochen. Du kannst sie anrufen. Komisch, daß du von ihrem Unfall nichts gehört hast. Es stand sogar in der *L.A.-Times*!«

»Ich habe seit einem Monat keine Zeitung mehr gelesen. Wir sind erst gestern abend zurückgekommen ... zwei Tage später als geplant, wegen des Flughafenstreiks. Ich habe noch nicht einmal meine Post gelesen.«

Clare trat ungnädig zur Seite, als Sam ins Haus trat. Dann führte sie ihn ins Wohnzimmer.

»Wo ist Josh?« fragte Sam.

»Heute kannst du ihn nicht sehen«, antwortete Clare kurz angebunden. »Er ist bei einem Freund und geht dann früh zu Bett.«

»Ich kann warten«, meinte Sam, der entschlossen war, sich von seiner besten Seite zu zeigen. »Du siehst übrigens großartig aus!«

Clare starrte den Mann kalt und abweisend an. Er hatte sie betrogen, verweigerte ihr seit Jahren die Scheidung und leistete keine Unterhaltszahlungen für das gemeinsame Kind.

»Hast du vielleicht eine Tasse Kaffee?« Sam wärmte sich die Hände am Feuer.

»Nein«, entgegnete Clare. Sie fragte sich insgeheim, wie Sam es geschafft hatte, jünger denn je auszusehen.

Als Sam ihren verstohlenen Blick bemerkte, grinste er wissend. »Ja, ich bin in mich gegangen, Clare. Keine Kohlenhydrate, kein Alkohol, viel Fahrradfahren und ein besserer Schneider!«

»Interessiert mich nicht«, bemerkte Clare eisig. »Sag, was du zu sagen hast, und geh wieder.«

»Das wird dich interessieren«, sagte Sam. Dann berichtete er kurz von Adams betrügerischen Machenschaften, Elinors Sanatoriumaufenthalt und den Problemen mit der Treuhandgesellschaft.

»Soll das heißen, daß Gran seit fast einem Jahr in einem Sanatorium ist und meine Schwestern mir nichts davon gesagt haben?«

»Dafür kann ich nichts, Clare. Ich bin gerade um die halbe Welt geflogen, um etwas dagegen zu unternehmen.«

»Wo ist Gran? Ich muß sie sehen!«

»Draußen steht ein Bentley mit Chauffeur. Fahr, wohin du willst. Aber zuerst muß ich mit dir sprechen. Wann hast du Elinor zum letzten Mal gesehen?«

»Das war im Juli 1965 in Saracen«, antwortete Clare schroff.

»Dann hast du seit fast vier Jahren nicht mehr mit Elinor gesprochen?« Sam war perplex.

»Ich hab's ja versucht«, erklärte Clare verunsichert. »Ich habe Gran mehrmals geschrieben, aber meine Briefe hat immer Adam beantwortet. Darin stand, es täte ihm leid, so förmlich sein zu müssen, aber seine Klientin habe ihn gebeten, mir mitzuteilen, daß sie keinen Kontakt zu mir wünscht und so weiter ...«

»Ich wette, Elinor hatte Adam gebeten, dafür zu sorgen, daß es dir gutgeht. Ich wette, sie wollte eine Versöhnung. Und ich wette, Adam hat seine Spuren geschickt verwischt.«

»Seine Briefe haben mich immer ziemlich enttäuscht und deprimiert.«

»Das sollten sie auch«, antwortete Sam. »Aber weshalb hat Buzz nicht versucht, Kontakt zu dir aufzunehmen? Egal, ob es Elinor recht war ...«

»Buzz hat es versucht«, mußte Clare beschämt zugeben. »Ich weiß nicht, wie sie meine Adresse herausgefunden hat, aber eines Abends, kurz nachdem ich in die Kellerwohnung eingezogen war, ist sie einmal vorbeigekommen. Ich hatte einen harten Tag im Schuhgeschäft hinter mir. Buzz wollte mich überreden, mich bei Gran zu entschuldigen. Ich habe sie angeschrien und gebeten zu gehen. Dann hat sie versucht, mir Geld zu geben, was mich nur noch mehr davon überzeugt hat, daß sie in Grans Auftrag gekommen war.«

»Und Buzz hat nie mehr versucht, mit dir zu reden?«

»Doch ...«, antwortete Clare zögernd. »Sie hat mehrfach angerufen. Aber ich dachte, sie sei Grans Spitzel. Ich war entschlossen, auf eigenen Füßen zu stehen. Ich wollte kein kleines Mädchen mehr sein, das sich herumschubsen läßt.« Sie warf Sam einen feindseligen Blick zu.

Er seufzte. »Buzz hat immer behauptet, du seiest genauso dickköpfig wie Elinor ...«

»Wenn du hergekommen bist, um ...«

»Entschuldige«, sagte Sam hastig. »Aber haben Annabel und Miranda nicht versucht, mit dir in Verbindung zu bleiben?«

»Schon«, mußte Clare zugeben. »Aber sie waren erstaunlich taktlos. Annabel versank auf der anderen Seite des Atlantiks in Selbstmitleid. Und Mirandas Gesicht schien mir aus jeder Zeitung entgegenzugrinsen, die ich in die Hand nahm. Alles, was sie tat, war genau das, was ich nicht tun wollte.« Erneut flackerte Zorn in Clares Augen auf. »Du hast keine Ahnung, wie schwierig es für mich war, ohne irgendeine Berufsausbildung meinen Unterhalt zu verdienen und mich um Josh zu kümmern!«

»Darüber reden wir, wenn ich dir gesagt habe, warum ich hier bin.« Sam erklärte Clare Mirandas Plan, Elinor aus dem Sanatorium zu entführen. »Das Pflegepersonal kennt uns nicht, Clare«, fügte Sam eindringlich hinzu, »sie können uns den Zutritt zu Elinor nicht verweigern, wenn wir aus heiterem Himmel dort aufkreuzen. Wir behaupten, zufällig in England zu sein, und beweisen anhand unserer Reisepässe, wer wir sind. Wir sind Elinors Blutsverwandte.«

»Natürlich möchte ich Gran so schnell wie möglich sehen«,

antwortete Clare bedächtig, »aber hast du irgendeinen Beweis für diese abenteuerlichen Verdächtigungen? Miranda hatte eine Gehirnerschütterung. Bist du sicher, daß sie wieder ganz in Ordnung ist?«

»Du vergißt Buzz«, erinnerte Sam sie. »Sie war die erste, die Verdacht geschöpft hat ... was Adam betrifft und diese Klinik. Aber niemand wollte auf sie hören. Ruf Buzz an, wenn du willst. Sie ist bei Miranda.«

Nachdem Clare mit Buzz telefoniert hatte, waren ihre Zweifel wie weggewischt. »Eastbourne ist nicht sehr weit. Buzz meint, die günstigste Zeit, Elinor rauszuschmuggeln, sei am Nachmittag. Dann ist Besuchszeit, und das Personal will sicher jeden Skandal vermeiden. Fahren wir am besten gleich.«

27. KAPITEL

Dienstag, den 28. Januar 1969

»Die Sache macht mir angst«, gestand Clare auf dem Rücksitz von Sams Mietwagen. Sie hatte ihren Skianzug mit einem korrekten blauen Kostüm vertauscht.

»Ich will dich nicht drängen. Die Entscheidung liegt bei dir ... und die Verantwortung«, antwortete Sam. »Sie ist deine Großmutter.«

Clare betrachtete die Schneelandschaft. »Ich hätte nie gedacht, daß ich sie so vermissen würde. Früher war Gran diejenige, die der Familie Zusammenhalt gegeben hat. Sie schien so stark, so unerschütterlich zu sein. Immer war sie für uns da. Nach unserer ... unserem Streit ... war da ein leerer Platz in meinem Leben. Und der wird bleiben. Das weiß ich.«

»Clare, Elinor ist doch nicht tot! Jetzt ist es an dir, ihr zu helfen. Das ist alles.«

Schließlich bog der Wagen von der Straße ab, passierte ein eisverkrustetes elegantes Tor und fuhr eine Auffahrt hinauf.

Beim Anblick der weißen Säulen des Herrenhauses, das vor ihnen auftauchte, meinte Sam mit leichtem Zweifel in der Stimme: »Das sieht hier eigentlich gar nicht nach einem Gefängnis aus.« Das Anwesen wirkte sehr gepflegt mit seinen Eibenhecken und den alten Zedern, von denen Eiszapfen herunterhingen. Die weiten Rasenflächen reichten bis zum grauen Ärmelkanal hin.

In der warmen, mit Walnußholz getäfelten Eingangshalle wurde Sam immer unsicherer. Clare und er saßen auf einem burgunderroten Sofa, während sie auf die Oberschwester warteten.

Oberschwester Braddock erschien in ihrer blauen Schwesternuniform, was ihr ein noch ehrfurchtgebietenderes Aussehen verlieh. Sie erwähnte mit keinem Wort, daß sie kurz zuvor vergeblich versucht hatte, Mr. Grant telefonisch zu erreichen, sondern bat Sam höflich, sich auszuweisen. Mit ihrer charmanten Stimme erklärte sie: »Wir müssen vorsichtig sein. Viele Reporter haben versucht, bis zu Mrs. O'Dare vorzudringen. Sie können sich nicht vorstellen, unter welchen Vorwänden.«

»Oh, das kann ich durchaus«, antwortete Sam. »Ich arbeite in Hollywood.« Er zückte zwei Reisepässe. »Wir sind froh, daß die alte Dame hier so gut untergebracht ist!«

Nachdem die Oberschwester die Pässe geprüft hatte, berichtete sie den Shapiros kurz über Elinors Zustand, verweigerte ihnen jedoch Einzelheiten der Behandlung oder eine Prognose.

Clare verschlug es den Atem, als sie das hagere, eingefallene und bleiche Gesicht der Großmutter sah. Sie hatte schlohweißes Haar bekommen. Mit geschlossenen Augen und bewegungslos lag sie auf dem Krankenbett.

Clare rannte zu ihr hin. »Gran, Gran ... liebe Gran ... Kann sie mich hören?« Clare blickte fragend auf.

»Sie schläft«, sagte Oberschwester Braddock. »Ihr Nachmittagsschläfchen.«

»Wir warten, bis sie aufwacht«, entschied Clare mit fester Stimme. »Sie sieht so zerbrechlich aus«, fügte sie hinzu und kämpfte mit den Tränen, als sie die Fotos von Billy, Edward und den drei Schwestern auf dem Nachttisch gewahrte.

Sie wandte sich an Sam. »Mach es dir in Grans Wohnzimmer bequem, Liebling. Ich möchte einfach nur bei ihr bleiben.«

»Darf ich Ihnen Tee bringen lassen?« fragte die Oberschwester höflich.

»Haben Sie auch Kaffee?« fragte Sam ebenso höflich zurück und ging auf die Verbindungstür zum Wohnzimmer zu. »Könnte jemand meinen Chauffeur bitten, mir meine Aktentasche zu bringen?« Sam wollte, daß Steve, sein Chauffeur und Bodyguard, sich die baulichen Gegebenheiten des Sanatoriums einprägte.

»Mrs. O'Dare schläft gelegentlich mehrere Stunden«, warnte die Oberschwester.

»Ich warte gern«, erwiderte Clare zuckersüß und setzte sich in den Sessel an Elinors Bett. Hinter Clare befand sich eine breite Glastür, die in den Garten führte.

Kurz vor vier Uhr kehrte Schwester Braddock zurück.

»Hoffentlich wacht Gran bald auf«, bemerkte Clare. »Wir haben nicht mehr viel Zeit. Sam erwartet dringende Anrufe aus Los Angeles in unserem Hotel.«

»Ich störe Mrs. O'Dare nur ungern ... nur wenn es unbedingt nötig ist.«

»Das verstehe ich«, versicherte Clare ihr. »Wir kommen noch einmal, bevor wir England wieder verlassen.«

Als das Kaffeetablett abgeräumt war, klopfte Clare an die Verbindungstür. Das war das verabredete Zeichen für Sam. Er lief in den Korridor, um Wache zu halten.

Sanft versuchte Clare, Elinor wachzurütteln.

Sie rührte sich nicht.

Clare schüttelte heftiger.

Elinor zeigte keine Reaktion.

Nun probierte Clare, sie aufzusetzen. Elinors Kopf sackte nach hinten, ihre Arme baumelten wie die einer Puppe an ihrem Körper.

Hastig legte Clare sie zurück, strich die Kissen glatt und ging in den Korridor hinaus. »Gran schläft nicht«, flüsterte sie Sam ins Ohr. »Sie haben sie mit Drogen vollgepumpt!«

»Ich habe Steve angewiesen, sich im Park umzusehen, solange es noch hell ist«, erwiderte Sam. Er warf einen Blick auf die Uhr. »Fangen wir an, bevor es dunkel wird.« Zusammen mit Clare kehrte er zu Elinor zurück und drückte die Klingel an ihrem Bett.

Als Oberschwester Braddock erschien, beugte Clare sich über ihre leblose Großmutter und gab ihr einen Kuß auf die

Stirn. Dann folgten sie und Sam der Oberschwester aus dem Zimmer.

Als sie langsam den Korridor entlanggingen, bemerkte die Oberschwester, zu Sam gewandt: »Sie haben doch Ihre Aktentasche vergessen? Warten Sie, ich hol' sie Ihnen!«

»Ja, tatsächlich! Wie dumm von mir. Kein Problem!« Sam machte auf dem Absatz kehrt und lief zurück.

Er griff hastig nach seiner Aktentasche und schloß beide Türen von Elinors Suite zum Korridor hin ab. Die Schlüssel steckte er ein. Dann nahm er eine rosafarbene Decke aus dem Schlafzimmerschrank und zog die Vorhänge vor der Terrassentür zurück.

Draußen tauchte Steve auf.

Sam nickte ihm zu.

Steve schlug den Kragen hoch, prüfte kurz den Sitz seiner Lederhandschuhe, trat zehn Schritte zurück und hechtete dann mit der linken Schulter voraus durch die Glastür.

Sam schob einen schweren Sessel vor die Verbindungstür zu Elinors Wohnzimmer und riß die Bettdecke von Elinors Bett.

Steve wickelte Elinor in die rosafarbene Wolldecke, schwang sie über die Schulter und verschwand durch die zerbrochene Glastür in der Dunkelheit. Sam folgte ihm auf dem Fuß. Er wußte nicht, wo Steve den Wagen geparkt hatte.

Schwer atmend rannten die beiden Männer durch den Schnee. Steve, der den Mietwagen zuerst erreichte, riß die Tür zum Rücksitz auf, legte seine Last vorsichtig auf die Polster, sprang hinters Steuer und schaltete dann Zündung und Lichter ein. Danach drückte er dreimal kurz hintereinander auf die Hupe.

Mit einem Satz war Sam im Fond des Wagens, wo er fast auf das rosafarbene Bündel fiel. Er beugte sich darüber und öffnete die Tür auf der anderen Seite. Clare mußte jeden Augenblick kommen.

Aber Clare war nirgends zu sehen.

»Wenn wir aufgehalten werden«, sagte Sam keuchend, »fährst

du los, Steve.« Er hastete durch den Schnee zum Eingang, verlangsamte dann sein Tempo und betrat gemessenen Schrittes die Halle.

Mitten in der Halle rang Clare mit Oberschwester Braddock. Sam hatte sofort die Lage erkannt, schnappte sich die schreiende Empfangsdame und schleuderte sie einem Pfleger im weißen Mantel entgegen, der der Oberschwester zu Hilfe eilen wollte. Der Pfleger versuchte, der Empfangsdame auszuweichen, doch sie krallte sich hilfesuchend an ihm fest und riß ihn auf dem glatten Parkett mit sich zu Boden.

Sam packte die Oberschwester von hinten und nahm sie in den Schwitzkasten, um Clare von ihr zu befreien. Die kräftige Frau schnappte nach Luft und versuchte, sich Sams Griff zu entwinden, ließ Clare dabei jedoch nicht los.

Kaum war der Pfleger wieder auf den Beinen, sprang er auf die Kämpfenden zu und versetzte Sam einen Fußtritt in die Nierengegend. Sam drehte sich um, und die Oberschwester verlor ihr Gleichgewicht, taumelte und fiel auf das Parkett. Dabei ließ sie Clare los.

»Lauf raus, Clare! Schnell!« rief Sam ihr zu.

Clare rappelte sich auf und floh auf Strümpfen zum Eingang, verfolgt von dem Pfleger. Clare hatte einen sicheren Vorsprung, bis sie draußen im Dunkeln stolperte und die Balance verlor. Der Pfleger holte sie ein und stürzte sich auf sie.

Währenddessen verteidigte sich Oberschwester Braddock wie ein Mann gegen Sam, der nun auf dem Rücken lag. Sie wollte ihm die Augen ausstechen. Sam gelang es schließlich, einen gezielten Faustschlag zu landen. Er spürte, wie Knochen unter seiner Faust splitterten, hörte ein Stöhnen und konnte plötzlich wieder sehen. Gekrümmt vor Schmerzen, humpelte er dem Ausgang zu.

Unterhalb der Treppe wehrte sich Clare mit aller Kraft gegen den Pfleger. Sam sprang die Stufen hinunter und versetzte ihm einen Fußtritt. Der Mann schrie laut auf und rollte seitwärts in den Schnee.

»Zum Auto!« brüllte Sam und riß Clare mit sich.

Sie rasten zu dem Bentley, der sich bereits in Bewegung gesetzt hatte. Sam drückte Clare auf den Rücksitz und warf sich auf sie. Als sie endlich neben der immer noch bewußtlosen Elinor saßen, passierte der Wagen bereits das Tor und gewann auf der Straße schnell an Geschwindigkeit.

»Lieber, lieber Sam!« Clare schlang die Arme um ihn.

Die Sekretärin des Lord-Wellington-Sanatoriums wußte nicht, wie man jemanden erreichen konnte, der sich auf einer Kreuzfahrt in der Karibik befand. Sie rief das Reisebüro an, bei dem Dr. Craig-Dunlop die Reise gebucht hatte. Dort bekam sie den Rat, sich an das Londoner Büro der Reederei zu wenden.

Die aufgeregte zweite Oberschwester bedrängte die Sekretärin. »Sag ihnen, es sei dringend!«

»So leicht ist das nicht, Schwester Parks. Wir können die *Antigone* nur über eine Funkstation in Somerset erreichen ... das ist die zentrale Funkvermittlungsstelle für Schiffe. Angeblich dauert es mehrere Stunden, bis wir den Doktor an den Apparat kriegen!«

»Stunden!« stöhnte Schwester Parks verzweifelt.

»Es bleibt uns nichts anderes übrig, als zu warten, Schwester Parks!«

In der Ambulanz des städtischen Krankenhauses in Eastbourne saß Oberschwester Braddock im Wartezimmer. Sie trug den linken Arm in einer Schlinge. Er war dick angeschwollen und schmerzte. Die Finger konnte sie nicht bewegen. Die Knochen waren knapp über dem Handgelenk gebrochen.

Obwohl der pochende Schmerz in ihrem Arm unerträglich zu werden drohte, bat Schwester Braddock nicht um Schmerzmittel. Sie konnte mehr Schmerzen ertragen als die meisten, und in diesem Augenblick brauchte sie einen klaren Kopf. Während sie darauf wartete, daß der Arm geröntgt wurde, überdachte Ivy Braddock konzentriert ihre Lage und ihre Möglichkeiten.

Was hatte sie zu verlieren? Eine ganze Menge.

Mrs. O'Dare war durch eine offenbar sorgfältig geplante Aktion aus der Klinik entführt worden. Mr. Shapiro hatte ihr nicht den Eindruck gemacht, als wolle er die Sache damit auf sich beruhen lassen. Nicht nach dem Kampf, den sie ihm geliefert hatte.

Wenn die Polizei eingeschaltet wurde, drohte ihr die Verhaftung. Möglicherweise mußte sie sich sogar in einem Prozeß verantworten.

Selbst wenn sie nicht verurteilt wurde, weil sie eine Patientin unrechtmäßig und aus niedrigen Beweggründen festgehalten hatte, würde sie in Großbritannien nie wieder eine gute Stelle als Oberschwester bekommen.

Was ihr noch mehr angst machte als die Aussicht, sich wegen Mrs. O'Dare vor der Polizei verantworten zu müssen, war Mr. Grant. Oberschwester Braddock hatte die unterschwellige Gewalttätigkeit und Rachsucht im Charakter von Mr. Grant erkannt. Natürlich konnte er das Geld nicht von ihr zurückfordern, aber sie fürchtete sich vor Repressalien.

Vorübergehend spielte sie mit dem Gedanken, Dr. Craig-Dunlop zu erpressen. Sie verwarf die Idee jedoch gleich wieder, da der Arzt in der Lage war, sie ebenfalls zu erpressen.

Oberschwester Ivy Braddock hatte eigentlich nur eine einzige Chance.

In der tröstlichen Wärme und Behaglichkeit von *Applebank Cottage* saß Clare neben Sam vor dem Kamin. Sie hatte Annabel nicht erreichen können, aber Miranda und Buzz wußten inzwischen von Elinors glücklicher Rettung. Buzz hatte sich nur schwer davon abhalten lassen, noch in der Nacht zu ihrer alten Freundin zu reisen.

Elinor schlief im Gästezimmer. Steve, der Chauffeur, wohnte im Dorfgasthaus. Und Sam, der darauf bestanden hatte, in Elinors Nähe zu bleiben, wollte auf dem Sofa nächtigen.

Der sechsjährige Josh fand vor Aufregung, daß sein Vater zu

Besuch war, keine Ruhe und kam alle Augenblicke herunter, um nach einem Glas Wasser zu fragen. Beim Anblick ihres strahlenden Sohnes quälten Clare Schuldgefühle. Immer wieder überlegte sie, was Josh wohl lieber wäre: mit einer glücklichen Mutter allein oder mit beiden Eltern und einer unglücklichen Mutter zu leben.

»So, und jetzt zu dir«, sagte Sam. »Was ist eigentlich in dem Sanatorium vorhin passiert?«

»Ich hatte nicht damit gerechnet, daß man den Krach hören würde ... Ihr habt vermutlich die Glastür eingeschlagen. Ich bin in Panik geraten und zur Eingangstür gerannt. Diese schreckliche Oberschwester hat versucht, mich aufzuhalten. Alles Weitere habe ich wie im Traum erlebt. Tut mir leid, ich weiß, ich hätte auf das dreifache Hupsignal warten müssen.«

Sam grinste. »Wenn du nur erstaunt getan hättest, wäre sie gleich nachsehen gegangen, und du hättest seelenruhig hinausmarschieren können ... wie geplant.«

»Es geht eben nicht immer alles nach Plan.«

»Nein.« Sam hielt inne und fügte dann hinzu: »Fast nie, stimmt's?«

Clare empfand es als erstaunlich, daß die Feindseligkeiten zwischen ihnen verpufft waren. Die ganzen Jahre hatte sie voller Bitterkeit und Wut an Sam gedacht, weil er die Macht besaß, all ihre Pläne zu durchkreuzen.

Sam betrachtete den flackernden Feuerschein auf Clares zarten Zügen und dachte: Das ist der Augenblick, in dem ich es noch einmal versuchen kann ... »Ich weiß nicht, wie ich es sagen soll«, begann er leise. »Es tut mir leid, Clare ... Ich bin ein solches Ekel gewesen. Ich hoffte, du würdest zu mir zurückkommen, wenn ich dir kein Geld gebe und die Scheidung verweigere.«

»So dressiert man Hunde und keine Ehefrauen«, entgegnete Clare gereizt.

»Okay. Ich habe mich geirrt. Ich gebe es zu.«

»Danke«, erwiderte Clare bitter. »Ich habe nie begriffen,

warum du mich nicht einfach hast gehen lassen. Was ist der Unterschied zwischen mir und deinen anderen Exfrauen?«

»Josh, zum Beispiel.«

»Mir ist klar, daß kein anderer Mann einen Vater ersetzen kann ... nicht mal einen schlechten«, sagte Clare. »Aber das genügt nicht, um zu dir zurückzukehren. Ich habe auch ein Leben. Ich bin nicht nur Joshs Mutter!«

»Ich hätte nie gedacht, daß du auf eigenen Beinen stehen kannst. Ich bewundere dich deswegen ... ehrlich. Diese Bäckerei ist eine großartige Idee. Du könntest ein Filialunternehmen daraus machen. Es stimmt einfach alles!«

»Danke, kein Bedarf«, wehrte Clare ab. »Ich will keine Kette von Bäckereien besitzen. So würde ein Mann ein erfolgreiches Unternehmen aufziehen. Ich habe in die Welt der Männer reingerochen, und sie hat mir nicht gefallen. Die tägliche Tretmühle ist nichts für mich. Meine kleine Bäckerei macht mir Spaß, und ich tue etwas Nützliches, während ich meinen Lebensunterhalt verdiene.« Sie strich sich das dunkle Haar aus der Stirn und fügte hinzu: »Ich will nicht das Leben führen, das Miranda führt. Für mich war es kein Problem, vier Wochen in die Schweiz zu fahren ... aber ich wette, Miranda kann nicht so einfach nach Lust und Laune zum Skifahren gehen!«

Sam versuchte es auf eine andere Weise. »Ich habe erst gemerkt, wie sehr ich die Zeit mit dir genossen habe, als du fort warst, Clare. Und ich vermisse Josh jeden einzelnen Tag.« Eindringlich fuhr er fort: »Clare, gib mir noch eine Chance. Josh ist unser Sohn, nicht nur dein Kind!« Er sah an Clares Reaktion, daß dies ihr wunder Punkt war.

»Josh war auch dein Sohn, als du den Unterhalt für ihn bezahlen solltest!« erwiderte Clare heftig. »Aber da schien dir das nicht so wichtig zu sein. Rede bloß nicht von Versöhnung! Unsere Ehe hat dich doch gar nicht interessiert.«

Sam schaute ihr in die Augen. »Unsere Ehe ist mir wichtig, Clare. Hätte ich sonst alles stehen und liegen lassen, um deiner Großmutter zu helfen?«

»Ich bin dir dafür dankbar ... aber nicht so dankbar«, antwortete Clare. »Du hattest deine schmutzigen Abenteuer, Sam. Du hast gedacht, es macht mir nichts aus. Hat es auch nicht unbedingt ... aber es hat unsere Ehe zerstört. Du hast sie systematisch kaputtgemacht.«

»Aber sie besteht noch!«

»Auf dem Papier. Und seit du hier bist, versuchst du mich ins Bett zu kriegen. Es ist deine altbekannte Taktik. Aber wenn ich jetzt mit dir schlafe, wären die vergangenen langen Jahre rein rechtlich gesehen ausgelöscht. Wir hätten uns versöhnt. Und wenn es dann mit uns doch nicht klappt, ginge das ganze Drama wieder von vorn los. Außerdem liebe ich einen anderen!« Clare hatte beschlossen, aufs Ganze zu gehen. »Ich habe eine sehr glückliche Beziehung zu einem liebevollen, sensiblen und intelligenten Mann.«

»Und hätte dieser intelligente, liebevolle und sensible Liebhaber heute auch den Mut gehabt, sich für deine Großmutter zu prügeln?« fragte Sam.

Um sieben Uhr früh, als es noch dunkel war, kroch Josh zu Clare ins Bett und sagte: »Ich glaube, sie ist aufgewacht.«

Clare sprang aus dem Bett und horchte an der Tür zum Gästezimmer. Drinnen war leises Schluchzen zu hören. Sie ging hinein und knipste das Licht an.

Elinor wandte sich der Tür zu. »Clare!« flüsterte sie erstaunt. »Wo bin ich? Es ist himmlisch, dich zu sehen, mein Kind!«

Clare kniete neben dem Bett nieder, nahm die knochigen Hände und küßte sie. »Du bist in Sicherheit, Gran. Ich wohne hier. Du mußt nie mehr in dieses schreckliche Sanatorium zurück. Buzz kommt und hilft mir, dich gesundzupflegen.«

»Clare, ich habe dich so vermißt!«

»Und ich dich. Ich bin so dumm und dickköpfig gewesen.«

»Ich doch auch.«

»Verzeih mir, liebste Gran, bitte.«

»Nur wenn du mir vergibst.«

»Wir wollen keinen Tag mehr vergeuden ... keinen einzigen mehr!«

Clare war den Tränen nahe. »Gran, wenn du nur einen meiner Briefe beantwortet hättest! Ich wäre sofort zu dir gekommen. Meine Briefe an dich waren traurig, wütend, voller Zweifel und Selbstmitleid ... Aber Adam hat keinen Zweifel daran gelassen, daß du mich erst sehen wolltest, wenn ich mich förmlich entschuldigt hatte. Jedesmal, wenn er das gesagt hat, hat es noch weher getan.«

»Wenn ich das gewußt hätte«, flüsterte Elinor. »Ich habe dich so vermißt. Und Josh.«

Clare bekam Gewissensbisse. Elinor hatte ihren einzigen Enkel, der sie so sehr an Daddy Billy erinnerte, dreieinhalb Jahre nicht gesehen.

Elinor strich Clare übers Haar. »Aber das ist jetzt vorbei. Wir sind wieder zusammen. Alles andere zählt nicht.«

Um zehn Uhr verließ der Arzt das Haus. Er hatte Elinor ein schwaches Beruhigungsmittel verschrieben, das sie einnehmen sollte, während ihr Körper allmählich entgiftet wurde.

Kurz darauf klingelte es erneut, und Clare ging zur Tür. Draußen standen Miranda und Buzz. Miranda trug noch einen Kopfverband.

Sprachlos breitete Clare die Arme für die Schwester aus. Sie umarmten sich stumm.

»Wie geht es Nell?« erkundigte sich Buzz besorgt.

»Sie wird sich erholen. Besonders jetzt, da ihr beiden hier seid«, antwortete Clare.

Nach tränenreicher Begrüßung an Elinors Bett fiel Gran in einen erholsamen Schlaf.

Buzz, Clare und Miranda tranken in der gemütlichen Küche Kaffee. Miranda sah Clare fragend an. »Clare, ich habe nie begriffen, weshalb du kein Geld hattest. Adam hat uns gesagt, daß du ein regelmäßiges Einkommen aus dem Trust beziehst, aber Gran nicht mehr sehen wolltest und mir und

Annabel böse bist, weil wir angeblich auf Grans Seite stünden.«

»Adam hat *mir* gesagt, daß du und Annabel nichts mit mir zu tun haben wollt«, entgegnete Clare. »Und der Trust hat mir niemals auch nur einen Penny gezahlt.«

Miranda begriff selbst nicht mehr, wie sie sich je gefühlsmäßig an Adam hatte binden können. »Wir müssen ihn festnageln. Und zwar schnell.«

»Sam telefoniert aus diesem Grund gerade mit ein paar Anwälten in London.«

»Wenn ich nur mehr tun könnte!« stöhnte Miranda. »Aber ich habe immer wieder Kopfschmerzen und Konzentrationsschwächen. Außerdem Gedächtnislücken ... Von meinem Unfall weiß ich nichts mehr.«

Draußen fuhr ein Wagen vor. Clare rannte neugierig zum Fenster. »Was macht denn ein Londoner Taxi hier?«

Buzz trat neben Clare ans Fenster. »Donnerwetter! Ich glaube, das ist Annabel!«

»Unmöglich!« rief Clare. »So ein herrlicher Zufall!«

Clare lief zur Haustür. »Verkauft mich bitte nicht für dumm!« rief Miranda hinter ihr her. »Das kann doch kein Zufall sein! Wie konntet ihr es wagen, mir das anzutun?«

Verwirrt drehte Clare sich um. »Was ist denn los? Ich habe Frog über drei Jahre nicht gesehen!«

»Ach, nein? Und an dem Tag, an dem ich dich seit über drei Jahren zum ersten Mal wiedersehe, taucht ausgerechnet Annabel auf? Für wie dumm hältst du mich? Wie kommst du dazu, diese billige Versöhnungsfeier zu arrangieren?«

»Sei doch still, Miranda. Ich habe keine Ahnung, wovon du redest! Wo liegt das Problem?« fragte Clare ungehalten. »Oder sind das die Nachwirkungen von deinem Unfall?«

»Keineswegs!« konterte Miranda aufgebracht. »Wenn du diese Tür aufmachst und sie reinläßt, gehe ich!«

»Hör mit dem Blödsinn auf! Für Szenen dieser Art ist jetzt keine Zeit«, seufzte Clare. »Ich weiß wirklich nicht, ob und was zwischen euch vorgefallen ist, aber ihr werdet das schnell in Ordnung bringen müssen. Die Sache mit Gran ist zu wichtig.« Sie öffnete die Haustür.

Annabel stand auf der Schwelle. Sie brach in Tränen aus. »Gott sei Dank, daß du da bist, Clare! Ich hatte schon Angst, eine alte Adresse bekommen zu haben. Schön, dich wiederzusehen. Ich habe dich vermißt!«

»Komm rein, liebe Schwester! Schnell.« Clare fröstelte und zog Annabel ins Haus und in die warme Küche.

Annabel blieb abrupt im Türrahmen stehen und verstummte, als sie Miranda erblickte.

»Daß du die Dreistigkeit hast, hier aufzukreuzen!« zischte Miranda.

Annabel begann zu weinen. »O Miranda, du weißt nicht, was passiert ist ... Adam hat mich nicht geliebt ...«

»Das war mir schon immer klar«, entgegnete Miranda eisig.

»Er hat keine von uns geliebt ...«

»Wovon redet ihr überhaupt?« mischte Clare sich ein.

»Adam hatte seit Jahren eine Affäre mit mir ... und seit ein paar Monaten auch mit Annabel«, erklärte Miranda.

»Mit euch beiden?« Clare sah verblüfft von einer zur anderen. »Adam? Das glaube ich nicht!«

»Es kommt noch schlimmer!« schluchzte Annabel. »Adam liebt auch Männer!«

Die anderen Frauen schwiegen beklommen.

»Annabel, du spinnst!« Miranda fand, daß Annabel nun wirklich zu weit gegangen war.

»Überhaupt nicht. Ich wollte es ja auch nicht glauben. Deshalb bin ich zu einem Treff für Homosexuelle gegangen. Adam ist aufgetaucht, wie man mir prophezeit hatte. Ich hab' ihn mit eigenen Augen gesehen. Roger hat mir gesagt, daß Adam schon immer so war ... also wenn ihr mir nicht glaubt, fragt ihn.«

»Roger? Welcher Roger?« wollte Miranda wissen.

»Sonias Neffe. Der Roger, der uns den Twist beigebracht hat.«

Miranda schüttelte zornig den Kopf. »Ganz London weiß, daß Roger ... Ich kenne eine Menge Schwule. Aber Adam? Ausgeschlossen!«

»Doch, Miranda«, beharrte Annabel und begann erneut zu weinen. »Ich weiß, wie dir zumute ist ... Mir ging's genauso. Und ich konnte mit niemandem darüber sprechen ... Es gab niemand, dem ich mich hätte anvertrauen können. Es war schrecklich.«

»Ich rufe Roger an«, entschied Clare. »Hast du seine Nummer?«

Annabel nickte stumm. Buzz legte die Arme um sie. »Mein armes kleines Lämmchen!«

Als Clare in die Küche zurückkehrte, herrschte bedrücktes Schweigen. Annabel und Miranda musterten sich mißtrauisch.

»Roger hat mir alles bestätigt«, erklärte Clare ruhig. »Und ich glaube ihm. Er und Adam ... also die beiden hatten mal was miteinander. Und Roger sagt, daß er nicht Adams erster Liebhaber gewesen ist.«

Miranda brach in Tränen aus.

»Annabel, warum rufst du nicht Scott an?« fragte Clare vorsichtig.

Annabels ganzes Unglück stand in ihren ausdrucksvollen Augen geschrieben. »Ich komme mir so ... überaus dumm vor!« Die Tränen begannen erneut zu fließen. »Ich habe schreckliche Dinge zu Scott gesagt ...!«

Miranda hob den Kopf. »Wir sind beide ja so dumm gewesen ...«, gestand Miranda zögernd. »Du solltest Scott gegenüber ruhig zugeben, daß du bei einem Mann den Kopf verloren hast, dem du völlig gleichgültig bist. Ich weiß, daß Scott dich noch immer liebt. Ruf ihn an.«

Annabel nickte zögernd. »Also gut. Das mache ich. Aber jetzt ist es wohl noch zu früh in New York.«

»Ja, warte lieber, bis du ruhiger bist«, schlug Clare vor.

»Übrigens ... danke, Miranda«, murmelte Annabel. Sie wußte, daß es mehr bedurfte, um die Wunde zu heilen, die sie

Miranda zugefügt hatte. Schließlich zwang Annabel sich, die vier Worte zu sagen, die so einfach waren, und die auszusprechen einem manchmal so überaus schwerfielen. »Es tut mir leid, Miranda«, brachte Annabel schließlich mühsam heraus.

Miranda zögerte ebenfalls. »Danke. Es tut mir auch leid. Vergessen wir's. Adam hat uns allen weh getan.«

»Wir brauchen jetzt alle eine Tasse starken Tee«, meldete sich Buzz zu Wort. »Und dann gehen wir daran, den Schaden zu beheben, den Adam angerichtet hat. Dieser Mann hat euch genau dort hingebracht, wo er euch haben wollte!«

Buzz setzte Wasser auf. »Was ich nicht verstehe«, begann Clare, »warum wollte Adam mich nur von meiner Familie fernhalten?«

»Ich glaube, ich kann es mir denken«, antwortete Miranda. »Ich weiß auch, warum er Gran in dieses schreckliche Sanatorium verbannt hat. Adam hat durch irgendeinen genialen Trick die Treuhandgesellschaft gemolken. Und das hat natürlich länger gedauert als ein ganz normaler Diebstahl. Das würde erklären, weshalb Adam uns entzweit und Streit zwischen uns gesät hat. Damit hat er uns abgelenkt ... und währenddessen seelenruhig unser Geld kassiert ...«

»Wie bitte? Aber ich verstehe nicht ... wenn er unser Geld gestohlen hat, weshalb hat die Gesellschaft uns dann regelmäßig hohe Summen überwiesen?« fragte Annabel.

»Was wir bekommen haben, war ein Tropfen auf den heißen Stein, verglichen mit dem Gesamtvermögen«, erwiderte Miranda. »Er hat dafür gesorgt, daß wir das Geld bekamen, das wir wollten, weil wir auf diese Weise nie gemerkt haben, daß er sich den Rest angeeignet hat.«

Die drei Schwestern schauten sich schweigend an. Sie fühlten sich betrogen und gedemütigt.

»Ich komme mir so ausgenutzt vor«, murmelte Annabel.

Clare nickte. »Ich mir auch.«

»Da seid ihr nicht allein«, gestand Miranda lakonisch. »Ich könnte schreien, wenn ich daran denke, wie lange ich mich habe betrügen lassen … ausgerechnet ich!« Von ihrem Machtkampf mit Adam um ihr Unternehmen sagte sie nichts. Sie wollte die Lage nicht noch unnötig komplizieren.

»Ich rufe jetzt im Gasthaus an«, verkündete Clare. »Wir haben nur ein Gästezimmer, und das hat Gran. Sam schläft auf der Wohnzimmercouch.«

»Wo ist Josh?« fragte Miranda plötzlich.

»In der Schule«, antwortete Clare. Ob Josh sich noch an seine Tanten erinnerte?

»Wohnt Josh gern auf dem Land? *Du* machst einen viel selbstsichereren und entspannteren Eindruck!«

»Josh ist sehr gern hier. Und ich bin mit meinem Leben sehr glücklich.«

»Das ist nicht zu übersehen«, bestätigte Annabel.

»Du siehst auch viel besser aus, Annabel«, wandte Clare sich an die Schwester. »Du wirkst nicht mehr so schmal und abgehetzt wie während deiner Zeit als Model, sondern bist viel weiblicher.«

Miranda nickte. »Clare hat recht. Es macht mich ganz krank, daß du ohne jedes Make-up so phantastisch aussiehst!«

Annabel zog ihre kleine Nase kraus. »Findet ihr wirklich?«

Als die Schwestern ihr Gepäck zum Dorfgasthof brachten, berichtete Clare Sam, was sie besprochen hatten.

»Keine Selbstvorwürfe, Clare«, sagte Sam. »Adam ist ein verdammt gerissener Gauner. Und er weiß, wie man Frauen schmeichelt und ihr Vertrauen gewinnt. Dieses Schwein sieht gut aus, hat Charme, ist intelligent und verdammt selbstbewußt. Er hat mit sicherem Instinkt all eure Schwächen erkannt und für seine Zwecke ausgenutzt. Also hört auf zu reagieren und fangt an zu agieren. Wir müssen zurückschlagen.«

»Adam weiß nicht, daß wir ihn entlarvt haben. Wir lassen ihn lieber in dem Glauben, daß wir uns noch bekriegen«, erwiderte Clare.

»Annabel ist die Schwachstelle. Hat Adam eine Ahnung, wo sie ist?«

»Das mußt du Annabel fragen.«

Erst am nächsten Morgen sollten sie die Antwort erfahren. »Ich konnte Adam nicht gegenübertreten ... nachdem ich ihn mit diesem Jungen gesehen hatte. Ich habe ihm deshalb eine Nachricht hinterlassen, ich sei für eine Woche zu einer Schönheitsfarm gefahren. In Wirklichkeit habe ich in meinem Zimmer gesessen und geheult, bis mir die Idee kam, Sams Sekretärin anzurufen, um nach Clares Adresse zu fragen.«

Gegen sechs Uhr an diesem Abend brachte Clare einen frischen Laib Brot zu einer Frau, die mit Arthritis im Bett lag. Sie lehnte Sams Angebot, sie dorthin zu fahren, ab. Sie brauchte etwas frische Luft. Er könne inzwischen Josh ins Bett bringen.

Josh, der fand, daß er schon viel zu groß war, um von seiner Mutter gebadet zu werden, ließ es von seinem Vater glücklich geschehen, und die beiden genossen die vergnügliche Planscherei.

Weil dann irgendwann das Badezimmer schwamm, machte Sam sich in der Küche auf die Suche nach Lappen und Schrubber. Dabei hörte er einen Schlüssel im Haustürschloß. »Clare? Ich habe Josh zwar ins Bad gebracht, aber jetzt kriege ich ihn nicht mehr heraus!«

Ungewohnt schwere Schritte machten ihn mißtrauisch. Sam sah gerade in dem Augenblick auf, als sich ein Mann bückte, um dem niedrigen Türbalken auszuweichen. Noch nie war ihm ein so gutaussehender Typ begegnet.

»Wo ist Clare?« erkundigte sich David locker.

»Meine Frau ist unterwegs«, antwortete Sam ebenso gelassen. Clare hatte mit keinem Wort erwähnt, daß dieser Kerl wie der Held aus einem Italo-Western aussah!

Die beiden Männer maßen sich mit abschätzenden Blicken wie zwei Hunde vor dem Kampf.

Das war also der Grund, weshalb Clare ihn nicht wie üblich am Vorabend angerufen hatte, dachte David. Als er versucht hatte, sie zu erreichen, war ständig besetzt gewesen. Der große, breitschultrige Mann mit dem dunklen Lockenhaar und den muskulösen Armen sah besser und charmanter aus, als David erwartet hatte. Er war sogar ausgesprochen sympathisch.

»Wenn Sie David sind, dann rate ich Ihnen, Leine zu ziehen!« Sam war für klare Verhältnisse. Und er fügte hinzu: »Wenn Sie meine Frau sprechen wollen, dann kommen Sie ein andermal wieder. Wir haben im Augenblick viel um die Ohren.« Sam wußte, daß er diesen Romeo auf Distanz halten mußte, wenn er mit Clare ins reine kommen wollte.

»Ich warte lieber, bis sie zurückkommt.«

»Clare und ich haben eine Menge zu besprechen. Sie stören«, erklärte Sam unverblümt und machte drohend einen Schritt auf David zu, der sich dadurch nicht einschüchtern ließ.

»Ich warte auf Clare«, wiederholte David. »Wenn Clare möchte, daß ich gehe, soll sie mir das selbst sagen.«

Beide hörten, wie Josh aus dem Badezimmer rief: »Dad, wo bleiben Lappen und Schrubber?«

»Bin gleich da, Sohnemann!« schrie Sam zurück. »Ich will, daß Sie gehen«, sagte er zu David. »Und zwar jetzt gleich!«

Beide hörten, wie draußen das Gartentor geöffnet wurde und eine heisere Fahrradglocke ertönte.

Pfeifend öffnete Clare die äußere Küchentür und stutzte, als sie sah, wie sich Sam und David wie zwei Raubtiere auf dem Sprung anstarrten.

»David! Was ist passiert?« rief Clare.

»Bis jetzt noch nichts«, antwortete Sam, der seinen Blick nicht von seinem Rivalen ließ.

»Warum hast du mir nicht gesagt, daß er kommt?« fragte David, ohne Sam aus den Augen zu lassen.

»Weil es Sie überhaupt nichts angeht!« brüllte Sam.

»Weil ich ihn nicht erwartet habe«, erwiderte Clare. »Ich habe dich heute morgen anzurufen versucht. Du warst nicht zu Hause.«

»Muß der Kerl bleiben?« erkundigte sich Sam.

»Möchtest du, daß ich gehe, Clare?« Nun war auch David gereizt.

»Hört damit auf! Beide!« schimpfte Clare. »Ihr benehmt euch wie Kinder!«

»Raus hier!« dröhnte Sam. »Sie stören! Sie haben hier nichts zu suchen!«

»Irrtum. Ich möchte Clare heiraten«, sagte David.

»Davon hast du nie gesprochen!« entfuhr es Clare unwillkürlich.

»Rein zufällig ist Clare schon verheiratet!« erklärte Sam wütend.

In diesem Moment tauchte Josh nackt und tropfend auf. Er ignorierte Clare und David und hatte nur Augen für Sam, der ihn hochhob und fest an sich drückte.

»Wir wollten doch noch baden«, maulte er und gab Sam einen sehr feuchten Kuß.

»Was ist? Willst du?« drängte David Clare. »Heiraten, meine ich?«

Zögernd blickte Clare von einem zum anderen.

28. KAPITEL

Donnerstag, den 30. Januar 1969

Nach einer unruhigen Nacht wachte Elinor früh auf. Buzz kochte eine Tasse Tee und plauderte gut gelaunt über ihre Kreuzfahrt mit Bertha Higby.

Dann fragte Elinor, wie es auf Saracen stünde.

Buzz zögerte.

»Was ist passiert?« flüsterte Elinor.

»Adam hat es verkauft«, antwortete Buzz schließlich mit einem Stoßseufzer.

»Er hat *mein Zuhause* verkauft?«

»Irgend jemand mußte es dir schließlich sagen, Nell.«

Elinor sagte nichts, aber Tränen rollten über ihre Wangen. »Und was ist aus meinen Angestellten geworden?« erkundigte sie sich schließlich leise.

»Für die ist gut gesorgt. Keine Angst. Was sie jetzt im einzelnen machen, weiß ich nicht. Ich bin nie wieder dort gewesen.«

»Wenigstens sind wir alle wieder zusammen«, murmelte Elinor. »Alles andere ist unwichtig.«

In den folgenden zwei Stunden mußte Buzz Trost spenden und Elinors stockende Fragen nach den Ereignissen des vergangenen Jahres beantworten. Als die übliche Frühstückszeit gekommen war, hatte Elinor die Augen bereits getrocknet und versuchte, fröhlich und guter Dinge zu sein.

Schließlich kam eine lächelnde Clare mit einem Tablett herein. »Annabel und Miranda sind nach London gefahren.«

»Ist es wegen Adam?«

»Ja.«

»Er hat sich mein Vermögen angeeignet, stimmt's?«

»Es hat keinen Sinn, sie zu belügen«, warf Buzz ein.

»Vielleicht ist ja nicht alles weg«, erwiderte Clare vorsichtig. »Wir wissen es noch nicht. Aber wenn es tatsächlich so ist, bleiben dir immer noch die Tantiemen aus deinen Buchveröffentlichungen.«

»Falls ich irgendwas von meinem Geld zurückbekomme, wird es unter uns fünfen gleichmäßig aufgeteilt«, erklärte Elinor mit schwacher Stimme. »Das hätte ich gleich von Anfang an tun sollen.«

Ungefähr zur selben Zeit verließ Dr. Craig-Dunlop in einem Seidenmorgenmantel seine elegante Einzelkabine und ging in den Funkraum, wo man ihm kurz die Handhabung des Fernsprechgerätes erklärte.

Die dunklen Augen des kleinen Arztes weiteten sich, als er der fernen, erregten Stimme von Parks, seiner zweiten Oberschwester, lauschte.

»Beruhigen Sie sich, Schwester Parks«, sagte er, als er endlich zu Wort kam. »Wenn ich Sie richtig verstanden habe, haben Verwandte Mrs. O'Dare aus der Klinik geholt, und Sie wissen nicht, ob das mit ihrem Einverständnis geschah. Auf alle Fälle geschah es ohne *unser* Einverständnis. Und daher sind wir für das, was mit Mrs. O'Dare geschieht, nicht mehr verantwortlich. Das ist unsere offizielle Haltung, Schwester Parks.« Seine ruhige, feste Stimme verfehlte offenbar ihre Wirkung nicht. »Hat jemand Mr. Grant informiert? Nein? Ausgezeichnet. Da Mrs. O'Dare von ihren Verwandten abgeholt wurde, die sich entsprechend ausweisen konnten, sehe ich keinen Grund, Mr. Grant vor meiner Rückkehr in Kenntnis zu setzen ... Ja, natürlich. Ich komme umgehend zurück.«

Er dachte nach. Das Kreuzfahrtschiff sollte in etwa dreißig Stunden in Jamaica festmachen. Der Himmel wußte, wie lange es dauerte, bis er von Kingston nach England kam. Möglicherweise mußte er auf einen Flug nach New York und dort wiederum auf eine Verbindung nach London warten. »Ich komme so schnell wie möglich, Schwester Parks. Aber alles hängt von den Flugverbindungen und davon ab, ob ich noch einen Platz in der Maschine bekomme. Ich schätze, ich bin frühestens Sonntagabend da.«

Danach berichtete die Schwester über weitere Einzelheiten. Dr. Craig-Dunlop schien verblüfft: »Oberschwester Braddock? Das ist erstaunlich. Sie ist also mit all ihren Sachen und einem gebrochenen Arm in einem Taxi verschwunden, ohne irgend jemandem Bescheid zu sagen? Möglicherweise hatte sie eine leichte Gehirnerschütterung. Wir sollten vielleicht offiziell behaupten, die Oberschwester habe einen längst überfälligen Urlaub angetreten ... und daß wir sie gegen Ende des Monats zurückerwarten. Es ist nicht nötig, mehr zu sagen.«

Er hüstelte. »Sicher werden Leute von der Presse auftauchen, Schwester Parks. Mrs. O'Dare ist schließlich eine bekannte Persönlichkeit. Reden Sie nicht mit Fremden, Schwester. Sagen Sie Patricia, sie soll bei Anrufen sehr vorsichtig sein. Wir geben keine Informationen über Mrs. O'Dare ... nur gegenüber meinem Anwalt. Rufen Sie ihn an und erzählen Sie ihm, was vorgefallen ist. Jetzt möchte ich mit Pfleger Gibson sprechen ... Dann holen Sie ihn gefälligst!« Dr. Craig-Dunlop kaute nervös auf seinem Daumennagel.

Nach den zerknirschten Ausführungen des Pflegers beruhigte der Arzt ihn. »Unerhört! Sie scheinen ja tätlich angegriffen worden zu sein, Gibson. Wir übergeben die Sache meinem Anwalt ... sobald ich da bin. Er wird diese Leute wegen Körperverletzung und Verleumdung verklagen. Das verspreche ich Ihnen. Bis dahin sprechen Sie mit niemandem, Gibson ... auch nicht mit der Polizei. Wir dürfen jetzt nichts überstürzen. Ich kann mich doch in dieser peinlichen Sache auf Sie verlassen?«

Am anderen Ende war es still.

»Es soll Ihr Schade nicht sein, Gibson«, fügte der Arzt lahm hinzu.

Schweigen.

»Sie haben von jetzt an eine Lebensstellung bei mir, Gibson.«
»Bekomme ich das schriftlich?«

Wie viele Kanzleien sah auch das Büro von William Owen, dem Anwalt für Wirtschafts- und Finanzrecht, wie das eines überlasteten Universitätsprofessors aus. Der Anwalt saß hinter einem Schreibtisch, auf dem sich Akten und Schriftstücke türmten. Er war ein bulliger Mann mit blasser Gesichtsfarbe und grauem, zerzaustem Haar. Neben ihm saß sein Experte für Bilanzbuchhaltung, Richard Fraser. Fraser hatte rosige Backen und das ernste Gesicht eines frischgewaschenen Chorknaben.

Den beiden gegenüber hatten Annabel, Sam und Miranda Platz genommen. Miranda war todmüde und hatte Kopfschmerzen.

»Nach allem, was Sie mir erzählt haben, kristallisieren sich drei Punkte für eine Anklage heraus: erstens, die scheinbar völlig unnötige Einweisung ihrer Großmutter in ein Sanatorium. Zweitens, die mögliche Unterschlagung von Geldern aus dem Familientrust. Drittens, der vermeintliche Erwerb von SUPPLYKITS-Aktien durch eine bislang unbekannte Person auf Adam Grants Anweisung mit Finanzmitteln, die nicht dem Käufer, sondern der Dove-Treuhandgesellschaft gehören.«

»Kann unsere Großmutter diese Privatklinik verklagen?« fragte Annabel.

Mr. Owen zog die Augenbrauen hoch und blickte sie über seine Brille hinweg an. Seine Miene war alles andere als optimistisch. »Auch ohne Einzelheiten zu kennen, kann ich Ihnen sagen, daß es jahrelanger harter juristischer Arbeit bedarf, bis wir eine verhältnismäßig geringe Schadenersatzsumme erstreiten. Ich würde zu einer solchen Verschwendung von Arbeit und Energie nicht raten.«

»Was ist mit der Unterschlagung der Treuhandgelder?« wollte Miranda wissen.

»Die Treuhänder müssen doch über das Treuhandvermögen genau Rechenschaft ablegen, oder?« warf Annabel ein.

Miranda schüttelte den Kopf. »*Swithin, Timmins & Grant* haben schon zu erkennen gegeben, daß Adam und Paul Littlejohn vermutlich durchaus innerhalb des gesetzlichen Rahmens agiert haben, so daß man ihnen nichts anhaben kann.«

»Aber warum ist Adam nicht verpflichtet, unsere Fragen zu beantworten?« fragte Annabel. »Er hat schließlich die Gründung der Treuhandgesellschaft organisiert.«

»Wenn Adam Grant Informationen verweigert, können Sie als Nutznießerinnen des Trusts diese gerichtlich erzwingen. Auch das würde lange Zeit in Anspruch nehmen«, erwiderte Mr. Owen.

Richard Fraser beugte sich vor. »Aus all Ihren Ausführungen entnehme ich, daß der Coup jahrelang und sehr sorgfältig geplant gewesen sein muß. Wenn das so ist, dann werden sämtliche Transaktionen der Treuhand belegt sein, und zwar durch Investitionen in skurrile Firmen, die Konkurs gemacht haben oder deren Aktien in den Keller gefallen sind. Natürlich ist es uns möglich nachzuvollziehen, wohin jeder einzelne Betrag gegangen ist, der von den Konten der Gesellschaft abgezogen wurde. Wenn betrügerische Absicht im Spiel war, dann ist das Geld allerdings schnell weitergeleitet worden ... auf Schweizer Nummernkonten, an die wir natürlich nie herankommen werden.«

William Owen sah über seine halbe Brille hinweg. »Adam Grant ist vermutlich der einzige, der über den gegenwärtigen Verbleib der Gelder Bescheid weiß. Zweifellos besitzt er geheime Aufzeichnungen, niemand kann komplizierte Geldverschiebungen in dieser Höhe im Kopf behalten. Ich tippe auf ein unauffälliges Notizbuch, das er entweder ständig bei sich trägt oder gut verborgen, zum Beispiel in einem Safe, aufbewahrt. Nur mit diesen Aufzeichnungen in unseren Händen könnten wir die Polizei einschalten. Ohne solche Beweise wäre auch das sinnlos. Trotzdem rate ich Ihnen, schon jetzt mit den entsprechenden Stellen der Kripo Kontakt aufzunehmen, so daß Sie schnell handeln können, falls Sie die Beweise haben.«

»Wir müssen also nur diese Aufzeichnungen finden?« erkundigte sich Annabel.

»Adam wird sie uns kaum auf einem Silbertablett servieren!« warf Miranda gereizt ein.

Richard Fraser fuhr die beiden Schwestern und Sam zu einem modernen Bürogebäude, in dem das Betrugsdezernat von Scotland Yard untergebracht war. Der zuständige Beamte war Inspektor Walter Piper. Mit seinem Nadelstreifenanzug bester Qualität sah Piper eher wie ein junger Banker als ein Polizist aus. Während Miranda ihre Geschichte erzählte, machte er sich eifrig Notizen.

»Gut, dann darf ich noch mal zusammenfassen«, sagte er, als Miranda geendet hatte. »Im Juli 1965 hat die Kanzlei *Swithin, Timmins & Grant* eine Treuhandgesellschaft gegründet, die von ihrer auf den Bermudas ansässigen Anlageberaterfirma verwaltet wurde. Der Kurator des Trusts war Paul Littlejohn, ein Partner der Kanzlei. Gleichzeitig hat Elinor O'Dare Adam Grant von *Swithin, Timmins & Grant* eine Generalvollmacht ausgestellt, die im Krankheitsfall zur Anwendung kommen sollte.

Im Gegensatz zu Paul Littlejohn, einem südafrikanischen Bürger mit Wohnsitz auf den Bermudas, ist Adam Grant Brite und hier ansässig, fällt also unter britisches Recht. Im August 1966 hat er Mrs. O'Dare überredet, die ihm gegebene Generalvollmacht auf Paul Littlejohn zu übertragen. Vermutlich enthält der entsprechende Vertrag eine Klausel, in dem für die Vollmacht das auf den Bermudas herrschende Recht beansprucht wird.

Darüber hinaus hat Mrs. O'Dare ein Schriftstück unterschrieben, das Adam Grant und die Kanzlei *Swithin, Timmins & Grant* von jeder weiteren Verantwortung für Mrs. O'Dares Angelegenheiten entbindet.

Anfang 1967 hat Grant die Kanzlei verlassen und seine eigene Sozietät gegründet. Elinor O'Dare nimmt er als Klientin mit.

Anfang Februar 1968 verläßt auch Paul Littlejohn, vermutlich Grants Komplize, die Sozietät, um seine eigene Firma auf den Bermudas zu gründen, und nimmt seinerseits die Dove-Treuhandgesellschaft mit. Als deren Kurator hat Littlejohn die Möglichkeit, den bisherigen Treuhändern zu kündigen und neue zu ernennen.

Im Februar 1968 wird Mrs. O'Dare in das Lord-Willington-Sanatorium eingewiesen und auf Paranoia behandelt. Dadurch hatte Paul Littlejohn die Möglichkeit, seine Vollmacht anzuwenden, um Mrs. O'Dares persönliches Vermögen einschließlich des Schlosses in Frankreich aus dem Trust abzuziehen. An diesem Punkt wären die beiden Schurken praktisch in der Lage gewesen, die Kassen der Stiftung bis auf den letzten Rest zu plündern.

Außerdem sieht es so aus, als habe Adam Grant, Direktor von SUPPLYKITS, durch Strohmänner sechsundvierzig Prozent des Aktienvermögens dieses Unternehmens erworben, und zwar wahrscheinlich mit Geld aus der Dove-Treuhand. Wir können die letzten Aufkäufe zurückverfolgen, und falls das Geld dafür aus dem Dove-Trust stammt, dann gehört das Aktienpaket rechtmäßig der Treuhandgesellschaft.«

Als Inspektor Piper geendet hatte, fragte Miranda: »Wo fangen wir jetzt an?«

»Nehmen Sie zuerst Kontakt zu Mrs. O'Dares Literaturagentur auf, und sorgen Sie dafür, daß keine weiteren Tantiemen an die Dove-Treuhand überwiesen werden, bis wir mit unseren Ermittlungen weiter sind. Solange wir keine Beweise für ein Verbrechen haben, können wir nichts tun.«

»Können wir Adam Grant verklagen?«

»Erst, wenn Sie handfeste Beweise gegen ihn gefunden haben. Ihre Großmutter hat alle Papiere unterschrieben, außerdem hat sie sich freiwillig in das Sanatorium in Eastbourne begeben. Es existiert immerhin eine von ihr unterzeichnete Erklärung. Juristisch gesehen liegt kein Verbrechen vor.« Der Inspektor zuckte mit den Schultern.

»Und was machen wir, wenn wir Beweise finden?« wollte Sam wissen.

»Dann bringen Sie die Unterlagen uns. So schnell wie möglich. Wir müssen zuschlagen, bevor Grant seine Spuren noch weiter verwischen kann.«

Miranda ließ sich in einen Sessel in ihrem Wohnzimmer sinken. Sie war erschöpft und hatte rasende Kopfschmerzen.

»Bedient euch.« Sie deutete mit müder Geste auf das Tablett mit den Getränken. »Ich versuche nachzudenken. Wo könnte Adam ein kleines Notizbuch aufbewahren? Eigentlich überall.«

Sam schenkte sich großzügig Whisky ein. »Nicht überall. Es ist schließlich sehr wertvoll. Wo würdest du einen zwanzigkarätigen Diamanten verstecken? Doch nicht irgendwo?«

»Er trägt es sicher nicht ständig bei sich«, überlegte Miranda laut. »Aus einer Jackettasche könnte es jederzeit herausfallen ... und wäre nicht vor Taschendieben sicher ... oder könnte gestohlen werden, während er schläft.«

»Ich habe manchmal Zigaretten oder Schlüssel aus Adams Taschen geholt«, meldete Annabel sich zu Wort. »Wenn er dort kostbare Unterlagen aufbewahren würde, hätte er mich nie drangelassen.«

»Was ist mit einem Bankschließfach?« Miranda wandte sich fragend an Sam.

»Unwahrscheinlich. So wie ich den Finanzexperten verstanden habe, muß er ständig Eintragungen machen ... es also immer in Reichweite haben«, gab Sam zu bedenken.

»In seinem Büro bei SUPPLYKITS hat er es bestimmt nicht«, sinnierte Miranda weiter. »Bei uns sind gelegentlich persönliche Dinge entwendet worden. Unsere Angestellten sind deshalb angehalten, keine Wertsachen in ihrem Schreibtisch zu lassen.«

»Und in einem Safe im Büro? Was ist damit?«

»Nur unser Bilanzbuchhalter hat einen eigenen Safe«, antwortete Miranda.

»Adam hat einen Safe in seiner Wohnung«, wußte Annabel.

»Es ist ein Wandsafe am Fenster im Wohnzimmer ... hinter dem Vorhang ... Das ist kein Geheimnis. Du meine Güte! Ich habe ihm meinen Schmuck zur Aufbewahrung gegeben!«

Miranda lächelte grimmig. »Den Safe kenne ich. Adam bewahrt dort Bargeld auf, aber nur kleine Summen, und ein paar Wertgegenstände, wie zum Beispiel das goldene Zigarettenetui seines Vaters. Letztes Jahr habe ich ihm zu Weihnachten eine Cartier-Uhr geschenkt. Sie liegt ebenfalls im Safe. Er hat sie nie getragen. Er schwört offenbar auf seine alte Omega.«

»Trotzdem könnte das Notizbuch in der Wohnung versteckt sein«, bemerkte Sam. »An einem geheimen Platz im Schlafzimmer ... oder im Badezimmer ...«

»Ich glaube, ich weiß jetzt, wo es ist!« rief Annabel in diesem Augenblick aus.

Miranda und Sam sahen sie an.

»Wirklich, glaubt mir! Vor ein paar Wochen habe ich morgens im Bett gelesen und ein Kreuzworträtsel gelöst. Adam war kurz zuvor ins Büro gegangen. Als ich einen Radiergummi brauchte, bin ich aufgestanden und zu dem antiken Sekretär gegenüber dem Kamin gegangen. Ich hatte gerade die Schreibauflage heruntergeklappt, als Adam unverhofft zurückkam. Er hatte etwas vergessen. Er war ziemlich wütend, weil ich an seinen Schreibtisch gegangen war. Aber wo sollte man logischerweise einen Radiergummi sonst suchen? Ich hab' schließlich nicht die Schubladen durchwühlt.«

»Ein solches Notizbuch läßt man doch nicht offen in einem Sekretär herumliegen«, gab Sam zu bedenken.

»Und in einem Geheimfach?« fragte Annabel.

Miranda nickte. »Jeder gute antike Schreibtisch hat mindestens eine Geheimschublade. Früher gab es ja noch keine Wandsafes.«

»Erinnerst du dich, wie Gran uns gezeigt hat, wie man die Tiefe jeder Schublade mit dem Lineal abmißt? Jede Schublade, die kürzer ist als der Schreibtisch tief, hat ein Geheimfach.«

»Wie kommen wir in sein Schlafzimmer?« fragte Sam praktisch.

»Du meinst ...«, begann Miranda.

»Können wir einbrechen?« fragte Sam ungeduldig. »Wie viele Hausangestellte hat er? Welche Einbruchssicherungen gibt es?«

»Wir brauchen nicht einzubrechen«, sagte Annabel ruhig. »Ich habe doch noch die Schlüssel. Adam ist der Meinung, daß ich mich auf einer Schönheitsfarm erhole. Und er hat bisher keinen Grund, mir zu mißtrauen. Er weiß ja nicht, was ich weiß.«

»Das Trojanische Pferd!« Sam strahlte. »Wann ist der günstigste Zeitpunkt, um den Schreibtisch zu untersuchen? Natürlich, wenn wir sicher sein können, daß Adam nicht zu Hause ist.«

»Das ist einfach«, erklärte Miranda triumphierend. »Die außerordentliche Hauptversammlung von SUPPLYKITS findet morgen um zehn Uhr vormittags in Holborn statt, und das ist meilenweit von Adams Haus am Cadogan Place entfernt. Und Adam kann es sich nicht leisten, *nicht* zu erscheinen. Schließlich spielt er die Hauptrolle in diesem Stück!«

29. KAPITEL

Freitag, den 31. Januar 1969

Angus Maclayne schlug den Kragen seines warmen Mantels hoch und lief die Gangway hinunter. London ist fast so kalt wie New York, dachte er und unterdrückte ein Gähnen.

Angus, der im Flugzeug keinen Schlaf gefunden hatte, hatte noch einmal seine Aufzeichnungen über die internationale Bankenkonferenz durchgesehen, die ihn nach New York geführt hatte.

Er stapfte müde durch den leicht gefrorenen Schnee zum Flughafenbus, in dem es nach abgestandenem Zigarettenrauch roch. Obwohl er nur Handgepäck bei sich hatte, um unnötige Verzögerungen zu vermeiden, war es Viertel vor neun Uhr, als er schließlich in seinen schwarzen Daimler stieg, der am Eingang auf ihn wartete. Es war noch genug Zeit, um pünktlich zur Hauptversammlung zu erscheinen.

Die Stimme von Maria Callas erfüllte Clares gemütlich warme Küche. David, der wenig gegessen hatte, schob seinen Frühstücksteller beiseite und sagte: »Warum setzt du dich nicht, Clare? Wir sollten endlich ernsthaft miteinander reden.«

»Wenn die Leute schon mit dem Fahrrad durch den Schnee fahren, nur um mein Brot zu kaufen, dann will ich wenigstens etwas anzubieten haben«, erklärte Clare und band sich ihre Schürze um.

»Aber dein verdammter Ehemann kommt heute abend! Und vorher will ich eine Antwort haben!«

Clare sah ihn liebevoll und entschlossen zugleich an. »Vielleicht bekommst du deine Antwort heute abend ... vielleicht auch nicht. Wir sind jetzt seit zwei Jahren zusammen. Wir haben Hoffnungen und Sorgen, meinen Sohn und das Bett miteinander geteilt. Und die ganze Zeit habe ich dich geliebt ... auch wenn du eine deiner ›schwierigen‹ Stimmungen gehabt und weder mich noch andere in deiner Nähe geduldet hast. Ich habe dich geliebt. Und du hast es gewußt. Ich habe gewußt, daß du mich liebst, obwohl du es mir manchmal nicht leichtgemacht hast.«

»Warum sagst du dann nicht, daß du mich heiraten willst?«

»Weil ich all die Jahre, die wir zusammen waren, nie das Gefühl gehabt habe, daß du wirklich zu mir gehörst. Du hast mich gelegentlich an ein nur teilweise gezähmtes wildes Tier erinnert ... monatelang treu an meiner Seite, und dann von einer Minute zur anderen verschwunden ... zurück in die Wildnis ... oder wohin dich deine Dämonen auch immer getrieben haben mögen. Aber jetzt hast du Angst, mich zu verlieren, und das willst du nicht, und darüber bin ich froh. Ich möchte nicht, daß du mich verlierst. Trotzdem kann ich dein Ultimatum nicht akzeptieren. Es geht um zuviel. Unsere Liebe ist mir unendlich wichtig. Aber während ich auf *deine* Entscheidung gewartet habe, bin ich stärker und selbstsicherer geworden. Ich weiß jetzt, daß ich allein entscheiden muß, was das beste für mich ist. Dazu brauche ich Zeit. Bis heute abend ist es zu kurz.«

»Gut. Wie lange brauchst du?«

»Das weiß ich nicht. Vielleicht bin ich morgen soweit, vielleicht dauert es länger. Aber ich lasse mich nicht drängen. Ich hoffe, du gibst mir die Zeit, die ich benötige, und setzt mich nicht unter Druck. Und ich hoffe, daß du weißt, daß ich dich wirklich liebe, David.«

»Wie soll ich das glauben, wenn du nicht *ja* sagst?«

»Du weißt, wie gern ich mit dir zusammen bin, David. Ich tue gern Dinge mit dir. Ich lerne gern von dir. Und ich schlafe einfach gern mit dir.« Ein verträumter Blick trat in ihre Augen. »Ich kann mir nichts Schöneres vorstellen, als mich unter der

Patchworkdecke oben an dich zu kuscheln, während es draußen schneit ... abgesehen von dem herrlichen Gefühl, mitten in der Nacht aufzuwachen und deinen geliebten warmen Körper neben mir zu spüren.«

»Was machst du, wenn du aufwachst und der warme Körper neben dir ist Sam? Du mußt entscheiden, ob du mich willst oder diesen vierschrötigen Supermann, der sich sein Recht mit den Fäusten erkämpft.«

Clare zögerte. Bei Elinors Rettung hatte sie Sams zupackendes Handeln sehr bewundert, ihn beinahe unwiderstehlich gefunden. Daß zwei Männer um sie rivalisierten, verschaffte ihr eine gewisse Genugtuung, verlieh ihr ein bislang nie gekanntes Gefühl der Macht.

Sie wandte sich vom Ofen ab und sah David eindringlich an. »Es geht schließlich nicht nur um uns.«

»Josh mag mich ... das weiß ich ... und ich mag ihn«, sagte David. »Es hat ziemlich weh getan, als er ...«

»... mit fliegenden Fahnen zu seinem Vater übergelaufen ist? Josh hat mich ebenfalls völlig ignoriert«, bemerkte Clare. »Welche Meinung ich auch von seinem Vater haben mag, Josh liebt ihn. Und ich bin froh, daß er sich seinem Vater gegenüber loyal verhält ... so schmerzlich das auch sein mag.«

»Josh entscheidet also, mit wem du den Rest deines Lebens verbringen wirst?« fragte David. »Was wird in zwölf Jahren aus dir, wenn Josh dich verläßt – ohne Bedauern –, um in einer Collegeband zu spielen oder mit Freunden nach Indien zu reisen? Wie wirst du dich fühlen, wenn du dann im Dunkeln aufwachst und nach dem warmen Körper tastest?«

Clare setzte sich unvermittelt auf einen Stuhl. Das war der Punkt, der ihre Entscheidung so schwierig machte. Wem war sie verpflichtet? Josh. Und wem gehörte ihr Herz? David. Angenommen, sie kehrte zu Sam zurück und erlitt wieder Schiffbruch? Sie dachte kurz daran, wie ihr Leben vor David ausgesehen hatte.

Hastig schob sie diese Gedanken beiseite. Das war vorbei und vergessen. Nie wieder würde sie es zulassen, daß andere über ihr Leben bestimmten. Weder Sam, David noch sonst jemand.

Und im Grunde ihres Herzens glaubte sie nicht, daß Sam tatsächlich einen Neuanfang machen würde.

Aber weshalb war er dann hergekommen? Er schien es wirklich ernst zu meinen.

Von zwiespältigen Gefühlen gequält, gab Clare zu: »Es hat keinen Sinn. Ich drehe mich im Kreis.«

David machte den Reißverschluß seines weinroten Anoraks zu und griff nach seinen Lederhandschuhen und der Tweedmütze. »Ruf mich an, wenn du dich entschieden hast.«

»Kommst du heute abend?« fragte Clare ängstlich. Sie schob ihren Stuhl zurück und lief zu ihm.

David zögerte. Er wußte, daß er *nein* sagen und abwarten müßte, bis sie eingewilligt hatte, ihn zu heiraten. Andererseits wollte er diesem gerissenen Sam nicht allein das Feld überlassen.

»Kommt darauf an, wie das Wetter ist, wenn ich mit der Arbeit fertig bin«, antwortete er.

Er ging, ohne sie zu küssen.

Der Chauffeur drehte sich halb zu Angus um. »Tut mir leid, Sir. Sieht so aus, als säßen wir hier erst mal fest.« Der Daimler steckte in einem Verkehrsstau.

Angus spähte durch das leichte Schneetreiben ungeduldig auf die stehenden, hupenden Autos, die von allen Seiten zu kommen schienen. »Mit der U-Bahn bin ich sicherlich schneller in Holborn«, entschied er. »Sie fahren weiter zu dem Sitzungssaal und warten dort auf mich.«

Angus packte seinen Aktenkoffer und stieg aus. Er hastete rutschend durch den Schneematsch zwischen Autos, Lastwagen und Taxis hindurch auf das Zeichen der Untergrundstation zu. Seine Zuversicht, pünktlich zum Beginn der Hauptversammlung zu kommen, war geschwunden. Er beneidete die Motorradfahrer, die sich unbeirrt ihren Weg im Slalom durch den stehenden Verkehr bahnten. Allerdings sahen die Manöver nicht ungefährlich aus.

Angus kam lieber zu spät als gar nicht ans Ziel. Er eilte zum Fahrkartenschalter.

Um Viertel vor zehn eilte Adam über den sorgfältig geräumten Bürgersteig am Cadogan Place und kletterte in seinen schwarzen Porsche.

Annabel beobachtete, wie der Porsche davonschoß und in die Pont Street einbog.

Kurz darauf entstieg sie dem unauffälligen grauen BMW, den Sam gemietet hatte, zog den Wolfspelzmantel eng um sich und lief zu dem alten roten Backsteingebäude hinüber, das plötzlich abweisend und furchterregend aussah. Als sie den Schlüssel im Schloß drehte, schwang die Eingangstür des Apartmenthauses auf.

Annabel war beinahe überrascht, daß es so einfach gegangen war. Dabei gab es gar keinen Grund, weshalb Adam die Schlösser hätte auswechseln sollen. Sie stieß die Lifttür auf.

Auch Adams Wohnungstür ließ sich problemlos mit ihrem Schlüssel öffnen. Annabel betrat leise die Diele. Ihre nassen Stiefel hinterließen feuchte Spuren auf dem blauen Teppich.

Plötzlich sprang ein schwarzer Schatten von der Seite auf sie zu.

Annabel zuckte entsetzt zurück. Aber es war nur Pitch, Adams große Katze. Annabel bückte sich, streichelte ihr seidenweiches Fell und redete beruhigend auf das Tier ein. Dann richtete sie sich auf. Die Stille in der Wohnung war bedrückend.

Vor ihr lag die Tür zum kürzlich renovierten Wohnzimmer, das sich über die gesamte Hauslänge erstreckte und zu jeder Seite Fenster hatte. Auf der gleichen Etage befanden sich das Eßzimmer und die Küche.

Adams Wohnung war ebenso elegant, unpersönlich und penibel geordnet wie sein Bewohner. Sein prominenter Innenarchitekt hatte ganze Arbeit geleistet: Die Farben der Wände variierten von Pflaumenblau über Aubergine bis zum Graublau. Teppiche und Polstermöbel waren marineblau. Zwischen modernen aufblasbaren Plastiksesseln und weißen Tischen standen asiatische Antiquitäten.

Annabel zuckte zusammen, als im oberen Stockwerk ein Staubsauger eingeschaltet wurde. Mrs. Price schien das Schlafzimmer sauberzumachen. Das war Pech, denn der antike Sekretär stand genau dort. Annabel hatte vorgehabt, ohne Umwege ins Schlafzimmer zu gehen und das Möbelstück zu untersuchen.

Nach kurzem Zögern entschied Annabel, ihren Plan nicht zu ändern. Entschlossen wandte sie sich dem Treppenaufgang zu.

Auf dem Treppenabsatz stolperte Annabel fast über Pitch, die auf dem marineblauen Teppich kaum zu sehen gewesen war. Die Katze sah mit ihren gelben Augen zu ihr auf, als wolle sie das Reich ihres Herrn verteidigen.

Als Annabel das Schlafzimmer betrat, sah sie den breiten Rücken von Mrs. Price vor sich, die weiße Porzellanscherben vom Fußboden auflas. Sie richtete sich auf, sah Annabel und schrie laut auf. »O Madam! Ich hatte keine Ahnung, daß Sie zurück sind! Mr. Grant hat kein Wort gesagt. Diese dumme Katze hat gerade einen Aschenbecher heruntergeworfen und zerbrochen!«

»Mr. Grant weiß noch gar nicht, daß ich wieder da bin«, erwiderte Annabel freundlich. »In Norfolk war es so schrecklich kalt, daß ich mich entschlossen habe, früher abzureisen.«

»Da haben Sie aber Glück gehabt! In den Frühnachrichten hieß es, es habe dort Schneestürme gegeben.«

»Ja, es war schrecklich«, versicherte Annabel hastig.

»Da müssen Sie aber früh abgefahren sein. Noch vor sechs Uhr. Bei Dunkelheit!«

»Ja. Aber der Zug hatte keine Verspätung.« Annabel hätte die Frau am liebsten weggeschickt. »Jetzt brauche ich erst einmal ein heißes Bad.«

»Im Badezimmer bin ich leider noch nicht fertig, Madam.«

»Dann lassen Sie es bis morgen. Das Schlafzimmer auch.« Annabel wurde sicherer.

»Soll ich Ihre Stiefel zum Trocknen mitnehmen, Madam? Die sind ja ganz naß. Sie müssen mit Zeitungspapier ausgestopft werden.«

»Danke. Ich bringe sie Ihnen, wenn ich mein Bad genommen habe.«

»Möchten Sie eine Tasse Tee zum Aufwärmen, Madam?«

Mein Gott, so gehen Sie doch endlich, stöhnte Annabel innerlich. »Nein, danke, Mrs. Price«, sagte Annabel laut. »Ich habe alles, was ich brauche.«

Annabel horchte angespannt auf die sich entfernenden Schritte von Mrs. Price auf der Treppe. Schließlich rannte sie zur Schlafzimmertür und schloß sie ab. Dann warf sie ihren Pelzmantel auf den Fußboden. Im Badezimmer ließ sie Wasser in die Wanne. Während es einlief, konnte sie den Schreibtisch untersuchen, ohne daß jemand sie hörte.

Adams Badezimmer lag über der Küche, sein Arbeitszimmer über dem Eßzimmer. Das Schlafzimmer erstreckte sich ebenfalls über die gesamte Hauslänge. In der Sitzecke standen marineblau bezogene Sofas vor dem Marmorkamin, in dem ein Feuer brannte. Dunkelblaue Regale zu beiden Seiten des Kamins enthielten eine Sammlung von Wasserkrügen aus Thailand.

An der gegenüberliegenden Wand stand der antike Sekretär. Über vier schmalen Schubladen konnte eine leicht geschwungene Schreibauflage heruntergeklappt werden. Der Schreibtischaufsatz bestand aus einer Vitrine, die eine Sammlung von Gläsern aus dem achtzehnten Jahrhundert enthielt.

Mit zitternden Knien trat Annabel vor das exquisite alte Möbelstück.

Miranda trug ein schlichtes orangerotes Kostüm mit knielangem Rock. Sie war nervös und erregt zugleich. Während sie in der eindrucksvollen Säulenhalle des alten Gebäudes wartete, hatte sie bereits einen Blick in den Sitzungssaal geworfen. Viele der SUPPLYKITS-Aktionäre hatten bereits in den Stuhlreihen Platz genommen und lasen Zeitung. Für die Presse war der Anlaß ein gefundenes Fressen gewesen. Natürlich waren Einzelheiten über die Hintergründe der außerordentlichen Hauptversammlung durchgesickert, und die Zeitungen hatten die Nachricht in großer Aufmachung gebracht.

Miranda, die Auseinandersetzungen liebte, war entschlossen, wie eine Tigerin um ihr Baby, die Firma KITS, zu kämpfen.

Der Earl of Brighton kam auf sie zu: »Gleich geht es los, es ist fünf vor zehn!« Seite an Seite gingen sie auf den Eingang des Sitzungssaals zu.

»Miranda!«

Miranda wandte verwundert den Kopf, als sie ihren Namen hörte.

Zu ihrer Überraschung sah sie die große, breitschultrige Gestalt mit dem dichten roten Haar von Angus Maclayne an der Drehtür.

»Angus! Was machst du denn hier?«

»Ich dachte schon, ich schaffe es nicht«, brachte er atemlos hervor. »Ich bin hier, um von meinem Stimmrecht Gebrauch zu machen!«

»Aber du bist als Aktionär doch gar nicht registriert?«

Angus grinste. »O doch!«

»Wie? Weshalb?« Miranda war verwirrt. »Das begreife ich nicht.«

»Ich hatte immer ein Auge auf deine Aktien. Hat mir nicht gefallen, als deine Holding auf fünfundvierzig Prozent absank und du deine Aktienmehrheit verloren hattest«, erklärte Angus. »Da habe ich angefangen zu kaufen.«

»Wie viele Aktien hast du?«

»Vier Komma acht Prozent«, antwortete Angus. »Damit hast du zwar nicht die Majorität, ich hatte gehofft, noch mehr ...«

»Angus, wie kann es sein, daß du vier Komma acht Prozent hast? Oder ...?«

Angus nickte. »*Highland Croft Holdings* ist im Besitz meiner Familie.«

Miranda schlang die Arme um seinen Hals. »Du bist wunderbar, Angus«, murmelte sie an seinem schneefeuchten Mantelrevers. »Einfach großartig. Ich liebe dich dafür. Vier Komma acht Prozent sind alles, was ich brauche!«

Der Graf hüstelte verlegen. »Wir sollten jetzt hineingehen!«

Als Mirandas orangerot gekleidete Gestalt auf dem Podium erschien, begann das Blitzlichtgewitter der Fotografen, und ein Raunen ging durch den Saal.

Miranda lief mit sicheren Schritten auf ihren Platz. Sie war in Hochstimmung. Alles deutete darauf hin, daß sie Adams Angriff abschmettern konnte. Sie hielt sich die Daumen.

Miranda setzte sich neben den Earl of Brighton. Adam Grant hatte auf der anderen Seite des Grafen Platz genommen. Die beiden würdigten sich keines Blickes.

Annabel konnte mit zusammengekniffenen Augen erkennen, daß in dem schmalen Spalt zwischen Wand und Rückseite des Sekretärs nichts befestigt war. Sie klappte die lederbezogene Schreibauflage herunter. Das Mittelstück des Aufsatzes bildete ein klassisches Giebeldreieck auf geschnitzten Säulen. Zu beiden Seiten waren über den schmalen Schubladen Fächer angeordnet.

Mit zitternden Fingern öffnete Annabel eine Schublade nach der anderen und legte sie in ordentlicher Reihenfolge auf den blauen Teppich, um später nichts durcheinanderzubringen.

Dann begann sie mit Mirandas Bandmaß jede einzelne Schublade auszumessen. Alle hatten dieselben Maße. Es war entmutigend.

Annabel klappte die Schreibauflage wieder hoch und betrachtete nachdenklich die Intarsien. Sie stellten Musikinstrumente dar. Ob man wohl durch Druck auf bestimmte Teile ein Geheimfach öffnen konnte?

Als nächstes wurde ihr bewußt, daß sie das Badewasser nicht mehr hörte.

Annabel rannte zum Badezimmer.

Sie hatte die Badewanne überlaufen lassen! Der marineblaue Teppich hatte sich bereits voll Wasser gesogen.

»Mist!« Wenn auch nur ein Tropfen durch die Küchendecke drang, würde Mrs. Price umgehend mit Eimer, Lappen und Schrubber erscheinen und sich über die Schreibtischschubladen auf dem Boden wundern.

Annabel war mit einem Satz an der Badewanne und drehte den Wasserhahn zu. Dann zog sie den Stöpsel heraus. Der Teppich war quietschend naß. Sie warf alle Handtücher, die sie finden konnte, auf den Boden und trampelte heftig darauf herum, vielleicht half das, einen größeren Schaden zu verhindern.

Dann rannte sie atemlos zum Schreibtisch zurück.

Annabel sah auf die Uhr. Es war bereits Viertel nach zehn. Ihre Knie waren wie aus Gummi.

Im Sitzungssaal hörten die Aktionäre gespannt den Ausführungen von Graf Brighton zu, der den Grund für die Einberufung einer außerordentlichen Hauptversammlung darlegte. Er machte den erstaunten Aktionären klar, daß Miss Miranda O'Dare die Firma KITS aus dem Konzernverband herauslösen und in ihren Privatbesitz zurückführen wolle. KITS, die erste Firmengründung der später als SUPPLYKITS bekannten Aktiengesellschaft, hatte hohe Verluste zu verzeichnen und sollte auf diese Weise saniert werden.

Sollten die Aktionäre mit dem Preis einverstanden sein, der von unabhängigen Gutachtern errechnet worden war, würde Miss O'Dare diesen Preis für KITS bezahlen. Wenn nicht, wollte sich Miss O'Dare mit Ablauf ihres Vertrages, also in drei Monaten, aus SUPPLYKITS zurückziehen.

Weiterhin läge auch von Mr. Adam Grant ein Angebot für KITS vor. Er böte in jedem Fall zehn Prozent mehr als Miss O'Dare.

Der Graf schloß seine Rede mit dem Hinweis, daß niemand im Team von SUPPLYKITS mit so viel persönlichem Einsatz agiere wie Miss O'Dare und daß das gute Image des Unternehmens untrennbar mit ihr verbunden sei.

»SUPPLYKITS kann es sich nicht leisten, Miss O'Dare zu verlieren. Sollte sich Miss O'Dare dazu entschließen, müssen wir mit einem Verfall des Aktienpreises rechnen.«

Aus diesen Gründen empfahl der Earl of Brighton, Mr. Adam Grants Angebot auszuschlagen und KITS an Miss O'Dare zum geschätzten Marktwert von vierzehntausend Pfund zu veräußern. Er rief zur Abstimmung auf.

Annabel ließ ihre Finger sorgfältig über die Oberflächen jedes Schubladenfachs gleiten und hoffte, irgendwo ein bewegliches Teil zu entdecken, das den Weg zu einem Geheimfach freigab.

»Ah!« entfuhr es ihr unwillkürlich.

Die Bodenplatte der rechten Schubladenreihe ließ sich ganz leicht bewegen. Annabel schob sie zurück und tastete mit den Fingerkuppen in die Öffnung.

Die dünne Holzplatte ließ sich anheben.

Der Sekretär war der richtige Tip gewesen!

Vorsichtig hob sie die Holzverschalung an und spähte in das Geheimfach.

Der einzige Inhalt war eine Silbermünze aus der Zeit König Edwards III., die vermutlich unbemerkt die letzten zweihundert Jahre in diesem Versteck gelegen hatte.

Annabel war bitter enttäuscht. Sie sah auf die Uhr. Viertel vor elf. Hatte es überhaupt Sinn weiterzumachen?

Ihr Blick schweifte zum Giebelstück des Schreibtischaufsatzes. Möglicherweise ...

Annabel rückte einen Stuhl dicht an das Möbelstück heran und stieg hinauf. Vorsichtig befühlte sie die Deckplatte der Vitrine. Mrs. Prices Staubwedel schien sich nie über Augenhöhe erhoben zu haben: Ihre Finger waren staubbedeckt.

Schließlich hüpfte sie vom Stuhl und legte sich flach auf den

Teppich, um den Sekretär von unten zu begutachten. Nichts! Hätte Adam ein Notizbuch dort befestigt, hätte sie es entdecken müssen.

Enttäuscht hockte sich Annabel hin und betrachtete das klassische Säulentor im Mittelstück. Schließlich stand sie auf und öffnete es.

Dahinter befanden sich zwei Fächer und darüber eine kleine flache Schublade, in die höchstens ein paar Visitenkarten hineinpaßten. Annabel zog die Schublade lautlos heraus. Sie enthielt lediglich eine zerknitterte alte Pfundnote.

Sie biß sich auf die Unterlippe. Warum war sie so sicher gewesen, Adams Versteck zu kennen? Bevor sie die Schublade wieder zurücksteckte, tastete sie vorsichtig über den Boden des Faches und drückte dann sanft gegen die Seitenwände.

Aber irgendwas schien nicht zu stimmen.

Plötzlich wußte Annabel, was sie zu tun hatte.

Im Sitzungssaal sorgte der Earl of Brighton als Vorsitzender dafür, daß jeder zu Wort kam, der etwas zu sagen hatte.

Die Meinungen waren weit auseinandergegangen, so daß bis zuletzt alles offenblieb.

Dann schritt man zur Stimmabgabe. Die Stimmen wurden ausgezählt.

Reporter zückten die Notizblöcke. Aktionäre flüsterten erregt miteinander. Die Spannung stieg.

Adam starrte Miranda kalt an, aber sie hielt seinem Blick trotzig stand.

Die Aktionäre entschieden zu Mirandas Gunsten. Es war nur eine knappe Mehrheit, aber das kümmerte Miranda nicht. KITS gehörte für vierzehntausend Pfund wieder ihr! Der erste Tagesordnungspunkt war damit erledigt.

Aber die Versammlung war noch nicht zu Ende.

Annabel prüfte erneut die schmale Öffnung im Mittelteil. Die Konstruktion machte keinen soliden Eindruck! Beherzt griff sie an die Oberkanten der beiden Säulen und zog sie in ihre Richtung.

Entweder sie zerstörte jetzt eine wertvolle Antiquität, oder ...

Annabel hielt den Atem an. Die gesamte Säulenkonstruktion ließ sich herausnehmen und gab ein rechteckiges Fach von etwa zwanzig mal zwanzig Zentimetern frei. Es war wohl dreißig Zentimeter hoch!

Zitternd vor Aufregung zog Annabel drei kleine, abgewetzte Notizbücher und einen Umschlag heraus.

Die schwarzen Notizbücher enthielten seitenweise Zahlenkolonnen in Adams Handschrift. Im Briefumschlag steckten eine Urkunde und ein handgeschriebener Brief.

Annabel schob das Mittelstück vorsichtig wieder in die Öffnung zurück. Dann begann sie, die Schubladen einzuordnen.

Hinter ihr gab es plötzlich ein lautes Knacken.

Annabel hielt entsetzt die Luft an.

Dann merkte sie, daß lediglich ein Holzscheit im Kaminfeuer zerborsten war.

Adam Grant stand mit zusammengepreßten Lippen auf. Wie in diesem Fall üblich, bot er seinen Rücktritt aus dem Aufsichtsrat von SUPPLYKITS an.

Mr. Grants Rücktritt wurde angenommen.

Damit war die Hauptversammlung beendet.

Mit wehenden Trenchcoats stürzten die Reporter zum Podium und auf eine freudestrahlende Miranda zu.

Als Annabel leise die Treppe hinunterschlich, erschien Mrs. Price in der Küchentür.

»Wollen Sie wieder ausgehen, Madam? Bei dem Wetter?« Den Besen in der Hand, steuerte sie auf den untersten Treppenabsatz zu.

»Ich bin beim Friseur angemeldet«, log Annabel hastig. »Schon seit Wochen. Und einen Termin bei Leonard persönlich sagt man nicht ab ... nicht mal bei diesem Wetter.« Ihr Herz klopfte zum Zerspringen, als sie hinzufügte: »Tut mir leid, aber ich fürchte, ich habe im Badezimmer eine ziemliche Überschwemmung angerichtet. Ich sage Mr. Grant, daß das meine Schuld war.«

»Haben Sie die Wanne überlaufen lassen, Madam? Das ist Mr. Grant schon oft passiert.« Mrs. Price stand mittlerweile vor der Wohnungstür.

Annabel hatte nur den einen Wunsch, das Haus so schnell wie möglich zu verlassen. »Würden Sie bitte noch einmal nachsehen, ob ich das Wasser richtig abgedreht habe? Vielleicht habe ich den Hahn am Waschbecken vergessen. Heute ist wirklich nicht mein Tag!«

Mrs. Price lief die Treppe hinauf. Wenn es um Wasserschäden in ihrer Küche ging, verstand sie keinen Spaß.

Annabel schloß hastig die Wohnungstür hinter sich und wartete zitternd auf den Lift. Immer wieder drückte sie auf den Knopf. Der Aufzug kam nicht! Jemand mußte die Tür unten offengelassen haben.

Sie hetzte den Korridor entlang, stürmte die Treppe hinunter, auf die Straße und zu Sams Wagen, der am Ende der Straße parkte. Bevor sie den BMW erreicht hatte, rutschte sie aus und wäre beinahe noch hingefallen.

Sam hatte besorgt ausgeharrt. Annabel war mittlerweile fast zwei Stunden in Adams Wohnung, und er wußte nicht, wann die Hauptversammlung von SUPPLYKITS enden würde. Endlich kam Annabel! Er sah ihrem erregten Gesicht an, daß die Suche erfolgreich gewesen sein mußte. Sam schaltete die Zündung ein. Im nächsten Augenblick fuhren sie davon.

Kurz nach zwölf Uhr mittags erreichten sie die Kanzlei des Anwalts. Sam und Annabel beobachteten ungeduldig, wie der große Fotokopierer langsam Seite für Seite der Notizbücher ablichtete. Ein leichter Ozongeruch erfüllte die Luft. Der Kopierer war offenbar ein älteres Modell.

»Geht es nicht schneller?« drängte Annabel und fügte ängstlich hinzu: »*Muß* ich denn die Notizbücher unbedingt wieder in Adams Wohnung zurückbringen?«

»Unbedingt … wenn wir auf Nummer Sicher gehen wollen«, sagte Sam bedauernd. »Adam darf nicht merken, daß sie weg waren. Wenn er Verdacht schöpft, daß wir ihm auf den Fersen sind, haben wir keine Chance. Dann wird er sich auch noch den Rest des Vermögens schnappen, alle Spuren verwischen und auf Nimmerwiedersehen verschwinden.«

Annabel spielte nervös mit einem Stift. Auf einmal fiel ihr ein, daß sie angeblich beim Friseur war. Sie trat vor den halbblinden Spiegel in der winzigen Toilette und begann ihr Haar zu einer voluminösen Turmfrisur aufzustecken. Mrs. Price sollte die Veränderung schließlich auch sehen können!

Mit klopfendem Herzen schloß Annabel Adams Wohnungstür auf. Im Wohnzimmer spielte das Radio. Das bedeutete, daß Adam zu Hause war. Mit einem flauen Gefühl im Magen betrat sie den Raum.

»Wo, zum Kuckuck, bist du eigentlich gewesen?« fragte Adam gereizt. Er saß in einem der durchsichtigen, aufblasbaren Sessel und hatte ein Glas Whisky in der Hand.

»Das stand doch auf meiner Nachricht! Ich war auf der St.-Ivory-Schönheitsfarm.«

»Du hast nur ›Schönheitsfarm‹ geschrieben. Von St. Ivory war nicht die Rede«, entgegnete Adam ärgerlich. »Was wäre gewesen, wenn du dringend gebraucht worden wärst? Wenn deiner Großmutter etwas zugestoßen wäre?«

»Entschuldige«, sagte Annabel, »ich muß das völlig vergessen haben …«

»Beeil dich! Ich habe Mrs. Price gerade gesagt, daß sie das Mittagessen servieren kann.« Adam küßte sie nicht zur Begrüßung.

Annabel war überzeugt, keinen Bissen herunterbringen zu können. Ihre rote Umhängetasche mit dem Beweis für Adams

Betrug wog schwer. Sie beschloß, die Dokumente sofort zurückzulegen. Es war riskant, aber Adam hatte sich gerade Whisky nachgeschenkt, und sie brauchte eigentlich nur drei Minuten.

»Ich ziehe schnell meine nassen Stiefel aus«, verkündete sie hastig.

Annabel sauste die Treppe ins Schlafzimmer hinauf. Als sie den obersten Treppenabsatz erreicht hatte, schlotterten ihr die Knie.

Sie machte die Schlafzimmertür zu, schloß sie jedoch nicht ab. Dann trat sie hastig vor den Sekretär und klappte die Schreibauflage herunter.

Vorsichtig zog sie den Einsatz des Mittelstücks heraus, legte die Notizbücher und den Umschlag zurück und verschloß alles wieder.

Ihre Erleichterung war grenzenlos ... und ging sofort in nacktes Entsetzen über, als sie sich vom Schreibtisch abwandte.

Adam stand im Türrahmen und beobachtete sie.

»Suchst du wieder einen Radiergummi?« erkundigte er sich freundlich. »Zweite Schublade auf der linken Seite. Ich habe dir ein Glas Campari-Soda gemixt. Und jetzt beeil dich, mein Liebling! Mrs. Price wird sonst ungehalten. Du weißt, sie möchte pünktlich um drei Uhr gehen.«

»Sie hatte schon einen anstrengenden Vormittag. Mir ist leider die Badewanne übergelaufen.« Annabel bedankte sich für den Drink. Adam ging wieder hinunter. Annabel sank auf die Couch und zog mit zitternden Händen ihre Stiefel aus.

Hatte er sie gesehen?

Wenn ja, warum hatte er nichts gesagt?

Er durfte sie einfach nicht gesehen haben! Allein der Gedanke war unerträglich.

Unten im Wohnzimmer schloß Adam leise die Tür. Er brauchte Zeit zum Nachdenken. Annabel konnte an diesem Schreibtisch nur eines gesucht haben. Ihr Gesichtsausdruck hatte ihm sofort verraten, daß sie die Notizbücher gefunden haben mußte. Hatte sie ihren Fund unter ihren Kleidern oder in ihrer Tasche versteckt? Wartete da draußen jemand auf sie? Annabel war nicht schlau genug, um so etwas zu planen. Es mußte also einen Komplizen geben, jemanden, der die Wichtigkeit der Notizbücher erkannt und sie angestiftet hatte, sie zu stehlen. Adam konnte natürlich Annabel und auch ihre Tasche durchsuchen und ihr die Beute wieder abnehmen. Aber wozu? Die Jagd auf seine Aufzeichnungen würde danach sicherlich weitergehen.

Adam versuchte seiner momentanen Panik Herr zu werden. Sein nächster Schritt mußte Annabels Komplizen überzeugen, daß diese Notizbücher nicht existierten. Aber wie sollte er das anstellen?

Angenommen, er gestattete Annabel, zunächst einmal unbehelligt aus dem Haus zu gehen, und angenommen, sie wurde anschließend auf der Straße überfallen und ausgeraubt? Das dürfte seine heimlichen Gegner fürs erste abschrecken. Aber dazu mußte der Überfall verdammt echt aussehen ... Außerdem hatte Annabel eine Tracht Prügel verdient.

Das war die Lösung!

Mike konnte das arrangieren.

Adam überlegte. Vielleicht war es ratsam, sich sofort ins Ausland abzusetzen, ohne die letzte Transaktion in die Schweiz abzuwarten. Der Großteil des Treuhandvermögens lag bereits auf seinen Schweizer Bankkonten. Er konnte sich zwar nicht vorstellen, daß die Polizei einen Grund für eine Verhaftung finden würde, aber seine Sicherheit ging vor. Ob die Flughäfen bereits überwacht wurden? Adam zwang sich zur Ruhe. Selbst die Notizbücher verrieten keinem, wo das Geld war und wie man an die Konten herankam. Solange er einen klaren Kopf behielt, hatte er nichts zu befürchten.

Adams Entschluß stand fest. Jetzt kam es darauf an, daß er Mike so schnell wie möglich erreichte. Mike würde Zeit brauchen, um die nötigen Vorkehrungen zu treffen. Aber Adam kannte die perfekte Methode, um Annabel aufzuhalten ... Sex war der ideale Zeitvertreib für das Flittchen. Und er wollte es auf eine Art und Weise mit ihr treiben, die sie nie vergessen sollte.

Adam griff nach dem Telefonhörer. Während er auf das Freizeichen hörte, strich er mit nervöser Geste das Haar aus der Stirn.

»Mike? Gott sei Dank, daß ich dich erreiche! Ich bin in Schwierigkeiten ... Ja, ich weiß. Ich muß jemandem eine Lektion erteilen ... Wenn es nicht unbedingt nötig wäre, würde ich dich nicht fragen ... Danke ... Jetzt gleich. Tut mir leid ... Danke ... Also, es ist Annabel O'Dare ... Du hast doch gerade zugesagt, verdammt noch mal! Mike, wenn du mir nicht hilfst, ist es aus! Ich erkläre alles später. Es gibt keine Alternative ... Nein, natürlich nicht!«

Adam erklärte Mike in knappen Worten, daß er gerade beobachtet hatte, wie Annabel ihm Dokumente gestohlen habe, die ihn hinter Gitter bringen konnten. »Ich will die Dokumente wiederhaben, Mike«, flüsterte er. »Und Annabel soll einen solchen Schreck kriegen, daß sie nie wieder auf solche Ideen kommt! Und ich muß wissen, wer dahintersteckt! Mike, ich schwöre dir ... Ich habe Angst ... Wie lange brauchst du, um das Nötige zu arrangieren? ... Ja, ja ... Ich kann sie noch ein paar Stunden hier aufhalten. Danke.« Mit triumphierendem Lächeln legte Adam den Hörer auf.

Sie aßen ein gutes, aber nicht sehr aufwendiges Mittagessen, bestehend aus Erbsensuppe, gegrillter Seezunge, Mousse au Chocolat und Käse.

Nach dem Essen plauderte Adam über Belanglosigkeiten: John Lennons Romanze mit Yoko Ono, die amerikanischen Raumfahrtpläne ... und was sie heute abend unternehmen könnten.

Für Annabel dehnte sich jede Minute zu Stunden. Sie war beschämt, verwirrt ... und hatte Angst, denn sie wußte, daß sie eine schlechte Schauspielerin war.

Nachdem Adam seinen Kaffee getrunken hatte, musterte er

über den Tisch hinweg Annabels aufwendige Frisur. »Ich weiß, daß du den ganzen Vormittag beim Friseur verbracht hast, um wie Marie Antoinette auszusehen. Trotzdem habe ich den unwiderstehlichen Drang, die ganze Pracht zu zerstören.«

Lächelnd stand er auf, trat hinter Annabels Stuhl, zog ihn zurück, nahm sie beim Handgelenk und bugsierte sie zur Treppe.

Es war Viertel vor drei. Nicht vor fünf, hatte Mike gesagt. Dann war es dunkel.

30. KAPITEL

Freitag, den 31. Januar 1969

Adam führte Annabel ins Schlafzimmer hinauf. Annabel blieb nichts anderes übrig, als gute Miene zum bösen Spiel zu machen. Sie wagte nicht, Adams Verdacht zu erregen, indem sie sich weigerte, mit ihm zu schlafen. Adam, der denselben sicheren Instinkt hatte wie seine große, schlaue Katze, würde sofort merken, daß etwas nicht stimmte.

Annabel kannte Adam inzwischen gut, hatte erlebt, wie er andere mit gezielten, harmlos erscheinenden Fragen unerbittlich in die Falle gelockt hatte. Und sie war überzeugt, daß es ihr nicht anders ergehen würde.

Obwohl die Wohnung gut geheizt und Adams Hand warm war, liefen Annabel eiskalte Schauer über den Rücken. Seine kräftigen Finger hielten ihr Handgelenk fest umschlossen, während sie langsam die Stufen hinaufgingen. Annabel wußte, es gab kein Entrinnen.

Allein der Gedanke an das, was ihr bevorstand, war unerträglich. Daß sie sich Adam vor nicht allzu langer Zeit noch mit Leib und Seele so bereitwillig hingegeben hatte. Jede Hoffnung auf Rettung war vergebens. Wer sollte ihr die demütigende Szene, die ihr bevorstand, jetzt noch ersparen?

Inzwischen hatten sie das Schlafzimmer erreicht. Annabel erinnerte sich flüchtig an jenen Augenblick, als Adam den jungen Mann an der Bar geküßt hatte. Es war das erste Mal gewesen, daß sie Adam glücklich und entspannt gesehen hatte. Jetzt begriff sie auch, weshalb Adam die Affäre mit Miranda so lange geheimgehalten hatte: Wäre seine Liebesbeziehung zu ihr ruchbar geworden, hätte er befürchten müssen, von seinen Liebhabern aus der homosexuellen Szene erpreßt zu werden.

Als Adam die Schlafzimmertür öffnete, kämpfte Annabel mit aufsteigender Übelkeit. Adam ließ Annabels Handgelenk los und trat zur Seite, um ihr den Vortritt zu lassen. Annabel atmete seinen aufreizenden Körpergeruch ein, als sie an ihm vorbeiging, und ihr wurde schwindlig.

Adams große, schwarze Katze sprang vom Bett und rieb sich an Adams Bein. Pitch war ebenso vorsichtig und ungezähmt wie ihr Herr. Adam bewunderte und mochte sie dafür.

Durch das Fenster sah Annabel den fahlen Winterhimmel. Adam zog die Vorhänge zu. Die einzige Lichtquelle im Zimmer war nun der flackernde Schein des Kaminfeuers.

Adam setzte sich in einen Sessel und zog Annabel zwischen seine Knie. Seine warmen Hände glitten langsam über ihre Beine.

»Du hast eine Strumpfhose an«, bemerkte Adam ungehalten.

»Es ist ziemlich kalt heute.« Adam haßte Strumpfhosen, fand aber Vergnügen daran, Frauen zu entkleiden, die Spitzenunterwäsche, Strumpfhalter, Schuhe mit hohen Absätzen und Strümpfe trugen.

»Unartiges Mädchen.« Adam öffnete den Reißverschluß von Annabels schwarzem Minirock aus Wildleder. Seine Hände tasteten unter ihren enganliegenden Rippenpulli. »Donnerwetter. Nichts drunter«, murmelte er. Er zog ihr den Pullover über den Kopf, und als sie hilflos mit hocherhobenen Armen und verdecktem Gesicht vor ihm stand, leckte er lasziv ihre Brustwarzen.

Jetzt hatte Annabel nur noch ihre schwarze Strumpfhose an. Adam befahl ihr: »Nicht bewegen!« Dann stand er auf und ging zu seinem antiken Sekretär.

Annabel zuckte zusammen. Was hatte er vor?

Adam zog eine Schublade auf und nahm eine Schere heraus. Dann drehte er sich um. »Du zitterst ja! Ist dir kalt? Das Kaminfeuer brennt doch!«

»Ich ... ich bin aufgeregt«, brachte Annabel stockend heraus. Sie wagte kaum zu atmen.

Adam kehrte zu seinem Sessel zurück, setzte sich wieder und zog sie näher. »Ich habe dir doch verboten, Strumpfhosen zu tragen. Deshalb mache ich jetzt Strümpfe daraus.« Blitzschnell trennte Adam mit der Schere die Strumpfhose am Beinansatz entzwei.

Dann fühlte sie, wie er ihr Schamhaar streichelte.

»Hm, du bist so seidenweich«, murmelte er. »Manche Frauen sind da kratzig wie ein alter Besen.« Adam ließ eine Frau nie vergessen, daß sie nicht die einzige war.

Annabel spürte seine Zunge an ihrem Schoß. Verzweifelt registrierte sie, wie ihr Widerstand dahinschmolz, der alte Zauber wieder zu wirken begann, ihr Körper unwillkürlich reagierte.

Er sah auf und flüsterte. »Du bist ganz verspannt. Hast du Angst?«

»Ja«, erwiderte Annabel wahrheitsgemäß.

»Das überrascht mich nicht«, sagte Adam. »Du hast nicht gehorcht. Beweg dich jetzt nicht!«

Wieder trat er an seinen Schreibtisch. Annabels Herz schlug zum Zerspringen. Sie hielt den Atem an. Adam spielte Katz und Maus mit ihr.

Diesmal kehrte Adam mit einer elfenbeinverzierten Puppenhaarbürste aus dem vorigen Jahrhundert mit weichen Borsten zurück.

»Zuerst mach' ich es dir mit der Bürste, und dann machst du's mir.« Damit begann er ihr Schamhaar in rhythmisch kreisenden Bewegungen zu bearbeiten.

»Adam ... gehen wir doch einfach ins Bett!« Annabel hatte sich mit dem Unvermeidlichen abgefunden und wollte es so schnell wie möglich hinter sich bringen.

Adam legte die Haarbürste beiseite. »Natürlich gehen wir ins Bett. Dreh dich um!«

Annabel gehorchte.

Adam zog die Haarnadeln aus ihrer zerzausten Frisur. Er fuhr mit beiden Händen in ihre lange, blonde Mähne und lockerte das dichte Haar.

»Dein Nacken ist ja ganz verspannt. Du bist verkrampft. Was ist los mit dir?«

»Nichts«, antwortete Annabel mit bebender Stimme. »Ich bin nur müde. Es ist zwar erst drei Uhr nachmittags ... aber ich habe einen anstrengenden Tag hinter mir.«

»Ich weiß, was müde Frauen brauchen!« Adam trug sie ins Badezimmer. Dort zog er ihr die zerschnittene Strumpfhose aus. Zusammen standen sie nackt unter der warmen Dusche. Er seifte sie sorgfältig ein und beobachtete, wie ihre Brustwarzen hart wurden. Annabel brachte mühsam ein Lächeln zustande.

Adam ließ den warmen, harten Wasserstrahl über ihren Körper gleiten. Dann wickelte er sie in ein Badetuch und trug sie zu seinem Bett.

»Ein hübscher Anblick«, murmelte Adam und betrachtete Annabels hellhäutige Rundungen auf der Ozelotdecke.

Er trat an eine der alten Kommoden und zündete eine dicke Kerze an.

Adams Liebestechnik war nie mechanisch und einförmig, denn er genoß es, Frauen auf diese Weise zu unterjochen, sie abhängig zu machen. Er fand Vergnügen daran, seine weiblichen Partner in eine erotische Beziehung einzubinden, in der sie sich ihm völlig unterwarfen, in der sexuelle Reaktionen nur noch durch ihn möglich wurden.

Während Annabel jetzt auf seinem Bett lag und jede seiner Bewegungen beobachtete, drohte panische Angst ihr allmählich die Sinne zu rauben. Adam verschwand im Badezimmer und kehrte kurz darauf mit flauschigen weißen Handtüchern zurück. Sie sah zu Adams muskulösem Körper auf und wußte, daß ihr eine seiner Spezialmassagen bevorstand.

Das bedeutete, daß es mindestens noch eine weitere Stunde dauerte, bis sie das Haus endlich verlassen konnte!

Adam nahm eine geschliffene Glasflasche mit Babyöl von der Kommode und wärmte sie zwischen den Handflächen.

Im Schlafzimmer war es warm und still. Annabel lauschte der sanften Musik von Sibelius, die ihr stets das Gefühl gab, in einer gemütlichen dunklen Hütte in einem schneebedeckten Wald zu sein, während in der Ferne Wölfe heulten.

Annabel lag auf dem Bauch, als Adam begann, sie mit öligen Fingern zu kneten und zu massieren. Der Druck seiner Hände war fest, aber angenehm und harmonisch.

Nach und nach schien ihr Körper mit der wohltuenden Berührung zu verschmelzen, sich dem Rhythmus seiner Hände anzupassen. Adam knetete ihn durch, Zentimeter für Zentimeter, bis er sich weich und schwer anfühlte wie Seide. Annabel merkte, wie ihre Augen zufielen und ihre Gedanken abschweiften. Noch immer arbeiteten sich seine Hände von den Füßen an aufwärts und wieder zurück.

Dann fühlte sie seine Zunge an ihrer Wirbelsäule, nie ruhend, rastlos liebkosend.

»Besser?« Adams Stimme war so zärtlich wie seine Hände. Sanft spreizte er ihre Beine, streichelte sie, zuerst mit den Fingerkuppen, dann mit der Zunge. Er drehte sie auf den Rücken. Als seine Lippen ihre Brüste berührten, bebte sie vor Verlangen. Sie atmete schwer – wie nach einem hastigen Sprint.

Als er den Kopf über sie beugte, fühlte sie seinen warmen Atem, bevor seine Lippen ihren Mund berührten; spürte, wie sich ihre Lippen unter dem sanften, feuchten und unerbittlichen Druck seiner Zungenspitze öffneten. Annabel stöhnte bei diesem langen, leidenschaftlichen Kuß. Adam spielte auf ihr wie auf einem Musikinstrument, tastete Höhen und Tiefen aus, fand immer neue virtuose Variationen.

Adam kannte die Reaktionen ihres Körpers perfekt, wußte, wie er sie bis an die Grenze des Wahnsinns erregen konnte, so daß sie sich völlig in ihrem Verlangen verlor, jede Hemmung ablegte.

In diesen Momenten vergaß Annabel, daß dieser Mann ihre

Gefühle ausgebeutet und zerstört und beinahe ihre Familie ruiniert hatte. In diesen Augenblicken grenzenloser Lust, nahm sie nur den erotischen Duft wahr, der von ihm ausging, spürte den harten Körper auf ihrem Körper, der nur noch Leidenschaft erzeugte.

Noch einmal flackerte kurz das Bewußtsein dessen auf, was sie tat, dann war alles um sie vergessen.

Kurz nach vier Uhr betrat Miranda die Kanzlei ihrer Anwälte. Das orangerote Kostüm, das sie schon morgens bei der außerordentlichen Hauptversammlung getragen hatte, war inzwischen völlig zerknittert. Sie wirkte leicht benommen, aber glücklich. Angus schien in New York eine gute Schule durchgemacht zu haben, aber Miranda war viel zu selig, um eifersüchtig zu sein.

Miranda wurde in ein Sitzungszimmer mit einem großen ovalen Tisch in der Mitte geführt, auf dem zahllose Papiere ausgebreitet lagen. An diesem Tisch saßen Sam und Richard Fraser.

»Du kommst spät«, begrüßte Sam sie ärgerlich. »Genau wie Annabel. Es ist schon nach vier. Der Himmel weiß, weshalb der Verkehr bei jedem Regenschauer und ein bißchen Schneefall auf dieser Insel zusammenbricht. Gewöhnen sich die Briten denn nie an ihr verdammtes Wetter?«

»Entschuldige, Sam. Bei mir verlief alles nach Plan«, verkündete Miranda mit einem breiten Grinsen. »Hat Annabel etwas gefunden?«

»Ja, drei Notizbücher in Adams Sekretär. Sie ist vor etwa drei Stunden von hier losgefahren, um sie unauffällig zurückzubringen.« Sam deutete auf die Papiere auf dem Tisch. »Das sind die Fotokopien, die wir gemacht haben.« Den Umschlag, der in seiner Jackentasche steckte, erwähnte er nicht.

»Wir haben die Beweise, die wir brauchen«, freute sich Richard Fraser.

»Was habt ihr gefunden?«

»In diesen Notizbüchern ist jede Finanztransaktion verzeichnet, mit der Grant das Geld von einem Konto zum anderen verschoben hat, bis es sich im komplizierten System einfach verliert. Jedenfalls ist daraus klar ersichtlich, auf welchem Bankkonto die jeweilige Summe letztendlich gelandet ist.«

»Adam hat offenbar fünf Bankkonten«, fuhr Sam fort. »Sie tragen die Bezeichnungen A, B, C, D und E. Leider sind weder die Kontonummern noch die Adressen der betreffenden Banken in den Notizbüchern zu finden. Möglicherweise unterhält er sie bei ein und derselben Schweizer Bank ... vielleicht handelt es sich aber auch um fünf verschiedene Banken in fünf unterschiedlichen Ländern. Aus den Notizbüchern geht das jedenfalls nicht hervor.«

»Sich die Adressen von fünf Banken zu merken, dürfte für Grant kein Problem sein«, meldete sich Fraser wieder zu Wort. »Aber die Kontonummern muß er sich irgendwo notiert haben. Denn ohne die korrekte Nummer hat man keinen Zugang zu einem Konto.«

»Wir können Grant jetzt zwar die Unterschlagung des Geldes nachweisen, aber an das Geld kommen wir ohne die Kontonummern nicht heran«, erklärte Sam. »Ein wichtiger Teil bei diesem Puzzle fehlt also noch immer. Jetzt müssen wir nach einer Liste mit fünf Zahlenkombinationen suchen.«

»Gott sei Dank, daß wir dem Kerl das Handwerk legen können«, sagte Miranda. »Aber ich mache mir Sorgen wegen Annabel. Wo bleibt sie nur so lange? Was könnte ihr passiert sein?«

»Vermutlich steckt sie im Stau«, erwiderte Sam.

»Aber wenn sie gegen ein Uhr hier abgefahren ist, dann war sie ... spätestens um zwei am Cadogan Place«, überlegte Miranda. »Eine Stunde später, also um drei, müßte sie wieder hier gewesen sein ... bei jedem Verkehr!«

»Vielleicht war Adam zu Hause«, gab Sam zu bedenken. »Vielleicht hatte sie noch keine Gelegenheit, die Notizbücher zurückzulegen. Sie hat doch erzählt, daß Adam ihr vor Wochen eine Szene gemacht hatte, weil er sie an seinem Schreibtisch überrascht hatte.«

»Anrufen können wir wohl nicht ...?«

»Wenn Adam nicht zu Hause ist, schon. Wie willst du sonst Adam einen Anruf erklären, Miranda?«

»Vielleicht hat Annabel inzwischen vergeblich versucht, dich zu erreichen, Sam.«

Sam schüttelte den Kopf. »Mittlerweile muß diese Oberschwester Adam verständigt haben«, vermutete Sam irrtümlicherweise. »Er weiß also, daß Clare und ich Elinor aus der Klinik entführt haben. Ich kann Adam unmöglich anrufen.«

»Hoffentlich hat Annabel keinen Unfall gehabt«, murmelte Miranda besorgt.

»Ihr Frauen macht immer aus einer Mücke einen Elefanten«, seufzte Sam. »Wenn ich die Polizei benachrichtige, halten die mich für verrückt.« Als er Mirandas skeptisches Gesicht sah, griff er trotzdem zum Telefon. »Okay. Wenn Annabel einen Unfall gehabt hat, dann müßte die Polizei Bescheid wissen.«

»Wir haben hier noch eine Menge Arbeit vor uns, Sam«, erinnerte Fraser den Amerikaner. »Miranda kann die Polizei anrufen, während wir hier weitermachen.«

Kurz nach halb sechs Uhr abends schaute Fraser vom Konferenztisch auf. »Es sieht tatsächlich so aus, als sei der größte Teil des Treuhandkapitals auf diese fünf Bankkonten geflossen. Nach meinen Berechnungen müßten noch siebzehn Prozent des ursprünglichen Geldes bei der Stiftung verblieben sein.«

»Wie ist es Adam nur gelungen, diese Summen umzuleiten?« wollte Miranda wissen.

»Meistens ging das Geld an eine Investmentfirma in Hongkong, die jeweils drei Prozent Provision für sich abgezweigt hat, bevor die Restsumme auf die Bankkonten A, B, C, D und E überwiesen wurde. Grant hat immer erst dann den nächsten Betrag nach Hongkong geschickt, wenn der vorhergegangene auf diesen fünf Konten eingegangen war. Darum hat der ganze Transfer auch so lange gedauert.«

»Hat Adam diesen Leuten mißtraut?« fragte Miranda.

»Mit Sicherheit«, antwortete Fraser. »Die Firma in Hongkong hat nicht umsonst jeweils drei Prozent kassiert. Sie hat praktisch als Geldwäscher fungiert. Ich schätze, daß die Firma jede Transaktion Penny für Penny belegen kann. Und auf dem Papier wird es so aussehen, als hätten sie als Börsenmakler sehr unglücklich agiert. Die Firmen, in die sie investiert haben, sind bestimmt entweder bankrott gegangen, oder der Wert ihrer Aktien ist drastisch gesunken. Selbstverständlich konnten sie nicht die gesamten Summen als Verlust abschreiben. Deshalb liegt der Rest auf Konto E. Ich nehme an, daß es sich hierbei tatsächlich um ein Investmentkonto handelt, um der Sache wenigstens einen Anstrich von Solidität zu geben.«

»Das Betrugsdezernat dürfte sich für diese Hongkonger Firma brennend interessieren«, warf Sam ein.

»Ich wüßte nicht, was ihnen das nützen sollte«, entgegnete Fraser lakonisch. »Die Firma fällt nicht unter die britische Gesetzgebung. Aber ich schätze, Grant können sie sich schnappen.« Er nahm den Telefonhörer ab und wählte eine Nummer. »Inspektor Piper? ... Ja, der Fall O'Dare. Die Beweise, die Sie wollten, liegen mir jetzt vor. Ich brauche noch ein paar Tage, um alles zu überprüfen, aber Montagmorgen dürfte ich die Unterlagen beisammen haben, die für einen Haftbefehl ausreichen ... Die Fotokopien seiner Notizbücher ... Ja, alles in Grants Handschrift, wie Miss O'Dare bezeugen kann ... Nein, keine Kontoauszüge ... Ja, ich weiß, daß Sie Kontoauszüge auf Grants Namen brauchen ... Aber in der Zwischenzeit müssen wir doch wenigstens verhindern, daß Grant England verläßt. Eine Vorladung zur Vernehmung rechtfertigen die mir vorliegenden Dokumente in jedem Fall ... Okay, ich komme damit zu Ihnen ... Selbstverständlich, ein Familienmitglied wird mich begleiten.«

»Gehen wir!« Sam stand auf.

Miranda protestierte. »Es ist kurz vor sechs. Ich mache mir

inzwischen die größten Sorgen um Annabel. Sie müßte seit Stunden zurück sein! Ohne Annabel möchte ich nicht gehen. Kann Inspektor Piper nichts unternehmen? Wir müssen sie finden!«

Richard Fraser schüttelte den Kopf. »Er ist beim Betrugsdezernat. Außerdem haben Sie die Polizei doch schon verständigt!«

»Miranda, wir machen uns auch Sorgen«, begann Sam, »aber was sollen wir tun? Unsere einzige Chance ist, Adam so schnell wie möglich zu verhaften.«

»Ich fahre jetzt zu Adams Wohnung«, erklärte Miranda. »Und das lasse ich mir nicht ausreden!«

Sam seufzte und wandte sich an Fraser. »Dann bringen Sie die Papiere schon einmal zu Piper. Wir treffen uns dort. Ich kann Miranda nicht allein gehen lassen.«

Nachdem sich die Tür hinter dem Finanzexperten geschlossen hatte, wandte sich Sam an Miranda: »Bevor wir fahren, solltest du dir das kurz mal ansehen.« Er zog zwei zerknitterte Schriftstücke aus einem Umschlag und reichte sie Miranda.

Miranda überflog das erste Dokument. Dann schaute sie Sam verwirrt an. »Woher hast du das? Warum gibst du mir das jetzt?« Sie las es noch einmal. »Moment mal ... Das ist nicht meine Geburtsurkunde!«

Verständnislos studierte Miranda die Urkunde mit dem königlichen Siegel. Laut las sie vor: »Geburtsurkunde ... Name: Miranda Patricia. Geschlecht: weiblich. Name der Mutter: Patricia Doreen Kettle. Name des Vaters: William Montmorency O'Dare. Geburtsdatum: 7. November 1941. Geburtsort: St. Pancras. Beglaubigt und ...«

Miranda sah Sam an.

»In dieser Geburtsurkunde wird Daddy Billy als mein *Vater* angegeben. Das ist doch Blödsinn!«

Sam sagte nichts.

Miranda starrte erneut auf die Urkunde. »Miranda Patricia O'Dare ... das ist mein Name. Aber wer ist diese Patricia

Doreen Kettle? Sie ist nicht meine Mutter! Und das Geburtsdatum stimmt auch nicht!«

Sam zuckte mit den Schultern. »Sieh dir mal das beiliegende Schreiben an.«

Das zweite Blatt Papier trug das Firmenzeichen der Kanzlei *Swithin, Timmins & Grant.* Es war ein handgeschriebener Brief vom 17. März 1942. Stockend las Miranda: »Meine liebe Elinor! Ich bitte dich, überstürze nichts. Miranda ist jetzt Billys einziges überlebendes Kind. Eines Tages kann sie vielleicht ihren Anspruch auf Larkwood und den gesamten Besitz geltend machen. Aus diesem Grund rate ich dir, ihre echte Geburtsurkunde unter keinen Umständen zu vernichten. In alter Liebe, Joe.«

Miranda blickte auf. »Wenn diese Dokumente keine Fälschungen sind, dann bin ich Daddy Billys Tochter, nicht seine Enkelin. Aber wenn Patricia Doreen Kettle meine Mutter war, dann waren Edward und Jane nicht meine Eltern ... Und dann bin ich mit Elinor überhaupt nicht verwandt!«

31. KAPITEL

Freitag, den 31. Januar 1969

Sam und Miranda verließen hastig die Anwaltskanzlei. Draußen schneite es leicht. Miranda wischte sich ungeduldig die Schneeflocken vom Gesicht und winkte ihrem Chauffeur, der auf der gegenüberliegenden Straßenseite in ihrem silbergrauen Mercedes wartete.

Als der Chauffeur gerade wenden wollte, hielt ein Taxi mit quietschenden Reifen vor Miranda an. Der Fahrer sprang heraus und lief um den Wagen herum, um seinem Fahrgast die Tür zu öffnen. Noch bevor er sie erreicht hatte, flog der Wagenschlag auf.

Der Fahrgast fiel Miranda vor die Füße in den schmutziggrauen Schneematsch.

»Annabel!« Miranda erkannte sie am Wolfspelzmantel und an den roten Stiefeln. Sie kniete neben der Schwester nieder.

»Ich wollte die Lady zur Ambulanz des nächsten Krankenhauses bringen«, wandte der Taxifahrer sich an Sam. »Aber sie hat mich gebeten, sie hier abzusetzen.«

Annabels Gesicht war nicht wiederzuerkennen. Ihr linkes Augenlid war geschwollen und blutete aus einer großen Platzwunde, auch der Augapfel schien verletzt. Ihr Nasenbein war deutlich erkennbar gebrochen. Zwei Schneidezähne fehlten, und aus ihrem Mund quoll ebenfalls Blut.

»Mein Gott, was ist passiert?«

»Ich habe sie an der Kreuzung Cadogan Lane und Pont Street aufgelesen. Sie schwankte wie eine Betrunkene über die Straße. Dann habe ich das Blut gesehen.«

»Danke. Wir kümmern uns um sie.« Sam drückte ihm eine Banknote in die Hand.

»Moment, Sir! Nicht so eilig. Ich brauche Ihren Namen und Adresse! Tut mir leid, aber ich muß solche Vorfälle der Polizei melden.«

Der Arzt in der Unfallaufnahme beugte sich über Annabel. »Schwere Blutergüsse im Gesicht ... Verletzung am linken Auge ... sieht so aus, als sei ein Muskel gerissen ... das müssen wir nähen. Um die beiden Schneidezähne kümmern wir uns später. Nasenbeinbruch ... Fraktur des linken Armes ... Fünfte, sechste und siebte Rippe linksseitig gebrochen ... schwere Schürfwunden an Bauch, Brust und Beinen.« Er erhob sich. »Da brauche ich Hilfe, Schwester. Rufen Sie den Augenarzt und einen Orthopäden. Bereiten Sie die Patientin vor. Wir müssen sofort operieren. Die normale Narkose bitte, mit einem Mittel zur Entspannung der Muskeln.«

Sam rief vom Krankenhaus aus die Kriminalpolizei an. Er bezweifelte, daß der Überfall auf Annabel nur ein unglücklicher Zufall gewesen war. Wenn er recht hatte, dann handelte es sich nicht länger nur um ein Betrugsdelikt, sondern auch um Körperverletzung ... und vielleicht sogar um einen Mordversuch.

Nachdem er mit der Kripo gesprochen hatte, blickte Sam auf die Uhr. Es war halb acht Uhr abends in London und damit noch früher Nachmittag in New York. Er rief Scotts Fernsehredaktion an.

Annabel lag im Operationssaal, das Haar unter einer grünen Haube verborgen, als das Ärzteteam – ein Augenarzt, ein Orthopäde, ein Unfallchirurg und ein Anästhesist – und drei OP-Schwestern sich auf die bevorstehende Operation vorbereiteten.

Als die Narkose wirkte, kümmerte sich der Orthopäde um die Schürf- und Platzwunden. Dann wurde Annabels gebrochener

Arm eingerichtet und eingegipst, die gebrochenen Rippen durch einen Verband ruhiggestellt. Das alles ging schnell und routiniert. Die Augenverletzung allerdings war eine wesentlich heiklere Angelegenheit.

»Wir haben es hier mit einem schweren Augentrauma zu tun«, erklärte der Augenarzt nach der ersten sorgfältigen Untersuchung. »Ich mache erst mal das Nötigste. Der linke Augenmuskel ist schwer beschädigt ... tiefe Risse ... möglicherweise ist da nichts mehr zu machen. Außerdem ist das Lid übel zugerichtet, und die Hornhaut ist verletzt. Wenn ich das Auge überhaupt retten kann, dann müssen wir mindestens noch einmal operieren, sobald die Blutergüsse und Risse abgeheilt und die Schwellungen zurückgegangen sind. In diesem Stadium kann ich nicht sagen, ob ihre Sehfähigkeit wiederhergestellt werden kann.«

Die Augenoperation dauerte über eine Stunde. Danach zog der Operateur seine Handschuhe aus und fuhr sich müde mit der Hand über die Stirn. Er wusch sich und zog sich sein Smokingjackett wieder an. Die Schwester band ihm wortlos die Fliege um. Dann stürmte er davon.

Nachdem Annabels Nasenfraktur gerichtet worden war, gab man ihr eine Beruhigungsspritze. Es war schon spät, als man sie in die Intensivstation schob.

Gegen drei Uhr morgens drangen die Schmerzen in ihr Bewußtsein. Jeder Atemzug tat ihr weh. Ihr Kopf drohte zu zerspringen ...

Die Schwester, die ihr Stöhnen hörte, tröstete sie: »Sie sind im Krankenhaus, Mrs. Svenson. Sie hatten einen Unfall. Sie sind bald wieder gesund. Ihre Familie wartet draußen. Wir mußten Ihnen eine Beruhigungsspritze geben, aber die Wirkung läßt jetzt nach. Deshalb sind Sie aufgewacht.«

»Ich ... ich ... kann nicht sehen.« Annabels Worte klangen undeutlich und lallend, als sei sie betrunken.

»Ihr linkes Auge ist bandagiert und Ihr rechtes ist geschwollen.«

Sie gab Annabel aus einer Schnabeltasse zu trinken. Als das Wasser in ihren Mund tropfte, würgte Annabel. Die Schwester befeuchtete ihre Lippen und redete weiter besänftigend auf Annabel ein, bis sie wieder in einen unruhigen Schlaf fiel.

Samstag, den 1. Februar 1969

Kaum hatte Miranda die Augen aufgeschlagen, griff sie automatisch nach dem Telefon neben dem Bett.

»Es ist sieben. Das Krankenhaus hat gesagt, daß du erst um neun anrufen kannst«, erinnerte Angus sie schlaftrunken.

»Das hatte ich vergessen.« Es war noch dunkel an diesem Wintermorgen. Miranda seufzte und reckte sich wohlig. »So eine Überraschung!«

»Ich habe geübt«, murmelte Angus.

»Genug geübt«, erklärte Miranda. Sie kniff ihn zärtlich ins Ohr. »Ich bin eine eifersüchtige Frau.«

»Willst du mich jetzt heiraten?«

Miranda richtete sich auf einem Ellbogen auf. »Nicht so schnell, Liebster! Ich muß das alles erst verarbeiten.« Miranda war über seinen Antrag glücklich. Das große Hindernis existierte nicht mehr. Sie blieb liebend gern für den Rest der Woche mit Angus im Bett und wünschte sich nichts sehnlicher, als bis ans Ende ihrer Tage mit ihm zu leben. Sie war zuversichtlich, daß sie glücklich miteinander werden würden, denn sie hatte sich damals ja nicht ohne Grund mit ihm verlobt ... Trotzdem konnte sie nicht an die Zukunft denken, solange die Gegenwart noch voller Probleme steckte. Allerdings wollte sie es nicht mehr riskieren, Angus oder sich selbst durch eine überhastete Entscheidung zu verletzen. Obgleich ... sie konnte sich jetzt getrost eingestehen, wie sehr sie ihn immer vermißt hatte.

Gegen zehn Uhr morgens nahm Annabel die Stimmen von Krankenschwestern, das Quietschen von Gummisohlen auf dem Linoleumfußboden, Geschirrklappern und Radiomusik wahr. Es roch nach Desinfektionsmitteln.

Ihre rechte Hand war warm. Jemand hielt sie fest.

»Scott?« flüsterte Annabel.

»Ich bin seit über einer Stunde hier, Angel.«

»Bitte ... laß mich nicht allein.«

»Nein ... nie wieder.«

»Es ... es tut mir so leid.«

»Mir auch!« Während des langen Transatlantikflugs hatte Scott nur an Annabel und ihre Ehe gedacht. Scott war klargeworden, daß sie beide nicht ganz unschuldig an ihren Eheproblemen waren. Aber durch Schuldzuweisungen ließen sich die Schwierigkeiten nicht beseitigen und die Beziehung retten.

Er mußte sich vorwerfen, in Annabel nie eine vollwertige Partnerin gesehen zu haben. Er hatte stets von ihr erwartet, daß sie sich ihm unterordnet. Sie war eine Art Statussymbol für ihn gewesen. Wenn sie sich nicht in Adam verliebt hätte, wäre früher oder später ein anderer Mann gekommen, jemand, der sich um Annabel gekümmert und ihr das Gefühl gegeben hätte, eine eigenständige Person und nicht nur dekorative Verbrämung eines karrierebesessenen Mannes zu sein.

Scott küßte Annabel die Hand. Leise sagte er ihr ins Ohr, was er ihr so lange vorenthalten hatte: »Ich dachte, mein Job sei ein guter Grund, alles andere zu vernachlässigen, Angel. Ich wollte eigentlich nicht, daß er mich mit Haut und Haaren auffrißt. Es soll alles anders werden, Angel. Ich will erfolgreich sein, aber ich will auch leben. Mit dir.«

Obwohl sie noch benommen war, fühlte sie seine Wärme und Zärtlichkeit. Sie spürte den Unterschied zwischen Scotts liebevoller Zuneigung und der berechnenden Aufmerksamkeit, die sie bei Adam genossen hatte.

»Ich schäme mich so, Scott«, flüsterte sie.

»Ich auch. In Zukunft sorge ich für dich.« Er legte seine Wange auf ihren Arm.

»Was ... was ist eigentlich mit mir passiert?« fragte Annabel.

»Du bist überfallen und niedergeschlagen worden. Man hat deine Handtasche gestohlen. Die Polizei wird dir später noch ein paar Fragen stellen. Du hast einen gebrochenen Arm und mehrere Rippenbrüche ... und einen Nasenbeinbruch. Du wirst bald wieder aussehen wie immer. Der Chirurg hat mir das versichert.«

»Meine Augen sind so merkwürdig.«

»Sie haben dich ins Gesicht geschlagen, Angel.«

»Wird mit meinen Augen alles wieder in Ordnung?«

Scott zögerte. »Natürlich.«

»Du bist ein schlechter Lügner, Scott.«

Nach kurzem Schweigen sagte Scott: »Dein rechtes Auge wird wieder vollkommen gesund werden.«

Annabel begann leise zu schluchzen. Jede Bewegung verursachte einen stechenden Schmerz in der Brustgegend.

»Du wirst sehen können«, fuhr Scott fort. »Und für mich ist das nicht wichtig ... Mein Gott, ich hätte das jetzt noch nicht sagen sollen.«

»Ich will es aber wissen ... Ich will nicht länger wie ein Kind behandelt werden.«

»Das wirst du auch nicht!« Scott küßte wieder und wieder ihre Hand. »Wenn du immer noch willst, Annabel ... Ich weiß, ich habe immer argumentiert, New York sei keine Stadt, um ein Kind großzuziehen ... Aber, was soll's, andere Leute haben auch Kinder. Warum wir eigentlich nicht?«

Annabel atmete ruhiger.

»Können Sie sich noch erinnern, was passiert ist?« Annabel konnte den Polizeibeamten nicht sehen, doch seine Stimme klang sympathisch.

»Nicht gut«, flüsterte Annabel. »Aber ich will's versuchen.«

Kurz nach fünf Uhr hatte Annabel Adam unter dem Vorwand verlassen, einen Termin beim Schneider zu haben. Immer wieder rutschte sie auf der glatten Straße aus, als sie versuchte, sich so schnell wie möglich von Adams Wohnung zu entfernen. Sie bog nach links in die Pont Street ein, wo sie hoffte, ein Taxi zu finden. Weit und breit war keine Menschenseele zu sehen. Es herrschte kaum Verkehr.

Annabel registrierte nur unterbewußt, daß eine kleine, dunkel gekleidete Frau aus dem Eingang eines Blumengeschäfts an der Ecke zur Cadogan Lane trat, das bereits geschlossen hatte. Als Annabel an ihr vorbeihastete, sprang diese Frau sie plötzlich an. Geschickt stieß sie ihren linken Zeige- und Mittelfinger in Annabels Nasenlöcher, so daß Annabels Kopf nach hinten gerissen wurde. Gleichzeitig zog sie ihr mit einem geschickten Fußhaken ein Bein weg. Annabel verlor das Gleichgewicht und stürzte rücklings in den Schneematsch.

Annabel versuchte verzweifelt, wieder auf die Beine zu kommen, glitt jedoch erneut aus und knallte unsanft auf die Straße.

Dann hörte sie hinter sich einen Wagen anhalten. Im Schein der Straßenlaterne erkannte sie zwei Männer mit Strumpfmasken, die aussahen, als seien sie einem Horrorfilm entsprungen.

Als die beiden Männer Annabel auf die Beine zerrten, entriß ihr die Frau ihre rote Schultertasche. Im nächsten Augenblick war sie damit in den Wagen gesprungen und davongefahren.

Die beiden Männer nahmen Annabel mit brutalem Griff in die Mitte und warfen sie auf den Rücksitz eines alten Morris, der in der Cadogan Lane parkte.

Als der eine Mann Annabel grob durchsuchte, zischte der andere: »Wir haben eine Nachricht für dich! Wenn du Schwierigkeiten machst, kriegst du Schwierigkeiten! Merk dir das in Zukunft!« Damit versetzte er ihr einen Faustschlag mitten ins Gesicht.

Aber das war nur der Anfang. Mit der Präzision eines Berufsboxers begann er auf sie einzuschlagen. Annabel konnte nicht ausweichen, weil sie von dem Komplizen festgehalten wurde. Bald versank sie in einem Meer von Schmerzen, während die Fäuste erbarmungslos auf Nieren, Rippen und Nase eindroschen. Nach dem ersten Hieb auf das Auge begannen Annabel die Sinne zu schwinden.

»Genug! Hör auf!« hörte sie den einen Mann sagen, bevor sie bewußtlos wurde. »Du weißt, was das letzte Mal passiert ist.«

Miranda fuhr Sam in ihrem bronzefarbenen Sportflitzer nach Wiltshire, wo Josh auf seinen Vater wartete. Sam hatte die Nacht im Krankenhaus verbracht. Seine Glieder waren steif und schmerzten, und er hatte kaum geschlafen. Trotzdem hatte er Josh versprochen, übers Wochenende zu kommen. Und Miranda wollte mit Elinor über die Geburtsurkunde reden.

Die Müdigkeit schien Sam zu übermannen, aber Mirandas schnelle und riskante Fahrweise auf den schneebedeckten Straßen hielt ihn wach.

Clare wartete allein in der Küche auf sie. Elinor und Buzz hatten sich zu einem Mittagsschlaf im Gästezimmer niedergelegt. Josh war bei einem Pfadfindertreffen, und David, der eine geschäftliche Verabredung hatte, würde erst abends zurück sein.

Clare hatte David von dem brutalen Überfall auf Annabel erzählt. Der Arzt hatte ihr bereits gesagt, daß die Schwester ihr linkes Auge verlieren würde, Clare jedoch gebeten, die beiden älteren Frauen noch im ungewissen zu lassen, um Elinors Genesung nicht zu gefährden. Obwohl sie noch bettlägerig war, machte sich ganz allmählich Elinors alte Vitalität wieder bemerkbar.

Kurz nach drei Uhr nachmittags hielt der Sportwagen vor dem Gartentor von *Applebank Cottage* an.

Als Clare die müden Gesichter der beiden sah, servierte sie ihnen eine Terrine mit Currysuppe, ohne irgendwelche Fragen zu stellen.

Sam schlief nach dem Käseomelette am Tisch ein, bevor Clare ihren Apfelkuchen servieren konnte.

Auch Miranda gähnte. »Ich habe in der letzten Nacht nicht

viel geschlafen. Darf ich mich mal kurz auf Joshs Bett legen?« Sie verschwand in den ersten Stock.

Clare weckte Sam vorsichtig auf und führte ihn in ihr Schlafzimmer.

Gegen sechs Uhr schlug Sam die Augen auf. Er hörte von fern klassische Musik. Die grünen Chintzvorhänge waren noch nicht zugezogen, und er sah weiße Schneeflocken vor den Fensterscheiben wirbeln.

Er streckte den Arm aus und tastete nach der Nachttischlampe. Dabei warf er einen schweren Messingwecker zu Boden.

Clare lief die Treppe hinauf, öffnete die Schlafzimmertür und knipste das Licht an.

»Irgendwas passiert mir doch immer«, sagte Sam entschuldigend und setzte sich im Bett auf. Sein Gesicht trug noch die Spuren der Auseinandersetzung mit Oberschwester Braddock.

Clare betrachtete die schwarzen Brusthaare und die violett verfärbten Blutergüsse an seinen Armen.

»Setz dich doch zu mir«, bat Sam schläfrig. Er deutete auf die Patchworkdecke.

Clare setzte sich neben ihn auf die Bettkante. Grenzenlose Dankbarkeit erfüllte sie. »Sam, ich muß mich wirklich bei dir bedanken. Ich weiß nicht, was wir ohne dich gemacht hätten! Du hast dich um dieses schreckliche Sanatorium gekümmert ... den Anwalt ... den Finanzexperten ... die Polizei ... das Krankenhaus ... Du warst einfach wunderbar!«

Im flackernden Feuerschein beugte Sam sich zu ihr hinüber und küßte ihre Nasenspitze. Er legte die Arme um sie und zog sie an sich. Seine Lippen berührten ihren Nacken. »Ich muß übermorgen in die Staaten zurück. Die Dreharbeiten beginnen«, sagte er leise.

Clare rückte etwas von ihm ab. Sie fühlte nur Zärtlichkeit und Dankbarkeit. Dachte Sam immer nur daran, wie er sie verführen konnte? Und während Ärger in ihr aufstieg und ihr Kopf Warnsignale aussandte – reagierte ihr Körper ganz anders.

Sam küßte sie auf die Nasenwurzel und zog sie fester an sich. Clares Widerstand begann zu schwinden. Der vertraute Geruch seines Körpers erinnerte sie an jenes erste Mal, als sie sich seiner erotischen Anziehungskraft bewußt geworden war, und sie fühlte sich erneut unwiderstehlich zu ihm hingezogen. Sie spürte wieder die Sicherheit und Kraft, die von ihm ausgingen, seine körperliche Stärke. Und doch war sie in diesem Augenblick der Schwäche auch zornig. Weshalb empfand sie diese magnetische Anziehungskraft nicht bei David, der so viel liebevoller und sensibler war als Sam? Weshalb redete sie überhaupt mit Sam, wo sie doch wußte, wie sehr es David verletzen würde, sie jetzt sehen zu können?

In diesem Augenblick holte David vermutlich Josh von seinem Pfadfindertreffen im Gemeindehaus von Warminster ab. Morgen wollte er Josh helfen, das aufzuarbeiten, was er durch ihre verspätete Rückkehr aus dem Skiurlaub in der Schule versäumt hatte.

»Ich hasse dich, Sam ... du gemeiner Verführer«, flüsterte sie.

»Ja, Baby«, murmelte Sam und küßte sie auf die Stirn.

»Laß mich los, du gemeiner Kerl!« zischte Clare und versuchte, sich ihm zu entziehen.

Sam lachte und küßte sie hart auf den Mund.

Clare versuchte daran zu denken, wie sehr sie in den vergangenen Jahren wegen Sam gelitten hatte, doch Sams unwiderstehliche Ausstrahlung löschte alles aus. Sie wollte plötzlich nicht mehr unabhängig und vernünftig sein. Sie wollte ihren Kopf gegen Sams starke, haarige Brust legen, seine Arme spüren ... und wissen, daß er alles in die Hand nehmen, alles in Ordnung bringen würde ... nur für ein paar Augenblicke.

Als ihr Widerstand geschmolzen war und sie sich ihm hingab, erkannte Clare tief in ihrem Unterbewußtsein, daß ein Körnchen Wahrheit in Elinors Geschichten der Liebe und Romantik lag.

Später, als Sam schlief und Clare hellwach die zuckenden Schatten des Feuers an der Decke beobachtete, fühlte sie sich schuldig, gemein und elend.

Eine halbe Stunde zuvor hatten sie sich geliebt, und Clare hatte geflüstert: »Warum willst du mich wirklich wiederhaben? Sag mir die Wahrheit!«

Sam hatte sie an sich gezogen. Sein Haar auf der Brust kitzelte sie in der Nase. »Weil ich dich liebe.«

Aber Clare wußte, daß die wahren Gründe wesentlich weniger romantisch waren. Sam vermißte seinen Sohn, seine Frau und das Familienleben mehr, als er je geahnt hatte. Wie ein Hund an seinen Korb gewöhnt war, so hatte Sam sich daran gewöhnt, eine Frau und Familie zu haben, fand er es angenehm, daß Clare das Haus führte und seine Gäste bewirtete, die ihn nur von seiner geliebten Arbeit abhielten.

Clare seufzte. Sam hatte sich gerade redlich Mühe gegeben, er hatte sich redlich abgerackert. Und das war allzu deutlich zu spüren gewesen. Irgendwann hatte er dann heiser gefragt: »Was soll ich noch tun? Ich stehe schon Kopf, um dir Lust zu verschaffen!«

»Das ist genau der Grund, weshalb es nie klappt, Sam!« hatte Clare leise geantwortet. »Weil ich weiß, daß du dich abmühst ... Bei David und mir funktioniert es ganz von selbst.«

»Was, zum Teufel, macht er anders?«

Zögernd hatte Clare es ihm zu erklären versucht, ohne ihn zu verletzen. »David nimmt mich so, wie ich bin ... wie mein Körper ... wie mein Kopf reagiert. David akzeptiert meine Gefühle. Ich brauche mich nicht zu verstellen, um seinen Vorurteilen gerecht zu werden. Auch wenn er einmal anders empfindet, er besteht nie darauf, daß ich mich anpasse.«

»Du meinst, er ist im Bett einfach besser als ich?«

»Du hast wieder nichts begriffen!« Clare wurde ärgerlich. »Ich habe dich verlassen, weil du mir nie zugehört hast, Sam. Du hast mich nie ernst genommen. Dazu bin ich dir nicht wichtig genug gewesen. Gegen einen interessanten Artikel in der Zeitung konnte ich bei dir nie konkurrieren.« Clare setzte sich auf.

»Soll das heißen, du hast mich verlassen, weil ich dir nicht zugehört habe?«

Clare zuckte hilflos mit den Schultern. »Du hast ein kurzes Gedächtnis, Sam. Ich habe dich verlassen, weil ich dich wieder mit einer anderen im Bett überrascht hatte.«

Sam verlor die Geduld. Er begriff nicht, weshalb Clare noch immer auf diesen alten Geschichten herumhackte. Wenn Clare das nicht überwinden konnte, weshalb lag sie dann jetzt mit ihm im Bett? »Du hast alles gehabt!« schleuderte er ihr wütend entgegen. »Ich habe dir deine Orgasmen verschafft, oder? Wieso sollte ein schnelles, unbedeutendes Abenteuer mit einer anderen so viel zwischen uns ändern?«

»Es untergräbt unsere Beziehung!« entgegnete Clare. Sie hatte auf die harte Art lernen müssen, daß eine unehrliche sexuelle Beziehung das Leben einer Frau in ein schreckliches Chaos stürzen konnte. Sex war nicht von der restlichen Wirklichkeit des Lebens zu trennen.

Und plötzlich wußte Clare mit aller Klarheit, mit welchem Mann sie den Rest ihres Lebens verbringen wollte. Nur in bezug auf Josh quälten sie Gewissensbisse. Aber sie hatte bereits die Qual erlebt, Josh den Vater zu nehmen. Warum sollte sie das noch einmal durchmachen?

»So war das nicht gemeint.« Sam suchte nach Worten, um Clares Herz zu erreichen. »Liebling, es tut mir aufrichtig leid.«

Sanft schüttelte sie seine Hand ab. Sie hatte ihre Entscheidung getroffen. Nichts konnte sie mehr davon abbringen.

Und während sie jetzt den schlafenden Sam betrachtete, hoffte Clare, daß David sich tatsächlich als der einfühlsame, liebevolle und verständnisvolle Mann erwies, für den sie ihn hielt, wenn sie ihm erzählte, daß sie gerade mit Sam geschlafen hatte.

Irgendwann am frühen Abend hörte Miranda, wie Buzz in dem einzigen Badezimmer des Häuschens laut, aber falsch ein Lied sang.

Sie stellte Teekanne und Tassen auf ein Tablett und ging ins Gästezimmer hinauf. Elinor saß aufrecht im Bett und sammelte Scrabble-Buchstaben in eine Schachtel.

»Ich hab' gewonnen!« erklärte sie triumphierend und runzelte plötzlich die Stirn. »Du glaubst doch nicht, daß Buzz mich absichtlich hat gewinnen lassen?«

»Niemals«, log Miranda und schenkte eine Tasse Tee ein. Sie reichte Elinor die Tasse und sagte leise: »Ich muß dich etwas sehr Wichtiges fragen, Gran. Wer ist Patricia Kettle?«

Elinor stellte mit zitternder Hand ihre Tasse ab. »Sie ... sie war Sekretärin im Kriegsministerium.« Elinor gab sich ganz offensichtlich Mühe, gelassen zu erscheinen. »Sie ist vermutlich während eines Luftangriffs ums Leben gekommen. Das muß 1943 gewesen sein.«

»Ich muß mehr über sie wissen, Gran.« Mirandas Stimme war sanft, aber entschlossen. Sie zog die zerknitterte Geburtsurkunde aus der Tasche, die Sam ihr gegeben hatte.

Elinor schaute traurig auf das Dokument. »Nach all den Jahren ...«, begann sie, »ich glaube ... du hast ein Recht darauf zu erfahren, was geschehen ist.« Sie starrte in ihre Teetasse und sah plötzlich ganz deutlich das vordere Zimmer ihrer Wohnung in Earl's Court vor sich. Es war der Weihnachtsabend 1941.

Elinor – sie trug noch die dunkelgrüne Uniform der freiwilligen Armeehelferinnen – schaltete das Radio aus. Die Nachrichten waren zur Abwechslung positiv gewesen. Churchill konferierte mit Roosevelt, denn nach dem Überfall der Japaner auf Pearl Harbor war Amerika in den Krieg eingetreten.

Das Leben in London war angesichts der ständigen Bedrohung durch die Deutschen außerordentlich schwierig. Ständig schienen die Luftschutzsirenen zu heulen. Elinor schlief wenig, aß kaum eine anständige Mahlzeit und arbeitete häufig sieben

Tage in der Woche von morgens bis abends, um die Aufgaben zu erfüllen, für die sich außer den freiwilligen Helfern niemand verantwortlich fühlte: Sie kümmerten sich um erschöpfte Soldaten, pflegten Kranke und Verletzte, halfen ausgebombten Familien und vernachlässigten das eigene Privatleben, um für andere dazusein.

Die O'Dares lebten, aßen und schliefen im Wohnzimmer, denn das Heizmaterial reichte nur für einen Raum. Rechts vom Ofen, gegenüber der Tür, stand das sogenannte Morrison-Bett, ein tischhohes Ungetüm aus Eisen mit vier hohen Pfosten, die eine metallene Abdeckplatte trugen. Die Seitenteile waren aus engem Maschendraht. In diesem breiten Luftschutzbett schliefen die knapp dreijährige Clare und die noch nicht zweijährige Annabel zusammen mit Elinor. Bei Luftangriffen verließ Billy sein Klappbett und gesellte sich zu ihnen.

Das flache Dach des Morrison-Betts erwies sich als praktische Ablage für Elinors Nähmaschine, die Notizen für ihren Erste-Hilfe-Kurs, den großen Berg Flickwäsche und, an diesem Abend, auch für einen kleinen Weihnachtsbaum, den Billy in einem Pub für eine horrende Summe erstanden hatte. Elinor griff nach hinten und zog eine alte Pappschachtel hervor.

Als sie den Deckel der Schachtel anhob, lächelte sie ungläubig. Vorsichtig nahm Elinor den Porzellanengel mit dem Goldhaar heraus, dessen Flügel aus echten Federn waren. »Billy, sieh doch mal! Er ist vollkommen heil geblieben!« Die zerbrechlichen Gold- und Silberkugeln und der selbstgemachte Schmuck aus Glanzpapier sollten den Christbaum schmücken.

»Warum machen wir uns dieses Jahr überhaupt die Mühe mit der ganzen Weihnachtsdekoration?« fragte Billy von seinem Lehnsessel am Ofen aus. »Die Kleinen wissen doch gar nicht, was das soll. Und ich, ehrlich gesagt, allmählich auch nicht mehr. Was soll denn das da drüben?« Er deutete auf zwei rote Strümpfe, die vom Bettpfosten baumelten.

»Sei doch kein Griesgram!« schimpfte Elinor gutmütig. »Du spielst wie immer den Weihnachtsmann. Und ich kenne in ganz

London keinen, der besser aussieht als du«, fügte sie schmeichelnd hinzu.

»Ich komme mir immer so lächerlich vor«, brummte Billy, konnte sich ein erfreutes Grinsen jedoch nicht verkneifen. »Aber ich muß zugeben, du hast dich auch nicht schlecht gehalten, altes Mädchen. Marjorie ist etwa so alt wie du, aber ihre Haut sieht aus wie das Nildelta.«

Obwohl sie nun schon die vierzig überschritten hatte, war Elinor noch immer eine schöne Frau. Ihre helle Haut war faltenlos glatt, die Wangen rosig, die smaragdgrünen Augen hatten den alten Glanz, und ihr blondes Haar war voll und lockig wie eh und je. Nur um Taille und Hüften war sie etwas fülliger geworden. Schuld daran war die eintönige Kriegskost, die hauptsächlich aus Brot und Kartoffeln bestand.

In diesem Augenblick schrillte die Haustürglocke.

Die beiden wandten automatisch den Kopf in Richtung Fenster. Sie waren ordnungsgemäß verdunkelt ... kein Lichtstrahl drang nach außen. Der Luftschutzwart konnte es also nicht sein.

Elinor schob den Sandsack beiseite, der gegen die Zugluft vor der Tür lag. Fröstelnd tastete sie sich im Dunkeln durch das ungeheizte Vorderzimmer zur Haustür. »Wer ist da?«

»Eine Freundin von Billy«, erklang eine Frauenstimme.

»Kommen Sie schnell rein!« Elinor machte die Tür wieder zu und knipste das Licht an. Die Besucherin hielt ein in eine Decke gehülltes Baby im Arm und einen kleinen, abgewetzten Koffer in der Hand.

»Ich kenne Sie doch!« sagte Elinor erstaunt. »Sie waren in dem Pub in Whitehall ... und haben mit meinem Mann gesprochen!«

Das war an dem Tag gewesen, als Annabel geboren war. Elinor erinnerte sich noch gut an die Verzweiflung in dem zarten Gesicht der gertenschlanken jungen Frau im braunen Mantel. Billy hatte sie damals rücksichtslos stehen lassen.

»Wer ist da?« Billy kam zur Wohnzimmertür, die Zeitung noch in der Hand.

»Pat! Was, zum Teufel, willst du *hier*?« Billy machte unwillkürlich einen Schritt rückwärts. Die Frau ging auf ihn zu. Billy wirkte perplex und nervös zugleich.

Die junge Frau sah Billy prüfend an. Er trug eine schäbige alte Wolljacke, keine Krawatte und Filzpantoffeln. »Wie ein Weiberheld siehst du zu Hause nicht gerade aus, Billy«, sagte sie mit hohler Stimme. »Ich habe dir doch gesagt, daß ich sie herbringen würde, wenn du nicht kommst.« Dann wandte sie sich abrupt an Elinor. »Es ist seins.« Sie deutete auf das Bündel in ihrem Arm.

»Was fällt dir ein hierherzukommen! Was fällt dir ein, diese lächerlichen Lügen aufzutischen ...«

»Pssst! Du weckst die Mädchen auf«, warnte Elinor verstört. Ihr Herz schlug rasend.

Seit Jahren hatte sich Elinor insgeheim vor einer solchen Szene gefürchtet, hatte gewußt, daß Billy es eines Tages zu weit treiben würde. Überrascht war sie nur, daß es nicht längst geschehen war. Sie hatte nicht die geringsten Zweifel, daß die junge Frau die Wahrheit sprach.

Das Bündel eng an sich gedrückt, begann Pat Kettle leise zu weinen. »Ich weiß, daß Shorty dir gesagt hat, daß ich das Kind bekommen habe. Er hat mich im Krankenhaus besucht ... mir zwei Eier gebracht. Jeden Tag habe ich gehofft, daß du selber kommen würdest. Aber das war wohl ein Irrtum.«

»Was willst du eigentlich?« fragte Billy barsch.

»Ich konnte nicht mehr in der Klinik bleiben, Billy. Und im Wohnheim nehmen sie mich nicht mit einem Kind. Nach Hause kann ich auch nicht. Mein Vater würde mich umbringen. Ich weiß nicht mehr ein noch aus. Willst du nicht für uns sorgen, Billy? Hast du vergessen, was du versprochen hast?«

»Du hattest kein Recht, hierherzukommen und Unfrieden zwischen mir und meiner Frau zu stiften!«

Bei dem kalten, förmlichen Ton seiner Stimme wurden die Züge der jungen Frau hart. Sie drehte sich zu Elinor um.

Elinor wich ihrem Blick nicht aus. Der abgewetzte braune

Mantel konnte kaum verhüllen, daß sie fast noch ein Kind war. Sicher war sie sich der Erotik ihres mädchenhaften Körpers gar nicht bewußt. Elinor hatte sofort erkannt, was Billy an ihr gereizt haben mußte, und sie fühlte sich plötzlich in ihrer ausgebeulten, unattraktiven grünen Uniform plump und unattraktiv.

»Warum willst du bei *ihr* bleiben?« Pat Kettle wandte den Kopf in Elinors Richtung.

Mit zitternder Hand deutete Elinor zum Kaminsims, auf dem zwei Fotos im Silberrahmen standen: Das eine zeigte Edward im Alter von sieben Jahren, das andere Edward und Jane an ihrem Hochzeitstag.

»Billy und ich sind seit dreiundzwanzig Jahren verheiratet. Das ist Billys Sohn. Billys Enkelkinder schlafen dort im Zimmer. Wir sind Billys Familie. Er wird uns nie verlassen.« Ihre Stimme rang mit der Selbstsicherheit, die sie nicht empfand. Dabei wußte sie, wie sehr Billy sich auf ihre Stärke und ihre Fähigkeit verließ, auch in schweren Zeiten für ihn zu sorgen, damit er auf seine Bequemlichkeit nicht verzichten mußte. Billy scheute die Verantwortung für diese Kindfrau und ihr Baby.

»Aber du kannst mich doch nicht einfach wegschicken!« flehte Pat Kettle. »Es ist deine Pflicht, für uns zu sorgen, Billy. Wer sollte es sonst tun?«

Das war ein schicksalhafter Irrtum. Billy verschanzte sich zögernd hinter Elinor.

»Du kannst nicht so tun, als gäbe es uns nicht!« schluchzte die junge Frau. Das Baby in ihren Armen begann zu weinen. »Was soll ich tun? Es ist dein Kind, Billy ... ob du es willst oder nicht. Ich habe nie einen anderen Mann gehabt. Ich liebe dich, Billy!« Sie wandte sich hilfesuchend an Elinor: »Es ist auch sein Kind! Warum sollte ich alle Verantwortung allein tragen? Er hat ein Zuhause ... ich nicht.«

Um das Babygeschrei zu übertönen, wurde Billy laut: »Ich gebe überhaupt nicht zu, daß das mein Kind ist!« Er wandte sich an Elinor: »Sie hat sich mir an den Hals geworfen. Das hast du selbst gesehen. Und es … war nur eine kurze Sache. Nichts Ernstes. Nur ihre dämliche Religion ist schuld, daß sie sich nicht vorgesehen hat. Das wäre ihre Pflicht gewesen!«

In diesem Augenblick wachte Annabel auf und begann zu weinen. Das wiederum weckte Clare, die aus Sympathie auch losheulte. Billy hielt sich die Ohren zu und wandte sich von den Frauen ab zum Fenster.

»Ich halte das einfach nicht mehr aus«, rief Pat Kettle und starrte fassungslos auf Billys abweisenden Rücken. Dann legte sie hastig das Baby auf die Abdeckplatte des Luftschutzbettes und stürzte mit lautem Aufschluchzen aus der Wohnung.

Eine winzige geballte Faust reckte sich aus dem zappelnden Bündel, das nun gefährlich nah an die Kante rollte.

Als Elinor hinzusprang, um das Baby im letzten Moment noch aufzufangen, schlug die Haustür zu.

»Dumme Kuh!« schimpfte Billy trotzig. Und um die bedrückende Stille zu beenden, schaltete er das Radio ein. Die *Andrew Sisters* sangen einen Boogie-Woogie.

Mit dem Baby im Arm, knipste Elinor das Radio wieder aus. Sie warf Billy einen wütenden Blick zu. »In der Speisekammer ist noch Milchpulver. Rühr mir einen Krug Milch an. Schnell! Die Kleine hat Hunger!«

Elinor hatte insgeheim bereits eine Entscheidung gefällt. Sie würde das Baby als Edward und Janes dritte Tochter ausgeben. Dazu mußte sie das Kind älter machen, als es war. Schließlich war Jane seit neun Monaten tot. Sie würde es noch eine Weile von den Nachbarn fernhalten, das Mädchen später als Frühgeburt ausgeben, das monatelang im Krankenhaus hatte bleiben müssen und deshalb kleiner und zarter geblieben war … Zum Glück waren Annabel und Clare noch zu jung, um sich später genau an die Ankunft ihrer Schwester zu erinnern. Elinor hatte ein leichtes Spiel.

»Was ... was ist aus meiner Mutter geworden?« flüsterte Miranda.

»Ich habe sie nie wiedergesehen«, antwortete Elinor. »Billy und ich haben nie mehr über sie gesprochen.«

»Sie hat mich im Stich gelassen! Meine Mutter hat mich einfach im Stich gelassen«, murmelte Miranda ungläubig.

»Sie war sehr jung und völlig am Ende. Du mußt sie verstehen.«

»Nein!« Mirandas Stimme überschlug sich. Sie war aschfahl. »Bitte, ich will das nicht ... ich will meine Schwestern ... und ich will dich behalten, Gran. Ich hab' dich so lieb! Ich will zu euch gehören! Du hast dich immer um mich gekümmert, dich habe ich geliebt!«

»Und ich dich«, erklärte Elinor. »Daran wird sich niemals etwas ändern.« Sie nahm Miranda in ihre mageren Arme. »Manche Kinder werden in eine Familie hineingeboren, manche werden von einer Familie aufgenommen. Du gehörst schon lange dazu, Miranda. Du bist mein Wunschkind! Ich liebe dich, wie ich Clare und Annabel liebe.« Sie streichelte Miranda übers Haar. »Sie sind deine Schwestern. Wir behalten dein Geheimnis für uns. Nichts soll sich ändern.«

»Aber ich kann Clare und Annabel doch nicht belügen!« Miranda begann zu weinen. »Wie sollte ich ihnen je wieder in die Augen sehen können?« Sie stand auf. »Ich will sie nicht belügen, und ich will mir selbst nichts vormachen. Sonst finde ich meinen Platz nie.« Sie schluchzte laut. »Wie soll ich mich als Schwester normal verhalten, während ich die ganze Zeit weiß, daß alles nur eine Lüge ist? ... Du hast es immer fertiggebracht, die Augen vor der Wirklichkeit zu verschließen oder deine rosarote Brille aufzusetzen, um nur das zu sehen, was du sehen wolltest. Das kann ich nicht. Ich bin es meinem Gewissen schuldig, ehrlich zu sein.«

»Bitte, Miranda«, drängte Elinor. »Du bist immer ehrlich und impulsiv gewesen. Hör dieses eine Mal auf mich. Damals sind Clare und Annabel zu klein gewesen, um zu begreifen, was geschehen war. Und es ist oft besser, ein Adoptivkind in dem Glauben zu lassen, es sei ein Kind der Familie.«

»Aber begreifst du nicht, wie mir zumute ist, Gran? Es ist ein Gefühl, als stürzte ich plötzlich von einer steilen Klippe ins Leere ... Mein Leben wird nie wieder so sein wie vorher. Ich gehöre nirgendwohin ...«

»Unsinn! Du gehörst zu uns. Wie schon immer.« Elinor streichelte Mirandas Arm. »Das alles klingt furchtbar wichtig ... ist es aber nicht. Es ändert nichts. Du bist noch immer eine O'Dare, gehörst zur Familie ... zu unserer Familie. Damals hat mich die Sache ziemlich mitgenommen. Aber wenn es nicht passiert wäre, hätte ich nie mein drittes Enkelkind gehabt!«

Miranda biß sich auf die Unterlippe. »Trotzdem ... ich kann das Annabel und Clare nicht verheimlichen!«

»Dann bitte ich dich, mit deinen Enthüllungen zu warten. Ich möchte vermeiden, daß es noch mehr Aufregung gibt. Davon hatten wir in letzter Zeit genug. Es ist nichts gewonnen, wenn wir sie mit der Wahrheit konfrontieren. Noch nicht.«

»Wie willst du das beurteilen, Gran?« Miranda starrte Elinor prüfend an. »Ausgerechnet du! Du hast doch auf unterschiedlichste Weise gelogen ... durch dein Schweigen, durch versteckte Andeutungen. Alle hast du belogen, Gran. Und am meisten dich selbst. Warum?«

Elinor schwieg nachdenklich. »Warum sagt ein Mensch die Unwahrheit, Miranda?« begann sie schließlich. »Aus Angst. Ich hatte Angst vor Gewalt, Angst vor dem Unglück, der Verzweiflung, wenn ich mir eingestand, daß mein Leben verpfuscht ist. Ich hatte Angst, das Leben allein meistern zu müssen – die Urangst jeder Frau – und nicht damit fertig zu werden. Ich bin leider nicht besonders mutig, Miranda.«

Miranda schwieg verwirrt.

»Miranda, du bist im Augenblick nicht objektiv«, fuhr Elinor eindringlich fort. »Das ist nur zu verständlich. Also versprich mir, daß du vorerst niemandem etwas sagst.«

»Gran, warum sollte ich dir die Entscheidung überlassen? Du

bist genauso subjektiv wie ich. Wie könnte ich deinem Urteil vertrauen?«

»Ich bitte dich nur, dir Zeit zu lassen und erst einmal in Ruhe über alles nachzudenken.«

Miranda zögerte. Dann nickte sie langsam. »Gut. Damit bin ich einverstanden.«

»Und wenn du es ihnen schließlich doch sagen möchtest ... dann laß mich es tun, Miranda«, beharrte Elinor.

»In Ordnung«, antwortete Miranda resigniert.

»Und Ort und Zeitpunkt möchte ich bestimmen. Versprich mir das, Liebes.«

»Gut«, erwiderte Miranda nach langem Zögern. »Wenn du es so willst.«

Elinor atmete erleichtert auf. Es war ihr gelungen, diese unangenehme Angelegenheit aufzuschieben. Wichtiger allerdings war, daß es ihr gelungen war, Miranda davon zu überzeugen, daß diese schmerzliche Enthüllung keinerlei Konsequenzen hatte, denn das war die Wahrheit.

Miranda warf den Kopf zurück und sah Elinor unglücklich an. »Trotzdem schäme ich mich«, gestand sie schließlich. »Immer habe ich mich beklagt, als Jüngste nicht zu meinem Recht zu kommen ... Ich habe mich immer betrogen und übergangen gefühlt. Und ich habe immer ausdrücklich darauf bestanden, daß mir ein Drittel deines Geldes gehört. Jetzt muß ich feststellen, daß mir weder das eine noch das andere zugestanden hat. Adam wußte es. Er hatte meine Geburtsurkunde ... und den Beweis, daß ich keinerlei Ansprüche gegen die Treuhandgesellschaft hatte. Ich bin so selbstsüchtig gewesen! Wie kannst du das nur ertragen?«

»Meine liebe Miranda, ich will davon nichts mehr hören. Das jüngste Kind fühlt sich meistens benachteiligt. Ich habe dich in diesem Punkt immer verstanden. Und ein Recht hat ein Kind eigentlich nur auf eine gute Erziehung und daß man ihm einen guten Start verschafft. Und das war mir zum Glück möglich. Was den Rest angeht ... Mein Vermögen ist vermutlich sowieso verloren. Trotzdem werden wir nicht am Hungertuch nagen.« Sie schloß Miranda liebevoll in die Arme. Und Miranda fühlte sich wieder wie das kleine Mädchen von einst, das Trost bei Elinor suchte.

»Vielleicht sollte *auch ich* endlich mit meinem Gewissen ins reine kommen«, sagte Elinor leise.

32. KAPITEL

Samstag, den 1. Februar 1969

Mike hatte den Reißverschluß seiner Lederjacke geöffnet. Er schwitzte in seiner schwarzen Motorradkluft. Breitbeinig stand er vor dem prasselnden Kaminfeuer in Adams Arbeitszimmer. Er war leichenblaß. In seinen weit auseinanderstehenden, grauen Augen lagen Wut und Entsetzen.

Adam schwang drohend eine Ausgabe des *Evening Standard*. »Society-Schönheit verliert Auge!« brüllte er. »Ich habe dir gesagt, ihr sollt ihr angst machen … Und was macht ihr? Ihr habt sie beinahe umgebracht! Das ist kein Kavaliersdelikt mehr!«

»Adam, ich bin genauso schockiert wie du. Wie, glaubst du, ist mir zumute?« Mike hatte den Bruder noch nie so wutschnaubend erlebt. Normalerweise neigte Mike zu unkontrollierten Ausbrüchen. Adam blieb meistens kalt und beherrscht.

»Wie, zum Teufel, konnte das passieren?«

»Diese Leute sind immer unberechenbar … Das weißt du, Adam. Sie tun es auch, weil es ihnen Spaß macht. Und dann verlieren sie plötzlich den Kopf.«

»Und meine Notizbücher haben sie mir nicht gebracht!« schrie Adam.

»Es waren keine Notizbücher in Annabels Tasche. Nur der übliche Kram«, entgegnete Mike. »Sie haben alles gründlich durchsucht … und nichts gefunden.«

Adam verschwieg, daß die Notizbücher an ihrem angestammten Platz in seinem Schreibtisch lagen. Er machte sich Vorwürfe, nicht nachgesehen zu haben, bevor er Annabel hatte zusammenschlagen lassen. Plötzlich kam ihm ein Gedanke. »Ich muß dafür sorgen, daß Elinor nichts davon erfährt. Natürlich liest sie keine Zeitungen. Aber sie hat einen Fernsehapparat am Bett. Das könnte Probleme geben.« Er griff nach dem Telefonhörer und wählte die Nummer der Vermittlung.

Als die Verbindung zustande kam, verlangte Adam: »Ich möchte mit Oberschwester Braddock sprechen ... Was soll das heißen, sie ist nicht mehr da? ... Dann geben Sie mir Dr. Craig-Dunlop!«

»Dr. Craig-Dunlop ist auf einer Kreuzfahrt in der Karibik«, antwortete die Empfangsdame stockend.

»Wann kommt er wieder?« Adams Stimme wurde scharf.

»Er hat das Schiff bereits verlassen«, sagte die Empfangsdame. »Wir erwarten ihn täglich zurück. Ich rufe Sie in Ihrem Büro an, sobald er hier ist, Mrs. Grant.«

Adam war wütend auf sich selbst. Er hätte sich täglich über Elinor informieren müssen. Warum erfuhr er erst jetzt, daß der Arzt eine Kreuzfahrt gemacht hatte? Warum hatte ihm niemand mitgeteilt, daß die Oberschwester die Klinik verlassen hatte? Man mußte sich wirklich um alles selbst kümmern!

»Wem obliegt die Leitung der Klinik in Dr. Craig-Dunlops Abwesenheit?« fragte Adam barsch. »Dann sagen Sie der zweiten Oberschwester, daß ich mit ihr sprechen will ... Es geht um Mrs. O'Dare!«

»Wir haben strikte Anweisung, nicht über Mrs. O'Dare zu sprechen«, stammelte die Empfangsdame.

Adam verschlug es beinahe die Sprache. »Ich bin Mrs. O'Dares Anwalt!« brüllte er in den Apparat. Dann wurde er leiser. »Ist Mrs. O'Dare gestorben?«

Am anderen Ende war es lange still.

»Also, was ist?« drängte Adam. Allmählich wurde er nervös.

»Nein, Mrs. O'Dare ist nicht verstorben«, kam die Antwort am anderen Ende. »Aber mehr kann ich Ihnen nicht sagen.«

Offenbar gab es da eine ganze Menge mehr zu sagen. In dem Lord-Wellington-Sanatorium schienen seltsame Dinge vor sich zu gehen. »Wenn Sie mir nicht augenblicklich sagen, was los ist, komme ich sofort nach Eastbourne!«

Die völlig verängstigte Empfangsdame hatte keine Lust, dem unangenehmen Anwalt persönlich Rede und Antwort stehen zu müssen. »Das würde nichts nützen«, entfuhr es ihr unwillkürlich. »Mrs. O'Dare ist nicht mehr bei uns.«

»Was soll das heißen, sie ist nicht mehr bei Ihnen!« bellte Adam.

In diesem Augenblick unterbrach die Empfangsdame geistesgegenwärtig die Verbindung.

Adam drehte sich zu Mike um. »Die Verbindung ist weg. Da hat mich jemand absichtlich aus der Leitung geworfen. Ich möchte wissen, was da los ist!«

Mike registrierte erstaunt, wie schnell sich Adams Interesse verlagert hatte. Was kümmerte es Adam, wo Elinor war? Es war deutlich zu merken gewesen, daß Adam gehofft hatte, sie sei bereits tot. Warum?

Die einzige Antwort war ... Geld. Mike vermutete, daß Adam Elinors Testament manipuliert hatte. Sein Bruder war wirklich ein eiskalter Ganove.

Adam überlegte. »Ich fahre zu der Klinik«, entschied er. »Ich muß wissen, was passiert ist.« Er sah auf die Uhr. »Jetzt ist es sechs.« Er griff erneut nach dem Telefonhörer. »Am schnellsten kommt man mit dem Zug nach Eastbourne. Wann geht der nächste Schnellzug?«

Nachdem er diese Information eingeholt hatte, wandte er sich an Mike. »Fahr mich mit deinem Motorrad zur *Victoria Station*!« befahl er. »Der nächste Zug geht in einer Viertelstunde. Komm, beweg dich, Mike! Ich habe es eilig!«

Mike starrte Adam überrascht an. Adam hatte sich noch nie freiwillig auf sein Motorrad gesetzt! Im Gegenteil, er hatte Mikes Leidenschaft nie verstanden.

Trotzdem war es Adam natürlich nicht entgangen, daß es im Londoner Verkehr kein schnelleres Fortbewegungsmittel gab.

»Los, beeil dich!« drängte Adam und lief zur Tür. In der

Halle zog er seinen Mantel über und wartete ungeduldig auf seinen Bruder.

Dann rannten die beiden die Treppe hinunter. Mike setzte seinen Helm auf und fuhr in die Handschuhe.

Draußen war es bereits dunkel. Die schwache Wintersonne hatte tagsüber den Schneematsch aufgeleckt, die Straßen waren jetzt trocken.

Das Motorrad wollte nicht sofort anspringen.

Adam fluchte. »Mike the Bike!« spottete er verächtlich. Selbst Adam wußte, daß nur der legendäre Motorradrennfahrer Mike Hailwood *Mike the Bike* genannt wurde. Und er wußte, daß Mike keinen Spaß verstand, wenn es um seine geliebten Motorräder ging.

Mike, der wegen der Sache mit Annabel sowieso schrecklich gereizt war, drehte sich um. »Laß deine schlechte Laune gefälligst nicht an mir aus!«

»Ich sage, was ich will, und du machst, verdammt noch mal, was ich will!« schrie Adam den Bruder an.

Mike trat noch einmal auf den Anlasser. Der Motor gab keinen Laut von sich.

»Warum springt das verteufelte Ding nicht an?« Adam kickte ungehalten gegen die Seitenabdeckung.

»Laß mein Motorrad in Ruhe!« Mike war außer sich. Nach jahrelang erduldeter Abhängigkeit, nach all den einkassierten Demütigungen, übellaunigen Ausfällen und Beschimpfungen war nun endgültig der Punkt erreicht, an dem Mike den Spieß umdrehte und beschloß, Adam eine Lektion zu erteilen, die er nie vergessen würde. Einmal sollte Adam spüren, daß er nicht allmächtig war, daß nicht immer alle nach seiner Pfeife tanzten! Mike wollte ihm einen gehörigen Schrecken einjagen.

Die schwarze Egli Vincent sprang beim dritten Versuch endlich an. Mike lauschte verzückt dem mächtigen Brummen des Tausend-Kubikzentimeter-Zweizylinder-V-Motors. Die Maschine konnte eine Höchstgeschwindigkeit von über zweihundertzwanzig Stundenkilometern erreichen!

Mike bog vom Cadogan Place nach links in die Pont Street ein. Mit einem Aufheulen des Motors schoß die Maschine auf den Belgrave Square mit seinem Park und den eleganten Wohnhäusern.

»Hee!« rief Adam über Mikes Schulter. Er war halb taub vom lauten Dröhnen des Motors. »Das ist eine Einbahnstraße! Du bist falsch abgebogen!«

Mike grinste. Er wußte, daß es am Belgrave Square am Abend ziemlich ruhig war.

Die Egli sauste in knappem Abstand an der Eisenumzäunung des Parks entlang und gewann ständig an Geschwindigkeit.

»Was, zum Teufel, fällt dir ein!« brüllte Adam in den Wind.

Die Angst seines Bruders war für Mike eine große Genugtuung. Er empfand ein Prickeln wie nach einem Glas perlendem Champagner. Er genoß das Vibrieren des Motors unter seinen Schenkeln.

Der scharfe, kalte Fahrtwind trieb Adam die Tränen in die Augen. Die Welt schien über ihm zusammenzustürzen, wenn sich die Maschine flach in die Kurve legte, alles drehte sich um ihn, und er geriet in Panik. Dann machte die Egli einen schnellen Schlenker nach links, als Mike einer Limousine auswich, und Adam stöhnte vor Entsetzen laut auf. Er krallte sich noch fester an Mike.

Mike lachte aus vollem Halse. Wütendes Hupen begleitete ihn, als er mit einer Serie von knallenden Fehlzündungen den Belgrave Square hinter sich ließ.

Jetzt hätte Mike nach rechts in Richtung der *Victoria Station* abbiegen müssen, doch statt dessen lenkte er in die entgegengesetzte Richtung.

»Das ist nicht der Weg zum Bahnhof! Wohin fährst du überhaupt?« Der Wind schien Adams Worte einfach zu verschlucken.

Adam erwog ernsthaft, abzuspringen. Aber das war zu gefährlich. Dazu herrschte zuviel Verkehr, und es war bereits dunkel.

Als das Motorrad erneut beschleunigte, erfaßte Mike ein ganz besonderes Hochgefühl. Adam, der sich um die Empfindungen anderer nie gekümmert hatte, erlebte jetzt, was es bedeutete, jemandem mit Haut und Haaren ausgeliefert zu sein, Todesängste auszustehen.

Vor der Egli tauchte ein hohes schmiedeeisernes Tor auf. Mike hielt auf das Tor zu, als wolle er es einfach durchbrechen.

Adam heulte auf.

In letzter Sekunde änderte die Egli die Richtung.

Zur Linken schienen die Bäume direkt auf Adam zuzukommen, zu seiner Rechten ragte hoch und bedrohlich der spitze Eisenzaun von *Buckingham Palace* auf.

»Du mußt dich meinen Bewegungen anpassen!« schrie Mike Adam an, der sich instinktiv gegen die Neigung der Maschine gestemmt hatte.

Die Maschine bahnte sich in einem riskanten Slalom den Weg durch die lebhaften Straßen. Ein anhaltendes Hupkonzert begleitete die haarsträubende Fahrt. Adam duckte sich hinter Mike, hielt dessen Taille fest umklammert, hatte nur den einen Gedanken: zu überleben, die nächsten Minuten heil zu überstehen.

Mit einem mächtigen Donnern flitzte die Egli am Standbild vor dem *Buckingham Palace* vorbei und die Mall hinauf. Jetzt fuhr Mike seine Maschine voll aus.

Der Luftdruck schien Adams Gesicht zusammenzupressen und riß ihm den Atem von den Lippen. Nur aus den Augenwinkeln registrierte er schemenhaft, wie die Zinnen vom *St. James Palace* an ihm vorbeiflogen. Dann stand die Ampel vor der Egli auf Rot.

Mike dachte offenbar gar nicht daran, Gas wegzunehmen.

Zitternd schloß Adam die Augen.

Gerade als die Maschine die Kreuzung erreicht hatte, schaltete die Ampel um. Die Egli dröhnte mit Vollgas weiter.

Adam schlug die Augen wieder auf. Er war erstaunt, noch am Leben zu sein. Aber das Aufatmen währte nur kurz.

Mike bremste die Maschine unvermittelt brutal herunter und bog mit quietschenden Reifen in Richtung Trafalgar Square ab. Dabei verlor das Vorderrad der Egli vorübergehend den Bodenkontakt.

Adam war erleichtert, als die Fahrt endlich mit normaler Geschwindigkeit weiterging.

»Was muß ich tun, damit du anhältst? Was willst du?« rief er, als plötzlich eine erneute Serie von Fehlzündungen fast Adams Trommelfell zerriß und Flammen aus dem Auspuffrohr schlugen.

Mike schwang die Egli nach rechts und wandte sich um: »Zehn Prozent von dem, was du von der Dove-Treuhand kriegst!«

»Du spinnst wohl!« reagierte Adam heftig. »Nein!«

Mike verzog hämisch das Gesicht. Er hatte richtig getippt. Adam melkte den Trust. Mit einer leichten Handbewegung gab er Vollgas.

Sie umrundeten den Trafalgar Square. In der Mitte des Platzes stand die Nelson-Säule, bewacht von vier halbkreisförmig angeordneten Bronzelöwen auf Eisensockeln. Im Hintergrund tauchten zwei beleuchtete Brunnen mit Meerjungfrauen und Delphinen auf. Der Square wirkte unnatürlich leer. Kein Tourist war zu sehen. Nur der Verkehr brandete wie immer. Die Egli röhrte an roten Doppeldeckerbussen und schwarzen Taxis vorbei.

Was war gefährlicher: abzuspringen oder sitzen zu bleiben? Adam war fast entschlossen, sich in der nächsten Kurve, wenn Mike Gas wegnehmen mußte, in Sicherheit zu bringen.

Als die Egli dann bergauf donnerte, sah Adam die lange Reihe von Eisenpfosten am Fuß der breiten Treppe, die auf den Platz hinunterführte. Mit diesen Pfosten Bekanntschaft zu machen bedeutete den sicheren Tod.

Adam klammerte sich unwillkürlich fester an Mike. Mike liebte das Risiko, war jedoch ein ausgezeichneter Fahrer. Das war Adams einziger Trost.

Mike führte die Egli nach rechts. Die schwere Maschine schoß knapp zwischen zwei Pfosten hindurch.

Adam, dem der Schrei im Hals steckenblieb, brachte nur ein rauhes Stöhnen zustande, als die Egli die Treppen hinunterholperte, dann um die Springbrunnen kreiste, an den dunklen Löwen vorbeipreschte und wieder auf die Straße zurückkehrte.

Erneut riß Mike die Maschine nach rechts. Großer Gott, dachte Adam, er macht die Tour noch einmal!

Er beugte sich vor und brüllte Mike ins Ohr: »Gut. Zehn Prozent! Du hast gewonnen!«

Mike grinste in den Fahrtwind. Er wußte, daß er keinen Penny von Adam bekommen würde, aber er hatte die Geldforderung auch nicht ernst gemeint. Er wollte kein Geld. Er wollte Adam nur zeigen, wer auf dem Motorrad der Herr war, er wollte Adam zwingen, um Erbarmen zu winseln.

»Bist du sicher, daß du mir zehn Prozent geben willst?« fragte Mike über die Schulter zurück, als die Egli erneut um den Platz kreiste.

»Ja!«

»Bestimmt?«

»Ja, ja!«

»Ich glaube dir nicht!« Mikes zynisches Lachen schluckte der Wind. Er genoß die Höllenfahrt mit jeder Faser seines Körpers.

Als die Egli zum zweiten Mal das obere Ende des Platzes passierte, pfiff sie geradeaus weiter. Wie eine heulende schwarzsilberne Kugel flog das Motorrad an einem Verkehrspolizisten vorbei, dann drehte Mike kurz entschlossen nach links auf den Strand ab.

Rechts von Adam tauchten die Lichter von Charing Cross auf. Die erneute Beschleunigung verursachte ihm Übelkeit. Er hoffte, sich nicht übergeben zu müssen ...

Die erste Ampel zeigte auf Grün.

Die zweite Ampel zeigte auf Grün.

Adams Herz klopfte zum Zerspringen, als die Egli auf die

dritte Ampel zuschmetterte, wo die Straße durch ein Eisengitter in der Mitte geteilt war.

Die dritte Ampel zeigte auf Grün.

Als das Motorrad weiterraste, duckte Adam den Kopf und gewahrte für den Bruchteil einer Sekunde den Eingang des *Savoy Hotels*. Portiers in hohen Hüten und grünen Uniformen standen vor der Drehtür.

Mike riß das Motorrad nach links, umrundete die Verkehrsinsel und stob zum *Savoy* zurück.

In diesem Augenblick setzte der sintflutartige Regen ein, der sich schon den ganzen Tag über angekündigt hatte. Mike nahm sofort die Geschwindigkeit herunter.

Erleichtert zog Adam die Schultern hoch, konnte es jedoch nicht verhindern, daß ihm der Regen in den Kragen und über den Rücken floß. Er wagte nicht, Mike loszulassen, um den Mantelkragen aufzustellen. Er schwor sich, Mike umzubringen, sobald dieser anhielt.

Als sie die hellerleuchtete Sackgasse erreichten, an dessen Ende das *Savoy Hotel* lag, schaltete die Ampel auf Grün, so daß die Egli freie Fahrt hatte.

Ein majestätischer, dunkler Bentley, dessen Fahrer entgangen war, daß die Ampel umgeschaltet hatte, glitt langsam von der Sackgasse auf die Hauptverkehrsstraße.

Mike reagierte impulsiv, um dem panzerschweren Wagen auszuweichen, und steuerte dann in die entgegengesetzte Richtung, um nicht in der Absperrung auf der Straßenmitte zu landen. Das Manöver war gelungen!

Ein paar Meter weiter hatte ein italienischer Geschäftsmann gerade sein Taxi bezahlt. Ohne nachzudenken, machte er einen fatalen Fehler: Er öffnete die rechte Tür. Die Macht der Gewohnheit hatte Schicksal gespielt.

Die Egli raste in die geöffnete Tür des Taxis.

Die Tür wurde aus ihrer Halterung gerissen. Der dickliche Italiener wurde mit gebrochenem Daumen in die Polster zurückgeworfen. Mike und Adam wurden über das Taxi katapultiert.

Adam krachte mit dem Kopf an einen der dekorativen blauen Laternenpfähle und wurde rücklings auf das Pflaster geschleudert.

Das Motorrad schlitterte funkensprühend auf der linken Seite liegend über die Straße.

Danach schien eine Ewigkeit überhaupt nichts zu passieren.

Mike fand sich zwischen Taxi und seiner Maschine auf dem Pflaster wieder. Als er sich aufzurichten versuchte, schoß ein brennender Schmerz durch sein linkes Bein und seinen linken Arm. Er sank aufstöhnend zurück. Er tastete nach seinem linken Arm und spürte offenes Fleisch und klebriges Blut. Der Ärmel seiner Lederjacke war abgerissen. Er befühlte sein linkes Bein. Seine Motorradhose war zerfetzt. Der Knieschutz war aber noch da. Er versuchte noch einmal, sein Bein abzubiegen, aber es gelang ihm nicht.

Langsam hob Mike den Kopf und sah sich um. Seine geliebte Egli lag auf der Seite. Die Räder drehten sich noch immer. »Scheiße!« Das Bein würde heilen. Seine unersetzliche Maschine konnte er abschreiben.

Mike richtete sich mühsam mit dem rechten Ellbogen auf. Wo war Adam? Er drehte sich vorsichtig nach rechts.

Gut zwei Meter hinter sich gewahrte er Adams bewegungslosen Körper.

Trotz des strömenden Regens fanden sich ein paar Passanten ein. Eine Frau schrie nach der Polizei. Ein Mann mit schwarzer Melone und elegantem Mantel lief auf Mike zu, der zur Straßenmitte robbte.

Mike wehrte kopfschüttelnd jede Hilfe ab. Mit zusammengebissenen Zähnen kroch er Zentimeter um Zentimeter zu seinem Bruder. Bald war er nahe genug, um zu erkennen, daß Adam keine Schädeldecke mehr hatte und der Hals in einem unnatürlichen Winkel abgebogen war. Auf dem Pflaster sah er Spritzer von Blut und dunkler Gehirnmasse.

Mit heiserem Stöhnen begann Mike zu weinen.

Ein Polizist hing ihm sein schwarzes Cape um die Schultern,

aber Mike schüttelte es ab. Als der Krankenwagen kam, kauerte er an der Straßenseite. Er hatte seinen unverletzten Arm um Adam gelegt. Tränen rannen ihm über das zerschundene, blutverschmierte Gesicht.

Die beiden Sanitäter lösten Adam sanft aus Mikes Arm. »Schon gut, mein Junge«, sagte der eine. »Wir kümmern uns um ihn.«

»Seien Sie vorsichtig«, schluchzte Mike. »Er ist mein Bruder!«

»Ist doch klar, Junge. Überlaß ihn nur uns.«

Im strömenden Regen hoben die Sanitäter Adam auf die Trage. Beim Hochnehmen rutschte ein Arm über die Kante. Mike sah Gold aufblitzen.

»Seine Uhr! Geben Sie mir lieber die Uhr!« brachte er hervor. Adam hatte diese Uhr aus irgendeinem unerfindlichen Grund geliebt. Er würde Mike nie verzeihen, wenn sie auf dem Weg ins Krankenhaus gestohlen wurde.

Die Sanitäter sahen sich an. Der Arme schien nicht zu begreifen, daß dem Bruder nicht mehr zu helfen war. Der Polizist streifte die Omega von Adams Handgelenk und reichte sie Mike. »Sie werden auch gleich verarztet«, versprach er und legte Mike erneut sein Regencape um die Schultern.

Mike betrachtete die Uhr und drehte sie um. Im Schein der Straßenlaterne, die seinen Bruder umgebracht hatte, erkannte er fünf eingravierte Zahlenkombinationen auf der Rückseite.

Mike wurde übel, er fühlte, daß er ohnmächtig wurde. Er hoffte, das Ganze würde sich als Alptraum entpuppen. Er hoffte, die Chance zu haben, Adam zu sagen, wie leid es ihm tat.

Als die Sanitäter zurückkehrten, um Mike auf die Trage zu heben, hatte er die Uhr bereits vergessen. Sie lag unter der Laterne, auf dem blutbefleckten Randstein. Es goß noch immer in Strömen.

33. KAPITEL

Dienstag, den 1. April 1969

»Gran, darf ich dich bitte zurückrufen?« Miranda schaute auf die Aktenstapel auf ihrem Schreibtisch. »Ich habe in zehn Minuten eine Aufsichtsratssitzung. Adam hat mir eine Menge ungelöster Probleme hinterlassen. Mir wächst die Arbeit allmählich über den Kopf!«

»Hoffentlich vergißt du darüber deine Hochzeitsvorbereitungen nicht«, mahnte Elinor vorsichtig.

»Angus organisiert alles«, antwortete Miranda. »Ich darf gar nichts tun. Er verrät nicht einmal, wohin die Hochzeitsreise geht. Selbst der Arzt, bei dem ich die Impfungen gemacht habe, schweigt wie ein Grab.«

»Ich wünschte, ihr beiden würdet euch zu einer Doppelhochzeit entschließen!«

»Clare und David mögen keine große Feier. Außerdem darf man nur beim ersten Mal in der Kirche heiraten.« Miranda sah auf die Uhr. »Können wir uns bitte Samstag weiter unterhalten?«

»Ich hatte schon Angst, daß du für Samstag absagen würdest. Ich rufe nur an, um mich zu vergewissern, daß du auch wirklich kommst.«

»Ich muß zugeben, ich habe schon mit dem Gedanken gespielt abzusagen. Ein ungestörtes Wochenende würde mir sicher helfen, das Liegengebliebene aufzuarbeiten.«

»Aber bitte nicht dieses Wochenende!« entgegnete Elinor bestimmt. »Du hast versprochen, Annabel mit dem Wagen mitzunehmen. Und es ist das letzte Mal, daß wir für wer weiß wie lange zusammen sind. Scott kommt Montag, um Annabel zur letzten Untersuchung in die Klinik zu bringen. Und dann fliegen sie zusammen nach New York.«

»Gut, wenn du darauf bestehst«, gab Miranda widerwillig nach. »Ich komme.«

»Ja, ich bestehe darauf, Miranda«, bekräftige Elinor. »Es ist wichtig. Ich habe euch etwas zu sagen. Etwas, das ich euch schon lange hätte sagen müssen. Es ist eine ... eine ganz besondere Geschichte.«

»Gran, du erzählst seit vierzig Jahren Geschichten ...«

»Ich weiß«, fiel Elinor ihr mit ruhiger Stimme ins Wort. »Aber diesmal ist es *meine* Geschichte, Miranda. Und ich kann nicht mehr länger allein mit ihr leben.«

Samstag, den 5. April 1969

»Nur noch fünf Minuten«, sagte Miranda, als sie den Wagen die schmale Zubringerstraße zu Clares Haus hinauf lenkte. »Und bitte, Annabel, vergiß nicht, es macht dir überhaupt nichts aus, die Augenklappe zu tragen ... besonders nicht vor Gran.«

»Natürlich nicht. Ich liebe das verdammte Ding. Es verleiht mir ein verwegenes, geheimnisvolles Aussehen!« Annabel hielt inne. »Eigentlich mag ich die Augenklappe wirklich. Sie ist der Beweis, daß ich nicht mehr bin wie früher. Natürlich hat mir der plastische Chirurg versprochen, daß die Narben im Laufe der Zeit verschwinden, und das Glasauge wird ganz natürlich aussehen. Aber eigentlich hat dieser Überfall mich befreit. Bis jetzt habe ich mich immer hinter einem Glanzplakat versteckt. Und weißt du was? Ich fange gerade an, mich selbst zu entdecken. Und bis jetzt bin ich schon auf einige Überraschungen gestoßen!«

»Wir sind alle sehr stolz auf die neue, erwachsene Annabel. Besonders Gran.«

»Sie scheint wieder ganz die Alte zu sein. Zäh wie Leder.«

»Buzz behauptet, sie würde jeden Morgen glücklich aufwachen, nur weil sie nicht mehr in diesem schrecklichen Sanatorium ist.«

»Ich verstehe noch immer nicht, weshalb sie diesen skrupellosen Arzt nicht verklagt!«

»Craig-Dunlop ist gerissen. Er hat sich bestimmt rückversichert. Grans Fall würde nur jahrelang die Gerichte beschäftigen. Und die Chance, daß dabei etwas herauskommt, ist gering. Mr. Owen hat uns das doch schon erklärt«, erinnerte Miranda sie. »Es ist das beste, Gran vergißt die ganze Sache. Sie und Buzz wollen nach Frankreich fahren und sich dort im Süden ein altes Bauernhaus kaufen und ein neues Leben beginnen.«

»Ich wünschte, wir könnten das alle«, seufzte Annabel. »Es gibt noch so viele unbeantwortete Fragen! Adams Uhr ist wohl noch immer nicht aufgetaucht?«

»Nein. Einer der Sanitäter erinnert sich, daß ein Polizist sie Adam abgenommen und Mike gegeben hat. Seither ist sie verschwunden. Mike hat sie vermutlich auf der Straße liegenlassen. Es ist also alles möglich. Vielleicht hat sie jemand mitgenommen, vielleicht ist jemand draufgetreten oder drübergefahren. Und das ganze Geld liegt irgendwo auf einer Schweizer Bank! Der Gedanke ist nicht zu ertragen!«

»Warum haben unsere Anwälte eigentlich eine so hohe Belohnung für die Uhr ausgesetzt? Es ist doch gar nicht sicher, daß die Zahlenkombinationen der Konten darauf eingraviert waren? Das ist doch eine bloße Mutmaßung von Angus!«

»Ich tippe auch auf die Uhr, Annabel«, entgegnete Miranda. »Irgendwo muß Adam sich diese Nummern notiert haben. Die Polizei hat weder in Adams Wohnung noch in seinem Büro etwas gefunden. Angus sagt, daß es durchaus üblich sei, sich solche Kontonummern in Siegelringe oder in eine Taschenuhr eingravieren zu lassen. Wir haben Adams Schmuck durchgesehen. Fehlanzeige. Die Uhr muß das Corpus delicti gewesen sein! Er hat sie immer getragen, sie nie hergegeben. Und wer weiß? Vielleicht taucht sie noch auf!«

»Wir sollten eigentlich dankbar sein, daß Adam noch etwas von Grans Vermögen übriggelassen hat«, murmelte Annabel.

»Ja, ungefähr siebzehn Prozent sind noch in den Kassen der Treuhandgesellschaft verblieben ... Etwas über eineinhalb Millionen Pfund Sterling«, erklärte Miranda. »Außerdem nehmen die Anwälte an, daß Adams Aktienbesitz an SUPPLYKITS auf die Treuhand übergehen wird. Als Schadensersatz, sozusagen. Damit gehören sechsundvierzig Prozent des Aktienkapitals dem Trust. Und das hat einen Wert von zweieinhalb Millionen Pfund. Zusammen mit den zukünftigen Tantiemen von Grans Büchern ist also noch genug übriggeblieben.«

»Schön und gut«, bemerkte Annabel. »Ich begreife trotzdem nicht, weshalb die Treuhand nicht geschützt war. Man hatte uns doch gesagt, sie sei in Millionenhöhe versichert?«

»Weil Adam eben nichts nachzuweisen ist«, klärte Miranda sie auf, »er hatte eben Grans Vollmacht, und damit konnte er alles rechtfertigen.«

»Ich frage mich, ob Adam wirklich damit durchgekommen wäre, wenn er es mit Männern und nicht mit Frauen zu tun gehabt hätte?«

»Vermutlich nicht«, gab Miranda zu. »Männer sind zwar nicht klüger, aber sie verlassen sich mehr auf sich selbst und sind nicht so abhängig und vertrauensvoll ...«

Als Josh nach dem Mittagessen zum Spielen hinausgegangen war, schaute Elinor in die Runde erwartungsvoller Gesichter. Sie wußte, daß dies die beste Gelegenheit war, ihrer Familie alles zu erzählen.

Ruhig eröffnete sie ihnen die Wahrheit über Mirandas Herkunft.

»Dieser alte Schwerenöter«, murmelte Buzz.

Clare musterte Mirandas gespannte Züge. »Das ändert zwischen uns nichts«, sagte sie schließlich.

»Ganz und gar nichts«, bekräftigte Annabel.

Dann fingen alle auf einmal zu reden an. Alle umarmten Miranda.

Schließlich meldete sich Elinor wieder zu Wort: »Zuerst wollte ich nicht, daß ihr diese ... diese unangenehme Sache erfährt, aber Miranda hat darauf bestanden. Und dabei ist mir klargeworden, daß ihr noch mehr wissen müßt.« Sie holte tief Luft. »Ihr denkt alle, daß ich über diese Geschichte mit Adam nicht reden möchte ... aber ich möchte. Mein ganzes Leben habe ich mich geweigert, aus Fehlern zu lernen. Aber diesmal ist es anders. Diesmal kann ich es nicht ignorieren. Ich kann nicht weiterleben und so tun, als gäbe es das Böse nicht, als würde letztendlich doch immer alles gut ausgehen. Nicht, nachdem *das* geschehen ist. Nicht, nachdem meine Familie beinahe zerstört worden wäre. Und alles nur, weil ich mit der Wirklichkeit nicht umgehen konnte, nie mit den unangenehmen Dingen konfrontiert werden wollte. Ich habe eingesehen, daß man mit Vogel-Strauß-Politik eben doch nicht weiterkommt!«

Das erstaunte Schweigen von Elinors Zuhörern war beredt genug. Elinor schien wieder ganz die alte zu sein.

»Sei nicht zu streng mit dir, Gran«, sagte Annabel. »Wir haben es ja überstanden!«

»Ja, um Haaresbreite. Uns beide hätte es beinahe das Leben gekostet! Ich habe fast den Verstand verloren ... ganz abgesehen von meinem Vermögen. Eurem Vermögen! Miranda hätte beinahe ihr Unternehmen verloren. Buzz das Zuhause und ihr Einkommen. Und ich habe beinahe Clare verloren. Wieso habe ich das geschehen lassen?«

»Mach dir keine Vorwürfe, Nell«, versuchte Buzz sie zu beruhigen. »Niemand hat gemerkt, was los war. Adam war ein verdammt gerissener Gauner. Er hätte jeden getäuscht.«

Elinor schüttelte den Kopf. »Ich will mich nicht hinter Ausreden verstecken. Nie mehr. Ich hätte dem ein Ende machen können, noch bevor es angefangen hat, und ich weiß, warum ich es nicht getan habe.«

Alle starrten sie verblüfft an.

»Ich habe mir einfach nicht zugetraut, meine Angelegenheiten selbst in die Hände nehmen zu können«, erklärte sie. »Wenn ein Mann gesagt hat ›Das versteht eine Frau nicht‹, dann habe ich es augenblicklich nicht verstanden und ihm alles überlassen.«

»Gran, ich bin sehr froh, daß du dir das endlich eingestehst«, meinte Clare leise.

»Ich habe mich darauf verlassen, daß ein Mann mir die Probleme abnimmt«, fuhr Elinor fort. »Ich habe immer geglaubt, daß ein Mann weiß, was das beste ist. Jetzt ist mir klargeworden, wie falsch das war, und ich bereue es bitter. Ich habe damit uns allen Schaden zugefügt.«

»Unsinn!« rief Annabel. »Du hast uns nicht geschadet. Im Gegenteil! Du hast uns immer gegeben, was wir gebraucht haben!«

Elinor blickte in die Runde. »Ja, alles. Bis auf die Wahrheit. Deshalb haben Annabel und Miranda auf den Traumprinzen gewartet. Ich habe erkannt, daß das Glück nicht darin liegt, darauf zu hoffen, von einem illusionären Traummann beschützt zu werden, sondern die erstaunliche Stärke des eigenen fehlerhaften Ichs zu entdecken, jenen inneren Kern, das wirkliche Ich, das jede Frau spürt. Nur Clare hat mir immer gesagt, ich verwechsle Romantik mit der Wirklichkeit. Als sie sich mir widersetzt hat, war ich entschlossen, ihr niemals recht zu geben ... weil zu verlieren für mich bedeutet hätte, die Fassade niederreißen zu müssen, an der ich so sorgfältig gebaut hatte, um die Wahrheit meines Lebens zu verbergen ... am meisten vor mir selbst, denn die Realität ist sehr schmerzlich gewesen.«

»Aber doch nicht mehr nach Daddy Billys Tod, oder?« warf Annabel ein.

»*Vor allem* nach Billys Tod!« Nach einer kurzen Pause sprach Elinor weiter: »Es ist Zeit, daß ich euch die Wahrheit über Billys Tod erzähle, Zeit, daß ich die falschen Erinnerungen aus meinem Gedächtnis verbanne und anfange, das wirkliche Leben in einer wirklichen Welt zu leben.«

Elinor hielt inne. Sie wußte, welch schwierige Aufgabe ihr bevorstand. Sie hatte so lange mit der Lüge gelebt, daß sie beinahe selbst daran geglaubt hatte. Jetzt mußte sie die Wahrheit sagen, und zwar ohne Sentimentalität und romantische Augenwischerei.

»Am Tag, als Billy starb«, nahm Elinor den Faden wieder auf, »war ich bei meinem Verleger in London gewesen. Zu meiner Überraschung war auch Joe Grant bei der Besprechung anwesend. Schmutzige Geschichten waren über mich verbreitet worden, Geschichten, die meinem guten Namen und meiner Karriere schaden konnten. Offenbar steckte Billy dahinter. Es waren dumme Skandalgeschichten, um die Aufmerksamkeit auf sich zu lenken.

Eine Geschichte allerdings war besonders unappetitlich. Sie betraf Billy selbst. Offenbar hatte er wieder ein junges Mädchen belästigt ... sexuell belästigt, oder es zumindest versucht. Billy hatte ihr wohl angeboten, sie zu fotografieren, und verlangt, daß sie sich auszieht. Sie hatte sich geweigert und mit einer Anzeige gedroht. Billy hat sich Joe Grant anvertraut, der versuchte, die Sache zu vertuschen. Trotzdem hatte er beschlossen, mich zu warnen. Aber Joe sagte mir da nichts Neues. Es hatte ähnliche Vorfälle gegeben. Ich hatte Billy deswegen zur Rede gestellt. Er hat natürlich geleugnet, und ich habe versucht, ihm zu glauben.«

»Gran, ist das noch wichtig?« begann Clare. »Es ist doch alles so lange her ...«

»Damals war es wichtig«, widersprach Elinor. »Denn ich wußte, ich mußte mit Billy darüber sprechen. Er mußte begreifen, in welche Gefahr er uns alle mit seiner unmoralischen Gewissenlosigkeit brachte. Als ich aus London zurückkam, war ich zu deprimiert, um sofort mit ihm zu sprechen ... und er wäre auch gar nicht zu Hause gewesen, weil die Pubs noch nicht geschlossen hatten.« Elinor sah die Freundin an. »Buzz, erinnerst du dich? Du hast deine Sommerferien bei uns in Starlings verbracht und warst zu einer Partie Whist ins Gemeindehaus gegangen. Du warst auch noch nicht daheim. Deshalb habe ich mich sofort schlafen gelegt. Kurz vor Mitternacht bin ich aufgewacht ...« Elinor schloß die Augen.

Sie glaubte beinahe, den schwankenden, schweren Tritt Billys auf der Treppe und den hohen, schrillen Ton wieder zu hören, der sie aus dem Schlaf gerissen hatte. Sie war aus dem Bett gesprungen und auf den Treppenabsatz hinausgerannt. Auf halber Höhe der Treppe stand Billy, völlig betrunken und verlottert. In der rechten Hand hielt er die weiße Angorakatze der Kinder an den Hinterläufen, sie schrie in ihrer Todesnot. Die andere Hand hatte Billy nach Annabel ausgestreckt, die starr vor Furcht und Schrecken nur wenige Stufen über ihm stand.

»Ja, ich erinnere mich«, murmelte Annabel. »Daddy Billy hat Snowball gequält. Und du hast mich ins Bett zurückgebracht und mir befohlen, im Zimmer zu bleiben. Ich habe noch Geräusche gehört, war aber viel zu verängstigt, um nachzusehen.«

»Ja, so hatte es auch sein sollen«, fuhr Elinor fort. »Was dann geschah, war mein Geheimnis. Ich dachte, wenn niemand außer mir die Wahrheit kannte, könnte ich sie verdrängen, so tun, als sei es nie geschehen.

Als Annabel in ihrem Bett lag, habe ich Billy die Katze aus der Hand gerissen. Dabei hat er mich am Spitzeneinsatz meines Nachthemds zu fassen gekriegt und wollte mich an sich zerren. Er roch nach Alkohol. Ich spürte seine Wut, seine Aggressivität. Und ich wußte in diesem Augenblick, daß ich mich von ihm befreien mußte. Ich konnte mit seinen Lügen, meinem Ekel und meiner ständigen, immer gegenwärtigen Angst nicht mehr leben. Mit der Angst, daß er euch Mädchen etwas antun würde. Und am schlimmsten war vielleicht die Angst, daß man ihn einsperren würde.

Mein Entschluß stand fest. Mit aller Kraft habe ich ihn von mir und die Stufen hinuntergestoßen. Die Spitze meines Nachthemds zerriß, als er die Treppe hinunterstürzte. Er versuchte noch, sich am Geländer festzuhalten, aber vergebens. Ich sah, wie seine blutunterlaufenen Augen sich weiteten, als ihm bewußt wurde, daß ich ihn töten wollte. Einen winzigen Moment lang erinnerte ich mich an den wunderbaren Mann, in den ich mich verliebt hatte, und beinahe hätte ich Mitleid mit ihm gehabt. Aber es war zu spät.« Es war Elinor noch stets gegenwärtig, wie Billy krachend die Treppe hinuntergepoltert war, sich überschlug und mit geschlossenen Augen auf dem Rücken liegenblieb.

Sie schüttelte traurig den Kopf. »Ich habe schon viele Tote in meinem Leben gesehen. Ich war sicher, daß er tot sein mußte. Ich wollte ihn nicht anfassen. Ich hielt es für das klügste, ihn in der Halle liegen zu lassen. In diesem Augenblick war ich völlig klar, ruhig und entschlossen.«

Elinor durchlebte im Geist noch einmal, wie erleichtert sie gewesen war. Und für wenige Sekunden hatte sie sich erlaubt, Billy dafür zu hassen, daß er ihre Ehe zerstört hatte ...

Miranda beugte sich vor. Sie verstand nicht, warum es für alle so wichtig sein sollte, diese Geschichte zu hören. »Und dann bist du einfach ins Bett gegangen?« fragte sie verwirrt.

Elinor schüttelte erneut den Kopf. »Nein«, fuhr sie mühsam fort. »Plötzlich hat er die Augen aufgeschlagen!« Elinor empfand das gleiche panische Grausen wie damals, als die blutunterlaufenen Augen sie hämisch anstarrten. »Das wirst du mir büßen!« krächzte er und begann sich zu übergeben. Wie oft das schon passiert war! Wie oft sie schon Erbrochenes weggewischt hatte, bevor andere es hatten sehen können! Wie oft sie ihm pflichtschuldigst geholfen und ihn bedient hatte!

Und einen verwirrenden Augenblick lang hatte Billys giftiger, heimtückischer Ausdruck etwas aus ihrem Unterbewußtsein gelöst ... ihre Verzweiflung und Hilflosigkeit, wenn ihr Vater sie mit derselben verächtlichen Boshaftigkeit angesehen hatte.

Ein blinder Haß erfaßte sie, drohte sie zu verzehren.

»Was hast du dann gemacht, Gran?« riß Miranda Elinor aus ihren Gedanken.

Elinor blinzelte und sah sich benommen um. »Ich bin nach oben gerannt, habe ein Kissen von meinem Bett genommen, bin wieder hinuntergelaufen und habe es auf Billys Gesicht gedrückt.« Das Kissen hatte Billys böse Augen verdeckt, als Elinor unter Aufbietung aller Kräfte das Kissen auf seinen Kopf preßte, während er sich in seinem letzten Kampf gewunden und aufgebäumt hatte. Dann war alles vorbei gewesen.

»Ich weiß nicht mehr, wie lange es gedauert hat. Ich weiß nur, daß ich das Kissen erst entfernt habe, als die Standuhr in der Diele ein Uhr schlug.«

In Clares Küche herrschte Totenstille.

»Ich hatte schreckliche Befürchtungen, Annabel könnte etwas gehört ... oder vielleicht gesehen haben.«

»Nein«, sagte Annabel. »Ich habe nichts gesehen. Ich erinnere mich nur, daß du Snowball zu mir ins Zimmer gebracht hast und der Gärtner am nächsten Tag mit ihr beim Tierarzt war.«

»Nachdem ich Snowball zu dir gebracht hatte, bin ich bei dir geblieben, bis du eingeschlafen warst«, fuhr Elinor fort. »Zum Glück war Buzz nicht aufgewacht. Sie hatte das Schlafzimmer am anderen Ende des Hauses über der Küche. Dann habe ich seelenruhig Brandy über Billys Leiche gesprenkelt, das Kissen gewaschen und den Riß in meinem Nachthemd genäht.

Ich habe dann aber fast die ganze Nacht vor Entsetzen darüber, was ich getan hatte, wachgelegen. Mit Buzz konnte ich nicht reden ... ich hatte Angst, sie in einen ... einen Mord hineinzuziehen.«

Elinor schaute prüfend von einer zur anderen.

Clare erinnerte sich an das Foto von Daddy Billy, das stets auf Elinors Nachttisch gestanden hatte. Wie konnte Elinor nur Nacht für Nacht neben dem lachenden Gesicht schlafen? Schließlich hatte sie Billy umgebracht! Dann wurde Clare plötzlich klar, daß der strahlende junge Mann auf dem Bild nicht der verlebte Trunkenbold, der brutale Tyrann gewesen war, den Elinor die Treppe hinuntergestoßen hatte.

»Ich hatte mit Billy noch nie Mitleid, Nell«, sagte jetzt Buzz. »Für mich mußte er sterben, weil du die Kinder vor ihm schützen mußtest.«

»Das sagte ich mir auch immer«, murmelte Elinor. »Aber ich weiß auch, daß ich ... daß ich es getan habe, um mich selbst zu schützen.«

»Ich bin immer noch der Meinung, Billy hatte es nicht anders verdient«, erklärte Buzz energisch.

»Arme Gran«, seufzte Annabel. »Du mußt ja vor Angst fast gestorben sein!«

»Ja, aber erst später. Zuerst war ich dazu viel zu wütend. Erst als ich befürchten mußte, entdeckt zu werden, kam die Angst. Und diese Angst hat mich eigentlich seitdem nie mehr verlassen.« Elinor blickte Buzz an. »Ich habe mich danach gesehnt, mit dir darüber sprechen zu können. Aber ich habe es nie gewagt. Allerdings habe ich mich immer gefragt, ob du ...«

Buzz nickte bedächtig. »Ja. Ich habe es gewußt.«

»Wie?«

»Ich bin vom Whist ziemlich früh nach Hause gekommen und habe schon vor elf Uhr geschlafen. Als ich um sechs Uhr morgens aufgewacht und in die Küche hinuntergegangen bin, um Tee zu kochen, habe ich Billy noch vor dem Hausmädchen entdeckt. Und da habe ich gesehen, was du übersehen hast ... ein Stück Spitze von deinem Nachthemd in Billys Hand. Ich habe es an mich genommen und verbrannt.«

»Warum erzählst du uns das alles jetzt, nach all den Jahren, Gran?« erkundigte sich Miranda.

»Weil ihr die Gefahr der Selbsttäuschung erkennen sollt«, antwortete Elinor. »Und vielleicht, weil ich mir das nur eingestehen und mir vergeben kann, indem ich es euch erzähle ... Ihr habt schließlich erlebt, wie zerstörerisch das alles für uns gewesen ist. Ich hoffe, ihr versteht jetzt alle, wie wichtig es ist, auf sich selbst zu bauen, für sich einzustehen. Das hätte ich schon viel früher tun sollen.« Sie zuckte mit den Schultern. »Wenn ich mich gleich zu Anfang auf die Hinterbeine gestellt und mir Billys arrogante Gemeinheiten nicht gefallen lassen hätte, vielleicht wäre dann alles anders gekommen ... jeder nutzt die Freiheit, die man ihm läßt.«

»Ich weiß, was du meinst«, seufzte Clare und dachte an Sam.

»Also, jetzt wissen wir alle, was passiert ist«, beruhigte Buzz sie. »Vergessen wir's. Es gehört der Vergangenheit an.«

»Die Vergangenheit ist immer ein Teil der Gegenwart«, hielt Elinor ihr entgegen. »Und das sollen die drei Mädchen nie vergessen!«

Clare sprang auf, lief um den Tisch und umarmte die Großmutter. »Ich bin stolz, daß du der Wahrheit endlich ins Gesicht siehst!«

»Ich bin stolz auf dich, Gran, weil du immer gekämpft, immer überlebt hast«, fügte Miranda mit großem Ernst hinzu. »Du hast nie einen Beschützer gebraucht. Du hast es dir nur eingebildet.«

»Und mittlerweile haben wir alle gelernt, auf eigenen Beinen zu stehen – stimmt's?« warf Annabel nach einer Pause ein.

»Aber um welchen Preis!« bemerkte Miranda mit einem Stoßseufzer.

»Was erfolgreich ist, ist auch teuer«, erklärte Elinor.

»Nicht so teuer wie die Dummheit, falschen Leuten zu vertrauen«, sagte Clare.

»Da wir gerade dabei sind«, begann Miranda, »eines haben wir vielleicht alle gelernt ...«

»O ja«, fiel Clare ihr ins Wort und lächelte. »Wir wissen jetzt, daß Daddy *nicht* alles besser weiß!«

EPILOG

Freiheit:
Unabhängigkeit von willkürlicher
oder despotischer Herrschaft; die Kraft
und das Vermögen, selbst zu bestimmen und
zu wählen;
Eigenständigkeit;
das Glück, Freiheit zu besitzen
und zu empfinden.

Dank

Wie immer gibt es zahlreiche Personen, denen ich für ihre freundliche Unterstützung beim Entstehen dieses Buches danken möchte; allen voran natürlich meiner liebevollen und besonnenen »Kontrollinstanz« Nikki Manwaring.

In New York danke ich Michael Korda, Chuck Adams, Jack McKeown, Sandi Gelles-Cole, Victoria Meyer, Frank Metz und Sandi Mendelson, die sich alle hart für mich ins Geschirr gelegt haben, sowie meinen altbewährten Agenten Morton Janklow und Anne Sibbald.

Darüber hinaus gilt mein Dank dem Schreibbüro Laurey, das stets bemüht war, Kräfte zu finden, die meine Handschrift lesen können.

In diesem Zusammenhang danke ich vor allem der charmanten und tüchtigen Maria Dubow; und ich danke Ronald Colon, der die Schreibmaschinen zur Verfügung stellte, und Anthony J. Barbaro für seine fachliche Beratung, was das Bankgewerbe betrifft.

Dank schulde ich auch Judy Licht, Paul Smirnoff, John Parsons, Judy Tygard, Christine Tomlinson, Bob O'Brian, Carol Ann Sullivan und Catherine O'Shea von TV Channel 5.

In Los Angeles gilt mein Dank Bill Haber, Joanne Brough und Judy Hilsinger; in Kanada Richard Pearce.

In Großbritannien habe ich wie immer viel Geduld, Verständnis und aufmunternde Unterstützung bei meinen britischen Verlegern, William Armstrong und Peter Carson, sowie bei George Sharp und Jacqueline Graham Pelham gefunden; außerdem möchte ich Debbie Gill, Jenny Page und Dido Armstrong für ihre Hilfe danken.

In Monaco möchte ich Nikki Manwaring, Nicole Proetta und Kristina Gonzales de Linares wissen lassen, wie sehr ich ihr Organisationstalent, Tippkünste, Begeisterung und Aufmerksamkeit fürs Detail und ihre Unterstützung im allgemeinen geschätzt habe. Weiter gilt mein Dank Roselyn Haudberg, Jane Dubuisson, Suzanne Proetta, Mary George, Paula Whittam, Eva Cleydon und Diego Gonzales de Linares für ihre Hilfe bei der Herstellung des Manuskripts.

Geraldine Cooke, Pete Williams und Dr. Georges Sandulescu haben das Manuskript abschließend durchgesehen und kritisch gewürdigt, auch dafür meinen herzlichsten Dank.

Mein Dank gilt ebenfalls Maurice Baird Smith, Mirandas Fluglehrer, und Gill Brooks von der Flugschule Cannes; Ariane Davies-Gilbert für ihre Kenntnisse über die elisabethanische Kochkunst; Elizabeth Arber, die Mirandas Aktienmakler war; Wendy Williams, die den Garten in Starlings entworfen hat; Ian Melrose, der Mike bei seinen Motorrädern beraten hat; Alexander Plunket Green, der stets hinter Adam am Spieltisch stand, und Annie Trehearne, die Miranda in Mode und Publicity beriet.

Für juristische Fachkenntnisse bin ich Sir Patrick Lawrence, Charles Chatwin, John Dewhurst, Charles Doughty und William Easun zu Dank verpflichtet. Was Buchhaltung und Finanzen betrifft, haben mich Richard MacLellan, Stephen Ainsworth und Peter Alexander unterstützt; für die Kenntnisse über Lloyds danke ich David Larner; für die Ratschläge auf dem Gebiet des Geschäftslebens genoß ich die Hilfe von Jenniver d'Abo und Jonathan Bevan.

Was Betrug und Wirtschaftsverbrechen betrifft, wußte ich den scharfsinnigen und geistreichen Walter(Wally) White vom Betrugsdezernat an meiner Seite. Für die Unterstützung auf dem Gebiet der Medizin danke ich Dr. John Cardwell, Dr. Dennis Friedman, Dr. Jonathan Gould, Dr. Margaret Reinhardt und Marion Symes.

Für technische Informationen über den 1. Weltkrieg (einschließlich der Kenntnisse über die Unterwäsche der Krankenschwestern) bin ich Malcolm Brown wie auch dem Imperial War Museum und dem RAF-Museum in Hendon verpflichtet.

Dank sage ich auch Trevor Williams und John Bryant von der »Ligue against Cruel Sports« und Nick Symes für seinen musikalischen Rat.

Andere, die mir geholfen haben, sind Sharon Flynn von Rank Xerox, Diane Kane von den British Airways, Claude Laughier und Geoff Osman.

Wie immer stehe ich in der Schuld meines Sohnes Sebastian Conran, der mir so esoterische Kenntnisse vermittelte wie Informationen über alte Omnibusse und Atombomben, antike Motorräder und Hongkonger Massagesalons. Und meinem Sohn Jasper Conran danke ich für seine modische Beratung, Kritik und moralische Unterstützung.

Schließlich möchte ich Isabel Carr, Julia de Bière, Elizabeth Chatwin und Patrick Seale für Rat und Ermutigung danken. Und mein besonderer Dank gilt Bettina Culham (die meinen ersten Roman getippt hat) und Vanessa Gayle (die meinen zweiten Roman getippt hat), und die mich seither helfend begleiten.

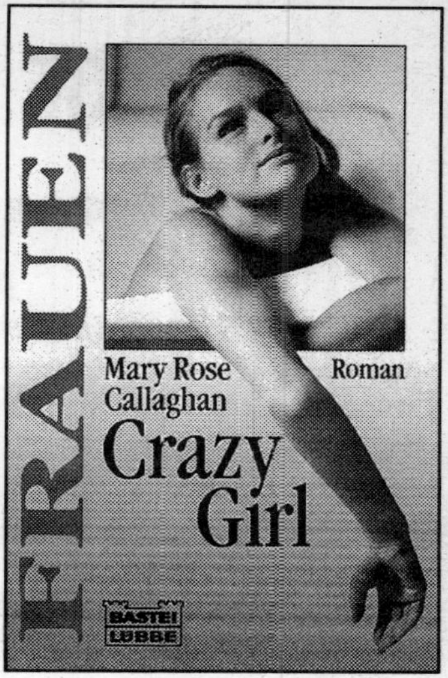

Band 16149

Mary Rose Callaghan

Crazy Girl

Das Schicksal einer Frau, die in einer nicht gerade frauenfreundlichen Umgebung zu sich selbst findet

In vielen Rückblenden, mit witzig-ironischer Distanz, wird das Leben der Sally F., einer jungen Irin, aufgerollt: Szenen ihrer Kindheit als aufmüpfige Halbwaise, die Schulzeit bei den Nonnen, die wilden Jahre in Dublin, Glück und Unglück in ihren Männerbeziehungen während der Collegezeit und schließlich das Zusammenleben mit einem amerikanischen Historiker. Wie in Großaufnahmen leuchten Szenen und Konflikte auf, zum Beispiel der Aufenthalt in einer Frauenklinik, wo sie sich mit Geburt und Abtreibung auseinandersetzt.
Die fesselnde Biographie einer Frau, die aus den Konflikten gestärkt hervorgeht und schließlich über die Verhältnisse triumphiert.